山東大學中文專刊

關德棟文集

第五册

聊齋志異戲曲集

關德棟 著

國家圖書館出版社

序　言

清代乾隆三十一年(1766),當蒲松齡的文言小説集《聊齋志異》第一個刊本(青柯亭本)出版不久,即有聊齋戲出現了。到清末,已知的聊齋故事被改編成雜劇、傳奇的約有二十種;到了近代,京劇和各種地方戲曲中改編、上演的聊齋戲估計在一百五十種以上。中國古代戲曲和小説有着密切的聯繫,特别是明清以來,許多劇作家將古代小説故事改編爲戲曲。《聊齋志異》也與《三國演義》《水滸傳》及爾後的《紅樓夢》一樣,爲劇作家創作傳統戲曲提供了豐富的素材。

《聊齋志異戲曲集》收集了清代八位劇作家根據《聊齋志異》改編的十四個雜劇、傳奇。這些劇本大致可分爲三類:一類是暴露貪官污吏和土豪劣紳的横行不法,反映被壓迫人民的痛苦遭遇;一類是揭示封建綱常的衰敗和道德墮落;一類是謳歌青年男女的純真愛情,抨擊不合理的封建婚姻制度。當然,各個劇本所涉及的社會面是比較廣泛的,這是舉其大體而言。這些劇本在塑造人物形象、安排矛盾衝突、運用戲劇語言等方面都取得了一定的成績。由於各個劇作家所處的社會地位以及藝術修養的不同,這些劇本在思想和藝術上所取得的成就也就參差不一。有的劇本充滿封建説教,甚至表現出仇視農民起義的立場;個别劇本中還摻雜了污穢的詞句,這些都是應當加以批判的。此外,部分劇本寫得平鋪直叙，結構鬆散，藝術性不高。儘管如此，這些劇作所提供的經驗和教訓，都可作爲我們創作聊齋戲曲時的借鑒；這些劇作本身，對研究清代戲曲史和《聊齋志異》一書的影響也有資料價值。

除了本集所收劇本外，清人改編《聊齋》的雜劇、傳奇見於著録的尚有陸和鈞的《如夢緣》、唐咏裳的《名場債》、夏大觀的《陸判記》、無名氏的《恒娘記》《盍簪報》等，惜皆未見傳本。此外蔣士銓的《雪中人》傳奇寫鐵丐吴六奇的故事，楊恩壽的《姽嫿封》傳奇寫林四娘的故事，兩劇均取材於清初流傳較廣的傳説故事。《聊齋志異》的《大力將軍》《林四娘》雖然也寫這兩個題材，但蔣、楊二人的傳奇都不是根據《聊齋志異》改編的。

本書所收的劇本，均無其他版本可供校勘，這次整理出版僅於個别地方訂正了原本的明顯刊誤。從保存資料的角度考慮，對劇本原文均未删節。原有的序、跋、題詞，都集中附録於每個劇本之後，以資參考。各劇所附評語眉批，大部分没有參考價值，故删去不録。唯《胭脂舃》一劇中張籛的評語，因有助於理解劇本的創作，仍附録於劇本每齣之後。曲詞基本按照譜讀，其不合曲律時，則斟酌曲意標點。曲文的正襯，有的劇作原刊本加以區分，有的則未區分，現仍其舊。爲了使讀者了解八位劇作家的生平和劇本的改編情況，我們撰寫了《作家及作品簡介》一文，列於卷首。

這個集子在整理過程中曾得到中國藝術研究院戲曲研究所、北京圖書館、首都圖書館、山東圖書館、復旦大學圖書館的熱情支持，謹致謝忱。

關德棟　車錫倫

1981 年 12 月

作家及作品簡介

錢惟喬(1739—1806),字樹参,號竹初,别署林棲居士,江蘇武進人。乾隆壬午(1762)舉人,曾官浙江鄞縣知縣。能詩文,工書畫,傳世有《竹初詩文鈔》《錢竹初山水精品》(商務印書館珂羅版印,1919年)。劇作有《碧落緣》《鸚鵡媒》《乞食圖》三種,合稱《竹初樂府》。清梁廷楠評他的劇作"不及心餘(蔣士銓)之爽豁,心餘亦不及其清麗也"(《曲話》卷三)。

《鸚鵡媒》一卷,《竹初樂府》第二種,小林棲藏版。作者自序於乾隆戊子(1768),時距《聊齋志異》青柯亭本刊行僅二年,是已知最早改編的聊齋故事戲。劇本據《阿寶》改編,這是一個具有反封建思想和浪漫主義色彩的愛情婚姻故事。男主角孫子楚由於一片痴情,先是神魂前往,繼則化爲鸚鵡,以求與阿寶(劇中作王寶娘)親近,終于贏得阿寶的愛情,破除了門閥觀念,結爲夫妻。後孫子楚病死,阿寶自殺殉情。冥王感其節義,賜其夫妻還陽,孫終中進士。劇本情節基本依照小説,而又"溢以渲染",演爲四十齣的長劇。在兩個主要人物身邊增加了丫鬟倩奴和孫的摯友李韞之作爲陪襯,并令賣花婆巫媽媽來往於王寶娘、孫子楚之間,以便於戲劇故事開展。其中又讓"田産廣有"的紈袴公子胡慕杰攪到孫、王的婚姻問題中來,以王母嫌貧愛富反對王、孫結合而構成戲劇衝突,增强劇本的反封建思想。從劇本人物形象的塑造和情節關目的設計安排來看，作者雖受了《西厢記》《牡丹亭》的影響，但不是粗率的模仿。劇中寫孫子楚、王寶娘生死相戀，感情真摯，是那些單純"以文雅風流綴其間，功名遇合爲之主，始或乖違，終多如意"（魯迅《中國小説史略》）的才子佳人戲曲所不可比擬的。唯插進觀音大士爲孫、王指引撮合，冥王賜孫、王還陽再世的情節，宣揚宿命論和迷信思想，最不可取。

陸繼輅（1772—1834），字祁孫（多誤作祁生），别署小元池居士、修平居士，江蘇陽湖（今武進縣）人。嘉慶庚申（1800）舉人。此後二十年中，他一方面依次赴京參加會試，終未得中；另一方面由於家貧，又奔波於各地作幕僚，直到嘉慶二十四年（1819）始選合肥訓導。道光十一年（1831）因參加編修《安徽通志》叙勞，選官江西貴溪知縣。上任不及三年，病老辭官，不久即下世。他的詩文均名於時，著有《崇百藥齋文集》。所作傳奇除《洞庭緣》外，又與莊逵吉合作《秣陵秋》，并爲吴堦續成《護花幡》①。《清史稿》卷四八六有傳。

《洞庭緣》傳奇作者生前未刊，光緒六年（1880）刻於鴛湖（嘉興盛阜昌刻印）。劇本捏合《西湖主》《織成》兩個神話故事改編：將西湖主改爲洞庭君的公主，織成爲洞庭君妃的婢女；兩個故事的男主角陳弼教、柳生（劇中作柳宗望）爲好友。陳、柳二人相約同赴巴陵，先後與公主、織成遇合，結爲仙眷。小説中此後的情節

---

①清姚燮《今樂考證》"國朝院本"内著録陸作傳奇二種：《洞庭緣》《碧桃記》，但注中云："《碧桃記》爲吴蘭雪姬人岳緑春作。"按：吴蘭雪名嵩梁，是陸在兩淮運使曾燠（賓谷）幕中的同僚，他們經常在一起讀書屬文（見陸作《先太孺人年譜》）。或者陸曾爲岳緑春所作《碧桃記》傳奇加工潤色，因訛爲陸作。

則被删去了。劇本作於嘉慶八年(1803),是應松太道員李廷敬之請而作。時作者在李處作幕僚,頗有知遇之感。李應詔進京述職,劇本趕在爲李送行的宴會上演出。因此劇中以《西湖主》裏提到的副將軍賈綰影射李廷敬,并貫穿全劇,以賈綰“奉敕還朝”,洞庭君及柳、陳爲賈餞行作結,寫了不少贊頌之詞。作者自負奇才,而功名未遂,便以這“烟波夢影”作爲精神寄托。但劇作將兩個故事糅合在一起,總覺牽强。劇本初由李廷敬的家班演出,傳到北京後,約於光緒十年(1884)左右,經陳子方等人改編爲京劇,名《富貴神仙》,曾風行一時。

李文瀚(1805—1856),字雲生,號蓮舫,别署訊鏡詞人,安徽宣城人。道光戊子(1828)舉人。選正黄旗宗學教習。道光十八年(1838)後至陜西,先後官鄠縣、岐山縣等知縣十餘年,終官四川夔州知府。作有傳奇四種:《胭脂舄》《紫荆花》《銀漢槎》《鳳飛樓》,合稱《味塵軒曲四種》,或稱《風笛樓四種曲》,均作於陜西爲官期間。另有《味塵軒詩集》。

《胭脂舄》二卷,刊於道光壬寅(1842),味塵軒藏板。劇本係據《胭脂》改編,但對小説的故事人物都有所補充和調整。它以胭脂的綉鞋作爲犯案、判案的重要證據,所以劇名改爲《胭脂舄》。劇中三個判案人——聊城縣知縣胡圖、濟南知府吴南岱、學政施愚山,三次判案的場面各具特點。“誣服”齣是作者由小説中邑宰(無姓名)“横加梏械”定鄂秋隼爲殺人犯的簡單叙述擴展成的一齣諷刺喜劇。判案的胡圖是作者塑造的一個衹知搜刮錢糧,“急于星火想升官”的貪官污吏的典型。吴南岱審案不爲不細心,但衹因爲主觀地認爲宿介“冒名圖奸是實,殺人自不誣了”,遂誣宿介爲殺人犯。最後衹得靠施愚山細審出綉鞋的下落,人證物證俱全,坐實毛大爲殺人犯。作者通過辦案過程説明“關天人命非兒戲,如得其情而勿喜,須要心思如髮細。但衡情理,不矜才氣,庶免囚人泣”(“借端”齣【青玉案】)。“哭監”齣也是作者增加的戲,暴露封建社會中監獄的黑暗殘酷,令人怵目驚心。但作者爲了表現“惜玉憐才之韵事”,而津津樂道宿介和龔王氏調情,最後又增出宿介、龔王氏爲鄂秋隼、胭脂照料婚事,鄂、胭合巹之夜反目,宿、龔偷情等情節,把一場嚴肅的昭雪冤獄故事,化爲“風月美談”,表現出低級趣味。不過劇本結構比較緊凑,作者改動和豐富的許多細節,使戲劇故事的發展前後關連,合情合理。於每齣戲中也注意到人物事件的穿插,既避免場面冷落,又使全劇針綫細密,改編還是較好的。戲劇語言樸實本色,較少清人戲劇中追求詞藻、堆砌成語典故的弊病。曲中偶用成語,但化入自然,如“吟社”齣【望吾鄉】曲“(丑)鄂兄,衹怕這釣詩鈎子尖兒秃,釣不起驚人句”,使用了蘇軾“酒是釣詩鈎”句,便是如此。作者還鍛鍊口語入曲,寫來生動而不俗,如“遴才”齣【賺煞尾】:“你不把正凶查,跑脱着怎拿? 斬絞殺徒罪議差……試問你斷頭顱無柄向誰抓!”這些都説明作者熟悉戲曲創作和演出的特點,是那些專在曲詞上下功夫、賣弄才情學問,寫作案頭曲的戲劇家所不及的。

這個劇本在光緒年間由楊立山改編爲京劇,成爲經常上演的京劇傳統劇目。

黄燮清(1805—1864),原名憲清,字韵珊,别署吟香詩舫主人,浙江海鹽人。道光乙未(1835)舉人。咸豐二年(1852)以議叙縣令,謁選得官湖北,此時太平天國運動已發展到大江南北,托病未赴任。咸豐十一年(1861)太平軍攻占海鹽,黄於次年轉道上海赴湖北,官宜都、松滋縣令。同治三年(1864)春告病歸武昌,未幾卒。光緒《海鹽縣志》卷十六稱他“少負奇才,博通經史,工詞翰,審音律,善繪事”。著有《倚晴樓詩集》《倚晴樓詩餘》,并選刊《詞綜續編》。作劇九種,其中《茂陵弦》《帝女花》《鴛鴦鏡》《桃溪雪》《凌波影》五種,刊於道光年間,稱《韵珊外集》或《拙宜園樂府》;光緒七年(1881)其婿馮肇曾增刊《脊令原》《居官鑒》,合前五種稱《倚晴樓七種曲》;另二種,《絳綃記》未刊,《玉臺秋》有光緒六年(1880)瓊笏山館單刊本。

《脊令原》據《曾友于》改編,約作於道光十四年(1834)。小説寫一個封建大家庭兩代嫡庶兄弟、妯娌及親屬之間結黨營私打架鬥毆,乃至殺死人命、争訟官府的故事。劇本全依小説故事,但是增加了一些封建道德説教。其中寫曾家兄弟子侄妯娌間打架鬥毆的幾齣戲較爲生動。劇本語言較之作者其他劇作樸實而少用故實。作者生前曾以此劇"絲緒紛如,精彩少减"(馮肇曾《跋》)而未刊。頭緒紛雜是原小説情節的特點,改編爲戲劇則失於剪裁。

《絳綃記》,今存作者手稿本,封面爲原收藏者另加,上面有收藏者的簽字("維雅堂曹春山"及"甲寅杏月重訂"),和收藏者鈔本戲曲的編號("百卅九六號")。劇本正文題下署"海鹽黄燮清韵珊填詞",無序、跋、題辭。劇本係根據《西湖主》故事改編,但删去了小説中陳弼教重返故鄉的内容,加進了副將軍賈綰奉命進剿"楚南逆賊"楊蛟,陳弼教參贊軍機,戰敗被困,西湖主及其婢女阿念協助解圍并剿滅楊蛟等情節。

劇中"楚南逆賊"影射太平天國起義軍。太平天國於咸豐元年(1851)起義。咸豐二年(1852)春作者赴京謁選,次年春節後離京,農曆二月中旬返抵故鄉海鹽,此劇即作於作者在京期間。初稿寫成後,大約在作者離京前又進行了修改,删去原第六折"諢筵"(手稿中仍保留,見附録),在"題巾"折後增寫了"玩巾"折。劇本其他地方也有修改,如"尚主"折中陳弼教説:"哎喲! 蒼天嚇蒼天! 我陳明允未能爲國捐軀,不想死於此地。"改爲:"哎喲,王妃呵！小臣陳明允冒犯威嚴，罪應不赦，尚容一言剖白，緩死須臾。”

《西湖主》是一個虛幻的人、仙愛情婚姻故事。劇本中增加了鎮壓所謂“逆賊”“妖孽”的情節，則表現了作者仇視農民起義的思想。但是，作者在劇本中借阿念之口説：“我想這些‘賊寇’本是蒼生，若非大吏養癰，便是地方激變。先事既無覺察，到得‘寇’勢鴟張，驚惶失措，不是殺民代賊，即思掩敗爲功，説起來好不痛心也呵！”這多少説出了一點“官逼民反”的真實情况。

這個劇本的場次安排緊凑，曲詞雅麗而無餖飣氣，説白本色，其中引申出的一些調笑科諢，反映了當時舞臺表演的實際情况。這些都説明它是一個舞臺演出本。作爲新編昆曲劇本，它有兩點特别值得注意：一是劇中“蛟變”“蕩寇”等折多次安排了武打的場面，有對打、輪打，又有水戰、陸戰的區别；二是劇中頻繁地使用撒火彩的特技。本來昆曲表演藝術以文戲見長，這一時期北京舞臺上所演的昆曲更多爲生旦戲。而撒火彩則是明代弋陽諸腔和後來的高腔、梆子系統劇種的特點。咸豐年間，昆曲在北京舞臺上已極衰落，靠與徽班同臺演出維持局面。昆、亂同臺，自然也便利昆曲與其他劇種的藝術交流。劇本收藏者曹春山是當時集中了較多昆曲演員的四喜班的昆曲名演員。據記載，他“十行脚色全扮，最著名者爲飾《雪中人》之吴六奇（大净），使大槍大鞭，即由曹起。後演《挑滑車》等戲使大槍，亦仿此”。“演《千里駒》之前本老僕、後本之萬人敵，一係摔派武功，一係靠把武功，其藝并臻上乘。”（曹心泉《近百年來昆曲之消長》）從這個劇本寫成後即爲曹春山所有（劇本約在咸豐二年底或咸豐三年初寫成。曹“重訂”劇本的“甲寅杏月”即咸豐四年春，收到劇本則在此前）這一點來看，作者可能是應曹春山或其他昆曲演員之請而作，并與演員們配合，爲發展昆曲表演藝術作了些探索。至於它没有被廣泛演出，主要原因可能與劇中對當時的封建官吏多所譏刺有關。同樣原因,劇作者以後也絶口不談這一劇本,因此它便一直不被人所知。

許善長(1823—1889後),字季仁,號栩園,别署玉泉樵子、西湖長,浙江仁和(今杭州市)人。咸豐壬子(1852)進士,咸豐六年(1856)後入京任内閣中書,同治八年(1869)後到江西,先後權河口鎮、湖口鎮牙厘局事,後官建昌、信州知府,光緒十五年(1889)後仍在世。作有傳奇《瘞雲岩》《風雲會》《茯苓仙》《胭脂獄》及雜劇《神山引》《靈媧石》,均收入《碧聲吟館叢書》,南昌文德堂刊。該叢書還收入他的《談塵》四卷。趙景深先生的《許善長年譜略》(見《明清曲談》)可參閲。

《神山引》據《粉蝶》改編。這是一個人仙戀愛的故事。劇本雖依據小説的情節,但按照悲歡離合的格局把這個神仙傳説寫得更具有人間生活氣息。劇本增加的幾個人物,如"裙歸"中丑扮趙旺(諧音"灶王"),"琴圓"中丑扮贊禮、花旦扮媒婆,穿插其中,既便於場上作戲,也增加了劇本的喜劇氣氛。

《胭脂獄》①據《胭脂》改編,自序於光緒甲申(1884),作於《神山引》劇後。作者認爲小説中的判詞"膾炙人口"(《自叙》),所以把它全文照搬到"判圓"齣内,這在舞臺上是無法表演的。改編拘於小説情節,不注意戲劇創作的特點,如"述懷""訴冤"齣,場上僅設一人,平鋪直叙,缺少衝突。而語言多襲用小説原句,也欠本色。

陳烺(1822—1898後),字叔明,號雲石山人、潛翁、玉獅老人,

①阿英《晚清小説戲曲目》著録《新西厢記》傳奇一種,西湖長撰,改良小説社宣統二年(1910)刊,亦譜《胭脂》故事。劇本未見。按,西湖長即許善長之别署,此劇或即許編《胭脂獄》而爲書商更名。

江蘇陽湖（今武進）人。他曾自述生平："僕少孤露，中歲遭兵革，流離播越，至五十始以鹺官需次浙中，二十年來宦海浮沉，一無成立。"（見許光鎣《玉獅堂傳奇跋》）大致在科舉仕途上是不得意的。晚年定居杭州，光緒二十四年（1898）仍在世，卒年不詳。他的詩文傳世有《雲石山房賸稿》（稿本），收游記、跋、題辭、詩及散曲八套。劇作有《玉獅堂傳奇十種》：《仙緣記》、《蜀錦袍》、《燕子樓》、《海虬記》、《梅喜緣》（以上"前集"）、《同亭宴》、《迴流記》、《海雪吟》、《負薪記》、《錯姻緣》（以上"後集"），均係晚年著作。其"前集"前四種刊於光緒十一年（1885），即傳世之《玉獅堂傳奇四種》，而第五種《梅喜緣》是以後續刻的。光緒十七年（1891）他的學生許光鎣等爲慶祝他七十壽辰，集資刊印了後五種。均刻於杭州。

《梅喜緣》據《青梅》改編。小説反映封建婚姻制度造成的社會矛盾，對嫌貧愛富的思想有所批判。但作者所抒發的主要還是"能識英雄於塵埃"的思想；劇本最後寫了青梅自甘婢妾地位，這説明作者仍脱不出封建等級觀念的束縛。劇本基本依照小説故事。"賣身"齣將小説中阿喜賣身富家被大妻逐出的簡單叙述，敷演爲紈袴公子富有才被悍妻假扮新娘棒打的故事，是一齣排場熱鬧的諷刺喜劇。劇本不讓青梅的父親死去，而添出遠去四川爲幕，又到蘇州尋女，在尼庵中巧遇阿喜認爲義女等情節，不過是爲使劇本最後"雙圓"齣中阿喜亦嫁張生的場面更增添些封建倫常的情趣。

《負薪記》據《張誠》改編。小説寫後母虐待前妻之子這一封建家庭矛盾，波瀾起伏，曲折動人。小説故事背景揭露了清王朝建立前對關内的侵擾，所以青柯亭本《聊齋志異》便將背景改爲明初燕王起兵造成的社會動亂。劇本以青柯亭本故事爲依據，但劇作者是把它作爲一部"孝友傳"來寫的，所以增加了不少封建道德説教，反不及小説動人。

《錯姻緣》據《姊妹易嫁》改編。小説批判婚姻問題上嫌貧愛富的思想，而這種矛盾又是通過姊妹二人對婚姻問題的不同態度表現出來的，這就擺脱了過去同類題材的戲曲小説的俗套。但劇本在“悔親”齣没有讓姐姐嫌貧愛富的思想得到足够的表現，“代嫁”齣又讓姐姐退到幕後，没有登場，因而使這一戲劇衝突没有充分展開。相反，劇本對小説中的宿命論思想却極力發揮。

總起來看，作者改編的三個劇本都不十分成功。但作者長期“浮沉下僚”（俞樾《玉獅堂傳奇序》），對封建官場的黑暗腐敗有一定的認識，所以劇中時有揭露和諷刺。如《負薪記》“尋弟”齣寫張誠淪入“乞丐行”，丐頭要他送“孝敬”，自稱是“我這小小的衙門”，“大大的規矩”，矛頭所指，自然不單是那“乞丐行”。《梅喜緣》“遣嫁”齣插入的科諢，寫王士麗（劇中阿喜的父親）買官曲沃縣令，走馬上任，家僮阿二要討個“門館”差使，爲的是“打官司送子老爺一萬八千，隨封加二”，積蓄錢“討老媽，買田地”。這就直接點明了晚清吏治的腐敗。

劉清韵（1841—1900後），名淑曾，號古香，小字觀音，江蘇海州（今連雲港市）人。她因父親劉蘊堂是二品封鹺商，所以從六歲起便從師受學。十八歲時嫁沭陽錢梅坡。後因家鄉被洪水淹没，流落江南，窮困潦倒。最後靠友人幫助，以印行文稿集資而返，卒年不詳。她的劇作傳世有《黄碧簽》《丹青副》《炎凉券》《鴛鴦夢》《氤氲劍》《英雄配》《天風引》《飛虹嘯》《鏡中圓》《千秋淚》，合稱《小蓬萊仙館傳奇十種》，光緒庚子（1900）上海藻文石印本。據俞樾序，知她共作劇二十四種，實是中國戲劇史上僅見的一位多産的女作家。除劇作外，傳世尚有《小蓬萊仙館曲稿》一卷、《小蓬萊仙館詩鈔》一卷、《瓣香閣詞》二卷。

《丹青副》據《田七郎》故事改編。小説寫貧苦獵户田七郎因受武承休恩惠而代武殺死仇家及縣宰,捨身報恩的故事。這種封建主義的報恩思想,本無可取。但故事中武承休受權要勾結官府逼害的情節,有助於我們對封建社會黑暗統治的認識。劇本依照小説情節,着意表現田七郎是“真誠孝子、血性男兒”,武承休“襟懷豁達、輕財好士”。所以對武如何屈意結交田七郎作了不少戲;其間又穿插進武的門客元術通與田七郎作對比,意在諷刺那些阿諛奉承又乘人之難混水摸魚的門客。作者并没有按照慣例爲這個故事加上生旦團圓的結尾,但最後却又敷演出田七郎之子得官後辭母尋父,武承休在爲田七郎上墳時與田子相認兩齣戲,純屬多餘。

《天風引》據《羅剎海市》改編。小説以幻想中美醜顛倒、是非不分的羅剎國影射現實,表現了對封建科舉制度的猛烈抨擊。劇本“具擲”齣【金井水紅花】曲:“試看名場客,無非假面皮,上下互相欺,概如斯滔滔一例。直是司空見慣,習久自安之,有誰説個非宜也羅!若没這副臉兒,不獨文成綉虎,不足爲題;縱使技擅屠龍,也歸無濟。但得形同魑魅,榜頭便題;迹鄰魍魎,官班便躋。……”這兒對封建科舉和官僚制度的抨擊,較之小説更爲凌厲。劇本最後删去小説中馬驥(劇中作馬俊)離别龍女重返故土的情節,而以馬迎養父母於龍宫爲結,這符合傳奇創作生旦團圓的慣例。

《飛虹嘯》據《庚娘》改編。這是一個復仇的故事,作者着力寫庚娘臨危不懼,智殺仇讎。其間也宣揚了因果報應的思想。劇本大致依照小説情節,但也增加了不少細節描寫,如庚娘手刃王十八前給王喝蒙汗藥酒,這樣使這個弱女子能殺人的情節更加令人可信。

從作者改編的三個聊齋戲來看,作者着眼的是那些反映了各種社會問題的故事,這也看出這位女作家能衝破封建社會加在婦女身上的束縛,積極考慮社會問題,對封建社會中的某些弊病,有所認識。從劇本創作來看,它們的語言,正如俞樾序中所説,"不以塗澤爲工,而以自然爲美"。且長於抒寫人物内心感情,如《飛虹嘯》"追悼""凝盼"齣寫金大用、庚娘夫妻互相悼念的曲詞,凄婉動人。《天風引》"茶騁"齣十三支【懶畫眉】曲,懷古諷今,感慨淋漓。但劇本的戲劇結構,多爲平鋪直叙的過場,缺乏戲劇衝突,因此僅可供案頭欣賞,難以在舞臺扮演。

西泠詞客,姓名、籍里不詳。《點金丹》劇扉頁署"馴陽未定稿",《點金丹小引》末署"西泠詞客偶書於芙蓉閣裏"。劇本正文凡遇真、填、鎮、央、英、映等字皆缺末筆,顯係避諱。劇本的寫作和刊刻年代也不詳。

劇本據《辛十四娘》改編。小説寫馮生由鬼親作媒娶狐女辛十四娘。馮輕薄自負,喜縱酒浪飲,不聽辛十四娘勸告,結交楚公子,被楚誣陷殺人下獄論死。辛遣狐婢作妓女接近明正德皇帝,訴馮冤情,始得昭雪;又爲馮購良家女爲婦,自己仙去。劇本將原作情節加以增潤,改爲辛十四娘及狐婢福罄煉丹成仙的故事,表現所謂"金丹秘旨","挑燈偷點金丹譜,説破人間真鳳鸞",也就是要提倡符合封建倫理道德的夫婦、妻妾關係。劇中狐仙辛十四娘實際上是一個符合封建婦道的婦女形象。作者嘲笑那些煉丹修仙的是"休妻辟穀,空山枉坐;吞污采戰,孽海胡撞"("先聲"齣【沁園春】)。并用因果報應以示警勸,"縱惡滔淫"的楚公子、悍婦阮氏受到惡報,而"冲和恬淡"的辛十四娘得以"證仙",遭迫害的馮生得官,寧氏(楚公子的妾,被阮氏打死,還魂爲愛英,由辛十四娘撮合嫁給馮生以自代)夫貴妻榮。顯然劇本的思想是在維護封建道德，不過劇中對正德皇帝及楚公子、阮氏等人的描寫，却在客觀上反映了封建統治階級的腐朽和封建倫理道德的崩潰。劇作者在描寫他們的醜行的時候，有時是采用了欣賞的態度，個別地方脱離戲劇情節的發展插入一些庸俗低級乃至黄色的描寫，在閱讀本劇時應注意批判。

目　録

鸚鵡媒

上卷

洞庭緣

附録

胭脂舄

卷上

卷下

附録

脊令原

卷上

卷下

絳綃記

神山引

附録

胭脂獄

梅喜緣

附録

負薪記

附録

錯姻緣

丹青副

天風引

飛虹嘯

點金丹

卷上

鸚鵡媒

〔清〕林棲居士（錢惟喬）填詞

鸚鵡媒上卷

首齣　吟綱

（末上）

〔雙調引〕【桃源憶故人】染衣苦蘗風和雨，二十三絲琴緒。卷盡龍鬚塵護，青廓高如許。　　荒城射雉人何處？留得朝飛一曲。便有鄉心誰主？夢斷蘼蕪路！

〔南吕引〕【滿江紅】大地情場，難拋處一絲縈血。休説是參商萬古，春蠶牢結。銜盡西山離恨滿，借來南海慈航接。笑人間兒女太心靈，相思撇。秦樓鳳，三生業；商陵鵠，三更咽。算從來忠孝，愚時方切。料得聰明天合妒，早須買個痴獃也。看雕籠慧鳥學人言，遭分拆。

〔中吕慢詞〕【沁園春】枝指孫郎，夢中得識，痴情一腔。爲丹青詫艷，求婚未遂，遇來春社，神去尋芳。翁愛清才，媪求富室，詩和佳人意枉傷。招提境，相思重覯，各自斷愁腸。慈雲爲費周章，有解語幽禽接引長。借魂飛香閣，訂來盟誓，良朋資助，得贅東床。病渴相如，摧琴卓女，直待黄泉并轉雙。登魁首，酬恩天竺，共證鴛鴦。

傻秀才生死鍾情，　　巧淑女初終抱義。

擇婿翁慷慨憐才，　　能言鳥慈悲完誓。

第一齣　夢讖

（生上）

〔仙吕引〕【珍珠簾】十年餐到殘編味，除俗慧，剛養得如愚之氣。游遍六橋西，還辜負閑題。漫説書中能有女，洗濃抹明湖纔麗。向春風且冷琴心，耐他緑綺。

【鷓鴣天】一榻寒氈傲百城，家風映雪有餘清。憑依硯沼魚登肆，檢點袍痕草滿庭。能折桂，待吹笙，等閑花柳笑鍾情。惟應留得蘇門嘯，獨向山頭學鳳鳴。小生姓孫名荆，字子楚。因左手枝指，别字枝生。本貫粤西，先人作令武林，因而占籍。椿萱早逝，詩禮空傳。論儒冠已經二九，嘆雲路尚滯三千。生涯與短劍相依，家計有長鬚作活，這也不在話下。小生有一癖性，最恨那輕浮面目，才非嵇阮，徒貌狂踪；更厭的機械心腸，志乏儀秦，漫誇辯舌。爲此書鄉拙守，頗覺於俗不諧，人都道俺孫子楚是個痴的，我也笑而不辭。祇有邑中李韞之知我别腸，頗稱投契。我想功名乃吾輩分内之事，不必繫懷，祇是人生若無佳偶，未免有負才人。不知我的姻緣，却是怎生也呵？

〔仙吕過曲〕【九迴腸】空則是壓殘布被，蠹魚般抱煞寒衣。問紅絲何處書生繫？幾長宵冷暖親知！若待得馬蹄一日看花易，怕不的鵠操三秋牧犢遲。誰相慰，敢沉魚落雁才人筆，便先施刻畫依稀。若真個天公不負江郎管，人世須添京兆眉。盼得着酸俫分，休頹氣，鴛鴦會，先與個夢兒陪。

一會閑想，不覺晝倦起來，且向案頭打盹一會。正是：欲將消息尋冰下，聊托精誠到日邊。（作睡介。末扮夢神上）大地悠悠幻想成，隍中蕉鹿世空争；忘機衹有南華蝶，不待黄粱熟後驚。吾乃夢神是也。因孫秀才與王寶娘姻緣夙定，奉大士法旨，先攝秀才魂魄略示前因。不免引他入夢者！（舉拂子指生，生驚起介。末下。生）呀！出得門來，好一派春景也！

〔北雙調〕【新水令】早則是勾衣芳草緑含烟，殢游踪落紅成片。小生悶守書齋，却不埋没了許多風景。疏櫺閑麗日，斗室老啼鵑；人去年年，挽不住東風綫。

你看前面一帶高樓，不知是甚麽所在，俺且信步行去。

【駐馬聽】疏柳横天，半角雕甍雲際遠。夕陽低院，幾行粉垛樹中連。湖山約略屐痕穿，這般佳構何曾見？原來是人家一所園亭，蓋得好不幽勝！料則主人賢，做個到門看竹從吾便。

那壁廂花木深處，且去隨喜一回。

【沉醉東風】轉過這迴廊半邊，數不盡曲徑斜穿。猛可的簾窣地，無人見。敢衹是武陵活現？似這朱闌須凭，緑窗待展，分明繾綣，怎少個桃花人面？

（内作鸚哥叫"小姐！孫郎來也"介）

【雁兒落】是誰的囀輕簧弄巧言，多應有教隴客深閨倩。却怎的唤鯫生肯動憐，早難道傳淑女容相見！

待我闖將進去覷個明白。（净、丑扮二僕上）園深應拒客，鳥語爲驚人。咗！你是什麽人？擅入我家園中窺探内室，敢則是賊？（生）

【得勝令】呀！現對着白日那青天，又不曾鑽穴更逾垣。比似你攔盡南塘路，却怎的開將東閣筵？嬋娟，鎖名花空放妍。牽纏，罥游蜂怎强冤？

（净）這厮説話像是個傻子，衹逐他出去便了。（作推生跌倒。净、丑下。生起介)呀！怎的一座園林，轉眼間做了高山峻嶺？好怪人呵！

【折桂令】霎時間，莽迢迢雲繞山連，蒨悠悠花榭迷踪，靄飄飄幡影高懸。這裏却似游過的天竺一般！將人閃變，眼底桃源，梵王宫殿。飛清磬鳥聲共囀，罨濃香花氣争暄。打個方旋，徑上層巔。呀！怎的一界新墻，墨筆輕濺？

原來粉壁上寫着一首詩兒，待俺讀來："欲識人間美，全憑物外身；寶山應不遠，須結再生因。"呀！

【錦上花】這是四句謎中詩，一點心頭願。水月空禪，風月新編。就裏難猜，不似鸚鵡能言。菩薩慈悲，戲人游衍。

哎喲！衹管狐疑，你看山下忽然茫茫大水，却是如何歸去？

【碧玉簫】我纔則俄延，早塔影長波眩；我還未呆顛，怎烟徑驚濤捲？上方雲在那邊，下方居水接連。是南海沉牽，藍橋乾變，茫茫拍天。哎喲！不好了！待閃入情波一片。

(作就桌睡介。末扮老僕上)眼閲炎凉供役久，身依寒賤爲恩深。老漢賈忠，午後無事，特來書房伺候相公。呀！相公，爲何晝寢在此？(生醒介)呀！賈忠，俺好一場夢也！

【鴛鴦煞】則見透文窗日影初斜轉，繞書帷爐靄剛如綫。(末)相公，夢見甚的來？(生)數不出山外追尋，壁上因緣。這是我的書齋？(末)是相公書齋。(生)怕還是現前津，仙音别院，化平蕪閑雲片。若問我那處遷延，則這簾外幽禽，還唤的俺俏書生夢兒遠。

第二齣　寫艷

（旦上）

〔正宫引〕【破齊陣】簾捲東風人静，夢回小閣香生。刺綉長慵，攤書易倦，算是畫闌多凭。（貼携鸚哥籠上）調得閑情嗔弄舌，唤盡琵琶是小名，戲人時一聲。

【訴衷情】（旦）曉窗罷，整雙蛾，羅綺受嬌多。聽到雨聲一夜，無奈海棠何。（貼）小姐，鶯漸滑，草成窠，蝶來過。你洗盡殘妝，鬥他春色，猶自顔酡。（旦）奴家王氏，小字寶娘，年方一十六歲。因爹娘暮年生俺，十分愛惜，故取此名。奴家雖則生長豪華，却是性耽幽静。去年夢見白衣大士，付俺一個鸚哥，説道："良緣在上。"次日果從市上買來。爲此奴家朝夕相携，珍同性命。倩奴，今日晴明，可將籠兒挂好，待我看玩一回。（貼）曉得。（作挂籠，鸚哥叫介。貼）怪不得小姐恁般愛他，你看這鸚哥，真個十分巧慧哩！

〔正宫過曲〕【刷子帶芙蓉】（旦）生小愛伶俜，深閨鎮閑，着甚惺惺。怪勾人樹底鶯殘，衹和他春色將迎。前楹，含愁思雕籠長并，哄調笑輕喉厮應。解人情性，蠢丫鬟，幾多輸與恁聰明。

【朱奴插芙蓉】（貼）鸚哥你，翦幽衿妝臺遣興，銜玉鎖畫檐消静，一種香奩媚嬌性，閑鶯燕天邊妒影。真僥倖，向佳人掌擎，待開籠，怕等閑漏泄語娉婷。

小姐，想你素善丹青，似此晝長無事，何不自己畫一幅調鸚的行樂消遣情懷？（旦）這也使得，你可去取素絹筆墨過來。（貼下，取上）三分石黛調宜露，一剪雲綃熨有香。小姐，顔色素絹在此。（旦）取鏡臺過來，待我先打稿兒。（貼取鏡上，旦照介）

【普天樂】(旦)常則是一泓波嬌對整,不争的撤菱花難自省。掠鬢痕再得消詳,分笑靨相看不另。(作畫介)注秋波自把盈盈定,略則挪顔偏换影。(貼持鏡旁照介)靠這一些些評度分明,怕筆尖兒溜來欠領。略描成,早認是鏡裏卿卿。

(貼)小姐,纔出落得稿兒,早則這般丰致了。

【雁過聲换頭】亭亭,天然秀整。(作看鏡再看畫介)小姐你玉容顔化作三星,點將腮斗紅微剩,掃眉尖暈淺青。(旦)我生來本色淡妝成,白描呵恰稱。衹借他翠羽把羅衫映,落得個買胭脂多半省。

倩奴,你可將籠兒携近,待我也對他寫生。(旦作看,鸚哥叫介)

【傾杯序】(旦)相應颸紅綠剛數聲,難貌出心兒警。鸚哥呵!假如放盡金籠,隴山間唤,便做能言,埋没誰聽?待與你小小傳真,緑衣宛轉,伴人春影。翠生生,敢鏡臺邊現出精靈。

(旦看喜介)倩奴,你幀將起來,看是如何?(貼)小姐,真個怪煞你的才思。你又不是畫師,怎寫得這般活現呵?

【玉芙蓉】衣衫淡染精,人物工含倩。甚宜嗔宜笑,輕容折證。衹墨花散得無雙影,怕鳥語難調别樣情。還孤另,少個人兒可憎。少不得美描摹,倚闌巧笑一般聽。

【小桃帶芙蓉】(旦)咱愛的閑窗冷,怕煞那華堂競。但往常鴛鴦綉到低垂頸,儘薰香獨坐花分艶。這畫兒呵!有甚麽春容畫出春愁耿。不過證全身,臨風妝罷自閑評。

倩奴,你可付與門公,着他好生裱來。(貼)倩奴見人家行樂,都有個題咏,小姐何不吟詩一首在上,以作標名?(旦)劣丫頭!閨中詩句怎好拿去店中,與人觀看!

〔中吕過曲〕【尾犯序】識字笑無憑,那許彩筆生綃,賣弄風情?似這等將去呵,知是誰家,仕女丹青?虚驚,還則怕影兒評覷,滲的人香閨夢醒。(貼)小姐這般美貌,但有人見了這畫圖,敢也嚇他一跳。(旦)痴丫頭!閑比并,女孩家丰格,少甚好輕盈!

(貼)如此待倩奴吩咐門公裱去;衹説是幅美人圖便了。

〔黄鐘過曲〕【鮑老催】小姐你一幅綃親裁訂,拾翠客,他年幸。怕訪飛瓊,早逗出天邊影。(旦)這鏡花水月空行逕,洛浦江皋誰便作證?倩奴,好拂盡粉香縈,莫遣吹向東風有人省。

(貼攜籠持畫看介)小姐,你看這紙上鸚哥一雙慧眼,真似覷定了你。

【尾聲】(貼)你有情衹許無情并,畫中旖旎誰管領?(旦)鸚哥呵!待與你結個三生花鳥盟。

(貼)傳來好手鏡中宜,　(旦)那有犀簪供畫師。
(貼)衹恐幽禽解人恨,　(旦)三分眉語略教知。

第三齣　游哂

(净華服、副净扮僕隨上)

〔雙調過曲〕【普賢歌】儒巾摇擺我爲高,酒肉衣冠插個標。文章教爾曹,三年畫一招,掙得家兄能出跳。

學生胡俊,表字慕杰,乃杭城一個有名的秀才相公。腹内能文,手中有鈔。喜的是呼盧喝雉,愛的是宿柳眠花。近西湖的酒館,一年内倒醉過了三百回;做東道在妓家,十日中少説時有七八次。但衹是大宗師發牌下馬,慌起來抱佛脚,怕做了老鼠過街;到了那衆朋友候案看名,暗地裏耽鬼胎,巴得個梅花遜雪。(副净)大爺,既然如此,少要在外閑耍便了。(净)胡説!這總是高低有命,我大爺可也寵辱不驚。一向與李韞之、孫子楚同社,今日春光明媚,約他們同去游湖。衹是老孫向來做作，他與韞之相好，托去相拉，料必同來。小厮！船泊在那裏？(副净)就在清波門外，酒席俱已端整。(净)唤的幾個婊子呢？(副净)敢也就到；請大爺先到船中少坐。(净)使得。(虚下。老旦、貼、丑扮妓上。老旦)歷盡風花爲味淡，(貼、丑)學將迎送費情多。(老旦)奴家沈桂娘。(貼)奴家鄭秋娟。(丑)奴家郭二姐。(合)今日胡大爺相唤游湖，來此已是船邊，不免上去。(副净上)好得很，諸位姐姐都來了。大爺有請！(净上，衆見介。净)衆位來得好遲。(老旦)大爺這等性急，我們出門也須略略打扮；還是我老人家等了他兩個好半天兒。(丑)都是你催的慌，帶累我這鳳凰頭梳得欠整，連這臉上粉忘記匀了半邊。(净)還有兩位相公未到，我們且先自坐下閑聚一會。(作列坐，互諢介。小生上)

〔南宫引〕【小女冠子】春風步屧隨花到，閑携伴，赴招邀。(生上)夢游何處香塵杳，枝頭欲倩嚦鶯報。

(小生)小生李含輝，字韞之。爲赴胡兄之約，特與子楚兄同來。這裏已是湖邊。子楚兄，和你同上舟中。(作見介。净)好了，二兄已來，等得小弟好不耐煩。(老旦衆)這位李相公是會過的，那一位呢？(净)那是孫相公，俱是我們同社朋友。(衆作見介。净)小厮快些擺席，一面就開船向湖心亭去。(副净應。内作開船，衆坐席介。小生)二兄，你看山色青葱，湖波淡沲，真令人觀之不足也！(衆妓各送酒介。小生)

〔仙吕過曲〕【皂袍罩黄鶯】吹遍湖山春早，乍千重翠染，一抹烟銷。遥雲界斷曉螺高，平堤跨出長虹渺。雕鞍柳外，行來幾橋？畫船花底，蕩來半篙。看掠波燕剪頻依棹。(合)奏笙璈，坐將天上，潑盡碧葡萄。

(净)對此佳景，你們快些唱隻曲兒，以助清興。(老旦)我是老人家，唱來怕不中聽，讓你們後生家來。（丑）老秋，你的嗓子好，你唱，你唱。（净）好，好！這孫相公假道學得緊，可唱個風月些的曲兒，敬他一杯酒。（貼）理會得。（丑）咦，孫相公好標致龐兒，老秋！這、這一秋到秋着了！

（貼送生酒介）

〔商調〕【黄鶯兒】（貼）春到小梅梢，倚門前，整翠翹，盼情人妒煞雙飛雀。燈兒影摇，人兒眼招，向床邊裉出淩波小。儘郎瞧，如何消受，一搦瘦身腰。

（净拍手介）唱得好，唱得動人。（扯生介）孫兄，你敢也雪獅子向火——酥了半邊。小弟今夜作東何如？（生）小弟自來不作此態。（小生笑介）子楚兄真好古撇。（丑向貼諢介）

〔仙吕〕【天香滿羅袖】（生）眼際鶯花空好，衹湖光展鏡，淡妝索笑。羨孤山處士清標，斷守得梅魂冷落。任脂妍粉嬌，任脂妍粉嬌，敢饞煞書生眼腦。春風片石，三生夢迢；桃花半面，雙峰恨高。儘深杯獨把，消得閑凝眺。

（净）郭二姐，你的妙音我是領教慣的了。難得兩位知音在此，也要唱隻聽聽。（丑）大爺，我傷了些風，喉嚨欠響。（老旦）大爺休要睬他。（丑）如此一定要我獻醜，方纔老秋唱的【黄鶯兒】，我也信口編隻唱唱罷。（净）極妙！

【黄鶯兒】（丑）一種學喉嬌，向人前，忒做喬：鼻尖搦出聲音俏，一腔兒略調，一腔兒亂號，如嘶似吼蒼蠅竅。（咳嗽介）嗽聲高，粉斑簌落，勾引得把頭摇。

（老旦）賈二姐，却不道着了你的本相。（丑）我從來是這老面皮。（净）不要亂諢，我們再盡興暢飲一回。（衆各送酒介）

〔仙吕〕【甘州解酲】（合）斜陽水面飄，聽笙歌幾處，送盡蘭橈。好領取風光滿眼，莫教他山色相嘲。（生）一天晴靄殘紅照，半角春城夕樹遥。逗的個閑情悄,盼不着飛來鸞影,眉月痕高。

(生)胡兄多多有擾,小弟就此先别,失陪了!(净)天尚未晚,爲何這等掃興?(小生)小弟也有小事,便與孫兄同行。(净)如此有慢,請了。(小生、生同下。老旦)到看不出孫相公風流少年,却這等古執。(净)不然如何人人唤他做孫痴。小厮!再放船近處一游,我大爺還要盡興哩!

(净)酒旗歌板綺羅香,　(老、貼)取次春風醉幾場;
(净)却笑司空看未慣,　(丑)湖邊閑煞野鴛鴦。

第四齣　詫美

(末扮裱匠上)刷帚漿盆日夜忙,淞綾刻紙費端詳;略教識得真和贋,托盡名家翰墨香。老漢單有文,在這杭城開張裱店,凡有晋唐法帖、宋元畫片,都是我家裝裱;又順便收賣幾件古董,因此人都叫做單骨董。昨日有王員外家送來美人一幅,要重綾鑲裱,今日天氣晴暖,不免替他貼將起來。(作貼畫介)待我且去吃了午酒,再來收拾别件。(暫下。生上)

〔南吕過曲〕【懶畫眉】長日書窗悶初加,没揣新愁對落花。小生自從那日一夢,心中若有所思。今日獨坐無聊,去訪韞之閑談消遣。閑行轉過市聲譁,逗眼屏闌雅,原來是一壁春工賣畫家。

哦!這裏是單骨董的店中,他家向來頗有幾種名人墨迹,待我且進去看玩一回。(作看介)這是董香光的山水,這是陳白陽的墨菊,都不見的逼真。這是王叔明的松山書屋圖,絹本太損,神采欠完,也無可取了!那壁厢新幀的人物一幅,倒還可觀。待我看是何人手筆?呀!原來是一幅美人圖,怎筆墨猶新却無款識?

【紅衲襖】莫不是貌湘妃清泪遐？莫不是賦洛神驚鴻訝？莫不是降王母染出雲旗下？莫不是戲羊權圖將跳脱誇？這都不像。你看這左邊，還畫着個鸚鵡兒在上。怎的傍銖衣幽禽挂，一似弄文鴛翠袖拿。哦！是了。敢則這莊嚴南海也，是個紫竹慈容莫認差。

畢竟還非，若是大士法像，怎生這鸚鵡有個籠兒鎖着？(作細看介)呀！

【前腔】則見他點腮痕暈淺霞，更那染眉黛渾如畫。底下況有凌波微露，上邊是緑雲低約瑶簪亞，下邊是絳幅深垂蓮瓣佳。不是玉天仙曾散花，恰似倩香閨剛挽髮。分明楚楚臻臻活在跟前也，那裏這人間萼緑華？

我想若是泛常畫的美人，不過艷麗妖嬈，脱不了畫工習氣；似此幽妍絶世，神態儼然，多管是人家閨中的行樂。待我唤主人家出來一問，便知分曉。老單在家麽？(末醉態上)裝就硬黄名迹好，飽將浮白老懷開。原來是孫相公，有甚作成？(生)正是。我且問你，壁上這幅美人，是那裏來的？(末)這個麽？是清河坊王員外家拿來裱的。(生)可曉得畫的是誰？(末)畫的是美人。(生)再不然，你可曉得是甚人畫的？(末)這又不是甚古人名迹，那個去考較他？(内唤末介。末)正是，老漢還不曾用完午飯，相公在此間玩，我去用了飯再來奉陪。(下。生)原來是王氏之物。但不知畫的何人，你看好不愛煞人也！

〔仙吕過曲〕【解三醒】是則是甚嬋娟這般瀟灑？淡妝成似玉無瑕，人間脂粉難烘托，畢竟個虚空描畫。衹是寫出這樣國色，也定然是個名手。若小生，休説眼中少見，就是摹擬，也怎能到此？怕姮娥不逗天邊影，便風月難摹雲外花。真和假，衹紙條丰韵，看煞嬌娃。

咦！這美人一雙俊眼，恰似覷着小生一般。

【前腔】他注秋波分明盼咱，斂嬌蛾含羞荅荅，溜釵痕一縷垂逋髮，多應是芳年未嫁。難道紅鸞作合憑虛枕，衹是青鳥相思守喚荼？春無價，你一窗幽思，我滿眼空花。

咳！若真有這畫中的人兒，纔不枉了是孫子楚的對頭。美人啊，美人！

【前腔】你耳輪熱今朝綉闥，有人兒評跋嗟呀。簾前學得情調法，便梅香悄語瞞他。有日玉臺夜韵聯紅燭，纔得暖帳春風認碧紗。温柔煞，怕雕籠漏泄，磕盡閑牙。

（末上，背介）咦！你看這孫相公，還對着那畫兒痴痴呆呆、自言自語，怪道人都道他是個傻子。（轉介）這畫兒相公如此愛玩，想是可入賞鑒的。（生點頭介）我想如今畫師，那有如此慧心畫出這般丰格，况且又不題款。

【前腔】甚丹青染得仙葩，除非影娥人現身説法。我孫子楚呵！活胭脂到眼剛撇下，没來由憑空挑達。老單，這幅美人多些價錢，賣與我罷！（末）又來了，這是人家裱的，如何好賣與相公？（生）待携將軟障千回叫，好撥動幽情一點芽。難詳察，這畫圖省識，知在天涯！

（生）小生奉别，改日却來作成。（末）相公請便。生意未成一件，牢叨却有半天。（下。生）我前日夢中所游，曾聽得鸚鵡相喚，敢是姻緣應在此畫？我記起學中有個巫門斗，他的母親巫媽媽，常説在王員外家賣花，得他周濟。如今便去訪他，問個端的便了。

人間有此是耶非，　　腸斷真真贈影稀。
懀向春風好防護，　　愁他化作彩雲飛。

第五齣　訪嫗

(老旦上)老眼看春慣,貧踪作活難;閑將花五色,换得米三餐。老身巫氏,在這湖邊居住。中年孀寡,衹個兒子巫二,在學中混日。老身自去覓些花朵,向城中幾個大家送賣,權爲糊口。今日晴和,且向湖邊采些時新花朵,好去城中走遭。

〔黄鐘過曲〕【鮑老催】每日裏向湖山厮趁,看罷了夭桃穠李,睜眼鮮新。一竿兒和烟挑盡東風恨,添得個香閨春。帶笑看,含顰問,把天工碎剪增人韵。這生涯白占也與閑身,衹榆錢溜得個些兒本。

(作携籃欲下。丑内叫介)娘,且慢些出門,我來有話説哩!(丑敝衣上)學中老爹窮得化,學中門斗没個怕;早上教賒腐半斤,短了秤兒遭他駡。娘,昨日學中的孫相公來找你,説甚要緊話。你不在家,等了半天。説今日還來相訪,休要累他又走個空。(老旦)如此,我在家少待便了。(丑)娘,你自等他,我赴學中答應去也。(下。老旦)不知這孫相公有甚話説?(生上)

〔黄鐘引〕【翫仙燈】誰家問訊,一幅天邊粉本?心中眼底有全身,纔斷却魂厮近。來此已是,巫媽媽在家麽?(老旦)原來是孫相公,裏面請坐。(各坐介。老旦)老身昨日失迎有罪,不知相公到來有何見諭?(生)小生呵!

〔黄鐘過曲〕【降黄龍】衹爲有個人人,薄媚天然,粉臉生春。料是綉閣藏嬌,曉妝緘怨,待年丰韵。東鄰,玉容何處,衹少個蹇修接引。待紅絲一朝牽傍,任地酬恩。

(老旦)敢是要老身作伐,但不知是那一家?(生)便是媽媽常説的清河坊王員外家。(老旦)原來是他家。果是一位好標致小姐，但不知相公何處見來？（生驚喜介）真、真個他家有個小姐？（老旦笑介）這又奇了！是相公來要老身做媒，方纔還説得人兒活現，怎倒向老身問起有無？（生）媽媽，小生那曾見來？方纔説的是畫哩！（老旦）老身不懂，是什麽話？（生）不是。哦！是一幅丹青畫出來的畫也。

【前腔换頭】相親，盼煞迷津，祇一紙桃花，依稀雲鬢。若有福書生，相逢真個，怕銷盡痴魂。勞神，這佩環雲護，除半面畫工有分。媽媽，望憐取三生夢想，作個冰人。

（老旦）原來相公那處在畫中見來？（生）妙呵！是小生昨日在單家裱店中看了半日。（老旦）這小姐輕易不肯見人。他素好丹青，這畫敢還是他自己描的行樂。（生喜介）果然不差！小生也曾猜到。（老旦）相公來意，老身自當轉致，祇是一件，休怪老身直口説。他家員外呵！

【黄龍滚】明珠掌上珍，擇遍東床俊。相公，你雖是這般才品，暫滯凌雲，撇不去相如困。敢看上君家性格温存，是蘇季裘、王生硯、何郎粉。

（生）敢是媽媽推托，依小姐這般國色，難道不要覓個才子作配？似小生呵！

【前腔】安知長賤貧，筆下還自忖；便倚玉蒹葭，還不甚人兒蠢。媽媽，千萬殷勤，秀才家從來誠懇。憑撮合，美前緣，須着緊。

（老旦）相公所托，老身無有不竭力攛成。改日得了回音，便來奉覆。（生）敢煩媽媽便去一行，小生在此坐等何如？（老旦笑介）相公，那裏這等性急！既如此，明日老身準來相覆便了。

【尾聲】（老旦）鸞凰百歲天緣引。（生）媽媽是必用心。（揖介）我謝媒紅，躬身先盡。若得玉成此事呵！待細剪銀燈，看這畫裏人。

（生下。老旦）好笑這秀才，真個傻氣。王員外這席東床，千揀萬擇，輪到你這窮酸！衹是受人之托，也須與他説到。待我順便帶幾朵花兒，送與小姐也好。

尋真枉自惹魂消，　　流水胡麻道路迢。
明是秋風難着力，　　替他紅葉向空飄。

第六齣　婚拒

（外扮王員外上）

〔中吕引〕【菊花新】看花曳杖日移闌，閲盡春光兩鬢斑。（副净扮王安人上）半子膝前攀，難長伴暮年舉案。

（各坐介。外）老夫王崇禮，安人施氏，年過六旬，止生得女孩兒一個。所喜他儀容端淑，性格聰明，雖然弱女非男，也虧他慰人老眼。（副净）員外，我想女兒年紀長成，你朝也替他擇婿，暮也替他擇婿，畢竟幾時纔擇得成？（外）安人，我豈不心焦，衹是我家女兒呵！

〔中吕過曲〕【粉孩兒】他玉無瑕，恁芳姿嬌在眼，更知書達禮，性兒婉娩。須教覓取好門闌，伴桑榆也聊慰衰顏。等閑間配個兒郎，怕遺他終身愁嘆。

（副净）員外，似你這般説，可不擔誤了他！

【福馬郎】自古桃夭休待晚，況須他娱人暮景，如何遲慢？偌大臨安揀擇，少甚芝蘭，直的恁煩難？誤青春倒不生愁惋。

（老旦攜籃上）常來庭院行還熟，難就絲蘿説恐嗔。老身受了孫秀才再三相托，衹得替他走遭。你看他兩個老人家，恰好都在中堂。（見介）員外、安人，老身萬福。（外、副净）巫媽媽少禮，請坐了。（老旦坐介）員外、安人，一向納福。（副净）你老人家好？（老旦）老身衹是鎮日窮忙，有甚好處？（外）媽媽今日特來，敢有甚話説？（老旦）正是有句閑話，來與小姐説親。（副净）來的好，我們兩人正在這裏争論此事。但不知你説的是那家？（老旦）員外、安人聽禀：

【紅芍藥】有一個黌舍青襴。（外）是個秀才。姓甚麽？（老旦）家風舊映雪初殘。（外）是姓孫。有多少年紀呢？（老旦）問二九儒巾正璀璨，是傅粉少年何晏。（副净）家道何如？（老旦）書生四壁都等閑，料不愁口頭茶飯。員外，那秀才好個才品。幾多時名噪文壇，敢衹待雲程催趲。

（副净）原來是個窮秀才，這人家我是不許他的。（外）這孫秀才，莫不是唤做孫子楚的麽？（老旦）正是。（外）我一向聞得有個秀才孫子楚，才學頗好。衹不知爲甚人都叫他做孫痴？今年我在學師處拜年，曾見他一面，果然好個人物。衹怕家中太清苦些。媽媽，

【耍孩兒】若論人家好風範，况芹香早掇，讀詩書奮迹何難？愁他，守一衿貧迹雖難慢，借三痴書鄉何日返？（老旦）員外，這相公痴是不痴？（外笑介）甚來由，人調侃！

（副净）媽媽，我家如何擇婿你是曉得的。這個傻子，又是窮酸，怎肯許他？我家衹這個女兒呵！

【會河陽】掌上珍憐，嬌似花看，幾多豪俊都曾揀。酸寒，擁將羅綺，香閨鎮閑，貧操作如何慣？東家，敢看上黄齏案；西家，敢挫煞呆生眼。

（外）媽媽，論起來貧富倒還不論，衹怕此子欠個發達。你與我回了他罷！（老旦）老身也曉得這人家不中員外、安人之意，衹是他再三央及，不好逕自却他。

【縷縷金】（老旦）姻緣事，百年關，敢輕言人第，没包彈。（外、副

净)不是前生定,赤繩難挽,他書中怕少玉姗姗。(外)媽媽好生去回覆他。(老旦)曉得!(合)休教漫凝盼,休教漫凝盼。

(老旦)老身順便帶得幾枝花朵,好去看看小姐。(副净)如此媽媽請同到後邊;你自去看他,我不奉陪。(外、副净)祇因愛女難求婿,(老旦)却笑爲媒未到家。(同下)

〔南吕引〕【稱人心】(旦上)因嬌慵慣,偶地畫樓閑盼,不關情春光待闌。

(貼引老旦上)媽媽,隨我這裏來,小姐在樓上看花哩!(老旦見介)小姐好高興!在此看花。(旦)偶然消遣,媽媽請坐。你一向好?(老旦坐介)多謝小姐,托賴照常。湖上開了一樹碧桃,倒還嬌艷,特地采得數朵,送來小姐插戴。(旦)又生受你!(取花看介)果然好顔色。倩奴,你去供在瓶中,明早與我插戴。(老旦)看小姐這般天姿國色,真個花也不如。怪不得有人見了影兒,慕的顛倒。(旦)媽媽謊説,我幾時着人見來?(老旦)小姐不曾見,則見了小姐的春容。

〔南吕過曲〕【大勝樂】是你巧丹青漏出雲鬟,驀地書生驚到眼。(旦)倩奴,敢是前日畫的行樂被人看見?(老旦)差也不多。(旦)我又無題款,便見了知是誰來?(老旦)他桃花悵煞尋源晚,閑訪得在人間。這人特地央老身來做媒。(貼)小姐喜哩!(旦作羞不語介。貼)媽媽,員外、老安人允他不曾?(老旦作摇頭介)祇爲悲秋貧盡才如玉,枉了擲果人憐貌似安。我看小姐呵,生就珠圍翠繞,甚酸俫,天邊畫得眉彎。

(貼)這人畢竟姓甚,是怎樣的人?(老旦)是一個孫秀才。員外嫌他有些傻氣。(貼)敢是人人傳説六指頭的孫痴秀才?(老旦笑介)原來倩奴姐也曉得。(旦)劣丫頭!你那裏知道這些外人?媽媽,我想人怎麽却有六個指兒?(老旦)這也是天生就的。(旦)

【前腔】問春纖幾許愁删，敢參得新禪數去單。怕拈毫把塵增縈絆，按瑶笙轉側難。縱然的添將巨擘能多畫，也衹好守得無名自暗彈。(貼笑介)媽媽，這親事不允的好，家小姐怕不憎嫌他這怪狀！要除非他去了這個指兒。(旦)胡説！便駢拇莊生喻也，髪和膚，難道一般忍的摧殘？

(老旦)老身告辭。(貼)老安人吩咐留媽媽用了點心去。(旦)如此，你且下樓閑談一會。倩奴，將瓶内桃花帶到房中。你可吩咐門公將裱的春容快去取回，休再被人觀看。(貼)曉得！

(老)簪來一朵是仙津，　　(旦)休管閑中問渡人。

(貼)已被東風輕省識，　　(旦)從今長閉畫簾春。

第七齣　斷指

(生上)

〔商調過曲〕【二郎神慢】窗兒曉，恁遲延辜人懇托。巫媽媽説今早便有回音，怎不見來？敢則丈人行絮的忒裝喬，早難道女冰人忘了？好事多磨黄犬杳，盼得個款書扉一聲笑倒。添人躁，多應難合，懶把回言報。

小生昨日托了巫媽媽作伐，一宵睡也不成。你看曙色分明，想小姐此時在香閨敢也起來了。

【集賢郎】他緑窗遲日影漸高，正捲罷鮫綃；一枕黄鶯春夢悄，怕朝寒薰籠還靠。小生若得與你作對呵！金屋雖然愧貯嬌，肯勞伊雙蛾自掃，畫重描。還倩你添個書生，妝罷扶腰。

呀！巫媽媽還不見來，這親事敢有七分不妥也！

【賢郎聽黄鶯】暗中屏雀渾難料，容人到否藍橋？似小生這般人品，怕人間玉潤求還少，衹凌雲偶阻，一領青袍。似小姐這般國色，不嫁小生嫁誰？百年草草，便皇都幾個才兼貌？就這時候也還早，巫媽媽老人家敢則就來。盼花梢，恁般急色，望斷碧雲高。

(老旦上)平生不作媒和保，却爲閑情半日忙。老身爲孫相公姻事，恐他懸望，特地早來覆他。門上老賈纔則起來，待我自到書屋中去。(見介)呀！相公起得好早！(生驚問介)媽媽來了，親事若何？(老旦)老身走得乏了，待坐定了與你細説。(生)媽媽請坐，敢是不成？(老旦)老身到王員外家呵，

【囀鶯兒】千般攛掇敢憚勞，説君家才品雙高。(生)媽媽過獎了。(老旦)奈春風不省嚦鶯告，問東床怕衹迢遥。(生)媽媽，難道竟自不允，却怎生的推托來？(老旦)不過尋常推調，敢難識詩中郊島。相公，你別尋嬌，風流交甫，怕不遇江皋。

(生)媽媽，那員外縱不愛才，嫌我寒酸，難道小姐這樣聰明，也不曉得我孫子楚的才品？(老旦笑介)便是小姐曉得相公多個指頭，也曾取笑，敢也有些嫌你哩！相公，老身告別了。(生)有勞媽媽，怎麽好？(老旦)好説，勞而無功。正是：落花有意隨流水，流水無情戀落花。(下。生呆坐介)原來那員外嫌我貧寒，因此不允。咳！如今的勢利人情，那個能相士於驪黄牝牡之外？這也難怪他。衹是小姐，你但得個才郎，便小生多了個指兒，有甚争差也！

【鶯簇一金羅】我垂手待招邀，撫琴心，一樣挑，不曾減却檀郎貌。多少人家不多這指兒的，怎生及得我來！若袖梢邊衹索些兒俏，甚兒曹，費選喬。(作看手介)咳！我也休如此説，想小姐何等俊容？我這指兒實在也有些可憎。天那！你何苦偏在我孫子楚身上多生這一個指兒，好不做美！文壇幾曾分的勞，書中枉將添的嘲。我好恨呵！今日個春山盼斷，愁他黛毫，秦樓吹隔，辜人玉簫，良緣逗得個香閨笑。

我想都是這指頭誤事！桌上有佩刀在此，不如將他割去倒也乾净。咳！小姐，你怎知我在此爲你這般磨洗呵！（作取刀介）

【簇御林】我形慚穢，魂待銷，一指拚教和泪抛。祇是好不痛人，如何下手？（跌足介）嗄啐！我孫子楚若得小姐見憐，就死也何惜！情真敢惜惺惺報。（作欲割復止介）霜鋒欲引心撲跳。哎也！小姐，小姐！（割介）我命鴻毛，衹這血痕一縷，滲着您心苗。

（作痛倒坐上介。末上）應門添得三竿睡，報主謀來一晌餐。你看日色已是巳牌，好去請相公用早飯了。（作見介）哎喲！相公，相公！爲何暈倒在此？（生醒起介）不妨。是我嫌這多的指頭，故此將他割去。（末）相公又來了，這是生就的相兒，有甚妨礙？却生巴巴的割下他。相公，你真個獃了！

【琥珀猫兒墜】些些在手，有甚損秋毫？不道十指連心痛怎熬，一般遺體忍殘抛。難剖，又不是南八英雄，席上悲號。

相公，去用早飯罷，衹怕你身子疼乏了。（生）不妨。

【尾聲】人生疣贅除方好。（末）看染指幾人添到。（生）咳！這纔是透骨相思害的牢。

（生）孤桐自合斫孫枝，　　（末）衹恐琴心痛未知；
（生）有日卷然酬握到，　　（末）拈毫須憶斷腸時。

第八齣　閨逗

（老旦上）

〔北越調〕【鬥鵪鶉】俺不是花底蜂媒，勾將春色，衹爲那空外游絲纏來無賴。雖則是才子多情，相思忒害。不争他俊影兒逗的荄，却教俺熱性生憐，難看着誠心不睬。

你道天下有痴似孫秀才的。昨日老身去覆他親事,不合多了一句戲話,説小姐曾取笑你的指頭。誰想他竟自割下,今早裹着帕兒又來見我。咳!雖是他十分傻氣,也算得一種情痴。這都是老身連累他。若不向小姐跟前替他表白,心上須過不去。正是:易求無價寶,難得有情郎。(暫下。旦上)捲幃一夜夢初驚。(貼攜鸚哥籠上)小姐,你聽枝上嚦鵬恰數聲。(旦)祇恐春風不相識,(貼)眉尖畫出曉愁生。(旦)倩奴,着你催取的春容,怎還没有?(貼)早上門公來説,已曾去取。祇是明日便可送來。(鸚哥叫"客來"介。老旦上)人來綺閣三分艷,春到蘭閨一種香。(貼)原來是巫媽媽。(老旦見介)小姐,無事在此看玩鸚哥耍子?(旦)正是。(貼)媽媽請坐。你看我家這鸚哥好不靈巧!剛纔唤道客來,恰是媽媽到此。(老旦)看他這小小鳥兒,得在小姐身旁,也是有福哩!

【紫花兒序】則他在雕籠高挂,長祇自綉榻牢依。博得個笑靨輕開,受的是千般調飼,不曾有半點嫌猜。妝臺,一絲絲趾爪生憐毛羽揩,抹媚得佳人疼愛。等閑的斷盡情腸,不能够盼近香階。

(旦)媽媽,湖上再有甚好花,閑時折幾枝來與我。(老旦)這個不消説。(貼)媽媽,你看小姐今日插戴的可好?(老旦)小姐,

【天净沙】你打扮的是翠袖瓊釵,夢魂兒在月府瑶臺。怎知道有個塵凡不揣?你天然自在,却教人想花容損到形骸。

(旦)媽媽,你説的甚話?教人不懂。(老旦)是老身偶然記起一樁閑事。(旦)甚麽閑事?(老旦)便是前日來求親的孫秀才。老身昨日去回覆他,説小姐曾取笑你指兒。不想他竟自割去,你道痴也不痴?(旦不語介。貼)媽媽,那有這樣傻角,没來由却爲着甚來?(老旦)

【調笑令】他道來,恨難諧,待倚的兼葭愧不才,玉天仙衹合三生拜。望迢迢畫圖遥隔,是指天一縷連心拆,便形銷盡難斷情荄。

小姐,這秀才衹是可惜貧寒,論才品倒和小姐是天生一對兒。(旦不語介。老旦)

【小桃紅】他青衫灑落骨崖崖,生就何郎白。若得個對影窗紗鏡添黛,玉山排,朝酬夕和相貪愛。尋常的鴛儔活埋,一般瀟灑,難判説是貌和才。

(貼)媽媽,似你這等説,爲何人都唤他做痴秀才?(老旦)倩奴姐,那裏真個是痴,但是他讀書人呵,

【禿厮兒】染得這詩書真態,都不似市井虛乖。少甚漫天柳絮狂性改,他辨得個志誠獃,休猜。

(貼笑介)他見了一幅春容如此風顛,若真個見了小姐,不知怎樣哩!(旦)痴丫頭,别人家意兒,你衹管絮他怎的!(老旦)小姐,便閑説何妨。

【聖藥王】他説曉在懷,暮在懷,丹青一幅鎮安排。已是茶强挨,飯强挨,神魂顛倒撇難開,更禁得挂冠釵。

小姐,那秀才極會古執,今日却真是一片深情。(旦)媽媽好笑,這也干我甚事?(老旦)小姐,誰着你生得這般標致!

【麻郎兒】若不是姮娥流彩,怎牽將對月顔開?難比説書生稔色,他往常間眼不輕抬。

倩奴姐,衹是可笑他痴的没用。

【么篇】便是你俊才痛隔,泪灑,縱然的受消魂一指空埋。誰向你憐入骨千思漫睬,着甚的人兒禁害。

小姐,畢竟不知怎樣個有福郎君與你作對。不是老身多口説,終身大事你也須主張三分。(旦)媽媽,這個女孩兒家怎好自主?(老旦)小姐,

【絡絲娘】雖則女孩家婚難自排，也須知得個人兒好歹。怕解得琴心半貧客，難動你文君憐愛。

正是祇管閑話，忘了還有些小事。(貼)媽媽，何不再自少坐？(老旦)罷了，改日再來看小姐。

【收尾】閑談一晌消時快，笑痴儂書窗無奈。早話到日影轉疏簾，又聽了鸚聲送歸客。

(旦)媽媽有慢。(老旦)好説，倩奴姐休送，老身自去也！(下。旦)倒被他絮了這半日，好不耐煩。

(貼)依倩奴看來，那秀才雖則是痴，倒也是個情種。(旦)管他則甚。你且收了籠兒，隨我中堂去看老安人來。

(貼)惺惺須與惜惺惺，　　(旦)若個拈花太着形。
(貼)小姐你籠盡春纖憐翠袖，　　(旦)殘鶯嚦煞總休聽。

第九齣　朋剖

(生上)

〔正宫引〕【三疊引】春衫添得泪紛紛，一片情腸痛引。寂寞自書空，没個人兒睬問。

小生前日發憤去了這枝指，又托巫媽媽去致意小姐，你看他并没個回音相覆，不知果然去也不曾。咳！小姐，難道我孫子楚這樣苦情，你還有甚憎嫌也呵！

〔正宫過曲〕【錦纏道】恨佳人，守深閨心兒太忍，不解書生悃。是伊家形容逗的銷魂，還則是受奚落些兒不嗔。那更拚骨肉爲卿傷損，便鐵石也留神。難道禁咒誦没些噫嘖？小姐，似我這般多情的可也少有。相思片紙殷，料守得終身誠懇。小姐，你若果肯見憐，也該就托巫媽媽來致意小生。恁迢遥阻煞武陵津。

(小生上)常將嘯傲憑長劍,差喜過從有故人。小生李韞之,久不見子楚,今日特來訪他。咦!看他呆呆坐定,不知是甚事着魔了?(作進喚介)子楚兄,何事用心若此?(生驚起介)原來韞之兄到此。請坐!(各坐介。小生)看兄獨坐,若有所思,可好請教一二?(生)小弟并無所思。(小生)休要瞞我。自古道察言觀色,洞見其情。兄如此光景,明明有甚心事。(生)是有件心事。與兄忘形之契,就說也不妨。小弟那一日正來造訪,經過單骨董店中,見裱的一幅美人十分嬌艷,細細訪及,知是王員外令愛的春容。(小生)那個王員外?(生)就是住在清河坊名喚王崇禮的。(小生)哦!原來是他。(生)小弟便央了個巫媽媽去做媒。(小生)他允也不允?(生)誰想他家嫌小弟貧寒,不肯相許。(小生)婚姻大事,原是兩相情愿。他既不肯,也祇索罷了!(生)兄啊!怎奈這小姐真乃天姿國色,不由人不想煞也!

〔商調過曲〕【高陽臺】眼底娉婷,心中婀娜,人間麗色難覓。一種天然,似湖光拭凈無別。(小生)祇是幅畫兒,兄又不曾真個見他。(生)兄呵!這畫不比泛常,兄還不曾見哩!嬌絶,是傳將纖手清鏡影,尋常的畫工怎設?盼瑶宫,玉容何處,忍容輕撇!

(小生)兄好看不破!他便美煞,既然不肯相許,也無可奈何。思之何益?

【前腔換頭】難協,他金屋豪門,珠幃愛息,肯隨寒措彈鋏?(生)小弟也還頗有才名。(小生笑介)如今世情,管你有甚才名。相馬先肥,便詩書滿腹休説。(生)難道小弟是長貧賤的?(小生)賒也,論婚多半求温飽,那問你困中豪杰!(生)怕還是媒人不善撮合。(小生)恁蓬門難瞞四壁,別勞饒舌。

(生)雖是如此,我想這小姐既擅丹青,聞得兼工吟咏,一定别具慧心。不瞞兄說，前日巫媽媽曾說他嫌小弟這個枝指，我已特地割去。若小姐知道，敢也動心。(小生)兄又來取笑了！(生出手介)兄若不信，請看便知。(小生作看大笑介)大奇，大奇！吾兄真可謂情痴矣！

【前腔】(生)難捨，自古佳人多憐才子，良緣怎地隔絶？他畫出無雙，肯容彩鳳輕接。(小生)兄此論亦太拙矣！(生)非拙，待他堅情一點相繫定，拚我這痛腸割裂。難道俊閨房不求君子，秖圖金穴？

(小生)兄説的都是迂疏之見，依小弟看來，此事有五不就。(生)怎麽五不就？倒要請教。(小生)待我細細剖與兄聽：王翁雖是長者，未必能取兄於寒措，一也；畫圖容貌不足爲憑，若説工於吟咏，如今人家閨閣略知識字塗鴉，便粉飾做班姬、謝女，二也；兄説才子佳人兩相憐愛，不過是傳奇中的套頭關目，文君司馬未必代有其人，三也；他取笑兄的指頭無非戲話，難道親事不成果真爲此？兄此舉秖是枉然，四也；就使小姐果然感動，彼此間隔，那逾墻鑽穴私情密約的勾當，亦非我輩所爲，五也。此事休得着魔，勸兄及早收拾起這段念頭爲妙。

【前腔】休劣，人隔天淵，事乖冰炭，巫峰魂夢枉切。不見面相思，書生何苦愁惹。兄若功名得意，天下豈少美婦人？高折蟾宫，做得天上侶，怕没個絲蘿攀結？就是兄要圖這親事，也不須着緊，秋闈在邇，待秋風，增君佳氣，看他眼熱。

子楚兄，小弟的愚論若何？(生點頭介)吾兄金石之言，使小弟一段痴情如夢方醒。秖這畫圖難信一説，小弟也疑，天下豈有如此美色？兄今日這番高論，小弟領教多矣。(小生)吾兄疑團已破，且同去外間散步一回。後日清明，聞得今年城中社會頗盛，與兄同往一觀何如？(生)極妙！

(生)藍橋且罷夢中探， (小生)齊大從來非耦慚。
(生)待遣按圖真索驥， (小生)愁君風月不勝擔。

第十齣 跋真

(旦上)

〔越調引〕【祝英臺近】午窗明，春幃静，曉篆冷殘火。行近菱花，整得搔頭墮。(貼上)又教點罷閑茶，抛將餘綫，剛耐過日長慵卧。

(旦)勸飯隨慈母，更衣唤侍兒。(貼)深閨無個事，看盡日初移。(旦)倩奴，這裱的春容，昨日送來，天色已晚不曾看得，如今可去取來一看。(貼)曉得。(取畫上介)待我薰起些香，與小姐細玩。(旦看介)倩奴，倒也覺得淡雅，祇是你看畢竟可還厮像？(貼)不是小姐，天下那裏還有這樣個標致人兒像他！小姐休説是你，祇這鸜哥畫來也如活的一般。(旦)你與我拿到鏡臺前，待我自家比并一番。(貼持畫向旁桌，旦照鏡喜介)呀！果然活現的是王寳娘也！

〔越調過曲〕【祝英臺】把影中人雙評度，重自拭輕螺，淺靨半分，薄鬢齊斜，一樣鏡邊含波。交睃，笑丹青立煞閑鞾，難似俺隨風側彈。還傒倖，合得苗條三個。

(貼笑介)小姐，看了你這般天然丰韵，休説偌大杭城，就普天下怕也少有。怪不得人見了這畫兒早慕煞哩！

【前腔换頭】彈破，祇這臉生春，鬢籠霧，千種意兒可。畢竟粉暈怕呆，脂染愁蔫，兀自數分難摹。小姐，祇是你這片慧心，更怎生畫得出？倭妥，便描成眼底嬌流，難貌出心頭才裹。恁香奩，等閑間有個知麽？

(旦)也罷!倩奴,你前日説畫上須有個款識,如今既已裱來,總則無人看見,可去取筆硯過來,待我吟詩一首在上,以作標題。(貼)這便纔好。(取筆硯上,磨墨介)小姐,可要紙打個稿兒?(旦)不消。(略沉吟介)取畫過來,待我寫上。(作寫完,念介)"一抹雲綃染淡裳,東風庭院自生香;閑情豈意流鶯問,除向雕籠伴曉妝。"待我添上個款。(再寫介。貼)小姐好吟咏。(旦)你與我挂在壁間一看。(貼)曉得。(作挂。旦細看介)

【前腔】無那,儘瑶牋染出江花,消得自摩挲。任教粉蝶過墻,宿鳥窺簾,衹見酬來你我。(旦嘆介。貼)小姐爲何長嘆?(旦)憐他,這般筆下曾驚,虧煞幽禽厮和。倩春光,須守得我生綃存坐。

(貼)小姐,這畫兒十分中意,衹少個姐夫在旁。(旦)噤聲!(貼)

【前腔】飄墮,看逗將一幅清光,誰許伴姮娥?長則曉鏡自描,晚幕虚垂,閑煞玉人香鎖。(旦)瞧科,這臺前影得全身,不争似頻時寂寞。倩奴,這幅畫兒早晚與我挂來消遣,須要好生看覷!(貼)却是爲何?(旦)衹恐半腔愁,却被春風吹破。

(貼收畫捲介)

(旦)新咏臺前點綴頻, (貼)筆床翡翠掃輕塵。
(旦)驚鴻漫擬蘅皋見, (貼)自向窗紗賦洛神。

第十一齣　社晤

(净上)

〔越調過曲〕【水底魚兒】春社紛忙,城中看的慌,難逢勝景,好來混一場。

學生胡慕杰,今日城中社會十分熱鬧,聞得扮演的許多戲文在内行唱。我没事時節還要尋些耍子，今日不免去盡興觀看一會。正是：遇飲酒時須飲酒，得高歌處且高歌。（暫下。小生携生、末隨上。小生）子楚兄，這裏來。

〔南吕過曲〕【香柳娘】（生、小生）乍書齋步離，乍書齋步離，漸聞喧攘，太平節物增閭巷。（末）相公，今年社會果然大盛，早是看的人已如此多了。（小生）便是，我輩正該出來一游。趁晴風唤人，趁晴風唤人，插柳遍門墻，遥紅杏初放。（生）衹怕十分擠攘。（小生）不要管他！便書生弱態，便書生弱態，也似棘院傳呼，拚教前向。

（外、副净扮男，老旦、丑扮女上。外、副净）年豐添美節，（老旦、丑）人喜遇春游。（合）今日好天氣，我等都是看會來的。（丑）千難萬難遇着今年盛會，那裏看個齊全纔好？（副净向外介）我打聽得都在清河坊取齊，我們那裏看去。（丑向老旦介）阿嬸，你好人，慢走些。我今日添了個高底兒，有些趕不上哩！（同下。末）正是清河坊寬闊些，兩位相公也到那裏看去。（小生）使得。（暫下。内鑼鼓，外衆忙上）會來了，會來了，快看！（衆雜扮"八番進寶"上，跳舞唱介）

〔北仙吕〕【寄生草】（合）這是鶻眼波斯客，虬鬚韃鞨兒。一個的珊瑚七尺高擎起，一個的明珠徑寸厮連繫，一個的龜筒猫眼紛拿遞。衹要得神王廣利善財歡，則看這漫天裝得金銀氣。

（會衆下。外衆）果然好齊整的會。（净上）

【香柳娘】聽鑼聲震天，聽鑼聲震天，摩肩争往，紅妝幾隊牽難放。（生、小生、末上）過閑街半邊，過閑街半邊，社鼓奏新腔，枌榆集神貺。（净見介）原來是孫、李二兄，想也是來看會的。（生、小生）正是。（合）總人生行樂，總人生行樂，偷得浮生，勝游一晌。

（衆雜扮"太白醉酒"上，唱介）

【寄生草】（合）這是李青蓮，貌太顛，三杯市上傳呼遍。他調羹吃了唐皇宴，吟詩蘸了楊妃硯，自稱臣是酒中仙。書生吐氣在金鑾殿。

(會衆下。外衆)我們跟他看去。(净)待我向前再看一會。(同下。生)韞之兄，太白一代軼才，可惜逃名詩酒；若不是傳奇搬演，這些庸夫俗子那知天上謫仙！(小生)正是，戲劇一端，流傳甚於史册。這些里閭觀誦，倒得個姓名不朽。我輩若得演入戲場，怕異日不人人知爲才子。(生)咳！休説異日，衹怕長安没有賀季真，就是青蓮復生，不免寂寞酒肆。(内鳴鑼鼓介。小生)此處太擠，前面稍自舒展，和你那邊看去。(同下。净上)有趣，有趣！我老胡出來看會，是要順眼兒瞧幾個婦人。同了他這兩位迂儒，定不爽快，爲此獨自前來，適興多少。(衆雜扮"蘆花蕩"上，唱介。外衆隨上)

【寄生草】(合)兩下裏刀槍擺，一般兒劍戟挑。這一個金冠白面攢眉告，那一個長鬚黑臉威風耀，氣得來無明怒火和天跳。他一聲喝斷灞陵橋，量這周郎年少如何了？

(會衆下。場上旁面挂簾，旦、貼暗上，坐内介。貼)小姐，不是老安人看了一回再三來説，你還不出來。你看今日的會，委是齊整。(作推簾，旦略望。净作看，貼下簾介。净背介)這是王老頭兒家，好個標致女子！

【香柳娘】(净)見華門麗人，見華門麗人，妖嬈模樣，眼前紅粉真無兩。我且不要走開，索凝眸覷他，索凝眸覷他，隱隱有嬌聲，搴簾定重望。(外衆)真個扮的熱鬧。(合)好喧闐勝會，好喧闐勝會，衹這故事般般，演來活象。

(丑指副净介)你這厮好混賬，怎麽趁鬧裏將我捏了一把！(副净)啐！你敢是活見鬼。你這嘴臉，我愛來捏你！(老旦)大姐，是你忒煞賣俏，這樣鬧叢中，知是誰來？(内鑼鼓介。外)休得囉唣,將次會又來了。(生、小生、末上)舊事新翻樣,閑情忙趁人。(净)又與二兄遇着了。(生)便是。(小生扯生背介)兄,你前日着意的太原麗色,便是這高門樓内。(生)原來是這家。(衆雜扮"游佛殿"上,唱介)

【寄生草】(合)普救寺佳人到,張解元着了魔,俏鶯鶯嚇得含羞躲,小紅娘斯趕得輕狂播,法聰僧也惹的蒼蠅餓。普天下佛殿有奇逢,三教堂多少的風流座。

(會衆下。貼推簾介)小姐,你看那扮的鶯鶯、紅娘,真個活像女人哩!(旦看生,作驚見介。净忙近覷介。旦)倩奴,下了簾兒,左右這會不過如此,隨我進去罷。(貼)曉得。(下簾,内暗下。净背介)正在有趣,可惜就進去了。看得高興,且到鄭老秋家鬼混去。(下。外衆)會已看完,我們各自回去罷!(丑作掉鞋,諢下。生作呆立介。小生)子楚兄,會已過完,回去罷!(生不應介。小生扯生,低笑介)人已進去,兄還呆看甚麽?(生)呀!

【柰子花】我衹道降天仙雲靄飄香,原來是意中人畫裏明璫。那裏的丹青逗人七分嬌樣,誰想道漭蓬山今朝真傍。端詳,怎一霎的天風吹往?

(小生)兄回去罷,街頭竚立,須不雅觀。(生)教我回那裏去?

【前腔】玉容兒眼底迷茫,佩環聲耳畔悠揚。一會的凝神定來,緊隨相向。呀!這是那裏?(小生笑介)這是清河坊街上。你怎鶻突?(生)想深閨此時斯望。(生略行,仍呆立介。末)相公怎的來?(小生)看他像個出神光景,和你好生扶他回去安息便了。(共扶生行介。生)惚恍,衹我的一靈兒知在那廂?

(小生)簫鼓聲殘樂事稀,　　(生)天邊仿佛有銖衣。
(末)　扶歸不爲枌榆醉,　　(生)一點靈犀傍夕暉。

第十二齣　神遘

(場上先設帳,旁挂春容、鸚哥籠介。貼上)曉鏡調來黛刷,暮床薰得香篝。作伴深閨嬌倩,丫鬟學盡風流。我倩奴隨小姐去看老安人,他們還在閑話。我先自回房收拾床被,怕他回來要睡。(作整床介)話猶未了,小姐早則來也。(旦上)

〔仙吕過曲〕【步步嬌】晚風斜吹入輕衫顫,怯盡長廊遠。(貼迎介)小姐,爲何燈也不掌一個,獨自行來?(旦)隨皓月,轉庭前;數徧花陰,驚回睡燕。(内打一更介)清漏一聲傳,漾羅幃先自的銀釭現。

(坐介。貼)小姐,老安人好話長哩!(旦)也還早,纔則初更。倩奴,你與我爐中添上些香,有茶取杯來吃。(貼)茶有在這裏。(送茶上,添香。旦看畫介。貼)小姐看了春容,自已愛煞哩!(旦)畫中人呵!

【醉扶歸】則你裊婷婷立煞這屏兒倦,淡生生名香掩的妍。便教你孤燈背得化非烟,也春風覓盡無從見。祇影中同夢逐人眠,難怪的含颦不語遥相眷。

(貼)小姐,夜深了,請卸妝睡罷。(旦)與我展開鏡兒。(貼展鏡,代旦除簪介)

【皂羅袍】(旦)除將翠雀珠翹一串,將指尖輕摘却,膩粉花鈿。(旦自挽髮介)緑雲一縷鏡中偏,挽來慵樣隨心便。(貼搭鏡介)收他暮燼,晨窗待研。更將長袖,殘妝半肩。展香窩,祇怕你這回兒倦。

(貼)小姐,被已薰好,請睡罷!(旦)你要睡自去,催人怎的?(作坐床上介)

【好姐姐】任幽妍,清宵不自牽,南屏畔,鐘聲乍轉。你閑愁没點，恁長更須够的眠？衾纔展，殘檠漫剔窗痕淺，綉枕頻敧夢影懸。

倩奴，下了帳兒，你自去罷。（貼）曉得。（作下帳介）殘更人待静，片晌夢應來。（下。旦坐起揭帳介）怎生今夜偏睡不成呵！

【隔尾】閑情没揣難消遣，衹簾外清輝伴得眠。（仍下帳介）知道的今夜芳魂何處遠？

（内打二更介。生上）夢來楚館迷神女，行近蘭皋戀洛妃。小生爲不捨得小姐，一徑相隨到此。怎一閃兒小姐何處去了？

〔越調過曲〕【小桃紅】跟定這翠鬟依約認無差，趁得個雲低亞也。横庭月影，曲廊畫檻美人家。這裏敢是小姐卧房？待俺逕自進去。早是流水引胡麻。則見的暈銀荷，掩緗奩，金猊淡，籠着羅幃下也，怎閃做室邇人遐。看這光景，小姐想已睡了。呀！那壁間挂的正是前日所見春容。（剔燈介）且重向畫圖中，挑殘焰細看他。

原來上面又添了幾行題款。（讀前詩介）"王寶娘寫照并題"，原來他小字寶娘，真好寫作，待我牢牢記着。咦！那不是畫裏的鸚哥，挂在架上。（行近帳介）我且休去驚醒他，先自偷覷一回。（揭帳介）呀！是好一幅美人春睡圖呵！

【下山虎】則這瑶釵斜墮，綉被横加，嬌斂星眸處，越增韵煞。一種香和，沁出枕函膩髮，薄霧多情最護花。待我低低唤他一聲：小姐！（且作呻吟，轉睡介）他囀鶯簧清夢遐，我驚破春魂應受打。待我再唤一聲。且住！他正是酣睡，怎好去攪亂他？耐定神兒化，已是仙津幸達，待看煞桃源一縷霞。

（内打三更介。生）衹得再唤他幾聲：小姐，小姐！（旦徐起介）

〔越調引〕【薄媚令半】倦回半榻，正是薄寒恰恰，甚頻呼耳邊輕聒？

(揭帳介)倩奴！(生)是小生。(旦驚避介)呀！你是何人，怎生闖入我房内？(生)小生孫子楚，爲愛小姐芳容，特地跟尋到此。(旦)呀！

【五韵美】驀廝隨書生傻，拘拘跳得俺心兒怕，潛來黌夜將人詫。(背介)恁般瀟灑，怎的没些禮法？(轉介)秀才快出去，莫待的閑驚覺，做賊拿。是仕女深閨，容人胡踏？

(生)小生自見了小姐這幅畫兒，千般想慕，今日容易得到跟前，怎生輕去？

【五般宜】我爲你對春容眼兒盼花，我爲你夢芳姿心兒悶加，我爲你透骨髓波查。(出手介)則這一指相思，險些痛煞。便做書生緣寡，恁誠心佳人須察。但袛望寒温半些，敢唐突天仙卧榻？

(内打四更介。旦)秀才，你便自多情，須知大禮嫌疑之際，怎袛管逗留在此？(生)妙呵！

【山桃紅】愛他殘妝一抹，半啓犀牙。颩的來嬌如畫，正含嗔覷咱。小姐，休袛不睬小生。你便是文君清寡，恰湊着風流司馬。(作挽旦，且背介)怎當這月半窗，花半庭，甚良宵，負了春無價也，須信是邂逅天緣没的差。(旦羞，背介)這羞態能禁架，玉容淺霞，早則是消盡温存憐煞他。

(旦)夜已將闌，秀才早自出去，不當穩便。(内打五更介)

【山麻秸】聽清漏，聲聲下，須省道鑽穴逾墻，是甚生涯？休差，奴是個守香閣含真棲托，休猜做琴挑求鳳，門迎待月，枉嘖閑牙。

(生)小姐，念小生呵！

【送别江神】俺袛爲懷絶代良緣望洽，須不學莽登徒輕狂調法。袛休辜抱柱眼巴巴，敢有日香車歡駕。

(内鷄鳴介。旦)哎也！天已漸明。秀才，休説别人，祇丫鬟來撞見，怎生區處？(生笑介)小姐休慌！(作挽旦入帳介)

【尾聲】你人前祇管嬌眠罷，休問俺雲踪那答。(指畫介)則這一幅花枝可也障的咱。

(畫邊暗下。貼上)一枕鷄聲人尚悄，半簾曉色影初明。往常小姐起的最早，祇恐呼唤，索去伺候來！(作揭帳介)敢還睡着？(旦醒介)秀、秀才，你快去呵！(貼背介)有些蹊蹺。(轉介)小姐是怎的？(旦)倩奴，你來了幾時了？(貼)也則纔來。(旦作望畫邊介)呀，原來是夢哩！(貼)小姐，你夢見甚來？(旦)説也話長。(貼)小姐，你往常此時恰好臨妝。呀！早則日影到窗，和你後房梳洗去來。(旦)今日好不懶呵！(貼扶旦行介)

(貼)小姐，你爲云何處恁闌珊？　(旦)一枕驚魂兀未安。

(貼)怪底清宵愁輾轉，　(旦)振人蝶影是無端。

第十三齣　巫招

(末上)天有不測風雲，人有旦夕禍福。我家相公好端端出去看會，回來不知怎的痴痴迷迷似醒非醒，看他像個失了神的光景。問着他，口中自言自語唤甚小姐，又説甚王家。想是看會時見了甚王家的小姐，少年人竟看出了神。今早求神買卜，都説是神失在西北方。祇得央人向王員外家説，要去招魂。再三懇求，方纔應允。聞得豆腐橋有個蔣師巫招魂召亡最是靈驗，祇索去找他一走。正是：皆因痴作態，致使病如魔。(暫下。丑扮男巫上)無恒不可以作巫，事人未能焉知鬼？饒他丈夫能古撇，多少閨中會偢睬。自家杭州城中一個蔣師巫便是。祇因口頭便捷，都道眼内精靈。雖如此説，不知俺這一家却也自來隆重也。

〔北南吕〕【一枝花】 一從那召巫陽天帝女，更兼着掌祓釁王朝簿。有幾個梗陽人傳來術，誇不盡季咸家授出徒。衹這抹媚虚無，那裏畏鬼專尋蜀。早則叢祠待滿吴，算黔嬴司得浮生，衹靈圉靠他賺俗。

論起俺巫家法力，可也不小。衹如今人剩是搗謊呵！

【梁州第七】大古裏祈水旱陰陽道達，小時節轉禍福灾病驅除。則那些紫姑鷄卜添家數，禳的去銜刀咤嗚，招的來剪紙嗟吁。辨屋角畢方野仲，貼門闌鬱壘神荼。視真仙夜光眼疏，厭白虎黄公命殂。遇則遇老東甌長年禱求，撞着個狠穆公曬來透骨。更怕那莽西門淹的沉軀，則這些靈芻紙符，都是俺家堂衣飯撑門柱。一任他顔家錮，有多少魄散魂離楚大夫，費煞尋呼。

休衹閑説，且往門首一望，怕有甚人來相覓。

【煞尾】那裏有浴蘭衣采仙靈附？衹落得説鬼談神口舌枯。非是俺符師毒口將人詛，這揶揄滿途，恁憂疑脱弧，怎得個作論的阮家郎親看取？

(末上)問到無多路，尋來又幾家。借問聲，這裏可是蔣師巫家？(丑)則俺便是。大叔那裏來？(末)我是孫家。因我家相公失了神，特來請去招魂。若得病好，定然重謝。(丑)怎樣的失了神？(末)敢煩就此一行，待我一路與你細説。(丑)如此待我鎖了門去。(末)可要備些什麽？(丑)大叔，我不像外邊這些人哄人多費，衹消本人衣服一件，和些紙馬便了。(末)這等同到我家準備就是，這裏來！(同下。外上)世間通病無人解，不信良醫衹信巫。好笑那孫秀才家，再四央人來説，那秀才害病，要到我家招魂。那秀才又不曾到過我家，這是那裏説起？撇不過鄉里分上，衹得允他。倩奴那裏？(貼上)員外有何分咐？(外)天色已晚，老安人在親戚家還不回來。你可請小姐到中堂，陪我晚膳閑話。(貼)曉得！(下。净扮門僕上)喳來寡酒嘗中聖，司得豪閽亦小康。員外，那孫宅家人同了個師巫在外。(外)你便領他前後一行，送着他出去便了。(净)小人理會得。(外)正是：權且信其有，須知畢竟無。(下。末持衣提燈，丑持紙錢上。丑)千張新紙陌；(末)一領舊生衣。(净)孫家的阿叔，隨我進來！(末)有勞引導了。(同進介。丑)大叔，你一面將衣裳展着叫喚，待我焚起紙馬禱告。(末叫相公，丑焚紙錢，净領繞場介。净)這是中堂。

〔中吕過曲〕【撲燈蛾】(丑)書生早自歸，書生早自歸，莫在他方住。墻角與梁間，閑鬼休教攀阻也。領將財帛，別向他家尋主顧。一盞燈光趁寒風，頭巾整頓從吾去。

(净)這門内是我家小姐的房兒，不消去了。(丑)這招魂是要招到了的，就在這門邊叫到便了。大叔，你也來禱告一會。(末)説的是，待我來。(叫介)相公，相公！

【紅綉鞋】郎君聽我頻呼，頻呼，休教戀着嬌姝，嬌姝。撇閑地返吾廬，來依着舊衣襦。憐哀告，老髯奴。

(生暗上，隨末行介。丑)大叔，你覺得衣上怎麽？(末)覺得沉重些。(丑)好，好！這是魂已附上。回去包管相公病體立好。(末)全仗了。(向净謝介)阿叔，多多驚動，煩你替我拜上員外，説我家相公好了，改日特來拜謝罷。(净)説那裏話！(净先下。丑)相公，隨我來，隨我來！

(末)落魄何因天一涯，　(丑)挽回紛若仗吾儕。
(末)暖湯剪紙歸須急，　(丑)若有人兮影暗偕。

第十四齣　旁覬

(净上)小子名爲胡俊,其實俊得糢糊。耳畔髭根簇速,頰邊麻點匀鋪。愛酒釀成糟鼻,嵌將瑪瑙珊瑚。一頂華巾闊綽,套來漆色頭顱。心中百般尖刻,人前滿口之乎。日日眠花宿柳,正頭親事還無。其實見了東施也愛,便房中揀甚精粗? 況且品貌略須彷佛,從來相女配夫。前日見了個人家閨閣,花容月貌難模。休説心中想煞,骨頭早是麻酥;怎得劈空抓到,立時錦帳歡娱。憑着我恁般有貝的才子,那怕不攀到了這天上的仙姝。我自從前日看會,見了那王員外家小姐,真是絶色。這幾日累得神魂飄蕩,没頭没腦。無人在此,待我來把他摹擬一番。(坐介)

〔大石過曲〕【賽觀音】則見他閃珠簾,驀地裏飄紅袖,恰露出嫣然笑眸。向粉隊含嬌厮鬥,任賣盡東鄰那風流。

則他這身邊那個丫鬟也够的俊俏哩!

【前腔】便這小梅香能即溜,伸皓腕纖纖玉鈎,怎比得龐兒左右。想他臨進去時那一聲,似燕語風前送悠悠。

咦,我老胡有日得與他一處兒呵!

【人月圓】畫堂前一對銜春酒,掩上門兒親携手,顛鸞倒鳳憑消受。我那小姐,但得個兒郎歡聚首,管他甚,一樹胡柴壓盡花柔。

祇是一件,聞得這老頭兒多時擇婿,怕老胡這樣品貌,還未必中意。

【前腔】他憐倩女肯配烏鴉偶? 還怕佳人覓好逑。啐! 我胡相公這樣家私人望,難道還配不過他? 祇要這老人家肯了,女兒家難道好自作主張？一般豪富門楣舊，便是良緣合對頭。（笑介）好快活，牽羊酒，多管的一朝許作鴛儔。

說得高興！向來有個相熟的褚媒婆，他慣走大家，便去央他說親，豈不美哉！（向内介）小厮每看了書房，我出去閑走便回來的。（内應介）正是：費得脚兒奔短巷，祇因眼裏戀嬌娃。（暫下。丑扮媒婆上）

【窣地錦襠】天生快嘴滑如油，賺得千家茶果收。去年織女嫁牽牛，送了我一分媒紅錦尺頭。

自家褚媒婆，兩脚會奔波。若是有人須作伐，快來尋俺這謊僂儸。（净上）褚親娘那裏去？（丑）原來是胡大爺，興匆匆的則甚？（净）特來尋你。（丑）早是凑巧，略遲一會，金朝奉家娶親，今日三朝，去上了席哩！大爺請舍下坐。（同進坐介。丑）大爺光降，敢有甚喜事作成？（净）正是特來央你做媒。（丑）大爺的親事難成得狠。我新年替你說了幾家，祇是不中意。（净）今番是我先自揀定的，包管一說一成。（丑）且說是那一家？（净）便是清河坊王員外家。（丑摇頭介）老身敢又没福得這分謝媒錢。（净）爲何？（丑）若說他家的小姐，果是生得天上有地下無。祇是他家揀婿好不煩難；老身也曾去過兩次，那老安人還好說話，這員外又是嫌長、又是嫌短，好不古怪。（净）自古道姻緣前定，似我這樣相當人家，管情一說便妥。褚親娘，祇要你呵，

【催拍】向華堂殷勤去求，說郎君黌門領袖，况是田園廣有，田園廣有。選不出人材俊俏，性格温柔。休教眼際東床，錯過良緣。一去說妥時，先是十兩脚步錢，謝媒禮加倍在後。雪花紋一允先酬，容厚報，賦《雎鳩》。

（丑）大爺相托，老身無有不盡心。祇是他家呵！

〔正宫過曲〕【一撮棹】論婚久，偏教費搜求，恁臨安相當少佳耦。似大爺這樣人家，却也難覓。青衿秀，况兼金谷風流，敢這華門第，没個别推頭。(净笑介)説得好！不枉了唤做豬油嘴。(丑)大爺，這還要看你的命，我的運哩！喜氣紅鸞有，旺氣財星凑。一聲兒，笑煞兩饞眸。

(净)豬親娘，是必千萬用心。(丑)不消叮囑，待我鎖了門便和大爺同行。

(丑)一綫紅絲金穴成，　(净)兩邊酬謝總非輕；
(丑)東家吃飯西家睡，　(净)祇恐胡顔欠瘦生。

第十五齣　酬咏

(生上)

〔南吕過曲〕【一江風】恨東風，吹斷人如夢，合眼妝臺共。便神兒化作閑雲，軟障長依，伴得多情種。魂歸一霎空，魂歸一霎空，便丹青何處逢？怨巫咸直恁把人搬弄。

小生前夜得到小姐深閨覿面，與他攀答，正喜棲身圖畔，還好漸近芳姿。多事的家人，偏來相唤，不合小生竟隨了歸來，纔悟得是神魂暗去。想那晚小姐丰韵千般，畫兒那裏畫得盡？便這神叙一番，也是小生儌倖呵！

〔正宫過曲〕【普天樂】雖則是巫山雲鎖虚調哄，須知道江皋佩影親隨奉。他宜嗔面半臂春殘，我驚睡態一帳香濃。我看小姐雖則詞色相拒，説話中間却十分眷戀。祇暗中怕不閑情懂，怎當得書生驀忽相挑弄。摒羅幃鎮煞惺忪，抱貞心夢魂知重。剛磨得龐兒厮向，恨他清漏偏終。

我將他畫中詩句牢牢記好，已自寫出在此。不免取出來細玩一番。(袖中出箋讀介)呀！細看小姐詩中寓意,分明指着小生。

【玉芙蓉】他雲綃一抹融,庭院幽香送。小生呵！似流鶯墻外,羨煞雕籠。你筆尖漏出春愁重,我影裏偷來芳訊同。千迴誦,是分明憐寵。會家吟,何時聯到玉臺中?

小生雖是下里巴人,也衹得來和上一首。(作磨墨寫箋,讀介)"仙雲何處想衣裳?神到瑶臺有暗香。(再寫讀介)安得將身爲彩鳳,飛來長許倚殘妝。孫子楚沐手敬和。"呀,且住!你看小姐名喚寶娘,我記得前番夢到天竺,壁間詩句藏着"寶山"二字,莫非小生緣分,畢竟應在畫中?咦!我那寶娘的妻,我那寶娘的小姐,你真是個希世之寶也!

【前腔】你藏珍綉閣重,我望氣珠簾迴。恰識將小字,鎸入心胸。(跌足介)我好恨老天!既生我孫子楚這樣才品,偏是一貧如洗,連這親事也見弃豪門。便揮成五色琳琅供,早望斷三山金碧空。祇是姻緣若果無分,爲何小姐芳名又在我夢中?情誰控,仗慈雲遥擁,慰相思,飄來七寶認玲瓏。

咳!祇是小生在此這般想念,不知小姐那裏可也憶着小生?

【前腔】芳魂一脉通,細想還疑夢。况燈殘月墮,别影匆匆。祇怕印來傅粉心猜動,憶到牽衣頰暈紅。將人迸,是無端曉風,敢也費追尋,圖邊迷煞楚王峰。

(末捧茶上)殷勤良友誼,辛苦老奴心。相公,請用茶。外邊李相公差人來問相公身體,可要見他?(生)你可與我多多拜謝李相公,説我身子已好,早晚便來相望。(末)曉得。相公,你又在這裏做甚詩文?病軀纔愈,還須保重幾天。(生)我自曉得。(末下。生)我想這番虚遇,畢竟無憑。待我將這箋上和詩，再托巫媽媽送去，小姐見了，知道果作神交，敢也信是天緣作合。

【前腔】他重簾鎖玉容，防盡東鄰宋。這半宵旖旎曾伴喁喁，縱然三生未許輕同夢，早是一曲先教和懊儂。小姐呵！休攔縱，恁至誠情種。我待更爲雲，重飛殘影入閨中。

待我袖了這詩箋便向巫媽媽家一行，便間就去韞之家走遭，謝他相問。

求凰一曲和愁吁，　　隔斷臨邛是畫圖。
祇合芳名鐫彩筆，　　學他鸚鵡慢偷呼。

第十六齣　韵感

（旦上）

〔雙調引〕【梅子黄時雨】春去人間，庭院落紅迸，正嚦鴂數聲遥剩。怪東君作雨冥冥，甚將離又愁人半頃。

迢迢碧空長，吹此明月來；皎皎綺疏影，與我相徘徊。徘徊不能眠，漏盡蘭燼催。悠哉曉天雲，皺入雙蛾眉。奴家王寶娘，常時守静，不解閑愁。無端前夜夢見一個書生，説便是求婚未遂的孫秀才，十分向奴攀叙。不知怎的，向畫邊一閃，便自不見。雖則夢寐無憑，看他言詞舉止，殊覺可人。奴家雖未涉解佩之嫌，未免動聞琴之好。似此寂坐無聊，不由人不添愁悶也！

【風雲會四朝元】春歸人静，幽闌獨自凭。恰香銷風靄，幕卷雲影，一回心緒生。記頻年花謝，記頻年花謝。長則刺綉晴窗，覓咏閑庭，過盡梅黄，那些愁病，支得羅衫靚。嗏！没揣這關情，落月空閨，輕被東風省。不争的媌娥自寫成，把顰眉貌來剩。祇落得游絲暗惹，淹淹惜惜，對來孤另，對來孤另。

(貼上)盛來香稻供鸚啄，點出新茶數雀含。小姐，老安人請用午飯哩！(旦)我今日懶待去吃，你去請老安人自用罷。(貼)小姐，看你這兩日茶飯慵嘗，没情没緒，却是爲何？(旦)我自身子不自在，你好生去回覆老安人則個。(貼)曉得。正是：停針無限意，盡在不言中。(下。旦)咳！倩奴，你那知我的心事！想起那晚夢中，奴家雖則含嗔相拒，那生却好丰韵呵！

【前腔】銀釭斜耿，相看人瘦生。正殘衾驚靠，倦靨難整，向羞顔强訴情，揹幃邊頻近，揹幃邊頻近。絮語無端，笑慇聲聲，費盡纏綿，虚教管領，全不比輕狂性。嗏！累得待惺惺，半枕寒鷄，催斷東墻影。但不知那秀才果否這般灑落？青衫暗揣評，芳心爲伊梗。衹好妝臺倚遍，凄凄寂寂，斷腸誰并，斷腸誰并？

(老旦同貼上)頻來香閣静，(貼)好慰玉人愁。(老旦背介)老身因孫秀才相托，來送詩箋與小姐。(轉介)小姐爲何獨坐在此？(貼)我家小姐這兩日有些不自在哩！(旦)媽媽，怎幾日不見？(老旦)正是。老身少來相看，今日却有一件東西送來小姐。(旦)是什麽？(老旦)

【本調賺】是一紙瑶瓊，轉達妝前望細評。(旦)是甚麽詩？(老旦出箋介)姮娥咏有人，酬得費叮嚀。(旦看箋不語介。老旦)他説傍娉婷，中腸曾在神魂罄，畫上新題感示情。小姐，這詩可是你做的？(旦)是我偶然遣興，説甚有情。(老旦)小姐可有甚回音？(旦)媽媽説那裏話，這外人筆迹閨中怎好收留？你拿去送還了他。(老旦)這個，老身已接了人的，怎好送還？(付貼介)倩奴姐，你權且收在那裏。(貼作視旦，旦不語。貼接，置桌上介)正是。若去擲還，可不枉了那人一片意兒？(老旦)可不是。(貼)何妨領，花箋不過閑投贈，有誰折證？(老旦)怕誰折證？

(内唤介)巫媽媽，老安人請你講話。(老旦)來了。(旦)倩奴，你可陪着巫媽媽去答應老安人來。

(貼欲下。旦唤介)你休在老安人跟前多口。(貼)曉得。(老旦)難教慈母問，(貼)略遣小鬟知。(同下。旦四顧復取箋，看介)原來那生真個夢中到此！細看和詩，好不深情也！

【前腔】遥情嘿證，啼痕句裏縈。怎身爲彩鳳，伴得薄命？衹這些幻相逢，難暫停。我想那生爲着俺，不知怎樣的千般想慕？乍丹青偶見，乍丹青偶見，便是入骨疼憐，拚到殘生。我王寶娘呵！何意天涯，將咱傒倖？衹是我又不曾感着他，爲何便入夢中？着甚魂兒等？嗏！虧的他恁般撑，直到霧鎖雲迷，覓遍相依并。(貼暗上介)你看小姐，執着詩箋自言自語，不知説些甚麽，待我悄地聽他。(旦)咳！想起來奴家年已二八，未結良緣，若配得那生，也不辱没。誰得個天然是至誠，三生夢虚訂。則是我女孩兒家呵！知道終身何處，孜孜愛愛，可能斷稱，可能斷稱？

(貼)小姐，要知心腹事，但聽口中言。你怎樣的夢來，爲何瞞着倩奴？(旦)倩奴，你隨我這些時，却似姊妹一般，便説與你不妨。便是那晚夢見一個書生，説是那求婚的孫秀才，向我訴説根由。我衹不睬他，便自醒來。(貼笑介)那秀才怎樣個人兒，可配得過小姐呢？(旦)痴丫頭！是夢哩，那裏當真！(貼)小姐，雖則是夢，那生若不是神魂到此，這畫上詩句又没人瞧見，他却怎生和來？(旦)便是，這也難解。倩奴，你見我呵！

【前腔】雖是空園芳境，等閑間怕獨行。有甚的墻頭馬上，略記起半些人影。我隨他春去輕，衹這新詩暫遣，這新詩暫遣，須不是怨到東流，做個紅葉傳情。却緣何驀忽魂邊，逗出那可憎名姓？(貼)小姐既有此夢，敢是前緣相引。(旦)求婚已是回絶，還有甚前緣？他蹭蹬煞寒儒命。嗏！偶爾影相并，衹怕吹得斷的雲踪，轉眼東西迸。咳！總是不該畫這春容，紅顔與甚争？畫題待誰定？枉做得一腔無奈，顛顛倒倒，助愁行徑，助愁行徑。

(貼)小姐，休得煩悶，員外安人如此珍愛，怕不揀上個好姐夫。(旦)咳！這也休提。

【尾聲】我入懷明月空輝映，直倦入朝朝臨鏡。除衹會意的鸚哥，喚將殘夢醒。

倩奴，這桌上詩箋，你收拾過了，休被人看見。(貼)曉得。

(貼)牽雲曳雪意朦朧，　(旦)懶向妝前卜玉蟲。

(貼)一紙飛來青簡恨，　(旦)從今人在石蓮中。

第十七齣　媒慫

(副净上)

〔仙吕引〕【似娘兒】鬢影白絲絲，守釵荆勤儉隨時，牽衣虧得深閨侍。甚日門闌，添來佳偶，當個嬌兒？

老身施氏，衹爲女兒親事朝夕在心，怎奈員外忒煞揀擇，倒做了東也不成、西也不成。我想婚姻大事，總是天緣，况女兒年紀也不小了，早與完成，也了却一樁心事。今日員外到人家飲酒去了，不免向中庭閑坐一回。(坐介。丑上)媒婆媒婆，歪盡斧柯，撮合撮合，没有直説。受人之托，必當終人之事。前日胡大爺央我説親，連日有事，不曾得空。今早他又來催問，特地走遭。(進介)老安人萬福！(副净)原來是褚親娘。一向好？怎的許久不見？請坐！(丑坐介)老安人怎樣納福？老身是不要説起，多少這件行業，鎮日衹是窮忙。前日在吴朝奉家下定，昨日又是李翰林家小姐過門，都是老身做的媒，跑的人好不腿乏。(副净)可知發財哩！(丑)這也虧的老身一世老成，不肯説半些謊話，所以這些奶奶們都還作敬。(副净)今日却甚風吹得你來？(丑)今日是老身訪得一個上等人家，特來與小姐作伐。(副净)説起親事，教人肚皮氣直。祇爲我家員外，朝揀暮擇，總則不成，老身十分心焦，却又拗他不過。如今你且説是那家？(丑)我説的人家，包管老安人一聽便中。有一個胡大官人呵，

〔中吕過曲〕【駐馬聽】他有郭、石家私，門第連雲田産滋。説不盡宅中豪富，玉砌闌干，錦作罘罳。小姐若嫁到他家，添來珠翠滿頭支，裁成羅綺渾身是，妝點西施。休説那終身飽暖尋常事。

(副净)人家想是好的了，那郎君却是怎樣個人兒？(丑)若説人物，益發是杭城内聞名的。

【前腔】他二十丰姿，性格温柔蘭一枝；况是少年黌舍，擅煞風流，寫盡詩詞。他與小姐呵，天生俊俏一般兒，佳人配合須才子。老身祇爲老實不會得裝點，若論起這樣相當的人家，又是不争甚妝奩，没甚參差，祇消費來兩幅紅鸞紙。

(副净)果然如此，老身是極中意的了。祇不知我家員外若何？老身的主見呵，

【駐雲飛】没個庭芝，祇待半子堂前暮景持。祇是我家小姐十分嬌養，他解盡書和史，巧盡針和黹。嗏！配與肯妍媸，因而待字。祇是老身要緊得個女婿，望得早綰紅絲，好遂桑榆志。畢竟的百歲姻緣命所司。

(丑)老身説的人家，便員外也祇管放心。若是等閑，老身不比得别人，也不輕來啓齒。

【前腔】祇這個人品家貲，全没包彈閑話兒。兩好天然賜，不用閑占筮。祇是老安人，自古道：男大須婚，女大須嫁，也要及時。况且女孩兒多半是做娘的作主，老安人也須自己出些主意。嗏！母命古推慈，

些些權恃。現看着美玉於斯，選遍難尋二，莫錯過一綫良緣針引磁。

(副净)我曉得了，員外回來，我自竭力攛成便了。(丑)如此，老身告辭。(副净扯介)説那裏話！到人家做媒，茶也没有一杯，可不笑話！且同到我房中少坐去。

(丑)崔盧家勢自相當，　(副净)作合端須錦七襄。
(丑)直恁千金貴姿格，　(副净)等閑休作嫁衣裳。

第十八齣　娟病

(旦病裝，貼隨上)

〔仙吕過曲〕【月兒高】枕爐烟裹，虚衾倦頻倚，又是窗兒外幾陣疏風起。恁無奈，生生聽得殘鵑嘑。能更支他，幾天長日？

【昭君怨】(旦)過了杏花寒雨，人也待隨春去。倩奴，你鏡邊還則好商量，勸人忙。(貼)幾日眉痕减黛，添得捧心新態。小姐，你無情無緒，爲誰麼着愁多？(旦)倩奴，我這幾日身子着實不快，怎生是好？(貼)小姐，你是心中不自在，所以如此。衹開懷消遣，管情就健起來。和你庭前一望，階畔芍藥早則半開哩！(旦)有甚好看呵？

【忒忒令】任閑花開到湖山石西，照孤影正將離情味。受斜風剪剪雕梁尾，兀難分愁絲繫。一年年芳草萋，問春工甚心腸料理？

(貼)小姐，我看你心事敢爲着夢中牽挂？(旦)咳，我怎生爲此！

【嘉慶子】是無端窨約添悶積，恰殘夢的絲絲做影兒，知是天涯那裏？我憑墮日漫教眼迷，到眠坐煞費支持。

(貼)小姐既不呵，因甚這等淹煎情態？我看你呵，

【尹令】長則是和衣待睡，又厭的横床綉被。多半無聊吁氣，和着星星暗泪。茶飯怕擎拳，軟設設寬來舊帶圍。

【品令】(旦)我一謎凄寒，憑他玉箒偎。便把身兒温熱，難熨的鏡中眉。圖甚風光，趕上春歸，訴與閑追悔。衹雲和月，悟人憔悴。乍驀亂心情，冷雨殘鷄不住催。

(副净上)怪他少小偏嬌怯，不似衰年耐苦辛。我兒，你這幾日怎的身子不自在？(旦)母親請坐！孩兒不知怎的這兩日有些欠好。(副净)你今日可曾用些粥飯？(貼)老安人，小姐有幾日不曾用飯哩。(副净)哎也，這如何使得！食乃養命之原，一日三餐，怎好减少？我兒，我還去安排些來你吃。(旦)不勞母親費心，孩兒委是吃不下。(副净)你心裏覺得怎麽？(旦)也不怎的，衹是懶怠，神思欠安。(副净)是了，我新春爲你許上了觀音娘娘的香愿，不曾還得。我兒，衹要你就好，揀個日子和你天竺還愿去，也好散心。(旦)多謝母親。(副净)兒，你休要送，我去去再來看你。倩奴，你好生伏侍小姐。(貼)曉得。(副净)正是：欲求人免晦，須仗佛垂慈。(下。旦)娘呵，你那知我的心緒呵！

【豆葉黄】你愛嬌兒憑飲食，寬的咱迷厮。可知我半腔愁饜飫得難推，便人生温飽盡，那些兒滋味。恁般心繫，教娘怎知？衹何處將人發付，好花枝怕春暉照遲，敢待選盡流鶯空際？

(貼)正是，倩奴倒忘了。前日有個胡家來議親，説是十分豪富，老安人已是中意。小姐好自安排，早則喜哩！(旦)咳！你再休説起。倩奴，我不瞞你説，老安人衹是重財。你是知道我的性情的，我這幾日病體不因别的，便爲此愁悶而起呵！

【玉交枝】少甚麽釵荆比例，單則是争高論低。知道是王郎天壤如何地，輕付與一領銖衣。衹知人珠和翠增的輝，也須憐終身斷對。我守深閨甚日攢眉，却這答兒將人慌弃。

(貼)小姐慮的委是不差，如今這些豪家子弟，能有幾個解得讀書温存的？小姐，既是如此，何不告知老安人别作商量？(旦)痴丫頭！這事教我怎生提起？

【三月海棠】空悶砌，婚姻那見閨中議。衹憑將張主，愛否難提。倩奴，衹我也會算到，閑擬，若埋没嬋娟應命裏，索長齋綉佛今生計。一幅紅顔，寫出孤凄，拚教守盡羅幃味。

(貼)小姐休自愁煩，老安人雖則如此，員外向來細心。這親事也未見便成，决不到错配了你。

【么令】總萱堂愛憐無比，訪兒郎待的椿闈。他爲着人間玉潤幾遲疑，等閑間肯誤你美前程一起。况小姐呵，天生就俊香閨，料不放烏鴉錯隨。

小姐，依倩奴看來，那夢中人和得小姐新詩，又這等情深，到則是小姐一對兒！(旦)咳！提他怎的？倩奴，我想人生在世，與其羞顔清鏡，不如委質空花。則我這病體，倒也休慮他呵。(泪介)

【江兒水】驀然間珠泪滴，知爲誰？這般形形影影簾虚曳，冥冥悄悄門空閉，懨懨損損人添悴。况禁得狂風催，覓花老鶯唳，愁的個留春無計。

(貼)小姐，你休衹這般傷感。

【川撥棹】你屏山倚，所事兒愁漫理。早無端害得離披，早無端害得離披，須惜到千金玉肌。待相逢清影宜，慰相思同夢知。

(旦)倩奴，我若有甚差池，那鸚哥與你長携；這春容便將來相殉也。(各泪介。貼)小姐，休説這話。

【前腔换頭】(旦)我身似丹青化的灰，衹這一架幽禽唤盡悲。也强如塵外輕隨，也强如塵外輕隨，守得個瑶臺月飛。(合)怎相逢清影宜，嘆相思祇獨知。

(貼)小姐，天色已晚，怕你身子乏了，還收拾你床上睡去。(旦)

【尾聲】轉窗痕又早孤檠裏，則愁腸忒無明昧。倩奴，我呵，少不得搭伏定鮫綃數漏遲。

(貼)卷衣何處逐斜風，　(旦)挂盡單羅是緑蒙。
(貼)惟有留來琥珀枕。　(旦)然香守帳待遥通。

第十九齣　詰婢

(外上)有女中郎幸，無兒伯道嗟。那堪閨閣裏，多病怯如花。老夫祇爲一女過於鍾愛，爲他擇婿費盡心機。前日不在家中，有個胡家來此説親，媽媽十分中意。我今早去細細訪問，那胡生雖在黌門，才望不見出色，品貌也祇尋常，縱是家業頗饒，聞得還有些流連花酒。老夫心中已是不願，怎奈媽媽再三攛掇，又埋怨着我許多擔擱的不是。這幾日女兒又自不快，早上去看他，雖没甚大病，却是面容減損，意態淹牽，不知爲着甚麽。不免悄地唤倩奴出來，問他便知端的。倩奴那裏？(貼上)來了！一鐺綉閣纔調藥，兩字華堂又唤名。員外有何吩咐？(外)倩奴，老安人在那裏？(貼)在小姐房内陪着閑話。(外)我且問你，這兩日小姐身子怎麽様？(貼)小姐麽——他曉起梳妝半懶，午間茶飯全拋。懨懨害得越苗條，祇向牙床睡倒。(外)他瀟灑從來舊態，愁煩着甚今朝？多應觸犯性兒嬌，是你丫鬟倔拗。(貼)這是小姐自己害病，與倩奴何干？(外)哇！是你伏侍小姐，怎説無干？

〔仙吕過曲〕【惜奴嬌】則你厮守閨房，鎮朝隨夕侍，影形相傍。

他因何愁病，無端害得郎當？推詳，淑質雖然嬌模樣，蕙蘭心，天然爽。甚周章，敢祇挑將煩惱，是伊輕薄梅香。

(貼)不是梅香，倒是爹娘。(外)胡説！怎麽倒是我？(貼)員外不問，倩奴也不敢多口。小姐那般愛好的性情，員外想也曉得的。憑他這等容貌，這等才思，休説員外要覓一個出格的姐夫，就是小姐意中，豈肯輕易委身庸碌？祇因前日有甚胡家來議親，不合老安人在他跟前誇説許多豪富。不瞞員外説，小姐雖則生長華門，却最喜的是讀書寫字。他雖口中不言，倩奴看他自從那日呵，

【前腔换頭】彷徨，他添得愁腸，便闌干倚遍，長吁悒怏。慵拈針綫，閑吟也則抛荒。小姐雖不曾明説，閑時與倩奴談論，也曾道過。(外)道的什麽？(貼)他道的呵，輕狂，多少豪門增劣相，倒不如釵荆樣。孟家光，若不是伯鸞佳耦，須教甘老閑妝。

(外)咳！我爲他如此用心，怎肯將他終身耽誤？祇是他生在我家呵！

【黑麻序换頭】嬌養，厭珍羞，更紈翠，兀自腔腔。怕難如井臼，親操形狀。若把他嫁與個貧家，糟糠，輕將花朵軀，丢他寒儉鄉。費商量，祇這一個牽衣，却如何骯髒？

(貼)員外雖如此説，人各有志，不好相强。自古道：巧妻愁伴拙夫眠。若有甚不遂小姐的意兒呵！

【前腔】怨悵，他蠢簾帷，肯陪待，又難訴將。悶懨煎眼前，便怕摧傷。員外如此家私，左右在小姐身上，作個半子看承。斯像，但一般玉潤，門楣也有光。待添妝，略教分得王孫，須够相如貧況。

(外)這胡家，我本自不願，未必允他，少不得自有主意。你好去説與小姐，教他休得愁煩。(貼)曉得。全憑侍兒慧，訴與老親憐。(下。外)方纔這妮子倒也説得有理。起初那求

婚的孫秀才，不過清貧，人物是我見過的。人人道他飽學，焉知他這痴名，不是他埋頭書本不習外務的好處？祇是已經回覆了他，怎好倒去提起？如今且把這胡家先自婉言回去，慢慢再作商量便了。

掌珠一握費珍憐，　　知是姮娥愛少年。
休藉臨邛閑作合，　　祇須冰鑒自高懸。

第二十齣　再遇

（末扮僧上）一領緇衣三炷香，六時拜禮有壇場。休言我佛常清净，接引空山也自忙。貧僧乃天竺住持是也。我這禪院建在名區，更兼大士十分靈應，以此香火最盛。遥映的是三百頃湖光，旁連着有七十餘静室。南、北高峰，遠處半空雲靄；下、中天竺，低來幾派鍾魚。數浮圖是保叔、雷峰，看將去矗天隱隱；論叢林是净慈、昭慶，數不完别院紛紛。雖有那岳王墓、于公祠，能有多少義氣忠懷，尋來墮泪；便是些白傅堤、林逋室，不過幾個騷人墨客，偶爾題詩。怎如這一刹空王，便都似三生舊石。早起時，琉璃光淡，早引將滿院香烟；傍晚來，雲板聲殘，還添得幾家緣疏。則那些裝金的、挂幡的、捨錢的、施米的，不論鄉城婦女，盡對着寶像發心；或是那求子來、祈病來、問名來、禱利來，隨你士宦農商，都信道慈光暗佑。正是：十分功德雖無據，大衆因緣且作成。昨日有城中王員外家送來香金，説他安人、小姐今日來此燒香還愿。他是個城中長者，須向山門等待則個。（暫下。生上）别恨湖波闊，閑情嶺色深；何時跨雙鷲，共作白頭吟？小生祇爲撇不下小姐，又不知姻緣可還有分，心中委决不下，特來向天竺大士問個靈籤。你看，出得城來，好一派景色也！

〔雙角〕【北新水令】遥山黛染霧初收，颺炊烟半天疏柳。濃陰分樹色，曲澗瀉晴疇。日暖風柔，早則半聲鍾雲邊逗。

(暫下。副净王安人、旦、貼、老旦同上，丑扮老僕、外扮船家摇船上)

【南步步嬌】(合)趁取扁舟間携手，擬向蓮臺叩。(副净)老身爲女兒病體稍愈，感得菩薩有靈，特來還愿。我兒，你一路看些景致，也好散心。(老旦)正是。小姐，你看又是春盡夏初光景了。(合)山光帶樹浮，早則一岸新蟬，送人長晝。(副净)怎還不到天竺？(外)那前面高墻便是了。(合)遥望石壇遒，駕輕篷再得些時走。

(暫下。生上)上得山來，已是寺門在望。記起夢中到此光景，宛然在目呵！

【北折桂今】則見颭危幡天半雲流，翠柏森空，碧瓦輝眸。度疏風磬響清幽，衹這日影剛斜，粉墻依舊。催粥鼓闍黎飯後，沁旃檀居士焚修。舊夢前游，啞謎心頭，甚宗門空色無憑，難定因由。

(末上)相公那裏來？請寺内隨喜。(生)正是，小生特來瞻仰菩薩。(末)如此，請到方丈奉茶。

(同下。副净、旦、貼、老旦、丑同上)纔看離畫舫，早已到名藍。(末上)老安人、小姐，請裏面去。(副净)長老，煩你前行。(末)如此，貧僧引導了。(同進介。末)員外怎没有來？(丑)員外今日有事，不得脱身。(末)安人、小姐來了，總是一般，請向後院待茶。(副净)巫媽媽，我們先在觀音娘娘前拜了一拜，再向後面罷。(老旦)老安人説得是。(内鳴鍾，副净拈香介)菩薩在上，弟子王門施氏特來還愿，保佑我夫婦百年康健，女兒寶娘永無啾唧，早遂良姻者。(拜介)

【南江兒水】衹願慈悲護，將人灾晦收，鑒齋沐暗把虔誠佑。倩奴，伏侍小姐也來拜禮一番。（旦拜介）甘露從來情直透，望分將自在消僝僽，斂羅袂深深稽首。（老旦）倩奴姐，難得到此瞻禮，和你也來一拜。（合）好仗一片心香，把苦難休教領受。

（宋）請老安人、小姐後院便齋。（副净）又來打攪。（末）好説！（副净）曲徑通幽處，（衆）禪房花木深。（一面同下。生上，見介）呀！則這巫媽媽相隨的，可不是俺夢中的小姐？今日好徼倖波！

【北雁兒落帶得勝令】我衹道玉人兒眼底休，却原來可意種天然近。爲甚呵撞花宫作遠游，莫不是懺慈航尋佳耦？呀！敢還是一霎夢魂悠，聽清梵分明奏，法鼓金鐃喧的又，靠着這證相逢覺路幽。我想那年老稱做安人的，敢是他母親；那年小隨從的，像是個侍女小姐呵。綢繆，便不怕小梅香緊隨後；憂愁，可能的老萱堂許逗留。

我那裏還要問甚麽籤？且趕到後邊，再圖一見者！（暫下。末上）老安人，請這兩廊隨喜一會。（副净、旦、貼等同上）

【南僥僥令】（合）穿過經堂和佛樓，又向迴廊走。方丈前邊齋厨右，遍仰莊嚴尋步久。

（生上，旦作驚見介。副净）敢問羅漢堂在那裏？老身還要一拜。（末）待貧僧相引。（同下。生）

【北收江南】呀！覷多情恰正兩凝眸，可認得影兒中會聚首？他曲欄待轉費嬌羞，趄凌波回盼難存久。怎跟前訴愁，怎跟前訴愁？賺煞人，蓬山咫尺風吹驟。

看他一隊是取次出寺光景，不免先向山門外牢等，料還得相遇一回。（暫下。副净、旦貼等上）

【南園林好】向招提探奇乍休，别慈光他時再投，蒙恩庇回家拜酬。（丑）老安人，請回去罷！則那老長年候的久，老長年候的久。

(副净)長老請住,在此多多打攪。(末)有慢安人、小姐。(下。丑)天色漸晚來,船隻在前面,就請老安人、小姐下船。(生暗上,呆視介。老旦背向旦介)小姐,則這俊俏郎君,便是那傻秀才。(旦不語,斜視介。副净)修來今世三分福,(老旦)偷得浮生半日閑。(同下。生)呀!小姐,你竟、竟自去了。好不做美的老安人,便再停一刻也好。我看小姐兩番顧盼,比那夢中光景更是有情。教俺怎生撇得下也!

【北沽美酒帶太平令】佩環聲何處求,佩環聲何處求?眼睁睁不曾半句剖,怎當他兩次三番魂暗勾。似天邊卯酉,相望煞難的篷。呀!這天又早薄暮也。囀高松閑禽自幽,送歸雲殘鐘未休。墮斜陽波痕遥皺,隱輕帆緑楊厮凄。俺呵!望不盡人悠路悠,是神留魄留。呀!則索的死相思,今番承受。

(下。外摇船,副净等同上。丑)倒好順風,早望見清波門不遠了。(副净)我兒,你看天竺景致可好?散了這一會,又得菩薩保佑,管情身子便好。(旦不語介)

【南尾聲】(合)遥烟一抹催歸舳,勝景重談還在口。(旦)又則是一夢曇花觸舊愁。

鸚鵡媒下卷

第二十一齣　航度

（老旦扮大士、小生扮善才、貼扮龍女隨上）

〔北黄鐘〕【醉花陰】大地因緣一輪鑒，現水月浮雲點勘。垂瓔珞，鎮巉岩，幢影毿毿，吹動金容湛。睫兒邊南海擁空藍，洗不澈四洲中六塵暗。

善哉，善哉！欲知前世因，今生受者是；欲知來世因，今生作者是。吾乃觀音大士是也。垂象普陀，棲神天竺。白世尊而誓願，秉妙相以圓通。化來千手眼，群瞻法力無邊；普出大慈悲，始信真如有感。救苦難於萬劫億劫，作壽者相以度人；宏闡悟於十千大千，現女子身而説法。坐處六根不染，莊嚴净到白衣；灑將一滴均沾，煩惱消來甘露。正是：超得三明先定慧，拯餘六道有聲聞。（小生、貼各合掌作禮介。小生）敢問菩薩：法駕駐此湖邊，有何因果？（老旦）大抵佛區宣衍，各有善緣。所以須達多建舍於給孤，維摩詰談經於妙善，以至龍猛、馬鳴、提婆、童受四日照世，分濟一方。似我在此間呵！

【喜遷鶯】憑着這慈航没纜，證空明印月三潭，禪也麽談。散不盡六橋花馣，喜的那山影周遭護玉龕，碧澄澄雲半嵐。大古裏湖光清净,得多少覺岸閑參。

(貼合掌介)佛門三輩,坐禪爲上,誦經爲中,助衆爲下;似此入山向菩薩頂禮喜捨者,未知作何功德?(老旦)善哉問也!三教合宗,衹分善惡;我佛立教,不外勸懲。犯五戒者,强貌受持,不過蛇心佛口;守三循者,即念及物,便爲隨俗修行。則如今這些大衆呵!

【出隧子】説甚麽皈依投懺,染沉波入骨裹嗔貪。儘教他繞菩提展禮日朝三,怎能將一炷香填的恒沙坎,那裹有善信堅施女共男。

龍女過來!前此我慧眼照得孫秀才與王寶娘,原係吾門謫墮,應作塵世夫妻;已會命你將鸚鵡相付,以作機緣。昨日他二人在此相遇,將來配合非遥,還須與他接引。(貼)敢問菩薩:雖則慈悲遍覆,又道色即是空;似此濁世情緣,因何復勞法慮?(老旦)你却有所不知,從來積想便可成因,持情乃能見性。我佛宏願濟人,原不專在寂滅也。

【刮地風】雖則是消得三幡色相參,須知道一杯漿飽得饑饞,早是那孕摩耶破脅真源探。擾登肩欲障憑酣,捨靈軀鏁骨曾鑱。有幾個大解脱革囊透勘,抵不了小行持法喜親諳。假饒他愛馬拴,情網空,因芽枯黯。冷疏疏和天眷屬芟,便教俺坐蓮臺極樂何堪。

(小生)今日菩薩闡揚妙義,弟子已悟因由。衹是人物異途,畢竟這鸚鵡如何作合,還求指示。(老旦)凡物皆具靈心,即通佛性,况這鸚鵡隨我多年,豈不能指引迷津!

【四門子】則他隴山毓得金精闇,也曾受心經舍利含。問的個君王安否知恩感,緑衣封,義氣擔,緗翼兒鬖,絳趾兒攙。學嬴簫從教鳳侶驂,慧性兒憨,巧語兒諵,好引到頻伽共懺。

龍女聽吾吩咐：他二人緣分全在這小小禽兒引合，須用想内成因之妙，待他參通物外，各遂情中，仍令鸚鵡歸吾法座。

【古水仙子】借着羽毛般飛日晻，省得那意葉心香苦海滄。一個思婦纔通，一個楚魂厮賺；不勞的燕足紅絲遠寄函，化鴛鴦冢畔哀緘。衹費來精衛兩邊銜，準備着翁尼報喜媒紅啖，纔得個大衆遍和南。

（貼）領法旨。（老旦）善財過來！孫郎福根淺薄，雖經完聚，挫折尚多，百日之後，汝可持吾法旨，一致地府，一致文昌，與他始終調護。（小生）領法旨。（老旦）

【古寨兒令】他福分慚，福分慚，墮塵途九劫還耽，須仗這一綫金繩界幽黪。才和命，護春蠶，拜不盡，慈光覽。

（小生、貼各合掌介）南無大慈大悲觀世音菩薩。（老旦）善哉，善哉！

【挂金索】則這净瓶兒納盡情波，傾作藍橋濫；柳絲兒種出連枝，綰起章臺憾。蓮花座瓣瓣紅衣，拔的污泥蘸；紫竹林簌簌清風，散遍虓斑慘。

諸弟子！隨我空界游歷一番者。

【隨尾】好待寶筏三生脱沉陷，憑笑着强相攙字髮瞿曇。則願普天下做冰人的婆心都似俺。

第二十二齣　失鸚

（旦上）

〔中吕引〕【行香子】斷也間雲，何處天風，又吹的個人兒真近。爲他腸轉，爲我眉顰。斜陽裏，各自的悵迷津。

不如意事常八九，可與人言無二三。奴家前日隨了母親去天竺還愿，可可遇見夢中那生，凝盼幾番，痴情如訴。看他神含秋水，度拂春風，真乃不愧才人，足徵情種。教人好生撇不下呵！

〔中吕過曲〕**【泣顔回】** 一霎證芳魂，果是天然誠懇。三生難料，偏教形影厮趁。圖中夢裏，可端詳爲着誰消損？仗真如點破虚踪，剛付得睁睁交認。

我想那日怎便恰好遇着？敢還是那生訪得我去，特地相等。咳，母親！你教我散心，怎知道轉添愁悶也！

【尾犯序换頭】 紛紛，衹那深鎖六時雲。炷盡心香，難懺人恨。水月空緣，枉自逗的閑塵。相印，分得個孤燈遥背，難合到殘鐘暗引。待撇下，又無端牽入那温存。

（貼提空籠上）衹知學語能消悶，那識高飛會賺人。小姐，怎麽處？好端端的鸚哥在籠中，一煞時不見，如何是好？（旦驚介）怎、怎麽説？這鸚哥竟不見了？（貼）便是。挂在倩奴房中，轉眼間不知飛到那裏去了？（旦）天那！我王寶娘直如此福薄！衹這一個鸚哥相守，還不能够，好悶煞人也！

【榴花泣】香閨作伴，則你鎮相親。勞剪飼，費殷勤，衹一般慧性慣依人。閑調弄解得愁噸，抛離甚因？向妝臺怎再得輕喉問。剩雕籠望影心傷，餘香稻臨風泪忍。

（泪介。貼）小姐，休自不快。想這鸚哥是個靈鳥，偶然飛去，敢也還會飛來。（旦）痴丫頭！既已飛去，怎得回來？

【喜漁燈】又不是天邊青鳥傳芳訊，怎的翔千仞？撇羅幃何處棲身？全無定凖。月明華表難重認，便思鄉直恁抛人。休論，你聰明自忖，甚憶别經春遠引。

【攤破地錦花】（貼）任東鄰，怎比這朱門穩，却去趁人？小姐，過吴江少甚幽群，買到香奩，一樣堪珍。話來新，先换得梅香憫。

(旦)倩奴，不瞞你説，去年得這鸚哥，會夢見大士説道，我的姻緣在上，所以十分憐愛。今日無故失去，定非佳兆。

【漁家傲】衹道共命迦陵是夙根，待于飛證得良緣，分開怎忍？料來寡鵠今生分，誰更與道人方寸？不承望繫足傳愁，知甚的銜環報悃。則我今後呵，做了個失侶孤鴻泣暮雲！

(貼)小姐，既然有此夢兆，或者鸚哥飛去，到也不是無因，亦未可知。(旦)再休提起！便這幅春容，今後也與我收拾過了，休再挂在眼前。(貼)却是爲何？(旦)則我與這鸚哥呵，

【剔銀燈】一般的丹青寫真，含愁思相看厮近。聞聲對影平添恨，恰剩得離鸞誰憫？(泪介)悲辛，衹我這懨懨瘦損，怕不的化杜鵑飄零斷魂。

(貼)小姐休得煩惱。我想這鸚哥久繫籠中，又不是個仙鳥，未必便能遠去。待倩奴吩咐家人遠近找尋，便有人收得，好歹多與些價錢，買來還你。

【銀燈照錦花】銀墻外迷來麴塵，綉簾前現存粉本。難道舊時王謝尋常趁，武游郎迷踪會引？好學孤山，招手頻頻。恁銜恩，須認得主人門。

【尾聲】(旦)明朝妝罷誰相問？目斷了雪衣音信。(合)怎得個一剪重陪畫裹人！

(旦)半載閑窗得食馴，　　(貼)誰家銜得有紅巾？
(旦)直教片羽難長伴，　　(貼)也向銀床繫夢頻。

第二十三齣　羽化

(場上設幔。生病裝，末扶上)

〔商調引〕【憶秦娥】心搖漾，夢回支枕神添恍。神添恍，眼中形影，意中思想。

(末)相公，你好生支坐一會，待老奴去煮杯米飲來，勉强用些。(生點頭介。末下。生)塵世相思獄，人間離恨天。如何窗畔月，還到五更前？小生自天竺再遇小姐回來，無明無夜，想成一病。似我這書生命薄，生也徒然；衹是偏生的懨懨累日，磨障難完，教我怎生挨去呵！

〔商調過曲〕【山坡羊】顫熒熒是殘燈頻颭，黯沉沉是孤幃低障，冷颼颼是斜風的透簾，軟搴搴是袖角虛偎帳。日過了，夜兒又是長。迷暖見影看還往，轉側和衣卧總妨。參商，撇難開，人一方；悲傷，倦難支，愁一腔。

想我與小姐幾番相遇，都是枉然。那日夢中詩讖，明明道“寶山應不遠，須結再生緣”；推詳起來，料想與小姐今生緣淺，再無相聚之日也！(泪介)

【金落索】三生恨渺茫，一面空想像。恁的無緣，何苦神牽傍。咳！我拚得一死，衹一靈兒得長依小姐，也自甘心。難禁活斷腸，早飄揚。乞得深閨半碗漿，不能够温存緑綺調琴向，也得個生死藍橋抱柱長。衹是小姐呵，我便爲你而死，你可也感我這一片堅情？空骯髒，怕春風別館換明璫；枉了我爲着伊行，拚到身亡，做片石山頭望。

想了一回，神思恍惚，怎得一會便飛到小姐那邊？(作凝神介)

【金梧落五更】明放着人兒在那廂，怎得身輕往？(内鳴鐘介)又早是一枕遥鐘，譫掙裏驚殘響。朦朧月轉窗，南北東西費人凝望。(凭桌介)打叠個化飛絲，尋佛仿。(内作風聲，復坐起介)驀然幾陣簾鈎幌，滲的人魂，隨風倘恍。

哎喲！怎的我這會身子飄飄然，好似主持不定？

〔南吕引〕【哭相思】業身片晌自迷茫，瞑裏相思前路長。悠悠記取歸來境，一盞幽檠影半床。

(作徐徐凭桌定介。末持杯上)多病空資藥，無辜衹籲天。相公，熱湯在此，請用些再睡。相公，相公！哎也，不好了！相公竟昏暈去了。這、這便怎麼處？衹得且扶在床上，快去找個醫生來看是如何。(扶生入幔内介)咳！衹怕多分不濟事了！(拭泪下。内起更介。生魂扮幔後上)一枕斜風拂影凄，從天幾轉認幽蹊？茫茫可是人間世，欲覓瑶臺眼尚迷。小生一心要見小姐，竟自離了書齋，前來尋訪。喜得身子倏然爽健，趁此静夜，正好潛去走遭也。

〔北中吕〕【粉蝶兒】 一霎輕軀，悄冥冥隨風偷度，罨遥空月影轉荒衢。(内犬吠介)却緣何，聽吠犬，不住神驚遽？則這些夕樹蕭疏，踏將來幾重烟霧。

呀！衹是一望蒼茫，知道那一答是小姐家下呵！

【醉春風】恰便似蝶夢故園非，又被那桃源前度阻。待俺想一想，重門珠户記模糊，向影兒中數，數。怕的是雙鎖銅環，閑雲一抹，認來還誤。

(作鸚鵡飛上，繞場下介)呀！那裏這一個鸚鵡飛來，轉眼兒却又不見？

【迎仙客】這不是巴陵泛，和那隴山呼，那裏的現幽禽蹁躚暗舞？敢則下三危，王母奴。不勞你引到蓬壺，則向那悄香閨成橋渡。

我想小姐身旁也會有個鸚鵡，難道這飛來的便是他？

【普天樂】則你傍妝臺，無朝暮，受來調笑，替得傳呼。那會經怨别離，一謎裏嬌防護。則俺孫子楚呵，不能學桐花小鳳釵頭住，夢難酬頭白雙烏。枉做了三更嘑訴，盼不到一枝借與，恨煞人片羽難如。

(鸚鵡復飛上介)咳！鸚鵡呵，鸚鵡！則我此時若得做了你，徑到小姐深閨，便相聚有甚難呵！

【十二月】趁得你紅緣半縷，好飄將白鳥雙鳧。覓前緣月中繞樹，飽相思汀畔銜蘆。咦！難道我就做不得個鳥兒？憑着這非非入想，敢便也栩栩吾徒。

待我且拿住這個鸚鵡。(作向捉鸚鵡，忽暗下不見介。生張袖繞場介)

【堯民歌】呀！身何所，斗然間神似御風虛，遙隨着掠層垣一隊歸鴉去。待我疾行一會。(作疾走介)冷泠泠兩腋暗雲扶，渺翻翻雙足夕烟徂。須也波臾，珠簾掩月疏，是這答曾游處。

呀！這裏早則是小姐房邊，好快人也！

【净瓶兒煞】化出靈犀颺，休愁鳳翼無。早則是天風憐取，送來飄忽，聊向這雕籠一架認蘧廬。

第二十四齣　僕悼

(末上)皇天不惜窮儒命，老眼空悲舊主恩。我家相公患病幾日，昨夜忽然暈去，至今不醒。已曾請個太醫來看，説道脉息未絶，不見得便是身亡。却又一件，心窩不冷，手足尚有微温。天那！衹可憐見小人這一點苦心，保佑我相公還陽便好！

〔雙調過曲〕【鎖南枝】天憐念，恁苦寒，青衫半生賫志殘。不曾輕薄隨人，罪業難教挽。似我這般老命呵，則這犬馬軀，死等閑；便教代書生，有何憚！

呀！我想人那有暈去一夜還能醒來？衹怕畢竟不濟事

了。哎也，我那相公呵！

【前腔换頭】無端作長逝，教人倚望艱。不信你凌雲豪氣，似這般享盡黄齏，才命都迍難。空教我憐穎士，千萬般，撇得個老長鬟，甚投趲？

且住！若相公真有不幸，一些身後不會料理。衹有李相公向來慷慨，蒙他周濟；這兩日偏又不來，衹得去央個人，請來商量纔好。(拭泪，暫下。小生上)

【孝順歌】閑尋步，陋巷間，消憂靠將知己顔。我李韞之，鰥居湖上，家室泊如，又性厭俗交，衹與子楚兄過從投合。聞得他日來抱病，特去訪他。料得一枕助愁煩，千回素心盼。衹是他也忒煞多病，甚地沈腰减慣，貧病還兼，青衫長絆？此間已是。呀！怎掃徑無人，日高掩上雙環？

(扣門介)開門！(末慌上)來了！原來是李相公。來得恰好，小人正要托人相請。(小生進介)相公病體若何，爲何你這等慌張？(末)咳！我家相公一病懨懨，昨夜忽然暈去，至今未醒，吉凶難保，教小人怎麽處？(小生驚介)呀！有這等事！待我快去看來。(向幔中介)子楚兄！子楚兄！哎也！(出拭泪介)我那子楚兄呵！

【前腔】指望你忘形契，白首看，無端别離長夜漫。那裏的地下鋏空彈，枉教俺人間幘孤岸。衹是天生你這樣軼才，豈應短折！(哭介)難道修文悲嘆，造物憎才，一樣隨人河漢？閃得舊誼浮雲，不平煞彭殤滿眼。

(末)可憐先老爺一生清德，衹靠相公承續，所係非輕。

【孝順兒】則他傳清白，貧自安。天那！也須念一綫宗祧盼。縱是騰達命中慳，何妨壽遲晚，忍把芝蘭早殘！(哭介)我家相公若真有不幸呵，他三尺瑶琴頭枕慣，蕭條帳紙悲横眼，便一束生芻誰辦？

(小生)這個,我與你相公骨肉之交,倒不消慮得。(泪介。末)相公,看他身體未寒,太醫又説是脉息尚有,畢竟不知怎的。知道泉下何方,枉痛煞搴幃頻看。

(小生)原來太醫如此説,待我再自細看一看。(復向幔中作看,出介)呀!

【前腔】見他眸微瞬,息尚殘,欷來玉山不甚寒。敢是魄轉一時難,未必形辭百年嘆,且休泪潸。老賈,你且慢悲傷,我看相公多分還會醒來。(末)怎生見得?(小生)他前度巫陽招的返,則怕春魂依舊閑牽挽。便是古來再生的也儘多,何况肢體未寒,少甚非熊奇幻。(合)惟願花謝重榮,一會裏相携驚看。

(小生)老賈,你且休得驚惶,亂他魂魄。待我再去覓個好太醫來商量,及早救治爲妙。(末)多謝相公。

(小生)一生一死見交情,　　(末)爲吉爲凶眼底驚。
(小生)寄語緋衣須别召,　　(末)貧才未敢踏瑶京。

第二十五齣　鳥盟

(旦上)

〔仙吕引〕【糖多令】曉幕寂含清,閑禽未忍聽。妝餘又是小窗凭,怪煞唤茶聲静。空惆悵,嘆伶俜。

【如夢令】一夕隴山無主,吹去深閨伴侣。獨自剩幽吟,招遍鶴歸何處?何處、何處?目斷半簾一殘絮。奴家自天竺歸來,心緒十分牽挂。昨日好好個鸚哥又無端失去,好不悶人呵!

〔仙吕過曲〕【桂枝香】天然薄命,那許幽棲消另。便是翠羽啁啾,難伴老羅浮孤影。我輕衫泪縈,輕衫泪縈,衹這閑籠厮并,一樣羸瓶斷綆。甚牽情？衹落得夢逐殘雲散，人隨落月暝。

(貼携鸚鵡籠上)小姐，你道奇不奇？昨日爲這鸚哥四下找尋不着，倩奴恰纔見他好端端的立在籠中。小姐，你如今是不用愁煩了！(旦喜看介)果然好個靈鳥。倩奴，快與我挂好帳旁，休要又飛去了。(場上先設幔。生魂扮暗上，立幔後介。貼挂籠幔邊介。旦)我的鸚哥，自你撇我這半天，可知我怎生般憶着你呵！

【前腔】衹道你朱樓重趁，衹道你故山愁梗。不曾的夢訴妝臺，料没甚驚飛一頃。你輕離怎生？你輕離怎生？還多謝歸來芳徑，肯念我羅幃凄静。説分明，休教紅豆今番打，何處黄花别飼情。

(生幔内唱，旦驚聽介)呀！倩奴，怎的鸚哥竟霎時講起話來？(貼)哎也！敢是有鬼？(作共聽介)

【園林沉醉】(生)我是那映雪的書生志誠，剛借着雪衣逗影，費多少幽齋飛挣。尋來這好闌屏，把青衿刷整，透清露半身月冷。早是前游夢醒，劉郎暗迎，休猜做閑鷗不省。

(貼)小姐，是怎麽説？(旦)聽這口氣，恰像夢中那人。衹是怎生附着這鸚哥説話？真好怪事！

【沉醉海棠】他守凌雲鵬搴枉争，衹不過孤鸞悲哽。難道的化春情，嘑鵑魄冷，似輕喉相識還曾。難見影，怎偷向金籠，學語聲聲？

【海棠醉春風】(生)訴娉婷，我爲伊一病殘生迸。賴潛飛彩翼，送到簾旌。但長容妝畔依隨，敢懊恨枝頭答贈。摻來手擎，調來目成，絲絲憐愛，春蠶自縈。

(旦)呀！聽此情由，分明是那生爲我一病而死，托在這鸚哥身上，到此相尋。哎也！好傷感人也！(泪介。貼泪介)咳！

天下那有這樣鍾情的？小姐，這是你斷送了他呵！（旦撫籠泣介）

【姐姐帶六么】孤剩，我香閨守貞，負鍾情天教薄倖。咳！孫郎，我今日便將此身許你，不爭的你已自身爲異類，則今生再無相聚之日也呵！何緣交頸？你烏衣忘舊楹，悲別鶴，化嚶鶯。他生與你爲共命，他生與你爲共命。

【江水撥棹】（生）但許雙棲到，休將一羽憎。月中華表歸還省，祇相思百舌渾難罄。怕相依三匝終虛趁，難遣丹鷄作證；待銜衣强問名，索嬋娟片語承。

（旦）咳！倩奴，我想閨中待字，豈可以身許人，但彼既爲我而死，我亦當以身報之！（貼）正是。小姐亦非無情之輩。（旦撫鸚哥介）孫郎呵，孫郎！你若果然再作人身，我王寶娘誓不負心他適。皎皎此心，惟天鑒之！

【供養海棠】終身今定，但願同巢，誓不孤鳴。祇望你重還舊體，山鷓酬暮景，橋鵲度堅情。（泪介）便是你長爲異類，或是爹娘不諒，將奴別許，則我王寶娘呵，微軀牢贈。拚一冢鴛鴦厮趁，芳心依玉瑣，爲卿卿。祇是孫郎呵，你鴻鵠高飛，休遣寒盟。

（貼向籠介）小姐爲你這般立誓，可也放心。則你怎生得復人身，休辜負小姐這一段苦情便好。

【玉枝林】（生）一枝蒙訂，憑臆對悲慚合并。便春風吹作游絲，繞香奩感得惺惺。釵鈿無力擔誓盟，床頭覷定紅鈎倩。效銜環蓮瓣輕，待相逢自納證。

（鸚鵡作向幔邊銜綉鞋飛下。生隨暗下。貼）呀！那鸚哥銜了小姐一隻綉鞋，驀地的飛去了，却怎麽處？（旦）哎也！孫郎你竟自撇俺去了也！（泪介）

【撥棹帶僥僥】一霎催歸迴，教我盼層霄眼漫睁。恁鉤軥難盡叮嚀，恁鉤輈難盡叮嚀。望傳書無從寄聲，又則對着閑雲增愁思，生察察把離腸兩地縈。

倩奴，此事再休與員外、安人知道。你可悄悄着人去喚巫媽媽來，托他去探個分曉。（貼）曉得。

【尾聲】（旦）伯勞飛燕東西迸，甚重逢雕籠相等。倩奴，我前日畫那春容，説是"結個三生花鳥盟"，豈非前兆？則是日後呵，休化作墻畔幽花怨女形！

（貼）依人憐盡斷魂中，　（旦）倚遍鵝屏望眼空；
（貼）莫把堅盟嗤巧婦，　（旦）從今身作信天翁。

第二十六齣　玩履

（生上）

〔正宫引〕【燕歸梁牛】一瞬香閨似夢旋，雲漠漠，月懸懸。今番須不獨愁煎，情合證，意分牽。

蓬山何處路茫茫，幾度相思别影長。却借天風吹片晌，親將仙語訂蘭香。小生一病魂離，虧得神附鸚哥，得至小姐深閨，要他盟誓。我便取了他一隻綉鞋回來，以爲約信。到家後魂歸舊體，朦朧之際，不知鸚哥何往。想他竟是個神物，特地將小生引去送回，敢仍向小姐身邊去了。此番得小姐親口相許，憐愛殷懃，好不僥倖人也！

〔黄鐘過曲〕【獅子序】魂飛去，隨暮烟，向佳人勘破三生夙緣。借幽禽相識，情緒能言。何幸做骨肉般愛纏，肯向我訂比翼，定同心，誓黄泉。泪痕宛轉，不猜做日斜見鵬，枝外聞鵑。

昨日取回的綉鞋，待我拿出來細玩一番。（袖中出鞋介）呀！你看蓮鉤半瓣，珠朵一星；藏羅襪以生妍，納凌波而恰稱。好不令人銷魂呵！

【太平歌】衹這幫周正，底平娟，一捏纖纖紅熨淺。想燈前悄褪香生軟，苔階輕印塵隨顫。何意書生，銜得到口兒邊，罊盡可人憐。

祇是我怎生徑自飛回，便再與小姐攀叙一回也好。

【賞宮花】玉人望穿，到妝臺不暫延。解語蒙嬌惜，伴影合長眠。如今若要再見他一面，知是幾時？安得紅顏生羽翼，相思各自奮遥天。

(小生上)故人喜有生還信，知己重增相見歡。聞説孫兄竟得回生，特來相看。(進介)子楚兄，久闊了！(生)原來是韞之兄，請坐！小弟病中，重蒙吾兄關切，尚未踵門拜謝，今日又勞相顧，真是多多有罪了！(小生)説那裏話！吾兄果得回生，便是小弟萬分之喜。忘形厚契，争甚往還。(生)韞之兄，小弟原不曾死。(小生笑介)雖不曾死，長睡這一日夜，也虧兄好耐性。(生)小弟這一睡，倒也是萬分僥倖。(小生)甚麽僥倖？(生)待我細細説與兄聽。那晚小弟病中呵，

【降黄龍换頭】飄然，一霎時身逐飛鳶。霧暗雲迷，故園難見。(小生)敢是魂離？(生)便是。小弟正在彷徨，恰秦樓鳳影，付翩翩雙翮，遇得嬋娟。(小生)那個嬋娟？(生)便是王家的小姐。他身畔有一鸚鵡，那時恰好飛來，小弟便神棲此鳥，飛到小姐跟前，細訴衷情。蒙他十分眷愛，便將終身相訂。(小生)兄又來説鬼話了—是個鳥兒，他怎便把終身輕許？(生)兄呵！小弟并非鬼話。那小姐見我爲他一病將亡呵，相憐，萬般悲怨。誓今生做鶼鶼一處，便死也相戀。但守得兩情牢繫，怕不團圓。

(小生)兄但知其一，不知其二。小姐便這等相訂，婚姻大事也須待父母之命，他爹娘不肯，難道兄衹管變了鸚鵡飛去

不成?(生)這個小姐也會説過,倘願有難諧,他便以死相守。(泪介)若到那時,小弟也祇好做眼前韓重了!

〔南吕過曲〕【大勝樂】料吴宫肯化寒烟,祇華山幾也薄命連。便參辰終古慳相見,尋精衛海波填。他那裏半絲虚定鸞迴夢,我這裏一翼先排鴛埑阡。韞之兄呵!直恁貞盟間阻,恨没個多情磨勒,成就良緣。

(老旦上)好將綉户三分意,來探青衫一綫軀。呀,孫相公!聞得你有貴恙,恭喜已全愈了。(生)多謝媽媽,請坐!小生正欲特來造訪。(老旦)這位相公是——(生)這是李韞之相公,是我骨肉至交。媽媽有甚話,祇管説不妨。(老旦)原來是李相公,老身失禮了。(小生)好説。(生)這便是小弟往時説的巫媽媽。(老旦背向生介)相公,小姐因放心不下,特托我來探個明白。(生袖出鞋介)媽媽,請看信物現在。(老旦笑介)也虧你魂夢裏這般在心!(小生)子楚兄,看你這段婚姻,也在萬分難拆。何不托這媽媽,再去婉轉相求一番。(生)兄説得極是。(揖老旦介)小生正待專誠相懇。(老旦)阿呀!祇怕老身人微言輕。(小生)這段情由,在他父母跟前又難説出。我聞得王翁頗重斯文,向與學中往返。現在廣文是極重兄才品的,我和你同去,懇他鼎言作伐,媽媽再從中攛掇,或有幾分可成。(生拍手介)妙,妙!吾兄高見,真乃吾之留侯、曲逆也!(老旦)李相公説得極是,相公便可依議而行。老身恐那裏懸望,不奉陪了。(生)多多有慢。(老旦)好説。(欲下,生唤介)媽媽轉來!(老旦)怎麽説?(生低介)千萬與我致意小姐。(老旦笑介)老身理會得。(下。小生)小弟也就告辭。(生挽介)韞之兄,好人,便和你學中一行。(小生)那裏這等性急!一則恐兄病體還不好遠行。(生)這不妨!(小生)二則要去也須揀個早辰,纔見誠懇。

小弟還有小事，改日再來。（生挽介）兄休作難。便到小弟房中少坐一刻商量，明日早去，祇怕遲誤大事。（小生笑介）如此，小弟便自暫留。子楚兄，你真好情痴也！（生携小生同下介）

（生）如何即日慰三秋，　　（小生）須待鱣堂盡禮求。

（生）莫又鴆媒無信實，　　（小生）還君一咏到雎鳩。

第二十七齣　争姻

（外上）

〔仙吕引〕【卜算子】一事爲焦勞，惜盡牽衣好。眼底兒郎待締成，誰與商量到？

姻緣姻緣，事非偶然。算來天定，枉自愁煎。昨日學中老師親到我家，是專爲孫秀才求親。説他人品才學許多好處，祇今科秋試，便可决他必中；勸老夫休拘俗眼，嫌弃貧寒。又説他至誠君子，將來發迹，必不負舊忘恩，可爲門閭之托。老夫心上也是如此，祇是媽媽十分阻當。咳！我想終身大事，與其失身浮浪，不若厮守書鄉，那裏順着他們這勢利眼睛！祇好竟自主張便了。（副净内唤介）我兒，庭前榴花開了，隨我去看看。（旦内應介）

【風入松慢】（副净上）薰風吹暖鬢霜飄，暢好晴朝。（旦、貼上）離情幾許渾難告，甚花枝展的心苗。（貼）咦！小姐髻上一個蟢子兒。（取去介）不是新春彩勝，平添燕喜眉梢。

（外、副净坐介。旦）爹爹、母親萬福！（外）罷了。孩兒，你且坐下。今日好天氣，在此看花消遣一會。（旦）曉得。（坐介。外）我兒，你身子想已復舊，以後對此佳景，也須隨了母親中堂散心。（旦）多謝爹爹、母親。（副净）倩奴，你可去摘朵榴花，與小姐插戴。(貼應介。外)你看,不幾時又開到紅榴日子,真好快也!

〔仙吕過曲〕【玉山頹】庭葩綻早,吐丹房隔霧光摇。閲年華殘鬢長秋,對景物衰情遜草。(副净)想百年轉眺,守得個桑榆誰靠?(指旦介)除則這半枝花托。(合)好風飄,人生行樂,休祇管意憀蕭。

【前腔】(旦)爹娘聽剖,老年人閑愁合抛。念孩兒呵,不能耀華門弓冶增顔,還可奉春酒庭幃索笑。願椿萱長好,守香閣終身盡孝,也不枉劬勞報。(合)好風飄,人生行樂,休祇管意憀蕭。

(丑上)我做媒婆真像鼠,白日鑽求還夜裏。祇圖撮合一家成,沾得些微油到嘴。我褚媒婆,爲胡大爺親事,已經回覆,又苦苦要我再説。貪他厚謝,祇得又來走遭。來此已是,不免徑入。(進介)員外、安人萬福。呀!小姐也在此,老身萬福。(外)孩兒且自房中去。(旦、貼下。外)褚媽媽,今日到舍,有何見諭?(丑)正是,一來候候員外、安人,二來專爲小姐親事。(外)又是那家?(丑)便是前次説的胡相公。他人物、才學、家道三件俱全,還求員外、安人三思,成就此事。(目視副净介。副净)員外,便許了這家罷!(外摇頭介)褚媽媽,我自有主意,你聽我道來:

【玉胞肚】我這膝前嬌小,并無心攀將富豪。不須他金谷求珠,祇望做鹿車挽鮑。恁王孫怕没好招邀,苦向這寒門費舌饒。

(丑)這是員外過謙了。那胡家與員外這裏正是門當户對,又且女貌郎才。偌大杭城,輕易也尋不出這樣一秤秤來的。員外休錯過了這門好親事。

【前腔】良緣天造,等閑間空多貶褒。員外,幾多許錯了人家的,掌邊珠輕付蓬窗,閨中玉怨傷花貌。論家風休遣低高,則這美滿前程坐穩牢。

(外)媽媽,實對你説,我是個老實人家,祇要揀個忠厚志誠的書生招做女婿。似那胡秀才這等風流豪蕩,我那裏攀得上他?(丑)阿彌陀佛!難道像這胡相公還不算老實!祇前日見了老身,還紅着臉半晌説不出話哩!(副净)哦!我曉得了,你要揀老實的,敢是愛那孫痴秀才?(外)便這孫秀才,怎見得就不好?(副净)好是好,祇一肚皮的草。(外)胡説!這孫秀才人物是我見過的,論他飽學,那個不知?無非家道窮些罷了。(副净)可又來,女兒嫁到人家,可也要飯吃的!

【前腔】須教温飽,況且我孩兒生成恁嬌。若嫁了這窮酸呵,難道穿的是子建清才,吃的是潘安美貌?你昏花看上了他甚酸醪?這門楣也索被人嘲。

(丑)員外,安人説的是正理。(外笑介)你們婦人家,都祇是些勢利意見。可曉得賞識英雄,須在未遇。不見那戲上扮的王十朋,他岳母祇是嫌他貧窮,後來一舉成名,中了狀元,倒還享了那窮女婿的多少榮華富貴。(副净)呵唷唷!好個將天比地!

【前腔】(外)祇要人兒兩好,甚争差量如斗筲。似你却釵荆梁案生嫌,幾見憐冠玉陳門貽笑。你説女兒到人家須要飯吃,似我祇這一個女兒,便一世也還養活得他。若錯了對頭,教他終身怨恨呵,便金珠滿髻和着錦纏腰,怕掩面顰眉也够得焦!

(丑)員外、安人休得争執。婚姻大事,且自從長計較。老身告辭了。(副净)褚親娘有慢你。(丑)好説。正是:未見媒紅半點,添來搶白一場。(下。副净)好端端一個女兒,放着財主人家不許,定要將他骯髒,是甚麽主意?(外)安人,不是我苦苦拗你,

【尾聲】和你嬌兒一樣憐如寶。祇是你看孫、胡兩家,日後畢竟那一

個强？久後妍媸細評度。安人，我則這不慕富的心腸把得牢。

（外先下。副净）你看這老東西，主意竟自打定了。我如今有個道理，去喚巫媽媽來，與他説親事便允他，衹是我這樣人家聘禮須要十分體面：聘金百兩，首飾、尺頭每樣幾十件。備得來即便擇日過門，不然再休來嘆這窮氣。料他徹骨的酸丁，衹此儘够難倒他。他無顔再來説，也衹索罷了。好計，好計！

書生雙袖笑空張，　料得顔羞百兩將，
便是神仙重財聘，　也曾玉杵難裴郎。

第二十八齣　助聘

（小生上）一尺青燈七尺軀，讀書擊劍是吾徒。逋踪不學孤山冷，要遣風雲作壯夫。小生李韞之，弱冠游庠，凌雲尚滯，中年失偶，舉案憑虚。毛錐徒爾誤人，鳶肩幾時騰上？想起來好悶人呵！

〔北商調〕【集賢賓】問天天此身休負也，攬華髮自生嗟。醉還醒數杯濁酒，屈和伸幾寸殘舌。不懂的附鵬雲三語輕投，偏怎生困貂裘十上還賒。費多少唾壺敲壯心空暗結，看紛飛鷄犬更迭。儘一會狂歌拚弃割，怕你不斷簡再痴呆。

悶坐無聊，不免看書消遣一會。（翻書介）咳！我想天下幾多人，十年窗下，老死風檐，少甚不讀書的，倒得好處！

【逍遥樂】都則爲儒冠輕惹，受了磨折，兩般兒才命難協。漭長虹向螢案羈紲，便教你阿堵神通作論嗟，注就這書生囊篋。枉擔着五車賣弄，趕不上一貫傳呼，算將來吾道非耶！

我想古人寂寞窮途，所重最是知己；則俺結識得一個孫

子楚，雖則他拘墟繩尺，也欠那豪放襟懷，但較似今人的浮薄呵，

【上京馬】看盡這眼前嵐勢九疑叠，活閃閃掌内雲翻没半截，投至得風際槿花識面斜。按吴鉤白首難説，休待的相逢戴笠硬回轍。

(生愁容上)天教得婦慳貧骨，人爲無兄枉皺眉。小生爲王家小姐費盡心機，親事頗有可諧，奈岳母又偏生刁蹬。無可奈何，且來與韞之商量。(進介)呀！韞之兄，你却在家。(小生)正是。子楚兄請坐。(各坐介。小生)子楚兄，你的姻事怎麽了？(生)咳！不要提起。蒙兄鼎言，學中老師去竭力説合，王翁已有見許之心。(小生)如此是極妙的了，兄爲何轉是愁容可掬？(生)咳！怎奈那王安人十分作梗，説定要聘禮百金，尺頭首飾幾十件，纔許入贅。兄，你道小弟這樣寒儒，焉能有此厚聘？(小生笑介)兄也休怪他，這也是人家婚嫁的常情耳！

【梧葉兒】則他這玉女甘陪笑，少不的金夫去駕車。有幾個張負費幫貼，硬執定冷梁鴻釵强推，則苦淳于也身乾折。便百兩禮非奢，休怪是冰清古撇。

(生)便是索些聘儀也不爲過，怎奈在小弟身上，豈非明明相難！今早小弟走遍幾個親友家，思量借貸些銀兩措辦，誰料都則推托，并没一個應承。兄，你道人情之薄，一至於此！(小生)這原是兄錯了，如今這些人呵，

【醋葫蘆】假相知做意親，真肝膽誰能熱？一謎價華堂綺席鬧中蹦，肯向閑窩情漫捨？笑青衫沿門趔趄，便監河半粟，衹怕貸還賒。

兄，你如今待怎生計較？(生)咳，有甚計較！衹這將成的

親事眼見拆開。半載相思，衹索付之流水矣！（小生）呀！

【么篇】你下了死工夫待合成，爲空囊遭揹裂，他傲將秦贅長貧徹。咦，我好恨！（生）兄恨什麼？（小生）恨不能捲起黄河身畔瀉，把眼底炎凉看者，落得個紛紛市道。一筆孝標絶。

子楚兄，想他既已説出這話，兄若照數備去，料難再生他議。你不必愁煩，衹此項小弟一力擔當，少助一臂，爲兄完成美事便了。（生）韞之兄，休要相戲！衹你又非素封，便是爲弟焦思，也恐力不從心，焉能輕易辦此？（小生）看兄如此急事，怎好戲言。

【金菊香】都若是酒杯握手算周遮，緩急關頭費冷睫，難道的分金指囷血性別。兄，不見古人交道，甚危時羊左情切，何况夢中糞土不過這些些！

（生喜介）韞之兄，真真個？（小生）小弟雖非素封，尚有負郭少許，况且又無家室之累。儘弟所有，爲兄摒擋，算來尚足代籌，包管三日内與兄停妥便是。（生）衹是兄若如此典賣，一切日用，何以支持，教小弟怎得過去？（小生）不妨！小弟一身儘可自給。則俺李韞之的性情呵，

【柳葉兒】肯學那數牙籌守錢田舍，還羞那散黄金結客豪俠。有一日慰衝冠熱性頭巾卸，休説你平生誼，直的恁愁嗟，笑煞那狹心腸主父饒舌。

雖如此説，還恐他别生推托；小弟一面爲兄部署，兄作速便去説定，須要擇日便自過門。（生）兄見教得極是。（小生）

【浪裏來】他那裏艷東床容易設，你貧西閣開力竭。不勞的病相如典緑綺費虧折，略有個窮孟嘗聽長歌幫打疊。寶帳香車，準備會親筵，吃的俺醉成跌。

（生）吾兄如此高義，真乃今之鮑叔！衹是小弟受此厚情，

不知如何圖報？（小生）説那裏話！（生）小弟就此暫別。全憑石友雲天誼。（小生笑介）子楚兄，聊慰檀郎飢渴情。請了！（生下。小生）你看子楚欣然而去，俺即日便去典賣田資，休誤他好事也。

【浪裏來煞】往常間感寒袍兀待人，今日裏脱虚驂聊助客。都衹爲綉平原慷慨世情别，好教人對貧交難誒謝。衹要得踐千金一諾捷，俺李韞之呵，便做到短衣學射，難道的倚天邊一劍氣長賒。

第二十九齣　初諧

（丑扮老僕上）佳期注就天緣好，喜事添來老僕忙。我家員外，千揀萬揀，將小姐許了這孫秀才。今日過門，教我收拾庭院。忙了一日，幸已停妥。你看綉簾高捲，翠幕紛垂。畫屏十二曲，列來兩座春風；絳燭一雙輝，添出半廳晝暖。翡翠瓶中，插幾朵嬌滴滴剪彩名花，渾如帶露；珊瑚鼎内，吐一縷馥菲菲凌霄寶篆，散作飛烟。左右排着端端整整數重綺席，金盤象筯耀人眸；前後挂起飄飄拂拂無數華燈，彩帶珠球輝日影。預備着葡萄美液，衆賓朋酩酊今朝；另設的玳瑁芳筵，待嬌客懵騰此夕。正是：憑將金谷富，好助玉人歡。道猶未了，員外早出來也。（外上）

〔黄鐘引〕【玉女步瑞雲】白髪龍鍾，半子今朝添重，生喜氣衰顔飛動。

老夫拿定主意，許下了孫家親事。因秋闈在邇，及早與他完聚，好資助他認真讀書。擇定今日黄道吉辰，過門入贅。蒼頭，筵席等項可曾完備？（丑）已完備多時了。（外）請老安人出來説話。（丑向内介）員外請老安人説話哩！（副净上）雖然半子憑完合，争奈酸丁未稱心。員外，有何説話？(外)今日女婿過門，你也换些衣服，少停出來受禮。(副净)是你揀的好女婿，你去受禮就是了！(外)一樣自家女兒，怎説這話？(副净)人人都説孫家徹骨貧窮，前日那裏來這聘禮？想是借來的，敢怕過了門便要取討。(外)這也未必。便來取討，能值幾何？吉時將近，巫媽媽又是原媒，今日就煩他熟人伴送，你也快去相幫料理要緊。(副净)曉得的了！咳，好不高興！(下。净扮儐相上。丑)啓員外，儐相在外。(外)就唤他進來。(净見介)員外恭喜！(外)新人到門，即便通報。(净、丑應介。生儒巾吉服，末隨上)

〔羽調引〕【于飛樂半】盼秦樓，今日到。暗裏癢來心孔，聽笙歌催人如夢。

(丑)新姑爺已到。(外)儐相，就請嬌客進堂。(净請介)伏以玉面書生年少郎，佳人才子兩相當。今朝真作乘鸞客，添得花紅兩翅幫。(生進立介。外)蒼頭，快請老安人出來！(丑請介。副净上。外)女兒想已妝完？(副净)是完了。(外)儐相，就請新人。(净向内請介)伏以香閣新開蘭麝薰，良辰款步石榴裙。相逢不是閑鶯燕，紅豆從今打得勤。(老旦、貼扶旦上，照常贊禮拜介。净)交拜已畢，請新人飲合巹杯。(生、旦、外、副净就席介。丑向末、净介)賈叔，請一同外廂吃喜酒。(同下)

〔南吕過曲〕【梁州新郎】(外)熏風晴護，珠簾香擁，烟裊雀屏光動。喜儒冠瀟灑，藍田雙玉和同。怕不雲和高步，冰鏡增輝，添到門闌寵。頽顔虚繞膝，倚乘龍，眼盼東床一老翁。(合)瑶笙奏，霞觴奉，看紅絲引得天仙共。開綉閣，彩鸞控。

【前腔】(副净)頻年嬌養，一朝憐痛，驀地牽衣人迥。上頭親看，添來箱篋花封。輕遣明珠離掌，伴到寒齏，不管人攔縱。總然憑玉貌，丈人峰，敢靠煞閑茶强療窮。(合)瑶笙奏，霞觴奉，看紅絲引得天仙共。開綉閣，彩鸞控。

【前腔换頭】(生)爲蓬山訪盡千重，仗一派清簫身送。想玉人得侍，如何知重。衹覺華堂添暖，綺席生香，慚愧青衫供。藍橋真咫尺，意須同，兩地相思敢待融。(合)瑶笙奏，霞觴奉，看紅絲引得天仙共。開綉閣，彩鸞控。

【前腔】(旦)果伊行得到花宫，向妝臺還疑殘夢。正嬌羞無那，出簾厮哄。怪底頻催掠削，妝裹憑人，颭煞花冠重。背來紅燭影，那人同，漸聽更殘心意忡。(合)瑶笙奏，霞觴奉，看紅絲引得天仙共。開綉閣，彩鸞控。

【節節高】(老旦、貼)良緣百歲中，好相逢，鴛鴦比目從今共。爐香重，幕影籠，蟾光送。臺前一對無瑕種，天教配合看噉動。(衆合)譙樓早又鼓三鼕，休教閑却雙棲鳳。

(外)就此掌燈，送新人回房。(老旦、貼持燭導生、旦下。外)安人，你看女婿品貌如何？(副净)委的好！女兒對着這樣好相貌看飽了，是茶飯都不清吃得的！(外笑介)安人，又來取笑了！

【尾聲】他亭亭玉樹風前咏，俊門楣也教人誇誦。(合)早添得這半日追陪老態慵。

(副净)閑茶閑酒一人添，　(外)休把長貧冠玉嫌；
(副净)却笑向平容易了，　(外)不勞娶婦衹賠奩。

第三十齣　畫叙

(場上先挂春容、鸚鵡。生、旦携手上)

〔南吕過曲〕【懶畫眉】夢影初回漾銀荷，一臂生香膩粉搓。(生視旦介)鳴蟬斜墜暈情多,覷來親似燈前彈,(旦羞轉介)越是嬌羞憐煞他。

(坐介)【畫堂春】(旦)捲幃换却舊緗奩,重重蟢子生簾。無端添得個人嫌,睡思難忺。(生)小姐,和你棲情一夕學雙鶼,温存做盡掂掂。桃源何幸曉紅沾,看煞眉尖。(貼上)侍得孤眠成并坐,悄將舊眼看新人。(旦)倩奴,過來見了姑爺。(貼)姑爺萬福。(生)罷了! 這便是小姐尊婢?(旦)正是。(貼)小姐,辰牌時分了,請後房梳洗罷。(旦起介。生)待小生也相陪同去。(同行介)

【前腔】(合)小閣流蘇護凌波,半捲湘簾曉篆和。(作到妝臺,旦坐介。貼開鏡介)小姐,看綠紗日影幾楞過,妝成往日剛閑坐。(旦欠伸介)兀自懨懨倦思多。

(生)待小生在此,看小姐曉妝。(貼取椅,生旁坐介。貼取梳具遞桌,旦照鏡介)

【楚江情】篏開玉鏡和,鸞鎞展波,雲鬟慢撩釵半髻。(貼)請小姐畫了眉兒。(旦)懶添春色到新螺也,(貼)點些胭脂(旦)把脂痕微暈,(貼)貼上翠鈿。(旦)鈿花細挪。(貼)小姐,今日相宜戴這一雙鳳串。(旦)羞説是雙頭鳳朵簪恰合,(貼)再添上喜花兒。(旦)翠擁紅加,費煞閑支坐。(且起,貼代更衣介。合)衹這單衫杏子羅,更長裙絳縷拖。(且照鏡介)來迴顧影多,敢怕的人瞧破。

(生)小姐妝插得好標致也!

【大迓鼓】妝成着意睃,巫山一綫,逗入纖蛾。人前掠削能倭妥,名花着露費挼娑。甚的酸俫,不爲着魔。

(貼)小姐,你往常忒淡雅些,今日這般打扮,可也十分厮稱。

【前腔】添來珠翠多,你天然嬌倩,濃淡都和。東風一夜相催作,臺前增得這評度。衹恁眉山,知的様麽?

(生、旦各坐介。貼)小姐,倩奴自去看看老安人來。清談好遣酬嬌客,閑伴無須唤小鬟。(下。生)小姐,小生一介寒儒,得侍小姐天仙玉質,好生僥倖!(旦)説那裏話!妾以蒲柳之姿,重蒙君子垂念,得遂好逑,還是奴家有福。(生)小姐過謙。(旦)敢問相公,怎生見妾春容,便生愛慕,却是這等情深?(生)小姐,小生春間却曾先有個夢來。

【綉帶兒】春齋静夢來香閣,聽鸚聲唤出仙娥。小生夢中正在彷徨,忽然身至一處,却似天竺一般,粉壁上寫着四句詩,中間道:"寶山應不遠,須結再生緣。""寶山"二字,豈非暗藏小姐芳名。恰印來小字横胸,又現將俊影驚睃。小生在裱店中見了小姐春容,恰好畫着個鸚哥在上,那時呵,情多!想飛瓊那得人間墮,費端詳月中猜摸。小姐,衹小生眼力,等閑間也不輕許可的呢!怎兜的個相思暗鎖,不合你俏龐兒將人摧挫。

(旦)後來求婚不成,也衹索罷了,(笑介)怎便將指兒割下?(生)小生爲了小姐,便身子也值甚的,何况一指!衹是小姐知道此情,難道絶無見憐之意?(旦笑介)干我甚事,却來憐你?

【前腔换頭】誰何,我閑牽挂從無毫末,但衹是見人倒躲。待憐盡腸斷兒郎,得多少心動姐娥。看破,若相携没分今朝坐,怕你不春纖虚割。衹那日巫媽媽來説及呵,閑評論意略知麽,説道是甚書生恁般傻錯。

(生)小姐你直如此心硬,不知小生爲了你呵,

【太師垂綉帶】論離魂倩女須輕可,我怯青衫神飄費摹。縱饒伊閑情勘破,也着俺夢裏瞧科。想你那晚睡中驚呵,温存枉費千般做,挨不似昨宵打和。若閃的我巫陽路蹉,可也向畫圖中望夫一座。

（旦）不瞞你説，後來母親要將奴别許，不知我也怎生念着你。

【綉帶宜春】端衹爲志誠一個，守虚緣拚却多磨。幾瞞他侍妾長吁，感煞你新詩苦和。如何，直到得物化相尋，不會把前情輕抹。也算的心堅金石，兩邊擔荷。

（生）小生無非取笑，難道蒙小姐的厚情，竟自不曉？（袖出綉鞋介）衹此一物，小生將去呵，

【綉鍼綫】休説是天仙咳唾，便些兒嵌入心窩。幾薰香玩到深宵，長則是袖底藏挪。小姐，不枉你芳名受盡人珍愛，衹看這餘步渾如玉切磋。（近撫旦介）憑同卧，儘一鈎燈畔，看煞延俄。

（旦作羞，取鞋藏袖介）相公，你可知道這番作合，有兩個良媒。（生）虧了巫媽媽暗中攛掇。（旦）還早。（生）這等是誰？（旦）第一個是奴家，第二個是鸚鵡。（指畫介）若不是我畫出春容，你怎得憑空想慕？（指鸚鵡介）若不是他相引到此，怎能斷訂終身？（生笑介）果然！

【宜畫兒】（旦）都則丹青逗，花鳥唆，漏風情無心做合，衹虧伊赤緊便兜羅。（生）小生這般寒措，敢岳母少中意些？（旦）非他，你此身未必長措大。衹女孩家料的是賠錢貨，容易得，牽來蔦蘿。險些個受波查，虚名兩下左。

（生）想小生得睹芳容，第一次是畫中，第二次是簾中，第三次是夢中，第四次（笑介）雖則親熱些，畢竟附在鸚哥身上，今日纔是人中歡聚也！

【宜春樂】費多少神厮傍，句强哦，供養的眼皮幾挫。如今呵，玉人欣可，鎮教守煞還無那。向妝臺打遍磨陀，纔得個分明眠坐。小姐，煩你生綃重涴，添將翠羽，是俺情哥。

小姐，想那夢中詩句道“須結再生緣”，我前日幾死復生，

想也算應過了。(旦)正是,

【尾聲】(合)天教一對成瓜葛,但願的三生酬賀。(生)小姐,怕則怕一夢殘鵑還化我。

(旦)挑燈仔細話幽情,　　(生)交頸還疑夢裹成。

(旦)遮莫鄰鷄爲驚覺,　　(生)守宫一點認分明。

第三十一齣　奸妒

(净上)

〔仙吕過曲〕【上馬踢】相思合不來,枉費千般策。一樹海棠開,他人已輕摘。柳陌花街,落得風流豪興在。畢竟紅顔命乖,那裏的有女書中,能把我家兄賽。

我胡慕杰思量老王的女兒,兩次央媒去説,祇是不允,誰知倒作成了小孫!如今這條念頭,祇索收拾過一邊的了。祇是可惜一個如花似玉的美人,倒與那窮酸受用,想起來,好不伏氣!

〔越調過曲〕【綿搭絮】寒儒何福,却把玉人懷?祇你饞臉齏香,博得蘭房一笑回。想小孫這幾日好不得意,早則醉陽臺,添煞痴獃。就算他品貌俊些,有何中用!不聞的滿街菓擲,便免却四壁饑挨。怎把嬌滴天仙,斷送塵區不自猜。

我想總是老王糊塗。難道我與這痴秀才比并起來,不强似他十倍,却反争他不過!

【前腔】這冬烘擇婿,直恁拾來歪。難道金穴家風,不遣藏嬌金屋開?便你幫助女婿,教他有飯吃,令愛也免不得憎嫌。縱椿階,愛到酸倈,祇怕這山鷄彩鳳,畢竟難諧。怎害他怨盡終身,放着良緣一謎排。

咗！人已姓了孫了，還衹管想他何用？且把自己正經事打算一番：我想秋闈在邇，怎生得三場到手，一來添些光耀，二來也好塞那王家嘴頭。

【章臺柳】偷將丹桂栽，愁無十二釵，教他困守蓬窗空眼白。衹是憑着我老胡這樣本領，須拿不穩，却怎麼處？青衫雖强挨，畢竟這錦綉篇章半紙柴，怎攀得蟾宫快？衹怕的恁胡顏嫦娥嗔怪。

哦，有了！聞得有個賈鑽天，慣打那房考關節和割卷聯號這些勾當。待我去尋他打點，拚得多費幾兩白鏹；再則如今場規甚寬，臨時再抄寫幾篇好文字、策論帶將進去，兩邊夾湊，怕不十拿九穩。好計，好計！衹是須預先教他在心做得周到，如今便去走遭。（行介）

【醉娘子】衹這通天竇開，衆人喝采。况且如今伶俐的人，那一個肯呆守的？難靠那寡文章撞命來。我憑將有貝才，入黌門舊例依然在，好學他貨殖先賢一派。

（小生上）人來午巷聞鷄唤，暖入薰風逗酒香。（净）韞之兄，匆匆的那裏去？（小生）原來是胡兄。小弟是去候子楚兄。（净）敢有甚説話？（小生）衹爲子楚兄呵，

〔仙吕過曲〕【不是路】温鏡新開，贅入荆花兩姓諧。（净）想他是極得意的了！（小生）蒙看待，將東床便作下幃齋。對瑶釵，玉臺聯咏人生快。衹是他近日染恙。（净）原來子楚兄有恙，是甚麽病呢？（小生）不過偶爾辰時小有灾，因此小弟常去相看。閑寬解，故人問訊難疏懈，怕他懸待。

（净）我想子楚兄呵，

【前腔】他螢案寒埋，身到豪門好暢懷；况是爲嬌客，從天降喜没嫌猜，因甚轉患起病來？哦！我曉得了，太歡排，新婚過費閨房愛，因此消渴文園呆打孩。（小生）想他衹是偶然抱恙，葫兄又來取笑了。

(净)不是。我看子楚兄也忒自體弱，虚丰采，年來瘦盡腰圍帶，怎還禁害？

(小生)小弟先奉别了。(净)小弟恰有小事，不得奉陪，煩兄代爲致意罷。(小生)曉得。臨歧一刻話，握手半生交。(下。净)咦，小孫好福薄！纔得了個美妻，就尴尬起來。但願他這病便不得好，我老胡又秋闈得意，這親事怕還有幾分想頭。

〔中吕過曲〕【麻婆子】酸丁酸丁命途礙，佳人擔的乖。華冠華冠助興采，秋風得意回。天從願，人再諧，頭籌權讓暫時挨。老天，老天！不是我咒祝朋友，這叫做爲人不如爲己，衹望你幫襯這一遭！洞房花燭休間隔，那時我胡慕杰呵，宰個三牲答謝來。

快去商議那一着要緊。

休恨良緣眼下慳，　等將丹桂一齊攀。
衹須巴得文君寡，　更有相如望遠山。

第三十二齣　危訣

(丑扮醫上)

〔越調過曲〕【趙皮靴】我是好太醫，幾個湯頭約略知。閻羅要我遞帖兒；材鋪人家，一半是乾兄弟。

自家姓畢，杭城一個有名的太醫便是。論起我心地密蒙，便行業原無遠志。偶檢着本草内幾張故紙，學得個人面前滿口柴胡。頭上戴頂瓦楞樣的帽兒，還須半夏；身上披件鈎藤般的直裰，怎樣忍冬？究脉理，心上黑的來猶如蜀漆；開醫案，筆下竅絲兒塞盡木通。在家内合幾丸烏藥，便去哄人；每日價背着個青箱，衹是探病。用着俺便如滑石樣險，要退去却似牽牛般難。請别人，把鬼箭暗施，恨不能射來貫衆；挨主顧，求寄奴幫襯，巴不得到處留行。常時的斷盡餘糧，腹中祇剩得些穀精草；鎮年間跑將熟地，手內抓不到點金銀花。前日是家中被人打成冰片，躲的來縮盡烏頭；惱得我房下不住抽將蔓荊，挨盡了跪將牛膝。問痊可，祇説不宜急性；囑調養，大都總要防風。遇臌脹，還他一個大腹皮；治損傷，那裏能够骨碎補。大方脉，憑你身軀厚朴，幾劑裏難挨做白頭翁；婦人科，若非胎孕預知，一帖兒錯攻做紅娘子。憑着俺這大力相催，斷無獨活；有幾個説没藥可治，到得從容。雖然憑推薦，三分要借人言；祇怕自懨煎，一命還須防己。指望治得人好，除非街上種出旱蓮；若要請的人忙，祇待城中跑來海馬。正是：全憑説得天花墜，那怕添來地骨多。這幾時招牌冷静，今日看可有個生意上門？（末上）錢爲求神焚子母，藥因延命劑君臣。（丑）大叔那裏來？請舍下坐。（末）我是清河坊王員外家來的。我家相公贅在員外家，如今患病，要請先生一看。（丑）當得。學生叫做畢有效，包管手到身康。大叔，去看了，要藥時再來我家取罷。（末）使得。（丑）祇須三指略按，（末）全仗一劑輕除。（同下。生病裝，旦、貼扶上）

〔商調引〕【繞地游】（生）驚風一謎，簾幕蒼黄地，病骨裏青衫半體。（旦）藥餌親調，衾幃緊靠，背伊旁千迴泪垂。

（扶生坐，旦旁坐介）相公，你今日身子覺得如何？（生）欠好。娘子，今日甚時候了？（貼）是晌午了。外邊下雨哩！（生）怪道耳邊淅瑟價響，好不悶人！

〔商調過曲〕【二郎神】神茫昧，正空階雨聲滴碎，見黯黯虚窗人影曳。坐來無力，更如何長日支持？娘子，你這幾日忒辛苦了！（旦）不妨。（生）我一枕淹牽怎累你，（視旦介）早則磨損了香閨玉體。直恁的支離，知是甚時輕可笑語追陪？

娘子,我這病敢不會好了!(旦)説那裏話!你祇自耐煩些便好。

【前腔換頭】休悲!你腰圍恁減,須知慰譬。料則星辰閑不利,若慮奴家辛苦呵,和你苦樂相通,怎做差池。少甚糟糠受慘淒,況尋常寒暄料理。祇我看憔悴,恨不將身替得,寬的愁眉。

(外、丑上,末隨上。外)全憑盧跗回天易,(丑)休遣膏肓作耗深。(外)先生請少待。(進介)孩兒暫自迴避,待太醫來診視。(旦、貼暫下。外)先生請進。(同坐桌旁介。生)呀!原來岳丈到此。(外)賢婿,今日身子若何?(生)不見得好。(外)這位先生特請來看你的。(丑)氣色已自看過,請出手來診視。(生出手,丑診介)可發熱?(生摇頭介。丑)有些頭痛?(生)也不。(丑)换個手來。(又診介)一定有些咳嗽。(生點頭介。丑)我説的是不差。令婿此症乃内傷外感相兼,雖則沉重,在學生尚在可治。(外)全仗先生用心,容當重謝。賈管家,你引先生外廂酌方,我就出來。(末)先生這裏來。我家相公病體怎生?(丑)有我在,怕怎的!(末)如此全仗了。(同下。旦、貼上。外)孩兒,你且放心,太醫説病體不妨。(旦)但願如此。(生)咳!雖則太醫如此説,我自覺日重一日。岳丈,則怕不能長侍尊前也呵!(泪介)

【集賢賓】念卑人蒹葭會謬倚,荷冰清不弃寒微。深恩指望終衣被,慰高年長侍庭幃。小婿若有不幸,可不辜負了岳丈一番厚意!(泣介)青眼虚垂,嘆短折書生一倍。還耽誤了小姐的終身,負于歸,便九泉下須教含愧。

(外泪介)賢婿休説這話,你祇自將息身子。(生)小婿豈不欲生,祇自料病已入骨,怕難再起。倘有不幸,祇是小姐便怎生處?(外)賢婿,

【前腔】論寒門雖則非詩禮，受釵荆便是君妻，相隨况已成匹配。(泪介)你病料然便好，萬一有甚差池呵，看哀鴻多少孤飛，(指旦泪介)料的吾兒，略知道班箴大義。莫憂疑，須是病痊來百年一對。

(生)呀！岳丈，你直如此相待，小婿便死也瞑目也！(昏介。旦)哎喲！相公醒來！(外)賢婿甦醒！(生呻吟介。外)好了。你每好生陪坐，我去整頓藥劑再來。咳！堪憐嬌倩語，傷盡老人心。(下。生)岳丈去了？(貼)員外去去就來的。(生)娘子，雖是丈人如此説，誤你終身，教我心上怎過得去！(旦)呀，相公説那裏話來！我和你呵，

【四犯黄鶯兒】生死歷情痴，受波查，得唱隨，堅盟肯忘却從前誓。况奴家呵，貞心久持，嫁鷄逐鷄，料同衾同穴無更易。便不能偕老百年，須是折個年齊，相携一起，肯遣鸞凰輕背。

(生)似這等説，真個我耽誤了你呵！(泪介)

【前腔】祇望永齊眉，向閨房，長伴伊，中途不信便先捐弃，相逢恁遲，如何便離？

(執旦手介)妻呵！祇是我捨不得你！(各泣介。生)覷龐兒不禁心悲切，和你難盡依依，相偎知幾。哎也！驀一陣痛來神曳。(暈介。旦)相公！相公醒來！(貼泣介)姑爺醒來！(旦)哎喲！(撫生臉，痛哭介)

〔仙吕引〕【卜算子】搶地向幃邊，血泪空泉隕。相公醒來！(生徐醒介)一綫悠悠魂又回，掙眼嘶聲近。

(旦)相公，你這會心裏怎的？(生)咳！娘子，我病至於此，多分是今日便與你永訣了！(各泣介)

〔南吕過曲〕【二犯五更轉】(生)嘆書生淺分，鴛鴦一朝活拆辛。娘子，我和你成親幾時？(旦)有二十日了。(生)咳！恰纔半月衾裯近，娘子，我也不想便得與你完合，祇如今畢竟相伴了這些時，也算一場夫婦，笑

孏曾暫親。恨衹恨誤煞伊青鬢，又没個兒女相看，長則待空房耽悶。咳！便是岳父岳母愛你，迢迢的恁前途，如何趁？我泉途一去無憑準，撇你實在孤凄，怕不傷來瘦損？想到此，到此腸斷寸。

【前腔】(旦)呀！甚天公太狠，千般呼籲總不聞。相公！你從前爲了奴家，陌路身軀爲奴殞，況陪來恩愛，教奴怎獨存？(泣介)你若真個有甚差池呵，衹有夜臺一路牢牢殉。天那！又不曾半載週年，難道生生緣盡？思量到恁多情，心如刃。(背介)他相思幾度神魂損，是我累的懨煎，看着抛離怎忍？誰更入骨裏來相憫？

(生)娘子，想我千辛萬苦，盼到與你一處；天那！怎便這等早早拆散也呵？(泣介)

【前腔】衹道婚姻窘，誰料斷頭香容易送人。白頭休望長牽引，便尋常分拆，略俄延須不恨。娘子，我若死後呵，這一靈兒衹向妝臺一趁。娘子，我若死後，你好自寬解，再休痛念我。(旦、貼俱泣介)怎説出這傷心話兒？(生)有甚好處生前，還累你憑空愁頓。咳！我縱有萬般情，難説盡，待夢裏相逢還厮認。(執旦手介)我的妻！(旦)我的夫！(各哭介。合)這四目睁睁，教怎的分開忍？如何得并合身兒同殞？

(貼)怕姑爺話乏了，還是床上少息。(旦、貼扶生起上)

【尾聲】(合)生時聚首争分寸，對形容相看泪紛。(生)除非是結個來生緣分真。

(旦)玉釵曾合恁難堅，　(生)依舊斜陽一夢邊。
(旦)不信吴宫真薄命，　(生)先教韓重化成姻。

第三十三齣　椿憐

(外上)衹圖贍得餘生好，豈意添來老泪多。老夫招了孫家的女婿，十分中意。不料成婚未及一月，病來沉重，今早竟自身故。好個有情有義的人兒！老天直這般没眼，想將起來，好生可憐！(哭介)我那賢婿呵！

〔仙吕過曲〕【園林好】指望你伴龍鍾，堂前慰吾，上雲程把門楣暗扶。不想道青春天妒，難送的衰年骨，先自去向泉途。

咳！我就木之軀，管他則甚！祇是撇下我這女孩兒，教他怎生過去？可憐他兩人呵，

【前腔】做夫妻花纔綻初，被狂風拆開愛侣。撇得個閨中嬌婦，凄惶煞雁飛孤，前程事費躊躕。

(副净上)事不三思，後悔無及。若聽婦言，焉有今日！員外，如今做到這出戲，怎地收場？(外)咳！這也是你我命運不濟，所以如此。(副净)什麽命運？前日女婿一過門來，我心上就道他瓜皮薄臉，不像個壽長有福氣的。偏是你道千好萬好，如今將我女兒害得如此，却怎麽處？

【江兒水】短折伊家命，我嬌兒甚罪辜，教他耽擱芳年度？員外，你好眼力，揀得好快婿，真個一快百快！配終身半月同一處，伴顇顔幾日曾隨步？難覓這寒酸薄福。若依老身，許了别家，便才貌争差，不到得眼前遣誤。

(外)你也休埋怨我，我也祇道揀個好女婿半子看承。誰想兩下這般命蹇；難道我自家女兒要折挫他不成？(副净)如今依我，還好挽回。(外)人也死了，還有甚挽回？(副净)從來説“没福的去了有福的來”，前日那胡家有甚不好，你祇自執性回了他？如今挨過半年三月，仍舊許了胡家。那姓孫的又無人來争執，女兒豈不是終身還得好處！(外)唗！虧你説出這樣没志氣不達道理的話來！休説再醮之婦，那個來要；便是我清白家門，肯做出這樣出醜的勾當！

【前腔】聘定須難悔，招來况在廬。怎朝張暮李單貪富？好門闌做了通衢路，女孩兒當着移花樹，全不怕人笑辱。我也衹這個骨肉，(泪介)便養到三生，須够免他窮苦。

(副净)你又來説腐話了！算盤須算徹。你我又没個至親，便養得女兒活，若没個好女婿相傍，將來教他依靠何人？若説重婚再醮，什麽大事！我女兒這樣才貌，包管有人來要。

【五供養】紅顔怎虚，少甚巢兒换個鳩居。不曾見律例上有甚再嫁的罪名，周公雖制禮，從俗也難迂。况孩兒恁幼軀，怎累他空房長處？良緣天教改，續到好門閭，便你我衰齡也憑看取。

【前腔】(外)倫常怎没？便死者無知未冷肌膚。我眼中休見此，憑你慢區除。則孩兒的性情，你難道還不知？况我孩兒略讀書，撇恩情肯去别尋門户？三貞和九烈，執定恐非誣。便是爹娘怎反勸將慚污？

(副净)這個倒不消慮得，天下能有幾個烈女？他年紀小小，將來如何守得苦楚？待我慢慢的勸他，包你便聽。(貼上)看盡孤幃泪，添來侍婢悲。員外、安人，小姐哭倒在地，快去相勸則個。(外)哎呀！安人，快和你同去看來！

(外)三從盼得一頭存，　　(副净)悔不遲延寡望門。
(外)憐煞膝前添泪影，　　(副净)玉臺原有意中温。

第三十四齣　殉情

(旦上)

〔北正宫〕【端正好】叫蒼茫，天闇閉；憑着你叫蒼茫，狠衹是天闇閉。活生生拆散雙飛，偏怎的抛留怨魄孤存世，早難道還有甚生人味？

地陷天傾未是愁，長河作泪恨難流。鴛鴦已盡塵緣斷，祇合黄泉有到頭。好苦啊！(哭介)我那孫郎呵！

【滚綉毬】昨日的倚衾旁身共偎，今日裏盼幃邊泪獨垂。儘教俺向哀號全無回對，一般的眼中看早隔個人兒。昨日的話傷心怕俺悲，今日裏裂肝腸你可也知？一絲兒未去還則心牢望，剗忽地相抛嚇的人似痴。便祇俺疼來入骨無從説，不由不想到前情滲入迷。哎也！孫郎啊，你硬撒手直恁分離？

想人家夫婦不到頭的也有，怎似俺這般緣淺也呵！

【叨叨令】纔則是伴閨房半月期，被窩兒守的温還未。訴相思盡殘燭剛幾夕，笑和言從頭記。便做道病支持説不盡殷勤兩下意，幾回價慘依依執着手難捨的。天那！(哭介)撇得俺苦煞人也麽哥，想着他痛煞人也麽哥，赤緊的半星星舊恩愛千迴味。

(副净上，貼隨上)須知生死皆由命，休爲悲傷更損人。呀！我兒，你從早哭至如今，水米未沾，如何使得？快隨我中堂去用些茶飯！(旦)孩兒那裏吃得下！

【脱布衫】俺則酩子裏酸楚成堆，泪交吞填的腸飢。(哭介)苦煞他瀽凉漿一杯可知，硬教人哽喉嚨和愁强吃。

(副净)死的已是死了，便哭煞也不能活轉來。則你如此青春錦片前程在後，休要痛壞了身子！(旦)呀！

【小梁州】還有甚錦片前程口内提？早恁的命劣塵泥。還了俺心上那人兒，雙雙地，任苦處總相宜。

(貼)老安人如此相勸，小姐且自寬解些。(旦)

【么篇】早知道慽慽便則終長逝，悔不搶泉臺等你臨歧。到如今憶盟言猶在耳，却怎生戀殘生顔羞繄。我那孫郎呵！猛然思起，痛煞煞有誰知？

(哭最介。副净)我兒甦醒！(貼)小姐醒來！(旦呻吟介。副

净)好了！倩奴，你好生在此陪伴小姐。天氣又暖，則夜裏便須入斂，待我外廂去料理一會再來。(貼)曉得。(副净下。旦醒介)

【滿庭芳】剛衹是泉途待覓，又耳邊撥弄，一綫輕回。他那裏慘迢迢受淒迷，知道孤魂怎地？恁教人昏沉黑漆，生隔着疼熱嗳夫妻。他那裏颭寒燈敢見的人單隻，俺這裏對虚帷抓不到影兒隨。倩奴，方纔老安人説今晚就要入斂？(貼)正是。(旦哭介)我那孫郎的夫！説甚麽魚和水，轉眼裏幽棺一閉，真和你即世見無期。

倩奴，我想相公怕還會得活轉來。(貼)已經一日，衹怕未必能够了。小姐，也怪不得你悲痛，衹是事已如此，也無可奈何，還須自己保重。(旦哭介)孫郎啊！你若真個不能復生，教我怎生撇得呵！

【石榴花】則你爲紅顔幾遍死徘徊，直看的命如灰。俺没有半點好追陪，算來恩義，辜負了恁依依。休説你夜臺有路無依倚，便奴存靠着些誰？直等得鴛鴦一冢同埋瘗，可還的真個厮隨。

【鬥鵪鶉】若果是地下能逢，怎放着團圞嗳錯失。便算是一死沉冥，也免却寸腸寸腸兒痛曳。天那！休羡那白首歡娛錦帳齊，便牛衣誰怨得？直判恁朝槿風光，放不過這書生配匹。

(貼)呀！天晚了，待倩奴去取個燈來。小姐，你一日湯水未進，可要安排稀粥來用些？(旦沉吟介)也罷！你便安排些來便了。(貼)須爲加餐安老母，休教茹泪損嬌軀。(下。旦)想母親方纔相勸之言，句中有意。咳！休説我受了孫郎如此深情，則俺也略讀詩書，頗知大義，豈肯生死移情！咳！仔細想來，便算爹娘憐我，聽憑守志，他二人已老，又别無骨肉，教我將來依靠何人？(哭介)况且孫郎如此愛我，值不得以身報他？千休萬休，算來不如死休。

【上小樓】總則是孤帷慘慽，如何存濟？便留得薄命淹淹，受徹恓惶，怕不烟飛。倒不如玉摧殘，花散落，早辭塵世，巴得個舊恩情遇來萬一。

也罷！趁此刻倩奴不在這裏，待俺閉上房門，便尋個自盡。（作閉門介）啊呀！王寶娘你好命苦阿！（哭介）

【么篇】可惜你萬種嬌，銷滅這殘欒裏。待俺便解這羅帶作個了身之計罷！拚得個命委狂風，魂繞殘雲，情化連枝。我那爹娘呵！枉了你掌上持，膝畔携，劬勞空費，衹好的待來生報伊恩意。

（解帶看介）哎喲，孫郎阿！你死也好生瞑目，你妻子今夜爲你拚生相殉也！

【朝天子】望你向泉途略遲，等奴行一起。已是怕茫茫尋無際，怎待得共穴的形骸淹滯？趁這一日俄延休自弃，聊借半幅香羅，畢俺三生盟誓。哎也！王寶娘呵，早則夢幻勾除，完了人間世，哭咱血滴。哎喲！我那孫郎的夫！盼伊魂急，可知道結髮的人兒覓到你？

第三十五齣　冥釋

（外扮于忠肅、净扮判官、老旦、丑扮鬼卒隨上）

〔仙吕〕【點絳唇】浩氣凌霄，丹誠日照。幽都皎鐵案霜毫，點勘的人間到。

下官于謙，字廷益，錢塘人也。生抱濟時之才，迭膺中外之任；不幸奸人内構，讒陷捐軀。後來沉冤得雪，蒙朝廷復官恤謚，賜祠湖畔，歲祭優崇。上帝又憐我忠義，授爲天下都城隍之職。今因第三殿閻羅升擢天庭，命俺暫行兼署此印。到任以來，一切陳案勘斷漸清。今日不免坐殿一回，恐有甚發落。(判卒各見介。外)你看地府威儀,好森嚴也!

〔南吕〕【一枝花】俺本是匡時一代憂,做了那受屈三閭抱。轉乾坤孤忠悲鑠石,抉日月舊績付鴻毛。今日個遺像清高,滿眼的興衰吊。大古裏送英雄有怒潮,留得這傍湖山一片悲風,看盡了繞松楸幾番的那殘照。

(净)殿下一代名臣,忠垂史册。今日酆都有幸,得荷平反。敢問折獄權衡,以何爲準?(外)天道遠,人事邇,所分不過善惡兩端,隨人自取。老判聽俺道來:

【梁州第七】論鉤磨没争差,陰陽一例,都則是勸和懲兩字難淆。憑着這當頭明鏡看分曉,細分查賢奸批駁,大申詳忠孝供招。寬的時片言準重,刻將來一念難饒。善從長節義愚褒,法無私貴賤平敲。定九章休靠那漢律精嚴,權五聽不用的周官智巧,易明刑無過這地下咎繇。冷曹,立剖,衹不過人心順着還公道。没營謀,難囑托,儘教他周内無端網漏逃,到此昭昭!

大抵陽世即有負屈,一半也是天意使然。

【九轉貨郎兒】數不盡古今冤獄,難向那天閽排訴。休怨着修文短促跖安居,準折定死增榮光簡册。有多少活受挫捨頭顱,則看俺這熱血千秋灑到無!

(净)正是。今日案牘清閑,請殿下將生時輔佐二帝的事情試説一遍,小判洗耳敬聽。(外)若提起生前之事,俺好生憤恨也!

【二轉】想當初遇承平屏藩初寄,參政府三楊贊理。無端裏寵得個貂璫國事非,邊庭畔逗起夕烽催。挾親征拶逼的鑾輿疾,向土木輕輕抛弃,平白地波翻社稷欹。

可憐英宗先帝被也先擄去呵!

【三轉】嘆君王生擁去荒凉絶塞,斷禁在穹廬無奈,每日裏氈幃氈酪苦難挨。挾奔馳鷩塵外，盼宫闕亂烟排。虧的是天威鷩拜，莽呼韓龍顔敢猜。雖則荆關血開，皇都霧霾，金與暫隔，整整的一年餘，險些個雪窖攀髯灑泪哀。

（净）當日駕陷北中，京師必然震動，却是怎生光景？（外）那時帝位無人，便是景帝尚爲郕王，暫行監國。祇是精兵盡行陷没，糧餉亦在空虚，中外倉皇，教俺好生的擔恐也！

【四轉】看紛紛嚇得個似驚惶幕燕，怕根本京師勢蹇。急的俺羽書連夜發中原，赤緊去餉艱籌，兵忙繕。早則是鼙鼓争喧，九門寇遍。直向那炮火叢中，朝不餐，暮不宿，率領着親轉戰。策了防邊，罷了南遷，一絲絲纔保的金湯宴。敵膽挫，帝車全愆，纔算是撑了半天，誰料得國恨茫茫血泪搌！

（净）可憐殿下建此大功，也不知受了多少勞苦？（外）俺則是爲國忘軀，那裏管甚勞苦來！

【五轉】當口呵，荷君王破群疑把孤臣靠信，恤憂勞崇階賜頻。我想寇氛未滅，何以家爲？受華堂鎖盡尚方珍，封劍璽，泣君恩，鎮則是午夜綸扉力疾勤。愁的那一壁西南居庸費屯，愁的那貪瓦剌犬羊群，愁的那八城輕没雄關損，愁的那擾閩粵黄巾狂紊，愁的那五軍内統禦紛紜，愁的那動嫌沂邸暗披陳。一腔裏慚多壘，痛蒙塵，向虎狼中迎得個萬乘生還，早博到交章一謎論。

（净）殿下如此忠誠爲國，後來如何的便遭陷害？（外）

【六轉】剛暫息驚驚慌慌北戎塵洶，驀添起嗾嗾突突南城釁聳。有幾個巴巴急急、思思想想竪新功，却把那兄兄弟弟閑搬弄。剗地里倉倉卒卒、排排擁擁、昏昏黑黑、呼呼舞舞將九重更動，一班兒怨着俺堂堂正正舊時攔縱。下的個惡惡狠狠的擠，密密切切的慫，磕磕磣磣、牢牢逼逼天柱摧崩。苦的俺悠悠浩浩、昏昏慘慘丹心一夢，祇落得半腔兒鬱鬱騰騰化作長虹碧血中。

(副净扮鬼卒引生魂扮上)三生舊夢悲難續,十地悲風慘自迷。(副净)啓殿下:新到男鬼一名孫荊,聽候發落。(外)查他可有甚罪孽?(净閲簿介)查孫荊身係秀才,一生誠實,并無罪犯。(外)既是誠實,暫留在殿前做個掌案,慢慢的揀個好處與他托生。(小生扮善財上)暫辭法界香風遠,來到幽都慘霧多。殿下請了!大士有法旨,道孫荊一生信善,可令回陽。恐其房舍損壞,已滴楊枝甘露相護,望即放轉,令他夫婦重逢。(外)善財請轉,下官曉得了。(小生)慈悲真普度,地界得完成。(下。副净)啓殿下:孫秀才妻王氏,因夫死自縊捐生,也就到案了。(外)看大士分上,索性與他完成。鬼卒,可速引孫荊前去還陽;即將王氏送轉,教他夫婦重圓,以爲節義之報。(副净)領鈞旨。(生)多謝殿下。(副净引生下。外)這秀才,一則大士分上,二則生平誠實,故令重生,足見俺地府片善必彰,勸懲不爽。(净)畢竟陰律無差。比似殿下如此有功社稷,天順爺若没有殿下,焉得重返帝京?却反恩將仇報,好不明也!(外)這也無非幾個小人希圖擁戴,釀成此舉呵!

【七轉】都則是熱中厮耨,起風波把宫闈强搜。那徐珵呵,爲斥遷都抱的羞,那石亨呵,忘將失律蒙恩宥。慕側注衹想個封侯,弃長城却將咱藉口。定來三字莫須有,黯模糊難向天關叩。直恁的抛國計,急私讎,逼到俺磣可可的一片餘忠空貫斗。

(净)那曹、石如此誣陷忠良,俺這地府可有報應?(外)休待的俺這地府,

【八轉】自摧殘邊塵重訝,思冤陷明君漸察。那武功忠國自傾軋,把奇勳漫誇,漫誇。一個兒鬼狴葬塵沙,一個兒金齒遭配發。受榮華也麽哥,享波查也麽哥,一般兒挫煞。衣紫腰金,轉瞬兒花,枉教人怒髮,怒髮。冷落荒塋,誰去憐他?添得俺一統殘碑

架，在天涯也麽哥，守天家也麽哥。守天家，萬古蘋蘩繞暮鴉。

(净)正是：忠良落得流芳，奸佞徒然遺臭。這也便是千載的大報應了！衹就這岳王的墳墓，如今與殿下祠宇相鄰，可也一樣的名播千秋哩！(外)

【九轉】這寒祠恰和那孤墳厮傍，一樣的埋冤泪惘。都則爲力争和議，誓填腔，投至得被讒言西市嘆飛霜，排昏霧白日暫韜光。俺雖没飲黄龍惆悵，恨國仇未雪身空葬，僥倖得奉安輿迎歸上皇。他呵，盼沙漠還則馬角悲傷，休提起那江山南渡恨茫茫。總則做興廢都從佞黨，也不須烏金間鑄奸模樣。好轉得良心涅背去皇家向，但得個奠金甌中外掃欃槍，敢惜委荒丘一輩的忠魂泉下想。

鬼卒們！收拾威儀，俺且退殿去者。

【收尾】俺指望憑將隻手把山河造，誰待要撇下殘軀將俎豆挑。今日的不平判盡閻浮告，這勳名做牢，恁恩讎盡消。老判，怎得個十地的輪迴，都轉將來一處好。

第三十六齣　雙還

(生上)

〔南吕引〕【阮郎歸】情真生死兩纏綿，天教不斷緣。(旦上)夜臺携手得生旋，相看痛尚連。

(生)娘子，我和你死别生離，衹道此身永隔，豈知今日還得相逢，真好僥倖也！(各泪介)

〔南吕過曲〕【紅衲襖】(生)多感你爲鯫生把玉貌捐，多感你念離儔將千金賤。俺苦悠悠剛别的妝臺遠，你慘生生却尋來殘魄邊。若不是返斜陽一夢牽，怕還在繞悲風兩下懸。似這等地窟裏夫妻，今日睁睁也，怎不入骨恩情雙泪漣。

【前腔】(旦)衹道是拆雙飛今世裏難相見,衹道是化寒烟茫茫的尋路蹇。假如你硬抛人真個魂難轉,却教我割肝腸如何命强延?到如今盼青衫人儼然,纔得個照紅顔生穩全。還待赤緊偎依,衹怕輕離也,猶恐是邂逅泉臺幻裏緣。

(生)呀!娘子,我倒忘了:前日我魂到冥司,明明見個善財模樣向冥王説,大士憐我夫婦節義,勸令回生,冥王纔行放轉。(旦)原來如此。便是奴家從前得此鸚鵡,也曾夢見大士説道"姻緣在上"。看來你我完合,皆係菩薩慈悲,護人不淺。

【香遍滿】相思一綫,誰知逗將水月憐?提覺悟香閨清夢,遠暗周旋。沾來甘露鮮,魂兒方便旋,肯消到三生怨。

(生)娘子,想起我夢中詩讖,衹今日纔真個是"再生緣"也呵!

【朝天懶】容易鴛鴦安穩眠,直到黄泉返。没變遷,但尋常同穴是空言。我和你呵,地先穿,若教雙冢他年築,衹算諧來兩世緣。

(老旦、貼同上。貼)暫隔翻同新玉侣,(老旦)重圓喜煞舊冰人。相公、小姐,恭喜你二人都得回生。老身聞知此信,直笑得口都合不來。(生、旦)多謝你老人家。(旦)媽媽請坐。(老旦坐介)從來説"不是一番寒徹骨,怎得梅花撲鼻香",你們兩個恰正是一對情種,經過這番挫折,再得團圞,料有許多好處在後哩!

【二犯梧桐樹】他潘郎玉潤堅,你卓女吟思遠。虧我牽得紅絲,長命牢牢串。險些唬的媒人顫,直恁鸞凰,怎好中途有話言?從今百歲須還淺,一對秦樓,長作人間仙眷。

(生)娘子,我想起一事與你商量。我前此若非李兄破産相助,焉能成就良緣?受他如此厚恩,無以爲報。他現在中饋無人,我看倩奴品格端莊,不像個以下人物,意欲將他贈與韞之爲妾，以答前情，你道如何？（旦）那李生如此慷慨友誼，豈可負他厚情？相公所見極是。（貼）哎也！倩奴是情愿伏侍小姐，不到别處去的嗄！（旦）痴丫頭，你難道終身不嫁，衹隨着我不成？（貼）倩奴便情愿終身隨侍小姐。念倩奴自來小姐身畔，蒙小姐相待呵，（泣介）

【浣溪紗】顧寒喧，教針綫，説不盡萬種相憐。長則薰香掃地閑陪遣，一句何曾責重言？便是倩奴如今有甚不好呵，甘受譴，便折罰泥中須不怨。哎喲！小姐，怎輕教抛撇身邊？

（旦泪介）倩奴，你隨我這多少年，知心着意，難道忍的撇你？今日教你隨這李相公，也無非爲你終身，怎肯將你骯髒？

【劉潑帽】青衫一倍教人賤，小星兒畢竟隨天。那李相公呵，他書生須勝似閑庭院，便你恁娟娟，也不愧夫人面。

（貼）倩奴那裏想甚别的，衹隨侍小姐便是好處。（老旦）倩奴姐，你可也休執意，這是相公、小姐的美意。那李相公好個人品，衹今年若中了，怕你不便是一位小夫人？

【秋夜月】他貌翩翩料的是前程遠，你中饋隨將情宛轉，怕不填房插正成佳眷。小門楣，怎過遣，舊簾櫳，够安宴。

（旦）媽媽，你若家中没事，今後常來走走。若僥倖相公有甚好處，便可在此相傍終身。（老旦）多謝小姐。老身是日夜盼哩！衹不知這窮骨頭可有恁福分？（生）媽媽説那裏話來！我夫婦若没有你再三作合，怎得完成？

【東甌令】你這冰人意，曲成全，兩下公私幾度牽。我玉臺借得青蓮券，攛掇是巫峰面。笑成婚措大費人憐，怎不把舊恩鎸？

（老旦）秋闈在即，老身的兒子今年在學中做報，但願報得相公高中，老身這衰年便靠得着了。

【金蓮子】伴嬋娟，晨昏偷把仙香剪。怕不向好蟾宫步穿，恁九地硬能旋，甚難攀天路凭雙肩。

(生)我今日先去向韞之説知，揀個好日，便可煩巫媽媽送去。(旦)曉得。少不得還要與他作個添妝。

【尾聲】(合)算爲媒地府重諧願，費幾夜剪燭西窗談遍。(生)則我如今呵，數到那半月的新情還覺淺。

(老旦)冰人包得百年歡， (生)生死跟尋兩下難。

(貼)衹恨身隨秋燕别， (旦)倩奴你，舊時王謝好頻看。

第三十七齣　題戲

(净上)愛之欲生惡欲死，賢賢易色無此理；誰知朋友誼偏長，地下真無咒煞鬼。我胡慕杰，衹望小孫命限欠亨，希圖他嬌娃可覬。日日巴望，誰知應了一半：死是死了，衹是依舊還魂轉來。看來此事衹好絶帳的了，且把功名正緊盼望起來。那關節竅頭已與賈鑽天打點妥當，夾帶的文字抄寫也將次完全。衹是小孫氣他不過，他向來獃氣最易哄騙，不免捏幾個假題目，衹説是暗裏關節來的，耍他一番，他定然信以爲真。我想這做文字是極苦的事情，先教他多受這一重罪兒，有何不可？來此已是，王家有人麽？(末上)主寒憐作贅，僕老愧依人。原來是胡大爺。(净)相公可在家？(末)在書房。(净)這等我特來看他，便引我同到書房。(末)曉得。(進介。末)相公有請。(生上)士須窮萬卷，學貴惜分陰。(净)子楚兄，久闊了！(生)原來是慕杰兄，請坐。(坐介。末下。净)聞得兄一病幾危，小弟十分記挂，可喜已全愈了。(生)托賴就痊。(净)子楚兄，你自新婚快樂，舊交也疏失了許久。(生)小弟焉敢。衹爲目下試期在邇，未免略須温習。(净)正是。試期近了，想吾兄大才,可有甚擬題?(生)没有。(净)啊呀!這是極要緊的。如今主試出來,都有幾個秘擬,打通了這節,自然入彀,兄難道不知?(生)便曉得也何從得此?(净)也罷!小弟最重交情,况與兄交好,不比泛常。(近生低介)不瞞兄説,小弟倒打點得七個題目在此,今日分與吾兄,預先構好,管教得手。(袖内出題付生介。生)如此,承兄美意了。(净)相厚朋友,説那裏話!衹是僥倖得和兄做了同年,休要相弃便了。小弟也要回去揣摩,就此告别。(生)又勞枉顧。(净)好説。(生)那容捷足通先路。(净)兄,方纔所付,須是秘密,休與别人看見。(生笑介)曉得。(净)衹爲同袍逗好音。(下。生看題介)好笑老胡,將這般假題也來哄我!休説場中怎出如此險僻之題,若果是真的,又焉肯輕自付我?(坐介)咳!想我從前指望得一佳人,如今婚姻已就,衹是寄人籬下,亦非長策。秋闈到眼,不知又是怎的呵!

〔正宫過曲〕【刷子樂】一榻自生嫌,南枝暫棲,西笑還淹。便畫盡蛾眉,退不了五采毫尖。難忺,閑寄廡是他人庭院,待舉案是貧士齏鹽。甚日裏看倚到長天劍,博得個犀詰親排歡生臉?不信守窺園案雪長寒,空則盼射策榜花難占,困相如可不辜負好香奩。

閑暇無事,不免就將方纔題目抒寫一番。休管他真假,也好暢我文機。(作沉吟介。小生上)槐花舊夢看催客,桃葉新歌暫遣情。小生爲子楚贈妾,特來相謝。門上説他在書房,待我竟入。子楚兄,好用功嗄!(生)呀!韞之兄,失迎了,請坐。(小生)小弟蒙兄贈此美妾,特來致謝。(生)説那裏話!衹不知此女可還中兄之意否?(小生笑介)甚好。(生)這妮子自幼隨賤内,閨中頗還端重。(小生)原來便是尊嫂隨嫁,所以如此。

〔南吕過曲〕【宜春令】他儀容媚，體態莊，抱衾裯書生愧當。雪兒一曲，愛他解得鴉塗狀。怪曾經學遍夫人，恁分得大家模樣。謝良朋贈與朝雲，伴將紙帳。

(生)小弟受兄大德，無以相酬，不過遣此婢聊侍巾櫛耳！

【前腔】蒙恩誼，感惠長，荷周旋離儔配雙。你宜人家室，這桃根一槳分休讓。爲綈袍四壁拚虚，助團扇三星陪唱。略容教叠被更衣，幸非劣相。

(小生)吾兄適纔像是在此構思光景，有甚佳作，可好請教？(生笑介)可笑得緊！是胡慕杰送來這幾個題目，假説是甚擬題。(付小生閲介。小生)不像，不像！太險僻些。况若是真的，他焉肯輕易與兄？(生)小弟也明知相哄，不過借來游戲而已。(小生嘆介)咳！秋闈又是眼前，少不得勉强逐隊，祇怕又添得一番牢落矣！

【三學士】鎮則秋風狂嘯朗，年年中酒蒼茫。襴衫利市空沾戀，俯首凌雲寸晷量。知是裁紅新怎様，怕人不閑夢想。

(生)吾兄何必感慨，屈抑已久，今秋定得龍頭。(小生)小弟那作此想。子楚兄，那老胡，我看他十分叵測，全非我輩中人，你休視爲可交。(生)這個小弟也儘知，與他并無投契。

【前腔】略識三分市道腔，相逢有甚肝腸。小弟除兄之外，亦并無知已。忘形若個金蘭密，識面無非雲雨忙。但願得白首和君醇飲兩，從今去結綬長。

(小生)小弟就此告别。

(小生)黄金結納分無緣，　(生)祇合青袍兩下憐。

(小生)但祝秋風齊努力，　(生)各添喜色畫眉邊。

第三十八齣　試定

（外冠帶扮監試官、二雜扮役隨上）

〔南宮引〕【步蟾宮】四門宏闢文星動，看多士紛紛争擁。嘆儒冠幾許老秋風，壁上觀來閑哄。

下官監試官是也。今當大比之年，諸生盡來應試。祇是向來懷挾頂冒，諸弊甚多，下官職在監防，今年務須搜剔盡弊。不免先向曉諭一番，唤搜檢人役過來。（二雜扮上，叩頭介）搜檢皂役叩頭。（外）今科本監試主持，場規十分嚴肅。你等用心搜檢，兩役互搜，一人如有遺漏，定行嚴責。（雜應介）吩咐開門唱名。（内吹打，開門介。生、小生、净上，副净扮老儒同上）三年燈火今朝展，一舉風雲此地開。（雜）諸生們聽候點名：劍字第一號李含輝。（小生應介。雜）搜檢無弊。（小生下。雜）寒字第三號梁希灝。（副净應介。雜）搜檢無弊。（副净作老態慢下雜）雲字第九號孫荆。（生應介。雜）搜檢無弊。（生下。雜）烏字第五號胡俊。（净應介）我胡相公是有名的杭城才子，不用搜的。（衆欲搜，净慌介）你們這等小人張致，難道我胡大爺都幹這樣事的？（衆）管你幹不幹，這是朝廷功令。（作搜出，高叫介）搜檢有弊。（送外閲介。净）這是生員誤帶。（外）分明是抄寫的文字，還說誤帶！吩咐押在龍門外，枷號示衆。（衆應介。净）咳！這場出醜，還怎生做人？休望蟾宫攀桂子，先從月洞看梅花。（雜押净下。外）點名已畢，吩咐掩門。正是：雖然珠玉搜求切，自是魚龍混雜多。（衆掩門隨外下介。末冠帶扮主試上）一啖紅綾到鳳池，暫從越客網西施。吴山半角冰壺裏，好借湖光作鑒披。下官今科主試官是也。兩浙文獻大邦，下官特膺典任，

務須慎重以得真才。(内吹打介)你看棘闈風景,好不清嚴也!(坐案介)

〔北仙吕〕【油葫蘆】子聽得鼓吹三通鎖院高,繞重垣周防到。我這裏絳幃秋卷整霜毫,想着那千聲苦誦排蠅竅,費煞的三更細勘圖鶻落。俺衹是脱離蟲債幸抛,還憶着盼登龍頭幾搔。今日裏青雲舒眼憑批駁,休忘却携筆研舊悲號。

(小生、丑扮房考持卷上)抛來錢穀刑名簿,暫作經書策論人。(小生)晚生薦卷呈上。(丑)老大人,晚生因老大人文章宗匠法眼不同,費了多少心血,看出這幾本佳卷。今歲定元,衹在晚生房内。(末)諸位年兄請回房。校閲文章,自有定價,待下官細細評定便是。(小生、丑)晚生告退。費將心與目,收到李和桃。(同下。末)下官因近來科舉之文,雷同剿襲,多半陳言。今科特地出這幾個冷僻題目,以避膚庸,兼防揣合。且看可有甚佳卷波?(作、看介)劍字第一號,好縱横才氣也!

【天下樂】衹看他氣振雲天海共潮,推也麽敲,筆陣超。衹是策論太憤激些,雖則是破長風書生壯志豪,須不比懷痛哭賈傅憂偏切。怎不怕,忌傷時劉蕡策枉高,知道你唾壺殘相識少。

待我再看一卷。(又看介)這幾卷也都合式,則没甚出色可作壓卷。(又看介)呀!此卷法度謹嚴,文詞婞雅,掄元是此無疑,且看是何字號?是雲字九號。方纔那劍字一號的,衹好屈他做個第二了。

【醉中天】一個的抒狂嘯,一個的奏和韶,畢竟緩帶輕裘氣度饒。從古的較遲速相如俏,休爲那争前後王盧錯愕。我看二卷吐屬清新,都非老腐。没争差終軍年少,好待赴雲衢一樣齊鑣。

元魁已定,待俺慢慢再閲。想那些諸生,此時矮屋辛勤,非同兒戲呵!

【後庭花滚】都則是向三秋盼的焦，戰風檐争來一綫早。難割絶是那白首裹窮經報，莽擔承則這青燈中苦志遥。紛紛的擁寒膏，晨窗咿喔，單指望一名兒姓氏標，寸程兒進取邀。兔園編敢久拋，鮒魚波依舊膠。儘低頭氣吐霄，强鏤心神入毫，費研濡墨一凹，倦消磨燭幾條。小聰明猴棘雕，大手筆鳳樓高，鬥華詞獺祭饒，競新聲蠶食嚻。争向那主司心花樣描，知道的甚春工嫁衣好？博得恁狠朱衣頭一摇，枉煞了窮白屋文千掃。多少的格李、杜科目笑，有幾個合歐、蘇衣鉢牢。命亨來通訓詁成頭角，運蹇時對天人短羽毛。儘着你五經紛大春博，挽不得一第慳昭諫號。管甚麽數羞顔賈、董嘲，已自的壓群流元、白倒。逗機關三語巧，暗摸索四知叨。醉撞着清平調，閑扮出鬱輪袍。五字城憑拆造，萬言書易貶褒。評緑竹誰深奥，辨天鷄略混淆。黜盧郎嫌浮薄，撇劉生怪佶聱。硬勒帛瑕疵小，誤敲金句讀超。古戰場目漫瞧，玉跳脱手空套。不周山觸已磽，無定河夢還繞。投至得五色賦空花耀，齊向那千佛經枯泪飄。一任你看桃李增毷氉，還説是鏡芙蓉没遁逃。總來的至公堂衹要還公道，好教那聚奎樓奎光萬古昭。雖則是網珊瑚奇珍要，畢竟待備參苓良藥淘，休負了恁皇家選俊勞。

待俺早些評定，出榜示人，怕衆士子十分盼望波。

【後庭花煞】誰不是十年窗曾泪拋，休看了一朝花便氣驕。漫推説糊眼冬烘到，則揣着平心秋夢敲。進英豪，先是這半郊蘋草，但願得助明良儲盡棟梁饒。

第三十九齣　捷慰

（外上）

〔南吕引〕【生查子】坦腹快重圓，依舊雙鸞跨。衹望占青雲，喜氣門楣托。

老夫自從女兒女婿一并回生,心上十分快活。祇是媽媽意下畢竟嫌他寒苦,相待平常。女婿前日考試回來,像個得手光景,祇是不知命運如何?今日已是揭曉之期,特備下些酒菓,與他接報。怎他夫婦還不出來?(生上)

【前腔】一紙付秋風,舊藝寒窗下。(旦上)曉鵲到簷端,消息還疑訝。

(生)岳丈拜揖。(旦)爹爹萬福。(外)罷了!賢婿,今科文章得意,一定掄元。(生)小婿病後荒蕪,虧得七篇皆係宿構,勉强完場,焉敢妄想。(外)怎麽這等凑巧,七個題目都是賢婿做過的?(生)是場前胡慕杰送來,哄小婿説是打點來的擬題。小婿就借他抒寫,不料場中去果然一些不差。(外笑介)這是賢婿福分到了。今日揭曉之期,老夫特備一杯水酒,與賢婿接録。就此同坐,以候好音。(生)多謝岳丈。(外向内介)安人,今日與女婿接報,你可出來一同坐坐。(副净内應介)身子不快,不出來了。(旦)待孩兒進去相請。(外)不消。他不出來,也就罷了。(各坐介。外)賢婿請飲一杯。

〔仙吕過曲〕【傍妝臺】(合)盼雲霞,天邊丹桂折休遐。這半幅墻頭信,眼望得幾人花。祇圖座側空群恰,慢問人間點額差。閑杯盞,且擎拿,迎門好聽一聲譁。

【一封羅】(生)琳琅休漫誇,一面兒怕嘆呀。桃源早自定仙槎,荆山還則思秋駕。咳!書生舊夢,江毫問他。佳人盼眼,金錢卜咱。(外)賢婿再飲一杯。(生)岳丈自請,臨風不住心嘈雜。

(丑、净同上)榜上分來名第一,紙條擎出賞須千。(丑)我巫二,今年做報,恰好分得解元,是我學中夥計孫解元。贅在王員外家,有名富户,喜錢不怕不重。(净)正是,快走快走!(丑)

這裏已是,我們打進去。(末忙上)你們可是報孫相公的?(丑、净)正是。(末高叫介)相公中了!(外)謝天地!(生)中在那裏?(丑、净)是第一名解元,喜錢要加倍。(外)這個不消説。(生)中的可有個李相公?(丑)祇第二名便是學中李含輝相公,其餘不知。(生)可喜韞之也中得高。(外)老賈,你快同他們外厢酒飯去。(末)這裏來。(同丑、净下。副净忙上介)聞得女婿中了解元,擠了一廳的人,好不興頭!(見介)恭喜賢婿如此高中,寒門有光。(生)都是岳丈、岳母提携之德。(外)安人,畢竟我揀的女婿比别人何如?(副净)果然眼力不差。

【桂花遍南枝】(外)果是天香高迓,榮添綉闥。恁青衫瘦削腰圍,輕可的萬人頭壓。憑仗伊三級地驚雷,慰藉我幾星兒頽髪,安人,他酸齏味,鳴鹿詩,坐蟾宫,第一把。

(副净)我原道女婿好個品貌,清秀得狠,自然早發。女兒,你將來直要做到狀元夫人哩!(旦)多謝母親。

【解羅袍】(副净)端則是人才瀟灑,俊儀容玉潤無加。賢婿,這些時慢將嬌客寒家榻,休怪着嘗淡飯與粗茶。員外,便是女兒這般品貌,怕不是一位夫人?祇看生成一對,鸞凰没差,好去香車花誥,相携貴家。我們兩人呵,老夫妻暮景將伊托。

(旦)孩兒若得有好處,這個何消説得。

【春絮一江雲】養兒待老有甚女孩差,半子東床難道假?况波查,寒士恩加,休説我膝下嬌花,撫到消乏,幸前程寸步達,前程寸步達。天衢敢便誇,骨肉無多甘苦洽,休説榮華倚仗他。

【掉角望鄉】(生背介)一絲兒秦贅顔加,破炎凉先從門下。(轉介)嘆孫山泪零幾家,幸歡生銜杯這答。也費到旋書齋,韆妝閣,眼巴巴;纔免得寒酸依傍成話靶。(合)看雲路從今發,方信道書無價。

(生)啓岳丈：小婿前日死去，曾見大士相護，得以回生。意欲親到天竺答謝一番，不知可否？(外、副净)正該如此。明日便唤船，我們同去走遭。

(生)驚烏僥倖得高枝，　　(外)可是冰清鑒不私。
(旦)料得名經憑佛力，　　(副净)心香一瓣爇休遲。

第四十齣　竺圓

(雜扮船家摇船，小生、貼同上)

〔仙吕引〕【夜行船】暫卸頭巾落魄更，故人差喜慰同登。(貼)纔占春光，喜添秋影，打槳新歌僥倖。

(小生)小生僥倖與子楚聯登，昨日他來相約，同去天竺燒香，爲此携了倩娘一往。船家，前面那隻大船敢便是了，快與我摇上去。(雜)曉得。(作摇船下。外、副净、生、旦同上。老旦携鸚鵡籠、末持香燭、雜扮船家摇船上)

〔羽調過曲〕【排歌】(合)黄葉初飛，青山漸迴，殘蟬蕭瑟還鳴。西風吹客曉帆輕，野岸頻移菊幾星。遥天净，遠樹平，堞痕回首亂烟横。寒波映，古寺明，飄揚幡影早相迎。

(末)來此已是天竺了，便請一同登岸。(衆作上岸介。雜下。小生、貼上)莫愁纔遣停雙槳，極樂俄看禮六時。(生)韞之兄也來了，恭喜！小弟還未及相賀。(小生)彼此兩免罷。(生)這便是家岳。(小生見介。外)久慕盛名，今日幸會。(小生)不敢。(外)通家至契，便都相見不妨。(生)正是。這是家岳母。(小生)伯母拜揖。(副净還禮介。生)這是弟婦求見。(小生)年嫂恭喜。(旦還禮介。貼見介)員外、安人！倩奴——(作欲跪，副净攙住介)哎喲！休得如此。你如今也是一位小夫人了。(旦笑介)

我和你還是年家妯娌哩！(丑扮和尚上)添來檀越到，迎得貴人忙。請員外和衆位都向裏面坐。(同進介。生)我們便先在這裏參拜一番。(外)賢婿，今日是爲你夫婦還願而來，須是你二人先去拈香。(生)如此小婿領命。(末點香燭，内鳴鐘。生、旦拈香介)大士在上，我孫荆夫婦，爲蒙慈悲完合，保護死生，特來禮謝，伏惟鑒納者。(衆共拜介)

【四時花】(合)遥對着蓮臺聳，寶相凝，滿月威光遍映。普甘露如是曾聞，現慈航一切平等。相鏡，看着這颭森森旌幢彩縈，聽着這颸悠悠鐘魚韵鳴，沁着這靄霏霏旃檀味馨，誦着這和泠泠華嚴梵清。恍教人一晌神傾，六根塵凈，願得個大皈依覺岸長憑。

(生向丑介)我等還要在此瞻仰一會，師父自便。(丑)如此諸位請坐，待小僧去取茶來。(向末介)大叔請到小僧房中用茶。(同末下。旦)巫媽媽，這鸚哥原是菩薩夢中相授，今日特地帶來。你去挂在佛旁，也算向他作謝。(老旦挂籠介，衆各坐。貼、老旦側坐介。生)娘子，想我春間夢中到此，看了壁上詩句，好不猜疑。如今想來，"再生緣"一句是應的了。便這"全憑物外身"一句，虧了托附這個鸚鵡與你訂盟，豈非物外身乎！

〔南吕過曲〕【太師引】這絲蘿不似塵凡定，助相思是摩尼弄成。先着俺夢中猜謎，他却在空外牽繩。休將水月尋枯性，恁周旋誰道無情。向法界，從今對影，參得個新禪黄檗苦分明。

(旦)想奴家偶然畫得春容，誰料引出這場緣分，這都是大士暗中作合呵。

【瑣窗寒】不堤防一幅丹青，是自在姻緣形影生。累傷春傷别，做到多情。更離波挫折，險些破鏡。菩薩呵，若不是慈雲牢訂，飄零，啼鵑泪繞化人城，怕不怨你聲聲。

(外)看將起來,這一點憐才念頭,虧老夫拿得定。敢也是菩薩指點?

【太師引】嘆論婚祇覓家私稱,有誰人寒衫眼青?感伯道頹顔孤另,看破了錢財爲命。若不是門楣靠得書香挣,便留將金穴誰撑?我撇牙籌,從今更省,好向慈悲去處相争。

(副净)老身向來這一點勢利心腸,祇今日好向佛前懺悔了也!

【瑣窗寒】我守荆釵儉苦親經,怎向他人有愛憎。祇看白衣法相,兀自貧形。任炎凉世味,空門須净。况我已桑榆末景,看承,人生骨肉合該疼,休論身外星星。

(貼)小姐,那日若非倩奴再三攛掇,怎畫出那幅春容?第一個媒人還是我哩!

【紅衫兒】是梅香逗暖南枝影,一綫春生,你嘗得個中愁,我陪盡旁邊哽。恰凑合天畔黄姑,也牽來小星。謝媒紅自做完成,同向秋風雙并。

(小生笑介)則我李韞之素好譚玄,懶尋禪藴,今日看來這場作合,難道西方果有聖人也?

【前腔】論男兒祇向綱常競,叩甚空扃?地獄因誰設,料我輩不心驚。除非是忍草靈花,一樣熱腸答贈。算人生添個嚶盟,祇索低頭三請。

(老旦)那日老身從中説合,也不料果得完成。(笑介)相公,祇是苦了你一個解元的指兒,成就這一齣好戲。

【朝天子】一指頭禪悟的疼,費煞銷魂想,感娉婷。祇我這紅娘鬢白也留情,會鶯鶯,到西厢月裏一身輕,求凰悄冥。今日是佛殿團圓寺休警,向菩提證盟,菩提證盟。

(鸚鵡忽飛下介。生)呀!你看一縷祥雲,鸚鵡忽然不見。

想他原是大士身旁靈鳥，特來完俺夫婦也！（外衆）果然奇怪。

〔仙呂過曲〕【長拍】（生）一霎飄然，一霎飄然，雪衣何處？知是靈山傳命。雙鵜成合，寡鵠棲穩，向空王三匝無形。勞得恁將迎，任鶯媒燕使，遜伊功行。白玉毫光金粟影，開色界，度三生，料舌化青蓮一頃，不比那開籠須放，下筆能驚。

【短拍】（旦）何幸紅顔，何幸紅顔，女床斯守，護嬌花螺髮深情？調法阿蘇會，得半偈隴山名姓。好把鴛鴦綉佛，演一部歡喜梵王經。

〔中呂過曲〕【太和佛】（合）多少鸞孤鏡裏驚，圓光照淚零。算即空是色是空名，法喜勘無憑。心猿愛馬還牽迸，那裏有飛來精衛肯惺惺。衹這離恨天高，怖鴿魂難定。怎學得迦陵同命，看破這一枕琉璃大地幾人醒。

【尾聲】莽因緣，難折證，死生夢幻總因情，除則蕭寺晨鐘和着這殘拍聲。

魚山一枕梵悠然，　幾爲曇花觸舊緣。
青鳥已辜雲外信，　紫鴛空結夢中烟。
何來銜石能填海，　衹有迴峰易阻天。
可是紅牙敲不盡，　削崧重與付長弦。

附　録

鸚鵡媒傳奇序

粵自翠翎紅味，六么傳瑞鳥之聲；珠佩雲璈，三叠奏素娥之譜。由來法曲，半出仙靈；從此塵寰，盡嫻音律。一闋鸞吟，唱安公子；數聲魚沫，聽念家山。麗華巧囀，瓊枝璧月之前；静婉嬌歌，銀燭金花之下。莫不拊紅弦而彈雅調，翻白紵以擅佳名。洎乎院本争傳，新聲代變，宫分南北，事雜悲歡。含商嚼徵，才士填詞；傅粉塗丹，伶官借面。笑陳王之細碎，衹校妃豨；薄江令之妖浮，空歌宛轉。則有紅豆齋主人者，青琴妙譽，湘瑟家風。高琳出而玉磬浮波，任昉生而金鈴墮地。宜乎髫齡顧曲，綺歲安歌。僧孺論樂，早知檀拍之名；摩詰按圖，便識霓裳之製。出畫羽綉鞶之餘技，爲哀絲流管之新音。雲箋細擘，墨浮蚌研以成烟；鈿笛孤吹，塵繞虹梁而若夢。洵足令雙鬟垂手，合坐傾心矣！重以奉倩傷神，安仁嘆逝，香桃骨瘦，玉豆心寒。鬻檀參佛，光凝七寶之龕；刻石招魂，燭閃千花之帳。每當篆銷卧獸，月上明螺，銀蒜簾垂，冰荷燈炧。影竛竮而無主，思結縎以誰知？翠管頻抽，紅牙小掐，一聲初下，萬縷争迴。真珠密字，和泪點以俱圓；叠雪輕綃，寫愁絲而不斷。人之情也，能無嘆乎！所以辭緣苦而彌工，言因悲而轉幻。非因非想，疑佛疑仙。鸞膠再續，嬌女魂飛；蝶夢新翻，書生羽化。黄姑助聘，完信誓於三生；彩翼爲媒，傳好音於一水。寫鳳靡鸞吪之恨，寄天青海碧之愁。慧業難忘，情根永懺。風輪劫轉，大衆離欲界三千；綺語障空，隨地設寓言十九。豈僅歌院雛伶，争敲紫玉；旗亭妙伎，競寫烏絲，艷一時之口耳已耶！嗟乎！有懷難語，暫寄托於俳歌；獨處含愁，唯留連於短翰。擊節而珠跳玉裂，發唱而紙醉金迷。偶墮青琳宇下，未换仙心；曾參金粟臺前，兼通禪悟。試看江管，應放西天稱意之花；倘問蕭齋，好尋南國相思之樹。

梁溪楊芳燦蓉裳氏撰。

禽貪共命，總爲情深；果戀合歡，多緣愛篤。争慧花於古本，物亦人言；結恨種於心苗，人還物化。一枝瓊艷，杏花竊擬作媒；半幅春酣，芍藥果誰爲婿？愛美人如月寶蓮心，不嫁東風；笑公子之雲痴柳思，衹婚夜雨。生香活色，那禁紫燕傳將？餓態饞情，早被彩鸞惱着。故已置星郎於雪地，付月老於冰天矣！詎知入骨相思，斷足之高風，繼將割指；離魂覓信，結襪之韵事，續以銜鞋。翡翠屏前飛來嫩鵡，芙蓉帳畔攫去輕梟。妾今似子聰明，甘陪翠褓；郎已被儂束縛，願作錦絇。嗟嗟！緣合百年，寧辭骨碎；感深一氣，那不心疼！任教死去都雙，蛺蝶幾曾單化？縱或再來必對，鴛鴦亦復偕棲。僕本恨人，此日已歸禪界；君真慧業，他年同入靈山。

乾隆戊申端一日，古杭童粱拜題。

神仙之術，儒者勿道。然其精者，曰存心，曰静與，吾道有相合者焉。夫心不存則放，不静則動；動與放則失其心。其有學焉而至，求焉而得者，吾未之聞也。凝神於若存若亡之間，久之而無所有，此静之極也，神仙以之成真；凝神於若存若亡之間，久之而無所不有，此静之極也，吾儒以之成物。其爲用不同，而致功則同，一而已矣！一者純而不雜，久而無間之謂也。易曰：夫乾，其静也專，不專不成，其爲静也。專則一，不一不成，其爲乾也。用志不紛，乃凝於神。乾道變化，皆由於此。在人何獨不然？凡物始於一，終於萬。非一無以生萬，非萬無以成一。故極之於一，所以占變化也；極之於變化，所以占一也。一而不變化，其所謂一者，非也；變化而不一，其所謂變化者，非也。三弟學於儒，而好言神仙，餘事復長於音律。兹以計偕來，出所著《碧落緣》、《鸚鵡媒》傳奇二種示予。其有所感而云然耶？吾不知其何以生而死，死而生，人而物，物而人也。將生死人物，皆心之專一者，爲之其合儒與神仙而言之耶？其將去儒而歸於神仙者耶？神仙吾不知，誠如是，其專且一，其學焉而至，求焉而得者，斷可必也。於其歸，書以勉之。

時己丑初秋，兄惟城識。

竹初居士即成《碧落緣》傳奇之逾月，愀然而悲，喟然而嘆曰：嗟乎！情之不可以已也如是！夫天地，吾不知其於何闢也；人類，吾不知其於何生也；飛走鳴逐、跂行喙息之屬，吾不知其於何延延而不絶也。夫有運動，即有知覺。知覺者，其情之端乎？情之大，在忠義孝烈，可以格天地，泣鬼神，回風雨，薄日月；而小之，在閨房燕昵離合欣戚之間。用不同，而其專於情，一也。武昌之石，何以凝然而化？華山之棺，何以欻然而開？韓朋之冢上，何以木連枝而鳥并棲？是故情之至也，可以生而死之，可以死而生之；可以人而物之，可以物而人之，此《鸚鵡媒》一劇所以捉管而續吟也。

《鸚鵡媒》者，其事本諸般陽生《聊齋志異》，而益以渲染成之。或有疑其幻者，則夫蜀魄楚魂，至今不絶，又況千年化鶴，七日爲虎，漆園蝶栩，槐安蟻封，天下境之屬於幻者多矣！何不可作如是觀耶？臨川曰：第云理之所必無，安知情之所必有？信已！

時戊子十一月，竹初居士識於如皋之露香草堂。

鸚鵡媒傳奇題詞

碧海青天路渺茫，宓妃原不炫明妝。衹緣錯寫凌波影，斷盡陳思宛轉腸。

精誠衹願感蒼穹，几上淋漓血指紅。博得男兒心肯死，底須南八説英雄。

十五盈盈掌上嬌，秦臺多是可憐宵。韓憑拚作雙蝴蝶，容易香魂一樣銷。

靈犀一點印模糊，對影聞聲泣小姑。我有盤龍雙慧劍，直須先斬越神巫。

奮飛真個學鉤輈，身逐仙禽不自由。始信魂啼精衛鳥，一生銜恨海東頭。

抽盡春蠶一縷絲，蘭閨香口證心期。本來除却雙飛翼，説與人間定莫知。

鏡裏春人萼緑華，桃源生世住仙家。如何一夜瀟瀟雨，又向天台葬落花？

返魂香裏夢初恬，合注長生到筆尖。鴆鳥不來鸚鵡去，春風何處覓鶼鶼！

趙　彬

身化雙飛翼，心縈一縷絲。畫中真有個人兒，笑煞銜箋燕子欲依誰？　　慧業文人事，靈山古佛期。算來都是負情痴，衹合倩他鸚鵡證相思。（南柯子）

陳蘭策

無端添却閑心緒，碧落仙人貽好句。鮮妍秋水出芙蕖，縹緲春風吹柳絮。　　燈殘酒醒香初炷，一縷柔情無着處。瀟瀟細雨打芭蕉，清夢已隨鸚鵡去。（玉樓春）

許寶善

鶏談初罷，正鵝經墨潤，鴨爐香積。袖裹藏來青鳥字，五色鸞箋新襞。冢叠鴛鴦，橋通烏鵲，血泪嘑鵑魄。求凰有路，恨無丹鳳雙翼。　　聞道大曆才人，峰青江上，原是文章伯。一種風流攄不盡，寫出柔情千尺。鶯舌全調，丫鬟半彈，聽徹紅牙拍。笑他能賦正平，空號狂客。（念奴嬌）

章　煦

爲多情，青衫血泪，生生判向愁老。冰弦誰把傷心譜，又早別懷縈擾。幽期巧，君不見茫茫碧落相思鳥，芳心寸拗。待密約重圓，愁盟暗續，一一泪珠皦。　　銷魂處，我亦青鸞信杳。年來暗損懷抱，江南江北傷春恨，付與斷腸衰草。辜負了，是舊日金釵鈿盒情多少？閑愁待掃，又一兩三聲，無端逗起，清夢隔簾悄。（買陂塘）

洪亮吉

絶大慈悲，一情字認真做起。休錯比色界空花，抛却菩提種子。血性從來堪證道,情根捏定輕生死。有宰官説法,振筆因而填此。　金管湘東,玉臺江左,文采都餘技。逗機關一片婆心,不是尋常宫徵。灑人間無限清凉,須借他楊枝春水。更開成并蒂芙蕖,小青知己。　西湖狂客,曾向慈雲稽首,繞靈峰隨喜。疏磬落曇花紅日,依然白雲如洗。畫裏前游,詞中舊夢,三生有石應常在,奈萍梗天涯空自擬。虎頭痴絶,争似柳七消魂,酒乍醒人千里。　無端新製,挑燈重讀,字字通禪理。任爾青天欲老,一往情深,牡丹亭畔,桃花扇底。横空結撰,風流活見,情生情滅無今古,但認取本來而已。何須遠覓知音,説與珍禽,點頭能解。(鶯啼序)

顧　澍

洞庭緣

〔清〕陽湖陸繼輅祁生填詞

洞庭緣傳奇

第一齣　幻影

【滿江紅】補屋牽蘿，問空谷幾人憔悴？千古恨，神仙有劫，傾城難再。慧劍不揮離別感，羅巾合揾英雄淚。借荒唐舊夢寫新愁，從憎愛。　　波澄碧，峰橫翠。偕隱願，何年遂？怕野雲一片，未堪留待。俗客偏能形汝傲，天涯幾處容吾醉？算樽前絲竹遣華年，渾無奈！

【沁園春】陳子求仙，柳生下第，同赴巴陵。笑羅帕詩成，愁生貴主；風鬟賦罷，驚倒湖君。莫患才多，衹憂情少，地角天涯會合并。休忘了，那憐人崔媪，雙繫紅繩。　　聽歌且盡芳樽，更莫問前緣與後因。看節使求賢，自應入相；書生寡欲，報以佳姻。吾道非歟？卿言是也，理足何妨幻即真。渾不是，尋常綺語，名士傾城。

第二齣　寄幕

（生巾服上）

〔仙吕引子〕【鵲橋仙】清和時節，惠風條暢，暫把鄉心撇漾。

憐才節使似奇章,鎮容我淺斟低唱。

小謫紅塵二十年,狂來欲笑李青蓮。無端醉捉波中月,不作天仙作水仙。小生陳弼教,字明允,北平人也。文裁花骨,詩雜仙心。未逢佳耦於人間,思讀異書於天上。封侯夢醒,明月半床;訪道心堅,野雲一片。未免人嗤妄想,士號迂疏。豈知成佛須慧業文人,肯讓謝公獨步?學仙必多情種子,何妨蕭史雙棲。雖然寫韵人遥,尚爾臺藏玉鏡;自信升天路近,暫教手把瓊簫。這且不在話下。年來因同里賈公,節度豫章,順道匡廬,羈留幕府。主人好客,不覺忘歸。此地有一柳生,名宗望,字元伯。亦與主人有舊,常至署中。仙骨天成,奇才拔俗,與小生深相契合。這柳生雅抱金丹之癖,未灰用世之心。春初計偕北行,聞已下第。咳!元伯,元伯,你怎麽還這般看得不達!你見近科禮部這一張榜上,可有幾個知名之士來嚇!

〔仙吕過曲〕【皂羅袍】一笑葫蘆依樣,問沉埋幾許,劍氣珠光?况你那詞源萬斛恣汪洋,可能博得庸人賞!那壁厢翠眉深淺,孜孜曉妝,這壁厢紅紗掩映,沉沉夜長。怎怪他同聲應響,一班兒鑄錯黄金榜。

(外花鬚紗帽便服上)蒼生未許東山卧,書記能容小杜狂。(作聽介,入見介)陳先生,你塵心净盡,道念日堅,何以眉宇之間,忽露激昂之色?(生笑介)昔蓮池大師,即日證果菩提,聞新進士揭曉,尚然心動;僕何人斯,敢以爲諱?衹是僕樗櫟之才,實非自悼,偶因想念元伯,不覺失聲一嘆。(外)便是。他下第南歸,這兩日也該到了。

【醉羅袍】别愁聽説添惆悵,料鷗心已到水雲鄉。早難道歸途隨處足徜徉,不管人凝望?足下懷人多感,老夫軍務餘閑,何不小飲一樽,遣此永日。(生)最好。清和時節,槐陰晝涼。蕭閑幕府,莎廳草長。恰稱你輕裘緩帶升平將。

(末扮家人持帖上)柳相公回來了,到門拜會。(外)妙極了,快請!(起立,向生介)老夫迎他去。題襟憐舊雨,倒屣爲名賢。(下。生)且喜元伯遄返,氣類不孤。但恐他入此障中,一時難於自拔。

【醉羅歌】有客有客來天上,謫墮謫墮恁蒼黄。衹愁你,如雲意氣忒軒昂,消不盡雄心壯。(小生上)别路記攀江上柳,歸裝未染洛陽塵。明允兄!(相見介。小生)自違叔度,鄙吝頓生。(生)世無王良,騰驤抱屈。(小生笑介)明允不必隱含譏諷,小弟省得了也。功名得失,今番淺嘗;悲歡游戲,今番下場,道心肯被塵心障。(生)非相謗,休悒怏,少不得白雲紅尾跨雙雙。

(丑上)我是淮王鷄犬,年年打點飛升。相公,方纔聽得朝報到來,賈帥爺移鎮巴陵,即日就要啓行了。(生)適聞苗疆擾動,想來静鎮需賢,故有此命。我兩人本有同游句漏之約,附便偕行,實爲兩便。(小生)甚妙!衹是小弟匆匆返里,少有逗留,兄在前途稍待便了。(生)自當拱候,兄也不要太遲了。(小生)這個自然。(末上)家爺請兩位相公上席。(生、小生)來了。(小生)

【尾聲】喜重叨良朋貺,悔無端小别負年光。(生)我與你今夜樽前話正長。

(下。内)元帥有令:即日移鎮巴州。著家將傳諭親兵,連夜收拾行裝,隨轅前往,不得稽遲!(内應,扮四兵丁上)元帥移鎮,我等隨轅前往,快些收拾行李呵!(下)

第三齣　出征

（末三髯幞頭蟒玉，引雜内侍裝束上）

〔南吕引子〕【臨江仙】　一片波光天宇碧，晶宫静擁旌旄。時清無客著離騷，年年香草發，蘭氣滿湖飄。

佳話流傳憶往年，鍾情海角太纏綿。何人更續荒唐夢，願作鴛鴦又得仙？小聖洞庭君是也。自東華帝君作合龍宫，旋即弃官學道。後來龍君移鎮，上帝即命小聖承乏婿鄉。喜得波臣寧順，水部清閑。你看幕阜横青，君山積翠，朝暉暮靄，一一入我鏡中。雖然長樂未央，也莫遣良辰虚度。侍從們！後宫傳請王妃公主，前殿小宴。（雜應，下。正旦冠帔上）

【前引】慢説同心期白首，雙棲來日方遥。朱顔不向鏡中消，怪他王母鬢霜影，太飄蕭。

（相見介，末）賢妃，我和你持節洞庭，忽忽又歷年歲。細腰何在？全荒故楚之宫；玉骨已消，空問小喬之墓。我兩人好不僥倖也！（正旦）便是。（末）女孩兒爲何不見出來？（正旦）他曉妝未竟，已遣崔媪催他去了。（末）可還作些女工麽？（正旦）

〔南吕過曲〕【柰子花】他深閨勤織冰綃，從不曾步瀟湘手弄春潮。衹是一件也該留意了，何時星喜紅鸞照？免關心眠遲起早。（末）玉貌，須詳擇才郎方好。

（旦花冠、白綉袍，引小旦、貼宫妝上。旦）海鷗驚起又飛還，小立瑶階整佩環。（小旦、貼合）款步碧波平似砌，不教半點濕弓彎。（旦）孩兒梳洗偶遲，問安稍晏，不勝惶恐，尚乞姑容。（末）罷了。擺宴！（内細樂。場上設兩座，末、正旦正座，旦旁座。旦送酒介）

【前腔】願年年玉燭長調，更無煩行雨青霄，湖波静比菱花照。(末、正旦)我兒坐了。(旦還坐。小旦、貼另取玉杯奉酒介)織成、阿念上酒。願大王娘娘壽與天齊，福同海灝！(衆合)喜尊前歌清舞妙。浩渺，何處著怒濤飛瀑？

(雜上)啓王爺：玉敕到。(末起立介)賢妃後殿少待。(正旦、旦、小旦、貼暗下。末跪迎。生扮星官捧敕旨上)天言宣鳳詔，星影落蛟宫。奉玉旨：蚩尤放廢已久，不思悔過，反啓禍端。特敕洞庭君毅，部領水師，殲厥渠魁。脅從罔治，勿稽天討。如敕奉行！(末叩頭起立介)謹遵敕諭，剋日興師便了。星君德耀下臨，還祈少叙。(生)上帝立待覆命，不敢久留。請了！咫尺天淵近，還朝衹片時。(别下。末)就此出宫點將者。正當浪静波恬日，忽聽鳴笳擊鼓聲。(下。雜扮雷公、風伯、雨師、電母上。雷)可笑人間失箸忙。(風)罡風到處盡摧傷。(雨)雲頭一滴傾千尺。(電)神目千秋照十方。(雷)俺雷公。(風)俺風伯。(雨)俺雨師。(電)俺電母。(合)洞庭君奉詔出征，有旨命我等并聽調遣，衹索到此伺候。(侍從呵殿，引末戎妝佩劍上，中立)蚩尤作亂，奉命興師。列公屈爲前部，即日先行。(四雜)謹遵龍君法令。我等即刻駕雲前往便了。(末坐。内鑼鼓，四雜跳舞下。末)傳本部各將進見！(侍)本部各將聽令！(雜扮蟹、蝦、蚌、鱉四將上)本部各將參見。(末)汝等四人各率所部軍士，分爲四隊。左右翼，衝鋒斷後。明日黎明，隨同進發。(四雜)領法令。(衆合)

【柰子宜春】你衹道久升平兵惰將驕，怎知俺水師營士氣偏豪。你看金鱗向日，軍容輝耀，指日裹欃槍盡掃。諸將努力建功者！(衆應。末起行，獨唱)共卿曹，鹽池奏捷，雲臺圖貌。(侍從擁末先下。四將隨意插科諢下)

第四齣　閨嘆

(小旦上)一縷情絲從宛轉,三生夢影太分明。奴家織成,本瑶宫花史,謫墮塵寰。羞簪富貴之花,獨抱幽憂之疾。流離孤女,未遇雄姿;生長小家,偏矜絶代。驂鸞有夢,射雀無屏;與作鴉妻,寧爲魚婢。洞庭君憐奴賁志,賜術鍊形。又蒙貴主知心,賢妃鍾愛,并忘天上,休説人間。(嘆介)祇是俺織成呵,

〔仙吕入雙調〕【風雲會四朝元】浮生轉眼,拚教玉化烟。甚秋悲春怨,重上眉尖,含情整翠鈿。怪無端曉鏡,怪無端曉鏡,棖觸傷心,一晌留連。又不是惜别懷人,相思難遣,没來由愁緒將人戀。(旦上背聽點頭介。小旦)嗏! 瘦影忒堪憐,早難道碧海青天,這閑情未許姮娥免? 便是俺公主呵,明珠掌上圓,人間萬花賤,也覺得徘徊佇立,凄凄寂寂,畫闌凭遍。

(旦)織成。(小旦)呀,公主來了!(旦笑介)織成,你怎見得俺寂寞來嚇!(坐介)

【前腔】嘆真笑倩,依依繞膝前。鎮文窗低拓,綉箔高卷,宫庭花事妍。問何來悵惘,問何來悵惘,佇立徘徊,有恨無言?(小旦)也祇爲流水韶光,桃花人面,此意教奴念。嗏! 紅尾慢俄延,早難道玉洞元池,不是神仙眷? 你妝成絶世妍,花羞月痕掩。這温柔軟款,依依脉脉,有誰曾見?

(旦低頭不語介。貼上)仙人真第一,侍女亦無雙。王妃傳請公主,一同用膳。(旦)日色纔得向午,怎麽就上膳了? 你兩個同去,替我問安,説我今日不出來侍膳了。(小旦、貼應)嗔他鸚母驚春睡,唤取狸奴替早餐。(下。旦嘆介)聽織成那番説話,

好不教人惆悵也!

【前腔】花飛絮黏,閑愁一綫牽。你知我曉鴉慵整,暗燭羞翦,端不爲窗外花枝笑獨眠。怕的是佳人難得,倘佳人難得,怎教人遷就庸材,同倚湘弦?你看那薄倖瓊釵,腥膻金谷,世味真堪厭。嗏!薄命誤紅顔,難道紅顔,不許從奴變?容華忒自妍,仙才幾曾見?没亂裏迴腸屈曲,思思想想,真待把畫闌凭遍。

(悶坐介。小旦上)傳將解悶消閑法,(貼上)報與偏憐最小人。(合)王妃説:公主既不用膳,且到後苑散步一回。(旦起立介)謹遵慈命。(貼)園池荷花正放。公主,我們就去。(旦、貼合)

【尾聲】朝餐勞廑高堂念,且把這倦懷消遣。(先下。小旦背介)祗愁你一晌羞看并蒂蓮。(下)

第五齣　種因

(二雜扮内侍執彩棍、二旦扮宫女執彩扇,引正旦上,貼隨上)葛覃幾度咏歸寧,送我群峰一析青。誰識湖波清到底,水仙來往自揚靈。俺乃洞庭君正妃是也。君王征討蚩尤,尚未返旆。鮫宫晝静,忽忽思親。爲此命崔媪幫著女兒權理宫務,俺暫歸定省。出得宫來,好一派烟景也!

〔仙吕入雙調過曲〕【風入松】曉風翦翦步汀洲,早把那六幅湘裙吹縐。看芊綿草色連遥岫,都染得湖光青透。(内鐘響介)是甚處,鐘聲一叩,驚飛起兩沙鷗?

咳,正是對此茫茫,不覺百端交集!

【前腔】想當年蜃氣結層樓,原不合香囊輕扣。雖則我痴情一縷牢牢守,也虧他涉波濤公然請救。一霎裏風馳雨驟,纔盼得宫車到駕雙虬。

悵觸前塵，好生惆悵。内侍們！（衆）有。（正旦）俺要湖邊閑玩一回，祇留阿念隨行。一概儀從，盡行撤退，先往前途等候便了！（衆應下。貼）娘娘，你看那邊帆檣疊疊，想是個熱鬧去處。（正旦）我們改妝前去者。（正旦、貼拂袖暗下。内鼓吹。外紮巾偏袖裹甲，引副净將巾箭衣上）

〔南吕引子〕【一翦梅】臨水登山亦主恩。纔别匡君，又吊湘君，轉憑行役息勞筋。風正微薰，人正微醺。

專閫先辭赫赫名，祇期康樂答升平。多慚才調兼文武，入掌絲綸出備兵。下官賈綰，字惟屏，北平人也。詞臣出守，洊歷旬宣；白面談兵，遽膺重鎮。下官躬逢盛世，報稱無由，惟有鼓勵人材，栽培士類，供他日干城之選，啓一時宏奬之風。因此軍務餘閑，大開幕府，謬作奇才之主，肯教絲綉平原；都忘行路之難，無復酒澆趙土。自信龍非壁畫，馬竟群空。頃因苗疆不靖，移節撫綏。千里揚帆，波平如掌。左右！前面可是洞庭湖了？（副净）洞庭湖了。（外）分付泊船。（副净出，傳畢，坐船頭。小生、净、末、丑扮四將，四雜執旗，四雜摇槳，繞場下。四將復上，合）但識將軍令，由來使相尊。我等湖南各路總兵官，率領本標軍兵，迎接大人，相煩通報。（照常通報傳見告進介。小生）鎮守辰沅統轄各土司總兵官。（净）鎮守綏靖等處地方總兵官。（末）鎮守永州統轄衡寶二協控制瑶彝總兵官。（丑）本標中軍副將。（合）參見元帥。（外）舟中相見，祇行常禮。（四將打躬分立兩旁介。外）苗頑喜事，亦知畏威。首鼠情形，本帥已經盡悉。（四將）元帥德威素著，料敵如掌，旌旗所指，自然寧帖。（外）諸將暫退。左右！請陳相公叙話。（四將下。生上）

【前引】又向天南寄此身，山色横雲，草色連雲，更從何處著纖塵？天也無垠，水也無垠。

(副净)陳相公過船來了。(外、生揖介)陳先生，你看空濛一碧，氣象萬千。老夫意欲陳列水師，操演一番，先使群苗知俺鋭利，先生以爲何如？(生)先聲奪氣，極應如此。若得畏威歸罪，便可全活無限生靈。下走亦正要瞻仰軍容，一開眼界。(外)如此衹得屈尊旁坐。(生)豈敢。(外中坐，生旁坐介。外)傳諭各鎮兵弁次第開操！(副净)元帥有令：就此閲兵。(内擊鼓吹笳，四鎮各色旗幟次第操演下。外)水戰利器，弓箭爲先，分付校射。(副净)元帥有令：各鎮兵弁校射。(内應。各執弓箭上，射畢下。四將上)謹繳將令。(外)軍聲肅静，旗幟鮮明。想見前官，尚能整飭。(四將)還求元帥指示訓練。(丑)啓上元帥：方纔校射之時，小將中一大魚，隨命軍士撒網擒獲，實非尋常鱗介。(外)抬上來。(二軍士抬一大魚，尾銜一小魚上。外)此魚果然偉觀。(生起立介)呀，這魚好生奇怪！

〔南吕過曲〕【香遍滿】分明龍種，無端失雲逢箭鋒。看他炯炯雙睛能轉動，頓教人知重。你閑游碧浪中，何事太匆匆，把軀命輕拋送？

不要説那大魚怪偉，你看那小魚銜尾不去，一發可憐。

【懶畫眉】戀主依依誓相從，不忍輕離患難中，拚將一死效孤忠。早難道千秋屈子湘江怨，化作纖鱗尚不同！

(向外介)這魚恃大忘機，禍由自取。但念幕府呵，

【劉潑帽】仁聲到處招麟鳳，布陽春澤及昆蟲，豈獨此魚，不蒙矜宥？(揖介)乞施大惠，輒放生還。(外)先生言之有理。軍士們，將此魚放入波心者！(衆應。生)且慢！此魚創痛甚鉅，仍恐不能更生，有辜盛德。待小生拔去箭頭，傅以刀圭之藥。(生拔箭出藥傅魚背介。軍士放魚，魚三顧生，

急下。生還丑箭，拱手介）將軍，你功名須借天山重，這雕弓再莫向閑時用。

（丑作惶愧介。外）先生利濟爲懷，今日又積一樁功行。你看那魚再三回顧，殆非無知，當效銜環之報也。（生）恩德出自幕府，小生何敢貪功？（外）我們小飲看湖，諸將迴避。（三鎮）好生真大德，（丑）掃興本無端。（下）

【尾聲】（外）蒼茫暝色千帆擁。看波心冰輪初湧，（生）照耀得百里平湖如潑汞。

（同下。内作水聲。正旦、貼换便服披髮拂袖急上）枯魚過河泣，何時悔復及。作書與魴鯉，相將慎出入。俺本水府王妃，偶然游戲，白龍魚服，幾蹈危機。阿念，方纔不是那生力請釋放，我和你怎生是了也！（同掩泪介）既除箭鏃，又賜刀圭，德戴二天，恩深再造。這樣大惠，教我如何擎受得起嚇！（泣介。貼）娘娘洪福無涯，自蒙天祐，此生恩德，圖報有時。請免傷懷，保重玉體。（正旦）侍從們等候已久，我們急急前行便了。（正旦）出險忽如夢，（貼）感恩殊未央。（同下）

第六齣　風劫

（净黑面黑甲引隊上）

〔仙吕北套〕【點絳唇】萬頃波平，一天雲綺。君休濟，矗立横飛，衹在須臾際。

俺洞庭殿前校尉毛將軍是也。上帝敕諭湖君，合於今日夜半，湖中有劫。湖君命俺及南將軍同司其事。南將軍尚在監造溺籍，俺先部勒水師，將這劫數大意訓示一番。衆軍士！（衆）有！（净）聽俺道來。（衆轟應。净跳舞唱）

【混江龍】人生如寄，問生人何苦售奸欺？你道這江湖洶湧，危也波機，怎知他平地波瀾千尺險，會衝倒經天忠孝兩條堤。直鬧到天公變却好生心，一班兒神明也動旁觀氣。硬把俺空明水府，攪作渾泥。

【穿窗月】則聽得滿船中救苦菩提，許下了在家僧齋戒期。豈知西方不是藏奸地，怎肯作逋逃藪，把天欺。衹怪你順風篷没個收竿計。

(衆合)原來如此。請問將軍：這其間可也有倖逃法網的麽？(净)

【寄生草】須不是老天公親勾決，也不待衆天神逐件記，衹問他心頭歷歷從前事，可曾留得今朝地？這磨刀自殺從何避。可憐一種好頭顱，剛换得隨身難帶的蠅頭利。

(衆)再要請問將軍：這風浪中間，豈無善士，怎生保護？(净)

【元和令】也有那照神燈星影移，也有那展靈旗雲影庇。究是他祥光自現黑風中，幾曾見謝東山生畏葸？俺衹愁奔車終竟少夷齊，問誰是管幼安悔晏起？

(吏捧簿上)陰司真有勾魂册，地獄曾無枉死城。啓將軍：溺籍告成。南將軍迎接風部去了。(净接閲，仍付吏介)今日王爺巡視全湖。你將此籍徑送舟中簽押，以便發下施行。(吏應暗下。净)咳！你那一百二十八人，此時心裏不知還有許多算計！那曉今夜三更都用不著了也！

【上馬嬌煞】俺這裏點鬼簿鈐了印，他那裏欺人帳造得遲。我便説與他知，還愁他烏江未到心難死。又憐伊恨伊，那得從此湖平如鏡浴鳧鷖。

(内鑼鼓。净)你聽一片金戈鐵馬之聲，想是南將軍會同風部來也。軍士們,迎上前去者!(衆應,擁下。雜扮風伯引隊各執風字旗上)夢中曾去垢,世上强呼姨。俺風部正神。奉旨會同洞庭君應劫行灾,衹索走一遭者。(副凈青甲藍面引隊各執水浪旗上)洞庭殿前南校尉迎接天神。(雜)南尉少禮。(衆繞場,合)

〔中吕過曲〕【添字紅綉鞋】霎時白浪如山,如山,可憐無計遮闌,遮闌。心太險,天好還。平地裏起波瀾,可想到今番,今番?劫數豈無端,劫數豈無端?(擁下)

第七齣 借舟

(小生巾服上)

〔商調引子〕【鳳凰閣】輕舟獨泝,早又碧雲日暮。懷人江上客愁孤,一枕波聲容與。累他延佇,又笑我塵緣未除。

小生柳元伯,與陳明允兄約游句漏。彼時小生纔返江鄉,不免有幾日酬應,賈節度又王程期迫,不可久留,爲此訂定陳兄在洞庭相待。怕他等得煩悶,急急趕來。且喜風順波平,蒲帆無阻。我想我與明允二人呵,

〔商調過曲〕【二郎神】驂鸞去,定何時驂鸞飛去?我夢裏分明逢舊侣,奈霓裳小隊,聽來舊曲模糊。又衹見手把芙蓉相爾汝,渾不覺劉楨平覷。自躊躇,恐讓他元池獨擅清娱。

(推窗介)你看湖光峰影,夜色良佳。可惜我獨客扁舟,轉形凄悶。(丑暗上)相公吃杯酒罷!(小生)甚好,取來。(丑下取酒)人間酒是消愁物,天上愁無賣酒壚。相公,酒在此。(丑斟,小生飲介。丑暗下)

【集賢賓】天空月冷情太孤,恰人在冰壺。我待唤起江妃携翠羽,恐驚他波底驪珠。(自斟,連飲介)任頻浮绿醑,攬不盡清輝如

許。(起行,看影介)吾語汝,吾與汝醉後拂衣同舞。

(作醉態,還坐伏案介。内細樂,雜扮二水手上)水面仙樂飄揚,異香馥郁,想是洞庭爺又來借船了。快躲阿!(急下。丑上)弗好哉,龍王出現哉!相公倒困著來哩,個没那處?(推小生醒,拉袖急走。小生跌倒,丑扶不起,諢下。内又細樂,兩武士、兩内侍前引老旦、正旦、貼、丑宫妝,小旦舞衣,擁末上)笙歌浮水面,橘柚滿芳洲。俺洞庭君是也。向來出巡湖上,例借民船。今值稽察之期,風劫尚需時刻,不免閑泛一回。(末中坐,小旦近立,内侍、宫女排立,武士坐船頭。小旦)前日王爺奉詔征討蚩尤,獻俘玉闕。小婢不揣檮昧,輒私撰樂章,紀兹偉績,名曰“水府鐃歌”。王爺若不嫌俚鄙,願歌舞一回,爲王爺介壽。(末)織成錦心綉口,即有新聲,便當一奏。(四宫女上酒,小旦舞唱,四宫女合)

〔仙吕〕【桂枝香】早則是風雲掩靄,忽地裏旌旗變色。助軍威,鼉鼓三通;布陣法,魚麗重擺。(小生作微醒介)聽驚濤怒雷,聽驚濤怒雷,驅除真快。不要得三旬奏凱,畫雲臺,鐵甲凝霜冷,金鱗向日開。

(小旦舞近小生,小生噙小旦履。小旦跌小生身上。衆扶小旦起,拉小生立介。末怒介)這厮好生大膽,輒敢潛窺宫禁。護衛們,綁去殺了!(武士入擒小生,小生驚,背介)方纔醉中,恍惚聽得洞庭君三字,這王者想就是了。(高聲介)臣聞洞庭君柳氏,臣亦柳氏;昔洞庭下第,今臣亦下第;洞庭得遇龍女而仙,臣今醉戲一姬而死,何幸不幸之懸殊也!(末)放綁!(小生長揖介。末)看你風貌翩翩,果然像個儒士。驚恐之餘,尚能屬文否?(小生)下筆千言,便求面試。(末)給與筆札,令賦風鬟霧鬢。(宫女取文房四寶上,小生伏案疾書介)

【黄鶯兒】玉佩雜瓊琚,顫霞裳,步碧虚。正冥濛花氣團春霧,釵光微露，衣香半舒，綠雲膩殺風前絮。太清矅，寒深夢淺，凉透了玉肌膚。

(宫女呈上，末看，贊介)妙哉賦手！不減洛神。且喜吾宗見此綉虎。(出位相見，同坐介)請問先生大名，貴鄉何處？(小生)小生家居豫章，賤名宗望。因有故人節度巴陵，招游句漏。

【琥珀猫兒墜】俺本是淮南仙侣，偶然游戲應公車。今日呵，爲訪丹砂别故廬，孤懷被酒倦難扶。(看小旦介)仙姝，衹被你頽玉峨峨，驚醒狂奴。

(吏捧簿上)由來走水三分命，難定揚帆八面風。啓王爺：溺籍呈覽。(末接看介)呀，竟有一百二十八人！知道了。(吏下。末起，向生介)正欲奉攀清話，緣有公務，不敢稽遲。織成，取玉尺來。(末接，送小生)湖中小有劫數，持此可免，即用贈别。(小生拜謝。末)由來名士能狂飲，網得西施欲贈人。(内細樂，衆擁下。小生唤丑，丑作張皇窺探上)阿唷唷！唬殺哉！相公酒倒醒哉，阿曾看見龍王菩薩？(小生)湖中風報將至，我們尚在波心，速唤篙師摇船進口！(丑唤船家上，摇船繞場。小生)一番奇遇，非夢非醒。足見世人少見多怪，衹説豈有神仙，那知俺柳元伯今日親眼見來！(内作風聲)呀！果然風起了，快些摇阿！(下。内大作風聲。隨意扮四客商倉皇求救繞場下。小生持玉尺上)阿呀呀！你看篷飛帆亂，如敗葉飄風，真個雲垂海立。幸我有此玉尺保護，萬丈洪濤，至舟頓滅。(頓足介)阿呀！衹不知明允此時泊舟何處？無端累他受此驚恐，如何是好嚇！(作愁容下)

第八齣　遇獵

（生倉皇急上）阿呀，驚死我也！

〔雙角仙吕合套〕【北新水令】訝清宵陡地浪聲譁，是何人鑿破了銀河一罅？小生陳明尤，爲與柳兄有約，因讓節使先行。獨泊懷人，甚無聊賴，偶耽夜色，小泛湖干。不料忽起狂風，浪急舟輕，此身已非我有。幸而扳一竹篦，漂泊多時，挂木而止，纔得掙上岸來。（泪介）奚奴水手多分是淹死的了。（看衣介）你看遍體淋漓，衣履盡濕。虧得天氣已暖，（脱衣介）且脱下來，向這樹梢一晾。（頓足介）阿呀！祇不知元伯此時可也同在湖中？教我一時何從訪問？這便怎好！（悲介）俺這裏浮生餘斷梗，他那裏何處泊仙槎？如此天涯，祇一個洞庭湖，早把俺消不盡的雄心化。

（看衣介）衣服倒略略的乾了。（著介）也罷！我且沿堤行去，重唤一隻船兒，趕到節署，即刻差人打聽柳兄消息，就便迎他便了。若向汨羅沈屈子，也同采石吊青蓮。（下。四宫女弓壺箭袋執鞭，兩雜臂鷹牽犬，擁旦花冠雉尾窄袖綉袍跨馬上）

【南步步嬌】小隊龍駒横綉褡，悄揭羅裙衩。草色滿晴沙，祇俺這釵影鞭絲，把山容俊煞。（合）弱腕笑宫娃，看雕弓一箭穿雲罅。

（旦）俺洞庭公主是也。奉母妃之命，射獵首山。宫娥們！（衆）有！（旦）此處山色入懷，泉聲悦耳，且下馬小憩片時。（衆）得令。（生上）前面一隊女郎，宫妝駿馬，好奇怪嚇！

【北折桂令】忽相逢甚處宫娃？簇簇新妝，笑語方譁。（拭目介）眩雙眸半晌嗟呀，眉影籠烟，鬢影明紗。一個個龍泉手把，一個個雉尾分花。道分藩桐葉周家，却從來不駐三巴。（旦）我們上馬前去罷！（衆）得令。（上馬加鞭，繞場馳下。生作遥望見旦介）這中間一位美人，裝束各别，艷冠群芳，整羅衣一尺纖腰，上雕鞍一朵朝霞。

待我趕上前去，飽看一回，有何不可。（下。衆旦上）宫娥們，就此撤下圍場者！（衆）得令。（内扮各獸上，衆旦次第追趕下。旦）妙阿！

【南江兒水】玉鏡圓弓影，刀光耀鬢華。（衆追各獸上，作擒獲報獻介。旦起立作勢）聽風聲颯沓呼聲雜，看困獸咆哮人閑暇。早錦毛翠羽紛紛下。（衆）公主，你看那邊一行征雁，公主夙稱神射，何不賞他一箭？（一宫女遞弓，一遞箭。旦接弓箭，背介）妾身生長龍宫，未諧鳳侶。若此生得逢嘉偶，這一箭要中那第三隻雁兒。（生暗上。旦轉身向外搭箭介）願此意山靈鑒察。（射介。衆）公主真神箭也。（遥指介，合）那一隻驚鴻，早落向山坡西答。

（旦作喜介）我們縱馬上前，尋那雁兒去。（引衆馳下。生）妙阿！

【北雁兒落帶得勝令】粉丕丕嬌含葉底花，翠彎彎螺黛何曾畫，顫巍巍花冠正不欹，玉纖纖素手輕輕撒。呀！墮縭褷一雁下平沙，破櫻桃一笑春鶯滑。問如皋可許倚蒹葭？料芳年三五猶遲嫁。仙葩，量不盡珍珠價；休嗟，虧翻了江上槎。

我且趕去，看那隻雁兒可被他們尋著了？（急下。旦衆上）我們回去罷！（合）

【南僥僥令】斜暉明一角，古樹瘦雙叉。水府旌旗應來迓，好興盡同歸卧絳紗。（繞場下。生上）

【北收江南】呀！一番偷覷一番佳，怕潛窺宫禁罪名差。問佳人畢竟是誰家？可知俺走得芒鞋乏？活勾魂是他，肯消魂是咱，奈隔著疏林一桁即天涯。

走不動了，我且悄坐此間，看他們過去。（坐地介。旦衆上，合）

【南園林好】望湖光紅浮晚霞，導歸鞍一行暮鴉。曾幾度人寰閑耍？今日裏劇幽遐，今日裏劇清佳。

（下。生）

【北沽美酒帶太平令】恁匆匆撇却咱，恁匆匆撇却咱，料嬌痴憶爹媽。他奏凱歸來一例誇，恐腰肢都乏，風摇倦一林花。阿呀！我倒忘了，我是要喚船趕到巴陵去的。嚇，天色已晚，如之奈何？望碧空一輪欲下，問今宵何方横榻？（急走介）都不管僧房佛塔，把一夜相思掙扎。我阿，失途人天涯，水涯，爲甚的風魔狂殺？呀！有一座好亭臺依稀那答。

前面碧瓦鱗鱗，像是個蘭若，不免向前投宿去。

【尾】這相逢一晌真無價，便洛女湘妃未許誇，偏向我這不好色的人兒意中挂。（急下）

第九齣　題巾

（雜扮四家將上）我等龍宫護衛是也。今日公主首山射獵，尚未回宫，祗索在此伺候。（衆引旦上。四將半跪介）護衛將士，迎接公主。（旦）王爺可曾回宫？（四將）王爺尚未回來。（旦衆下馬，旦）手拔犀釵界碧濤，當窗脱我戰時袍。（衆）粉侯漫詡生花管，絶代蛾眉不待描。（擁旦先下。四將）王爺出巡未返，龍宫肅静。我們想方兒頑去。（隨意諢下。場上先設園亭并鞦韆一架，案上設筆硯。生急行上）

〔商調過曲〕【山坡羊】恨茫茫一帶消魂的芳草，莽蒼蒼一片催人的斜照，艷亭亭一個挽不住的影兒，實丕丕一塊鐵鑄的相思料。走了多時，衹見墻圍薜荔，芳樹周遭，還不知寺門開在何處。誰見招，可有詩僧同覽眺？好了！園門在此了，不免輕叩一聲。（叩門，内不應）他地偏料久無人到，怪不得户掩藤蘿静不囂。（作推門，門自開介）原來虛掩在此。我祇當拴牢,屈戌無端半晌敲。(進介)是好一座園林也! 逍遥,小憩聊償半日勞。

待我沿著清溪,走將過去。種花可待逢佳客,看竹還須問主人。(下。旦引四宫女换妝上)

【前腔】翠娟娟拂雕闌的叢篠,軟條條映清波的紅蓼,碧鱗鱗唼緑萍的游魚,兩依依拆不散的雙溪鳥。春暗消,借一片衣香林外繞。(旦坐,四旦隨意折花撲蝶介。生上作驚介)嘖,嘖,嘖! 這也奇了,怎麽又碰見一隊女郎? 這園林錯認招提到。呀,呀,呀! 那不是射獵的人兒麽! 紅袖何曾特地招? 蹊蹺,不信風吹上玉霄;夭韶,换却戎妝又轉嬌。

(旦)我們那邊去。(生)他們就要來了,怎麽處? (急介)我就在這假山石後躲一躲便了。(躲下。衆)公主今日鞍馬勞頓,尚能鞦韆否? (旦笑介)使得。(四宫女扶旦上鞦韆架,同送。合)

【前腔】翠生生稱香軀的綉襖,霧濛濛透羅襟的龍腦,顫巍巍吹不落的嬌花,瘦尖尖遮不住的凌波靿。人太嬌,怕抱月飄烟飛去了。不提防,穿花妒殺林中鳥,好一似薄醉微生頬上潮。飄飖,半晌聞吹月殿簫;苗條,欲下重回束素腰。

(下介。衆)公主真天人也! (旦整衣墮帕介)我們進去罷! 小立暗驚風料峭,(衆)遲眠還待月團圞。(擁下。生走出介)妙阿! 真所謂翩若驚鴻也。我陳明允今日再遇仙姬,豈非萬幸? 不要説别的,祇看這青苔之上一道鞋踪! (俯玩,見帕介)呀! 這裏遺下綉帕一方,待我拾將起來。(嗅介)妙阿! 這一股氤氲之氣,分明是玉體幽香,非復人間蘭麝。且喜亭窗之下,筆硯精良,不免題上一詩,誌此奇遇。(題畢念介。原詩)"雅戲何人擬半仙? 分明瓊女散金蓮。廣寒殿裏愁相妒,莫信凌波上九天。"咳,美人那美人! 我這首詩兒,怎樣得你看一看也不枉了！(内)天色已晚，園門可曾關好？(内應)已經鎖好，繳上鑰匙的了。(生作聽介)呵呀，不好了！

【前腔】遠迢迢不回帆的征棹，忒楞楞不擇林的孤鳥，虚飄飄没來由的相思，急忙忙硬撞進的天臺道。花徑遥，恨魚鑰沉沉何太早？此處的係王侯第宅，進退兩難，如何是好？(老旦上)袖中忽覺輕紅墮，海外應無拾翠來。老身崔媪，因公主游園，遺却一方羅帕，一路尋來，怎麽不見？(見生驚介)嚇！你是何人，輒敢潜游禁苑？(生揖介)小生失路之人，誤入園林，尚祈原宥。(老旦)我且問你，可曾看見一方帕兒？(生)依然原璧堪歸趙，衹率意塗鴉恐見嘲。(出帕，老旦大驚介)此帕乃公主常御之物，塗鴉若此，豈能輕恕？(生驚介)無聊，偶賦鞦韆破寂寥；求饒，莫認琴心一例挑。

老媽媽，怎樣替我掩飾掩飾！(老旦)竊窺宫儀，罪已不赦。念你是個讀書人，意欲悄唤園丁，放你出去，如今孽由自作，叫我何能爲地？不信風魔狂到海，果然詩膽大於天。(逕下。生呆介)這，這，這便怎麽處？也罷！我且危坐亭中，等他發付便了。(下。旦獨上)冰肌玉骨清如許，倚闌獨共姮娥語。何事蹙眉尖？詩成意未恢。征鴻雲外落，早又思量著。水府自長年，春歸亦可憐。今日射獵歸來，忽忽多感，重到園中散悶，失却羅帕一方，教崔媽媽前去尋覓，怎麽還不見來？(老旦上)公主，帕兒是尋著的了！(旦)在那裏？(老旦)誰想園中有一失路書生，誤入内苑，竟將帕上寫了許多字兒。公主，你説可惱不可惱？(旦接帕展看良久，納帕袖中，沉吟介。老旦)這書生倒也生得十分俊雅，衹是忒膽大了些。公主，念他年幼無知，放他出去罷！(旦)文人弄筆，原也不必與他計較，但是失路之人，深夜教他何往？(老旦)這秀才敢待要餓死了。(旦)崔媽媽，你可送些食物與他，教他不許攀樹鑽垣，自取罪戾。明早放他出去便了。(老旦)這是公主積德,老身園中再走一遭。(下。旦)宫娥們!(内不應,再叫,再不應。旦)嚇,怎麽都走開了?(旦出帕展玩介)

【前腔】俊翩翩是游龍的狂草,氣軒軒是雕龍的才調,款深深是護惜的幽情,瘦娟娟是一幅的如花照。人秀韶,又説是何郎風貌好。却難道果然射雁聞私禱,天遣乘龍度石橋?瓊瑶,怎好題詩和碧綃;憂焦,怎好堂前話絮叨。

(袖帕介)這生畢竟怎生發付?嚇!崔媽媽也該來了。咳!正是:無可奈何天下事,誰能遣此意中情?(下)

第十齣　還宫

(老旦上)書生何意逢神女,老嫗偏能解樂天。老身崔嫗,爲那題帕書生,青年美貌,慫恿公主赦罪放行。公主又念他深夜迷途,不須急急,倒教我饋他酒食,許以生還。今早欲往園中,却不敢擅自作主,且等公主起來梳洗,覷便請示便了。

〔南吕過曲〕【一江風】小書生,瞥見了娉婷影,也衹合潛花徑。恁閑情,賣弄詩才,點染羅巾,犯了龍宫令。嗔他始暗驚,央俺悄放行。奈香閨未説明,且教你呆呆等。

此刻公主敢待要醒了,我且悄向房中走走去。(旦引貼上)

【前腔】怪波聲,一夜何曾静,睡去還驚醒。好長更,落盡銀燈,展盡鴛衾,盼到紗窗影。香閨幾慣經,香閨幾慣經?妝成日未升。捧心疼,瞞不住菱花鏡。

(老旦上)公主曉妝已竟,起得好早嚇!(旦)便是覺得略早了些。(内)崔媽媽快些走動,王妃立等問話!(老旦)來了!纔來香閣裏,又到畫堂前。(下。旦驚介)呀!崔嫗年高,久已不任使唤,今日有何要事,傳呼甚急?阿念快去看來!(貼應下。旦起立介)且等阿念打聽回來,再去問安便了。胸中别有關心事,枕上羞看濕泪浪。(下。老旦上)完了,完了!老身一片婆心,要把那生釋放。誰想王妃已經知道,盛怒之下,怎敢隱瞞?恰好公主來問早安,也就衹得將帕兒呈上。王妃展巾抵地,勢難挽回。咳!王妃,你當初蜃樓之上,尚且有人走得過來,怎麽就忘了?(四宫女急上)崔媽媽快些同去,王妃已御内殿,立等審問!(老旦)我們快去!(下。生上)

【前腔】急遄征,閉煞在三三徑,獨夜悲孤另。日初升,信杳音沈,鶴唳風吹,故故將人警。昨承公主遣餉晚餐,毫無怒意。那老媽媽說定,今早悄啓園門,放俺出去。怎麽還不見來?咳!去便是去的好,衹是那公主呵,徐徐袖素綾,遲遲啓玉扃,憐才忒用情。這相思,須不是風中影。

那邊老媽媽來了。老媽媽怎麽樣?(老旦上)你還不曉得麽?王妃已經知道,即刻就來拿你了!(生急介。四宫女上)你這書獃,公主也被你看得够了,如今快去領罪!(扯生袖,擁下。貼上)仰體憐才意,來窺題帕人。(望介)這生好生面善?(想介)阿呀,是了!這就是那賈節度船上力救王妃的人嚇!待我快去稟知便了。(急下。衆擁生上繞場。貼急上)你們不得囉唣!奉王妃令旨:速請陳郎相見。(生作呆介)這又不可解。(貼)陳郎,一見王妃,便知端的,就請進去,不必驚疑。(下。内細樂。老旦、貼引生,正旦冠帔引四宫女,分上。貼)陳郎到。(生拜介)萬里孤臣,乞全生命。(正旦急扶介)青雲佳客,幸降光儀。宫娥們看坐!(正旦中坐,生旁坐,揖介)玷染芳巾,罪該萬死,得蒙寬政,已戴二天。請問王妃:何以忽垂温霽?(正旦)我非君子,無以有今日。再造之恩,正苦無由圖報。息女蒙題巾之愛,當是天緣。群婢無知,致多開罪。(内鼓吹,呵殿。雜上)啓娘娘:王爺回宫了。(正旦)崔媪同陳郎外廂少坐。(老旦)郎君這裏來。(下。末上)蜃樓佳話分明又,雀舫新辭次第看。(相見介。正旦)君王此次出巡有何聞見?(末)恰有一段佳話,正要與賢妃商議。(正旦)願聞。(末)

【前腔】憶巡行,例借湖邊艇,暢好靈旗静。誰想舟中有人醉卧,竟把織成驚倒。訝狂生,醉夢初回,恰傍湘裙,偷搦纖纖影。那時俺即唤武士欲待行誅,此人自詡能文,因而面試。(正旦)可還作得好麽?(末袖出賦草遞正旦)請看,風鬟賦立成,風鬟賦立成,教人特地驚。(正旦)果然作得好!(末)嫁雲英,來請你夫人命。

(正旦)君王憐才破格,妾亦樂於贊成。這段姻緣,果然佳話。今日家中亦有一樁奇事,彷彿類此。(末)宫禁森嚴,那得有此?(正旦)有一個失路書生誤入内苑,恰好女兒園中閑步,掉却羅帕一方,被這書生拾得。(末)便怎麽?(正旦)

【前腔】這書生,那識龍宫令,忽發詩狂興,(出帕介)道娉婷,瓊女金蓮,絶代嬌姿,月殿應難并。(末接帕,看介)這却可惱!(正旦)女兒見帕大怒,親來報我;我即刻傳宣家將,亦待行誅。誰知這書生不是别人,就是我前日歸寧遇救的陳郎。險些兒恩將仇報,幾乎鑄錯成,幾乎鑄錯成,教人一晌驚。(末)此刻呢?(正旦)急相迎,便欲把朱陳訂。

(末)即屬恩星,又係才士,我心甚慰,但憑賢妃主張便了。(正旦)陳郎現在外廂,君王好生款待,索性成婚之後,再與他説明就裏。(末)一縷紅絲牽海外,(正旦)十分喜氣滿堂前。(分下。老旦、貼上。貼)老奶奶,你看陳郎風貌翩翩,與公主正是一對。(老旦)王妃爲感陳郎保護,所以將公主嫁他,這也就實在報答得來的了。你也曾受他活命之恩,却待怎樣呢?(貼)啐!(同下)

第十一齣　尚主

（生巾服上）

〔黄鐘過曲〕【畫眉序】鎮萍飄，一霎無端亂嚬笑；怪回嗔何意，盛怒全消？須不是南柯夢人到槐封，早難道北堂前自陳梅摽？且住！從來學道將成，必歷魔障，倒不要連那洞庭覆舟，都是假的？眼前幻境渾難料，怕魔劫把人纏擾。

（二宫女上）良時已到，請駙馬更衣。（生）我且問你：你那王爺是何勳閥？（二宫女合）我們不大知道，少停問問公主，自然會曉得的。（生遲疑徐下，二宫女隨下。内鼓吹，内侍、宫娥引末、正旦吉服上，末）果然跨鳳稱連璧，（正旦）不用牽牛借聘錢。（末）内侍傳請新郎。（侍）小泊湖干一葉舟，香風簇擁到瀛洲。君侯新傅何郎粉，齒冷人間詡狀頭。恭請新郎君，前殿行禮。（生駙馬服色上，正旦）宫娥傳請公主。（娥）絶色人間定有無，西施原是浣紗奴。妝成手解明珠佩，恐向羅帷照雪膚。恭請新貴人前殿行禮。（四宫女擁旦上。照常行禮送酒交拜。衆合）

【雙聲子】姻緣巧，姻緣巧，做一對明珠耀。情雙好，情雙好，千百歲盟偕老。明日裏，明日裏，天遲曉，天遲曉，看眉痕越樣，彩筆新描。

（末）宫娥們，各捧金蓮寶炬，送入洞房，内侍迴避。（末、正旦引内侍先下。衆擁生、旦繞場。合）

【隔尾】這夫妻自是人天少，又比那劉綱年少。虧煞這墮地無聲帕一條。

（下。内細樂。四宫女引生、旦復上。生、旦各坐。一宫女挑方巾，同下。旦出扇障面，生閉門揖旦。旦略起仍各歸坐。生）前日首山射獵,竊睹芳容,以爲從此一别人天,無由再瞻玉貌。不料誤游內苑,因禍成祥,意外恩榮,恍如夢寐。(旦不應。生)請問公主:巴陵藩爵,襲自何年,抑係新封?伏祈明示。(旦)

〔中吕過曲〕【駐馬聽】水國分封,千里烟波築楚宫。職掌的是河清海晏,施雨行雲,贊助天功。(生)阿呀!這等説難道是龍王不成?(旦)便旌旗到處白雲從,却仙班未必皆龍種。(生)畢竟是何華胄?(旦)係出河東。料君山古井,人世尚傳誦。

(生)怎麽竟是洞庭君?(旦)正是。家君本以人道得仙,家母亦曾托體盧氏。妾雖生長龍宫,并非異類,郎君不必驚疑。頗聞學道有年,願授長生之秘。(生)小生自誇仙骨,果遇仙姝。天賜良緣,有何疑慮?衹是還要請教公主:芳巾玷染,既荷包容,何以遲遲不賜縱脱?(旦)那羅帕呵!(却扇介)

【前腔】艷溢香濃,小咏閑情特地工。衹笑你,聞聲對影,痛惜輕憐,説得俺直恁嬌慵。便凌波飛步廣寒宫,那見得姮娥妒色心偏重。(生大笑介。旦)夜色冥濛,即然是迷途獨客,怎好便相送。

(生起揖介)多蒙公主愛才惜别,如此垂憐。薄福鯫生,將何報德?(旦還福,微笑介)侍君之日方長,徐圖塞責未晚。(各還坐。生)再問公主:岳母盛怒之下,轉敗爲功,想亦仗公主回天之力?(旦)非也。家母歸寧東海,正值節度觀兵,魚服經過,竟爲流矢所中。郎君代除箭鏃,復賜刀圭,再造恩深,舉家佩戴。那銜尾小魚,名曰阿念,虧他識認,始知天降文星。至妾私意憐才,豈能自達!(生起立介)原來如此。

【前腔】意外奇逢,特遣迷離似夢中。問人間天上,今夕何年,半晌朦朧。多謝你湖心千尺破帆風,倒把俺平地向蓬萊送。(背介)洞庭君管理全湖,必知柳兄消息,明日先請查明,慢慢的度他出世便了。指引仙踪,敢忘却當年舊約,兩兩跨飛鳳。

(内打三更,生轉介)夜色已深,請公主寬衣安寢罷!(旦不理,生强扶旦同下)

第十二齣　遣婢

(副净上)【玉川子句】藏頭入㲉如入獄,蛇筋束緊束破㲉。自家非别,洞庭君駕下鱉丞相的便是。奉大王令旨,陪新駙馬游湖,衹得先來拱候。(内侍引生上)【元微之句】取次花叢懶回顧,半緣修道半緣君。我陳明允,得諧珍偶,永結仙緣,兩願俱償,一塵不起。更喜柳兄無恙,會合有期。賈帥功成,長生可得。(笑介)天上人間,有這樣美滿的事!今日請於湖主,遍覽全湖。内侍!(衆)有。(生)恐丞相候久,我們就此出宫者。(副净迎揖介)駙馬請了!(生答揖介)有勞久待。(副净)就請同行。(生)丞相請。(副净)駙馬請。(生)暫分鎮日相隨影,來讀平生未見書。(先下。副净隨意諢下。末便服上)

〔中吕引子〕【繞紅樓】珍重門楣喜氣融,簾捲處,波影摇溶。(正旦便服上)叔寶神清,官奴嫁早,雙玉映房櫳。

(相見各坐介,末)恭喜賢妃,大恩得報,嬌女于歸,一段良緣,千秋佳話。(正旦)恩私兩盡,全賴主持。且喜新郎,居然玉潤。(旦新妝上)

【前引】雙影分明入鏡中,眉未掃,暈頰先紅。(貼隨上)魚婢分恩,鸞釵待賜,羞睹小星東。

(旦起居畢,旁坐介)啓上父王:前日出巡,所遇柳生,乃是陳郎至契,舟中醉卧,殆非無因。此生滌慮有年,誓與陳郎一同訪道。尚冀鴻慈援引,勿使向隅。(末)兩生由情關下世,所以都從兒女得仙。本待延致柳生,奈織成合有百日紅塵之劫,須令自往巴陵，成就姻緣，再相接引。阿念，唤崔媪、織成出來。(貼)王爺令旨：唤織成、崔媪上殿！(内)來了。(老旦上)履上齒痕留隱約，(小旦上)夢中醉態認模糊。(合)王爺有何令旨？(末)祇因那柳生呵，

〔大石過曲〕【念奴嬌序】他本是修文舊史，爲深情一往，匆匆謫墮仙班。指點歸途，須倩你、倩你那絶世雙鬟。休嘆，湘水蘭香，秦樓弄玉，神仙自古雙棲慣。(正旦、旦、老旦、貼合)惟願取天花著處，飛度情關。

(小旦)王爺使令，小婢不敢有違。祇是小婢久侍龍宫，豈肯復投人海？(跪介)尚祈鑒察，曲賜矜憐。

【前腔换頭】青盼，身依玉案。便人非窈窕，争教自咏關關。(末)不妨一葦仙槎，自有個、冰上人兒同泛。遄返，别路無多，佳期非遠，略教塵污小弓彎。(正旦、旦、老旦、貼合前)

(末)崔媪過來！織成獨行不便，要你同去纔好。(老旦)老婢情願同走一遭，但不知如何得遇柳生，尚求王爺明示。(末)你到巴陵，與織成認爲母女，(出玉尺介)將這玉尺高價求售，那柳生自來訪問。璧合人圓，不消多屬。

【前腔换頭】雙綰，一縷紅絲，要伊縈絆。你僦居休厭市聲煩，祇待那玉尺雙雙璀璨。非幻，青鳥歸寧，紅鸞同倚，重教彩筆賦風鬟。(正旦、旦、老旦、貼合前)

(老旦接玉尺介)老婢懂得了，謹遵王爺令旨。織成姐，我們一同叩别。(同叩頭介。小旦)王妃、公主，珍重起居，小奴是去了喲！(哭介。旦、貼同灑泪介。正旦)織成不消如此，聽我屬付：

【前腔换頭】朝晚，省可離愁，休教瘦損，菱花不是舊時顔。我自把謫限頻頻掄算。(小旦)多謝王妃。(旦)嬌懶，愛月眠遲，調琴坐近，教人觸景泪痕潸。(末、正旦、老旦、貼合前。四合小旦俱不唱)

（内鼓吹，雜扮内侍上）啓王爺：駙馬回宫了。（末）我們後宫小宴去。【集唐】細鬟清佩響丁當，（正旦）交向桃源嫁阮郎。（旦）宫殿寂寥人去後。（貼）姐姐保重，早去早回！（小旦）妹子暫别。（貼）不知可識杜蘭香？（次第下。老旦）織成姐，你如今是我的女兒了，你叫我一聲看。（小旦）母親！（老旦）我的兒嚇！（同笑介。老旦）我們就此出宫去罷！（小旦）

【餘文】畢竟雲輧何時返？臨行猝地整高鬟。（老旦）衹愁你緊鎖雙眉那一晚。

（内作水聲。老旦、小旦拂袖障面同下，復上。小旦）已到洞庭南岸了，我們唤隻船兒去。（老旦唤船，雜扮船家上。隨意打諢唱歌，摇下）

第十三齣　璧合

（小生上）

〔黄鐘合套〕【北醉花陰】不信斯人竟抛送，驀地裏視天如夢。分手處太匆匆，久别纔逢。怎弗與長途共？此恨鎮填胸。願殘骸和伊一處湧。

小生柳元伯，蒙洞庭玉尺之贈，破浪而行。比抵巴陵，明允尚然未到。阿呀！我那陳兄，多分是不保了喲！（悲泣介。外紗帽便服上）豈有剛風催玉樹，空教舊雨濕金波。（逕入介）元伯兄。（小生）大人來了，請坐。（各坐介。外）元伯兄，你好痴也！我輩讀書明理，所憑者素行，所信者天道，豈有束身積善如陳生，竟遭横死之事！

【南畫眉序】滯征篷，偶借幽居避煩冗。料閑雲孤鶴，挽住吟筇。你這裏哭劉蕡，銀海全枯；那知他召李賀，玉樓無夢。老夫閲人多矣,寧獨失之明允? 平生相士何曾誤,休認做妄言和哄。

(小生)咳! 幕府自論其常,鯫生恐遭其變。

【北喜遷鶯】蒼茫一慟,望天涯水遠烟濛,尋也波踪,誰想他恁般斷送,我恨不吸盡西江問毒龍。宗望與明允的交情,大人是知道的,(悲介)何況伯仁由我而死,這情悰,須不與浮漚塵夢,一例拋空。

(末扮家將上)料來小别無多日,不是長離合再逢。啓元帥:奉命查點被灾人數,該管衙門陸續稟報一百二十八人,各口打撈數目相符,并無陳爺在内。(外)知道了。元伯兄,這可不消著急了! 我再差人到湖濱各處僧房道院尋訪他去。(揖别介)包老夫身上,還他一個活陳明允便了。(引末下。丑上)編成海外荒唐話,慰取齋中涕泪人。相公,打聽得陳相公的實信了。(小生喜立介)怎麽樣? (丑)陳相公船是翻的,死却不曾死。(小生)如今在那裏? (丑)如今在龍王宫内招爲駙馬。(小生坐介)胡説! (丑)的的確確的喲!

【南畫眉序】這龍宫,有個千金好嬌容。正青春二八,尚未乘龍。那龍王揀選東床,故意把波濤掀弄。這也是陳相公姻緣湊巧,剛剛漂入桃源洞,一下彩球拋中。

(小生)是那個説的嚇? (丑)説是没有誰説,這教做想當然耳! (小生)這等放刁,好生可惡! (丑)相公,你要明白:陳相公爲等相公,不曾上岸。那起風的時節,船是收口的,怎麽就會翻了? (小生點頭介)這話倒也説得近情。且住! 既未失風,爲何不到? (丑)知道他那裏耽閣住了,咳! 陳相公,你與我家相公何等相好,就該想到要疑心這一層,早些來嚇! 相公等陳相公到了,我們著實的埋怨他幾句。今日天氣晴明,倒不如出衙逛逛罷! (小生)

【北出隊子】此事教人難懂,慰相思,除非乍逢。我依你尋秋暫訪翠雲叢，又衹怕觸處都添愁恨重。阿呀，明允嚇！我連那一枕游仙夢亦慵。

(引丑下。小旦上)

【南滴溜子】聽人海喧聲恁般怕恐，看紛紜臉腦恁般懵懂，衹不過利和名，廝和哄。我頻頻拂軟塵，時時破清夢。但願那玉尺成雙，早避雜冗。

奴家織成，自到龍宫，已忘住世之苦。不料前生餘孽，未易全消；今世良緣，竟同俯就。還虧得崔姥同來，已將玉尺傳播。奈柳郎消息，尚復杳然。這裏人揮汗雨，車走雷聲，未知何時得返清凉世界？咳！正是：濁世真難住，佳人殊未來。(下。小生引丑上)

【北刮地風】如畫秋容濬玉峰，雲影摇溶。問梅仙何處青鸞控？(遥指介)那一帶是幕阜横空，這一帶是白鶴搏風。又衹見夕波亭珠簾畫棟，小喬墳淺草青楓。可惜俺倦登臨心煩意冗，共何人扶瘦筇，負山靈幾度清鐘？

(丑)前面就是岳陽樓了，相公小酌酌罷！(小生)縱教傾盡千杯酒，無力能消萬古愁。(作進店上樓，丑唤酒保介。副净上)醉翁之意何在？君子之交略攙。相公是待客，是獨酌？(小生)獨飲三杯。(副净)我去取好酒上來。(下。小生)對此茫茫，愈覺百端交集。我那有心情吃酒來嚇！(副净上)相公，酒在此。(丑)放下。(丑斟，小生飲介。副净)這位相公像有些心事，不要管他。嗄！相公你可要看件寶貝？(小生)什麽寶貝？(副净)就是我們鋪子間壁，新搬來一個老婆，姓崔，有一方玉尺，要賣一萬兩銀子，托我店中替他訪問主顧。相公，你可要去看看？(丑)胡説！如今督撫不辦貢，玉器爛賤，量那一方書尺，怎麽就討這許多？(小生)畢竟有何好處？(副净)他説原是龍宫的陳設,可以消除水厄,成就婚姻。(丑)真正嚼蛆哉!(小生驚背介)呀!這話好生奇怪。恰好我的玉尺佩戴在身,不免逕去一看。(轉介)奚奴,算還酒錢,在此等我,我去湖堤走走就來。(丑)相公不要跑遠了,教我没處找。(小生)無心忽聽闌情話,有意來尋懷璧人。(下。丑、副净隨意諢下。老旦捧玉尺上)

【南滴滴金】這奇珍不是尋常用,會化作一縷紅絲聯彩鳳。問舟行可也擔驚恐,須記得玉纖纖親遞送。你看紅光微動,料分股金釵從此共。好教我月老事完,早返故宫。

老身崔媪,奉洞庭君之命來訪柳郎。這兩日請觀玉尺者紛紛而至,那柳郎敢待來也!(小生上)易求無價寶,難覓返魂香。(看介)"本寓出賣玉尺一方,實銀萬兩。"果然要賣一萬兩!待我叩門。(老旦)是那個?(小生)是來借看玉尺的。(開門相見,各坐介。小生)請問媽媽,你的玉尺是家藏的,還是新得的?是一方,還是一對?(老旦背介)這話有些像了。(轉介)是家藏的,恰有一對。如今丢了一方,衹有一方在此,相公請看。(小生接看介)呀!

【北四門子】傳聞重價心先悚,怎看來一樣晶瑩?分明觸我前宵夢,配雙雙兩玉龍。早難道倩玉工,到水中,刻琅玕偷摹尺寸同?喜得逢,訝得逢,細評量天衣無縫。

(袖中别出一尺介)小生亦有一方,不知比媽媽所藏孰爲優劣?(老旦接尺笑介)郎君玉尺,老身倒彷佛有些認得。

【南鮑老催】絳砂未逢,蘭橈先阻湖上風。虧殺你醉夢裹清平調工,險些兒禰衡頭,輕輕送。(小生大驚介)媽媽怎麽知道?一定是神仙了!(背介)即是神仙,必知陳兄下落。(轉介)請問:那一日風浪中間,有個陳明允,可曾被禍麽?(老旦笑介)那陳郎踪迹,雖不深知,總之斷無被禍之事。你良朋未享湘江稷,衹問你閨中可有和鳴鳳?(小生)小生尚未成婚。(老旦)實告郎君,老身并非炫玉求售之輩,祇爲小女相攸,歷年未决,因而立下一願,但有配得玉尺者,即以門楣相托。郎君求凰未遂,合是前緣,未知尊意若何? 不妨明示。(小生)承媽媽不弃,敢求令愛一見。(老旦)欲識佳人,但觀玉尺,纔纔月曾蘸破你一船幽夢。

倘懷疑慮,何敢仰攀。(小生)媽媽説得是,令愛定屬仙姬,有何疑慮,這是小生唐突了!

【北水仙子】你你你你那綉帳中,定定定定是個翠娟娟鷞鳳。念念念念渴相如未飲瓊漿,又又又又何必關雎别咏。請請請請雙雙貯玉籠,是是是是你把藍田親種。幸幸幸幸杜女張郎特地逢,願願願願年年穩住桃花洞,這這這這纔是風鬟一賦巧奪天工。

(起立揖介)小生既將玉尺爲聘,媽媽請收了。(老旦)此乃希世奇珍,還是郎君帶去的好。(小生)媽媽説那裏話來。(老旦)既蒙深信,何敢固辭。

【南雙聲子】應珍重,應珍重,把絶艷輕輕送。容出衆,容出衆,真是個墻東宋。他日裏,他日裏,同騎鳳,同騎鳳,好記取西施親贈,是我這龍鍾。

郎君請回節署,擇吉迎親,恕老身不送了。(作别閉門)我且報與織姐知道。(下。小生)聽崔姥所言,迷離惝恍,竟像織成下嫁,又似明允遇仙。良友既在人間,仙姬復來天上,我柳元伯好僥倖也!

【北尾】霎時喜氣如雲擁,洞庭緣人願天從,也不枉了我醉醒扁舟那一恐。(下)

第十四齣　述姻

(老旦扶杖上)願將惜玉憐花意,普結佳人才子緣。老身崔媪，爲了織姐姻事，來至巴陵，將那玉尺高價求售。即時傳播，柳郎果然聞聲而至。被我説得惝恍迷離，他也就猜著八九，立談之頃，即定佳姻。我想佳人辱於厮養，名士制以悍妻，缺陷多端，非鍊石可補。安得老身化身千億，替你量才準貌，一一配合起來。嚇！（且行且唱）

〔越調北套〕【鬥鵪鶉】少甚麽才貌雙雙，偏不許恩情兩兩。這壁厢瘵妒無羹，鳩盤荼畫眉不讓；那壁厢醫俗無方，沙吒利群花供養。一任你灑穹蒼，淚萬行，無奈這阿家公，全不管閨房閑帳。

若總像柳郎織姐這樣姻緣，真乃美滿恩情，人天願足也！

【紫花兒序】那一日春生綉帳，果然是月地花天，厮趁著日吉辰良。寫不盡温存情態，畫不出離合神光。那賈節度憐才好事，代爲納采，首倡催妝，却也難得。評量，做海鷰雙栖玳瑁梁，也虧他風流教主，和俺這大度君王，成就了你那憐才神女，慕色仙郎。

我想柳郎雖擔了一月相思，却没有駙馬那幾番驚恐。

【金蕉葉】忽地裏雷聲電光，霎時間月滿花芳。可知俺揣度那兩邊情况，費盡了一夜思量。

【慶元真】如今是不教仙犬吠劉郎，可記得人間無路月茫茫。惱殺你隔花偷眼暗形相，笑殺你暫醉佳人錦瑟旁，一般惆悵是清狂。

（笑介）事便是椿好事，祇是太難爲了我這月下老人。差遣已完，還被他們央住，必要限滿同歸。如今算來不多幾日了，爲此先到龍宫，報知湖主，以便相迎。

【尾】赤繩繫處無偏向，還要拉住了老冰人爲伴儅。我祇願天下有情人都消除怨悵。

一路行來，已到洞庭南岸了，不免將頭上釵兒劃開水面者。（内作水聲，兩水鬼上）原來老奶奶回來了，可帶了些謝媒的喜果來分給我們麽？（老旦）不要性急，自然有的。我要緊進

見王爺,少停教人送出來給你們分便了。(引袖障面先下。兩水鬼隨意諢下)

第十五齣 晤舊

(生駙馬冠服上)【集唐】不知何事憶人寰? 釣艇如雲去復還。領取和鳴好情況,一生長對水晶盤。前日崔姥回來,知元伯已諧鴛侶,待返龍宫。今早遣人迎他去了,想便來也。(宫女上)啓駙馬:柳郎到。(生)快請!(宫女暗下。小生仙裝上)【集唐】相携花下非秦贅,又向人間度阮郎。(生迎介)元伯兄。(小生携生手介)嚇! 明允兄,衹被你急殺我也!(相見,各坐介。生)恭喜仁兄,既聯玉尺,又得金丹。從此晤聚方長,可勝欣慰。(小生)仙緣遇合,彼此同之。所恐定慧未深,尚祈策勵。(生)元伯兄,想你那一日呵!

〔越調過曲〕【望歌兒】靈旗展,靈旗乍展驚醉眠。本來是步步蓮花,偏步近蓮花面。(笑介)料此日百種温存,早將他鬟雲偎暖。衹問你:怎樣的害相思春夢顛,直想到那人兒活現?

(小生笑介)想你偷覷宫儀,竊藏禁物,恁般無賴,怎麽倒説起我來嚇!

【前腔】征途遠,何曾唤取湖上船。縱然是秀色療饑,也虧你渾忘倦。却問鞦韆依稀,可聞嬌喘? 早難道留仙裙風外展,偏未把雙鈎飽玩。

(同大笑介。生)讓你取笑便了。想我兩人以瀕死之身,得長生之秘,説來却也可愧。

【前腔】天風便,吹人直到銀漢邊。縱然是好色關雎,劍樹分明現。何況塵寰紛紛,幾多恩怨! 不特此也,即論我輩立意求仙,固屬根基，寧非積習？要問那三神山多近遠，這就是慧業文人妄願。

(小生點頭介)明允説得是。我輩遇仙證道，亦事之偶然耳。

【前腔】情關轉，從教世上佳話傳。可知那幻影空花，也衹隨風展。笑殺他烟水迷茫，桃源再尋花片。這便是現身來親指點，一例把富貴神仙看賤。

(生)聞得苗頑向化，三楚安平，賈帥奉敕還朝，枚卜已定。(小生)正是。(生)歸舟經此，湖君欲邀至龍宫，爲平原十日之飲。此公倜儻非常，想不見却？(宫女上)王爺令旨：請兩位郎君上宴。(同起介。小生)碧沙洞裏乾坤别，(生)紅樹枝頭日月長。(下。宫女隨下。旦、小旦携手上)

〔正宫北曲〕【小梁州】(旦)衹問你重到人寰意若何？打個磨陀，算來見解又增多。爲甚的雙眉鎖，怨延俄？

【么篇】(小旦)人間没處堪容我，浣紅塵除借金波，玉手搓，香肩彈，險把這五銖衣全涴，虧殺那世間人百歲怎生過。

(旦)原來那世上這般難住，我們到裏邊細細的談去。來經玉樹三山遠，(小旦)去隔銀河一水長。(下。内鼓吹，旗幟、儀仗引外乘舟繞場下。副净上)從看曼衍魚龍戲，(丑上)真作淮南鷄犬來。阿哥，前日我家相公疑心你家相公湖内失風，終朝涕泪。我説陳相公并不曾死，現做龍宫駙馬。這句話原是白嚼蛆，誰知果不其然嚼著了。我家相公也來了，你我也成了仙了，好快活！(副净)成仙這等容易！衹怕是做戲哟！(丑)管他戲也好，真也好。由來世事都如戲，(副净)姑妄言之妄聽之。(諢下)

(凡副净、丑打諢，演時并改蘇白)

第十六齣　圓宴

（生上）

〔仙吕引子〕【番卜算】同作鏡中鸞，舊是梁間燕。（小生上）憐才使相最風流，來赴龍宫宴。

今日湖君爲賈相餞行，已在前殿等候。聽得前驅將到，我們一同迎謁。（生）元伯請。（小生）明允請。（合）正是：郭令身原兼將相，潞公名久動華夷。（下。外宰相冠服引家將上。坐介）

【前引】回首玉堂高，出鎮心猶戀。皇恩仍許掌絲綸，夢繞南薰殿。

老夫賈綰，荷蒙聖恩，息肩重鎮，待罪綸扉；戀闕微忱，星馳就道。不想洞庭君迴風見阻，必欲爲老夫餞行。喜得陳、柳兩生現在龍宫，藉觀水府幽奇，兼叙經幃别緒，有何不可？（内作水聲。副净、净引袖障面上，指介）這隻就是相爺坐船，我們請去。（作跨上船進艙半跪介）洞庭殿前校尉毛、南二將，奉湖君令旨，迎接相爺。水道已通，就請相爺赴宴。（家將）請。（二將起立介。外立望）果然清波壁立，現出通衢。二將引道！（净、副净）領鈞旨。（二將搭扶手，引外繞場一轉，暗下。外）

〔仙吕入雙調〕【忒忒令】看依然閑雲遠天，遥映著玉樓瑶殿。衹因你傳信約，龍宫相見，不要得太真來，把犀然。這滄波軟，慢慢的引步展。

（内吹笳。扮水族四將上，迎跪介）洞庭水師各將，謹率兵衛，迎接相爺。（家將）請。（四將引外繞場一轉，暗下。外）

【沉醉東風】衹見那耀晶晶寶刀共懸，蕩悠悠綉旗高展。原來你陳兵衛習戈鋋，彎弓插箭，也似我鎮邊庭一般精練。甲光自鮮，浪花自妍，果然不負這藩封萬年。

(内鼓吹。四内侍上，迎跪介)洞庭宫監迎接相爺，俺王爺已在前殿等候多時了。(内侍引外繞場。外)

【園林好】又祗見捲簾波一行翠烟，人早在銀鑾正殿，簇擁著龍袍珠冕。(衆合)凝佇久，莫俄延，凝佇久，莫俄延。

(内侍)啓王爺：相爺到。(内細樂。末金冠蟒玉上)迎來天子老，敢恃粤王尊。(相見各坐介。末)久仰大帥威名，奈職守所拘，未由瞻仰。今喜調元入覲，暫駐旌麾，幸分卿月之光，得睹天人之表。(外)湖君秩隆四岳，雄鎮五湖，上參化育之功，默佐允恭之治。下官得瞻威望，喜出非常。祗是有何德能，仰邀盛餞？(末)水府不乏珍奇，藉將鄙意。但相君清風亮節，久誦麻姑手帕之詩；素手朝天，何來薏苡明珠之謗。自懷慚阻，不敢瀆陳。惟有仙液靈丹，小助康寧之福，倘蒙不弃，願效獻芹。(外)多謝湖君。(生上)湖水流殘知己泪，(小生上)酒杯深似故人情。(相見，旁坐介。合)恭喜師相，出靖烽烟，入參帷幄。軍中驚大范老子，海外識司馬相公，得附龍門，不勝忭慶。(外)兩君不虚慧業，同受長生，幸托素心，實爲喜慰。但恐無時繼見，殊切離愁。(末、生、小生合)公相説那裏話來！

【玉抱肚】你本是左元仙伯，宰官身親承帝眷。休問他恁時冲舉，祗將你相業勤宣。聖賢仙佛轉輪般，待細把千秋青史看。

(外點頭介)此言實爲篤論，但恐老夫非其人耳！(末)相君以天下爲己任，正宜自信，何必過謙？(内侍上跪介)請相爺别殿上宴。(同起介。内細樂。外)【集唐】夜來湖上與誰期？(末)此别相逢是幾時？(生)千樹梨花百壺酒，(小生)請君終宴莫推辭。(下。場上設三席，外正坐，生、小生客席僉坐，末主席僉坐。内細

樂。外、末、生、小生上，末照常送酒畢。衆合）

【江兒水】一片笙歌裏，相將上畫筵，者番佳話應傳遍。休笑我妄言綺語重敷衍，也則是前因後果隨緣現。請暫把閑愁消遣，璧合花交，認取雙雙人面。

【尾聲】悲歡離合匆匆遍，甫能够種得瑶池并蒂蓮，果然是願作鴛鴦又得仙。

（生、小生同起把盞介）師相此行，蒼生共慶。但我等依劉已久，借冠無由，輒撰離歌，稍抒依戀。倘邀采菲，敢侑一觴。（外）老夫未能薦禰，深愧推袁。既辱贈言，謹當洗耳。（末）唤女樂上殿。（侍）王爺令旨：宣女樂上殿。（宫女上，叩頭畢。合唱）

〔高調〕【霓裳第三叠】目斷錦帆張，怨周遮疏林幾行。纔喜掃欃槍，正春臺熙熙同慶安康，也知坐論資賢相。可奈公歸憶綉裳，勞回望，看挨肩合掌，把香烟萬條濛住了湖光。

【第二段】况我是舊彭宣聽絳帳旁邊低唱，况我是舊兒童記迎春竹馬飛揚。争禁得翹首燕雲别恨長，春風去，神暗傷，知己感，泪暗滂。離巢猿鶴兩彷徨，何計挽征航？

【第三段】忘不了禮數寬，容我形骸放，忘不了性情真，容我言詞戇。狂書記直恁軒昂，而今回首都成悵，恐從此湘南花月黯無光。

【第四段】願公去新猷壯，薦賢士陳民狀。休説是升平相，衹不過從容養度，虎拜臯飏。

【第五段】今日裏步虚步虚瑶臺上，飛瓊奉一觴；天外天外星槎降，良辰特地長，相看悲喜兩參詳。你長生未央，急流中歸去來，芝蘭滿堂。那時呵，重相訪，渡瀟湘，再聽這群仙同日咏霓裳。

（每一段歌舞畢，輪奉一巨觴。外作醉介）此番會合，實屬新奇。傳之人世，尚疑齊諧志怪之談。聽此新聲，何减廣樂鈞天之奏。老夫酒逢知已，不覺大醉矣！王程期迫，就此告辭。(各起立介。末)既如此，倒不敢久留了。(末、生、小生合)後會有期，唯相君爲國自重。(同拜介。末)相君已醉，宫娥們，好生扶侍，我等同看揚帆。(兩宫女扶外，衆繞場，合前"你長生未央"六句，擁下)

附　録

洞庭緣傳奇叙

夫以洞庭張樂之地，離騷激楚之遺，當其抑志弭節，紆鬱興歌，無不氣吐雲霞，言怖河漢。托微詞於幻夢，結綺想於游仙；宏願三千，寓言十九。然而，鳴鳩佻巧，誰折瓊枝？别鵠凄凉，空將玉案。錬石五色，未聞補恨之天；買醉千年，難覓埋憂之地。美人寄怨，吉士思秋。繪情彌工，彈響易畢。至若侏儒猱雜，譎誑詆排，逞靡曼之耳目，共説新聲；摹優孟之衣冠，終傷雅奏。雖有作者，亦無取焉。陽湖陸祁生先生，以承明著作之才，當幕府優游之日，文餘慧業，詩雜仙心，綴《聊齋》志怪之書，翻湖上傳奇之譜，爲《洞庭緣》院本十六折。作波濤而縈帶，織雲錦以綢繆。人同劉阮，俱號龍媒；緣結履巾，偏逢魚媵。雲鬟霧鬢，吹下步虚之聲；海市蜃樓，飛作散花之舞。烏絲寫遍，紅豆敲殘。誇小杜以驚迴，競周郎而顧誤。斯亦擅韵事於千古，成嘉會於一時已。嗚呼！秣陵秋老，皖水雲愁。繁弦急管，剩有哀音；天上人間，遂成絶調。際紅羊之浩劫，慘黑籍之須臾。逍遥猿鶴，空留節度旌旗；曼衍魚龍，散入江天烽火。遺編秘笈，都付秦灰；碎玉零珠，竟完趙璧。丹鉛點校，楮墨紛披。華年錦瑟，恍招仙蝠之來；香國花幡，應有湘靈之護。令子存陔出示兹編，重加訂正，將貽剞氏，索爲駢言。僕也春明夢幻，秋景神傷。慚開北海之樽，老作西湖之長。誦《百藥》之集，詩卷長留；追《四夢》之踪，風流嗣響。爲按霓裳之拍，如聞水調之歌，成美滿於人天，播芳馨於蘭芷。雲中風裊，帝子翳其降兮；江上峰青，先生移我情矣！

光緒丙子暮春，古升州後學何兆瀛謹叙。

洞庭緣傳奇題辭

自題洞庭緣院本，即呈味莊先生

晝諾纔完日未偏，白雲如鏡照華筵。春鶯小部傳呼急，唱我黄河遠上篇。

醉牽歌袖醒先忘，却聽人傳小杜狂。説與使君渾不覺，玉山筵上任頹唐。

百意憐才諱客痴，一燈選夢製新詞。少年枉自誇仙骨，愁絶文簫證道時。

親量玉尺贈明璫，水府能容詞客狂。欲酹一杯和泪酒，烟波夢影太微茫。

歡筵無奈帶離聲，渺渺人天惜遠行。一種臨歧思借寇，時味莊觀察有述職之行。酒闌曲罷不勝情。

周郎顧曲太匆匆，强捉仙禽閉玉籠。懷廉山也，時權知丹徒。料得放衙成獨坐，相思半在海雲中。

重翻舊曲觸閑愁，向偕莊君伯鴻譜《秣陵秋》三十六折，味莊觀察命家伶習之。同把青樽話昔游。恨我識公遲十載，一簾秋影獨登樓。

豪絲激竹動春潮，樂府新傳海上謡。味莊觀察及穀人祭酒、穆堂侍御所作。我亦歌聲出金石，樽前吹裂小紅簫。

陽湖　陸繼輅　祁生

屬祁生譜洞庭緣樂府成，次自題韵

咫尺蓬雲此地偏，每招鸞鶴共清筵。探微別有梯仙訣，新箸龍宫内景篇。

海山兜率兩難忘，飛到羅浮蝶亦狂。鬟鬟鞦韆親贈句，笑他虚誕賦高唐。

身無仙骨不能痴，痴絶翻成絶妙詞。值得魂消腸斷處，衹須嚙履玩巾時。

自携彩筆换明璫，天遣才人作酒狂。劉阮當年真俗子，空留千古恨茫茫。

金樟檀板按新聲，便擬君山頂上行。幾許烟鬟供客醉，冰清玉潤總多情。

相憐身世苦匆匆，驥困鹽車鶴閉籠。莫是前生太驕侈，曾騎白鳳萬花中？

慣借深杯澆舊愁，也須倚劍作清游。珠宫貝闕雕搜盡，待向三霄造鳳樓。

戀闕思鄉對晚潮，慚言南國采歌謡。期君更著中和樂，律協咸雲入鳳簫。

滄州　李廷敬　甯圃

味莊師招看洞庭緣新劇，次祁生自題韵

憐才難得使君偏，列宿常看聚綺筵。有客月明吹玉笛，醉吞滄海製新篇。

風鬟一賦詎能忘，狼藉羅巾醉草狂。合有仙姝配名士，桃花源記未荒唐。

柳髀鶯嬌蝶亦痴，窺簾聽譜合歡詞。冰綃玉尺分明在，絶勝探花上第時。

湖主憐才贈佩璫，酒狂纔遣又詩狂。琳宫有願終能到，莫悵神山路渺茫。

新聲幾處帶離聲，賦罷閑愁賦送行。一樣兩行知己泪，英雄兒女總牽情。

頻番風信倦匆匆，贏得清詞蜀錦籠。寄語河陽仙令尹，又聽新曲藕花中。是日又演廉山大令《護花幡》傳奇。

何計能消萬古愁？琴河曲曲憶前游。秣陵秋老宫商换，重見江花結蜃樓。祁生向有《秣陵秋》傳奇之作。

歸棹争迎八月潮，重來南國采風謡。新銜兼署輶軒使，敕賜鈞天碧玉簫。

常熟　女史歸懋儀

星宫叱雲作龍語，白綃墜空結冰縷。仙妾佩纓金尾斜，采珠下唤靈田雨。洞庭張樂無軒皇，夢騎赤鯉游沅湘。鵾弦十三盡君曲，曉月墮烟秋點長。

蔡鸞揚

天與才情助少年，群花都遜筆花妍。醉中手把瓊簫坐，畫出秦樓跨鳳仙。

聽説連宵譜艷詞，有人親爲界烏絲。尋常不肯嫣然笑，等取周郎顧曲時。

牽雲曳雪太匆匆，門外班騅立曉風。曲自團圓人小别，分明老眼燭花中。

征帆小駐聽離歌，主客平分别緒多。時味莊兵備入覲。知己恩深兒女怨，百端交集奈君何！

錢塘　何　琪　春渚

兩折仙緣譜洞庭，陸郎才筆妙通靈。倘教把向湘舟讀，定有魚龍月下聽。

合肥　黄承曾

珠宫貝闕通呼吸，金甲神人奮波立。手劃洪流萬丈開，失路書生平步入。因緣荒幻世所疑，赤繩繫足如此奇。精魂淪入三生石，星娥神女皆相思。洞庭由來張樂地，瀟湘帝子此游戲。夜彈寶瑟無人知，黛眉愁對君山翠。君不聞，雨工戴角成毛群，仙顔欲化涇陵塵。馬上郎君抱明義，夫婿那知行路人？騷人心探龍宫籙，寫作人間斷腸曲。鍊成媧石補情天，泪滿九嶷峰下竹。風鬟霧鬢何娉婷，洛妃遥妒波臣驚。長生亦是等閑事，羨爾顔色能傾城。夭桃艷發五花樹，幅巾願拜哀牢主。昔日錢塘破陣聲，翻出霓裳羽衣譜。子春凡骨情亦頑，求取明珠身便還。何年借得仙人笛，吹入風濤澒洞間？

臨川　樂　鈞　蓮裳

網得珊瑚費轉輸，風前一字一躊躕。量來合浦珠千斛，誰識鮫人兩眼枯？

翰墨因緣不倩媒，置身無地即蓬萊。臨淵莫羨風鬟賦，除却塵寰總愛才！

艷福由來未可期，清才端不負瓊思。書生得失渾閑事，難得神仙重報施。

新聲叠叠起湘雲，寶瑟玲瓏風外停。二十五弦翻不斷，隔江遥送一峰青。

程開泰　韵篁

君山一點青千古，水國何年置城府？然犀照水吁可驚，貝闕珠宫森棟宇。湖君出游羽衛集，亂捲長風飛急雨。客舟半覆浪如雷，水面神靈自歌舞。袖携玉尺帕題詩，争乞神憐怕神怒。耳邊廣樂疑未歇，馬上明姿快先睹。人天同是小游仙，牽得紅絲各一縷。仙姬縱愛夫婿好，命奪刀砧亦良苦。君不見，清宵燕寢奏新聲，疑有烟雲起窗户。酒闌笑指蜃樓生，雲夢胸中尚堪吐。

上海　褚　華　文洲

夜吟不覺月痕偏，製就新詞付玳筵。取次樽前歌一曲，匆匆如唱渭城篇。

過眼奇文未易忘，高歌不减舊時狂。傾城獨唱黄河句，此曲原無愧盛唐。

由來情種是情痴，箧衍閑翻舊著詞。棖觸相思無限意，忽拈紅豆立移時。

水晶簾下解珠璫，遮莫題詩一味狂。回首湖壖船泊處，水光雲影任蒼茫。

正駭焚輪撼水聲，忽傳鸞鳳許隨行。昨宵風雨今宵月，驚定相看倍有情。

仙山歲月豈匆匆，珠樹偏宜薄霧籠。堪笑長安游冶客，看花終日馬蹄中。

人間無地可消愁，擬趁烟波汗漫游。一樣鮫宫新樂府，絶勝湖上蜃中樓。

錦囊携去趁歸潮，妄誕寧同黄竹謡。聞説風流姜白石，要聽低唱自吹簫。

陽湖　程榮詰　仲楡

碧雲無際海天長，幕府孤燈思渺茫。爲唱洞庭新樂府，遠山一角夢瀟湘。

貝闕珠宫曉氣横，綉巾一幅締芳盟。多情憑仗才人筆，此是吾鄉陸士衡。

陽湖　屠印曾　省堂

畏暑真無避暑方，新詞忽地展清商。魚龍曼衍渾閑事，木葉微波動晚凉。

寶笈雲籤次第抽，長生有訣亦能求。但愁劉徹無仙骨，渺渺西風鄂渚舟。

人間無地著清狂，難得龍君玉尺量。簫鼓揚靈今在否？要將杯酒酹瀟湘。

一撮刀圭易種恩，題巾詩好不須論。鮫宫坦腹人多少，閑煞三閭屈相魂！

枇杷花下譜新修，脱稿争傳菊部頭。製曲士龍年最少，愛才人感李滄州。

紅藕香中燭兩行，如花龍女夜登場。座中遍賞填詞好，不看雲郎看陸郎。

江南渭北各栽花，謂萬廉山、莊伯鴻兩大令。悵望詞人天一涯。萬有《護花幡》，莊有《秣陵秋》新製。老我春蠶絲欲盡，不堪重省舊箏琶。余舊譜《皖江雲》一種，亦製《護花幡》，未竟三折，屬祈生續之。

海舶新將院本尋，鷄林早晚購千金。憑君更撰荒唐事，絶勝寒郊瘦島吟。

陽湖　吴　堦　次升

下第才人暗自傷，忽驚奇福出尋常。龍堂入夜波如海，别展鮫宫作婿鄉。

玉茗花殘閣亦傾，是誰拈筆與争名？到頭一樣神仙夢，樂府新傳兩柳生。

陽湖　洪亮吉　雅存

湘弦調冰切龍語，天外風吹洞庭雨。湖中風雨日日顛，妾身植柳姓在天。朝霞東升撇波戲，騎魚歸來得魚婢。隔窗冰人影如織，鮫綃上機不成匹。雌聲夜咽吟寒簧，龍宫新迎白石郎。盤中泪圓玉壺小，抱珠一雙眠不曉。空簾低挂蟾蜍鉤，蝦鬚捲天海倒流。龍涎滿堂照龍燭，長蛾出門掃烟緑。年年龍王嫁女哭，四月十九終君曲。

陽湖　劉嗣綰　芙初

績夢尋花，待潮流信，海上南園重到。月墮窗虚，樹摇池動，游魚向人夭矯。有浩淼江湖意，徐翻短長調。　洞庭好，問龍宫，幾番今古？因甚事，長見柳郎年少？我欲唤留仙，訴前緣，也應愁了。酒緑燈紅，看登場，若個歡笑。料平原季子，未遣一襟幽抱。（右調獻仙音）

倪稻孫　米樓

流盡年光，何時真翦，寒碧千頃？水佩風裳，抵銷庸福，不是無人省。靈旗捲雨,輕綃護玉,還訪橘根仙井。算人間,花驕柳寵,再來須問波影。　　蓬萊路遠,憑仙風吹去,空笑浮萍斷梗。徐市新來,不堪重記,燒劫秦灰冷。巴陵山色,爲誰窅窕,衹合同浮魚艇。休横笛,眠珠正好,莫將喚醒。(右調永遇樂)

周　濟　保緒

胭脂舄

〔清〕宣城李文瀚雲生填詞　磁州張　籛雨香評點

胭脂舄傳奇卷上

第一齣　借端

（末）

【青玉案】訟庭花落秋如洗，無個事，閑提筆，手把聊齋評志異。一宗疑案，幾番能吏，險把奇冤閉。

【換頭】關天人命非兒戲，如得其情而勿喜，須要心思如髮細。但衡情理，不矜才氣，庶免囚人泣。

【鴛鴦煞】摩雲秋隼無春意，胭脂情膩秋波媚。浪怪媒淫，奸泄書痴。假冒逾墻，模糊失履，致起危機，殺人者轉逃避。賴有宗師，根究出覆盆冤徹底。

鄂秋隼三生有幸，　　卞胭脂一見留情，
宿秀才孽由自作，　　施學使美與人成。

凡傳奇之首一齣，是作者現身説法處。觀“訟庭花落”之句，即知其政簡刑清之樂；而“心如髮細”“衡情理不矜才氣”諸語，尤見慎重案牘之意。自勵耶？有威而言耶？殆持此以勸同志耳。

第二齣　吟社

（生扮鄂秋隼，儒巾素服，雜扮書童隨上）

〔南仙呂引子〕【醉落魄】年華半逐流波去，欲留難住。惱人天氣黄花雨，閑倚庭除，臨水嘆鰥魚。

駒隙匆匆十九年，藍衫利市亦徒然。何時夢續鴛鴦侶，錦瑟重調碧玉弦？小生鄂秋隼，籍隸東昌，家居南巷。椿萱早背，常興罔極之悲；琴瑟同心，又抱斷弦之痛。（泪介）孤踪落落，顧影誰憐？仙骨珊珊，含情自遣。今乃重陽佳節，昨邀同里宿兄登望岳樓，作題糕會應酬故事，消遣閑情。恰喜夜雨初晴，秋光明媚，這早晚宿兄好待來也。（唤童介）擔着茶鐺酒鼎，奔望岳樓去者。（雜擔茶酒具，引生行介）出得門來，好秋意也！

【望吾鄉】風景蕭疏，山城似畫圖，霜林落葉紅無數。故人家在雲深處，携酒尋伊去。（下。丑扮宿介儒服上）虚名負，能嚇鼠，占了騷壇主。

區區姓宿名介，屢考不出前三名，響梆梆的秀才。作七百字的文章，頗稱老手；論古今體的詩賦，不雜仙心。兼通博弈彈琴，且喜眠花宿柳，真算得東昌府的名下士。近來與鄂秋隼相交，他卻是個嫩皮秀才，見了女人便有些害羞，祇會吃冷酒，賦歪詩，不解風流。今日重陽佳節，他約我登望岳樓聯句，需索走遭。話言未了，那厢來也。（場上挂帳，縣“望岳樓”額。雜擔茶酒具，引生上）

【前腔】詩客仙乎，招尋到處無，嬉游綺陌欣相遇。（見介）宿兄原來在此徘徊，小弟纔往尊齋奉訪。（丑）失迎了。簡慢，簡慢！（生）豈敢。

登高之約，就請同行。（丑指雜介）還帶着茶鐺酒鼎，真雅人深致也：（同行介。丑）鄂兄，衹怕這釣詩鈎子尖兒秃，鈎不起驚人句。（生笑介）宿兄，你吃了這茶酒呵，少不得平平入，平上去，來凑詩翁趣。

（到介）來此已是，宿兄請上。（登樓介。丑）欲窮千里目，（生）更上一層樓。（雜鋪設筆硯，安排茶酒介。生、丑遠望介）你看青山紅樹，真是一幅倪迂畫稿。（丑）曾記李青蓮在宣城登謝朓樓，有詩云"江城如畫裏"，竟可移贈斯樓。（生）正是。宣城北樓因名句而傳，你我今朝雅集，亦可爲斯樓生色。（丑）鄂兄之言有理，就請主人命題。（生）大家坐下商量。（叙坐介。生）小弟想拈韵分題，總是詩家老套，昨夜擬下幾個新鮮題目。（丑）是何妙題？請教，請教。（生）藏在詩筒，請兄拈起一題，小弟暗摸一韵，彼此聯吟便了。（丑）有趣，有趣！拈起來。（生摇話筒，丑拈紙條。生翻詩韵，各看介。生）一先裏的"緣"字。（丑）"訪菊，不拘體"，好題，好題！鄂兄請起一句。（生）那有薦客之理？（丑）有道强賓不壓主，還是鄂兄起結的是。（生）如此有薦了。（雜磨墨伸紙，生書，丑念介）"細雨籬邊路、妙極，妙極！一起便攝"訪"字之魂。（接筆狂書，生念介）"徘徊九月天。芳情余自信"，妙呀！一氣卷舒，意到筆隨，教小弟如何接得上呢！（丑得意，生接書。丑沉吟介）"傲骨爾誰憐？知己思陶令"，這兩句更有意思，對個什麽好哩？（作構思介。生）宿兄不必苦吟，且來暢飲幾杯，潤潤詩腸。（丑）把酒高歌，倒也有趣。（同飲介）

【前腔】（丑）潤色腸枯，消磨酒半壺，春蠶怕醉絲方吐。有了，有了！（迅筆疾書，遞生看介）你看"逢人問屈原"，這句可還敵得過"知己思陶令"呢！（生拍案欣賞介）果真絶對。就是這句"何當詩酒地"，本地風光，更有唐人風味。衹是這個"緣"字，如何結法哩？（沉吟介。丑唤書童斟酒，諢介）鄂兄，且飲一杯，慢慢地想。（生）奉陪。舉杯遥對青天語，你助我落筆驚風雨。有了結句了！（書完，遞丑，同念介）"細雨籬邊路，徘徊九月天。芳情余自信，傲骨爾誰憐？知己思陶令，逢人問屈原。何當詩酒地，重續好因緣？"（丑）一氣呵成，工力悉敵。衹是老兄結句，又想起老婆來了。（生）休得取笑。（丑）家室無人，續弦也要緊。（生）久要説親，無人作伐。（丑）多勸我幾杯，與你效勞便了。（生）如此甚好。（唤童斟酒，暢飲介。副扮毛大粗服上）傳歲考，忙鹿鹿，衹怕場期誤。

小可毛大，游手好閑，冒充門斗。近值施大宗師歲考，奉老教的簽票，拿秀才過考。聞得有幾位在望岳樓飲酒，來此已是，不免上去嚇他一嚇。（上樓，見介）嘿，你們禍事臨頭了！還在此間快樂。（生、丑驚介）毛門斗，我們素守卧碑，有何禍事？（副）目下施大宗師按臨，老師傳你們歲考。（出簽票，生、丑笑介）歲考是嚇紈袴秀才的，我們窮措大，怕他則甚？值得大驚小怪。（怒介）知道了，退下去！（副）是。（下樓介）可憐門斗惡，不敵秀才凶。（下。生）正在酒酣耳熱，却被這厮掃興。（丑）夕陽在山，人影散亂，也要下樓了。

【前腔】（生）敗興催租，揚威虎假狐，傳言歲考欺儒腐。（丑）短篇文字長篇賦，蒙得宗師住。（合）真名士，不畏捕，詩酒狂如故。（同下樓介）

（生）結社同登望岳樓，　　（丑）青山紅樹碧天秋。
（生）風流那便輸崔顥，　　（丑）我也題詩在上頭。

此折鄂秋隼登場，通冒全部；順手牽出兩個對頭作陪客，雅俗兼收。而中間埋伏關合，妙造自然，至科白詞句之新雋，直欲追步臨川。毛大假宗師以嚇秀才，是毛大得意之筆。豈知宗師竟護秀才以殺毛大，是又秀才快心之事，而宗師初無成見。世之挾勢利以薰人者,可恍然悟矣。

本志無宿介、鄂秋隼吟句之事,亦無毛大充門斗之説。一經作者聯絡登場,入情入理,使通部血脉一氣融成。蒲留仙見之,當浮三大白。

第三齣　醫牛

(净扮卞牛醫,老旦扮卞媪,隨上)

〔越調〕【東原樂】盤猪狗,弄馬牛,生意銅錢衹餬口。(老)論家聲,着實羞,爲甚麼醫稱獸?害兒女没人消受。

(净)俺卞牛醫,在東昌城裏醫牛過活,倒也逍遥。(撚鬚,唤老看介)老婆,止是俺與你年將半百,膝下無兒,怎生是好?(老)咳!有兒無兒也是命中注定的,倒是胭脂女兒,年已及笄,人總嫌你醫牛賤業,不肯説親,怎生是好?(净)那姻緣分定,且自由他。唤他出來,挂起招牌,怕有人家來請!(老唤介)女兒走起。(旦扮胭脂素妝上)

【絡絲娘】生長在蓬門恨休,衹恐怕人嫌醜陋。淡掃蛾眉畫新柳,也算春光泄漏。

(見禮介)爹娘萬福。(净、老)罷了。我兒將招牌挂起,看有牛來治病。(旦挂招牌,上書"祖傳卞牛醫專治猪犬馬牛内外雜症"。老掃地,净看書介。雜扮牛,丑扮牧童,牽引上)

【秃厮兒】新箬帽何時到手,破簑衣四季蒙頭,吹簫撅笛不住手。活潑潑,樂悠悠,牽牛。

(看招牌介)來此已是,待我進去。(見介)卞老爹請了!你老人家替我看看,這牛害了什麽病,有些喘。(净應,看牛介)還是夜裏喘,日裏喘呢?(丑)見了月亮便喘得凶。(净)這麽説是吴牛喘月了，害得是饑渴症。(丑)怎樣叫作饑渴症？(净)古人有代牛言説道：渴飲潁水流，饑喘吴門月。(丑)原來如此，服什麽藥哩？(净)醫書説：凡遇饑渴病，衹須一劑元寶湯，立時見效。(丑)喲！近來的財主愛吃元寶湯，怎麽牛也要吃元寶湯？(净)牛更吃得狠呢！你不知道，還有兩句代牛言説得好：黄金如可種，我力更不竭。這不是分明要服元寶湯麽！(丑)即有確據，就請開個方兒。(净擬方介。丑背介)真奇了，牛也害饑渴病，要吃元寶湯了！(貼上)妾身龔王氏，丈夫出外多年，家中一匹水牛害了相思病，來請卞老爹去診治診治。(見介)卞老爹好生意呀！(净)龔大嫂取笑了，有何見教？(貼)我家一匹水牛害了相思病，水也不飲，草也不吃，要請你老人家去診治診治。(丑笑介)哪有牛害相思之理，分明是你這婆子現身説法。(貼打丑，譚介。净)大嫂不要與牧童頑笑，後面用茶。俺把這藥方兒寫了，就同你去。(貼)使得。(老旦、旦見，喜介)龔大嫂，幾時不見了！(貼)老婆婆納福。呀！你看胭脂姐姐益發長的標緻了！(旦)休來取笑，後堂叙罷。(同下。雜扮差官持帖上)堂下牽牛病，人間覓獸醫。(丑驚見介，雜念招牌介)此間正是，待俺進去。(見介)卞大夫請了。(净)差官何來，有甚公幹？(雜)俺乃齊宣王差來的。因王府有牛，將以釁鐘。不知怎生觳觫起來。王爺不忍其無罪而就死地，聞得大夫是乃仁術也，特令下官前來請嘗試之。(净推辭介)齊宣王的牛，百姓不能見保。(雜扯行介)非不能也，是不爲也。(丑鞭牛混鬧，雜紛解介)牧童鞭牛則甚？(丑)牛兒害了喘症，央告這厮求個方兒，自早至午，總不能到手，没奈何打這畜生出氣。(雜笑介)原來如此，你且少安毋躁。(扯净逕下。净回顧介)牧童少待片時，去去來，與你斟酌方兒。(下。丑)咳，罷了，罷了！我諒你那元寶湯也想不出個方兒來,恰好齊宣王作了救命王了。(指牛介)畜生,畜生!你也莫想吃元寶湯,吃了更喘呢!還是隨俺牧童吃苦水的好。

【尾聲】渴饑那有奇方救,縱能錬金丹也覺的臭。蠢牛,你怎似俺牧童呵,常服定心丸,從不會沉酣迷性酒。

青山隱隱月黄昏,　　饑喘牽牛下遠墩。

不識酒家何處所?　　杏花紅認緑楊村。

此折爲胭脂與龔王氏登場而設,牛醫、老媪皆陪客也,至牧童、差官又陪客中之陪客,而文章全在陪客。胭脂、王氏輕輕叙過,即便下場,實作醫牛變换之法。引證一古詩、一四書,妙想天開,令人噴飯。

第四齣　緣逅

(貼、旦携手上。貼)

〔南大石引子〕【碧玉令】能炊無米娘真巧,叙家常醋多鹽少。(旦)絮語叨叨,閑坐總無聊,還不若止談風月皆歡笑。

(貼)胭脂姐姐,和你母親説來説去,總是些柴米油鹽醬醋茶,好没趣,奴去了。(旦留介)和我談談再去。(貼)使得。(叙坐介。旦)龔大嫂,你家大爺出外幾年,怎不見回來呢?(貼)咳,那無情漢子,説他則甚!(旦)可憐你獨自一人,也不寂寞麽?(貼調笑介)你憐奴寂寞哟!

【賽觀音】枕兒孤,衾兒吊。夢夫婿遼西路遥,把被底鴛鴦顛倒,請着先生代其勞。

(旦)大爺不在家,還請先生處館麽?(貼)不是處館的先生哪！(比式介)是一位道學先生。(旦含羞介)啐！又撒村了。(貼)胭脂姐姐，你年紀也有十七八歲了，人也長的標緻，怎麽還没個婆家哩？(旦)喲，你問我麽，

【前腔】口兒羞，心兒惱。怪月姊紅絲繫牢，擱起我青春年少，害得爹娘氣難消。

(貼)是呀！婚姻大事原要爹娘作主，耐着些兒吧！(諢介)胭脂姐姐，我要去了。(旦送介。生揚鞭上)一路尋春過板橋，紅情緑意黯魂銷。(生、旦驚見介。生)碧桃含笑迎蜂蝶，蜂蝶何心戀碧桃。(俯首趨下。旦目送，貼調戲介)胭脂姐姐，以你的才貌，配了這位郎君，可以無憾了。(旦含羞不語介。貼)可認識他？(旦)不認識。(貼)他姓鄂，名唤秋隼，是個秀才，孝廉之子。(旦)龔大嫂何以這般詳細？(貼)奴向和他同里鄰居，故而知道。世間男子也没他那般温婉。(旦)家中還有何人？(貼)他父母俱故了，穿着素衣，是因妻子死了，不曾除服。胭脂姐姐，你若有意呵，

【人月圓】奴與你傳語爲媒妁。天喜紅鸞星不小，笙簫鼓笛花花轎，做一個持家賢大嫂。須不怕，他藏頭露尾，偷羮饞猫。

胭脂姐姐，奴與你説媒，作一個秀才娘子，美不美？(旦含羞不語介。貼)奴去了，改日再來報喜。(旦)得空常來走走。(旦送介，貼笑下。旦)你看龔大嫂欣然去了。他説那秀才呵，

【前腔】中路裏分散鴛鴦鳥，意重情深衣着縞。風流更覺張生俏，止防怕紅娘音信杳。傳不到，伊相思病惹，今夜良宵。

依依情話惱蕭娘，　　逗我無端出翠房。
一溜秋波縈轉處，　　欲將花果擲潘郎。

此折依本志次第編之，而寫胭脂之才姿慧麗，王氏之佻脱善

謔，補《聊齋》所未有。奕奕有神，詞清調響，直欲與蒲留仙分道揚鑣，各争一席。

胭脂是女孩兒，處處露羞澀之態，一聽王氏之村言辣語，即面紅面赤，無怪乎心醉鄂生，秋波縈轉。而鄂生嫩皮，俯首而去。兩有可緣，而從中引誘者唯王氏，是王氏爲罪魁惡首。閨中談友，不可不慎也！

第五齣　遴才

（外扮施愚山，三鬚冠帶，貼扮門子隨上）

〔北仙吕〕【點絳唇】詩禮傳家，一門風雅。評聲價，名重京華，年少登科甲。

手捧絲綸出帝京，揭來東魯掌權衡。文章有價終能售，藻鏡原同水鏡清。下官施閏章，别號愚山，江南寧國府宣城縣人氏。科甲出身，由刑部員外郎，奉命山東學使。竊喜風清弊絶，歲考已完，現届年終月課。昨由東昌府屬解到文章一束，今日消閑無事，不免校閲一番。（回顧介）伺候文房四寶。（貼安排筆硯介。外坐介）

【混江龍】俺曾向麻姑山下，水雲鄉洗盡了眼中沙。（把筆介）筆兒呵，不準你承題隨意抹，起講擘頭叉。可恨那負心漢圈點的是黄金，可憐伊有目者籠照的是紅紗。引得那假斯文盡向犬門攢，怎有個真秀才願向龍門化？俺與你金篦細刮，纔許你玉尺擎拿。

（閲卷介）許多文字，竟没一篇可取。

【油胡蘆】敗卷紛紛鬼畫押，把牙兒都笑塌。（笑介）見幾個不讀書的，拾遺名當十姨詩。更有那寫别字的，弄麞書仿唐臣法，還有些抄陳文的，淮西碑冒文昌假。（拍案介）得了個王漁洋詩品高，魯諸生文行雅，殢風流悟士無高下。(圈點介)不覺的圈點兒濃滴滴儘交加。

(雜扮巡捕，持帖上)卑官如院子，忍氣謁門丁。(唤貼介)堂官請了。(貼)有何公事？(雜)濟南府知府吴南岱稟見。(貼)少待。(雜)是。(貼接帖，回介)回大人，濟南府吴大老爺稟見。(外)請進來。(貼傳語，雜向鬼門介)吴大老爺有請！(末扮吴南岱，冠帶黑鬚，上)轅門勤聽鼓，棘院試煎茶。(外迎末，見介)大人請升，卑府參見。(外攔介)常禮罷了。(各揖介。雜下。末)大人愛才如命，獎進後學，真儒林之福也。(外)豈敢，豈敢！

【天下樂】你道俺愛惜人才如命呀，矜誇，忒媚咱。(末)大人從不肯作威學校，以媚權門，真是尼山護法。(外)若道是護尼山杏壇幾萬家，都祇爲培持及第花。(末指卷介)大人在此衡文，可有必售之技麽？(外)你若是問科名有必達，俺祇管憑文章没定價。

(取卷遞介)吴太守，你看這兩篇文字，誰高誰下？(末接看卷面介)東昌府學生員鄂秋隼。(翻閲介)老大人，題目是"賢賢易色"一章，文以必學爲主，理正詞醇，可稱杰構。(外點頭介)看那一本如何？(末看卷面介)聊城縣學生員宿介。(翻閲介)才華富贍，惜乎以"賢賢易色"爲主，立格奇而不正。(外)果真法眼不差。老夫因他才華并茂，雖奇正分途，尚不失於荒謬，故而拔列前茅。(末)足見大人憐才之雅，葑菲不遺，佩服，佩服！(外)豈敢。(末)卑府告辭了。(外)吴太守案牘勞形，有勞枉駕了。(末)卑府衙門案牘無多，雖有些發審事件，也還不甚勞形。(外)過謙了！濟南首府哪有不勞形之事？就是那發審案呵，

【賺煞尾】替人家，擔恐怕。有屬吏貪贓犯法，可教你降調隨他交部察。(末)老大人明鑒。(外)他若是疑難控案開花，你不把正凶查，跑脱着怎拿？斬絞流徒罪議差，縱有那唐太宗歲赦，減不盡漢蕭何

刑法，試問你斷頭顱無柄向誰抓？

(末)大人所見高明，卑府敬承教訓。(外)信口胡言，何足爲法。(末揖介)卑府告辭。(外送介。末)與君一席話，勝似讀爰書。(下。外)好一個濟南知府，經濟文章，循聲卓卓。(回顧介)院子，將文章收起，明朝發榜。(貼捧卷先下)

(外)十丈龍門四扇開，　士多如鯽湧波來。
班香宋艷都搜盡，　經濟誰爲天下才？

此折搜羅兩秀才，是照應望岳樓受嚇之筆，却是爲秀才救命之根。而秀才之名不輕點出，忽來一救秀才、殺秀才之官，直呼秀才之名，評秀才之文，以點醒之。暗中摸索，作者之深心耳。前半衡文章，諷宗師，駡秀才；後半論經濟，鄙佐雜，尊太守，快人快語。月朗風清，披讀一通，陡覺神清氣爽。

第六齣　詢病

(老扶旦病妝上)

〔南商調引子〕【鳳凰閣】沉吟低嘆，待寄音書無雁，枉勞雲雨夢巫山。望斷碧霄銀漢，女牛星燦，怎照的孤凰影單！

母親，孩兒一病懨懨，祗怕不能侍奉了！(泪介。老)我兒這病因何而起？怎茶也不思，飯也不想？(扶坐介。旦)母親問兒的病麽！

【黄鶯兒】茶飯減朝餐，睡昏昏，怎耐煩？落花飛絮悲春晚。(老)到底是何緣故呢？(旦)不因性懶，非緣氣單，病根渾似糊塗案。(老)請個名醫與你看看是什麽症？(旦)縱迴丹，神仙手段，醫不起症疑難。

(老)我兒歇息片時,爲娘與你料理些湯藥來。掌上珠多病,胸中鼓亂撾。(下。旦嘆介)奴家生長寒門,從無邪念,衹因那日見了鄂郎,不覺的懨懨似病。可怪龔家娘子,他説傳語鄂郎,央媒求聘,怎麼杳無音信呢?(凝思介)喲!

【前腔】想是他隨意惹人頑,把婚姻,當笑談,杳無佳婿東床坦。害得我腰圍瘦殘,喉嚨怨乾,巴不到那人一劑平安散。想他臨去,那語言諄切,却不是尋常談笑。(凝思介)想必是創花欄,招風攬月,無暇訪潘安。

就算他無暇即去,怎許久也不來見我?是、是、是了!一定是鄂郎不肯俯就,龔大嫂不好回覆,是以杳無音信。咳!鄂郎,鄂郎!你嫌我家寒賤呵!

【前腔】雖是我堂上老親寒,卧牛衣,比范丹,女貞花好何妨看?莫非嫌奴才貌麼?雖不及楊家玉環,蘇家蕙蘭,孟光儘舉梁鴻案。(嘆介)咳!這没頭緒的相思,就害死也没人知道喲!恨姗姗,乘龍美婿,有夢也難扳。

(假寐介。貼持桃花上)不作無心草,來看解語花。奴家龔王氏,送花與胭脂姐插戴。在前面聽他母親説他病了,待我進去看來。(見旦,推介)胭脂姐姐,醒醒!(旦驚轉介)哈,龔大嫂,你來了麼?(貼)特來送花與你插戴,怎麼病得這般消瘦?(旦)就是那日和你别後,忽忽的就病起來了。懨懨一息,朝暮間人,還有甚心情戴花?多謝了。(貼背介)哈,這是我擔誤他了!(轉介)胭脂姐姐,前日許你與鄂郎説媒,因我家男子負販未歸,尚無人致聲。芳體違和,莫非爲此?(旦含羞介。貼調笑介)果真爲此,病已如斯,尚何顧忌?奴去先約他夜來一敘,諒無不可。(旦嘆介)事至此,已不能收。但他不嫌寒賤,即遣媒來,病當立愈。若説私約呵,

【前腔】雖是我家難，論閨門，比孟班，怎肯學卓文君把淫奔犯？(貼)不要你私奔，約他來相會(旦)那麽斷斷不可！我擲果愛潘，焚香憶韓，怎許他有情郎作偷情漢。(立起摇手介)莫兜攔，須防欲海，平地起波瀾。

(老上)延醫來扁鵲，傳語慰雛凰。(喜介)我兒立起來了，還是與龔大嫂談談解悶。(貼)老婆婆，胭脂姐姐病的這般光景，你老人家忒操心了。(老)正是，托你勸勸他，不要心煩。(顧旦介)我兒，你爹爹請了醫生在前廳等着，同爲娘去看看來。(貼)胭脂姐姐，問問先生，是什麽病，可能勿藥有喜。(老扶旦行介)

【尾聲】奴這病何消問哪？成年不出風流汗，夢裏温柔覺後寒，除非是心藥能醫心病安。(同下。貼吊場)可怪，可怪！女孩兒大了，就有許多心病。咳，這都是鄂秀才撒了相思豆，打着他的心眼了！

美人心事個人猜，　　春夢無痕畫不來。
不識襄王知道否，　　巫雲巫雨隔陽臺？

四隻【黄鶯兒】聲調鏗鏘，清新典麗，叙事井井，貼切不敷，可與云亭并駕。

第七齣　續舊

(副皂衣上)小子生來本姓毛，見了婆娘便發騷。區區毛大，東昌城裏有名的辣子，冒充了一名門斗，以爲護身符。衹因在望岳樓嚇詐了秀才，被老教知覺，(比式介)將一個紙條兒勾消一口肥鍋。閑暇無事，依然走馬看花。(内問介)騎的什麽馬？看的什麽花？(回顧介)不要見笑：騎的兩脚馬，看的并頭花。(轉介)南巷裏龔大的婆娘,生得十分標緻,常與我眉來眼去,倒有些意思。趁他男人不在家,前去調戲調戲,或者可以通通氣。

〔北越調〕【禿厮兒】非是俺輕輕薄薄,要尋他捏捏摩摩,衹因三番四次引逗我,説妹妹,想哥哥,么麽。

(下。丑儒服上)

【前腔】高中了宗師月課,更添些一秀士風魔。小生宿介,風流名士,未免多情;月旦佳人,自鳴得意。自幼與龔王氏相交,情深愛至,兩好無猜,因他嫁了龔大,不能常去。近來訪得他男子負販未歸,趁此機緣,前去走走。(行介)不知他花晨月夜可憶我?盼愛海,望情河,奔波。

(下)

【前腔】(貼上)無怨女長封鐵鎖,有鰥夫遠隔銀河。伊誰末路肯顧我,没父母,没公婆,奈何?

奴家龔王氏,自小没正經,被宿秀才勾搭上了,偷嘴猫兒倒也有情有意。自從嫁了龔大,他却不敢常來,冷冷清清,教我如何過活?且倚着門兒解解悶。(副上,貼見喜介)毛大,幾日没見,你賭的輸了,連帽兒也没了。(副嬉喜介)不瞞大嫂説,一頂紅纓帽被老教出脱了,特來問大嫂借你的這頂黑毛帽兒戴一戴。(調戲介,貼推辭介)

【前腔】我笑你哈叭狗不知死活,癩蝦蟆想吃天鵝。花言巧語打趣我,實討厭,亂摩挲,揮戈。

(戲打介。内作嗽聲,貼驚介)那厢有人來了,快些去罷!(副回顧鬼門,見丑上,急溜介)秀才如鬼叫,辣子嚇而溜之也。(下。丑見貼,笑介)好姐姐,許久没見,想煞我也!(貼笑迎介)請進來坐罷!(丑進,貼掩門介。末攜米袋,净攜酒肉,同上)

【前腔】(合)逢賭博輸贏隔夥,遇娼家好醜同窩。(末)小子張甲。

(净)區區李乙。你我二人屢次送東西與龔大的婆子,他總没些好趣到咱們。(末)今日總要調笑他一番,看他怎的?(净)到了,你叫門。(末打門介。丑驚,盧下。貼開門介)誰?(笑介)原來是兩個小么兒送東西來。(末、净進介)龔大没回來,酒也有,肉也有,你與我們吃一個合歡杯罷!(貼怒介)把你兩個狗頭,説的什麽話!(末、净)呀!怎麽變起臉來了?東西送你反駡我,不講理,不知和,呵呵!

(拉貼亂摸,貼喊介)鄰舍家,來看張甲、李乙强奸婦女了!(末、净驚嚇,急跑下。丑上)他們這班浪蕩東西,你也理他?(貼)誰理他!他自己孝敬老娘東西,樂得賞收。我問你,怎許久不來,什麽事忙?(丑笑介)問我的事麽,

【前腔】因考試忙時抱佛,爲銀錢四處張羅。(出銀錠介)些些菲敬你與我,辦粉黛,買紗羅,也波。

(貼接銀看,問介)好個拱心錠兒,那裏得來的?(丑)同鄂秋隼考月課,宗師賞的花紅。他取了超等一名,得了兩個;我取了超等二名,得了一個。特來送與你,買些胭脂花粉。(貼笑介)喲!這是你的彩頭兒,我與你留下。花粉我還有,不用買。提起胭脂,倒有一宗笑話哩!(丑)甚麽笑話呢?想是你的臉嘴太紅了,被人取笑麽?(貼)啐!不是搽臉嘴的胭脂,是對門卞牛醫的女兒。(丑)哈!是他喲!(問介)怎樣哩?(貼)有一日,胭脂送我出來,走到門口,恰好撞見鄂秋隼由路東往西去,胭脂便出了神,目送而下。(丑)秋隼是個嫩皮人,他怎樣哩?(貼)鄂秀才倒也一見留情,却是揚鞭而去。那時我在旁邊,調笑了胭脂幾句,説與他作媒,他便當了真,如今想的病了。(丑)呀!竟害了相思病麽?(貼)你可與鄂生作個皮條客人,先約他去會會。(丑凝思介)這個……(立起,背介)卞胭脂是個絶色女子,久已在我物色之中。如今有隙可乘,待我與王

大姐商量。(欲轉復住介)怕他吃醋,另想方兒。(喜轉介)這也是一段佳話,待我致意鄂生。但不知他家中路徑,恐怕鄂生走錯了哩!(貼)後街裏有個破墻頭,跳進去就是他家院落。由西角門進去,朝東一間廂房,就是胭脂的卧室。(丑)如此甚好,我就約他去。(起身欲行,貼阻住介)忙什麽!來了也不……(含羞介。丑笑摟介)

(丑)行雲流水滯柔鄉,　　(貼)得隴休思望蜀忙。
(丑)信宿於時聊宿宿,　　(貼)問郎堪否替王昌?

此折五人登場,參差錯落,各有關目,各有情致,俗不傷雅。文人吐屬,另有别腸。

六個【禿厮兒】詼諧謾駡,無所不至。押六個"我"字,變换奇特,各盡其妙。

王氏是引誘胭脂起病之人,宿介是假冒鄂生劫履之人,毛大是因奸拒捕殺人之人,張甲、李乙是調奸王氏被拘陪襯毛大之人,魚貫而來,醜態畢盡。小人之道長,而君子危矣!

第八齣　冒盟

(内起更,場上設床帳。旦殘妝秉燭上)

〔南中吕〕【剔銀燈引】連夜燈花没準,怪那人有言無信。杳似河魚,遠如天雁,不管浪愁閑悶!(床上坐介)奴家卞胭脂,被龔太嫂引的夢魂顛倒,説是與我私約鄂郎,到來一會。我想此事如何使得哩!當時拒絶了,不知他可曾致意鄂郎,央媒來説?(嘆介)這幾日病勢雖輕,總是懨懨怕起。(倦介。内打二更,旦聽介)聽樵樓更緊,則怕要夢隨聲盡。

(吹燭放帳,睡介。内打三更。丑潛上,低語介)來此已是後街,待我認認清楚。(張望,指介)祇有這一個破墻頭,想必是卞牛醫家了。待我跳進去。(跳墻介)幾乎跌煞!喜得進來了。待我按着方兒沿墻聽去。(潛聽介。旦咳嗽,丑背介)女孩兒聲氣,一定是他的卧室了。(轉身,彈指介。旦掀帳介)喲!什麽聲響?(丑彈指,旦驚起介)呀!窗外有人麽?(問介)是誰?(丑喜介)胭脂姐姐,是我鄂秋隼呵!

〔北中吕〕【駡玉郎】相思有病心心印,乘黑夜步墻根。(旦作慌介。丑)多蒙王母傳音信,説是肯,纔敢進,來親近。

請小娘子開門相納。(旦)哈,既是龔大嫂約你來的,妾的心事想已盡知。但妾所以愛郎君者,爲百年,不爲一夕。郎君如果愛妾,祇宜速倩冰人,以訂百年之好。若要開門,不敢從命。(丑)小娘子言之有理,我鄂秋隼亦斷無苟合之心,但求一握纖手爲信耳!快請開門!(旦)男女授受不親,那有援手爲信之理!始終不便開門,請郎君去罷!(丑苦求介)難得進來,如何便去?小娘子忍心肯教我鄂秋隼徘徊終夜麽?(旦)呀!

〔南〕【好孩兒】憐伊懇,疾忙啓門。(力起,開門介)强支持,應酬郎君。(丑進介)小娘子,那日門前一見,渴想到今。(摟抱求歡介,旦急拒介)鄂郎穩重些!(丑拉扯,旦撲地氣息,丑急曳起,旦醒介)猛然魯莽忒無因,欠温存,不重尊。恐防你是那惡棍!恐防你是那惡棍!

(怒介)何來惡少,必非鄂郎?(丑慌介)小、小娘子,我實係是鄂秋隼,家居南巷,與對門的龔大嫂自幼同里,他是知道的,斷不敢假冒。(背咋舌介。旦)果是鄂郎麽?他曾説你賦性温存,既知妾病,定當憐恤,何遂狂暴如此?(丑)小娘子,不是我狂暴喲!

〔北〕【駡玉郎】也祇因年來夢斷求凰引,情切切意殷殷,相逢不覺忘粗蠢。莫記恨,求戒謹,從今慎。

小生既入天台,不知小娘子玉洞桃花可容瞻仰?(旦作色介)若復爾爾,便當喊叫了!(丑攔介。旦)你也怕麽?

〔南〕【耍孩兒】你若肯拚壞品行,我却高聲喊,也不怕撞着雙親。(丑)既是小娘子身體欠安,請改期後會如何呢?(旦)倘蒙不弃,親迎爲期。(丑)央媒説合也需時日,未免太遠,還要近些。(旦背介)咳!糾纏,訂好事何必佳期近,爲甚的那壁勞叨問,也不管人心㦗!

(轉介)也罷!待我病好了。(丑)既蒙允許,還求賜一件東西爲信。(旦正色介)呀!一言爲定,何消貽贈哩?(丑捉旦脚脱鞋,急虚下。旦向内呼介)鄂郎請轉!(丑上)小娘子有何話説?(旦)妾已許君,復何吝惜?但恐畫虎成犬,致貽污謗。如今褻物已入君手,料不能復反,倘若郎君負心呵,

〔南〕【餘文】我憑天地,將誓申:你若果回頭不認,我便是一死從君哭覆盆!

(丑)我鄂秋隼斷不負心,小娘子衹管放心。(旦)言盡於此,郎君去罷!(内打四更。旦進帳下。丑跳墻,喜介)好了,好了!我宿介假冒鄂秋隼的名姓,纏了胭脂半夜。争奈他執意不從,搶了他的綉鞋,(出鞋看介)這就是生死之盟的把柄了。可喜,可喜!衹是半夜三更,往那裏去好呢?(想介)有了!且到龔王氏家去,睡他半夜,消消餘興。

天台李豈代桃僵?　　竟把劉郎當阮郎。
放膽貪花心不死,　　且將餘興訪齊娘。

此折南北分宫。一個有情,一個假意,兩人口吻,各肖其生。胭脂尚有廉耻,僅僅開門揖盜,而不爲盜污;宿介全無人氣,冒朋友之名,黑夜入人家調奸閨女,幸而未成。倘或胭脂把持不定,一

爲所污，將胭脂之名節壞，而朋友之聲名喪盡矣。彼自問抑能安耶？所以天網恢恢，使他生出許多後文，正是神明令其受罪，以消此孽障耳！

胭脂舄傳奇卷下

第九齣　遺舄

（鬼門設床帳。貼濃妝小衣，秉燭上）

〔南雙調引子〕【惜奴嬌】粉冷花殘，晚妝慵蓬飛首，意懨懨情如中酒。（内打二更，聽介）夢繞更樓，（指燭介）夜燈知否？禁受，怎挨得宵長如晝！

奴家龔王氏，丈夫龔大負販未歸，冷冷清清，凄凄切切。淫思戲叔，却無打虎之都頭；恨欲謀夫，止少殺猪之屠户。門前拾鐲銷魂，而誰買雄鷄？郊外撿柴含意，而疇騎大馬。逞劉媒婆之手段，慣扯皮條；現石道姑之神通，愛編口號。調笑真爲談友，詼諧不愧稗官。這也不在話下。止是宿郎自從那日聽我説胭脂想鄂秋隼一段故事，他便匆匆去了，總没見來，這是什麽緣故呢？

〔仙吕入雙調〕【金風曲】【四塊金】莫不是心猿意馬，逗他去胡行走？莫不是淫蜂浪蝶，引他去閑棲宿？【一江風】不怕我狠着心兒咒，教我冷颼颼。（内打三更）聽盡更籌，獨倚簾櫳候。情思怎自由，情思怎自由？蕭郎耳熱不？望不到難消受。

幾日不來，一定是别尋花路去了！（内打四更，聽介）夜深

了，待奴睡罷！正是：衹恐夜深花睡去，羅衣不耐五更寒。（掀帳，虛下。丑上）

【又一體】【四塊金】花街夜游，不怕昆崙狗；桑間暗偷，止畏河東吼。小生宿介，冒了鄂秋隼的名姓，得了卞胭脂的綉鞋，真僥倖也！（出鞋玩賞介）蓮花一瓣，着手成春。衹是半夜三更，不能摟着這鞋兒在星露中行那没憑據的雲雨，衹好到王大姐家去消消餘興。（行介）來此已是，待我敲門。衹怕他高枕無憂，聽不見環聲驚獸。（貼隔帳唱介）【一江風】困扶頭，猛聽門欄，剥啄聲聲叩。（掀帳，出問介）是那個？（丑應介）是我呀，快開門！（背介）待我將綉鞋藏起，不要被他看見，吃起醋來。（貼開門，丑進見，遺綉鞋介。貼）這時候從那裏來？（丑）同鄂秋隼作文會來。（貼）怎麽這樣用心？不要撒謊，衹怕是吃花酒來！（丑調笑介）哪！有你這解語花，還吃什麽消愁酒。（解衣摟貼介。合）疑根且漫搜，疑根且漫搜，千金一刻酬，莫放這春宵走。

（掀帳同虛下。副潛上）小子毛大，在望岳樓得罪了宿秀才，把我門斗的鍋兒打破；前次我在龔王氏家調奸，又被他衝散，好生可恨！因此常時步他的後塵，拿他出氣。來此已是，待我聽聽。（摸門，喜介）且喜門兒半掩，想必是宿秀才在裏面，待我挨身進去，捉一對活春宫頑耍頑耍。（進門絆脚，低聲介）什麽東西？軟丢丢幾乎絆倒。（摸起綉鞋，細看介）喲！我道是老爺們的烏紗帽，原來是小姐們的紅綉鞋！（帳内聲響，副聽，背介）房内有人聲響，待我聽他説些什麽。（側聽介。貼内問）宿郎，適從何處來？不要瞞我。（丑内應）實不相瞞，是那日承你的教，約了鄂秋隼，送他到卞胭脂家去，故而來遲。（貼）這也平常，值得藏頭露尾麽？（丑）嗳喲勿好哉，要領出恭牌。（内打五更。丑掀帳起介。副閃下。貼内）待我掌燈照你。（丑）你不要起，我自去去來。（背介）喲，不好了！綉鞋不知那裏去了？待我找尋找尋。(丑掌燈找尋,貼潛出,拍丑背介)不要找尋,在我這裏。(丑央求介)好姐姐!好妹妹!這隻綉鞋是我的命根,還了我罷!(副潛上,聽介。貼笑問丑介)綉鞋兒是那個贈你的?實説了還你。(丑)不敢欺瞞,自從那日聽你説胭脂想着鄂秋隼,你教我約他去相會,因而冒名前去。(貼)胭脂是見過鄂秋隼的,你豈能冒他?(丑)幸虧没有燈火。(貼)這麽説被你張冠李戴了!(丑)纏了半夜,却不會到手,故此搶了一隻綉鞋。他約以病好爲期。(副喜點頭,潛下。貼)原來這樣麽!

【海棠醉東風】【月上海棠】我笑你不害羞,阮郎甘步劉郎後,闖仙鄉冒認温柔。(丑)并不曾真個,好姐姐還了我罷!(貼)没來由儘自狐疑,誰收拾你鞋兒騷臭!【沉醉東風】好姐姐,快不要如此,我與你并非對頭,也憐我再三苦求。你再不還,我便要——(貼)你便要怎樣?(丑)我便要學楊妃細向梅妃帳裏搜。

(貼笑介)搜也不怕。實對你講,我方纔是騙你親口供招,其實不曾見。(丑慌介)真不曾見麽?(貼)不曾見。(丑)既不曾見,你也替我尋尋。(貼秉燭,各尋介)這厢没有,那厢哩?(丑)也没有。(貼)不必着慌,待天明了,再從來路上尋去便了。(内止更介)

(丑)逾墻盜得小弓鞋,　　(貼)行雨行雲到敝齋。
(丑)春意滿懷藏不住,　　(貼)恐防鴻迹誤裙釵。

此折照原傳叙來,看去似平淡無奇,却是緊要關鍵。後半部文章皆由此而生,善讀者自然領會。詞曲不多,别饒雅趣,俗手爲之,必有許多醜態。搬演登場,自知其妙也。

第十齣　拒殺

(副執綉鞋上)妙哉,妙哉! 跑順風船的運氣來了,滕王閣也擋不住。我毛大,原止想到龔王氏家去捉宿秀才的奸泄憤,以便挾制龔王氏。一箭雙雕,陳平妙計。不期走到那裏,另有一種機緣,拾了這隻鞋兒。正在疑心,忽聽宿秀才説,是冒了鄂秀才的名姓,在卞胭脂家得來的。我想:卞胭脂是個絶代佳人,鄂秋隼是個當今名士,正好做一對美大妻,怎被宿介這厮冒名訂約? 那知黄天有眼,照顧我没老婆的漢子,將綉鞋兒落在我手。(喜介)今晚閑暇無事,不免也去冒替一回則個。正是:我冒秀才摟處子,秀才替我作奸夫。(下。净醉態上)

〔北中吕〕【引子】驀然間地動天摇,星迴斗旋。好醉也,好醉! 俺待把海水吞乾,湖山扭轉。天子呼來不上船,做一個醉朦朧李謫仙,管什麽發憤屠龍,佯狂駡犬。

俺卞牛醫,醫牛過活。被那些鄉裏人家請去,東敬一杯,西敬一杯,把俺吃得大醉。(嘔吐介)好酒,好酒! (行介)來此已是自家門首,待俺打他幾下。(叩門介。老上)驀聽聲聒耳,且去問從頭。是那個呀? (開門見介)原來老老回來了。(净跌進,老扶坐介。净)醉了,醉了! (老)在那家吃的? 有些酒意了。(净笑介)問俺在那家吃的麽? (場上設床帳)

【滿庭芳】却不是新豐夜燕,也不是提壺買醉,荷鍤酣眠,都是些杏花村裏農夫勸,頓教俺牛飲長川。(老)既然酒醉,請睡去罷! (内打三更。净)使得。(老扶進房,净脱衣介)哈! 老婆,俺與你説了許久,怎不見女兒呢? (老)他病後精神不好,早已睡了。(净)咳! 俺見他情脉脉嬌如嫩藺，病懨懨瘦似枯蟬，恨當年——(老)恨什麽？(净)兒婚未聯。(老)女孩兒大了，久該擇配的，你也要留心纔好。(净)咳！俺如今不管了，交與你尋個好姻緣。

(睡介。老)可用茶了？(净)有的，也喝一口。(老)待我取來。無可奈何唯醉漢，最難爲計是嬌兒。(内打四更，下。副潜上，探望介)來此已是卞牛醫家後院，待我跳進去。(跳進，探望，低聲背介)裏面有燈，照見床帳，想必是胭脂卧室，待我隔窗彈指一聲。(内作彈指聲，净驚起，掩燈聽介。副探望，低聲背介)燈滅了，想必是起來，待我叫他一聲。(轉介)胭脂姐姐開門，小生赴約來了。(净詫異介。老送茶上)呀怎麽燈滅了？(净急掩老口，作手勢，同聽介。副低聲)胭脂姐姐，快開門！小生等候多時了！(净學女聲問介)你是那個呀？(副)胭脂姐姐，小生是鄂秋隼。前次蒙你贈我綉鞋，約以病好爲期，今夜特來踐約的。(净仍前應介)既然如此，待我開門，你且等等。(副喜介)快開門！我還有這鞋兒爲證呢！(出鞋細玩介。净、老作手勢，净取刀開門，出罵介)好畜生，敢來亂我閨門！(副駭急跑，净追副，老隨下。副急上)勿好哉！勿好哉！路走錯了。(净追上。副格鬥，奪刀介。老趕上，大呼："拿賊！"副殺净倒地介。副逃下。老哭叫介)救人哪！救人哪！(旦秉燭急上，驚見介)這，這、這是什麽人，將爹爹殺死？(老怒介)小賤人，你還裝作不知！就是你的奸夫鄂秋隼殺的。(旦驚詫介)呀！母親，不要冤屈孩兒，孩兒并不曾有甚麽奸夫。(老)你還利口麽？四更時分我與你爹爹隔窗聽他説，你贈他的綉鞋，約他來的。所以你爹爹怒髪衝冠，拿刀趕出來，不料反被他奪刀殺了。(哭介。旦跪哭介)噯呀母親！母親，事到如今，孩兒也不能瞞了。鄂秋隼月前原到孩兒房中來過。孩兒抵死拒絶，他便搶了孩兒的綉鞋，約以孩兒病好爲期，其實并不曾有奸。不知怎樣起此歹意,將爹爹殺死?這都是孩兒不孝,請母親作主便了。(哭介。老)你做的這樣好事!哭也無益,你與我將尸首抬過,好生看守,待爲娘去稟官便了。(旦抬尸隨下。老吊場,哭唱介)老老,老老!

【煞尾】可憐你血淋淋砍在腦後邊,嚇得我戰巍巍捏着膽向前。急煎煎忙去稟聊城縣,衹怕你那拒捕傷人的罪難免。

飛來奇禍口難言,　　養女翻成殺父冤。
不是阿娘親耳屬,　　誰知孽海是根源!

照原傳大爲變動,而情節關目,細針密縷,處處入神入理。綉鞋帶去,更是翻案文章,細讀結局,乃知其用心之苦。非辦案老手,其能喻諸斯乎!

酒乃色之媒,亦爲氣之媒。設卞老不醉,不致携刀,即不致蹈殺身之禍。作者用心良苦,以醉酒爲引,生出一段殺機,補《聊齋》所未有。而詞意雙關,尤稱絶妙。

第十一齣　誣服

(内發梆。雜扮四役,末扮書吏,諢上。末)今日卯期,太爺升堂比較,諸位須要小心。(雜)嗯,我們太爺專在錢糧上做工夫,把我們的屁股當了生童的月課,每逢三八,總要考他一考。(末)衹怪你們不完篇,衹怕要考四等哩!(内擊點。雜)休得扯淡,官出來了!(分立介。丑扮知縣,貼扮門子,隨上)

〔南雙調〕【字字雙】(丑)急於星火想升官,偏緩;三年特調憲恩寬,俸滿;逢迎無路不須攢,才短;錢糧加耗吏難瞞,能算。

(雜吆堂,丑升座介)捫心慚愧此之謂,掩耳羞聽惡在其。不信片言能折獄,從來有位素餐尸。下官東昌府聊城縣知縣,姓胡名圖,進士出身,分發山東補用今職。可恨五方雜處,撫字心間;竊欣萬寶告成,催科正巧。今日逢三卯期,例應嚴比。(顧左右)傳糧差。(末呈單傳介)豐盈里糧差陳倉。(雜應,跪介。丑)你名下應完二千石,還没一半,扯下去打!(雜)求太爺施恩,饒過小的,下卯全完。(丑怒介)一卯推一卯,推到幾時!打了再説。(衆扯雜,打介。外扮鄉約,引老哭喊上)太爺伸冤,小婦人的丈夫被人殺了!(衆驚問外介)被誰殺了?可有報呈?(外)現成,煩你遞上去。(雜接,轉呈介)回太爺:堂下有鄉約帶一女子報命案來了。(丑驚起介)什、什麽命案?教他不要報,和息了罷!(末)命案怎好教他和息?(丑)和息不得麽?教他往捕廳去告。(末)更使不得。(丑搓手介)這、這、這怎樣好?(末)且傳鄉約和那女人上來,問問是什麽事?(丑)也罷,且喚他來。(末喚老跪上)太爺伸冤!(丑)不要慌,待我看過呈子再講。(細看介)卞氏,這死人是你真丈夫麽?(老)青天太爺,丈夫那有假的?(丑)不怕你丈夫是假,怕你這尸親不真。(老)小婦人不敢冒認。(丑)止有腦後一傷麽?(老)止有一傷。(丑)下身可以免驗了。(老)太爺作主。(丑顧末,問介)刑房,你同鄉約帶了仵作去驗一驗,看是什麽傷,填了尸格來回話。(末)回太爺:驗傷須要太爺親去。(丑)胡説!尸親不開口,你來多事!(末)是。(暗笑,同外下。丑)卞氏,你告鄂秋隼黑夜到你家,尋你女兒圖奸拒捕,將你丈夫殺死,果是實情麽?(老)小婦人焉敢撒謊?(丑)既是實情,本縣衹好替你拿人了。(書簽介)衙役們!快去將鄂秋隼、卞胭脂一齊拘到。(雜應,接簽下。丑)卞氏,你今年多大年紀?可有兒子?(老)小婦人與丈夫同庚四十九歲,并没兒子,衹得一個女兒。(丑)可有卞家?(老)

没有。(雜拘生、旦分上)稟太爺:鄂秋隼、卞胭脂一齊拘到。(丑)下厢伺候。(末持凶器、尸格上)生憎刑仵命,慣獻死尸圖。稟太爺:書辦銷差。尸格、厨刀在此,請太爺勘驗。(丑看介)"腦後刀傷一處,斜長二寸五分,深抵骨,骨損,皮不破,血污。"(沉吟介)"深抵骨,骨損,皮不破,血污",餘俱無故,委係生前受傷身死。(拍案駡介)可惡,可惡!當真的是命案!(顧左右)帶鄂秋隼上來!(雜拘生上,跪。丑問介)鄂秋隼,本縣與你無仇,爲什麽圖奸拒殺,害本縣花銷解費?(生戰慄介)生員世代書香,素知禮法,并不曾圖奸拒殺,老父台不要誤拿了。(丑)豈有誤拿之理!現在卞牛醫的女人喊稟你圖奸他女兒,拒殺他丈夫。(持刀示生介)凶器分明,你還抵賴麽?(生)這、這、這話從何説起?(丑指生介)不要狡展,叫卞氏胭脂與你質對。(雜唤老、旦同上,跪介。丑)卞氏,鄂秋隼在此,你將原情説與他聽聽。(老)回太爺:殺人的就是他。(丑)怎見得?(老)昨夜四更時分,小婦人因丈夫酒醉在床,小婦人往厨下燒茶與他吃。回到房中,見燈火滅了。正要聲張,小婦人的丈夫將小婦人止住,閃在一旁,聽鄂秋隼在窗外叫小婦人的女兒胭脂開門,説是赴約來了。小婦人丈夫聽了這話生氣,拿刀趕出去,就被這生奪刀殺死。這是實情,求太爺伸冤。(丑)胭脂抬起頭來。(旦)不敢。(丑)恕你無罪。(旦抬頭,丑驚起,笑介)好個模樣兒!今年多大歲數?是幾時和鄂秋隼有奸?從實供來。(旦)稟太爺:小女子與他并不曾有——(匍匐不語介。丑)他是誰?并不曾有什麽?不要害羞,一句一句的講。(旦低聲)小女子與鄂秋隼并不曾有奸。(丑)嘿,既是没奸,他豈能黑夜到你家來?打嘴!(雜縛旦,欲打。旦慌求介)太爺施恩,容小女子細稟。(丑)住手。(雜放,旦哭訴介)記不清是幾月幾日,小女子有病的時節,鄂秀才黑夜到小女子房中來過。(丑)既來過,一定是成奸的了。(旦)小女子抵死不從,他便搶了小女子一隻綉鞋。(丑)搶了綉鞋怎樣呢?(旦)約以小女子病好爲期。不知他怎樣懷恨在心,將我爹爹殺死。求太爺伸冤。(丑)這是真情麽?(旦)句句是真。(丑)鄂秋隼你與他質對。(生上,跪。旦見,指駡介)狼心賊子!我與你素無嫌隙,爲什麽將我爹爹殺死?(生慌介)呀!小、小娘子,我和你毫無瓜葛,爲什麽賴我圖奸拒殺?黑、黑、黑天冤枉,從何説起?(旦)呀呸!你還利口!你止將綉鞋還我便了。(丑)是呀,你將綉鞋拿出,就是圖奸拒殺的憑據了。(生)嗳喲!老父台,不要冤屈生員,圖奸拒殺的事,實係一字不知。(丑怒介)哈!何物頑生,這般狡展,不用大刑,諒你不招。(雜搬夾棍上。丑)皂隸們!將這厮位置起來。(雜縛生上夾棍介)

【雙勸酒】(丑)我諒你頭巾氣酸,受不住嚴刑敲斷。何况你這般那般,罪皆盈貫。(生哭喊介)冤枉哪,冤枉!老父台饒恕生員,畫供就是了。(丑)既是畫供,放他下來。(雜放生倒地介。丑)衹要你畏法遵斷,我施恩與爾從寬。

(末遞供單,生畫畢。末轉呈,丑看介)早早認供,豈不省事!圖奸是卞胭脂親口供招,拒殺是卞氏親眼看見,衆證確鑿,還有什麽屈你!(生)老父台筆底超生,生員實實冤枉。(丑)誰管你冤枉不冤枉!本縣從輕辦理便了。(旦)太爺,小女子還有綉鞋在他處,求太爺追出。(丑)咳!綉鞋是起禍的根苗,要他則甚?卞氏帶了女兒回去罷!本縣與你丈夫伸冤雪恨。(老、旦叩頭)謝過太爺。(同起,老背介)你看這秀才風流俊逸,怎麽行起凶來?可憐哪,又可恨哪!(旦顧生,揮泪,隨老下。丑)禁卒,將鄂秋隼帶去收監。(雜扮禁卒,鎖生下。丑)刑房,速速叙稿，一面申文學院，斥革秀才；一面擬罪，通詳各憲。（末）是。（丑）嘿，霎時之間天黑了，退堂。（内擊點，雜吆堂，下。丑吊場）咳，審結一宗命案，擔延幾卯錢糧。正是：

得錢容易好官難，　　案牘勞形夢不安。
世有草菅人命者，　　現身説法與伊看。

摹寫糊塗太爺之行徑，超神入化，無一筆不令人發笑，無一筆不令人起驚。噫，恐普天下不少聊城縣！

原傳邑宰并無名姓、出身，亦無種種謬行。作者就"横加梏械"四字上，生出一篇發笑文字。諷世耶？正所以警世耳！

第十二齣　哭監

（丑上）【如夢令】兩個黄鸝相罵，幾陣烏鴉厮打。（内學鴉聲介）凶吉不分明，惆悵碧桃花下。驚嚇，驚嚇，且向街頭卜卦。小生宿介，自從那日搶了卞胭脂的綉鞋，跑到龔王氏家去住了半夜，不知怎生把綉鞋遺失了，再尋不見。這也没要緊，止是卞胭脂那廂不好再去，心上又放他不下。這幾日鴉鳴鵲噪，肉跳心驚，不知主何吉凶？待我上街去占他一卦。（雜扮門斗上）忙將天外禍，報與個人知。（見介）宿相公，有大事不好了！（丑驚介）什麽事？這等驚慌。（雜）今早縣裏胡太爺，差人來取鄂秋隼相公入學的年月，説已經收禁，不知犯了什麽罪？老師知道相公與他相好，打發門斗來報與相公知道，好去縣前打聽打聽。（丑驚介）哈！鄂秋隼本本分分的，犯了什麽科條，竟收禁了？奇哉！奇哉！門斗，你且回覆老師，説我就去便了。（雜應下。丑）我想我們當秀才的，一不犯賭，二不犯奸，三不把持衙門，有何罪過，竟罹無妄之灾呢？（搖頭介）哼，必有蹊蹺，且去看他一看。正是：天有不測風雲，人有旦夕禍福。（下。副扮禁卒持棍上）無枷亦無鎖，日日禁中坐。凡百有罪人，總要奉承我。區區乃聊城縣的禁卒，當的幽明界的差使，虎頭門形同地獄；要的活死人的銅錢，他若不給我麽——（指棍介）鴨嘴棍凶似天刑。所以那些囚犯都來孝敬區區。衹有前日進來的那酸溜溜的秀才，還不曾進貢分文，不免教他出來折磨折磨。（向内叫介）鄂秋隼，走！起封都放過了，還在籠中憨睡麽？（生罪衣蓬首鎖靠上）

〔北南吕〕【牧羊關】猛聽聲驚駭，氣喘吁，急忙的木籠裏抓起瘦身軀。止覺的手足如麻，肌膚似腐。（副）死囚頭，還是這等慢吞吞的，照打！（副打，生負痛，哭介）嗳喲喲！禁卒哥，你也憐我棒瘡痂未結，潰爛血尤污。（副）誰管你棒瘡不棒瘡！見了禁卒爺，還不跪麽！（生）俺乃黌門秀才，雖遭不白之冤，豈能跪你？（副）哈，你既是秀才，就不該犯法來到監中，還要利嘴麽！（欲打，生攔住介）不要打，跪就是了。（跪介）可嘆你狠心人猛如虎，作踐我斷頭人輕似鼠。

（副）鄂秋隼，你既口稱秀才，就該懂事，爲什麽進得監來禮也不送？（生）進監還要送什麽禮麽？小生不解。（副）什麽小生小旦，故意裝聾作啞，我不把你高擱起來，也不知俺禁卒爺的利害！（扶生上匣床介。生）禁卒哥，饒恕了罷！等我出去時節，擔幾本書送你就是了。（副）好笑，好笑！我當禁卒要書則甚？難道也像你們書獃子，捧着書本想書内出黄金麽？書是不要的，有了銀子放你下來。（生）俺好苦也！

【菩薩梁州】你則爲搜索青蚨，便横施夏楚，欺凌腐儒，作踐囚徒。遍身周匝鍊繩拘，鐵床尖硬如刀鋸，頭顱緊嵌難回顧。（副）看他睡得安穩，待我再打幾下醒醒疲。（打介。生）禁不起再鞭撲。（副）禁不起打麼,加個箍兒與你!(用鐵箍箍生頭介。生)你怎的毒極還加腦後箍?頓教俺痛煞難呼。

(副虚下。衆扮四囚犯上)耳邊厢哭哭啼啼,好生討厭,你我同去看來。(見介)原來是這位床上的朋友。(問介)朋友,爲甚麽禁卒哥將你匣在這裏?(生)小生是鄂秋隼,禁卒問我要錢,没得給他,故而如此。求列位替我説個人情,放我下來罷!(衆)喲,原來是新進來的後輩,就是這等老氣横冬,怪不得禁卒收拾你,咱們還要問你要入夥的酒吃哩!(生)等我出去送進來奉請。(衆)呸!你出去我們就不出去麽?好晦氣,不要睬他。各人自受各人罪,莫管他人上匣床。(二犯先下。衆)好生可惡!待我敬他一堆矢。(出恭介。衆)我也敬他一泡尿。(溺介,諢下)

【哭皇天】(生)可恨這衆囚犯不行恕,竟將那臭薰薰穢氣蒸予。引得那飛蠅膽大似虎,惹得那跳蚤嘴硬似鼯。將我的爛體膚朝餐夕哺,癢痛煞關情孰問吾?説不盡千酸萬苦,命也天乎?

胭脂,胭脂!俺與你毫無認識,止有春間一見之緣,怎生誣我殺人也!

【烏夜啼】俺并不會逾墻摟過東家女,你怎憑空賴我是奸夫!還説有綉鞋兒,堪爲憑據,我却是影響全無。不料那吏更糊塗,當堂不究實和虚,嚴刑鍛錬將供取,硬將我入囹圄,加刑具。你將我牢籠的忒欠公,陷害的太無辜!

(丑上)好友何緣罹法網,故人無那叩監門。來此已是縣監,待我高叫一聲:禁卒開門!(禁卒上)是那個冒失鬼在監門首大呼小叫?(作開窗介)是那個?(丑)是我宿相公,來看鄂秋隼的。(雜)原來是宿相公,來看鄂秋隼麽?(作難介)監門封了,改日再來。(丑)你不要爲難。(出銀,遞介)門包拿去。(雜接銀,開門,笑介)宿相公駕到,豈有不開門之理。請進來,請進來! 小人見禮。(揖介。丑)罷了。鄂相公哩?(雜)哪,那床上躺的就是他。(丑)嘿,快放下來!(雜應,放生。生昏倒,丑扶坐介。丑)鄂兄醒醒,小弟看你來了!

【煞】(生)仔聽得咯咂咂一聲鎖響鬆了痛苦,氣淹淹槁木形骸已半枯。(見丑,哭介)宿兄,宿兄! 快來救我!(丑泪介)鄂兄,不必悲傷。是因什麼事,何至於斯?(生)連小弟也不知,是那卞牛醫的女兒卞胭脂——(丑驚問介)卞、卞、卞胭脂怎樣?(生)他告我圖奸黑夜造其廬。(丑)有此事麼?(生)小弟焉敢到他家去。(丑)既不曾去,奸什麼呢?(生)還不但此,還説我凶似屠沽,殺傷乃父。(丑)這更豈有此理了! 他竟賴你殺人麼?有何憑證呢?(生)若説憑據更爲可詫,他道有綉鞋爲據。(丑驚問介)什、什、什麼綉鞋? 是誰的?(生)胭脂説是小弟搶得他的,以爲私約之柄。(丑)如今在那裏?(生)據他説,的確確尋踪又杳無,這奇冤百口難呼!

(末扮衙役持監牌上)奉命提監犯,連忙叩獄門。禁卒開門,提監犯來了!(雜應,開門介)張總頭,提那一案?(末)提圖奸拒殺的鄂秋隼過堂,早晚要招解了。(雜對生介)鄂秋隼,太爺提你出監招解。宿相公,你也不必勞叨了,請去罷!(末)這位是誰?(雜)是我的鄰居宿相公,來看鄂秋隼的。(末)嘿,你又得了幾個了。監中不是要的,須要小心。(雜)曉得。(末牽生起,行介。生握丑手,哭介)宿兄,宿兄! 祇怕此冤不能雪了!(丑)鄂兄,不必心焦,吉人自有天相,改日再來看你。(末牽生下,雜關門下,丑吊場介)呵喲喲! 嚇煞我也!(四顧介)聽得鄂秋隼那些言語裏面,頗有些尷尬。難道那隻綉鞋被他拾着,竟到卞胭脂那裏去了不成? 怎麼又弄出命案來了? 好生不解,再暗暗的打聽便了。正是:

禍從天上忽飛來,　　縲絏囚人亦可哀。

一瓣蓮花無覓處，　　個中踪迹費疑猜。

摹禁卒之凶惡，描監犯之苦楚，體貼入微，泪隨聲下，非仁人君子，其能喻於斯乎？世有監獄之責者，盍鑒諸！

原傳無此一段故事，作者設言以警世耳！而以宿介點綴場面，既醒目，亦驚心。科白入神，情節逼肖，全部血脉融成一氣矣！

第十三齣　平反

（末扮吴南岱冠帶上）

〔南正官引子〕【梁州令】領袖群僚守濟南，喜除暴安良，樂棠陰無犬吠亡羊。案雖多積牘，也衹爲他人作嫁衣忙。

下官濟南府知府吴南岱。心在鏡中，脚行冰上；官箴永矢，治譜粗諳。蒙上游之倚重，拙敢藏鳩？理通省之紛繁，事同集猬。尋常發審倒也無難，昨日臬司發審東昌府聊城縣圖奸拒殺一案，情節可疑。往來覆訊，累經數官，總不能審出真情。昨日下官大略問過一堂，看那鄂秋隼不類殺人者，（點頭介）其中必有緣故。（雜扮門子上。末）傳承刑吏進來。（雜應，傳介）承刑吏走起。（外扮書辦上）人皆爲滑吏，我獨愛清官。（見末，跪介）大老爺有何分付？（末）起來。你叫什麽名字？（外起，旁立介）書辦邢清。（末微笑介）好個美名，自是清心寡欲的了。本府有事差你，你可細心麽？（外）邢清理會得。（末）如此甚好，聽吾分付。（外）是。

〔過曲〕【傾杯序】（末）你去往監牢那壁厢，留着心兒訪。（外）訪那一案？（末）是鄂秋隼的拒捕傷人，那尸格離奇，見證模糊，情節荒唐。（外）這三宗要訪那一件呢？（末）則探他調奸訂約，有人知否？實言休詐。有端倪、即來花徑作商量。

你去探得真供,便來報我。(外應下。末)邢清此去,必然有話回頭。但可笑那尸格支離,不知是怎生驗的!(作閱稿介)

【前腔換頭】端詳,這供單叙的奇,腦後傷無狀。若道是刀砍斜長,二寸三分,也則要血污皮破,損骨流漿。怎麽"皮不破,血污"呢?(摇頭介)這傷痕太慌,怕烏紗、要殉牛醫葬,縱哀求憲恩寬也費周張。

(外上)那知拚命鬼,不是薄情人。(末)邢清探得怎樣?(外)回大老爺:邢清去到監中探得,鄂秋隼遇見卞胭脂的時節,還有他鄰居龔王氏同在門首,他却是含羞而避。(末凝思介)哈,鄂秋隼遇見胭脂還有一龔王氏同在門首麽?(外)正是。(末)怎樣"含羞而避",可有接談呢?(外低頭應介)邢清大意,不曾問得。(末)再去問來。(外應下。末)這其中有蹊徑了!

【賺】之子游蕩,驀然驚見佳人兩,情景廝像。未必花心搔不癢,怎臨時又佯佯的避着,知他是作麽,教人費煞猜詳。霧遮雲障,此中定有紅娘,暗通酬唱。

(外上)并非郎有意,却是女多情。回大老爺:邢清探得鄂秋隼説,那日胭脂却是顧盼留情,他實是含羞而避,并未接談。(末)既是如此,何以縣供無此一層?(外)邢清問過,他説胡太爺不由分訴,嚴刑夾打,委曲承招的。他還説:胭脂賴他搶了綉鞋,以爲私約之據,他也影響全無。(末驚詫介)哈,還有綉鞋麽?(摇頭介)哼!更可疑了,再去問綉鞋現在那裏?(外)他説綉鞋影響全無。(末)"影響全無"?益發要緊,快去!快去!(外應下。末)愈問愈疑了!可恨那聊城縣呵,

【朱奴兒】也不管啼冤叫枉,疑難案覷作平常。刑逼供招敢上詳,你難道變了心腸!(徘徊介)行思想,情真罪當,總在那鞋兒上。

(低頭想介)若從綉鞋究去方能坐實。(外上)回大老爺:邢清探得,綉鞋實係影響全無。(末點頭介)罷了。(升座,書籤介)邢清,你且往聊城縣,提取草卷上來。(外接籤,應介)奉籤提草卷,曳履出花廳。(下。末執籤付雜介)門子,你將此籤密令幹差,去聊城將龔王氏拿來。(雜應,接籤下)

【尾聲】(末)心機費盡心難放,人命事須求無枉。雖是那邢清探得清楚,我這裏一宗一宗還要訪。(下。貼上)

〔仙吕過曲〕【木丫叉】寂寞空房似水,雲收雨歇,花殘粉碎。天涯有婿若金龜,問刀環何年唱你?奴家龔王氏,丈夫杳無音信,全仗宿郎照顧。可巧從卞胭脂家出了命案,他總没見來,好生奇怪。難道鄂秋隼真是他約去的不成?怎樣鄂秋隼又將卞牛醫殺死?真不可解。卞家母女打官司去了,没處打聽。待我往鄰舍人家去探探,帶着訪訪宿郎。(行介)浪子游踪痴似鬼,搜柳尋花夜不歸。(想介)莫非爲卞家的那樁逃避,則索要暗地留心打聽伊。

(雜扮二差役潛上)那厢就是年少女人,待我問來。(問介)大嫂,借問一聲。(貼見,驚介)你們什麽人?問什麽?(雜)我們從口外來,替龔大捎了書信,要見他女人的。(貼喜介)哈,龔大有書信來了,交與我。(伸手要介。雜)且慢,你是誰?(貼笑介)我麽,就是他女人。(雜)真是龔王氏麽?(貼)難道有假不成!(雜出鎖,鎖貼介)來得巧,快隨我們去!(副潛上,驚見,閃下介。貼)奴家并没犯法,鎖往那裏?(雜)到了濟南府就明白了。(扯貼,諢下。副上,四望介)嗳喲喲!嚇煞哉!分明兩個差人將龔王氏鎖去,祇怕就是我毛——(回顧介)就是我毛大殺了卞牛醫的那樁事拘牽出來了。(摇頭介)哼,有些不妙!(出綉鞋看介)待我將此禍根尋個地方藏起來,逃往别處安身便了。正是:天涯到處尋生路,地角何方掩禍根?(下。内吹打,衆扮書役，引末升堂介。末）職守黄堂重，銘心白水清。覆盆冤待雪，秦鏡最分明。下官吴南岱，昨日訪得鄂秋隼一案，頗有端倪，已將龔王氏拘到，今日當堂審訊。（顧左右介）將卞胭脂帶上來。（雜應，傳旦上，跪介。末）胭脂，你與鄂秋隼初見的時節，可有外人同着？（旦）没有。（末作色介）嘿！訂約的事情可有外人知道呢？（旦）也没有。（末怒介）本府已盡知之，你還狡展，扯下去打！（末抓簽，衆呵堂。旦懼，求介）求大老爺饒恕，小女子供就是了。（末）從實供來。（旦）小女子初見鄂秋隼，原有龔王氏在場，却與龔王氏無干。（末）怎麽與他無干呢？（旦）後來鄂秋隼黑夜到小女子家中調奸訂約，搶了綉鞋，他却一字不知。（末點頭介）果有綉鞋麽，在那裏？（旦）縣裏太爺問過，他説没有了。（末）你且下去。（旦下。末）帶龔王氏。（雜應，鎖貼上，跪介。末）龔王氏，卞胭脂與你鄰居？（貼）對門鄰居。（末）殺人的事你可知道？（貼）小婦人不曉。（末怒介）嘿！胭脂説殺其父者你盡知之，還敢隱匿麽？扯下去打！（貼急呼介）大老爺息怒。小婦人雖有説媒的話，原是戲弄他的。不料他自害相思，致引奸夫入室，與小婦人何干？（末點頭介）你既戲弄他，自然替他説合過了。（貼）實實没有。（末）既没説媒，焉有奸夫入室！一定是你對外人説了。（貼懼介）并、并、并没對外人説過。（末冷笑介）本府看你行爲，斷非良善，不用大刑，諒你不招。（顧左右介）將龔王氏拶起來！（衆拶貼，貼呼痛，求饒介）大老爺饒恕，小婦人實供便了。（末）放下來。（衆放，貼伏介）回大老爺：卞胭脂爲想鄂秋隼，害了相思的事，小婦衹對同里秀才宿介説過。宿秀才到他家去不去，小婦人不知道。（末點頭介）宿介現在那裏？（貼）他聞得小婦人被拿，也來在城隍廟裏，暗中照應。（末）如此甚好。（書簽，付役介）快去拿來！（役接簽下。末）唤胭脂上來。(旦上,見貼,驚介,上跪介。末)胭脂你先前説龔王氏并不知情。(指貼介)哪、哪、哪!龔王氏現在丹墀,他供你害相思,他戲説替你爲媒,可是真麽?(旦哭訴介)呀,大老爺!并非小女子欺蒙,皆因自己不肖,致傷父命,業已罪不容誅,若再連累旁人,更覺於心不忍,故而蒙蔽,求大老爺寬恕!(末點頭嘆介)好個血心女子。(役執簽,拘丑上,報介)宿介帶到。(衆推丑上,跪介。末)宿介,你圖奸拒殺的事破了,從實供招。(丑)生員衹知讀書,并不知什麽圖奸拒殺。(末冷笑介)龔王氏已將原委説得清清楚楚,你還抵賴麽?宿妓者斷無良士。不用大刑,諒你不招,夾起來!(衆扶丑上夾棍,丑負痛呼介)生員供就是了。(末)鬆刑。(衆鬆夾棍介。丑)生員聽得龔王氏説,卞胭脂想着鄂秋隼,生員就起意冒名入室,圖奸不成,搶了綉鞋訂約,這是真情。後來并不曾去,殺人的事實不知情。(旦背點頭介。末)胭脂。(旦)有。(末)搶綉鞋的人在此,你去認來。(旦)大老爺,那夜房中并無燈火,小女子并没見面,聽這音聲就是他。(末笑介)怎賴鄂秋隼呢?(旦低頭不語介。末)宿介,你冒名圖奸是實,殺人自不誣了。快快招來,免受刑。(丑)生員并没殺人,從何招起?(末怒介)逾墻者何所不至,豈但圖奸而已!(顧左右)收起來!(衆收繩,丑負痛呼介)老公祖饒恕,生員畫供。(末)放下來。(衆放,丑伏書,遞供筆,丑畫呈上介。末)還有綉鞋,也要拿出來備案。(丑)綉鞋實是那夜遺失了。(末)美人之貽,你必愛如至寶,豈有遺失之理?(丑)老公祖不信,請問龔王氏便知。(末)龔王氏,你怎知他遺失了?(貼)遺失是真,小婦人還替他尋過。(末)既然遺失,衹好供單叙一句便了。(顧左右)帶鄂秋隼。(雜推生上,見丑、貼,驚詫介,上跪介,末)鄂秋隼,圖奸拒殺的事,都是你的朋友替你代勞,如今明白了,本府與你詳明學憲，開復功名，你回去好生上達。（衆開生鎖，生叩頭介）多謝老公祖，革生感恩不盡矣！（起立，指丑、旦，背介）良友無端偏陷我，美人何事故留情？（下。末顧左右介）將龔王氏、卞胭脂一并發官媒管押，聽候擬罪。宿介即行斥革收監。（雜）曉得。（雜領旦、貼分下。末）掩門。（衆吆堂，隨末退下。禁卒拘丑同吊場介。丑跌足介。禁卒）不要跳通台板，還要唱戲呢！

（丑）冤哉枉也！止就冒名訂約一遏誣我殺人，好生不服！罷了！罷了！且進監中，作他一狀，哀求學憲，看是如何結局？正是：

翻悔從前誤盗名，　　并無實事但虚情。
而今弄斷頭顱柄。　　（禁卒）但願你頭顱斷不成。

層層駁飭，無一筆不精緊，無一語不沉着。一科一白，經營盡美，處處傳神。自有此作，《釵釧》之"大審"，當遜一籌矣！情節較原傳更勝。觀其前後，無一筆不關顧，無一筆不精妙絶倫。讀至此折，必謂再無從翻矣，孰知别有洞天。真奇文奇事，烏得而不傳？作者將與留仙、愚山鼎足而三矣。

第十四齣　鏡冤

（雜扮各色鬼判，登場引路介。末扮城隍上）

〔北黄鐘〕【醉花陰】陽世人多似飛蠓，擠入陰曹更擁。古今怨鬼無窮，都安置在海外山中，不許輪迴亂種。

衆鬼頭。（衆應介。末）前面一帶宫墻是何所在？（衆）那是聖廟。（末）呵，

【喜遷鶯】正氣轉洪濛，心傳與三皇五帝同。配享有顔曾思

孟,文章政事之宗。尊崇,廟貌隆,萬世君王拜下風。遠望中,宫墻數仞,變化猶龍。

(升座介)吾神濟南府城隍是也。今日中元佳節,奉上帝之命,巡視人間善惡,稽查地獄孤魂。適從四境查來,幸無怨鬼。(净扮卞牛醫鬼魂潛上,颺下。末)哈,堂下是何方怨鬼,烱爍而過?快去查來!(鬼役應,拘净上,跪介。末)你是何處孤魂?(净)啓爺爺:小的是東昌府聊城縣卞牛醫的鬼魂,生前被毛大殺死,冤尚未伸,偶爾飄流到此,求爺爺作主。(内鳴鑼呵道介。末)那廂文曲星來也,你這奇冤指日可伸矣,速往森羅殿上,聽候輪迴便了。(净)領鈞旨。(下。外扮施愚山,冠帶,雜扮輿從、門子,引上)

【出隊子】(衆)前呼後擁,這其間無限榮。金瓜玉斧響丁東,綉虎旗飄四面風,宦氣凌人生懼恐。

(丑扮道人出迎,外進,詣神前,行禮介)信官施閏章,心香一瓣,禱告神靈,祝天子萬年,民安物阜。(雜贊禮畢介。丑)請大人鍊室用茶。(外)引路。(輿從退下。丑引外、門子隨下。鬼判、城隍徐下。丑引門子隨外上,坐。丑獻茶介。内呼"大人伸冤"介。外聽,問介)哈,外面何人喊叫?前去問來。(門子)是。(向内問介)下面何人喊冤?(内應介)東昌府聊城縣學生員宿介叫冤。(門子轉介)禀大人:東昌府聊城縣學生員宿介叫冤。(外驚介)哈,宿介有何冤枉呢?傳巡捕官帶他進來。(門子傳唤,遂捕帶雜上,跪遞呈介。外)將呈詞接上來。(巡捕接呈,呈外,念介)"具狀人抱告,義僕爲家主生員宿介冤無可訴追叩求伸事。"(細閱,沉吟介)是呀!當其冒名逕入,認胭脂之卧室而無訛,豈有赴約重來,款牛醫之窗格而自誤?(凝思介)訂約并無燈火,搶綉鞋者比且疑非鄂郎;圖奸縱有聲音,奪刀斧者又安見爲宿介?(點頭拍案介)極是,極是! 我想宿介固東國名士,焉有殺人之事? 據理勘來,殺牛醫者另有人在。(顧左右介)巡捕,你去按察司衙門説:聊城縣生員宿介一案,今有人來上控,本院原可移咨過去,但事關學校,本院要借審一審,請臬憲大人可否將人卷一并送來。(巡捕應,欲下介。外)回來!(巡捕)大人,有何吩咐?(外)這裏面還告着濟南府承審不實,你也請了吴大老爺過來會審便了。(巡捕)理會得。(下。外)義僕,呈詞收下了,與你無干,回去罷!(雜叩頭介)謝大人。(下。外)打道回衙。(衆應行介)

【節節高】(外)鬼差神使,遞來冤訟。伊誰太猛,幾乎斷送? 論是非,衡輕重? 怕正凶,颺的全無影踪。

【尾聲】則怕要問城隍,告借牛頭夜叉用,各處的捕影追風。城隍,城隍! 你莫要放一副冷颼颼面孔。

默禱神明祝萬年,　　忽然飛下覆盆冤。

胸中握定燃犀鏡,　　鐵案從教徹底翻。

此一折補《聊齋》之缺。由鬼而神,由神而聖,由學院而巡捕,由道人而抱告,無一非秀才之護法。觀其冤狀,至情至理,即非名士,亦當援手。誰謂愚山袒護耶?

第十五齣　廟判

(場上設轅門一架,竪額書"山東提督學院",旁列"賜進士出身""刑部郎中""肅静""迴避"各等牌并執事。老旦提食籃上)

〔南商調引子〕【風馬兒】夫主身亡未一年,伸冤事,竟茫然。甚凶徒真假難分辯,害得我拋家撤室,拖累在衙前。

老身卞氏,丈夫卞牛醫,那夜分明聽得鄂秀才將他殺死,縣裏太爺審得明明白白。前日濟南府吴大老爺復審,却不是他,又是龔王氏的相與宿秀才冒名拒殺的,業已定罪。不知宿秀才怎樣又在學院衙門翻控了。聞得大人今日提審,不免往官媒家去看看女兒,探探消息。咳!愛女心無盡,傷夫痛有餘。(下。雜扮皂隸、書辦、門子,引末扮吴南岱上)

〔北雙調〕【川撥棹】每日價事情多,官場中誰似我,撫字催科,四路奔波。(見轅門,下馬介。皂隸分下。書辦、門子隨末由轅門下。雜扮解役,拘宿介赭衣上。雜)但不知施大宗師可是你的救命天尊?(宿介)不管他,便是森羅,也要求他。(同由轅門下。净扮官媒牽貼、旦上。净)走快些,犯人都進去了,你們還慢慢的!(貼)爲甚麽牽連着我?(旦)看翻案是如何?

(同由轅門下。雜扮四軍夜,持鞭棍,由轅門内上。内吹打,放炮。净扮門軍上,封門,分付介)大人封門審案,你們須要小心把守。(雜應介)是。

〔南商調〕【黄鶯兒】(老旦忙上)離了府衙前,急忙忙,到憲轅。(撞轅門,衆打介)什麽人?好大膽,敢撞轅門。(老)列位住手,老身是卞牛醫的女人。方纔往官媒家去看女兒,説已經到了這裏,故而趕來撞門。列位方便些,讓我進去。(衆笑介)這老婆子吃了通草,放的輕鬆屁。學院衙門讓你進去?好大頭,退下些!(推介。老)不要推,老身是案内人。(衆)誰管你内人外人,我們不與你作夫妻。(老)老身是尸親。(衆)説私情麽?(伸手介)拿錢來,放你進去!(老)呵,要錢麽?可笑你皂頭心是烏梅變,瞞官詐錢,欺民騙錢,閉關由你將供串。忒專權,如狼似虎,欺負我衰年。

可恨這厮,硬不要我進去,也不知裏面怎樣了?(内吆堂,打板子,貼哭啼介。老驚聽介)呀?是女人的哭聲,祇怕是胭脂挨

打了。(哭介)

【前腔】一片哭聲喧,揣情由,是叫冤。竹聲敲得皮聲顫,兒身痛穿,娘心恨煎。大人難道存偏見?護生員,搜根徹底,追究那圖奸。

咳,疑他則甚!我兒與宿秀才并没有奸,怕他問麼?(内喧嘩,開角門介。老喜介)好了,開門了!(四役持火簽、鍊繩由角門出,急下。仍封門介。老見,呆介)呀!這些一人好像去拿人的。(想介)還有誰呢?哈,莫非還是鄂秀才殺的,拿他來復審麼?但是吴大老爺審得清清楚楚,難道又錯了不成?鄂秀才,鄂秀才!

【前腔】我看你風致自翩翩,論家聲,美少年,幾乎屈死在聊城縣。猷容可憐,痴情可原,那人不像凶神面。怎糾纏,三番兩次,還要你來前?

(衆鎖副扮毛大、雜扮張甲、李乙上,叫門介)開門,開門!人拿到了。(内開角門,衆擁下,仍封門介。老驚詫介)哈?這三個人中并没有鄂秀才,難道另有一案麽?

【前腔】這一班紅帽綠頭簽,把三人,一鍊牽。面生不像平常見,脣歪鼻偏,頭尖臉圓,覷他形狀非良善。怎拘連?難道是江洋大盜,招審到臺前?

到底不放心,待我問一聲。(隔門問介)把門的爺們,借問一聲。(内應介)問什麽?(老)方纔進去的那三人是那一案的?(内)那三人就是胭脂一案的。你問他則甚?(老背介)這又奇了,案内那有這幾個人呢?(内打板子,叫冤介。老驚詫介)怎又打起來了?(嘆介)咳!

【尾聲】文場也似森羅殿,衹聽得鬼哭神號聲振天。你難道要用盡非刑不顧冤?

天色晚了，還不開門麽？（内呵道、退堂、吹打、放炮開門介。老觀望介。解役牽丑由轅門出介）好了，好了！宿介有了命了！（笑下。老）怎這宿秀才歡天喜地的出來了？（官媒拘旦由轅門出，貼負痛隨後出。老旦見旦，問介）我兒，受苦了？官司是怎樣審的？（旦）呀，母親！幸虧大人審得細心，（指貼介）從王大嫂身上，問出三個人來。（役拘毛大、張甲、李乙由轅門出，諢下。旦指介）哪、哪、哪，就是這三個人，大人説殺人的不出他三人之外。（老）怎見得呢？（旦）大人刑訊他總不招。（老）原來是打的他們。起先還打誰來？（旦指貼，貼低頭不語介）因他不肯説出實情，大人打他，纔供出那毛大、張甲、李乙三個人出來。（老）哈，原來拿進去的就是這三人。如今往那裏去？（旦）大人説往城隍廟裏去審殺人的，城隍爺當指出來。（四役從鬼門持"濟南府"燈籠上）閑人讓開！大老爺出來了。（内傳伺候介。净催旦、貼介）不要勞叨了，快往廟裏去等着罷！（旦）母親也去看看。（老）自然同去的。（净拘旦、貼先下。老）可笑，可笑！堂堂生學政，反求赫赫死城隍。（下。書辦、門子引末由轅門上，四役執燈前接介）

〔北雙調〕【七弟兄】（衆）守他，候他，二更多，把燈籠火把都燒破。掩旗曳傘不鳴鑼，非關懶，皆因餓。（下）

（雜扮輿從，各執學政官銜燈籠由轅門出，繞場下）

【前腔】（雜扮門子、巡捕引外扮施愚山，由轅門上）這麽，那麽，喜無訛，把情根徹底都參破。留些蔕蔕與閻羅，將陰法，拿毛大。

（下。雜扮鬼判，引城隍上。城隍升座介，旁設虎頭門一架。雜扮胥吏、衙役，各執濟南府官銜燈籠，引末上。雜扮老道，出迎進介。末顧左右，問介）人犯可曾到齊？（書辦）俱在廟旁伺候。（末）大人一到，即來通報。（門子）理會得。（末虛下。輿從仍前執燈火執事，引外上。末出迎，進廟，同拜神介。拜畢，外升上座。末參見畢，旁坐介。外）帶毛大、張甲、李乙上來。（役應下，拘毛大、張甲、李乙同上，跪介。外）你們三人各懷狡賴，本院將你們帶到此間，放進虎頭門去。（指介）裏面自有鬼神，殺人者必書其背，爾等防着便了。（毛、張、李）我們并没殺人，就進去不怕他。（衆推毛、張、李入虎頭門介）

【大喜人心】（末）凶徒凶徒奈我何？任你躲，任你躲，神能摸。殺人者誰饒過，虎頭門有鬼摩。

開了虎頭門，放他們出來。（衆應，開門，唤毛大、張甲、李乙出，上跪介。毛大背着黑煤，衆見驚介）稟大人：這毛大背上一片黑隱隱的，不知是什麽東西，請大人詳視。（外、末喜介）果有黑字麽？（衆）有字，小的們認不清。（外、末同出座，細看，念介）"殺人者毛大也""殺人者毛大也"。（外、末喜介）天理昭彰，正凶得矣！（仍升座，問介）毛大，神靈已書爾背，"殺人者毛大也"，還有何詞？（毛匍匐介）實是小人一時之誤，將卞牛醫殺死，求大人施恩。（末）你是怎生誤殺？也要説個明白。（毛）小人那夜在龔王氏家去拿宿秀才的奸，不料走到門口就拾了一隻綉鞋。聽得裏面有人説話，小人就閃在一邊。聽得説起綉鞋，是宿秀才冒鄂秀才的名搶來的，因而又冒名往卞胭脂家去。不料走錯了路，被卞牛醫拿刀趕出，一時情急，奪刀殺了，這是實情。（末點頭介）綉鞋今在那裏？（毛）小人藏在望岳樓天花板上。（外）爲什麽不毁了，藏起則甚？（毛）小人也想將他燒了，就像有人勸我留着，總不肯丢，故而藏起。（外點頭介）吴太守，速速遣差前去，將綉鞋尋來。（末應，書簽，遣差下。末）案情已定，請大人擬罪。（外）照依黑夜入人家拒捕傷人例，擬個斬監候罷！（末）大人明鑒，極是。（外）帶去收監。（禁卒鎖毛介。

毛)没向牡丹花下過，雖然作鬼不風流。(下。外)張甲、李乙無干，省釋。(張甲、李乙叩頭介)謝大人。送他柴米還拖累，怪底人間没好人。(下。外)帶鄂秋隼、卞胭脂。(雜唤生、旦上，跪介。外)胭脂。(旦)有。(外)你父之冤已經審實，是毛大抵償。你也有罪。(旦叩頭介)求大人施恩。(外)也罷，仍將你斷與鄂秀才爲妻如何呢？(旦伏不語介。末)看他羞羞澀澀，大人作美，豈有不遵之理！(外笑介)就煩閣下爲媒便了。(末)是。(外)鄂秋隼，你可情願呢？(生)大人容禀：這女子陷生縲絏之冤，豈可結絲羅之雅？(外)前情不必記了，聽本院分付：

【醉春風】前事已消磨，那須長恨他，而况是平地起風波？都没錯，女貌郎才，一時佳話，儘堪配合。

(末)大人，據卑府看，他二人各各有心，羞於答應，這事交卑府成全便了。(外喜介)如此甚好，就煩賢太守主張。鄂秋隼，你們謝過吴大老爺，下去罷！(生、旦叩謝介，分下。外)帶宿介、龔王氏上來。(雜拘丑、貼上，跪介。外)宿介。(丑)生員在。(外)冤替你伸了，衣衿也就開復。但是你與龔王氏和奸有年，例應有罪。(丑叩頭介)求大人施恩。(外點頭介)龔王氏，這一宗命案，究其所以然，都是你致出來的，例應科罪。(貼叩頭介)小婦人再不敢了，大人寬恕。(外問末介)他二人應科何罪？(末)止要大人施恩，可以從輕發落。(外沉思介)也罷！聽本院判來：

【間金四塊玉】這婆娘不是本分貨，逢遭着秀士風魔，纔致得招來這場禍，要將你塞海填河。

本院本當辦你，姑念宿介書愚，王氏蠢婦，從輕發落。罰你與鄂秋隼充當三日之奴，替他照料成親喜事。去罷！(丑、貼叩頭謝介)這是風流罪過，我們情願當。(諢下。外)吴太守，你可記得去年月課卷子的事麼?(末凝思,驚介)是呀,大人是"賢賢易色"一章題目,鄂秋隼以學爲主,宿介以色爲主,一奇一正,却應在今日。(外)天下事莫非緣定,你我真兩生之護法也。(起行介。衆輿從繞行,先下)

【減字木蘭花】(外、末合)詞人巧計多,那更仗閻羅?目中勘定人之錯,便平反,鐵案又如何?

(老道送下,老道吊場介)你看施大人竟將吴大老爺審定的那一宗鐵案,憑着城隍爺,奇奇怪怪的翻過來了,真奇事也!

鐵案如山未易反, 無端設立虎頭門。

此中幸有蓮花瓣, 鎮住冤盆不再翻。

(下。鬼判、城隍徐下)

此折前半描寫卞媪打聽審案,情節忽疑忽信,忽悲忽喜,超神入化。詞樸調高,介白一新,脱盡許多大審科臼,飄飄欲仙,已非凡筆。入後排場布置,歷歷如繪,處處摹神,令人如入山陰道上,應接不暇。披讀一通,想見其心花怒發,得意疾書之樂也。

原傳并無綉鞋藏在某處之説,作者翻案,將綉鞋從毛大口中説出現藏某處,刻即差尋,并究其何以藏而不毁之故。的的確確,則此案,情真罪當,而毛大無冤可叫矣。尚刑名者必賞鑒之!

第十六齣　送親

(場上設花園一所、亭一座,額書"錦秋亭"。小生儒服上)

〔南仙吕過曲〕【月兒高】近水亭臺秀,迴欄護花柳。浪静平如鏡,照見離人瘦。(嘆介)想我鄂秋隼,被卞媽媽害得死裏逃生,幸蒙吴太守搭救,也就感恩不盡了。又蒙施大宗師將胭脂斷與我爲妻,争奈是縲紲冶長羞,何堪締婚媾?却難得吴太守作美,爲我覓下這錦秋亭,趁今日中秋佳節,送親過來。我想空囊如洗,這喜事如何辦法呢?可恨我洞房花燭夜,挪不到金榜題名後。

雖有宿兄和龔大嫂也在這裏幫我照料,止是天已黄昏,毫無預備,怎生是好?(徘徊介。丑扮家人上)是日也,秀才娶親,朋友化爲奴。(見生,垂手旁立介)相公請升座,奴才叩見。(生驚詫介)呀,宿兄!你是怎樣了?(丑)奴才伺候主子,理應如是。(生)這、這、這是什麽話?宿兄,快不要如此。(丑)施大人當堂吩咐,罰爲三日之奴,怎敢不遵呢?(生笑介)雖是大人公斷,你我至交,儘可不必。(丑得意介)鄂兄講交情麽,小弟就放肆了!(生)宿兄不要取笑了。今日已是中秋佳節,吴太守説送胭脂過來。開門七字,一件俱無,怎生是好?(丑笑介)鄂兄原來因此納悶,請放寬心。方纔吴太守專人來説,妝奩花轎立刻就來。(出銀介)哪,還送了二十兩銀子,以備酒席之資。(生)如此多情,令人感激。(内吹打,丑聽介)吹吹打打的,想是新人到了。新郎快去妝飾起來!(生)檢點詩囊無長物,衹留佳句賦催妝。(下。丑向内叫介)龔大嫂快來!新人到門了。(貼上)不識罰爲奴婢後,可容奴婢學夫人?(見丑,諢介)新人還没到,你忙什麽?(外扮門子持帖,引雜搬妝奩、帳、被上。外見丑,揖介)宿相公,鄂相公在麽?小人奉吴大老爺差來送妝奩的。(丑)新郎在後面更衣,交與我們便了。(遞帖,丑接介。雜搬進,貼接下。丑)費心了,請二爺後堂叙茶。(外)不坐了,花轎就來,你們快些安置罷!(外、雜下。貼、丑安置床帳、鏡台介。雜扮儐相,鼓吹旂幟引旦袱頭彩轎上。貼扶旦出。丑向内唤生上。儐相、贊禮念吉語四句。生、旦拜花燭,拜畢。丑、貼讓衆分下。丑、貼執燈送生、旦進洞房。貼去旦袱頭介。丑)二位新人請安置罷！我們皮條客也去歇息歇息。(貼)啐！你作皮條客，不要攀扯我。(各回顧，作暗約，分下。內起更介，生秉燭照旦，旦含羞介。生微笑介)小娘子爲什麽害起羞來？可記得你在公堂之上呵，

【月雲高】【月兒高】怒容如鬥，聲聲秀才某，約訂黄昏後，而今是否？可笑你誤阮爲劉，拖得我苦嘗够。把一個簪花客，當作了偷花手。【渡江雲】你與我前世冤緣今世仇，反背蓮花難并頭。

(旦)鄂郎，你不消埋怨哪呵！

【前腔】非是我幼年閨秀，甘心訟庭走。都衹爲殺父仇如寇，免不得跟隨母後，露面抛頭，公堂上去分剖。(生)爲父伸冤也難怪你，怎説是我殺的呢？(旦)衹怪你交游濫，引得那衣冠獸，冒認關雎歌好逑，幸我心堅咏柏舟。

(內打二更。生笑介)説到此間，更可笑了！你爲什麽與那宿介呵，

【一盆花】暗昧頗難根究，怕蓮花一瓣，是贈非偷。托爲紅葉御溝流，保不定雨翻雲覆。縱然分訴，有些害羞，有些怕醜。便算你璧玉無瑕，也難將就。

(旦)呀，更説得奇了！

【前腔】此話教人難受。便狂奴入室，賣弄風流，那曾真個女和牛？你誣我子虚烏有，萬年遺臭。果真是仇，果真是寇，悔不盡一見情留，誤抛紅豆。

(內打三更介。生)你還視我如仇，我更不願了！(作開門，玩月介)花陰寂寂，好明月也！

【前腔】滿徑月明如晝，看花陰寂寞，作弄中秋。(內吹笛介)誰家玉笛倚高樓？我且往錦秋亭右，聽羽衣仙奏。(下。旦)你看他竟自去了，果真是仇，果真是寇，悔不盡一見情留，誤抛紅豆。

（掀帳下。内打四更介。丑潛上，側聽介）

【前腔】聽盡銅壺更漏，趁欄杆曲折，閃着身游。怎麽龔大嫂還不見來？難道他閨中少婦不知愁？儘憨睡教人䶫候。（下。生上）水邊行走，驀驚夢鷗。（内學犬聲介）遠聽吠狗，不識那天半嫦娥，此時睡否？

（亭畔徘徊介。貼潛上，探望介）

【前腔】一夜無眠難受，羡文簫帳裏，軟語温柔。（生遠見，驚詫，背介）那厢隱隱的好像龔大嫂，待我閃在亭西，看他則甚？（貼）可憐他，相親相近水中鷗，那似我有奇無偶。（見生閃爍，問介）宿郎，你遮遮掩掩的作什麽？我這裏待君良久。（尋生調戲，生掩面不語介。内打五更，丑潛上，見驚詫介）是誰太羞，是誰太醜？在那裏倒鳳顛鸞，雨雲翻手。

（衝散介）哈，鄂兄，鄂兄！你怎又調奸奴婢了？（生笑介）宿兄，不必吃醋，小弟并没沾染，你去問他。（丑對貼羞介）你爲什麽偷起家主來了？（貼怒介）啐！你往那裏去了？我當是你。（丑）哟，原來認錯了，難怪難怪！（轉介）鄂兄，放着新人不合巹，來檢這浪便宜則甚？（生）一言難盡，我們坐下談講。（丑）使得。（内止更介。叙坐介。丑）鄂兄，新人得意麽？（生微笑介）以我爲仇，有何得意？（貼）他去年見你便害相思，怎今日反爲起仇來呢？（生）真害相思麽？（丑）咳，不害相思，小弟如何冒名而去？（生）正要問老兄，冒名訂約，那綉鞋還是他送你的，還是你偷來的？（丑）小弟説來你也不信，問龔大嫂便知端底。（貼）問我麽，都是你去年春季打從他門前一過，

【前腔】他便是一病懨懨消瘦。（生）怎見得是爲我呢？（貼）我從中覷破，眼角情留。（生）既是他有意留情，大嫂何妨作伐？（貼指丑介）我原是托他傳語約牽牛，怎奈是鵲橋偷渡，愛新忘舊。（丑諢介）你説我愛

新忘舊,你方纔怎樣的?(貼)啐!(生)宿兄,龔大嫂説你愛新忘舊,衹怕和胭脂有甚勾當麽?(貼)這倒不要屈他,想成并頭,未曾到手。(生摇頭介)我終不信。(貼)我替他一炷心香,對天嗚咒。

(生)當真麽?(丑)若有苟且,天誅地滅。(生)這就罷了,何須起誓。(内鳴鑼、呵道,丑聽介)一片鑼聲,想是吴太尊道喜來了。(貼)待我替新人梳洗去。(下。雜扮輿從,净扮門子,捧冠帶,引末捧聖旨上)新婦綉鞋纔覓得,好官紗帽忽飛來。(生、丑迎介。末)鄂秋隼接旨。(生跪介。丑背介)呀,怎秀才奉起聖旨來?難道免歲考麽?(末讀介)旨准:山東學政施閏章保奏,生員鄂秋隼品學素優,因胭脂一案,險遭不白之冤,甚屬可憫。聊城縣知縣承審不實,照例降調。所遺之缺,即破格施恩着鄂秋隼補授,本籍亦無庸迴避。欽此。欽遵。謝恩。(生叩謝介)多感恩師提拔,門生叩謝。(生拜,末答揖介)這是賢契遭逢,老夫與有榮焉。但願你夫婦和諧,同修德政。(丑打恭介)禀大老爺,他們夫婦昨宵并未成禮。(末)哈,這是爲何?(丑)各懷前恨,口角參差。(末)鄂年兄不可執意。(出判單介)這是施大人的判語,你拿去細細看來。(生接看介。末顧丑介)請新人出來,老夫還有話説。(丑唤貼扶旦上,叩謝介。末出綉鞋介)卞小姐,綉鞋尋着了,還你。但願同偕到老,不可再記前愆了。(貼接,轉交旦介。丑、貼)多蒙太守一片婆心,新人快快更衣叩謝。(生、旦换衣同拜介)

【桂枝香】(生、旦合)師恩高厚,師恩高厚,垂青破格栽培,保護雙雙佳偶。願生生世世,生生世世,介君眉壽。(丑、貼)我們蒙大老爺從輕發落,也該叩謝。(同拜介,合)從前之咎,感公侯,薄譴爲奴婢,衣衿蒂尚留。

(末)你們當秀才的須要各安本分。(丑)是。(末)聽吾吩咐：

【前腔】卧碑能守，卧碑能守，郎官七品何難，立刻上應列宿。但才宜製錦，才宜製錦，有爲有守，毋貪銅臭。儘風流，不礙神仙吏，依然政府修。

(衆送末下。丑、貼對生、旦揖介)恭喜恭喜，從此富貴團圞，夫妻和樂了！

【前腔】(丑、貼合)從前仇寇，從前仇寇，皆因白虎騰蛇，飛度紅鸞星右。而今過了，而今過了，鴛鴦仍舊，不須歸咎。我們羞，替你當奴婢，將來怎出頭？

(生、旦)你們之錯，也不提了。(丑、貼)慚愧慚愧。(旦)還要奉煩龔大嫂，替我去請了母親，一同赴任去者。(貼)這個自然。(生)宿兄，你也該同我去叩謝施大人者。(丑)活命之恩，理當叩謝。

【前腔】(生、旦合)因緣天就，因緣天就，但憑一笑相逢，便自情絲牽藕。喜三翻四覆，三翻四覆，恩星相救。還蒙君后，賜封侯，令尹聊城縣，令榮歸抵狀頭。

【尾聲】從今後，種潘花，栽陶柳。傳些高調遏雲頭，做一個卧治弦歌言子游。

繡鞋踪迹費疑猜，　鐵案重翻亦快哉！
美女如花争結果，　書生不腐總成材。
官場似戲看難盡，　鬼域迷人解莫開。
歌罷愚山聽見否？　一樽酬對早春梅。

此折生、旦團圓之劇，演得委婉曲折。牽丑、貼爲陪客，引太尊爲嘉賓，捧聖旨，出判語，還繡鞋，種種奇觀，令人叫絶。

繡鞋是緊要物件，却順便帶還，何等省事，何等着眼！良工苦心,識者鑒之!

通讀全部,筆墨陶鎔,毫無斧鑿之痕。選詞布格,脱盡恒蹊;説白插科,皆臻妙境。何止壓倒笠翁,直欲追步尤、夏、湯、蔣諸公也!

作者心殷民社,斷非因絲竹中年之感發而爲奇文者,殆欲普天下賢令尹,借鑒於聊城縣耳!費煞苦心,何止逢場作戲耶?

附　録

胭脂舄傳奇序

世所貴乎守牧令者，非謂奉事上官，徵收正賦，籌灾賑於水旱，嚴保甲於城鄉爲足難也，聽訟最難。聽訟之難者，非謂田土婚姻之互控，鼠牙雀角之紛争，一訊可得其情，片言足服其志之爲難也，人命最難。其在釁起，立談争毆，以致禍者無論已。如或因謀財而殺，或因泄忿而殺，或因奸淫而殺；鬼蜮之伎倆既蓄於平時，走險之陰謀復生於事後；甚至變白爲黑，李代桃僵，不可以一端竟者。此雖明察、慈惠之吏，猶恐差以毫厘，謬以千里；而况濟之以貪，乘之以酷，又深以予智自雄之心，蓋不至草菅人命不止耳！歷稽史籍，良吏之聽訟者夥矣，下至稗官野乘，雖所載每涉於奇，中皆足爲考鏡之資。嘗閲山左蒲留仙《聊齋志異》，記讞獄者凡數事，惟施愚山先生提學山左平反胭脂一獄最爲奇確。雖削瓜之聖，何以加兹？夫先生起家京職，未嘗一日親有司之任也，且提學亦無問刑責也，而乃慎重若此，明决若此。此由慈祥愷惻之念積於中，格物致知之學裕於素，於以體皇帝哀矜庶獄之懷，垂牧令摘伏懲奸之法。使海内恒河沙數善男信女，萬萬世尸而祝之，頂而戴之，不足以酬其功德也。第以憐才若渴之意稱之，淺矣！予友李君雲生,以名孝廉出宰關内,所至有聲。兹權篆鄠杜暇日,製《胭脂舄》傳奇十六齣示予。予惟雲生大才槃槃,於書無所不讀,於藝無所不精,固非徒以倚聲見長者。乃其立身接物,於愚山先生有獨契焉。以愚山之心爲心,即以愚山之政爲政。將見邑無冤民,案無留牘。頌父母戴神君,與古循良媲美。用副聖天子特達之知,其端具見於是。若夫裁雲製霞,薰香摘艷,讀其曲者,想見玉茗風流;播諸梨園,自可傳之永久焉。而予所重乎雲生者,則在彼,而不在此也。因書所見以附於簡端。

龍集道光二十二年,歲次壬寅孟秋月下浣,
綺漢愚弟許麗京拜撰。

夫銅君燭賸,澄波不澈於碧紐;蔓畦納繶,素李每代夫絳桃。犀雖燃而水宫莫開,弧既張而鬼車忽至。刼沉黑海,冤化青磷,夥矣,酷矣!山左蒲留仙作《胭脂傳》,活萇弘之碧血,補靈芸之唾壺。薏不混珠,鹿豈指馬?乃宣城施愚山先生督學時公判也。其鄉後學李雲生大令,作爲傳奇,竹肉既翕,情文益永。叠芳軌於宿學,鑒細行於士林。桑落喜其未耽,璧全尚爾可返。揆厥風旨,大有政心。僕同楫簿書,聯蘩鐺竈,絲竹感於中年,歌篇悔其少作。南天迢迢,笛師且老;北里寂寂,箏人不來。欲顧而舊譜,半忘遺情;而結習尚在,姑付殺青,緩俟諢白。

太倉周賡盛雨蕉甫拜序。

施愚山先生,吾鄉前輩也。文章經濟,一代傳人。《聊齋志異》載胭脂一案,藝林尤膾炙焉。蓋服其才而誦其判也。余獨以爲不然。審勘人命,固不恃其才,而在用心之細與不細耳。濟南吴太守平反已極其細,而先生官學使,憐宿介爲名士,再從而根究之,如剥藹然，抑又細矣。第拘某甲、某乙并毛大，置諸神前，以氈障殿，以灰塗壁，以煤水濯手，一一命自盥訖，繫諸壁下，戒勿動，誑以殺人者神當書其背，意殺牛醫者必在此三人中，而不拘拘於毛大，而吾竊爲先生危矣。人各有手有背，適痛癢而搔，匿之皆黑也，將如之何？且也，提學非刑名之官，何以越俎定讞？胭脂固啓釁之首，何以宥罪判婚？種種疑竇，翻謂傳先生者，未必真。而聊齋筆墨，幾等三家村説官話耶！留仙才大如海，溢貫古今，其於案律，豈不知之，而故爲此者何與？意以稗官野史，類屬荒唐，説部傳奇，不嫌附會，而因人紀事，寫平反冤獄之苦心，成惜玉憐才之韵事。讀其文者，傳爲風月美談而已，其他何計焉！余揣先生治獄之意與聊齋作傳之心，有感於中，假胭脂之名，假胭脂之舄，以爲名，譜傳奇十六齣，補聊齋所未圓之説。非與《志異》操戈，正欲爲愚山左臂云爾。

道光壬寅秋七月，訊鏡詞人自叙於杜亭官廨之竹平安館。

胭脂舄傳奇題詞

花落庭間室有琴，偶將案牘寄謳吟。謫仙曲譜留仙傳，兩樣文章一樣心。

何來如玉過蓬門？一綫絲牽倩女魂，引得蜂狂迷蝶路，胭脂紅映血腥痕。

墻花路草舊風流，有客何嫌一宿留。隔院春光輕逗泄，賺他織女認牽牛。

欲托婚姻作寇讎，寇讎袛認此蓮鈎。文宗得定皋陶獄，兩美終當咏好逑。

網開秋隼脱風塵，人頌延陵太守神。一誤豈知成再誤，覆盆冤又倩誰伸？

戛玉聲金韵繞梁,非誇風月擅詞場;衣冠自昔傳優孟,願與愚山祝瓣香。

虹橋弟趙之燡拜題

廿載詞場閱斫輪,笑顰强半效西鄰。藏園逝後風流歇,衹有先生繼去塵。

留仙筆妙語堪思,法眼神通兩有之。演説三車添寫照,畫圖競欲妒胭脂。

牽絲漫説付春蠶,碧玉何能嫁汝南?牒給氤氲費波礫,森羅懸鏡屢開函。

誰將慧劍斬情魔,孽海沉沉再起波?貫索文昌相映射,宰官無那誤蕭何。

延陵牘背費推求,秋隼拚飛已脱韝。蕉鹿分明真境現,那知迷夢到仙洲。

花柳風魔也索償,桃僵李代太披猖。不從蓮瓣探消息,赤水元珠總渺茫。

愚山智數絶籬藩,檮燭高擎照覆盆。灰綫草蛇無别旨,不將護法頌沙門。

縛繭膠纏擘再重,匡廬面目已真逢。靈談鬼笑翻多事,畫頰添毫别托踪。

風定情波結絮因,者番真個比肩人。燭幽智炬坤靈扇,齊付金仙爲渡津。

選鍊詞聲結構遒,華嚴樓閣幻浮漚。遠山梅嶼巴人曲,僕舊有《遠山眉》,傳卓文君。《薄命花》,改《療妒羹》,傳小青,一名《梅嶼記》。屈指輸君一百籌。

崇川愚弟錢文偉蘭臺氏拜題

壬寅孟秋月既望，楊君宴我華堂上。謂篠園二尹。懶携絲竹競清譁，風流未肯東山讓。座中李子清且癯，手執一卷索我題。道是聊齋胭脂傳，新詞譜出爲傳奇。胭脂本是寒家女，綿綿春恨向誰語？門前驚見野鴛鴦，無限春情動眉宇。深情脉脉心難密，門前女伴俏相識。識破春閨宛轉心，風波驀地成冤獄。聊齋先生筆如椽，層層寫出成奇觀。令尹一誤太守笑，太守鐵案誰能翻？鄂生雖免宿生死，一冤未了一冤起。不遇施公仁且明，美人名士兩已矣！我讀聊齋心已折，更讀君詞爲擊節。世態炎凉兒女情，筆鋒補出聊齋缺。譜入銅撾鐵板塲，歌喉轉處應飛雪。吁嗟乎！東南烽火光何烈，歌舞繁華一時歇。黄絹雖成絶妙辭，歌聲欲按增嗚咽。會當生啖夷虜血，更復何心事聲色！先生譜此别有説，且作循良勵清白。讀君辭句見君心，咫尺花封共明月。

棣生弟凌樹棠拜題

折獄才休負，也須知、鏡縱能清，判還防誤。勘破驚厖爲李代，不道錯猶堪鑄。怎不究、烏飛何處？翻案文宗偏解事，更簿書轉作氤氲簿。披判牒，多風趣。　何如演入梨園部，便奪取、留仙妙筆，謫仙製譜。玉茗詞華應不讓，宛聽訟庭怨訴。足警動、痴邪婦竪。莫按紅牙空點拍，要追維平反心思苦。示我輩，金針度。（金縷曲）

溢陽張籛雨香甫拜題

脊令原

〔清〕海鹽黄燮清韵珊填詞

脊令原卷上

第一齣　萱壽

（生上）

〔黄鐘引子〕【瑞雲濃】讀書勵志，不在科名聲勢，最費安排門内事。撫心自問，算母子相憐，弟兄多故，慚愧煞芸瓜家世。

連理枝頭芳信來，緑陰深繞舊書臺。人生難得惟兄弟，不許黄金離間開。卑人姓曾，名悌，字友于，昆陽人也。先父啓賢公，孝友傳家，詩書教子，不幸中年見背。嫡母李夫人，生子名成，早年俱被强寇掠去，至今存亡未卜，音信杳然。繼母賈夫人，與父親先後去世，遺有三子：長名孝，次名忠，次名信。生母張夫人，生有三子：卑人居長，次名仁，次名義。卑人年方三十，尚困一衿。同父七人：成兄一去不歸；孝兄及忠、信兩弟，嫡庶之辨太嚴，手足之情轉淡，與悌等視同陌路，日欲相讎；仁、義兩弟，年俱幼弱，目擊此情，心常憤憤，根本之地，煞費周旋。咳！文章純盗虚聲，浪呼名士；骨肉未能德化，遺痛先君。且待從容勸解，再作道理。今日乃我母張夫人六旬壽誕，早起已囑荆妻顔氏，料理酒筵，登堂獻兕。且待他完備，一同慶壽便了。（旦上）

【傳言玉女】整理鬢絲，商略畫眉影子，問夫婿藹然佳士。封侯不羡，好共佐北堂甘旨。趨庭笑語，斑衣同試。

(見介)官人。(生)娘子，慶壽酒筵可曾完備？(旦)早已完備。(生)話猶未了，仁、義兩弟扶着母親出來也。(小外、小末扶老旦上)

〔過曲〕【啄木兒】衣裾展，杖履遲，辛苦承歡憐孝子。(生、旦迎見介)母親今日誕辰，兒輩敬備一觴，爲母親上壽。(老旦)生受你們。(旦)請婆婆台坐了，一同拜祝。(衆扶老旦中坐，同拜介。老旦)罷了，罷了！(笑介)好夫妻一鏡生春，好弟兄三樹連枝。你們到底是我親生的，還有這一點孝心，那孝兒、忠兒、信兒都是漠不相關。近來聞得與你們三人很不相安，想你父親若在，必不睽違至此。(泪介)我銜石難填東海水，你采蘭空補南陔字。咳！怕有日變起蕭墻不可支！

(生)母親不必過慮，孩兒逆來順受，自有調處之法。請自寬懷，暢飲則個。娘子取酒過來！(生、旦同進酒介)

【前腔】輝銀燭，倒玉卮，祥瑞須從和氣致。喜年年萱葉長青，祝歲歲荆花燦紫。(生)仁、義兩弟同敬母親一杯。(小外、小末進酒介)願隨娘膝下同嬉戲，願隨兄肩後相依恃。(合)却不道一片慈暉寸草知。

(老旦)我已醉了，要去將息片時。(生)既如此，娘子好生扶了母親進去。(旦)曉得。(扶老旦起介)正是：零星雙鬢雪，(旦)太古一家春。(扶老旦下。小外、小末)哥哥，今日孝哥等不來與母親上壽，十分無禮，我們和他厮鬧去。(生)兄弟休得鹵莽，且自由他。若記小嫌，必開大釁。

【三段子】各行所是，較短長其心已私。無須强之，動猜嫌其幾至微。你少年血氣何堪恃！怕慈親從此擔憂思，可曉得九世同居惟忍字。

(小外、小末)既哥哥如此説,且恕過這一遭再講。(生)好兄弟,這纔不錯。

【尾聲】閉門休去滋閑事。(小外、小末)無奈我諸昆不是。(生)咳!怎得個一夜春歸棣萼枝。(同下)

第二齣　樹黨

(中净引小净、小丑上)

〔中吕〕【四邊静】　門領袖百爲鉅:阿兄被人擄,諸弟漫紛紜,區區算家主。俺曾孝,字奉先,繼母賈夫人所生也。係再索之長男,爲一家之巨擘。娶妻杜氏,中年多病,不能持家。納妾惟雙,生兒有五:長繼業,三繼德,俱係嫡出;次繼功,四繼績,俱係庶出;最幼名繼祖,乃婢所出。繼業娶馮氏,繼功娶劉氏,餘子均未婚配。俺有一女,早經出嫁,爲邑中周三之媳。這都不在話下,衹是一件:俺父親去世之時,遺有六子,弟兄生得太多,家産分而漸少。每思乘間生釁,叵耐庶弟友于,解讀詩書,冒充道學,又庇護仁、義兩弟,使俺不能逞所欲爲。算來彼衆我寡,難以箝制。如今衹得聯結同母兩弟,并力合謀,方可與他對壘。各分黨與,各分門户。犄角倚聲援,若輩敢來拒?

繼業、繼功何在?(小净、小丑)有。(中净)請忠、信兩叔出來!(小净、小丑)曉得。(向内介)二位叔叔有請!(末、丑上)

【前腔】家兄呼唤一同去,有甚間分付?趨步到書房,商量是何語。(末)俺曾忠。(丑)俺曾信。(見介)哥哥唤弟等出來,不知何事?(中净)請坐了細説。(各坐介。中净)我們三人俱係一母所生,乃是曾家嫡嗣,自與别的弟兄不同。可恨父妾所生三子,出身鄙賤,公然竟與我等抗行,爲兄的委實有些氣他不過。不分嫡庶,不分規矩,田宅與錢財,一半屬他處。

(末、丑)如今哥哥的主見待要怎樣?(中净)我們三人今後總要并膽同心,休要假以詞色,雖有賓客宴飲之事,亦須屏不與齒,方見得名分不差,貴賤各别。(末、丑)説得有理,我們也是這樣想呢!

【前腔】胞胎各異難同語。我輩祖須左,滚到一邊來,安能與他伍!并非强禦,并非凌侮,暗合古人詩,"不與我同母"。

(雜家人上)忙將閨閣悲傷事,報與書房尷尬人。相公不好了!剛纔周親家太太那裏有人來報,説我家姑娘得病死了。(中净跳哭介)哎也!我那女兒呵!

【前腔】傷心斷送親生女,使我泪如雨。弄碎掌中珠,此事怎生恕?我想女兒無端夭卒,必因周家凌虐所致,須要前去争論一番,鬧得他家破人亡,方雪我恨。家人過來!(雜)有。(中净)你去告訴二相公,教他明日同往周家厮鬧,看他來也不來!(雜)是,曉得。(背介)好端端又要生事了!(下。中净)兄弟們!明日早起,可去招集族中子弟,整備打架,不得有誤!(末、丑應介。中净)闖開堂户,打成泥土。請落竈君來,趕出門神去。

同到裏邊,再和你嫂嫂計議則個。(同下)

第三齣 規弟

(生上)書帷獨坐泪闌干,同室周旋事事難!應是脊令飛不到,滿庭風雨棣棠寒。我曾悌,身列黨庠,譽延家衖。自先君弃世,指望與兄弟們同心協力,無替前型。不意孝哥等因嫡庶之嫌,分門户之見,與悌等稍不相投,輒加挫辱。卑人尚能忍耐,衹是仁、義兩弟少年任性,每欲與他争鬧。乖氣致殃,可危可懼!今日清閑無事,且待兩弟出來,再爲勸導一番,多

少是好！（小外、小末上）

〔南吕過曲〕【宜春令】爲兄弟，最可憐，没來由欺人少年。（見介）哥哥，前日我母誕辰，孝哥等不來上壽，我們早不耐煩。誰想這幾天光景，越發不像了，見了兄弟們似仇人一般。昨日他家宴客，我們趨過堂下，他竟傲不爲禮。這様看待，哥哥總不出來理論，還是裝假糊塗哩！但知解勸，胸中一例無恩怨。（生）兄弟休得生氣。你們各盡弟道，他們也不好難爲你的。（小外、小末跳介）我們百般讓他，他何嘗理會！如今還要盡弟道，可是盡不來了。做兄兄不識賢奸，教弟弟難爲良善。（生）雖則如此，畢竟都是父親骨肉，不要與他計較纔是。（小外、小末）可又來，同是爹爹親生骨肉，分何貴賤？

（生）兄弟，記得先君易簀之時，兩眶中泪出如瀋，大非吉兆。必欲操戈同室，恐曾氏之禍，方興未艾。我們總須忍耐爲是！

【前腔】戕同氣，不忍言，恐嚴親傷心九泉。况我母年已六旬，見了弟兄們和順，也教母親快活纔好。北堂老矣，心生歡喜精神健。若是兄弟執意不聽，怕將來釜豆萁燃，逼拶得庭萱葉變。（小外、小末）哥哥所言雖是，衹是一腔憤懣，如何平得下去！（生）同是爹爹親生骨肉，存何意見！

（雜上）

【劉潑帽】無情不顧親和眷，麻繩斷走了風鳶。行强逞霸欺人軟，鬧上青天，也打不活嬌兒面。

來此已是二相公門首，不免逕入。（進介）原來三位相公多在這裏。（生）你來却爲何事？（雜）我們相公因姑娘死了，要同周親家厮鬧，叫小人來請二相公，同去幫助。（生）你姑娘怎様死的？（雜）聽説是病死的。（生）既是得病而死，衹索罷了。若是無理取鬧，斷難助兄爲惡。

【綉帶兒】論兒女至親密眷，其間有甚閑寃？况且人家娶了媳婦，無不愛惜，奉高堂姑舅生歡，侍房幃夫婿能憐。如今不幸夭卒，也是他命該如此。必要鬧出事來，是何主見？胡纏，憑空滋事情理欠。到急難誰來方便？饒他有家私萬千，怎見得不要錢的清官顔面！

你將我這些言語告訴你相公知道，勸他斷斷不要多事。一旦牽連入官，那時悔之晚矣！（雜）小人理會得。正是：有興而來無興去，他心未必我心同。（下。小外、小末）哥哥好意勸他，衹怕他未必肯聽。（生）咳！孝哥這樣舉動，我家從此多事矣！

【三學士】反覆雨雲情太淺，須記取苦口良言。蕭墻已懼參商變，飲食還防獄訟牽。意外風波愁不免，怕驚人清夜眠。（同下）

第四齣　哄周

（中净引末、丑、二雜跳上）

【香柳娘】把拳頭柄裝，把拳頭柄裝，撩衣使棒，轟轟怒氣干霄上。（中净）俺曾孝，因女兒身故，要和周家厮打。昨日遣人去招庶弟友于前來幫助，誰知這厮不但不肯同去，反把腐論百般勸止。俺如何便肯干休！爲此糾合族中子弟一同前往。衆人們，隨俺去來！（衆）萬一鬧出案子，不當穩便。（中净）呀呸！如今的官司多是胥吏用事，衹要多花幾兩銀子，把案情懸宕起來，還怕怎的？（衆）説得是。（同行介）問何人敢當？問何人敢當？趨避正多方，誰來管閑賬。（衆）已到周家門首。（中净）打進去！（衆應打介。合）把門兒打光，把門兒打光，闖進廳堂，逢人一掌。

（净急上）門首爲何這等喧鬧？（中净打掌介。净）阿唷唷！不好了！老娘快來！（小丑急上）老公，怎的大驚小怪？（中净又打介。小丑）哎喲喲！反了，反了！親家公怎生打起親家母來？到底爲着何事，不問情由，這等放肆！（中净）衆人們，與我痛打這厮！（衆應打小丑，小丑痛叫介，净乞憐介）老親家，有話好説，不要生氣。（中净）

【前腔】念嬌兒斷腸，念嬌兒斷腸，無端身喪，教人恨煞公婆兩。（小丑）你女兒在我家做媳婦，從不曾苛刻待他，他自家有病死了，怎生瞎鬧起來？（中净）胡説！好端端一個活人，怎的生了病就會死？（小丑）這是要去問那些醫生的，與我什麽相干！（中净）還要强辯，再打！（衆又打介，小丑叫介）哎也！打煞了！鄰舍兩邊救命呀！（中净）是牝鷄老娼，是牝鷄老娼，一味撒油腔，相逢莫輕放。衆人們，可將他家中器具盡行打毁！（净討饒介，衆作打毁器具介。中净）亂騰騰一場，亂騰騰一場，入户穿房，不經幾棒。

（衆）箱籠器皿俱已打完了。（中净）暫且饒了這狗男女，一同回去。（引衆下。净撫摩小丑介）喂！老娘，老娘！（小丑地下呻吟介）阿唷唷！老公，被他打壞了嘘，這是那裏説起？

【前腔】恨人心不良，恨人心不良，高年吃棒，幾乎上了閻羅賬。（净）老娘，今日這番苦惱，如何恕得他過！我慢慢的扶你起來，到縣前驗傷叫冤去。（扶小丑起，小丑叫痛介。净扶住緩行介。合）向公庭縣堂，向公庭縣堂，從實訴端詳，陳詞不須謊。（净）且喜前面已是縣衙了，過班房皂房，過班房皂房，擊鼓其鏜，登聞一響。

（净擊鼓介。小丑）青天大老爺伸冤！（老旦、生皂隸，小净、末差役、旦門子，吆喝引外上）政肅奸胥畏，心清案牘閑。（坐介）外邊何人叫喊？着他進來！（差役帶净、小丑進介）喊冤人進。（外）你是何人？有何冤屈？從實説來，不得蒙混。（净）小人周三，兒子名唤小三，娶邑人曾孝之女爲妻。前日小人的媳婦得病身故，誰知曾孝憑空生事，糾衆來家，（指小丑介）把小人的妻子打個半死，連家中物件，盡行拋毁。小人懦不敢强，衹得求太爺伸冤。

【前腔】痛妻房打傷，痛妻房打傷，全家一網，箱籠器皿都抛颺。（外）你説的曾孝，可就是友于一家麽？（净）正是友于的嫡兄。（外）他們也是詩禮之家，怎敢玩法如此？（净）他家衹有友于是個好人，小人的親家原是最不安分的。慣行凶逞强，慣行凶逞强，糾衆太猖狂，求爺辨冤枉。（外）你所供俱是實情麽？（净）小人怎敢欺騙？靠恩官主張，靠恩官主張，禁暴安良，痛加懲創。

（外）唤仵作進來。（旦）傳仵作。（役傳介。丑上）眼中不見完全肉，手指常撈破碎痕。老爺，仵作叩頭。（外）你把這婦人的傷痕細加檢點。（丑）理會得。（驗小丑介）上身檢點明白，下身的傷痕，須要寬了尊褲，纔好再驗。（小丑慌介）哎也，來不得！光驗了上身罷！（丑）稟太爺：這婦人呵，【長相思】臉紫僵，背青黄，下體深藏不便張，幸無致命傷。（外）去罷！（丑下。外）周三，你且同了妻子出去，好生服藥調理，候提到被告，嚴行質訊便了。（净、小丑叩首介）謝太爺。（同下。外標籤介）差役過來。（役）有。（外）你們將此雷籤，立拿曾孝到案，不得有違！（役）是。手内朱籤能嚇鬼，頸中黑練慣拖人。（下。外）退堂。（同下）

第五齣　釋繫

（中净上）天下快心無兩，惟有打人最爽。果然力大爲王，衹覺風頭太旺。昨日率領衆人，把周三家裏打的昏天黑地，好不舒暢！此時不見動静，諒他也不敢告官。（笑介）正是：不消幾帖紅花酒，落得一場白打來。快活，快活！（差役上）曲曲彎彎，行行去去。我等奉本縣太爺之命拿捉曾孝，已到門首，打將進去。(進介。中净)你們好生無禮，我曾老大府上也亂闖起來！(役)你就是曾孝麽？(中净)益發放肆，怎生犯起我的諱來！(役鎖中净介。中净)阿唷唷！我又不犯罪，怎生鎖起來了？(役)不必抵賴，且到衙門走一通。(中净)差公，你不要誤捉了人，曾參恐是姓名同。(役)老曾，你誤傷不比芸瓜事。(中净)咳，看起來今日難逃大杖中。(役鎖下。生急上)禍來皆自召，變起有誰防？我孝哥不聽好言，任性滋事，今日鎖拿到官，眼見凶多吉少。没奈何衹得往見邑宰，替他從中解釋。一路行來，已到宅門，不免投刺進謁。(向内介)門上有人麽？(旦上)是那個？(生)生員曾悌稟見，有名帖在此。(遞帖介。旦)請少待。(下，即上)太爺請相公書房相見。(生進介。外上)倒屣迎賢士，栽花學古人。曾年兄請了！(生)老父師，治晚打恭。(外)年兄少禮。左右們看坐。(各坐介。旦送茶介。外)曾年兄久不到此，使下官好生渴想。今日之來，有何見教？(生)老父師聽稟：

〔中吕〕【尾犯序】有事爲連枝，被逮入官，法網拘縶。破格周旋，仗尊官護持。家兄曾孝被周氏告發，現今鎖拿在案。念治晚呵，同氣，也衹謂是親必顧，怎説得非公不至。乞寬宥無知初犯，就裹普恩施。

(外)令兄逞凶滋事，正待嚴加申黜，以儆凶頑，所言未便從命。(生泪介)哎也，老父師呵！

【前腔换頭】堪悲，骨肉有灾危，何異吾身，親受鞭笞。疾痛相關，也難推不知。老父師執法如山，治晚安敢多瀆，如不見宥，請以身代。(外捋鬚點頭介。生)兄弟，論手足安能坐視？算縲紲難言非罪。權調護人情國法，彼此兩無欺。

(外)下官就肯從輕發放，那原告恐未必干休？(生)這個不勞過慮，治晚自有安頓之法。(外)既如此，權把令兄開釋，以後還須時時勸導纔好。(生揖介)多謝老父師，治晚就此告辭了。(外)下官恕不遠送。(生)不敢。正是：拜恩同再造，曲意賜矜全。(下。外)左右，帶曾孝過來！(旦傳介。役帶中净上)稟太爺：曾孝當面。(外)曾孝，你恃强藐法，本應從嚴處置，姑看友于之面，恕此一遭。倘怙過不改，將來再到案下，斷難寬貸。(中净叩首介)謝太爺，小人從此再不敢了！(外)帶他出去。(旦)下去！(役帶中净下。外)劣虎休投網，鰲魚暫脱鈎。(引旦下。净上)殺人償命。(小丑上)算賬還錢。喂，老公！前日吃了曾家一場大虧，今日到官質訊，教他也受用四十毛板，纔曉得好味兒呢！(净)當得，當得。且待差公到來，一同聽審去。(生上)

【前腔】逕仄亂墻低，樹色蕭條，花影零碎。半倒門楣，剩坍寮殘扉。來此已是周家門首了，不免逕入。(進介)呀！老姻兄，老姻嫂，小弟奉揖了！(净)原來是友于，來此何幹？(生)小弟爲家兄之事，特來陪罪。(小丑)説起那廝，教人氣的目瞪口呆。今番定要和他見個高低，你來也不中用！(净)老娘且慢生氣，友于是個知禮之人，此來必有道理，且聽完了再講。(生)老姻兄呵，論理，爲訟事不宜參嘴，爲親故不妨賠禮。看薄面惜財忍怒，一笑解嫌疑。

(净)那廝欺人太甚，怎生恕得他過！(生)老姻兄必要到官，在家兄縱被申黜，于府上有何益處？不如大家省事，家兄所毁之物，小弟情願代爲賠償，豈不兩得？

【前腔】何必論高低！雜物零星，賠辦良易。屈膝公庭，也徒拋家私。(净)既是友于這等説，也在情理，權且饒恕了罷！(小丑)袛是太便宜了他。(生揖介)感荷盛情，没齒不忘，奉償之物，即日送來。小弟就此回去了。(净)倒有勞了。(生)堪喜，免不得牽蘿補屋，説不得負荊請罪。休認做私和訟事，爲利用心機。

(下。小丑)老公，抛了舊的，賠了新的，這個人倒還情理。(净)天下真讀書人未有不講“情理”兩字；那些不情理的，畢竟是讀書不曾通得。(小丑)祇是我腰裏還有些疼痛怎好？(净)待我扶你進去。(扶小丑，搥背下)

第六齣　争服

(中净上)無端公冶繫纍囚，(末上)一入牢籠不自由。(丑上)野鳥今朝仍脱網，(中净)巨魚依舊想吞舟。(末、丑)孝哥和周家鬧成訟事，虧了友于解救，我等纔得脱然無累。此舉倒還感激。(中净)説那裏話！這是他爲着自己名聲起見，何嘗真爲我輩！休要被他瞞過。(外家人上)傳來同室訃，報與各人知。大相公，張姨太太去世了。(中净)唗！什麽太太，他不過是個下賤之人，死了何關緊要！誰教你大驚小怪。(外)小人是奉二相公之命，特來報知的。(中净)二相公便怎樣？我難道怕他不成！兄弟們攆他出去！(末、丑)快走！不要討打！(外慌走介)阿唷唷！利害，利害。(下。中净笑介)老二合當倒運，怎生好端端死起娘來？(末、丑)論理他是個庶母，我等也是期服，這衣帽可要更换。(中净)這倒不犯着，由他去死罷！(小外、小末素服上)悲聲寒振屋，(小末)怒氣上干霄。(見中净等介)呵喲喲，了不得！你看他三人竟像無事的一般。我母死了，業經報過，怎生不來成服？(中净)你死你的娘，干我甚事！(小外、小末跳介)反了，反了！天下惟禽獸祇知母而不知父，不想詩禮之家竟有此輩！可恨，可惡！

〔仙吕過曲〕【皂羅袍】有限良心喪盡，更刁鑽私蔽，凌虐天倫。

然萁不念本來根，寢苫忘却丁艱運。你生居世上，如何做人？死歸地下，如何見親？獸心肝一副真難問。

(中净怒介)這兩個小子怎的亂罵起來？好生無禮！

【前腔】出口傷人堪恨，恁毫無忌憚，狎侮金昆。(小外、小末)你不認母子，焉論弟兄！(中净)我黄泉難救木蓮親，他朱牌早蓋閻羅印。不過是旁枝側幹，低微鬼魂，何必要披麻帶草，牽連活人？你惺惺假孝休相諢！

(小末)你看他一味胡言，何曾説得明白。我們且去告訴哥哥，再作道理。(小外)不錯，真是氣死人了！(同小末下。中净)他兩人倒來搶白我一番，放屁，放屁！(末、丑)如今張氏死了，友于定要將他合葬父塋，如何處置？(中净)你們可去暗中探聽殯期，到了那日，大家出去攔阻住了，看他還葬得成麽！(末、丑)有理，有理。(中净)我們且到書房小酌去。正是：但知生我方爲母，(末、丑)那肯逢人便當娘。(同諢下)

第七齣　撓殯

(生素服上)

〔黄鐘過曲〕【絳都春序】縞衣雪凝，聽失巢禽語，凄然自警。泪眼忪惺，夢裹尋娘呼不應。子規血點交相迸，纔睡去頓閑哭醒。卑人自母親去世，飲餐俱廢，枕席不安，夙痛難捐，餘悲常哽。今日乃我母殯期，且待兩弟出來，衹索料理窀穸。(泪介)咳，我那親娘呵！痛殘星墮影，春暉就瞑，便魂歸已冷。

(小外、小末素服上)

【前腔换頭】嗟命，可憐行徑，嘆早歲孤棲，承兄管領。吹裂慈雲，一片西風何處影？呀！哥哥又在這裹飲泣，把眼都哭腫了。可恨孝哥等三人,自聞訃之後,至今不來奔喪成服,虧他恁般忍心也! 頭顱上有青天頂,帶人皮全無人性,果然登木,高歌劣原壤,誰當扣脛?

(生)此彼之無禮,於我何損? 閑話少説。今日我母出殯,你兩人可去率領役夫,先往父塋整理一切,以便開山合葬。(小外、小末)如此我們去來。(小外)墓門低落照,(小末)華表問歸魂。(下。生)咳! 古人有言:父母俱存,兄弟無故,便是人間一樂。偏我曾悌一生與此言相反,如何是了也!

【耍鮑老】尋常骨肉關天性,誰似我可憐生! 呼天籲恨何曾應,則一種顛危命是誰排定? 我哀怨滿腔人不省,搔首淒吟,止啼鵑會聽。腸斷絶,泪晶瑩,兩鬢添秋影,半世行愁政。嗟運遇,嘆伶仃,空床姜被冷,風雨若爲情?

(小外、小末奔上)哎喲喲! 了不得,了不得! (生驚問介)兄弟,爲何這等慌張? (小外、小末)我們同着役夫纔到父親墳上,誰知孝哥等率領衆人,把持墓門,不許合厝,怎生是好? (生)有這等事! 咳,孝哥,你好不情也! (小外、小末)如今我們也該整備人手,同去厮打纔好! (生)事已如此,必欲與他拗執,定然大起争端,不如另擇吉地,權時安厝,再作道理罷!

【尾聲】墓碑孤掩蓬蒿冷,表一樹梨花春影。(合)衹落得麥飯清明哭幾聲。(同下)

第八齣 懷歸

(净武裝上)

〔中吕過曲〕【好事近】鄉思逼殘秋,點新霜鬢絲寒透。家山何處? 夕陽影裏登樓。俺曾成,本籍昆陽,幼時猝遭强寇,母子同時被擄。俺母親懼爲盗辱,矢節捐軀,剩俺一人,流落寇中。光陰迅速,不覺三十餘年。且喜膂力過人,學得諸般武藝,祇是身入緑林,究非了局。屢欲乘間竄遁,無奈寇防甚密,家遠難歸。怎得手砍仇人,重回故國也!凝眸,親舍白雲鋪厚。苦拘留病虎垂頭,空相像神蛟昂首。問何時招娘魂魄,碎賊骷髏?

思家獨坐,抑塞無聊,不免痛飲片時,藉此排遣則個。嘍囉,看酒來!(雜携酒上)肝膽杯中熱,英雄醉後看。酒在此。(净)放下,你自迴避。(雜應下。净飲介)咳!這悶杯怎生喝得下去!待俺除下腰邊佩劍,摩挲一番,以爲下酒之物,豈不爽快!有理呵,有理!(作引杯看劍介)呀!這劍十分精采也!

【駐馬聽】斜睨吴鈎,匹練寒生一道秋。你看芙蓉出水,蛟龍避影,魑魅生愁。他年醉骨倩誰收?平生俠性惟他厚。借尊酒洗滌煩憂,悲歌擊節,氣冷牛斗。

自斟自酌,早則醉也。天色已晚,權且酣睡去罷,咳!

【尾聲】月明萬里頻搔首,身在他鄉易感秋。不知俺今夜還家有夢不?(下)

第五齣　撻弟

(小外上)天眼看人明似鏡,(小末上)地皮掩骨爛爲泥。仁哥,聽見外邊傳説孝哥的嫂子死了,如今家中的晦氣少不得派到他們頭上去哩!(小外)好,好!死得有天理!我們快報知哥哥去。(向内介)哥哥有請。(生上)黄泉不及難逢母,青草方生正憶兄。(小外、小末)憶他則甚!他家裏正鬧事呢!(生)又鬧何事?(小外)孝哥的嫂子死了。(生)如此我們須得同去奔喪纔是。(小外、小末)哥哥還是這樣看待他!期且不論,功于何有?(生)這是各盡其道,何必念念舊惡?(小外)哥哥必要奔喪，祇顧自去，我們斷斷不能！（小末）仁哥不要管他，且飲酒唱曲去。（扯小外同下。生）呀！你看他哄然散去，没奈何，祇得獨自走一遭。正是：兄弟人皆有，周旋我獨難。（下。中净引末、丑素服上。中净）

〔黄鐘過曲〕【出隊子】鏡臺雙靠，驀地將人半路抛。修羅注死不輕饒，地窟招魂無路到。長簟孤燈，黄昏怎銷？

兄弟，你嫂子得病以來，百般醫治，全無一效。如今溘然長逝，丢下這些兒子，都是少年意氣，各不相干，家事如麻，怎生是了？（泣介。末、丑）哥哥，事已如此，傷心無益，權且看開些罷！（生上）

【啄木兒】爐香冷，蕙帳飄，縞素臨門增痛悼。講恩情豈在同胞，論名分依然長嫂。（見中净介）原來孝哥在此傷感。嫂嫂因何病症竟爾不起？（中净）這也是命該如此，問他則甚？（生）兄弟奔喪來遲，伏乞恕罪。靈位在此，不免哭拜一番。（中净）長禮罷。（生拜介）哎也，嫂嫂呵！你諸孤在堂誰照料？鰥夫在室誰偕老？那個把教子持家一擔挑？

（内小外、小末作拇戰聲介。中净）俺在瞶亂之秋，誰在裏邊飲酒取樂？（末、丑）這聲音明明是仁、義兩弟。（中净怒介）阿唷唷，這小子好生放肆也！

【前腔】天良昧，意興高，我正哭時偏你笑。（内作鼓吹聲介。中净跳介）了不得，索性彈唱起來了！可惡，可惡！儘由他一對逍遥，全不見半分哀悼。兄弟們，與我拿來痛打一番！（生操杖介）孝哥請息怒，兩弟無禮，待兄弟操杖先從。（中净）快打，快打！恁般醉骨須推倒，恁般唱口須封好，切不許小杖輕輕大杖逃。

（生引衆急下。小外急上）哎也，不好了！正在院中飲酒，忽聞一片吆喝之聲，排闥直入，看去勢頭不好，祇索越墻走罷！（作跳墻介，逃下。小末急上）哎喲，追上來了！（作跳墻，生率衆趕上，

打倒小末介。小末叫介)哎喲,哥哥放了手罷!(生打介)

【三段子】别家啼吊,死傷心哀魂未招。自家燕笑,活開心餘辜怎饒?(中净)打的太輕,大家替我重打這厮!(衆拳杖亂打介,小末叫痛介)哎喲,打死我也!(生横身障阻介,中净)阿唷唷!你也幫護他了,難道不怕老拳麽?(生)責之者以其無禮也,然罪固不至死。如怒不解,請身代之。一般同氣須開導,一般遺體須關照,不敢怙弟爲非,助兄爲暴。

(中净)倒會强辯!你情愿代,就打你何妨?(衆撻生,生叫苦介。旦、外扮鄰人上)雷聲轟耳朵,雨點響拳頭。間壁曾家爲何這般喧嚷?我們進去看來。(作見介。外)哎也!好端端的弟兄,怎生打到如此光景?倘然弄出事來,我們鄰居是有干係的。快快住手!有話好説。(中净)今日暫且便宜了他,過時再和他講理。俺們去罷!(引末、丑下。旦)兩個人打倒在地,我們扶他起來。(扶生、小末起介。旦)呀!你是友于,怎生鬧到這個分兒?(生)家事一言難盡。我弟兄傷重,煩二位攙了回去。(外、旦扶行介。合)

【歸朝歡】他和你,他和你,怎生亂敲?親兄弟有何惡鬧?拳和棒,拳和棒,怎生打熬?諸鄰舍應該喊叫,劣男兒没事尋喧吵,好人家平地生煩惱。難道是同室操戈算意氣豪?(扶下)

第十齣　仁恕

(小外上)

〔大石過曲〕【念奴嬌序】難言禦侮,恁一般兄弟,視若仇讎。理不分明,家中事,清官難徹情由。俺曾仁,昨與義弟飲酒,正在院中取樂。不想孝哥率領諸昆尋人厮打,虧俺便捷,越墻而走。衹可憐兄弟走的落後,被他趕上,打個半死。如今受傷深重,飲食俱廢,不得已代他具造,赴縣呈控，衹索走遭者。提究，要魑魅潛形，豺狼屏迹，森嚴法網莫輕宥。纔能够銷除忿憾，準折愆尤。

已到縣門，邑宰尚未升堂，不免吏房伺候。（暫下。老旦、貼皂隸，雜差役，旦門子，引外上）琴鶴常隨我，詩書不負人。河陽落花盡，又過一年春。（升堂介）下官昆陽縣令沈德明是也。三考出身，敢説通經足用；一行作吏，自憐聽訟猶人。今乃放告之期，恐有呈詞投遞。左右們，外邊看來！（雜應下，引小外上，唱門介）告狀人進！（外）你姓甚名誰？所控何事？（小外）小人曾仁，有陳詞在此，求太爺賞收。（旦遞狀，外看介）曾仁！（小外）有。（外）據你所訴，係嫡兄曾孝恃强索釁，毆傷庶弟曾悌、曾義。那曾悌既然同時被毆，是個確實見證，爲何并不具呈？其中恐有揑飾弊端，難成信讞。左右過來！（雜）有。（外）你可往曾悌家中，着他補呈情節，以便提訊，不得遲誤。（雜應下。外）曾仁，你且把呈内根由試説一遍。（小外）太爺聽禀：俺那嫡兄曾孝呵，

【前腔换頭】眼内全無庶母，恨活時不養，死時不奠杯酒。小人和兄弟，因他不爲庶母行服，他妻子死了，也不去奔喪。怎知曾孝呵，爲首，猛然間怒眼懸鈴，當頭試棒，搜尋骨肉當魚肉。後來虧了鄰人勸解，兄弟們纔不致斃命，若不是纓冠往救，除死方休。

（雜上）來從名士第，銷却縣門差。禀太爺：曾悌因面目損傷，不得來署，補得呈詞在此，要求太爺免究此案，以全弟兄之誼。（旦遞呈，外看，點頭介）看他情詞哀迫，真仁德之人也。曾仁聽俺分付：兄弟之間，總以忍耐爲貴，必欲牽連入訟，從此結怨更深。既是汝兄曾悌禀求銷案，正是善于周旋之處，你也無須拗執。（小外）小人懦弱，委實受不得凌虐，要求太爺主張。（外）此後曾孝倘再敢無禮，本縣執法如山，自當重處，

斷不使你稍負冤屈。左右們,帶他出去罷!(雜)下去!(外)分付掩門。(衆吆喝,隨外下。小外)呀!不想此事又被哥哥按住。咳!這一腔怨忿幾時得泄也?

【餘音】恩情衹有天倫厚,同室何須苦鬥毆?早難道不是冤家不聚頭!(下)

第十一齣　移居

(生策馬,旦、小生御車,雜挑琴書隨上。生)

〔南吕引子〕【于飛樂】　一床書,三逕竹,問何處舊時庭院?算離别本非吾願,乍回頭,重掩泣,故山人遠。望蓬廬不見,去留難此情怎遣?

收拾琴書一擔裝?移家權住水雲鄉。(旦)舊巢燕子應惆悵,不見花陰人倚妝。(生)娘子,卑人因弟兄多故,憂患頻乘,大被常寒,針氈難坐,爲此權移他所,暫避愁喧。衹是手足睽違,未免思之悵惘。(泪介。旦)官人不必傷感。你壯志未酬,風雲尚阻,孩兒繼善如今也漸漸長大,正宜努力加餐,以圖進取。新居幽僻,藉此閉門課讀,排遣愁煩,豈不是好!(生)娘子言之有理。新居離家有五十里之遥,已遣家人收拾停當。今日天氣晴朗,正可喬遷,我們就此去者。(同行介。生、旦合)

【梁州新郎】柳絲牽曳,花枝招展,都向主人繾綣。池塘緑滿,夢中芳草連天。怕憶故園兄弟,纔出蓬門,已覺天涯遠。哥哥行不得唱啼鵑,似不許流鶯出谷遷。春歸了,無人餞,舊書巢從此埋荒蘚。空梁月,問誰見?

(旦)官人,一路行來,風景閑曠,較之舊居抑鬱,真乃别有天地。我與你此去呵,

【前腔】絮香隨馬，花風撲扇，一隊紅塵仙眷。换巢鸞鳳，雙栖玉鏡臺前。自喜嬌兒秀質，夫婿清才，此外無多願。幾生修到也好因緣，絶勝當年孟母遷。茶烟逕，桐陰院，好安排簾幕攤書卷。添香讀，共消遣。

(小生)爹爹，孩兒所誦之書，因家中多事，强半抛荒，如今到了那裏，孩兒要一間清潔書房，纔好用功哩。(生)好孩子，這纔不錯。(小生)

【節節高】牽爺衣袂繞娘肩，篝燈影裏羅惟卷。吹笙院，聽雨天，離塵眷。看花陰似水苔痕淺，讀書聲和呢喃燕，樓臺衹合住神仙。小桃源，不許漁郎見。

(生)説話之間，前面已近新居了。

【尾聲】出門愁，離家遠，問何日移花種故園？咳，衹索去憶弟看雲白晝眠。(同下)

第十二齣　成返

(净上)

〔仙吕入雙調〕【步步嬌】虎穴森嚴留人住，豪氣長虹吐。田園恐易蕪，三逕猶存，不如歸去。仇血認模糊，匣中劍暈芙蓉露。

俺曾成報仇殺賊，乘間逃歸，一路訪問，到了昆陽地面。探得家中近耗，知父親早已去世，兄弟共有六人。此間乃嫡弟孝、忠、信三人所居，不免款門而進。(向内介)門上有人麼？(雜上)枕上牛眠穩，門前犬吠忙。是那個？(净)俺是你主人的哥哥，七八歲時被强寇擄去，今日脱身歸家，快報與相公知道。(雜)原來如此，請少坐，容小人通報。(下。净)你看這些房宇，都是俺幼年嬉戲之場，日月幾何，竟不可復識矣！

【忒忒令】不分明先人敝廬，似丁令遼陽歸去。兒童乍見，定問客來何處？誰念我鬢毛衰，鄉音改，舊親朋怕相逢認錯。

（中净上）心中厭物移家遁，（末、丑上）意外歸人扣户來。（合）大哥回來了，喜也。（净）兄弟們都在這裏？（同拜見介。中净）大哥請坐。（净）兄弟請。（各坐介。净）孝弟的言貌，還約略有些記得，那兩個兄弟從未曾會面，正是相見不相識了！（中净指末介）這是忠弟。（指丑介）這是信弟。（末、丑）兄弟也不認得大哥哩！（中净）大哥回來，現在未知安身何處？（净）這裏原是我家，難道教爲兄的另寓他處不成？（中净）不是這樣説，自從大哥出去之後，音信杳然，家中的産業，都是父親分定。如今那個把體己私財，拿來孝敬大哥？就是這幾間房舍，地窄人多，也是住不下去。大哥跟了强盗多年，白搶來的家私定然不少，倒是自己去過活，分外受用。（净怒跳介）住口！想俺脱身陷阱，千里來歸，方圖骨肉團圓，何乃無情至此！這些話好不耐煩也！（中净）這是老實話，怎的就生氣了？（净）

【沈醉東風】指私財田園地租，硬分開荆花一樹。做了個守財奴，便親兄不顧，好天性被金銀耽誤。罷罷！這般齷齪行逕，俺眼中也瞧不下，且到庶弟那裏去，看是如何？咳，一胞鄙夫，一堂利徒，已不堪向邇，又安能共居？

（逕下。中净）咦！説得幾句，便懷怒而去。且自由他，兄弟不要多管。正是：閉門推出窗前月，（末、丑）分付梅花自主張。（同下。小外、小末上）靈鵲侵晨語，燈花昨夜開。雁行太零落，有甚好音來？（小外）兄弟，自從友于哥哥移居之後，孝哥等欺俺更甚。少不如意，輒加唾駡，種種冤仇，何時得報？（小末）據兄弟看來，還得請友于哥哥同居纔好。（外家人上）禀相公：外邊有一大漢，説是相公的長兄，幼年被强盗搶去，如今逃回來了。(小外)我們正無依傍,不想成哥回來了,就留他在家同住,也好幫助幫助,豈不兩得?(小末)所言極是,快請相見。(外下,引净上)縱横三尺影,團聚一家春。(小外、小末接見介)呀!大哥回來了!兄弟們有失遠迎,望乞恕罪。(净)兄弟骨肉至親,何須客套。(小外、小末)請哥哥上坐,容弟等拜見。(净)爲兄的也有一拜。(同拜畢,分坐介。外送茶介。净)俺遇盗之年,兩弟均未受生,如今都恁般長大了。(小外、小末)常時聽家人説起,當初大哥與嫡母同時被擄,今日怎生不見母親?(净)母親早已矢節自盡。俺在寇中,學得諸般武藝,乘其不備,刺殺盗首,星夜潛逃,是以得脱。數十年虎口餘生,不想尚有今日也!

【江兒水】浪迹依豺虎,思家渺雁魚。卅年坐困牢籠羽,半生老作山林主。一朝重見鄉園樹,急切裏悲歡難訴。忽忽回頭,猶恐是夢中歸路。

(小外、小末)間關至此,煞是可憐。便是兄弟們説起大哥,那一日不想念來呵!(合)

【川撥棹】哥哥去,死和生信也無。到重陽遍插茱萸,到重陽怕插茱萸,雁來時相思泪枯。不料絶處逢生,真是喜出望外,到今朝,到今朝,夢不孤。

(小外)義弟,你明日可去報知友于哥哥,請他暫時回來,一則與大哥相見,二則和他商議?各出私財,作爲大哥家用,須速走遭。(小末)兄弟理會得。(净)俺徒手而歸,倒費兄弟們操心了。(小外)理當如此。(净)祇是友于兄弟爲何徒居他所?(小外)一言難盡,與大哥裏邊去細説罷!

【尾聲】零星家事從頭訴,(小末)商略黄昏酒一壺。(合)囑付他大被連床折叠鋪。(同下)

脊令原卷下

第十三齣　群鬩

（中净引末、丑上）

〔仙吕入雙調〕【普賢歌】雁行天外忽飛來，冤結重重解不開。毒計費安排，暗中尋禍胎，不許連枝在一處栽。

前日老成回來，被俺三言兩語推了出去。不想庶弟仁、義，竟和友于商定，故意留養在家，還分了些家私與他。明明是沽恩市惠，倒把我們形容壞了。恁般可惡，委實氣他不過。兄弟們，隨俺打上門去！（同應，作打入介。小外、小末上）外邊何人吵鬧？同去看來。（中净等分打介。小外、小末）呵唷唷！不好了，又來尋事了！（向内介）大哥，快來搭救！（净上）爲何這般叫喊？（作見介）呀！兄弟們怎生着打？（作攔阻介）嗒！好生住手！有俺在此，休得無禮！（中净向末、丑介）兄弟們，不要饒放這兩個小子，俺要和他理論。（小外、小末）好端端理論怎的？（中净）

【風入松】試問你假仁假義可應該？把賊黨做親兄看待。（小外、小末）誰是賊黨？（中净）你和老成呵，未經識面何恩愛，不過想名聲偷買。（净怒介）原來爲此，如今你敢怎麽樣？（中净）老成休要多嘴，你自去跟强盗,行凶劫財,何顏面,對人來!

(净跳介)呵唷唷! 了不得! 俺脱離盗藪,幾乎無路可歸,你等視若閑人,已屬忍心害理;幸兩弟不弃,收留在家,倒反上門尋釁。兄弟們,不要害怕,隨俺來打這禽獸!(中净)你敢打誰?(净)打你何妨!(打介。衆互打介。净)

【前腔】算一般手足是同懷,誰許你恁般欺待?(打跌中净,末、丑幫中净,净又打跌介。净)你坐擁家財,骨肉恨如仇敵,如今也叫你受用受用。(揮拳介。中净叫痛介。净)我老拳不用輸錢買,祇當做贄儀交代。(中净)打死我也,饒了罷! 下次不敢哩!(净)不容你乞憐告哀,打做個無情鬼,再投胎。

(中净、末、丑掙脱介)阿唷唷! 快逃,快逃!(同逃下。小外、小末)平日被他欺負的够了,今日仗著大哥也得爽快爽快! 祇是他們懷恨而回,必然捏詞造訟,不可不慮。(净)其曲在彼,怕他則甚! 待俺先告官去。

【前腔】把是非曲直問明來,自有公平官宰。劣棍徒如此真無賴,便國法也難輕貸。任憑他有刁詞惡才,我兄毆弟,也應該。(同下)

第十四齣　公訊

(老旦、小生差役,旦門子,引外上)

〔雙調〕【海棠春】頭銜冷淡官如水,把案牘尋根柢。折獄片言難,敢説鳴琴理。

下官沈德明。昨有邑人曾成呈控嫡弟曾孝。家庭之間種種不情,真是罕聞希見。爲此升堂提訊,分别處置一回。左右! 帶曾成、曾孝聽審。兩造之外,餘人免其到案。(雜應下。帶净、中净報門入介。旦)聽點:原告曾成。(浄)有。(旦)被告曾孝。(中浄)有。(外)下去!帶曾成上來。曾成,你和曾孝是一母所生不是?(浄)小人是前母所生,他是繼母所出。(外)你自外回家,有幾時了?(浄)到來尚未一月。(外)曾孝和你既係骨肉至親,爲何絶不照顧,其間可有别情?(浄)他恐小人回來,要分他的家私,故爾視如仇敵。(外)如今你在庶弟家中,與曾孝亦無妨礙,怎生又鬧事呢?(浄)曾孝説他沽恩市惠,因此借端生釁,這都是實在情形,求太爺懲治。(外)下去!帶曾孝上來。好個奸鄙小人,你與曾成分屬同懷,他回家之時,理應共敦和好,乃竟漠不相關,忍心已極,幸有庶弟留他在家,你尚不知愧悔,反敢登門毆辱,真禽獸之不若矣!

【桂枝香】毫無天理,毫無人氣,衹分清兩個胞胎,全不念一般兄弟!(中浄)阿呀!太爺一面之詞,如何足據?曾成與小人向有夙嫌,因此捏呈誣告,太爺不可信他。(外拍案介)唗!胡説!他回家不上一月,與你有甚夙嫌?逞油腔誑誰,逞油腔誑誰?是一個無情鬼祟,是一個能言魑魅。由你語支離,當不起面目波中照,心肝鏡裏窺。

曾孝!你案卷重重,屢干法紀,總是個不安分之人。今日又到本縣案下,争肯輕輕饒恕。左右!取大板伺候。(中浄叩求介)小人愚昧無知,想來原有些不是,總求太爺開恩。(外)若要免打,聽本縣一言。(中浄)任憑太爺分付。(外)你兄弟共有三人,如今曾成回來了,所有家財應得七分均派。你庶弟三個已各出私財,給與長兄。你和忠、信三人尚未分撥。回去速即照數派出,付曾成收用過活,可願意不願意?(中浄)小人敢不願意?(外)如此暫且免責。你今後須要力除故態,不可再蹈前愆。聽我道來:

【前腔】良言須記,和衷斯濟。念先人血脉相傳,論家運參商不利。你兩人回去呵,要推誠釋疑,要推誠釋疑,切不可自戕恩義,自干罪戾。共扶持，陰雨休遐弃，閑雲没是非。

左右，帶他們出去。原、被告各具甘結進來。（雜應，帶净、中净下。外）掩門。正是：事從天理人情斷，身在虚堂寶鏡中。（同下）

第十五齣　改葬

（净、末、丑、小外、小末素服上，二雜家人隨上。合）

〔中吕〕【駐雲飛】苦雨凄風，鶯燕飛來吊落紅。踏碎斜陽隴，認取平蕪冢。（净）俺曾成，昨與諸弟談及殯葬庶母一事，知爲孝弟所阻，尚未合厝，使人忿忿。爲此刻期發壙，務須安葬盡禮。兄弟們，隨俺走遭。（同行介）嗏！村塢緑濛濛，炊烟晴擁。幾樹棠梨，寂寞何年種？誰曉得白骨深深瘞此中。

（小外、小末）這裏便是隧道了。（净拔劍介）兄弟們聽着：今日之事，所不衰麻相從者，（作砍樹介）有如此樹！（末等）大哥作主，兄弟們怎敢違拗。（净）孝、悌兩人爲何不見？（小外、小末）他們率領子侄，多在父塋辦理窀穸，候着送葬哩。（净）如此待俺展拜一回，以便啓壙。家人們陳設祭禮者。（雜設祭，净）呀！庶母阿，庶母！念嫡子曾成呵，

【前腔】四海浮踪，老大歸家兩鬢蓬。小草春難永，墓木今將拱。（拜奠介）嗏！馬鬣叩殘封，落花如夢。大隧尋娘，黄土埋無縫，衹落得冷炙寒杯奠殯宫。

（末等同拜介）

【前腔】想像音容，萱葉凋零北院空。慈竹無遺種，風木增餘痛。嗏！華表鶴惺忪，蒼凉殘夢。長夜招魂，月冷花陰凍，衹剩取一樹啼鵑泣曉風。

(净)祭奠已畢,家人們就此發墓,把靈柩扶往新塋去者。(雜等應作開墳介。合)

【前腔】瓦鉀塵鬆,夙草青青削一重。后土應來送,太歲何妨動。(衆作扛柩行介)嗏!贔屭伏殘紅,新碑一統。袖手旁觀,對影憐翁仲,還恐他今夜凄魂戀舊墉。(同行下)

第十六齣　詣泊

(貼上)

〔仙吕入雙調〕【沈醉東風】做凡人家庭最難,好兄弟有許多變幻,説不盡亂愁繁,付一聲長嘆。小子曾繼祖,父親諱孝。嫡兄二人:長名繼業,次名繼德。庶兄二人:長名繼功,次名繼績。諸兄以生非同母,各懷傾陷之心。小子年最幼弱,且生母出身微賤,諸兄凌辱更甚,這也無可如何。因念伯叔輩中,類皆各樹黨援,日相争競。惟友于二叔居心仁正,足爲表式。無如他也爲了家中多故,就静避喧,愈遷愈遠。去歲徙至三泊,音迹遂疏,不得常相依傍。今日小子自岳家歸來,離三泊不遠,爲此乘便一訪。曲折行來,前面已近叔家了(行介)柳陰中紅橋三板,幽篁幾竿,清流幾灣。呼之欲出,隔烟人閉關。(下。生、旦携手上)

【佳慶子】武陵鷄犬都閑散,人在春風窈窕間。開逕問落紅早晚。(生)娘子,俺自去歲移家至泊,光陰荏苒,又過一春。不識兄弟們此時在家,怎生光景?教人好懸想也。誰念我,夢闌珊?誰報我,竹平安?

(旦)官人,你看芳事將闌,幽居極樂,趁此風和日美,何不鼓琴一曲,賞此韶華,破君煩悶。(生)使得。(旦)待奴家取琴過來。(携琴介)官人,這琴呵,

【尹令】借他閑愁消散,對他高懷疏懶,聽他餘音清綻。流水高山,抵多少明月吹簫共倚欄。

(生)卑人此調久荒,既是娘子愛聽,衹得獻醜了。(旦)請教。(生撫琴介)

【品令】渾不是吹壎弄篪,伯仲破歡顔。衹愁的手叢荆棘,生疏不堪彈。吟撓綽泛,要餘音勾綰。怕弄出相思引子,不盡短吟長嘆。試擬他一曲《猗蘭》,引得我感遇傷時熱泪繁。(彈介。貼行上)

【豆葉黄】趁游絲罥路,吹鬢風寒。綉人迹一逕苔斑,聽犬吠半林花散。這裏便是二叔家中,不免扣門進去。(扣門介。生)誰人扣門?待我看來。(開門介)呀!原來是侄兒,裏邊坐。(貼進介)叔叔、嬸嬸在上,侄兒拜見。(生、旦)侄兒少禮,今日甚風吹來?家中可安好麽?(貼)家中還算平安的。侄兒今日從岳父家來,便道到此探望。(生)難爲你惦記。(貼)叔叔在此鼓琴,好幽雅也!紅簾垂地,緑陰掩關,寫不出畫圖疏散,修得到神仙疏懶,怎能够卜鄰同居,一洗塵顔?

叔叔,繼善哥哥怎生不見?(生)他在裏邊念書。(旦)待我唤他出來,與你相見。(向内介)善兒出來!(小生上)來了。

【川撥棹】推窗看,讀書天容易晚。(旦)你祖弟在此,過來相見。(小生)呀,兄弟。(貼)哥哥,你好用功阿!真個是努力加餐。(小生)那裏是努力加餐,借殘編消除悶煩。喜相逢,别恨删。(貼)怕相逢,别思繁。

叔叔居此弦誦怡怡,别具家庭之樂,使侄兒戀戀難捨,但求寄居,不思歸去矣!

【前腔换頭】嘯傲琴書自在閑,瀟灑襟懷别有天。待移家雲水中間,待移家雲水中間,同消領燕昏鶯晚。(生)難道是鎮相依,不願還?(貼)衹要得許相隨,不願還。

(生)侄兒,你雖願意在此,但你父母皆不之知,我豈惜甌飯瓢飲乎?(貼)如叔叔不弃,待侄兒歸告父母,然後挈眷而來何如?(生)要這樣纔好。(貼)如此,侄兒暫時告别了。(生)

【尾聲】你重來認取雙紅板。(貼)已熟桃源路一灣。(合)難道是不許閑雲到此間?(分下)

第十七齣　别父

(中净上)

〔雙調過曲〕【孝南歌】華年邁,晚運消,大兒小兒尋氣淘。骨肉亂成糟,是非祖誰好?俺曾孝,胡亂爲人,不覺行年四十六歲。膝下諸兒,雖是稍能成立,無奈各樹黨援。嫡子繼業與庶子繼功,相仇更甚。惟少兒繼祖頗知仁孝,衹是年齒最幼,且係婢出,諸兄皆得而詬厲之,實屬可憐可嘆。想俺從前與兄弟們相習争競,不料今日輪到兒輩,好難調定也!真是現身果報。老醜犁牛,不才偏肖,依樣描來,一個葫蘆稿。釜下萁,燃的焦,鏡中花,寫成照。

(貼、雜旦上)

【前腔】肩相并,頸共交,卿憐我,漆與膠。乳燕暫離巢,慈烏莫哀叫。(見中净介)爹爹。(雜旦)公公。(中净)你兩人改换衣服,待往那裏去?(貼)孩兒和媳婦要到岳家上壽,特來拜别爹爹。(中净)幾時纔得回來?(貼)爹爹呵,孩兒行了,若問歸期,難言遲早。(中净)這却爲何?(貼)二叔現居三泊。孩兒前日從岳家來,便道探望,見他一家弦誦,深爲戀慕。此行未必即歸矣!(中净)二叔與父曾有夙隙,我兒此去,勢難久居。(貼)二叔聖賢也,爹爹不須過慮。(中净)雖則如此,也該與你母親商酌。(貼)孩兒已禀明媽媽,媽媽説:兒在家中,伯仲徒喧鬧,倒不如早見機,權避囂;讀詩書,免煩惱。

(中净)你去也罷!衹是爲父的放你不下哩!

【前腔】衰年逼,雜慮焦,昨日青絲今二毛。家事最難熬,華顔不常好。恨你諸兄顛倒,各具私心,誰遵嚴教?便是你那親娘呵,止養孩兒，去後將誰靠？到別時，魂易消；算歸期，定須早。

(貼、雜旦)孩兒媳婦此行離家不遠，回來亦非難事，請自放心。

【前腔】爹和媽，暫撇抛，常時往來非路遥。嫂嫂且分勞，哥哥可依靠。但願全家安好，一個孩兒，有何關要！(雜上)三杯壽酒明朝醉，一擔行裝半日挑。(見貼介)小官人，行李車馬俱在門外伺候，便請登程。(貼、雜旦)就此拜别去來。(拜中净介)咫尺門閭，不比天涯道。父念兒，魚雁招，衹要得一封書，即來到。

(同下，雜隨下。中净)看他竟自去了，好悶人也！(悶坐介。内小丑嚷介)繼業你敢罵我麽！(内小净)不要説罵，就打你便怎樣？(内小丑)我捨着這條命拚了你罷！(中净嘆介)你聽這些孽障又在裏邊胡鬧，好難處置也！

【前腔】誰來勸，各逞刁，你强我凶兩不饒。掩耳輒思逃，攢眉不曾笑。(内)請相公進來，小官人又打架哩！(中净頓足介)咳！真難開導，襲父遺風，舊文新套。問幾時，閑隙消？亂轟轟，怎生了！(下)

第十八齣　依叔

(生上)

〔正宫〕【新荷葉】紈扇羅襟嫩凉飛，吹一縷藕花香細。绿陰如海掩朱扉，午晴樓閣蟬聲裏。

汩汩澗中水，清響何潺湲？出山異支流，在山同根源。根源日以淺，支流日以繁。何時匯衆流，因氣還故山？卑人自居三泊，已閲兩年。且喜耳絶囂凌，心空煩惱。大兒繼善讀書聰俊，已與侄兒繼祖先後入泮，今秋同應科舉，頗不寂寞。這也不在話下。現當長夏之時，泊口荷花盡行抽放，不免和娘子們賞玩一回，也算幽居一樂，豈不是好！娘子那裏？（旦引小生上）

【前腔】茶烟影裏晝簾垂，人倦了玉臺斜倚。（小生）梧桐庭院漫敲棋，芭蕉窗户宜臨字。

（見介。旦）官人。（生）娘子。（小生）爹爹。（生）孩兒也出來了。娘子，新荷乍放，薄暑難消，和你攜手花前，招凉水面，不知意興如何？（旦）賦艷賞花，高人韵事，且與官人領略去來。（同行介。生）你看隔浦亭亭，開的恁般鮮麗也！

【刷子帶芙蓉】清氣透心脾，自然高格，不染污泥。緑摇風幾葉雲香，紅過雨十丈花齊。憐伊，須不是另生枝節，也衹爲一般根柢。芳聯影比，采將來，所思不見待貽誰？

（旦）官人，這花呵！

【漁燈映芙蓉】蕊同心，香生體，似鏡裏紅顔，芳魂摇曳。試問他，君子品幾世修成？美人妝此身難比。但願得枝連葉附休遐弃，碧雲鄉更何處着相思？（生）娘子有所不知：家中兄弟久無消息，未知近况何如，以此不無感觸。（旦）官人，你同調難言壎與篪，偕隱猶存夫與妻，便水鳥飛來也妒煞伊。（小生）前日祖兄弟説要移居到此。試期將近，他來了正好伴讀哩！兄和弟，好同舟共濟，待看花攜手鳳凰池。

（貼、雜旦、雜挑行李同上。合）

【普天賞芙蓉】碧粼粼波痕細，緑濛濛村烟膩。種花門晝鷁輕移，采蘅洲野鷺驚飛。（貼）這裏是了，一同進去。（貼、雜旦同入拜生介）叔叔。（生）原來侄兒和侄媳都來了。（貼、雜旦拜旦介）嬸母。（旦）侄兒侄媳，來的却好，正記挂着哩！（貼、雜旦、小生各相見介。旦）你叔叔盼望久了，房宇早已收拾停當。家人們，把行裝發進去。（雜應下。生）侄兒出門時，家中伯叔兄弟可還安静？（貼）咳！叔叔阿！一家人衹是争閑氣，全不似親生的兄弟。(生)這却怎好?(貼)侄兒此來呵,惜惺惺全仗扶持,要叔叔諸般料理,因此上别爹娘,向明窗絳帳緊跟隨。

(生)侄兒,你兩人到此,與自己家中無異。衹要潛心努力,圖一進步,乃不虚此一來。(貼)叔叔如此看待,侄兒夫婦可謂得所矣!(生)你在這裏呵,

【朱奴折芙蓉】小夫妻一心和氣,小兒弟一堂問字。我與你各有傷心漫提起,權領受讀書滋味。(旦)便是侄媳此來,正可伴我針黹,消遣長夏,宫袍樣天孫錦機。(雜旦)諸事須求嬸母嚴訓,傍慈雲,做觀音龍女鎮相依。

(生)娘子,

【尾聲】我家小阮芝蘭比。(旦)要甘泉栽培根柢。(貼、雜旦)博得個别浦鴛鴦自在棲。(同下)

第十九齣　推刃

(小丑懷刃上)

【破金歌】衹因唇舌動干戈,逼得人兒没處躲。你若在時我不活,漫饒他,割了頭顱,拚還一個。

俺曾繼功便是。命中不幸,做了庶出之子,被嫡兄繼業,將我母子千般作踐。想俺也是個負氣之人,怎肯服輸與他!因而口舌愈多,心腸愈狠,終久勢不兩立,不是他死,便是我亡。爲此覓得利刃一口,暗地藏着,等他再無禮時,便乘間殺了那厮,倒也爽快乾净,不過拚著這條命去罷了。正是:連蛟不共穴,兩虎詎相容。(下。小净上)

【雙勸酒】虎狼一窠,性兒難縛,齒牙暗磨,咬牢難脱。若被弟兄弄我,到頭來不像哥哥。

俺曾繼業,横行半世,人人忌憚。獨有庶弟三個膽敢各立門户,旗鼓相當,甚爲可恨!被俺朝喧夕鬧,把個小的已趕到三泊去了,還算他是個見機而作。叵耐繼功小子,竟與俺兩不相下,怎生恕得他過!今日薄醉回來,乘著酒興,不免鬧他出來,痛打一回,泄泄我的宿氣纔好。嗒!繼功這賤種,給我滚出來!(小丑上)你聽他又在那邊叫罵,想要上門尋死。(見介)來!來!來!你待要怎樣?(小净跳介)我問你:你的娘是個甚麽東西!便是丫頭村婆也還比他高作些,怎的生你這個孽障,敢與區區對壘?今日到和你見個高低看。(作揮拳介。小丑)這廝不知好歹,此時不殺,等待何時!(出刃介)哇!俺與你賭甚嘴來,不要慌,請吃一刀。(小净逃介)阿喲喲!了不得,繼功殺人哩!(小丑追殺,小净叫跳,小丑戳殺小净介)平日委屈受的多了,今日到底在我手裏,爽快爽快!(丑急上)外邊叫殺人,快去看來。(見介)阿唷唷!繼功殺死我丈夫了!(哭叫介)大家快來快來!(中净引二雜扮家人急上)怎麽了?(丑叫哭丈夫介。中净驚介)哎也!弟殺親兄,還當了得!(丑)快求公公伸冤,不要放走了他。(中净)家人們且把尸首抬放平正,即日鳴官辦理。(雜應,扛小净下。丑哭下。雜即上。中净)你這大膽孽種,怎生行起凶來!(小丑)他來尋鬧,鬧他不過,就殺了。(中净)家人把他捆綁送官去。(雜應綁介。小丑)去去!(重唱"漫饒他"二句下。中净跌足介)咳!家門不幸,遇此大變。正是:人到晚年方悔禍,家多乖氣定遭殃。阿唷唷!唬死我也,氣死我也!(搥胸下)

第二十齣 牝噬

（雜旦素衣懷刀上）

〔大石〕【催拍】痛夫婿心如亂麻，問冤魂何時轉家？可惜杜鵑難化，活時守寡，死要尋他。奴家劉氏，曾繼功之妻也。丈夫因殺了嫡兄繼業，囚繫囹圄，不數日竟斃獄中，十分痛憤。可恨業妻馮氏，猶日以罵代哭。想我丈夫已死，還有甚麽顧戀！不如索性拚了那厮，死也翦截。（内丑哭罵介。雜旦）話猶未了，那潑婦又罵將來也！（丑罵上）繼功這天殺的，害得我，我夫妻好苦也！（雜旦）你這潑婦，你家丈夫死，誰家丈夫活耶？（丑）婆娘，你惡狠狠的，難道又要殺人不成？（雜旦）殺你何妨！（殺丑介）泄我一腔怨恨，登時血濺桃花。且住！我今又殺了人，定要牽連入官，反爲不妙。罷！罷！罷！這裏有一大井，不免自尋結果便了。（哭介）哎也！丈夫慢行，奴家隨後來也！教官吏不用嘈雜，拚一命，隕黄沙。

（作投井下。外、雜持棍同上）殺人連斃夫妻命，（雜）打架還須父子兵。（外）自家馮大立便是。生有一女，嫁與曾繼業爲妻。前日女婿横遭不測，今日有人來報，女兒又被功妻殺死。慘極，恨極！曾孝這厮，爲一家之主，兀是裝聾做痴，怎生饒恕？爲此同了兒子前去，要將他夫婦毒打一回。出出怨氣。此間已是，孩兒與我并力打進去！（作打進介。外厲聲罵介）哇！曾家這些狗男女，給我走出來，拚個你死我活！（雜）不還我阿姊的性命，死也不肯干休！快滚出來！（净引末、丑上。净）我家死人如麻，馮氏何敢復爾？兄弟們，隨我打出去！（外）阿唷唷！我是尸親，你們到打起來了！我這條老命也不要了！（與净對打，净擒外打介。雜救外介。外急逃下。雜被衆打倒介。末、丑）大哥，這厮的腿都打折了，躺在地下，如何是了？（净）待俺挾還馮處，死活由他去！（挾雜下，即上）兄弟，事已如此，非經官不可，待俺先去投辭自首，你等在家打點訟事。（末、丑）大哥所言極是。（合）

【人月圓】憑著你父子風頭大，上我拳來不經打。便鬬天人命能招架，況苦主凶身都物化。不容你説尸親狠話，辨皂白，自有官衙。（同下）

第二十一齣　收曾

（老旦、生差役上）

〔黄鐘過曲〕【畫眉序】朱筆標籤牌，鐵練麻繩袖中帶。看張牙舞爪，撞著拖來。我等本縣承差是也，奉太爺之命，拿捉曾氏弟兄，衹索走遭。要從中盤算書差，不管恁鬻田借債。公門錢帛來時快，妙哉没本生涯！

（同下。中净引丑上）衹覺心頭撞小鹿，（丑）忽聽耳畔叫烏鴉。（中净）昨日你們和馮家厮打，把我唬的不敢現形，此事到底放心不下。（丑）早起忠哥出外，暗地打聽消息去了，回來自有分曉。（老旦、生上）大門斜半掩，小巷曲能穿。（生）這裏是了，一同進去。（同進介。中净、丑驚惶介）二位來此何幹？（生、老旦）奉縣主之命，特來拿你，牌票在此，自去看來。（中净、丑看牌，念介）"爲嚴提訊辦事：照得該犯曾孝，持家不正，致妯娌弟兄，自相戕害，乖戾已極。復敢恃强倚衆，毆傷馮大立父子兩人，實屬暴横之至。爲此飭差，除將曾成管押外，即拿曾孝、曾忠、曾信一干人犯，鎖提到案，以便訊辦。火速無違！"（中净、丑哭介）哎也！這却如何是好？（生）夥計們！上了練子。（同鎖介。中净、丑叫苦介。老旦）曾忠現在那里，好生交待出來！

(丑)他早上出去,不知往何處去了?(生)也罷!我們先帶了兩人去。再來拿他未遲。快走!(中净、丑哭介)哎喲!今日好苦惱也!

【前腔】此事怎安排?羅織株連没分解。痛一門骨肉,同陷飛灾。家内事逐件丢開,井中人誰來携帶?(中净頓足介)咳!想我友于兄弟在家,再不鬧到這樣地步,此時悔之晚矣!(丑)兄弟也是那麽想。(合)良言不聽終消敗,今朝羅網難開。

(生、老旦)嚕嗦得緊。快走!(押中净、丑同下)

第二十二齣　三捷

(末上)

〔黄鐘〕【西地錦】幽景無心流覽,前非自覺羞慚。獨行寡侣堪愁慘,啼痕濕透衣衫。

俺曾忠,因與馮氏厮打,全家被收。俺雖獨自潜逃,争奈無門可托,衹得奔至三泊,權投友于庶兄家中,暫且躲避。此間已是,不免逕入。(欲入又止介)且住!萬一他記念舊惡,不肯收留,如何是好?且在門外計較停當,未可造次。(作躊躇介。生引小生、貼上,家人隨上。生)一枝丹桂憑誰折?九日黄花爲我開。俺與孩兒侄兒同赴闈試,且喜三場得手,乘興歸家。今日揭曉在即,適與兒輩訪菊前村,未知家中已有好音否?祇索回去。(見末介)呀!那邊不是忠弟麽?(末)哥哥,正是兄弟。(生)適從何來?恁般狼狽?(末泣跪介)要求哥哥搭救。(生驚介,曳末起介)兄弟爲着何事?且到家中説與爲兄知道。(同進門介。末)哥哥,兄弟拜見。(生)休講虚文,快説來意。(末)哥哥聽啓:

【降黄龍】連倒全家,灾患頻乘　禍事誰擔?(生驚介)又有什麽禍事?(末)侄兒繼功與繼業不合,將他刺死。邑宰收繼功重加搒掠,數日也死了。功婦又將業婦殺却,投井自斃。前冤未解,後難重來,接二連三。業之丈人馮大立,悼女慘死,率領子弟來家,大肆毆罵。大哥一時性發,將馮氏父子打傷。如今控告入官,弟兄俱被拿獲去了。(生、貼各大驚介)有這等事?(末)可憐那些兄弟呵!收監,株連一網,要逐件秉公嚴勘。仗吾兄曲行方便,出人深坎。

(生)哎也!這還了得。一門乖戾,逆知奇禍久矣!不然,兄何以竄迹於此。

【前腔】難堪,平地波瀾。闖禍生非,公然膽敢。不能坐視,無策拯援,徒增驚慘。(貼泣介)爹爹從前與周家鬧事,虧了叔叔救解,此事還得求叔叔主張。(生)我離家已久,與大令無聲氣之通,今即匍伏而往,止取辱耳,於事何濟!休談,若是滅明由逕,顯見得訟辭包攬。(末)這樣説來,如何是了?(生)但得馮父子傷重不死,我三人幸有捷者,則此禍庶可解救。惟望取秋風遇便,或可承擔。

(二雜報子上)探聽舊家世,來尋新孝廉。此間已是,報進去。(進介)我們報新舉人,快拿喜封來!(生)中了那個?(雜)提塘買得名條在此,請爺自看。(生接看念介)"捷報貴府老爺曾名繼善,高中本科十八名舉人。"原來中了小兒,家人賞給喜酒。(雜)這位就是太老爺了,小的們叩頭。(生)罷了。(雜)我們再往别處去罷。(下。末)恭喜侄兒高中,這都是哥哥積德所致,比着孝哥那些兒子,真天壤之隔也!

【前腔】諸男,枉讀詩書,未見成名,反遭禍慘。積善餘慶,偏你孩兒,早把桂枝香砍。(生)羞慚,不過無心僥倖,論學問尚須推勘。漫矜誇少年科第,一味痴憨。

(二雜上)報!報!報!(生)又報那個?(雜)貴府繼祖相

公，中了十三名副榜，有報條在此。（衆看介。生）原來侄兒也中了副榜，家人賞給喜封。（雜接銀下。末）侄兒喜也！（貼）不有二叔，焉有今日？念侄兒呵！

【前腔】頭銜，獲中秦車，全仗栽培，使人增感。若論才學，足備明經，則吾豈敢？（衆）藍衫，從今改換，略脱去黄齏酸淡。願他年荆花雙茂，杏苑同探。

（二雜上）一門三報捷，兩脚半天忙。報太老爺又高中了！（末喜介）大喜！大喜！爲何報得恁遲？（雜）太老爺中在五魁，榜上填寫最遲，故而此刻纔趕頭報。名條在此，請看。（生）一門同捷，也算難得，家人喜封加重。（二雜謝賞下。衆合）

【黄龍滚】喜同歌，鹿鳴三，喜同歌，鹿鳴三。雨露君恩湛，枯木逢春，一片天香糝。（末）哥哥存心長厚，得此後福；兄弟們恁般顛沛，真是天報不爽。（泣介）今始知曩日非人也！（生）兄弟從此悔悟，便可轉禍爲福矣！改過心誠，蒼穹能感。但願你莫依違，把前非，從頭懺。

天色已晚，明日先歸展墓，即遣人探聽馮氏消息。倘邀天相，不致隕命，當以金資助其醫藥，所事或能和解，也未可知。兄弟在此，今晚就與俺同榻安寢，正可細談肺腑也。（末）如此極好，兄弟們感激無地矣！（生）

【尾聲】聯床共話休凄慘，（末）但自悔當初愚暗。（小生、貼）纔信著諫果能回舌本甘。（同下）

第二十三齣　息訟

（外上）

〔仙吕〕【醉扶歸】傷痕初愈安猶欠，官司未了夢難恬。衹怕鄉紳勢炎炎。提防日後風波險。我馮大立，被曾氏弟兄將俺父子打壞，不得已控告入官。公門中使用了多少銀錢,尚未結案。拖到如今,倒弄的收拾不來。可巧友于父子同科報捷,曾孝的幼子又中了個副榜。當今科第最重,友于和縣主又是舊好,倘然説了半句人情,這訟事豈不反輸與他?教人好生躊躇也!醫資訟費兩難兼,無多家計安能墊?

(悶坐介。小生挂鬚上)

【醉羅歌】人間苦味嘗來厭,臭銅還有幾分甜。世情反覆雨雲兼,黄金買轉仇人臉。我周三,自與曾孝厮鬧,一晌不曾出場。昨日新舉人友于歸來展墓,便道見訪。一則是他不忘故舊,二則爲著馮家訟事,托俺去和解和解,并寄有白金二百,作爲馮氏醫藥之費。俺想曾孝那厮死不足惜,友于到底是個好人,怎好却情?這本戲文,做我不著,去替他收了場罷。此間已是,待我叫一聲看。(向内介)喂,老馮在家麽?(外)是那個?(見介)原來是老周,來此何幹?(小生)特來探望。未知賢父子的傷痕,已痊愈否?(外)看來可保無事,衹有小兒的兩腿艱於行走,恐成跛足。(小生)如今的訟事反受累了。(外)正在這裏納悶,倒有些進退兩難。(小生)據小弟愚見,還是和息爲是。老兄阿,你欲争勝負,存心太粘。但無牽累,高眠自恬。可不道公門出入從來險,况且友于父子俱屬新貴,誰不畏敬?難保邑宰無徇情之處。休粗莽,須檢點,爲官未必盡清廉。

(外)何嘗不想到這裏!衹是和息訟事,也要些費用,急切怎生打點呢?(小生)此事倒不消慮得,果依愚見,(出銀介)這是白銀二百,開除過了,還好留作别用,便請收下。(外詫異介)老周,那裏來這些銀子?(小生)此皆友于之贈也。

【醉羅袍】他明知兄弟情虧欠,明知官府律森嚴,曲意調停釋前嫌,勸君舊惡無須念。(外)原來是友于要俺息訟,故而以此見惠。(小生)著了,老兄,那友于極講情理的呢!他是斯文領袖,新科孝廉,居心忠厚,爲人謹謙,并無一綫鄉紳焰。

(外)既是他這等看待,若不應允,情面上倒過不去,衹是那起凶徒太便宜了!(小生)若輩何足計較!小弟從前曾和他們鬧過事來，後來也是友于和解，如今正是前後一轍。（外）也罷！

【羅袍歌】且看好人顏臉，更何須舞弄，文筆刀尖？原呈久告不須粘，息辭一紙憑他驗。各差使用，消除舊籖，各房案卷，消除舊嫌，見機知足無危險。言相合，訟莫添，况他名望振閭閻。雲騰鵠，月步蟾，他年桑梓蔭同瞻。

（小生）既承允諾，請收了銀子，小弟就此回覆去了。（外）勞步。（小生）好説。正是：事歸情理冤能解，手有銀錢病亦輕。（下。外看銀笑介）妙！妙！挨他幾拳打，换得一分財。苦惱生歡喜，今朝利市來。這銀子我去央個開錢店的看一看，不要是戲箱中的假元寶。（下）

第二十四齣　家圓

（生引旦、末、小生、貼、雜旦乘舟上）

〔仙吕入雙調〕【北新水令】水雲蕩漾弄歸橈，驀相逢青山應笑。待尋三逕菊，猶剩一廬茅。（生）卑人久居三泊，幸捷秋闈。且喜家難已消，諸昆知悔，弟兄們連次著人來説，堅請回家同住，因此挈眷而歸。一路趲行，前面已近里門了。眷戀同袍，須不是爲莼鱸歸田好。

（同行下。净、中净引丑、小外、小末上）

【南步步嬌】善惡原來終須報，此日纔分曉。暗裏辨秋毫，人有私心，天能公道。（中净）大哥，想兄弟一生用盡心機，動遭禍患，不是友于連次解救，安能脱身陷阱？當初不合爲名分上頭與他作鬥，真是懊悔不迭。（净）如今我們請他回來，凡事須要取决于他，庶不致重蹈前轍。（衆）這個自然。（雜家人上）禀爺們：二老爺挈眷回來，船已到門，人都上岸了。（净）兄弟們一同迎接去來。（雜暗下。衆）小犬吠蘅茅，櫓聲認取歸船到。

(生、旦、末、小生、貼、雜旦同上。净等以次各相見介。中净抱生哭介)哎喲我的兄弟呵！兄不識好人，致遭奇禍，若與吾弟同居，何至如此？回首從前，真在夢寐中也！(生泣介)哥哥且免悲傷，如今獄訟已平，塤篪聚首，但願同心竭力，則東隅之失，不難收之桑榆。(貼、雜旦跪中净介)孩兒媳婦，久違定省，願爹爹憐恕。(中净泪介)我的兒，你若住在家中，此時也不知死活了！(扯貼、雜旦起介)起來罷！你們路上勞頓，媳婦可同了你嬸母到裏邊將息去。(雜旦應介)請嬸母這裏來。(同旦下。生)我事出無奈，遠居三泊，并非忍而爲此，那一日不想念家中兄弟呵！

【北折桂令】猛思量容易消魂，草長池塘，歸路迢遥，不由人兩鬢愁凋。雁序零星，蝶夢蕭條。耳邊信百般顛倒，心上事萬種焦勞。蕩驚魂各漾波濤，卷迴腸幾寸芭蕉，嘆連枝剥蝕堪傷，幸修篁平安可報。

今蒙憐念，招悌歸家，謹以一言奉告：兄弟們此後必得掃除積習，方可重振家聲，否則悌亦不能久居此矣！(中净)兄弟既能不念舊惡，我們自應痛悔前愆，若然不信，便請焚香設誓。(生喜介)如此甚好。(净等點香同拜介)

【南江兒水】氣格從新改。嫌疑頃刻消。願棠花長隱同枝鳥，菱花合寫同心照，霜花莫打同根草。謹具香花昭告，倘有負盟言，籬畔黄花同槁。

(生)各位兄弟呵！

【北雁兒落帶得勝令】釜邊萁提防被火焦，爨下桐尚可爲琴料，轉機關終須立脚牢，莽風波衹在回頭早。呀，弟和兄一處莫相拋，怨和恩兩面休言報。紫荆花雨後長根苗，白頭人地下應歡笑。今宵，把苦緒從頭道;今朝,把前非逐件消。

(貼)爹爹,孩兒賴叔父教訓,得中副車,不致干連他禍。今後還得跟隨叔父學習詩書,未知爹爹意下如何?(中净向生介)兄弟,我自知乏德,不應有亢宗之子。弟又善教,即從其志,俾姑寄名爲弟之後,將來再有進步,便可賜還也!

【南僥僥令】因憐兒不捨,還仗弟分勞。績學爲人都宜教,好望恁附青雲逐漸高。

(生)兄長付托,弟敢不承當。此兒聰慧,乃我家千里駒也!

【北收江南】呀,語纏綿乳燕欲移巢,影蹁躚雛鶴待衝霄。是珊瑚玉樹好根苗,看風華掩映文章草。羡花生兔毫,羡雲生鳳毛,留伴我梨香院落讀書巢。

(中净)既蒙允諾,孩兒就此拜爲寄父。(貼應拜生介)

【南園林好】念孩兒情粘意膠,傍乾爺形隨影交,伴兄弟手携肩靠。同把卷,破蕭條,同問字,互推敲。

(雜上)賀筵俱已齊備,請爺們後堂家宴哩!(中净)兄弟,今日科名得意,骨肉重圓,真乃非常喜事,和你把杯歡飲去。(生喜介)兄弟離居數載,凄惻寡歡,不想尚有今日,好生快活也!

【北沽美酒帶太平令】這歡娱第一遭!這歡娱第一遭!似相投漆與膠,姜被沉酣共此宵,怕天鷄催曉。肝膽熱,酒杯澆。論手足原該和好,講恩情别無計較。田産上不關緊要,性天内本空煩惱。俺呵,立綱常名高行高,笑人間争錢奪鈔,呀,這纔算天倫一樂。

(净、中净)兄弟,請裏邊來。(生)哥哥請兄弟們來嚇!(末等)來了!侄兒們一同進去。(小生、貼)是。(生)

【尾聲】讀書未可乖名教。(净、中净、末、丑)天下人請看果報。(小生、小末)哥哥,虧煞你把孝悌倫常一擔挑。(同下)

附　録

脊令原傳奇序

曲之感人捷於詩書。今有至無良者，氣質乖謬，師友弗能化焉。試與之入梨園，觀古人之賢奸與往事之得失，其喜怒哀樂，無不發而中者。則曲雖小道，固亦風俗人心之所寄也。予視學浙江，悅黄生韵珊文而賞之，繼覽其所製《帝女花》曲，蒼鬱詭麗，益嘆其才之美。爰取《聊齋》所載《曾友于》事命作劇本，匝月而詞成。情文樸摯，類皆布帛菽粟之談，元人中與《琵琶》爲近。可想見其至性之厚，非徒側艷爲工者。異日譜之管弦，形之歌舞，使普天下孝悌之心油然以生，則感人之捷，雖詩書奚加焉。

道光甲午秋，新城陳用光序於浙江學舍。

絳綃記

〔清〕海鹽黄燮清韵珊填詞

绛綃記

第一折　龍游

（雜四水卒、小旦侍女引老旦扮王妃上。老旦）

〔中吕引子〕【菊花新】瀟湘雨過片雲飛，盡日靈風滿畫旗。世界碧琉璃，看曼衍魚龍游戲。

（坐介）萬頃烟波瀉洞庭，古弦清佩憶湘靈；朗吟飛渡湖天月，遥見君山一點青。我乃洞庭神君王妃是也。神仙世外，逍遥蘅杜之天；宫闕雲中，封拜芷蘭之國。俺夫君學兼文武，威震湖山，近因征伐蚩尤，帶兵遠出。老身閑居水府，唯有愛女楚仙，承歡朝夕。這孩子姿容絶世，聰慧異常，能讀父書，兼通武藝。生女如此，頗足自怡。素書那裏？（小旦）小婢在。（老旦）可宣公主來見。（小旦）是。（向内介）王妃有旨，宣公主進見。（旦宫裝上）裙拖六幅湘江水，鬟抹巫山一段雲。母親在上，女兒楚仙叩見。（老旦）罷了。昨兒命素書賜你絳綃巾一方，可曾收好？（旦）孩兒敬謹收藏。（老旦）此綃乃鮫人所織，須要珍重。（旦）是。（老旦）今日閑居無事，欲往湖上游玩一番，我兒可権掌水營，好生在意。（旦）母親如欲出行，須令水營將卒扈從前往，孩兒纔得放心也呵！

〔中吕過曲〕【駐還著】借雲車風轡,借雲車風轡,電擁星馳,羽蓋金支。往來無滯,未可單身游戲。魚服空江,怕的是老漁郎暗排鈎餌。(老旦)隨帶多人,轉恐駭人耳目,我兒不要過慮。俺衹帶了素書同行,就此變化去也!(内放烟火。老旦、小旦下。雜扮猪婆龍、鯉魚衝上,繞場下。旦)呀!你看母親帶着素書竟自去了。衆水卒,各歸營伍者!(衆應,同跳舞介。合)牢守着江湖天地,同混着烟雲身世。霓旌展,翠葆飛;漢水兼天,楚雲無際。

(同繞場下。生戎裝佩劍上)定遠須投筆,終童待請纓。文章無用處,且復賦從征。小生陳弼教,表字明允,燕臺人也。才華蓋世,勳業未成;耻爲伏櫪之鳴,願賦從軍之樂。今因將軍賈綰,征討楊蛟逆寇,小生入參帷幄,襄贊軍機。但願賊匪早平,藉展男兒素志。將軍即時升帳,恐有商議,衹索伺候。(虚下。隊子引外戎裝上。外)伏鉞登壇衆所尊,銀刀列隊肅風雲。重開日月銷兵氣,盡掃欃槍報國恩。(中坐介)本帥賈綰是也。今有楚南逆賊楊蛟,擁衆作亂,擾害生靈。本帥奉命專征,督師進剿。喜得參謀陳明允,胸嫻韜略,志切同仇。待他進來,一同商議則個。(生上)將軍升帳,就此進謁。(見外介)小生陳弼教打恭。(外)陳兄少禮,請坐!(生)有坐。(旁坐介。外)本帥擇日開兵,吾兄有何見教?(生)將軍久歷戎行,小子敢參末議?惟念兵爲凶器,所過傷殘,百姓苦兵,轉思從賊;民情愈涣,賊焰益張。今將軍奉命征南,首當禁暴。願先以好生之德,安撫閭閻,然後以有制之師,翦除妖孽;則人心既定,賊勢自孤,不難剋日蕩平矣!

【前腔】念兵爲凶器,念兵爲凶器,刀過魂飛。欲翦鯨鯢,先甦民氣。若是不嚴軍例,擄掠奸淫,則盜賊與官兵一般無異。(外)吾兄仁人之言,可勝銘佩。(四小軍扛猪婆龍、鯉魚上)禀元帥:軍士們在湖上射得一個大猪婆龍，又有一鯉魚銜尾而上，因此一并取來，獻與大營。（外）可即烹宰，分餉軍士。（衆應介。生）呀，且住！你看這龍口翕張，似有求援之意；那鯉魚銜尾而上，更屬奇怪。乞將軍縱之大壑，以遂其生，此亦仁武不殺一端也！（外）言之有理。軍士們，作速放去！（生）你看龍背尚有箭傷，我有金創藥在此，何不替他敷上。（敷藥龍背，龍點頭介。生）忍見你過河垂涕，但願恁悠然而逝。揚鱗去，點額飛，尊俎江湖，霎時生死。

（衆放介。内放烟火，魚、龍向生點頭下。外）衆將官！（衆）有！（外）後日乃黄道吉期，整備進兵。沿途不得擾害；如有妄傷一物者，軍法從事。（衆）元帥仁及水族，我等敢不恪遵！（合）

【添字紅綉鞋】蛟龍影動旌旗，旌旗；壺漿共迓王師，王師。摩敵壘，靖潢池，平禍亂，救瘡痍，剪妖氛無遺，無遺。露布看星馳，露布看星馳。

【尾聲】（外）棘門灞上嗟兒戲。（生）看臺上平明大將旗。（衆合）願瀉銀河把兵革洗。（同繞場下）

第二折　蛟變

（卒子引净雉尾戎裝青臉執上。合）

〔越調過曲〕【水底魚兒】戰鼓三通，戈矛照太空。氣吞雲夢，看咱一世雄，看咱一世雄。

（净）俺楊蛟是也。祖父楊么，威揚七澤，雄據三湘，被岳家兵飛渡而來，竟爾全軍覆没。那時俺年紀尚小，幸遇一道人救至深山，教俺學習兵書，并煉期門變化之法。且喜韜鈴嫻熟，法術精通，因此重霸洞庭，再恢祖業。近日朝庭命將進剿，必得先挫其鋒，方可乘機進取。孩子們！與我奮力殺向前去！（衆吶喊。外率衆喊殺上。净衆迎戰介。净）來將通名！

(外)俺乃欽命大將軍賈。何物妖魔，敢來抗拒?(净大笑介)如今真將軍都不中用，靠你這假將軍濟得甚事?(外)天兵到此，尚敢口出狂言，教你碎尸萬段。(同戰介。净敗下。外追下。卒衆以次戰下。外追净上。净衆敗下。外衆追下。净衆上，合)

【前腔】卷電飛虹，驚疑草木風。仰天長嘯，三軍怒髮衝，三軍怒髮衝。

(净)官兵十分利害，祇索退兵湖中。待他追來，俺就變作老蛟，鼓起風浪，管教他全軍驚竄。孩子們，船隻伺候!(内雜應介，各駕船上。净衆上船介。外衆追上。外)賊兵下水，軍士們駕船追趕!(雜掉船上。外衆上船追下。生駕船急上)將軍追賊湖中，恐墮詭計。軍士們!快快趕上前去!(急下。净衆上。外衆追上)逆賊往那裏走!(净)休得逞强，叫你來得去不得。(各戰介。内放烟火，净變介。雜變蛟衝上。四卒擁水旗上，作風浪介。外衆逃下。蛟衆追下。雜駕船，生急上，作翻船介。雜作落水下。場上預設竹籠。生作浮水介)哎喲!一霎時風浪覆舟，性命休矣!這、這便如何是好?(見竹籠介)這裏有一竹籠在此，我且抱着竹籠，隨風飄去便了。(抱竹籠浮沉下。外衆急上)賊子變作長蛟，陡起風浪，戰船幾乎淹没。軍士們，快快登岸，把守城池者!(場上設城。外衆登岸入城介。净引衆追上。净)官兵逃入城中，就此攻打。(衆攻城。城上發箭，净腿上中箭倒介。衆扶起介。净)哎唷唷!了不得!不提防腿上誤中一箭，好生疼痛。且待箭傷平復，再行攻打。孩子們，將他遠遠圍困便了。(衆)得令。(衆繞場下)

第三折　遇獵

（末仙裝執拂塵上）【如夢令】渾沌鑿開二竅，便有許多情好。兒女太纏綿，都要紅絲穿到。胡鬧，胡鬧，忙得老夫不了！我乃月下老人是也。衹因陳生弼教，與西湖公主有因緣之份，現在洞庭遇難，不免御風前往；搭救前來，指引他到公主花園，替他暗中撮合便了。（内作風聲。末引生抱竹籠上。末）陳生醒來！此間已登彼岸，從此信步前行，自有報德之人前來救你。我神去也！（末下。生作醒介）哎喲喲！嚇死我也！

〔南吕過曲〕【香柳娘】剩殘魂一絲，剩殘魂一絲，（徐起介）非生非死，迷離忽墮亂山裏。呀！恍惚之中，已在岸上。衹不知此間是甚麼去處？顫花枝柳枝，顫花枝柳枝，山翠擁參差，不似人間世。且住！方纔朦朧之中似有人説，從此信步前行，自有生路。衹是腹中饑餓，如何是好？（内）走呵！（生）且喜那邊已有人來，待我慢慢迎上前去。（徐步介。外上）美人生來好騎射。（副净上）區區願變一隻馬。（净上）衹怕騎了走不動，（丑上）一日鞭他三百下。（合）請了！（外）我們都是首山獵户。今日西湖公主到此射獵，不免前往清道。（生）呀！列位請了。（丑）唷唷！斯斯文文，像個酸丁。這裏不放主考，你來趕甚功名？（生）小生在洞庭湖覆舟，被大風颳到此間。可憐饑餓難堪，性命不保，望列位垂救則個。（副净）你腹中饑餓，何不大栅欄上館子去！（生）落難之人，那有錢鈔？（丑）想是館子票多了。（外）既如此，俺有些少乾糧，你且帶去充饑。西湖公主即來射獵，犯駕當死，須速迴避。（遞乾糧介。生）多承照顧，感謝不盡，衹是避往何處纔好？（衆）你且跟着我們緩緩而來便。（下。生）嘆彷徨路歧，嘆彷徨路歧，蓬飄絮飛，驚魂猶悸！

（下。四女兵各執兵器引旦雉尾戎裝上）

【前腔】閃霓旌翠旗，舞霓裳翠衣。戎裝小騎，好春山恰對蛾眉細。我乃洞庭君之女西湖公主是也。今日深閨無事,春色悶人,因此帶領侍女們射獵首山,聊以遣興。你看山青樹緑,絶妙圍場。侍女們!縱放鷹犬,待俺登山觀看者。(衆)得令!(作放鷹犬介。雜扮狐、兔各獸上,衆以次殺介。旦)看饑鷹側飛,笑群狐亂啼,鶯燕莫猜疑,春夢休驚起。(内作風聲。雜扮虎上,跳舞介。旦持槍鬥殺虎介。衆)公主神威,親格猛獸,真乃巾幗英雄也!(旦)就此回宫去者。(外等四獵户抬各獸皮上。旦)聽花陰馬嘶,聽花陰馬嘶,雕鞍過時,一路粉香雲氣。

(引女將下。外)這個大蟲,我們多時不曾拿得,今日恰被公主殺死了。(副净)這個毛蟲,定是個公的。(外)怎見得?(副净)大凡公的見了母的,那骨頭先是酥了一半。這孽畜碰着公主,就這等不經打,所以知他是公的。(丑)據你説那公主定是個母的,怎的不叫母主,却叫公主呢?(外)休得胡説,快走罷!(净)不管他是公是母,今晚打死老虎去罷!(諢下)

第四折　題巾

(場上設假山一座、花柳數株。生上)走呵!空山不見人,但聽流鶯語。風信過櫻桃,殘紅落無數。小生飄泊餘生,幸而不死。祇是窮途躑躅,孤影無依,正不知今夜棲身何處?(望介)你看,那邊望去,亭臺掩映,定有人家,祇索趲行前去。(行介)

〔雙調〕【清江引】數殘紅踏遍醾蕪徑,斜陽忽現樓臺影。呀!原來是一座大花園。你看園門半掩,俺且挨身進去,憩息片時,再作道理。(進介)遶朱欄綉楹,度雕廊畫屏。悄悄惜,知道是那處神仙境?

且住!你看數重簾幕,一架鞦韆,分明是内家閨閣。倘有盤問,其禍不小,快快出園去吧!(内)公主回來了。(生)喲喲!不好了!外邊已有人來,怎、怎生是好?(看假山介)罷罷!

這裏有座假山，且在山後暫時躲避，待他過去，再行出園便了。(躲山後介。女兵引旦上)已到園門，請公主下馬。(同下馬、去兵器介，二雜上，牽馬帶兵器下。旦)

【前腔】卸雕鞍扶下嬋娟影，輕鬟墮馬妝慵整。(貼持紅巾上)小婢阿念迎接公主，請公主更衣。(且更衣去雉尾介)天色尚早，且往亭子上歇息片時。(上亭介)聽啼鶯幾聲，數飛花幾星，步瑶階不覺的汗濕羅衣領。

(貼)絳綃巾在此，請公主拭除香汗。(旦接紅巾拭汗介)呀！你看蕙風送暖，麗日熏花，好一片悶人春色也呵！

【前腔】看游絲飛絮渾無定，花枝欲睡嬌難醒。釀春陰乍晴，問春來怎生，好樓臺衹可惜閑了鞦韆影！

(衆)公主鞍馬勞頓，尚能鞦韆否？(旦)你們各去裝束停當，隨俺同上鞦韆者。(衆)是。(各暫下。内細樂。臺上設鞦韆架。旦引諸女各綉襖紅褲上。衆)我們先送公主上去。(旦)侍女們，可將《倚晴樓新詞》隨便唱他幾曲。(衆)是。姊妹們來嚇！(同上鞦韆，隨打隨唱介。合)

【浪淘沙】春柳爲誰青？雨曉烟晴，千絲萬縷剪裁成。願織美人衣上帶，繫住離情，繫住離情。

【前腔】春草爲誰生？緑滿江城，年年寒食踏歌聲。願化美人裙上蝶，作隊同行，作隊同行。

【前腔】春鳥爲誰鳴？好夢頻驚，曉妝樓外兩三聲。願化美人釵上燕，作對今生，作對今生。

(各下鞦韆介。衆)公主困乏了，房中將息去罷。(旦)你們可將園門鎖上，隨我進來。(衆)是！曉得。(作鎖門介。旦)閑情誰解湘妃怨？(遺帕介。衆)好夢難招楚岫雲。(同下。場上撤去鞦韆。生從山後出介)唷唷！急煞我也！喜煞我也！方纔那位公主,分明上界天仙。看他送上鞦韆,真飄飄乎有凌雲之氣。咳!他們已是進去了。你看這一庭芳草,都是美人鞋尖兒踹過的。俺且跟着香踪,也到亭上留戀一回,多少是好。(行介)

【前腔】向平蕪尋取遺鈿影,銷魂庭院斜陽静。(拾帕介)呀!這是一方紅巾。(作嗅介)妙呀!則一股香氣,不是那美人肌膚内透出來的麽!待小生携帶到亭中,細細展玩則個。(上亭介)畫欄兒暫憑,悄踪兒暫停,展冷鮫綃織就了一幅相思境。

且喜有筆硯在此,待我把這紅巾題詩一首。(隨寫隨唸介)"雅戲何人擬半仙?分明瓊女散金蓮。廣寒隊裏應相妒,莫信凌波便上天。"(笑介)妙呵!非此新詩,不能寫此奇遇。美人呵美人!你身上的温香,已在小生襟袖間矣!嚇!天色漸晚,不免尋路出去罷!(貼急上)方纔公主掉去絳綃巾一方,想在園中,快快找去。(尋介)呀!怎生不見?(生潛出作吟詩聲介。貼見駕介)哇!你是何人?擅敢到此!(生)哎喲!姐姐!失路之人,幸祈垂救。(貼)你可撿得紅巾没有?(生)撿得在此,祇是被小生沾染了,如何是好?(貼接巾看,驚介)你該死了!竊看宫儀,罪已不赦;復敢信手塗鴉,定無生理!(生)總求姐姐慈悲,送小生出去,造德無量。(貼)門已扃鎖,往那裏走?且在此間待死便了,我去也!(急下。生驚哭介)哎喲苦也!這、這便如何是好?

【前腔】痛孤身誤落胭脂阱,天涯生死無人省。哎嚇!賈將軍呵!甚將軍論兵?甚書生請纓?到今朝都分是兩地捐軀命。

(貼挑燈,一婢携燭持酒食上。貼)胡麻仙子飯,楚佩美人香。(生迎見介)呵喲姐姐!不知小生性命如何?(貼)且喜有些生路了。(生)嚇!有生路了!(貼)公主看了紅巾,展玩再四,并無怒容。(生)這、這就好了。(貼)我就乘間問:園中秀才,如其可恕，便放了罷！不然，就要餓死了。（生）你那公主便怎麽説？（貼）我公主説：天已昏黑，叫他那裏去？因此命我備些酒食，與你充饑。你就在亭上將就吃些罷！（婢携燭臺酒食置案介。生拍手介）妙極了！承姐姐周旋，小生誓不忘報。（貼）你且息心等候。那亭後東廊下有空房三間，無人居住，今晚就在那裏安歇，我回覆公主去也！（同婢下。生）正在餓焰中燒，不想有此酒食，俺且權時果腹，再作區處。（據案隨食隱唱介）

【前腔】正枯腸雷轉難消領，胡麻權當充饑餅。那瓶酒定是玉液瓊漿，索性喝他　醉。（飲介）倒琉璃净瓶，把珍珠細傾。好春宵便醉卧羅浮嶺。

你看夜已深了，風露欺人。我且乘着微醺，到後面房中睡他一覺，明日再作道理。（作起行介）想今夜呵！

【尾聲】獨枕無聊數斷更，把袖中香氣權消領。（回望介）咳！忍見那月底鞦韆花弄影！（下）

第五折　玩巾

（副净上）好笑！好笑！（丑上）鬼頭鬼腦。（副净）開門揖盜，（丑）事有顛倒。（副净）妹子。（丑）阿姐。（副净）我和你都是西湖公主的丫頭。費上幾百年功夫，修成了這黄花閨女，如今年紀也不小了。雖是生得粗蠢些，若嫁個蝦兵蟹將，也算得女貌郎才。争奈公主把我們管得十分謹嚴，連一條雄鰻魚也不放他進門，可不活活的悶死了人！（丑）這也是命該如此。再熬上百來年，少不得也要打發了。（副净）衹可恨那阿念小蹄子，一般是個丫頭，他偏打扮得妖妖嬈嬈、嬌嬌滴滴，仗着幾分姿色，連我們也不放在眼裏。公主偏當他是個好人，如今好人鬧出事來了。(丑)鬧甚麽事?(副净)我昨兒從園中回來,聽見那丫頭和一男子説話。我遠遠站着,衹聽見説甚麽公主的紅巾,又説題了甚麽詩句,可也不很明白。後來到了晚上,又看見他悄悄的掌了燈,拿着好多東西,往園中去了。你想他無事便充假道學,背人恰占大便宜,可恨不可恨?(丑)怪道公主偏護他,原來他會幹這些事!(副净)如今我們且去告與王妃知道,坐他個風流罪案,也好舒舒那口惡氣,豈不是好!(丑)説得有理,一同去來。正是:明槍容易躲,(副净)暗箭最難防。(同下。旦持紅巾上)冰柱春寒廿五弦,落花冉冉送華年。明珠羞托良媒獻,翠袖惟邀侍女憐。(坐介)奴家昨日在花園中丢了絳綃巾一方,即命阿念尋覓回來,誰知被一狂生題詩塗抹。看他情詞諧謔,未免唐突西施,而吐屬風流,定是才人之筆。且喜無人在此,不免展玩一番,有何不可?(展巾念前詩,作點頭沉吟介)咳!秀才呵秀才!你好痴也!

〔仙吕入雙調過曲〕【朝元令】蘭因絮因,錯認閑脂粉。春痕夢痕,忽惹閑愁恨。爲我纏綿,爲伊沉悶。桃花紅瘦,是誰引到劉晨?想我娉婷玉質,縹緲瓊樓,路隔仙凡,竊恐虚勞繾綣。秀才,你恁地没分曉也!我深掩朱門,花枝柳枝空自春;咫尺隔紅塵,相思不當真。這詩呵!怎做得定情詩本?飄飄渺渺,尚無憑準,太無憑準。

想這秀才不知因何到此,如今藏躲花園,倘或走露風聲,取禍不小。且待阿念商量,怎生放他出去纔好!

【前腔】朝雲暮雨,未鑄鴛鴦印。痴魂瘦魂,恐陷魚龍陣。蝶夢難留,蛟絲休引。且住!若是放了出來,不知他投往那裏?又不知何時再到此間?四海茫茫,失此佳士,豈不是終身恨事麽?(泪介)咳!天台一别,料伊再到無因。各自黄昏,這愁兒夢兒要兩處分。我這裏寶瑟怨湘君,他那裏金枝望洛神。這絳巾呵!衹落得思量有份。絲絲縷縷，字兒紅暈，泪兒紅暈。

(小旦急上)忙將意外事，報與畫中人。哎喲公主，不好了！方纔有人告知王妃，説阿念妹子勾引男子在花園中，將公主的絳綃巾題了甚麽詩句。王妃聞言大怒，命小婢前來，立取絳巾回話。這、這便怎處？(旦驚哭介)哎喲！唬死我也！(小旦)公主且免驚慌，快把就裏根由説個明白，待小婢設法解救。(旦)哎喲！素書呵！昨日我在園中把絳綃巾一時丢了，即命阿念尋取回來，不想被一狂生題了詩句。祇不知那人怎生到此？何時混入園中？連阿念也不知底細，要姐姐替他方便則個。(小旦)如今絳綃巾何在？(旦遞帕介)這不是麽？(小旦接帕看，驚介)呀！這還了得！狂生謔語，真乃不知死活。事已如此，隱瞞不得。公主的心迹，小婢自當代爲分剖；祇是那書生的性命，就保不定了。(旦驚哭介。小旦)公主且自寬懷。王妃立等回話，未便久留，少不得相機行事便了。(旦)全仗姐姐作主。(小旦)這個不勞公主叮囑。正是：生憎鸚鵡舌，驚碎鳳凰心。(急下。旦)呵喲！這是那裏説起？阿念快來！(貼急上)來也！公主爲何這等慌張？(旦哭介)哎喲！你還不知，那秀才題巾之事，有人報與王妃知道。王妃大怒，方纔命素書前來，已把絳綃巾取去了。(貼)何不藏過此巾，以滅其迹？(旦)若是有心欺騙，顯涉私情，還是據事實陳，任從王妃處置便了。祇是那園中秀才，眼見得性命休矣，如何是好？(泪介。貼)公主且到房中將息，待小婢往花園中報與那人知道，教他早定主見。(旦)如此快去！快去！(欲分下，旦復轉介)阿念回來！(貼)公主怎麽説？(旦)你就報他個信息，他也不過坐以待死罷了，怎生脱得此禍？(貼)這、這便怎處？(作躊躇介)罷！罷！小婢拚着斗膽，竟自放他出去，豈不乾净！(旦)好！好！如此快去！快去！(欲分下，貼又轉介)公主講轉！(旦)又有什麽計較？(貼)若是放了這秀才，那絳巾上現有詩句，王妃必不甘休；倘然追求根由，公主祇推不知，讓小婢一力擔承，就是赴湯蹈火，斷不連累公主。(旦)這個如何使得？酒飯盤餐，都是我教你送去，與你無干，豈可使你一人受屈？(貼)哎喲！公主有所不知，此事小婢擔承，與公主便無干涉；若是公主得罪，小婢總無生理。况且公主乃王妃愛女，倘死于不白之冤，那垂暮衰親，何人娱老？豈可兩人同死，轉致名節有虧。公主切無依違，小婢方好前去。(旦哭，福介)哎喲！你如此用心，便是我的親妹子了！(貼扶旦介)公主休得如此，小婢就此去也。(各掩泪分下。生上)

【前腔】無因有因，忽與仙山近。才人美人，恰被游絲引。一飯淮陰，三生元積。楚臺留我，祇愁未渡行雲。小生胡亂題詩，險遭不測，幸荷仙姬原恕，翻蒙酒食之貽。祇是匿迹花園，終非了局。這心緒好不惶惑也呵！銜去紅巾，還恐怕鶯兒燕兒要漏泄春。縹緲夢中裙，迷離月下尊。(望介)祇指望花陰蟬鬢，言言語語，暫來消悶，再來消悶。

好了！你看遠遠望去，那姐姐早則來到。都分又有酒饌吃了！(拍手喜介。貼急上)你大禍臨頭，兀是不知死活！(生驚介)禍從何來？(貼)你亂題詩句，有人稟知王妃；王妃大怒，已將絳綃巾取去，早晚拿你問罪。這不是一場大禍嗎？(生驚哭，跪介)哎喲姐姐！可憐小生一命，搭救則個！(貼)事在危急，別無他法。你快快跟我到花園門首，若是無人攔阻，便放你出去，自尋生路。(生忙起介)是！是！是！若得如此，感恩不盡。快走！快走！(欲行復止介)呵呀，且住！我便走了，若是王妃根究何人釋放，這便如何是好？(貼)這個干係，不過拚着我的性命，一身擔當罷了！（生）這、這是甚麽説話？信手塗鴉，乃小生自取其禍，怎好貽害卿卿？况且小生一走，不但姐姐性命有關，就是公主的名節，也是洗刷不清。豈可活一人而害兩人之命？這個萬萬使不得！（貼）依你説便怎麽辦？（生）依我主見，情願面見王妃，將此事剖析分明，然後生死惟命。（貼）我的冤家，你若不走，眼見得有死無生，不要太偏執了！（生）小生波浪餘生，蒙姐姐垂憐，得延旦夕之命。如今孽由自作，决不忍連累好人，我是斷斷不走的了。姐姐，你自回去，垂救之德，雖死不忘。（貼急介）哎喲！這可不是磨難煞人了。（内）快拿人去！（貼）那邊已有人來，教我也顧你不得了！（急躲下。四雜抱械上，鎖生介。生頓足介）哎喲！今番苦也！（雜）這是甚麽地方，你敢胡行亂闖！如今“胡”也要去，“樂”也要去！（生）列位呵！小生誤入花園，不過胡謅一首七言詩句，别無他罪，還望照顧則個。（雜）你秀才家做做時文，寫寫卷了，也就够了，誰叫你做甚麽七言八言？你要做詩，就該受害。（生）喲喲！罷！始知詩是窮人物！（雜）你不會吟詩就不會窮。（帶生下）

第六折　尚主

（四侍女引老旦上。小旦隨上。老旦）

〔雙調〕【海棠春】驚魂纔趁烟潮轉，幸未化瀟湘雲片。珍重武陵春，莫使漁郎見。

（坐介）我洞庭王妃。前日往湖上閑游，被軍士們暗傷一箭，擒向軍門，幾乎性命不保。虧了那個陳姓秀才從旁力救，將我主婢二人，同時釋放，又把金創藥替我敷了傷痕，遂得虎口生還，真是恩同再造。這都不在話下。今日花園中有一賊子，竊看宮儀，并將小女紅巾褻詞玷污。謔浪閨闈，罪不容誅，立命捆縛前來，敢待到此。(四雜鎖生上，見老旦介)拿得花園賊子，聽候王妃發落。(老旦拍案怒介)哇！好大膽的狂徒，怎敢擅入宮闈，玷污綃帕？與我斬訖報來！(雜應介。生)哎喲，王妃呵！小臣陳明允冒犯威嚴，罪應不赦，尚容一言剖白，緩死須臾。(小旦急問介)你就是陳明允麼？(生)正是陳明允。(小旦)你們住手，待稟與王妃知道。(稟老旦介)稟王妃：這狂徒不是别人，就是救命的陳郎。(老旦)嚇！就是救命的陳郎！快快鬆綁，請來相見。(雜釋綁散下。小旦)王妃請陳郎相見。(生)王妃在上，難臣叩見。(老旦答拜介)誤犯尊顔，尚乞原恕。分付看坐。(生)微臣罪該萬死！荷蒙不殺，爲幸多矣，怎敢抗禮宫庭，自取重戾？(老旦)足音空谷，幸接高賢，尚有衷曲之談，坐了方好細説。(生)既如此，衹得告坐了。(分賓主坐介。老旦)老身不遇君子，無以有今日，再造之恩，恨無所報。小女蒙題巾之愛，當是天緣，今夕即當遣侍帷房，幸勿推阻。(生)嚇！這是那裏説起？小生乃斷梗飛蓬，貴主是瓊枝璧月，蒹葭倚玉，何福當之！(老旦)休得過謙。素書，你可傳諭公主，作速催妝。侍女們！整備筵燕花燈，伺候新人合巹。(衆)是。(小旦)信傳青鳥使，(侍女)曲唱紫雲迴。(同下。生)過蒙眷愛，可不折殺微臣也！(老旦)陳生呵！

【桂枝香】勞君垂援，將儂脱免。欲待做黄雀銜環，恰正好紅鸞引綫。這一方紅巾呵！是冰人暗牽，便做了天孫錦緞，御溝詩片，成就了美姻緣。好乘彩鳳雙飛翼，不索牽牛十萬錢。

(内鼓樂，丑披紅儐相、衆侍女持各色花燈、小旦貼提紗燈同上。小旦)稟王妃：花燈筵燕，俱已齊備。(老旦)請陳郎更衣，就此交拜。(生更衣。丑贊禮介)伏以二月桃花樹樹開,引他阮肇入天台。三生石上因緣分,一首詩中撮合來。今請人間奇士、天上仙娥出堂交拜。(貼扶旦新人上,同生拜老旦,復交拜畢。老旦、生各定席,老旦中坐,生、旦對坐。小旦、貼行酒介。衆合)

〔南吕集曲〕【梁州新郎】垂楊樓閣,飛花庭院,暢好瓊卮春滿。良宵燈月,人間天上團圓。説甚玉臺翡翠,金谷珊瑚,看得浮華賤。海棠紅倦也,夢游仙,青鳥殷勤爲探看。珠塵墮,錦雲暖,任銅壺漏點催銀箭。歌吹地,忘了夜深淺。

(老旦)夜已深了,侍女們掌燈送入洞房者。(衆)領旨。(内細樂。老旦先下。衆簇擁生、旦入洞房。衆散下。旦以扇障面介。生)惝怳之中,衆人已各散去。(看旦介)你看公主還遮着扇兒,待我把扇兒去了,方好説話。呀!公主!小生放肆了。(作去扇,看介)咄咄咄!妙嚇!今夕何夕,見此粲者?教小生好不顛倒也呵!

【前腔】秋烟籠鬢,春紅吹面,兩點眉山遠。蘭皋楚岫,依稀月下雲邊。纔得微聞香澤,遥領神光,已覺魂消散。(旦羞避介。生看旦足介)襪羅微步也,欲生蓮,可許凌波便上天?金佩解,玉荷剪,這羅敷好夢無人見。星在户,商略翠衾展。

敢問公主:小生乃羈旅之臣,生平不省拜侍,玷污芳巾,幸免斧鑕,反賜姻好,却是爲何?(旦)妾母乃湖君妃子。前往湖上,爲流矢所中,蒙君脱免,又賜刀圭之藥,一門感戴,常不去心。郎勿以非類見疑也!(生)原來如此!(旦)

【前腔】曾蒙援救,時常依戀。相逢患難,翻成一段奇緣。(生)那婢子怎的認得小生?(旦)那日洞庭舟上,曾有小魚銜尾,即此婢也。(生)昨日既不見誅,何又遲遲不放小生出去?(旦羞介)實憐君才,但不能自主耳!看你斜行澹墨,密意柔情,寫出相思券。令人顛倒也,鎮無眠,這一夜迴腸百樣牽。(生嘆介)卿真我之鮑叔也!(旦)不想今夕呵,肩共凭,手同挽,做鴛鴦仍列神仙傳。羅帕結,把我兩情綰。

祇不知陳郎怎生到此?乞示來因。(生)小生從將軍賈綰征討楊蛟,那日追入湖中。不料這妖賊善能變化,簸弄風濤。小生遭風落水,扶着一個竹籠,隨波漂蕩,不知怎的落到此間,好生奇怪哩?

〔南吕正曲〕【節節高】驚濤裂紙船,去無邊,猜不到仙槎倒引來銀漢。小生過蒙寵愛,喜出非望,衹是賈將軍爲妖賊所敗,多分是凶多吉少,還求公主搭救則個。欃槍現,風浪顛,旌旗變,怕孤軍難呈玄黄戰。零星敗局誰能挽?乞借青鋒斬鯨鯢,雲臺恰畫春風面。

(旦)陳郎不必憂慮,明日即令小婢阿念前去探聽軍情,再行設法往救便了!(生)若得如此,真乃感激無地。閑談許久,已近四更,請公主安歇去罷!(旦)陳郎請!(生)公主請嚇!(旦羞介。生携旦手行介)

【餘文】輕紅薄暈梨花面。(旦)訴温存今宵比肩。(合)不許他簾外流鶯語曉天。(同下)

第七折　探營

(貼艷服勁裝執令旗上)

〔北雙調〕【新水令】弄烟潮遥趁渡江雲,步虚聲半天風緊。波光明玉佩,烟縷縐羅裙,則幾點遠山痕,圖畫翠眉本。

我乃西湖公主侍女阿念是也。奉公主之命,往湖上探聽軍情。衆將官!(内應介。末、副净、小净、丑同執旗跳舞上,站立兩旁介。貼)駕起雲風,隨俺渡湖去者!(衆)得令。(同跳舞介。貼御風行介)

【折桂令】馭天風游戲紅塵，點點飛花，渺渺餘春。祇見那萬頃沉浮，東南吴楚，日夜乾坤。慘悽悽湘弦寫韵，夢昏昏神女行雲。哭長沙誰吊靈均，醉高樓可有仙人？則一搭戎馬關山，説不盡杜老酸辛！

你看前面殺氣騰空，定有賊子屯積，則索登岸一望者。（衆應，同下。净領卒子上）我楊蛟箭瘡已愈，就此進兵。衆孩兒努力向前者！（衆呐喊，同繞場下。末衆引貼上。貼）那賊勢好生凶狠也！

【雁兒落帶得勝令】障南雲貔貅萬灶屯，撲西風鷹隼三秋迅。掃不開昆陽虎豹軍，振不起彭蠡魚龍陣。我想這些賊寇本是蒼生，若非大吏養癰，便是地方激變。先事既無覺察，到得寇勢鴟張，驚惶失措。不是殺民代賊，即思掩敗爲功，説起來好不痛心也呵！呀！養癰疽遺害豈無因，痛瘡痍歷劫真堪憫。做庸臣先學抱頭奔，做忠臣博得捐軀殉。良民，苦征輸還要攖鋒刃；奸民，正好趁干戈擄掠人。

我們再往賈將軍營盤一望者。（衆應同下。外領隊子上）我賈綰自從兵敗湖中，軍鋒大挫。我參軍陳明允，中途失散，久無下落，好不傷心。現在困守孤城，援兵不到，欲待出戰，争奈楊蛟妖術利害，難以取勝，這便如何是好？（探子上）報！楊蛟率衆圍城。（外）再探。（探子下。外）軍士們，多備擂木炮石，分門固守，不得有誤，隨俺閲視城垣去者。（衆應，同繞場下。末衆跳舞上。貼上，登高望介）

【牧江南】呀！你看那跳梁亂走兔狐群，則一片蚩尤毒霧障晴雯。猶幸得亞夫細柳肅營門，却不道孤城援絶無人問。怒轟轟戰氛，哭啼啼難民，怎能够魯連談笑却秦軍。

就此回去，報與公主便了。

【尾聲】一人間擾擾風雲陣，兵過處千家灰燼，誰似我世外桃

花避戰塵。(同下)

第八折　蕩寇

(生戎裝挂劍、旦雉尾戰袍挂劍携手上。雜旦持大旗隨上。生、旦)

〔北黄鐘〕【醉花陰】月墮簾陰夢初覺，亂鶯啼瑶宫春曉。拈花朵，整雲翹，兩温存眼底眉梢，寫不出痴和醉，迷離稿。(生)公主，我兩人柔懷繾綣，形影難分，何物情絲，牽連如是?(旦笑介)這都是那一方絳綃巾在那裏害人也!(合)誰把這蛛網織烟綃?却把我兩人心，暗粘了。

(生)小生是鄉甚樂，祇是賈將軍音信杳然，好生惶惑。(旦)且待阿念回來，自有分曉。(貼執旗上)霓旌開綉纛，翠羽遞軍書。報公主：賈將軍困守孤城，賊衆四面攻打，十分危急。(生驚介)哎喲公主!可憐一邑生靈，早些搭救則個!(旦)陳郎不必驚惶。我想賊衆并力圍城，其湖中水寨必然無備。祇要攻其巢穴，則陸路之兵不戰自解。此圍魏救趙之計，尊意以爲何如?(生)公主妙算，極合軍機。(旦)阿念過來，你可帶領水卒，逕搗賊巢，縱火焚之。若楊蛟回兵，其心必亂，即可乘機迎擊，不得有誤。(貼)得令。(下。旦)陳郎，你可渡湖登岸，乘賊兵解圍之際，即便入城，與賈將軍領兵追擊，使他背腹受敵，即可一鼓蕩平。我在君山接應，到彼相會便了。(生)祇是小生撇不下公主，怎生是好?(旦)你敢違夫人將令?(生)是是!小生就去。正是：暫撇鸞凰侣，重張虎豹軍。(下。旦)侍女!隨我往君山督陣去者。(雜旦)是。(同登高處介。旦)你看這江山，好不雄秀也!

【喜遷鶯】望不盡三湘綿渺，淘不盡千古英豪。波也麽濤，亂轟轟魚龍喧鬧。那裏是澧芷沅蘭泣楚騷？那裏是解明璫，贈漢皋？但想像斜陽芳草。楊蛟呵楊蛟！則一片瀟湘雲夢，乃是神女嬉游之地、才人歌哭之場，豈容你齷齪么麽，腥我疆土！試看你做英雄刀下魂消，翻教俺做神仙馬上功高。

(内放火、吶喊。雜扮賊兵逃上。貼引衆追殺下。旦)那賊巢早則破也！

【出隊子】俺這裏乘風飛到，他那裏亂紛紛將戈甲抛。不煩俺夫人戰鼓手親敲，早則是赤壁東風一炬燒，渾不數綉口談兵大小喬。

(净引卒子乘船上)俺楊蛟正在攻打城池，忽聞湖中巢穴被燒毁，因此急急回兵救護。(外、生領衆乘船上)呔！楊賊往那裏走！(同戰介，净衆敗下。外、生領衆下。旦)

【刮地風】哎喲！你看那陷陣酣呼戰氣高，困長圍羅刹弓刀，漸壞雲頹壁旌旗倒。一邊兒健鶚摩霄，一邊兒病獸離巢；一邊兒兩軍合搗，一邊兒孤注難逃。任憑你檣櫓堅，炮石靈，怎敵俺軍機神妙。俺便要瀉銀河將他兵火銷，還我個碧雲天洞庭春曉。

(貼率衆上)賊巢已破，前面喊殺連天，定是楊賊回兵，衹索迎擊便了。(净領卒子上)呔！你這孩子爲何不守閨門，却來阻我去路？(貼)呔！你的巢穴已被俺燒毁，還不快快就縛！(净)原來破你暗算！看刀！(戰介。外、生領衆衝殺上。净衆敗下。貼衆追上。外)陳兄，這位女將想就是新夫人了？(生)此時還不是夫人，將來恰要加個“如”字。(外笑介)原來還是個處女。(生笑介)可曉得行兵之道，“守如處女，動如脱兔”。(外笑介)這等説如今不是處女，竟是脱兔了！(生)休得取笑，一同追趕。(同追下。净奔上)呵唷唷！利害，利害！前後夾攻，把我的兵將殺傷殆盡。不免用法術敗他，以泄此憤。(貼、外、生領衆追

上。浄虛下。内烟火。雜扮蛟衝上。衆繞場逃下。蛟追下。旦)

【四門子】猛可的臨風一晃舒牙爪,霎時間怒立驚濤。好比那蜿蜒陣勢長蛇裊,破滄溟,跋浪驕。仗着你頭角高,山岳摇,全不想送殘生飛來周處刀。結束住翠錦袍,拴扎定白玉絛,(拔劍介)細腰邊神龍寒嘯。

妖人左道,當以青龍寶劍破之。(貼、外、生領衆上,繞場下。蛟追上。旦擲劍介。内放烟火。雜扮青龍衝上,與蛟鬥。蛟敗下。龍追下。浄逃上。貼、外、生各領衆上,斬浄介。外)陳兄,且喜逆渠授首,餘寇蕩平。請尊嫂夫人下山一見,拜謝救援之德。(生)是、是。公主有請!(旦下介。外)末將甲胄在身,恕不全禮。(旦)將軍戰守功高,可勝忻賀。(外)末將蒙公主垂救,幸免失機。還望仙馭下山,待末將奏請朝廷爵賞。(旦)妾乃世外釵裙,無意人間富貴。衹因陳郎與將軍有同袍之誼,特遣小婢,略助軍威。今幸剋奏膚功,將軍即宜撫恤瘡痍,招集流散,爲國家調養元氣,慎固封疆。愚夫婦即便還山去也。(外)公主指示,末將敢不恪遵。衹是陳兄决然舍去,何時再得相見?(生)後會方長,再容趨謁。(外)如此,衹得告别了。衆將!收兵。(領卒子下。生)公主神算,阿念奇功,真令鬚眉愧死。(旦)過獎了。就此御風迴山者。(同行介。衆合)

【水仙子】喜喜喜喜兵氣消,看看看看一霎風雲都過了。泛泛泛泛烟波兒女逍遥,弄弄弄弄花月神仙飄渺。曳曳曳曳瓊裾上碧霄。向向向向世外同驂鸞鶴,嘆嘆嘆嘆下界紅塵枉自勞。問問問問情天紫極誰能到?但但但但衹見湘水碧,楚山高。

(水卒先下。生)公主,我想阿念前有饋食之勞,今有破敵之勇,教小生何以爲報?(旦笑介)你要報他麽?(扯貼與生介)喏喏!我就把他交付與你,憑你怎樣報答去罷!(生)喲喲!可不折殺小生也！(扯貼介)快過來謝了公主。(貼作羞介。旦)祇是你怎生報我呢？(生笑介)公主是自然不消説了。(執旦、貼手行介。合)

【尾聲】皎月明星夜同照，證盟香一幅鮫綃。我與你住温柔還比白雲好。

花消英氣酒消愁，　　世事茫茫漢水流。
春女纏綿秋士烈，　　游仙枕上覓封侯。

附　録

説　明

本劇原稿爲“龍游”“蛟變”“遇獵”“題巾”“尚主”“諢筵”“探營”“蕩寇”八折,作者修改時將“諢筵”折删去,在“題巾”折後增出“玩巾”一折。爲了劇情銜接,“題巾”折末尾【前腔】“正枯腸雷轉難消領”曲後的對白和【尾聲】曲也作了相應的修改。現將兩處原稿附録於後,以供參考。

一、原稿“題巾”折末尾對白及【尾聲】曲

(伏案睡介。貼急上)嚇嚇!不好了!你還不快快醒來!(生驚介)姐姐爲何大驚小怪?(貼)有人將你題詩之事報與王妃知道,王妃索取詩帕看了,登時怒發,大罵狂徒,即刻便來拿你,多少是死多活少。(生驚跪介)還得姐姐救我則個。(内)快拿人去。(貼)那邊已有人來,我不能救你了!(急下。四雜執械上,鎖生介。生頓足介)阿嚇!今番性命休矣!

【尾聲】兒女英雄兩不能,怕仙緣鬼趣同消領。(雜)快走!(生)哎喲!知道我一片歸魂何處影?

(四雜)走嚇!(帶生下)

二、原稿"諢筵"折

(末上)一頭撞龍門。(副净上)四脚踏乾坤。(小净上)水母跟我跳。(丑上)吏部見我笑。(末)我魚參謀。(副净)我鱉元帥。(小净)我蝦先鋒。(丑)我蟹將軍。(合)請了。(末)我們都是洞庭君部下水營將弁。昨晚公主招了駙馬,今日我輩賜了喜筵,大家暢飲一番,須要盡興。(衆)這個自然,一同入席。(場上設席,同入坐介。副净)我們是官場筵會。(丑)是啊!可不都是官麽!(副净)喝酒要喝得雅道些。(小净)怎麽纔叫雅道?(副净)行令喝酒,這就叫做雅道。(小净)罷!罷!我從不曾雅道過,這不是喝酒,竟是受罪了!(副净)亂令者先罰三大碗。(小净)不敢,不敢!依你,行什麽令?(末、丑)好,好!倒要請教請教。(副净)依我説大家輪流猜拳,猜着的唱個曲兒。(末、丑)猜不着呢?(副净)猜不着的喝一杯酒,把自己的原形現出來瞧瞧。(末笑介)那尊形也就可觀了。(小净)喝了酒要現原形,也就不見很雅道。(丑)這個不打緊,大凡不喝酒的時候大家還撑着這副假面目,到喝醉了,總要露出本相來的。祇要不囉唣,别説心事話討人嫌,别撒酒風打架兒,也就算酒中上品了。(末)既如此,我與鱉翁先猜起來。(小净、丑)好,好!我們也瞧瞧樣兒。(末、副净猜拳介。副净)是我猜着了,你先喝一杯,變個原形來吧!(末飲介)酒令嚴如軍令,説不得且變一下。(虚下。内烟火。雜扮大魚繞場下。末上)你該唱了。(副净)我唱,我唱。

【黄鶯兒】活現一遭,魚腹兒中,有甚書,居然也把參謀做?但逍遥江與湖，但浮沉藻與蒲，隨波逐浪把軍期誤。眼模糊，難分皂白，偏要混明珠。

(末)好駡，好駡！我這參謀竟説得不值一錢，回來少不得要恭和原唱。(又猜拳介。副净)如今是我喝酒了。(末)請君入甕，快變！快變！(副净虚下。内烟火。雜扮大鱉上，繞場下。副净上)你唱吧！(末)

【前腔】酒鱉一團團，大規模，局面寬，相君之背莫非賤。(副净)承贊了。(末)氣昂昂甲冑堅，暗昏昏泥土鑽，龜頭縮進何曾見？出蹣跚，旗開玄武，也要學登壇！

(副净)嗳唷唷！把我這元帥恁般奚落，可惡，可惡！(末)如今該輪到你們二位了。(小净、丑)來，來！(各猜拳介。小净)呀呸！偏是我猜不着。喝杯酒也好！(丑)把變來吧！(小净下。雜扮蝦跳上，繞場下。小净上)如今你該唱了。(丑)

【前腔】一個蝦跳，晃明盔兩刃刀，戟鬚風弄旗竿裊。(小净)倒還有些樣兒。(丑)岸灘邊伏的牢，水波中迸的高，賊兵未到先跑了。墨青袍，隨時卸去，長脚最能逃。

(小净)依你説不是先鋒，竟是先逃了。(丑)逃得了也算你武藝高强。(小净)不要强嘴，少不得也罰你一大杯！(又猜拳介。丑)我輸了，喝一杯算了吧！(衆)這個不能。大家都變了，怎麽你不變。(丑)咳，諸公的本相雖是不像人形，還是有頭有面，若區區變將出來，真是愈出愈奇了。(小净)愈奇愈妙。(丑虚下。内烟火。雜扮蟹繞場下。丑上)見笑，見笑。(小净)聽我唱來，

【前腔】醃蟹酒猶醒，本無腸要横行，兩邊戈甲排齊整。冒餘糧稻一莖，戀微光火一星，有何顔面充軍政？可憐生，沙場廓索，猶恐月兒明。

(雜持旗上)呔！公主有令：命你水營將弁隨同阿念姑娘往湖中探聽軍情，不得遲誤！(衆)得令。(雜下。丑)完了！正在飲酒開懷，弄出什麽軍務來了！掃興，掃興！(小净)你不知道，如今的軍務都在這幾個醉漢身上，也衹好勉强支持一下。(末)將在謀而不在勇。有我參謀在此，你們不必驚慌。(副净)你的參謀也衹平平，我元帥三軍司令，衹要福運亨通，你們一個個都要得軍功哩！(衆)如此，全仗鴻福，全仗鴻福。(同諢下)

神山引

〔清〕玉泉樵子（許善長）填詞

神山引

第　齣　肆聯

（生巾服上）吐鳳慚稱八斗才，尋詩曾上越王臺。海潮欲鬥霜毫健，爲沐韓蘇教澤來。小生陽曰旦，字伯明，瓊州人也。家傳詩禮，名列膠庠。黄絹詞新，燦爛盈囊錦綉；青燈功苦，折磨利市襴衫。負笈擔簦，四方有志；乘風破浪，萬里輕游。昨以訪尋故舊，來至雷州。游眺數月，歸興忽來。已與同里龔、吴兩君相約，托其代覓歸舟，挈伴回里，想必便有回話也。

〔南商調引子〕【鳳凰閣】他鄉游倦，頓覺離愁難遣。客中情緒醉中天，蕭索渾如秋燕。計程非遠，已早讓春歸客先。

（雜上）勸君更盡一杯酒，西出陽關無故人。陽相公，我家棧主邀同龔、吴兩客人，在碼頭酒肆中候你，同去定船咧！（生）如此，你先行，我即刻便來。（雜下。生行介）却好客邸無聊，百端交集，借他杯酒，一消魂礌。

【二郎神】吟懷健，借村醪把繁憂暫遣，笑幾樹丹楓先醉軟。斜陽一片，落平沙淡到無言。你看前面已是海濱，樓閣参差，闤闠相接，待我一路訪尋而去。望不出雲壓蘆花旗慢展，難道覓糟邱，尋不見東人一面？那邊有座酒樓，想必是了。望門前，有絲絲敗柳含烟。

(暫下。副净、丑同上)【集唐】水滴銅龍畫漏長,海天愁思正茫茫。無邊落木蕭蕭下,一夜征人盡望鄉。(副净)我龔符杜。(丑)我吴其餘。(合)皆是瓊州人氏,來到雷州,做些買賣。(副净)兄,你的貨發齊了麽?(丑)發齊了。你的呢?(副净)我的鯊魚多上了船,還有百十匹葛布,容易的。陽相公約了同走,怎麽還不見來?(丑)他不過一肩行李,説定了,就可上船的。(作上樓坐介。生上,雜隨上)陽相公,我家棧主看著客人發貨,不得空閑,不能來奉陪了。龔、吴兩位客人在這樓上,教我在此等候你的,請裏面坐。(生)有勞了。(雜下。生進見介)兩兄久候了。(各起介)陽相公爲何來遲?(生)我一路訪問,纔知道兩兄在這裏。(副净、丑)難怪。我們船隻已托棧主雇定,就在這樓下。相公認明白了,明早就開。相公你寬飲一杯,我們還有些貨要發上船,不奉陪了。(生)如此請便。(副净、丑下。生憑欄望介)斜日方墮,海氣遥連,鷗鳥相尋,水天一色,好一派景致也。(就案飲介)

【集賢賓】汪洋萬頃濤怒喧,望窮極無邊,沙際鵁鶄時隱現。幂寒潮一抹蒼烟,横空銀練,忽噴薄飛花如霰。包羅遍,有何人見水晶宫殿?

我想當日柳毅落第歸來,怎麽就遇著龍女?又復傳書洞庭,豈非千古奇事?

【黄鶯兒】鮫室困嬋娟,牧羊群,在水邊,把天仙忽向人寰貶。青鸞莫倩,朱鱗不前,錦箋隔斷鄉關遠。藉傳言,做梅花驛使,婉曲達纏綿。

後來錢塘君震怒,掀風作浪,將龍女取回,竟與柳毅成了姻眷。

【琥珀猫兒墜】人間天上,奇會竟相聯。巧絶繁冤海鳥填,多情月老彩絲搴。蹁躚,兩地鴛鴦,水窟安眠。

我陽伯明,雖無柳毅之才,難道不應有柳毅之遇乎!(笑起介)奇想天開,倒也好笑。天色已晚,回寓去罷!

【尾聲】奇情艷福空生羡。且收拾琴囊書卷,却趁西風好放船。(下)

第二齣　舟引

(雜扮四水怪、四神將,引净粉面判官上)

〔北中吕〕【粉蝶兒】水府威靈,慎相持死生權柄。眼看看浩蕩寰瀛,水連天,天接水,平原如鏡。霎時間浪急風鳴,踢翻身洪濤沸鼎。

吾乃南海龍王位下水判是也。奉大王詔旨,今日平時要狂風大作,波浪掀天。有若干生靈,應遭劫數。内有陽生一人,奉神仙島仙姑傳命,不在劫數之列。命吾操一虚舟,暗引他到神山地方,别有仙緣奇遇。護從們!(雜)有。(净)劫數册籍可已造齊?(雜)已造齊了,候判爺施令。(净)且到其時,再行舉動。看那應劫生靈,好苦惱也!

【醉春風】驀地捲狂飆,漫天遮黑眚。不由人魂魄盡飛騰,衹争得頃頃。可憐見膽裂心摧,形消骨化,一霎裹絶無踪影。

(暫下。生、副净、丑净扮舟子同上。生)

【迎仙客】登舴艋,涉滄溟,且放眼蓬壺妙境。拓詩懷,開畫幁,高語蒼冥。咏奇句,教魚龍聽。

(副净、丑)陽相公,海船上要小心些。你不可手之舞之足之蹈之,太高興了。(生)我自理會得。看了這海天一色,不免興致頓豪矣!

【普天樂】賦玄虛，思齊景。三山競秀，萬壑通靈。浮來世界寬，朗徹鬚眉映。叠銀山照眼渾無定，願學個秦皇逐兔，靈胥策馬，李白騎鯨。

(净望介)客人，西北上起了一朵黑雲，恐怕有風暴來。你們坐穩了，我扯個滿篷，快趕到前面去，找個島裏泊下纔好。(副净)不妨事的，這條路我走熟了。再行五十里，就是仙人岩，好攏船的。(净)不好！那雲走的快，後面又趕上來了。(内作風緊介。生)快哉！乘長風，破萬里浪，正吾輩得意之秋也！

【小梁州】疾上蓬萊幾萬程，抵多少絶迹飛行。分明激浪走雷霆，豪情逞。隨浪迹，逐風聲。

(内風聲大作，各水怪上。净)不好了！南將軍出來了。我們快在天后前燒香磕頭阿！(水怪擁船簸蕩介。副净、丑)大勢不好了！如之奈何？(生)風濤愈緊，船已傾仄。我們不要在艙裏，還是船頭上去。萬一不救，抱根大木，也可聽其浮沈。(副净、丑)相公，你説得好自在！我們全靠這些貨物，便是性命；貨物丢了，我們活也是死。(生作出船頭介。判官引神將操舟上，擁生過舟。水怪覆船，擁副净、丑、净同下。四將扶生遶場一週，放。生瞑目坐地上，各下。生半晌睁眼望介)阿唷！諕殺我也。我怎麽到這舟中來的？(慢慢起介)船上有人麽？嚇！是隻空船。且喜風聲已住。咳！驚定思痛，我那同舟一班人，多不知何處去了也？

【十二月】撫胸臆神昏氣屏，念朋儔有死無生。破奥竈難完釜甑，腥皮囊定飽鯤鯨。惘體魄飄流蕩漾，痛骸骨瑣碎零星。

那邊有個島嶼，不免將船攏至岸邊，再作區處。(作撑船介)

【净瓶兒煞】未脱塵中鞅，重飄水上萍。彌天禍可勝悲哽，凶離滅頂，那知我似痴如醉夢初醒。(摇頭背手緩行下)

第三齣　叙姻

(生緩行上)百折千迴隨浪轉,十生九死得身全。我陽曰旦,舟行至海,忽值颶風。我不知如何走入虛舟,飄飄漾漾,來至此島,也不知是何地方。迤邐行來,已入村落。人烟寂寂,鷄犬無聲,教我從何處問訊?

〔南仙吕〕【步步嬌】撇盡琴書擔驚播,剩有淒涼我。殘魂似魘魔,陡地風濤,漫天掀簸。伴侶莫招尋,怎虛舟單挽著觚生過?

詭狀奇情,不可思議。那邊有一人家,門兒半掩,我且進去一看。(作進門介)奇哉!此時十月天氣,怎麽滿樹蓓蕾,和風襲人?地脉迥殊,風景各異,是好去處也。

【忒忒令】看鋪遍青苔滿坡,又綴到艷葩千朶。香風陣陣,半壓花枝鄲。無人處,自經過。莫非是入幽篁,許彈琴獨坐。

那裏有塊山石,待我小憩片時。(坐介。内作琴聲介)嚇!忽聞鼓琴之聲,想是個高人園圃。

【園林好】弄清商空山偃卧,避世網深林浩歌,許白雪陽春酬和。盼隱迹,在岩阿,勞遠望,隔天河。

(貼上)泠泠七弦上,静聽松風寒。古調雖自愛,今人多不彈。(作見生介)咦!你是那裏來的?(生)小生泛舟回里,遇著颶風,吹到此間的。(貼笑介)喔,是風吹來的,倒也好看。這正是落花蝴蝶作團飛了。(笑下。生)此女亦頗伶俐,詼諧飄灑,令人解頤。(小生上)瀟湘浪上有烟景,安得好風吹汝來。(見介)足下何來?(生)小生薄游南合,挈伴回瓊,忽遇颶風,同舟盡覆,被一虛舟引到此間。適纔見園門正開,愛名園風景,暫爾流連,深慚造次。(小生)豈敢!足下瓊州何姓?(生)小生姓陽，名曰旦。(小生)陽氏，我姻親也。天與奇緣，裏面請坐。(同進介。小生)粉蝶報知十娘，云有親串在此。(貼内應，隨旦上)雲霞仙路近，琴酒俗塵疏。(小生)此卿家眷屬，陽氏子也，名爲曰旦。由雷州回瓊，遭風到此的。(旦)是吾侄也。(生拜起。各坐介。旦)汝祖母尚健否？父母年幾何矣？(生)父母年逾四旬，都各無恙。祖母六旬，得疾沉痼，一步履需人。侄實不知姑係何房？望祈明告，以便歸述。(旦)道途遼闊，音問梗塞久矣。歸時但告而父，十姑問訊，渠自知之也。吾侄腹中飢矣，粉蝶隨我來。(先下。生)敢問姑丈何族？(小生)吾海嶼晏姓，此名神仙島，離瓊三千里。僕流寓亦不久也。

【尹令】自那日紅塵覷破，便向這青山冷卧。還算計兒非左，倒得人兒安妥。瑟叶琴調，築個人生自在窩。

(生)小侄看山中光景，迥殊人世。怎麽寒冬天氣，花盡含苞，殊不可解？(小生)此處夏無大暑，冬無大寒，花無斷時。(起介)我與你一覽園中風景。(同行介)

【品令】相携未妨，到處且婆娑。雲烟無極，四季樂融和。寒暄莫辨，繁花留脆果。青山一座，儘容得幽人坐卧。無慮無憂，海闊天空任釣蓑。

(生)妙哉！此乃仙鄉，歸告父母，可以移家作鄰。

【玉交枝】雲籬烟銼，儘容俺優游嘯歌。琴書鎮日排清課，此鄰同樂天和。疏花合匝圍半坡，修篁左右分千個。奉高年老病自瘥，樂家庭無乎不可。

(小生微笑介)且作商議。(貼上)十娘命：請客晚饍。(即下。小生、生同進，坐食介。小生)

【月上海棠】遠市廛，盤無兼味餘瓜果。衹野蔬粗糲，此外無他。愧山居慢待親朋，褻遠客聊充飢餓。惟願取，念崔盧姻好，誼重絲蘿。

(生)鮮蔬美味,侄竟不知其何名也?

【僥僥令】芳甘便頤朵,俊美沁顔酡。未識名兒呼甚麽?總勝過飲醍醐,飽餫饠。

(小生)賢侄辛苦了,早些歇息,明日再談罷。(生)領命。(小生)粉蝶掌燈。(貼執燭上。小生)

【尾聲】奇歡海外聯瓜葛。(生)仿佛是再世重生一我,欲倩春風問夢婆。(同下)

第四齣　授譜

(旦上)【憶秦娥】陽春奏,催開十月梅花瘦。梅花瘦,春先客至,客歸春後。　弦調欲共波濤鬥,舟行巧合天風姤。天風姤,夙緣前定,兩情相湊。奴家陽氏十姑,與晏郎隱居此島,彈琴自娱,一塵不染,頗覺清閑自在。昨有侄兒曰旦到來,聯一朝姻婭之歡,慰廿載庭幃之念,亦快心樂事也!

〔南南吕〕【香遍滿】鄉園無恙,寒梅著花臨綺窗。叵耐高堂多病狀,年衰藉藥良。丹丸幸預藏,歸時供北堂,定可許娱清曠。

(小生上)風光遍攬山前後。(生上)情話堪消晝短長。姑母拜揖。(旦)吾侄觀此間風景,以爲何如?(生)烟雲杳靄,花木繁滋,的是仙鄉,迥殊塵世也。

【懶畫眉】幾重巒翠映明窗,低亞花枝傍粉墻。琴書隨處足徜徉,把紅塵隔斷三千丈,但願得指日移家結梓桑。

(貼微笑介)能來亦好。(生)案上横琴,想姑丈妙嫻此技,敢望一聆雅奏。(小生就案撫琴介)此中妙理,難以言傳。姑爲勾撥,以觀大致。

【二犯梧桐樹】烟霞契古歡，濠濮存遐想。水碧天青，好景饒清曠。和聲指下無卑亢，妙解胸中有忖量。一彈再鼓天機鬯，至樂無聲，一任清風鼓蕩。

(起介，對旦介)來來！卿爲若侄鼓之。(小生旁坐，旦即坐介)侄願何聞？(生)侄素未讀琴操，實無所願。(旦)但隨意命題，皆可成調。(生)若然，海風引舟，可作一調否？(旦笑介)可。(撫琴介)

【浣溪沙】巨艦移，層波漾，陡然間簸動風狂。千尋水共洪濤漲，萬斛舟隨白浪撞，蛟鼉獷。不想道遇扁舟許我慶重生，穩渡重洋。

(生)妙哉！真絶調也。以意會之，崩騰澎湃，恍如身在舟中，爲颶風簸蕩，不覺心悸神揺。敢問姑母，此可學否？(旦起介)侄試爲之。(生坐，作勾挑介。旦)可教也，侄願何學？(生)適所奏颶風操，不知可得幾日學，請先録其曲吟誦之。(旦)此無文字，我以意譜之耳。粉蝶另取一琴來。(貼捧琴上，即下。旦對坐，彈介)侄試觀我勾挑，留意效之可耳！

【劉潑帽】輕攏慢撚憑心匠，會樞機要別低昂，移情深處如天貺。陰與陽，默契在無言上。

(生獨彈介)

【秋夜月】愁指僵，且學做勾挑樣。趨步殊難中心愴，矜持未敢心情放。把神機細想，願真詮許貺。

(旦)留心習之，自有妙悟，此未可躁心嘗也。(小生)時已不早，侄自習之。粉蝶掌燈。(貼執燭上。小生、旦)明日再叙，侄亦可少憩矣！(生)姑丈、姑母請便。(貼照小生、旦下，復上。燭放案上，旁立介。生)待我凝神静氣，再鼓一回。

【東甌令】朱弦按，玉佩鏘，安得餘音可繞梁。天隨神遇情非誑，漸覺道音諧暢。松風水月契微茫，不覺的鼓舞興彌狂。

(起舞，見貼介)鄉固猶未去耶？(貼笑介)十姑命侍安寢，掩户移檠耳。(生細審介)妙嚇！秋水澄澄，意態媚絶，世間那得有此！

【金蓮子】明靚妝，修眉皓齒真無兩。更可愛粉裝成俊龐，却正似遇雲英，問藍橋，可許乞瓊漿？

(摟貼頸，貼俯首低語介)勿爾！夜已四漏，主人將起。彼此有心，來宵未晚。(内唤粉蝶介。貼)殆矣！(推生急下。生愕錯介)這事本屬鹵莽，如何是好？

【尾聲】入仙源，登蓬閬，偷桃妄想學東方。好教我明日羞顔那處藏！(執燭下)

第五齣　粉謫

(小生上)巨浪滔天海水狂，誰知欲海更茫茫。貞淫會得風詩意，一縷琴心獨自芳。連日與伯明侄講求琴理，頗能領悟，愚夫婦亦頗歡喜。不意昨晚命粉蝶侍寢，忽生轇轕，豈有此理！娘子快來。(貼隨旦上)花叢蜂蝶儘顛狂，春去花殘付渺茫。不道春風吹不盡，更生池草戀餘芳。晏郎何必怒容可掬？(小生)我固謂婢子塵緣未滅，汝必欲收録之。今如何矣？宜鞭三百。(貼泣跪介。旦)咳！情之一字，雖屬兒女之私，亦繫絪緼之道。古人云：發乎情，止乎禮義，原所以閑情。我想此言，何能責之流輩。自古及今，爲情所累，不知折磨煞多少佳人才子也！

〔南南吕〕【十樣錦】【綉帶兒】盼晴空一絲風裊，游行自在雲霄。恨無端蝶惹蜂撩，生把伊襻上花梢，縈繞。【宜春令】避不了眼底刁騷，擺不脱心頭焦懆。著瘋魔，好准備一場煩惱，到頭來自將愁討。我想這一縷情絲，最難割斷。就是那上等之人，屈指亦不可勝數也！【降黄龍】逍遥，臺上吹簫。更眉史風流，針神姣好。相逢一笑，問此後情關，怎地開交？【醉太平】相遭，從今轇轕兩難抛。鎮日裏怨多愁少，柳梅寫照。試看取綉衾誰抱，羽衣誰罩？便是那返魂有術，再世成緣，亦無非魔障重重，執迷不悟耳。【浣溪沙】性兒矯，命兒薄，霎時間顧影蕭條。浪傳魂魄轉蓬蒿，慢言體骨還虚渺。絮果蘭因舊本鈔，有何人夢醒麗譙？晏郎之意，如今怎生區處？（小生）我欲懲其既往，儆以將來。（旦摇頭介）此心一萌，不可給使矣！【啄木兒】無端飛絮成團攪，驀然駭浪憑空造，這是磨蝎生成命裏招。【鮑老催】情投意膠，心旌亂如篆縷飄，支撑硬把愁擔挑。臉兒涎，心孔焦，魂靈掉，你想那有精神護綺寮！我知吾侄所聘之婦，已醮他人。莫如將粉蝶遣之，也好教他嘗嘗世味。【下小樓】儘受用些一骯髒穢濁，全沾來腥與臊，方知人海本滔滔。悔打了鴛鴦錯卦，到那時枉受盡煎熬。【雙聲子】絆塵羈，染塵俗，怎禁得塵氛惡。垢盈身，尋那處洗濯，纔曉得塵網堅牢。【鶯啼序】愁城最高，也教他三彎九曲，仄路頻抄。

(小生起介)任汝所爲，我亦不耐煩聽了。(先下。旦)粉蝶起來，聽吾囑付：

【節節高】山中歲月抛，入塵囂，光明心地須勤掃。當風草，泛水泡，投林鳥，葫蘆依樣翻新稿。痴情莫更添圈套，但得根株早鏟除，那時自返山陰棹。

我原不忍遣汝，奈情根未斷，夙孽須償。好去人間，不可流連忘返耳。(貼)既蒙明諭，亦知數不可逃。但不知此去，猶存本來面目否？

【前腔】渾如病葉凋，謝枝條，生防憔悴成枯槁。冤相報，孽自招，身誰靠？心酸好似醯梅攪，眼辛却被齏薑搗。(泪介)惟願靈根認本來，不忘流水高山調。

（旦）爾亦無須悲苦。俟緣滿之日，自能引爾還山。（貼拜介）多謝十姑。（泣下。旦）

【尾聲】梧桐一夕西風鬧，么鳳生生别舊巢，倒教我月夜焚香人悄悄。（下）

第六齣　裙歸

（丑黑臉上）山中有藥苗，能使柔轉剛。誰知烏雌雄，那管人陰陽。我有制毒法，猛力勝雄黄。面目既黧黑，性情尤乖張。便遇登徒子，一見收干將。哈哈！我姓趙名旺，因長得一身墨黑，人多呼我爲竈王，綽號又教鬼見怕。今日晏大爺教我來，説要我伺候一位相公。我想這相公是個斯文一脉。我那粗鹵的本領，是用不著的，也要斯斯文文，纔是個伺候相公的。此時已辰牌時分，相公要起來了。（擺踱介）小心伺候。（生上）

〔北正宫〕【端正好】生性忒疏狂，作事鄰輕侮。對羞容怎樣支吾？况聽得昨宵誶語含餘怒，我怎敢半字私情訴。

昨晚一時興發，與粉蝶調笑一回，被姑丈姑母知覺，已將粉蝶訓斥一番。我衹得悄悄回來，閉門安寢。今日見面，不知若何情形？好難擺布。（見丑介）你是那裏來的？（丑）我名叫趙旺，人人都教我竈王，又教鬼見怕。晏大爺唤我來伺候相公的。相公，我去取水來，與你洗臉如何？（生）也好。此人奇醜，倒也好笑。（丑）奇醜就是奇醜，不要好笑。笑了就不可測了。（諢下，取盆上。生盥沐訖。丑取下。小生、旦上，合）

【南普天樂】過苔鋪，穿花塢，日影將亭午。喜翠屏遠接蘼蕪，松篁韵自成《韶護》。賞心莫使風光誤，逸趣還堪新詞賦。聽餘音響送銅壺，望幽軒烟雲交冱，蒹葭宛在，隔水遥呼。

(進介)賢侄盥洗畢乎？(生)姑丈、姑母請坐。(小生、旦)昨日所業如何矣？(生)昨晚獨自肄習，略有領悟。還求姑丈、姑母指教。(小生、旦)侄試奏之。(生即坐彈琴介)

【北脱布衫】勾挑似節拍相符，調和怕心手難孚。防舛誤貽鍾期誚，有參差盼周郎顧。

(旦)雖未入神，已得什九，肄熟可以臻妙。(生)容侄慢慢習之，敢望别傳新曲。(小生)我有"天女謫降"之操，爲侄鼓之，必須細心體會。(坐彈介。小生)

【南傾杯序】天風鼓蕩初，出上都，兩袖飛花舞。弱質纖姿，偏遭譴謫，忽離蓬閬，遽溷泥塗。悲離恐怖，因緣孽造，身世塵污。到頭來黄粱纔熟夢旋蘇。

指法拗折，未易嫻習，然梗概已盡。能熟此兩曲，琴中必無梗調。侄自習之，愚前山訪友去矣。(先下。生自彈介。旦)此曲較難，非旦夕可熟也。(生)是。(作躊躇介)侄有一言，敢告姑母：侄居此深蒙恩養，甚樂。顧家中懸念，離瓊三千里，何日可能還也？(掩泪介。旦)此即不難，故舟尚在，當助爾一帆風。子無家室，我已遣粉蝶矣。别無貽贈，即以此琴携歸。(出藥介)我有藥丸，歸奉祖母，不惟却病，亦可延年。侄且携琴，同往海濱一望如何？(生抱琴同行介。旦)

【北小梁州】離合悲歡事有無，夢也真乎？(作到介)你看海邊泊著舊來桴，又何必，辨故我問新吾？我且送你上舟。(作登舟介。生)既無舟子，又無篙楫，如何去得？(旦)皆無須也。少不得舟行自有風相助，并無勞對對檣烏。試看俺少女呼，征帆布。(解裙繫舟介)把練裙高挂，安穩渡蓬壺。

吾侄放心，聽帆所之可耳！(作跳上岸介。生)姑母，容侄兒拜别。(旦摇手下。生)嗄！舟已開行，亦未與姑丈、姑母言别，可謂倉猝之至。衹是程途遼遠，來時并未午餐，如何是好？(作進艙介)嚇！桌上糗糒已具。(細瞧介)衹此胡餅數枚，何能供數千里之糧。姑母，你何其吝也！

【南小桃紅】糗糧陳餅有數，便飢餒敢啜哺。且嘗一枚充飢。(作食介)嚇！表裏甘芳，一枚已足果腹，待我珍而藏之。(懷介)飯勝胡麻，辨異味清香沍。天色將晚，來時未索膏燭，如之奈何？畫屏銀燭誰交付，茫茫海氣天將暮。前途盡墨，回首玄都。

那邊隱隱城郭，漸見人烟，不知何處？(遥望介)嚇！蛾眉滴翠，螺髻送青，非瓊山而何！

【餘音】環桑梓，拓畫圖，珠崖畔，明明是鄉園故土。(作到岸，解裙裹琴介)待我急急回家，要仔細從頭問十姑。

(上岸介)真耶夢耶！奇哉快哉！(下)

第七齣　藥餌

(老旦拄杖上)老病頹唐閲歲時，年來所遇更離奇。庭階茁得孫枝秀，一别存亡不可知。老身毛氏，所生一子一女。女兒十姑，生有仙姿，自小許字同郡晏姓。不料女婿十歲時，忽然不見。十姑守志不嫁，待至二十歲，無疾而終。兒子娶媳甚賢，生有孫兒一人，名唤曰旦。幼即聰慧，年交舞勺，已入黌宫。偶思游學，負笈雷州，一去杳無消息，計於今十六年矣。生死存亡，無由問訊，思之好生悲苦也！

〔北雙調〕【夜行船】百歲光陰一夢蝶，憑屈指事事堪嗟。掌上珠沉，階前蘭謝，似幻相雨中泡滅。

(生抱琴上)驚心桑梓情非舊,回首烟霞路不遥。來此已是家門,不免逕入。婆婆,孫兒回來了!(老旦驚介)阿嗄!孫兒,你往那裏去了?想得我好苦也!(生放琴,跪拜介)婆婆聽禀:

【喬木查】憶當日尊前拜别,衹想玩南合閑風月。數月之後,歸思頗濃,便把歸舟伴侣挈。不想道狂風竟覆舟,命也天耶!

(老旦)後來怎麽遇救?(生)正在無可奈何之際,空中飄一舟來。孫兒亦不知如何過去,聽其所之。到了一個島嶼,將船攏岸。信步而行,漸入村落,見有人家,孫兒便進内探問。寂無人聲,但見奇花滿樹,

【慶宣和】猝至仙源與世别,境界奇絶。夢入莊周遇蝴蝶,頓教人兩趺蹩躠。

孫兒未敢向前,忽有一雛髮出來問訊,隱隱琴聲出於户内。少頃一少年出,引入内室。見有少婦一人,談次,云是孫兒姑母。(老旦驚介)怎樣規模?多少年紀?(生)身材適中,年約二十左右。(老旦)後來説些什麽?(生)問及祖母尚康健否?父母年幾何矣?孫兒一一對之。便問姑母何房,祈即告知,以便歸述。姑母但云:與爾父母説,十姑問訊,渠自知之也。(老旦哭介)此爾胞姑母也。許字晏姓,未嫁而殂,難道還在世上?(生)這是孫兒親眼見的,姑夫姑母并授琴兩曲。後來孫兒思念家中,姑母云:故舟尚在,當助爾一帆風。(取包介)這琴是姑母所贈,這裙是姑母所著。臨時解下,繫於舟上,隨即南風大作,衹有半日,已到了瓊州。(老旦認介)嗄!這裙兒便是他在家時所素著者。我兒媳婦快來!(末、旦上)老親杖履難調護,游子音書總渺茫。(生)爹爹、母親。(末、旦驚介)孩兒幾時回來的?(生)頃刻方到。(老旦)他遇了仙,你道何人?就是你妹丈妹子!(末、旦喜介)這也奇極,你怎麽遇著?(生)孩兒自

雷州歸來,遇著颶風,同舟盡覆。忽來一舟,引入仙島,姑母留住幾日,故爾遲回。(末、旦)呵嗄!兒嚇!你去了十六年了,還説住得幾日。(生)孩兒在山中,實係住得幾日。

【落梅風】有數的昕宵過,又何曾歲月賒。没多時好天良夜,縱然言遠方閑作客,寧辜負一句風月。

姑夫姑母親授琴曲,孩兒晝夜專心習之,頗覺自樂。(出藥介)此藥姑母教歸奉祖母,服之却病延年。

【風入松】蠟丸封寄没多些,奏效最靈捷。便教烏髮更白雪,健精神勝於調攝。專養得老年氣血,更何慮手足拘瘸。

(老旦食介)哈哈!頓覺眼目清凉,精神强健。(生)姑母所賜胡餅數枚,兒祇吃了一枚,已足果腹。(出餅介)表裏芳甘,真未嘗之味,敢獻爹爹母親。(末、旦接食介。生)

【撥不斷】味和叶,更香絶,天厨俊品難哺啜。口角餘香鎮日奢,甘芳果腹逾薇蕨,勝嘗瓊屑。

(末、旦)果然奇美非凡,豈尋常之餅可比耶!(生)兒瀕行時,姑母説:子無家室,我已遣粉蝶,此言兒尚不解。(末、旦)我兒不知道:你一去十六年,前聘吴氏,因汝不歸,業已他適。此言有因也,但不知粉蝶何人?(生)粉蝶者,姑母之侍女。韶顔稚齒,聰慧絶倫,兒本屬意,姑母特遣之耳。(末、旦)如此慢慢訪尋。(生背介)姑母業已前知,令人懸想欲絶也!

【離亭宴煞】天涯何處尋蘭麝?一種艷情難捨。舊因緣芳情霧散,新相思好夢雲遮。姑母,你好不做美,既欲遣他,何妨與我同歸?到如今無憑藉,好教俺閑愁頓惹。問干將何處去訪莫邪?便梁燕那方去尋王謝?

(老旦)我頓然腰脚增健,不用拐杖了。(行介)我兒!(末)有。(老旦)媳婦!(旦)有。(老旦)孫兒!(生)有。(老旦)哈哈!

你們隨我來嚇!(同下)

第八齣　琴圓

(花旦上)風流風流,關關睢鳩。伐柯伐柯,煩我孔多。我媒婆,走的是喜氣人家,講的是和氣説話。那家有個郎官,便是麻胡黑胖,我説成他玉琢粉裝;便是愚魯頑皮,我説成他聰明伶俐。那家有個閨女,便是粗手大脚,我説成他裊娜輕盈;便是無鹽、嫫母,我説成他鄭旦、西施。衹要喜事成功,我的喜錢到手,人家進了門,也就没有話説。倘若言三語四,經不得旁人爲我解説。説道因緣前定,這四個字,是我的解難星君。哈哈!因此生意興隆,薄薄長了些家財。穿得綾羅緞匹,吃得美酒佳肴。今日東家,明日西家,倒快活了半世。今臨邑錢秀才家有個小姐,年纔十六,説過三處人家,姑爺都死了,再三央我説媒。却好陽家有個公子,正要定親。我一説便成,也是我的運氣。錢家害怕,要陽家即日成親,陽家也許下了。今日吉期,待我前去走走。(丑白鬚披紅扮老贊禮,唱上)兩代衣冠,穿破了兩代衣冠;幾聲“伏以”,喊破了幾聲“伏以”。(花旦)咦!你是老贊禮的。(丑)我是個老贊禮,你是個謊媒婆。(花旦)我怎麽是謊媒婆?(丑)前日王家娶媳婦,我去贊禮。贊出一個新娘來,雪白血紅焦黄的。(花旦)不錯。雪白的臉,血紅的衣裳,焦黄的簪子。(丑)不是!雪白的是頭髮,血紅的是面孔,焦黄的是牙齒。(花旦)那有此事!還是你説謊。(丑)昨日李家贅女婿,又是我去贊禮。贊出一個新郎來,也是雪白血紅焦黄的。(花旦)我不猜了,聽你説。(丑)雪白的是眉毛,血紅的是眼睛,焦黄的是頭髮,還長了一身孩兒面的珊瑚肉。(花旦)那是羊白人了。(丑)一點不差。你今日往那裏去?(花旦)今日錢家姑娘嫁與陽家,你不知道麽?(丑)我怎麽不知道,是我揀的好日子。我念與你聽:大清龍飛康熙十五年,歲在丙辰,冬月十五日合巹,大吉大利。(花旦)如此我們一同前去。(丑)好。行行去去,去去行行,這裏是了,好熱鬧。(花旦)一個人没有,你怎麽説熱鬧。(丑)他們多在戲房裏,不少的人,怎麽不熱鬧。(花旦)待我進去看看。(丑)好好!你進去看看,我也到戲房裏湊湊熱鬧去。(同下。生衣巾上)

〔南仙吕〕【八聲甘州】灰飛葭琯,正春隨梅報,火待榆鑽。冰痕新泮,喜共華堂香滿。筵開玳瑁濃芳護,幕拓鴛鴦細字盤。猜疑,是伊人再世團圞。

【憶江南】春樓夢,夢斷幾番春。扇弃坤靈思寵寵,圖開軟障唤真真,或是意中人。小生陽曰旦,自從仙島歸來,不覺荏苒一年。危弦已斷,方知仙語之由來;後會可期,豈肯盟言之遽負。無奈訪尋一載,踪迹杳然。前日媒婆來説,錢家一女,名曰荷生,年方十六,貌若天仙。此等人説話,未必可恃。我祖母深信不疑,即爲聘定。我亦莫可如何,祇得允從,將來慢慢再訪粉蝶消息便了。

【賺】信杳青鸞,愁絶東陽腰帶寬,回思前事太無端。夢中名字千番唤,醒後眉峰百樣攢。佳音斷,難道坡仙不許朝雲伴!好教人,信疑參半,信疑參半。

(花旦上)吉時到了,花轎到門了,快點花燭。(内鼓樂照常。儀從引花轎,雜旦扮丫鬟同上。花旦)贊禮生快來。(丑上)伏以彩絲繫得兩鴛鴦,花燭雙輝好拜堂。今日藍橋投玉杵,前身早已遇裴航。請新貴人升輿,緩步抬身!(花旦、雜旦扶介。丑)伏以千里紅絲一綫牽，海風吹到大羅天。飛飛蝴蝶今成對，願作鴛鴦不羡仙。請新郎緩步登堂！（生上。丑）先拜天地，後拜家堂，夫妻交拜。百年和樂，揭巾圓酒。先拜老夫人。（老旦上）再拜堂上雙親。（末、旦上）禮畢。擺合家歡宴。（老旦上坐，末、旦旁坐，生、貼又旁坐。丑）上宴！（合唱）

【解三酲】看壽母精神彩煥，樂高堂喜笑言歡。因緣事早三生判，歌麟鳳，集鵷鸞。羹厨今日薇香洗，湯餅來年桂子團。祥光滿，正雙雙和合，歲歲團圞。

（各起介。老旦、末、旦先下。丑）丫鬟掌燈，送入洞房。（雜旦引生、貼下。丑）媒婆，拜堂已畢，我們到後面也吃個交杯盞。（花旦）放屁！老不正經。（丑）我們老伙計，有什麼要緊。你看今日新郎，相貌雖俊，算起年紀來，總比新娘大一肖多。我也不過大了你兩肖，將就些罷了。（花旦打丑，諢下。雜旦執燭引生、貼上對坐。雜旦放燭案上，掩門下。生執燭照貼介）呀！卿莫是粉蝶耶？（貼俯首不語介。生）我與卿相别未久，何遂生分如此？（貼低語介）我何曾見過來。（生）這又奇了！

【前腔】分明是舊時身段，却如何故意遮瞞？想當日燈前曾把卿卿唤，蓮漏盡，玉貌歡。移檠累爾深宵立，挽頸嗤令斗膽拚。時雖换，怎做了空中幻境，意外疑團？

有了，待我把"海風引舟""仙女謫降"兩曲彈與他聽，看他如何光景？（取琴彈介。貼聽久點頭介）子莫非颶風吹來之客乎？（生大笑介）然也！（貼）

【前腔】恍惚記琴聲和緩，思量起夢影彌漫。深山有一對人操縵，頓然間風籟過，露點溥。悔從閬苑人窺宋，謫到河陽花姓潘。衷腸亂，好教我撫今眉蹙，憶舊心酸。

（掩泪介。生）娘子不必感懷，我與你仙緣夙定，這會合非比等閑也。

【前腔】仗風伯奇情變换,有仙舟著意扶摶。曾經片語通情款,思淑質,憶華鬟。一年音耗乖黄犬,此日丰儀接彩鸞。青琴暖,纔得個調和音叶,美滿情完。

(執貼手介)娘子,還記得那晚,與你挽頸情狀麽?(貼羞介。生)

【尾聲】百年姻,雙星伴,奇緣恍與訂烏亘。這纔是,天上人間兩世歡。

月明伴宿玉堂空,韓　愈　　碧落無雲鶴出籠。許　渾
萬里相逢貪握手,杜　甫　　花光不減上陽紅。李　白
晋朝叔夜舊相知,韋　莊　　夜半無人私語時。白居易
新雁參差雲碧處,温庭筠　　檻前山翠茂陵眉。杜　牧(同下)

附　録

隨園神山引（原注：康熙十五年事）

陽生泛海海風作，千船萬船水中落。陽生抱得一桴浮，閉眼憑他駭浪流。日暮風停桴泊島，上有神山兩字好；金碧參差屋數間，分明玉指彈冰弦。花裏雲鬟驚有客，風中琴響漸闌珊。一人玉貌來相見，説住瓊州説姓晏。喜遇崔盧中表親，速張王母瑶池晏。夫人手整曉霞妝，道是兒姑第十娘。先詢阿母顏何似，再問眉窗樹可長？不仗蛟蟠翻海水，那能骨肉會龍荒。山前山後教生到，烟草芬芳花月妙。生言歸去挈家來，姑母姑夫但微笑。取出青琴彼此彈，天風拂拂海漫漫。新成一曲雲仙謫，聽去雖難學不難。夜深珠露凉風竹，兩美雙雙樓上宿。袛留小玉伴銀燈，未免偷桃學方朔。忽呼粉蝶聲如惱，驚去雙趺奔悄悄，聽得仙姑苦勸聲，塵心已動緣須了！不如折與小桃花，隨他春向人間老。明朝相見臉先紅，袛説歸心一夜濃，仙郎餞别丹三粒，仙女親題信一封。豈不相留情款款，其如人世太匆匆。解下湘裙覆船上，道兒此去應無恙。萬頃琉璃六幅風，蓬萊不忍回頭望。漸漸鄉音入耳聞，迢迢清水變紅塵。滿城親故無多在，已過韶光十六春；衰年大母方愁疾，因由説罷同嗚咽。有婿携妻采藥行，那知此日人天隔。

細看裙是嫁時衣，一片香風捲雪飛。錢家生長初笄女，纔説婚姻便相許。迎來果是舊娉婷，苦問三生記不清。偶然彈到雲仙謫，涕泪千行尚怕聽。

袁　枚

神山引傳奇題詞

仙風縹緲、把個人海外吹入瑶島。月老多情，牽引藤蘿，紅絲扳住枝杪。深宵兩兩琴心逗，想暗裹幽香盈抱。累蝶兒粉褪烟消，隔斷一塵魂杳。　　無奈鄉關闊絶，便思覓舊侶，誰整歸棹？幸有仙娥，繫上湘裙，頃刻南來風飽。收藏藥裹兼胡餅，已早見瓊山峰繞。更一年、曲譜團圓，爲寫艷情新稿。（調寄疏影）

玉泉樵子自題

遭逢不險不成奇，海上神山忽到時。仙子島中生面熟，侍兒燈畔慧情痴。琴音激蕩魂猶悸，蝶夢惺忪世已移。我久厭塵思遠避，御空安得好風吹？

昆明　汪世澤　少谷

神仙寂無爲，有時尚聲氣。所親憩白雲，凡骨亦嫵媚。佳麗再世藥長生，琴弦譜出求凰聲。虚舟瞬息萬千里，子高歸自芙蓉城。爲寫新詞上瑶瑟，如見仙人好顔色。安得胡餅恣豪啖，免被飢驅走阡陌。丈夫意氣殊不凡，破浪當如馬脱銜。鴻毛遇順等閑耳，肯借湘裙作布帆？

歙縣　鄭由熙　蓮漪

破浪驚魂定，神山縹緲間。側聞海濤曲，來叩白雲關。鶼黍聯親串，鸞翹想髻鬟。奇緣欣遇合，再世玉簫還。

嘉興　張鳴珂　公束

入耳素琴鳴，奇緣意外成。仙凡驚異遇，姻婭溯前情。海國波濤響，天風環佩聲。一宵神女夢，爲爾謫瑶京。

苦憶庭闈隔，塵心未敢灰。湘裙貽六幅，高挂竟西回。錦瑟一朝御，玉簫再世來。良姻如此締，應不羨天台。

譜出神山曲，拓開萬古愁。宫商調一室，風雨過三秋。蒲志遺文考，珠崖逸事搜。如逢滄海客，抵掌説瀛洲。

秋諾仙家重，春懷世俗忙。怕將桑濮語，濫入管弦場。徵典惟其雅，言情獨擅長。一般兒女事，不似會真荒。

許德裕　韵堂

胭脂獄

〔清〕玉泉樵子（許善長）填詞

胭脂獄

提　綱

【西江月】世事原多奇幻，人心難測荒唐。痴情一點屬檀郎，惹出重重魔障。　　説冤深李代，那知枉到桃僵！神明暗裏護鴛鴦，彩筆勾消怨曠。

掉慧舌一言戲病女，生譎計兩假鬧淫魔，
立鐵案郡尊留餘憾，摇玉管學使了情緣。

第一齣　議婚

（末布衣花白鬚上）不作工商不務田，傳家末藝等青氈。鄧攸膝下雖無子，掌上明珠一顆圓。在下姓卞名璞，乃東昌府人氏。世業牛醫，敢媲美於黄憲；年增馬齒，傷易老之馮唐。欲跨竈而無人，藥爐空守；盼射屏之有客，蓬矢虚懸。行年五十有餘，膝前衹有一女，今年一十八歲，名唤胭脂。生成玉琢粉裝，穠纖合度；自具蘭心蕙質，聰慧絶倫。夫婦愛如珍寶，衹是年已及笄，尚未許字，頗覺放心不下。今日閑暇無事，不免教他們出來，商議商議。媽媽！（内應介）可同女兒出來走

走。（老旦上）

〔南南吕引子〕【上林春】半百年華迅駒過，算剩有瓊花一朵。（旦上）庭階日暖椿萱，替舞萊衣婀娜。

爹爹母親萬福。（末、老旦）罷了。一傍坐下。（同坐介。老旦）你教我們出來，有何話説？（末）也没别的，今日清閑無事，與你們話話家常。想我夫婦年過五旬，尚無子嗣，家道雖堪温飽，後顧茫茫。胭脂年已長成，生性賢淑，得能選一清門舊族，與他完了這段姻事，也免我兩人牽挂。衹是世俗人情，難如我意，因此頗費躊躇。

〔過曲〕【綉帶兒】傳世業原非委瑣，喬松冀附絲蘿。恨千家勢利成風，舉雙睛青白分睃。延俄，非是我東床必選乘龍可，奈坦腹無人來卧。聽雎鳩關關未歌，誰似我，没倚靠的丈人峰頹然一座！

（老旦）老老不必愁煩，婚姻大事早晚自有前定，斷非人力所能强爲。我看女兒敦厚柔嘉，必不至於落薄。

【前腔】安妥，定兩兩鴛鴦穩卧。門庭豈待張羅，到其間星映紅鸞，有冰人代執金柯。研磨，靈蓍枉自占清課，怕挂飛席翻教折舵，倒還是隨流逐波，發付那，做月老的人兒殷勤擔荷。

（旦）爹爹母親爲著孩兒之事，如此挂心，孩兒衹願爹娘康健，常侍膝前，實無他意。（末）雖然如此，是你一點孝心。畢竟男大須婚，女大須嫁，亦是人倫之要。（旦）爹爹母親聽稟：

【三學士】自古來息處深閨名遠播，高風最慕曹娥。他非常孝感通神座，無非是一點精誠志不磨。孩兒呵！但願奉養晨昏無懈惰，便白首，一刹那。

（末）我兒説那裏話來，豈有生女不嫁之理？（旦）爹爹，自古以來，守志養親者不少，况爹娘膝前又無兄弟，孩兒情願侍奉爹娘。

【前腔】幼讀《芣苢》知采掇，何能拘守編摩？祇要雙親壽比南山大，我每念劬勞廢《蓼莪》。（老旦）我兒亦不必説了。老老，大凡婚姻一動，自有人來説媒的，你何必性急？摽梅一什終酬和，況我夫婦，鬢未皤。

夜飯好了，我們進去吃飯罷！（各起介）

【尾聲】（末）好姻緣，偏折挫。（老旦）你無端心事枉愁他。（旦）咳！想是我命裏生成坎陷多！（同下）

第二齣　遇粲

（貼上）好天氣也！

〔南商調〕【二郎神】融和景，漫把韶華看得輕。一刻千金春事勝，風流住處，采芳人盡情消領。蝴蝶成團燕子迎，看柳堤翠絲飄影，驀教人心驚。忽飛來，歌喉一串兩個黄鶯。

落花款款成團舞，好鳥嚶嚶求友聲。奴家王氏，嫁與龔郎爲妻。生來佻𨁂性成，常懷蘭芍；幼即風流自賞，莫保葳蕤。與鄰家宿郎，兩小無猜，偷演荒唐雲雨；雙飛有偶，難忘繾綣恩情。好在丈夫時常出外貿易，得與宿郎不時歡聚，這且不在話下。月前移住此間，對門有一卞姓，牛醫爲業。夫婦二人，閨中祇有一女，生得十分美貌，而且情性和柔，語言雋妙，與奴家結爲談友，頗稱歡洽。今日無事，且去訪他閑話一回者。

【集賢賓】鱗鱗櫛比剛望衡，清幽似水門庭。想他掠水飛鴻藏倩影，怕現全身漏泄春情。我雖非司香作令，恐冷落一枝紅杏。雲鬟忙整，把雙扉銅獸叩聲聲。

（叩門，内應介）是那個？（貼）娘子開門。（旦上）

【鶯啼序】幽閨寂寞人醉醒，心事爐灰同冷。好年光愁心愈憎，好春聲愁人慵聽。最堪憐風搖幕輕，閃得個燕兒無定。誰堪證，冷嫦娥合照孤星。

(開門介)原來是王大姊，裏邊請坐。(對坐介。貼)多日不曾奉訪，娘子的容顏益發出落的好看了！(笑介)哪哪！眉心喜氣盈盈，定是紅鸞照耀。(旦)不要提他！昨日兩老絮聒了一番，好生煩悶。(貼)説些甚麼呢？(旦)

【啄木兒】家常話，没重輕，欲語羞將肺腑傾。望美滿舔犢殷懷，絶援繫鳴雁無情。椿萱鎮日愁難屏，我蕙蘭枉自根孤挺，這真是畫餅充飢飽未能！

(貼)原來爲此！世上聘妻不得的男子頗多，祇是娘子的容貌才華，定要配個俊美丈夫纔是。不必愁煩，待我慢慢留意，選一個相對相當的人物。

【黄鶯兒】玉立自亭亭，貌潘郎，品衛生，風華才調温柔性。眉兒黛青，龐兒玉瑩，掄才定躡金鰲頂。繫朱繩，投來玉杵，端不負雲英。

(旦)大姊真會頑笑，世間那有這樣男子！便算有如此人才，怎肯與我們結親？(貼)這也難説。月老紅絲暗中牽引，我們那裏知道！不要説了，我與你門前望望春景，亦可消遣悶懷。(各起介。合)

【前腔】暮色漸消凝，惹春愁，没主名，繁花各有榮枯命。風摇柳輕，波涵鏡清，丰神張緒誰相稱？漫關情，青青草色，時節近清明。

(生素服上)香夢已隨蝴蝶化，凄音偏有杜鵑啼。(旦注目介。生見旦、貼，俯首慢行下。旦目送介。貼笑介)是好男兒也！(旦羞介。貼)娘子識此人否？(旦摇首介)不識。(貼)此南巷鄂秀才，名曰秋隼，故孝廉之子。奴家舊與同里，故識之。世間男子，無其温婉。今衣素,以妻服未闋。娘子才貌,得配若人,真無憾矣!(旦不語介。貼)娘子如有意,當寄語委冰,是無難也。(旦笑推貼介)是何言歟?明日再見。(作掩門下。貼笑介)妮子春心動矣!

【琥珀猫兒墜】韶年美貌,風致更娉婷,嬌小身材比燕鶯。含嗔帶笑倍縈情,衹盼得雙雙比翼,兩兩和鳴。

鄂生人品却是可愛,還在宿郎之上。我見猶憐,何况於他!

【尾聲】謝家玉樹殊姿秉,便鐵石心腸也動情。難怪他美目清揚屢送迎。(下)

第三齣　述懷

(生上)獨守孤衾泪不乾,窗前怕見竹團欒。一朝鴛侶成春夢,難共莊周説達觀。小生鄂秋隼,聊城人也。楹書攻苦,奈口無吞篆之奇;鐵硯磨勤,慓目不窺園之戒。椿萱早謝,孑影零丁;琴瑟偉調,雙聲和協。不意鵾弦遽斷,鰥目空張,回首舊情,徒增於悒。你看奩餘剩粉,鏡掩飛塵,觸目傷心,好難排遣也!

〔南仙吕〕【八聲甘州】玉人恁處剩?空房岑寂,帳冷香消。春風桃杏,添得許多煩惱。舊歡難向妝臺覓,淒影偏同繐帳飄。心焦,問卿卿直忍輕拋!

韶景空過,虛名難遂;花封未卜,玉質長埋。卿固負我,我亦殊負卿也!

【不是路】怕説金鰲,慚愧家聲譽鳳毛。虛鸞誥,憑空冷了翠雲翹。好蕭條,梁鴻廡剩銀蟾照,素女琴誰錦縵操?添憑吊,嘘寒何處堪偎抱？夢兒杳渺，夢兒潦草。

咳！悶懷無俚，鬱鬱寡歡，不免賦悼亡一章，匪遣元相之悲懷，亦志黄門之隱痛耳！祇是從那裏説起？（就案拂硯介）憶那結縭之日呵！

【解三醒】擁青廬仙音繚繞，認瑶姬玉貌嬌嬈。騰歡告廟陳藴藻，中饋事賴卿調。羹厨尚憶三朝入，病榻俄驚二竪招。我魂欲掉，那禁得歡情未洽，遺挂旋描。

記得去年七夕，戲羅瓜果，乞巧中庭。并肩燈下，賭誦香山《長恨》一歌。未至終篇，忽然神色慘沮，我便知非吉祥之兆矣！

【前腔】映星月蛛盤呈巧，望天河鵲駕成橋。憑肩私語情雙好，連理樹永相交。梨雲忽濺三春雨，桃粉旋消兩頰潮。仙山渺，真個是黄泉碧落，影滅形消。

元微之云："誠知此恨人人有，貧賤夫妻百事哀。"教我這痛泪，何日能乾也呵！

【前腔】沽美酒金釵已耗，顧衣裳藎篋空抛。槐庭葉落也無人掃，齋與奠費空勞。已無蘭玉稱堂構，并少金鑾伴寂寥。香塵杳，便眼前境界，都付無聊。

（擱筆介）咳！一棺初掩，抔土未乾。前日友朋相勸，教我早續鸞膠。我想世間女子，那更有温柔敦厚，形影相憐，如我前妻者乎！

【前腔】遵淑訓姿成窈窕，肅閨儀庭絶喧呶。六姻雅愛親言笑，蘋蘩潔瑟琴調。和容久使奴星悦，端範能懲薄俗澆。我非執拗，怕新弦難叶，翻受譏嘲。

（呵欠介）窅冥何望，緣會難期。一時困倦起來，不免移檠進去睡罷！（執燭起行介）正是：悠悠生死别經年，魂魄不曾來入夢。

【尾聲】泪空啼，心如搗，鷄鳴警旦枉嘐嘐。苦煞我瘦怯魂兒不耐銷！（下）

第四齣　問病

（旦病容上）

〔南中吕〕【泣顔回】無語傍妝臺，春色翻成愁海。惜花心性，驚看緑怨紅駭。雙眉深鎖，却無端損了嬌容態。恨東君種下愁根，怨蒼天降到飛灾。

【虞美人】黄昏雨點隨風攪，隔個窗兒小。聽風聽雨枕斜欹，却似曲終人去苦縈思。　　流蘇帳冷衾如鐵，病况和誰説？知他是否意兒真，教我羞容難語暗傷神。奴家卞氏胭脂，自那日門前瞥見鄂生，神清似玉，容嫩如花，體態温柔，眉宇秀朗，目所未睹，洵是可人。未免鍾情，因憐生愛。聽得王姊説他妻服未闋，料想待續新弦。天那！得與此人相倚終身，尚有何憾？祇是秀才家未必便肯俯從。想我薄命人，亦何能修得到此！轉輾思維，好難擺布也！

【榴花泣】情絲裊裊，委宛似飛埃。千百轉，繞胸懷，結成冰塊怎丢開！算磨頭命裏招來。活受栽埋，酷相思硬教人耽待。夜迢迢長漏慵聽，病懨懨泪眼偷揩。

前日王姊説，你如有意，無難寄語委冰。這話兒果是中聽，教我女兒家怎好承認！王姊阿！你是聰明絶世之人，難道還不知我的肺腑。一去幾日，杳無回音，看來斷斷不成的了。天那！你何苦教我與此人邂逅？作弄的人好不苦也！

【石榴花】奇緣凑合，天賜遇長街。雙目送，兩情諧，恍同劉阮到天台。似栽成夙世根荄,不比蜂狂蝶駭,綉絲兒甘爲平原買。訴衷腸已青鳥情通,阻風懷又黄犬音乖。

(隱几介。貼上)莫笑虚花搏蜃市,轉憐病葉損蛾妝。奴家幾日不曾去看得胭脂,昨日遇著他母親,説胭脂卧病在床,因此放心不下,前去看看。來此已是,不免逕入。(見介)呀!你看他黛痕減緑,粉暈消紅,瘦怯春風,情酣秋夢,煞是可憐也!

【普天樂】翠眉顰,花容改,病僝僽,愁無奈。星星泪,星星泪,閣住香腮。强支頤,玉腕慵抬,這根由費猜。呀,有了!想爲前日送我出門,合天緣,相逢俊俏多才。

(旦醒介)原來王姊來了,失迎勿罪!(貼)豈敢。幾日不見,怎麽你的容顏瘦得如許?(旦)亦不自知,但爾日别後,即覺忽忽不快。延命假息,朝暮人也!(泪介)

【節節高】憑空起禍胎,惹飛灾,前生派定相思債。真尷尬,活應該,難寧耐。命宫磨蝎來天外,灾殃猝至將人害。漫説是嬌小無人托知心,幸有你深閨結契關疼愛。

(貼移座近旦介)我家男子負販未歸,尚無人致聲鄂郎。芳體違和,得非爲此?(旦俯首不語介。貼)果爲此者,病已至是,尚何顧忌?先令夜來一聚,彼豈不肯?

【漁家燈】他本是鰥目眯瞑,怎盼得魚水和諧。先與你錦帳歡娱,再圖他玉臺恩愛。夢兒真個非黄奶,怕一刻千金難買。喈喈,春風滿懷,謝醫師安排寶釵。

(旦摇首介)咳!事已至此,不能收矣!但渠不嫌寒賤,即遣媒來,疾當自愈。若言私約,斷斷不可!

【古輪臺】禮儀乖,損人妨己禍根埋。我非是投梭意在鳴貞潔,衹爲他子衿垂誡。你看我病體淹煎,翻惹出意外疑猜。却不道果擲潘郎,看叢衛玠,劇傷心今古此情懷。多謝你傳消遞息,把佳期早訂同鞋，好准備紅袖添香，碧池洗硯，緑窗滌筆，博議盼東萊。王姊阿！你實對他説，我真疲憊，支離瘦骨已如柴。

王姊請便，我身子倦乏，衹得失陪了！（先下。貼）痴妮子！病到如此，還在我面前假撇清，我倒好笑！

【尾聲】人生何事愁難解，都衹是怨女騃兒自惹來。你看我瀟灑風流樂滿懷。（笑下）

第五齣　講藝

（中净上）

〔仙吕入雙調〕【風入松】居然名譽滿黌宫，情思托言周孔。區區姓宿名介，東昌府學中一個有名的秀才。自來聰明生性，并無懸梁刺股的功夫；偏能剽竊爲工，却有换骨脱胎的本領。所以同道中推爲飽學，便是宗師歲科兩考，亦不出一二名之外。薄薄聲名，頗聞遠近。衹是性耽花柳，不忘漁色之心；好在學富天人，難泯翹材之目。後輩中出了一個鄂秋隼，才鋒犀利，品格鴻騫。今日相約講藝，不免前去走走。怕後來居上遭譏諷，衹得把鞭絲先控。來此已是講堂，怎麼鄂生還未到來？想必時候尚早。怎麽處喔？有了，且到左近鄰家探望探望，可有合意的人兒，待我賞鑒賞鑒。我貪看梅花興濃，想野橋畔路旋通。

（暫下。生上）

【前腔】春華秋實企儒宗，獨學迂疏增恐。小生鄂秋隼，螢窗攻苦，駒齒自慚。筆灑金壺，漫説賦成《鸚鵡》；書探石室，還期信篤豚魚。既受師承，兼資友益。同郡有個宿介，著名飽學，既屬同庠，應歌《伐木》。今日約在講堂相會，須索走遭。文章訓詁相涵泳，賴啓發把愚衷感動。此是講堂，爲何静悄悄的？想宿兄未到。咳！想來他帳暖芙蓉，不似我鰥居者，眼惺忪。（中净上）看了幾家，都是亂頭粗服，没有一個入得我眼睛的。

才難，不其然乎！黄齏甕，烏鴉洞，杈枒樹，那裏有態纖穠。（進介）鄂兄來了。（生）宿兄，何事來遲？（中净）豈有此理！我黎明到此，等到亭午，不見兄來，故此左近走走。（生）得罪了！兄何起得恁早？（中净）孟子云："鷄鳴而起，孳孳爲善者，舜之徒也。"我輩身列膠庠當以聖賢之語爲重。所以兄弟嘿，言必稱堯舜，法唐虞持身在敬恭。（拱手介）倘有個平章日，效垂拱。

（生）可敬之至。（中净）今日先講何書？（生）小弟孤陋寡聞，請教老兄。（中净）豈敢！《十三經注疏》小弟均可背誦，聽憑吾兄揀擇。（生）小弟何敢望及肩背。竊謂詩以言志，講《詩》如何？（中净）好極！請教。（生）兄先請。（中净）先聽我兄粲花妙論。（生）不敢，小弟不過略通大旨。嘗思二南首咏《關雎》，言后妃之德，風之始也，所以風天下而正夫婦。匡衡言：妃匹之際，生民之始，萬福之原。婚姻禮正，然後品物遂而天命全。孔子謂其"樂而不淫"，冠三百篇之首。言太上者，民之父母，后夫人之行，不侔乎天地，則無以奉神靈之統，而理萬物之宜。推之《葛覃》崇節儉，《卷耳》達憂勤，《樛木》能逮下，《螽斯》慶蕃衍，無非化行俗美也。

【前腔】温柔敦厚達歡悰，一語無邪撥冗。箋疏傳注紛如訟，論大旨不出和雍。遇淑女好逑争咏，窈窕質，女之宗。徽音著，群欽德容。漫徒誇扢雅揚風，溯文王行化肇中宫，三十世，綿緒統。

（中净）我兄所言，西京之盛軌。二南而後，降及邶、鄘、衛、鄭，盡屬淫奔之詩。男女相悦，情迫而莫能自持。《易經》直道"男女構精"，《禮經》謂"飲食男女，人之大欲存焉"。孔子删詩，不廢淫穢，所謂王道不外人情也。

【前腔】各言情欲出由中，里巷遍傳歌咏。新臺中冓言之痛，又何論采蘭采葑？蚩蚩氓漣漣涕湧，何况是總角宴笑言同！

(生笑介)哈哈！兄之説詩，勝於匡衡，真令人解頤矣！領教，領教！天已不早，小弟失陪了。(中净)請便。(生出介)此人别有肺腸，一席之談，已覘梗概。正是：陳詩不必貞淫辨，都在輶軒采訪中。(下。中净)我想漢室張良姣如處女，鄂生容貌亦頗似之。可惜金玉其外，敗絮其中，一味講的迂腐不切之談，且自由他。今日興發，到王氏家中叙叙舊，亦可消遣悶懷。有理阿有理！

【松下樂】桑中原是舊行踪，要我何妨到上宫。錦衾久與甘同夢，會且歸怕讀篇終。他夫婿負販出外，斷不歸來，我且放膽前去，准和他兩情濃，端不至單繩鞚。我本是武崆峒，試一回雕鞍駿馬，硬弩强弓。(下)

第六齣　續歡

(貼上)

〔北雙調〕【新水令】荼蘼開過草萋萋，餞春光一杯婪尾。鶯啼芳樹密，燕舞畫簾低。是處花飛，偏惹著游絲繫。

社鼓鼕鼕聽賣餳，桑陰多半女兒聲。青驄陌上頻來往，便是羅敷也動情。奴家王氏，丈夫出外未歸。家道無虞空乏，羹湯手製，荆布身全。雖然顧鏡形單，未肯倚門笑賣。祇有舊鄰宿介，自幼綢繆，至今繾綣。偶聯情好，藉慰寂寥。這幾日不曾見來，不知爲了何事。

【駐馬聽】是也疑非，難道雕梁别壘泥？真耶如戲，何曾鴛帳定居奇。行雲流水却相宜，緘愁飲恨終何濟。須伶俐，要删除煩惱添歡喜。

(副净、丑同上)脱把交梨留凍面，削皮甘蔗剩梢頭。(副净)

趙二,你的梨怎麼變了凍面?(丑)不用説,成了爛崽。王三,你的甘蔗怎麼剩了梢頭?(副净)也不用説,成了光棍之尤。我聽説龔老大不在家,他女人長得很標致,我們去溜打溜打。(丑)好,好!我正想他,且去碰碰看。(進介)大嫂子請了。(貼)二位何來?(副净、丑)我們知道大哥不在家,嫂子寂寞,特來陪伴陪伴。(貼)我也慣了。婦人家怎好教男子漢陪伴!(丑)嫂子,總有用得著我的時候。(貼)什麼説話!(丑)譬如厨下要洗個葱,剥個大蒜,我都會。嫂子做鞋面,要用麵糊,我跌跌蹋蹋,慣會打的。(貼)這些混帳話少説,與我走出去!(副净)他不會説話,惱了嫂子。我們别無他意,大哥在家,時常幫襯我們,如今他出外,我們越法苦了,想嫂子借我們幾個錢,做個小買賣,也好度日。(貼)原來是爲借錢。你大哥出門,也没留下多少錢,我也是東挪西凑。你們代我那裏借借,等大哥回來,自然就還的。(丑)擦空老壽星,我問他借,他倒問我們借起來。(挨近貼介)嫂子,錢是有處借,祇是花消大些。(貼惱介)什麼様子!挨肩擦背,被人看見,成何體統!再不走,我要喊叫了。(副净、丑)嫂子不用動氣,我們就走。(出介)往常看他和顔悦色,今日爲何氣烘烘?(副净)暫且避開,慢慢用水磨工夫。(下。净上)饒有饞涎思玉饌,苦無香餌釣金鱗。我毛大,一生游手好閑,半世嫖賭吃著。同巷中來了一個龔家女人,花騷得緊,未免動心。聞他丈夫不在家,讓我前去調調情看。(進介)龔大嫂請了。(貼)你是西頭住的毛大嗄?(净)不敢,正是。大嫂有心認識我了。(貼)怎麼教有心無心,同在一條街上,來來往往,那個不認識。(净)大嫂無心認識我,我倒有心要認識大嫂。(貼怒介)胡説!你們欺我丈夫不在家,都來戲謔調笑。我們清白人家,豈容你們亂走,快出去!(推出作關門介。净)好手段！待我慢慢捉他的破綻，拿住把柄，不怕他不上手。(下。貼)今朝晦氣，碰著這班東西。不免門上門，進去睡罷！(下。中净上)

【雁兒落】步斜街星月稀，穿曲徑心神悸。聽樓頭玉漏催，怕籬下金鈴吠。

我宿介，回家吃了晚飯，乘著星光，來訪王氏。此間已是，嚇！門關了。待我輕輕一叩。

【得勝令】觸手獸環低，關心燕語微。許我桃枝折，勞他蓮步移。遲遲，想傜熊深宵彌。依依，准歡悰百樣宜。

(叩門介。貼内嚷介)又是那個混帳行子，半夜三更亂敲人家的門！我要駡了！(中净張皇介)這是那裏説起，怎麽一時變了卦？待我大著膽問他一聲：王大姊，是我在這裏。(貼上，隔門問介)你是那個？(中净低聲介)我是宿介嘎。(貼笑，開門。中净進介)你爲何駡起我來？(貼)不是喔，待我關上門，細細告訴你。(關門，同坐介)

【川撥棹】今日事忒稀奇，擘空來無首尾。風馬難期，牙角相持。(中净)是何人與你争鬬？(貼)豈止一人，不翼而飛，有偶無奇。出言辭非情非理，究根柢，没端倪。

先來了兩個，趙二、王三，却與我丈夫來往的，意在借貸，尚可支遣。後面又來了一個，便是同巷住的毛大，著名無賴。闖進我屋來，滿嘴戲謔，煞是可恨！我煩悶得緊，所以關了門，坐在裏邊。(中净)原來爲此。多是想天鵝肉吃的。誰教你長得這樣好看？(貼)你又來取笑。我暖了一壺酒，在裏邊獨飲。你來的正好，到房中同吃一杯。(進内，同飲介。貼)幾日不來那裏又鉤上一個？(中净)真是冤枉。連日與學中朋友講書，正經得極。今日方與鄂秋隼講了半日書，回去吃了飯，想着你,特來看看。(貼)説起鄂秋隼,却有一段風流佳話。(中净)他那人不會風流的。(貼)不是喔。我對門卞家,有個女兒,名唤胭脂,真是個出色人物。(中净)我亦久耳其名,怎麼樣?(貼)那日我在他家閑坐,他送我出門。可巧鄂生路過,胭脂一見,極爲留情。我説他新遭妻喪,若與你作配,真是一對好夫妻,原是頑笑,他竟認了真,如今卧病在床。(中净)你怎麼慰藉他呢?(貼)我説病已至此,先令夜來一聚。(中净)他又怎麼説?(貼)他倒假撇清,説斷乎不可。你既與鄂生相熟,何不代致拳拳?(中净)妙極,妙極!我去對鄂生説,他聽了這般有情,必然肯往,與他面訂終身。(躊躇介)衹是他膽兒極小,若走錯了路,鬧出事來,反害了他。你既常到他家,熟悉路徑,胭脂住房在何處?我與他説個明白,豈不兩全其美。

【七弟兄】良靈,審幾,訂佳期,婚姻當面憑他締。眼前省得獨情痴,這番功德是俺和你。

(貼)那胭脂住在第二進西厢内,前面是他父母住的。我看來夜晚獨去,到底不妥,還是教他央媒説合的好。(中净不語,呵欠介。貼)夜深了,收拾杯盤,早些睡罷!

【收江南】人家閑事費心機,何如你我效于飛。(合)今宵兩兩又同棲,怕歡娱夜短,霎時窗紙漏朝曦。(摟貼下)

第七齣　逾墻

(老旦執燭上)俗情牽累重,病態惹愁長。連日因女兒病體不減,好生煩悶。今日服了藥,不知如何?且去看他一看,方好安睡。我兒,可能掙扎些兒?(旦包頭上)母親還未睡麽?(老旦)我放心不下,再來看你一回。此時覺得怎麽樣?(旦)服了藥,略覺好些,衹是胸膈間總難舒暢。

〔南雙調〕【山坡羊】剩絲絲氣兒如縷,慣摇摇心兒無據,悶沉沉結塊填胸,怯生生聞響空增懼。好似池内魚,何嘗合眼珠。終宵清醒,兩目張如炬。數盡更籌,獨自喃喃語。欷歔,减愁容似朽樗;居諸,度年華等隙駒。

(泪介。老旦)不要愁煩,慢慢調養,自會好的。你且安息片時,我也倦了,明早再來看你。正是:禱天無别語,衹願免飛殃。(執燭下。旦)嗳,娘嗄! 我的心病,何能説與你知道?

【皂羅袍】便向蒼天難籲,縱生身之母,欲語咀嚅。情絲空際自縈紆,佳音暗裏多齟齬。藥爐烟裊,寥寥夜虚。芳容星慘、飄飄影臞,怕芳魂漸逐香塵去。

(假寐介。中净上)竊玉偷香情放浪,移花接木計高强。我宿介,昨在王氏家,知道胭脂看上了鄂生,一心要想嫁他。我正閑得胭脂十分美貌,無計可圖,可巧有此機緣。我便向王氏誘出他門庭路徑,一一記清。如今假冒鄂生前去,料他未必認得清楚。我且圖一樂,有何不可? 來此已是他家門首,你看墻不甚高,可以攀援而過。且慢! 聞得王氏説,前進是他父母所居,未可造次。(又行介)過了前進,這是後厢,想必是胭脂住室。且喜靠墻有株柳樹,待我扳住柳條,聳身過去。(拱手介)柳兄,柳兄! 煩你做美一回者。

【解三醒】短長條似紅絲牽住,葱龍態似紅葉流徐,我輕狂更似你風前絮。看他摇蝌蚪映蟾蜍,扶持弱質憑抬舉,鉤引和風借拂嘘。殷勤語,全仗你鴻溝越界,我驪窟探珠。

(作跳進墻介)那屋内隱隱有燈火之光,想必是他住室,我且近窗一覷。(作窺介)正是。(作扣窗介。旦醒望介)那裏聲響?(中净)是小生。(旦驚介)你是何人?(中净)小生鄂秋隼。蒙娘子雅愛，王姊命我到此的。（旦張皇介，以手撫心半晌介）果是鄂郎麽？（中净）不敢相欺。（旦嘆介）咳！妾病之由，諒蒙王姊轉達。但妾所以念君者，爲百年，不爲一夕。郎果愛妾，速倩冰人；若言私合，不敢從命。（中净）此何敢望，小生拚死而來，亦謂人生難得知己。既蒙雅囑，又累芳體違和，人非木石，能不動心？祇求一握纖腕爲信耳。（旦起，從容啓户。中净遽入，抱旦。旦撲地，中净急拽。旦卧地不起介。旦）何來惡少！必非鄂郎！果是鄂郎，其人温馴，知妾病由，當相憐恤，何遂狂暴如此！若復爾爾，便當鳴呼！品行虧損，兩何所益耶？（中净放手介）病體如斯，何敢相逼。請訂一後會之期，以便如約而至。（旦）親迎不遠，何必預期！（中净俯地繾綣介）若待親迎，豈不太遠。必求示一近期，慰我飢渴。（旦皺眉介）且待病愈。（中净）如此先求一物爲信。（旦）既訂終身，何須信物？（中净捉足解履，欲出介。旦）郎來！妾既以身許君，復何吝惜！但恐畫虎成犬，致貽污謗。今褻物已入君手，料不可反，君如負心，但求一死。

【玉包肚】飛言如雨，怕憑空謗傳里閭。縱今宵會合情空，已百歲光陰天與。和諧預兆，君心諒不把盟渝，我惟有殷殷盼彩輿。

（中净點首急下。旦從容起介）今日之事，如醉如痴。若是鄂郎，宜加温婉；若非鄂郎，還有何人？好令人難解也！

【皂角兒】論容華先淆碧朱，論才華難分燕許。蕩琴心似病渴相如，失羽儀非風流張緒。真個是誰劉晨？誰阮肇？夢迷離，天台路誰分爾汝？然歟，否歟？如迎，如拒。好教我怦怦不定，咄咄空書。

初進門來，情景頗覺可疑，但他説王姊教他來的，這一定是鄂郎無疑了。（笑介）男子性情，那能如女兒柔順。或者情動於中，不禁手舞足蹈起來，却也難怪。

【尾聲】原情體物須從恕，膠柱論人見太迂。衹是綉鞋入於他手，事果有成，原無妨礙。鄂郎嚇！你若負心，一朝揚播，我之性命休矣！但願得美玉微瑕不掩瑜。（下）

第八齣　失履

（净上）非貪猛虎口中食，要奪驪龍頦下珠。我毛大，前見龔家女人十分美貌，潛住調戲。孰知被他放下臉來，發作幾句，討了個没趣回來。如今打聽得他與舊鄰宿介向有往來，我便心生一計。暗中察訪，見他進去，即時跟踪而往，待他上床，進去掩執。拿住了這個把柄，便宿介亦無法可施。讓我抽個頭兒，也是好的。龔家的女人那！你如非鐵桶相似，我亦無縫可鑽。既有此事，不怕你逃上天去，我也有拿雲的手段！今夜睡不着，且到那路口，暗地守他去。（暫下。中净急上）從來好事多磨折，且把佳期暫展舒。我今日這番心計，十分已做到九分了。無奈胭脂病體沉重，我纔一碰，他便跌倒在地，可謂嬌嫩已極。還説我狂暴，我如何再敢用强，一則要憐香惜玉，二則怕露出破綻，被他喊叫起來，反爲不妥。因此把那如荼如火的心思，慢慢用饞涎澆滅了，緩款慰藉數言。幸虧我心靈手敏，瀕行時，做了個子以是爲竊屨來與。（出綉鞋把玩，以巾裹之，復揣入懷介）咳！一團欲火，終竟難熬。有此信物，容緩圖之。東墻雖逾，其新不可得；西鄰再卜，其舊如之何！（作到推門進介）且喜門兒半掩在此。（貼内問介）是那個？（中净）是我，不要再駡。（貼内）既是你，把門關上了進來。（中净）是了。（作關門，鞋包落地上，急下。貼上）更聲漏點頻催我，月下燈前最惱人。（坐一旁。中净上，坐介）大姊今日好熱。（貼笑介)你不知幹了什麽事,滿頭大汗,氣喘吁吁的叫熱。我穿了這些衣服,并不見熱。(中净)你儘拿我開頑笑。你坐在家中,我走了許多路,那能比得?(净暗上)看那狗囊的進去了,我也悄悄進去。(作推門介)且喜不曾上閂。(作踹鞋包,檢起手揣介)綿軟的,是恁的東西?不用管他,且懷起來。(又悄行至窗下,竊聽介。中净)你厨下可有熱水,我去取盆水來洗個臉。(貼笑介)熱水倒有,怕你搯不到手,我替你取一盆來罷。(下。中净)這個人聰明之極,處處機鋒,到要防備。(貼執盆上)水已有了。你到底替關上了門没有?(中净)關上了。怕什麽?(中净作洗面介。貼)阿嗄!滿身大汗,還不脱了衣服抹個身,响臭!(與中净脱衣,中净急掩藏。貼强脱下,中净急介)這是何苦?(滿地找介。貼旁坐笑介)不用找!那寶貝在我這裏了。(中净呆半響,揖介)好姊姊,你給我罷!(貼)談何容易!給我磕個頭,還你。(中净)磕頭有什麽要緊,又没人瞧見。(净手指暗笑介。中净)這件東西的來歷,我實對你説罷。

〔南商調過曲〕【黄鶯兒】香艷出芳鄰,是胭脂,被底春,笋尖一握剛盈寸。針兒入神,花兒斬新,盈盈蓮瓣從心頭褪。異香噴,抵明珠入手,還比玉加珍。

(貼)胭脂之物怎能到得你手?(中净)不瞞你説,前晚你道胭脂看上了鄂秋隼,教我做媒。我想胭脂美名,無人不知,何妨張冠李戴?我竟冒了鄂生,今夜跳過墻去,賺開他的房門。原想成其好事。奈他病體懨懨,我纔要動手,他先跌倒在地,祗得假意温存了一回。我想賊無空過,問他要件信物。他再三不肯,我便捉住他的脚,將綉鞋脱下。怕露出破綻,祗好急急轉來。且待他病好,再去求歡。實是未經到手,想你也不至於吃這寡醋。(貼)原來如此!我是與你頑耍,并不見什麽綉鞋。(中净)真個没有麽？待我點個亮，出去找找看。(净悄出，急下。中净點燈，各處照畢，見門開介)阿嚇！真是昏了。我説關上門了，那知不曾關得！幸喜深夜無人。(作關門轉介)大姊，找遍了没得。莫非掉在街上了？(貼)這也難説。不要被人檢了去。(中净)夜深人静，未必有人檢去。明日大早，沿着舊路尋去。咳！今日事不凑巧，白費我一場心計。

【前腔】半夜六街奔，笑登徒，枉費神，佳期日後全無準。我怕小小一鞋易於脱落，還將手巾包裹，十分鄭重。添條手巾，忘條命根，毫無利息先虧本。恨湘裙，藍橋已到，衹隔一條津。

(貼旁坐不語介。中净)大姊，大姊！你還在那裏氣我麽？(貼)男兒心性，見異思遷，何氣之有！(中净搔首介)咳！

【前腔】今日直遭瘟，兩頭空，冤覆盆，十分懊恨還要三分忍。(跪介)大姊阿！我求漿有因，偷香未聞，狂愚赢得個心神窘。望深恩，念舊時愛戀，盟誓願重申。

我以後再不幹這等事了，大姊恕我罷！(貼)你既知悔，以後不可如此。我和你恩情非淺，雖然出嫁，未忍抛離，衹爲一點痴情，不渝舊約。你亦是庠序中人，不可過自菲薄，徒傷陰德耳！(中净)大姊至言，敢不銘佩。(貼挽中净起介)

【前腔】愛慕爲斯文，豈狂且，共比倫。便是我平日豈無見挑者，肯飛英儘逐深溝溷。葳蕤自芬，桃源自春，那犬兒怎向籬兒進。鴨爐温，衹焚來蘭麝，何處雜蕕薰。

夜深了，睡罷！(下。中净咋舌，同下)

第九齣　凶殺

(末上)

〔北雙調〕【風入松】蕭寥庭院暮鴉飛，何事慘悽悽？嗚聲觸耳心驚悸，當頭似向我哀啼。咳！惹閑愁已諸般可耐，聽淒音怎一時深味。

生業久相安，俗情偏易擾。五岳不能游，向平事未了。在下卞璞，醫道相傳，小康汔可。昨因女兒忽染重病，愚夫婦日夜不安。奈獸醫不能活人，祇得延大方脉調治。日來漸覺輕減，已可放心。祇是年已長成，艱於擇婿。賢者不肯就我，愚者不願攀他。爲此因循，何日是了？好生煩悶也！

【喬牌兒】問年原及笄，納采誰投綺？無情月老絲難繫，籲黄姑，錢早貰。

(呵欠介)更鼓初聞，睡魔已到。有些年紀，人便不中用了，早些睡罷！(作入帳睡介。净上)喜星不是紅鸞照，毒霧思將么鳳迷。我毛大，一心要想王氏上手。昨晚前去捉奸，不料進了他門，踹著一物，軟丢丢的，不知什麽東西，我就懷將起來，到他窗下竊聽。那知宿介那狗囊的，有了一個，又想一雙。冒了鄂秋隼的名字，偷到胭脂屋内，要想求歡。奈他病重不允，竟把他脚上的綉鞋褪下，拿了回來，在王氏面前，一一説出。哈哈！這纔是不打自招，不想被我聽得清清楚楚。他出來找尋綉鞋，我便一溜烟跑走了。回到家裏，(探懷出鞋介)拿這隻綉鞋細細把玩，不覺的欲火難熬。(懷鞋介)那胭脂在門首看見過幾次，真是婷婷裊裊，比王氏更美，因此想了個假中套假的計策。今日照依宿介，冒個鄂秋隼的名兒，前去走遭，有何不可？

【新水令】桃僵李代更翻奇，蜃樓臺出人思議。巧機關，仗靈犀。做一個時還，鼓上跳新戲。

來此已是卞家門首。你看他墻不甚高，怪不得宿介那厮跳進跳出,毫不爲意。待我聳身而過。(作跳進介)衹是門户不熟,那邊燈光射處,想是胭脂的卧房。待我咳嗽一聲,他自然知覺。(近窗窺,作咳介。末驚寤,掀帳出介)窗外似有人走動,莫非是賊?待我近窗一覷。(净又咳介。末驚不語。净)娘子開門,我鄂秋隼來了!(末駭介)什麽鄂秋隼?他口中稱説娘子,莫非我女兒有什麽蹊蹺?(將燈移暗處,床側摸刀,近窗作女聲)你來作甚嚇?(净)娘子許我前來,現有綉鞋爲證,不可負約。(末怒,執刀開門出介)你是何人?往那裏走?吃我一刀!(净急閃,末喊介)院内有賊喇!(老旦急上)老老,賊在那裏?(末)那邊黑簇簇的不是麽?(末追,净跳,落鞋地上。末用刀砍,净閃過,奪刀砍末頭腦。末倒地,净跳墻急下。末略轉側不動,老旦)不好了!我兒快來!(旦上)院中何事喧嚷?(老旦)院内有賊,我看他跳墻出去了!你爹爹跌倒在地,絶無聲響,快去點個亮來看看。(旦急下,執燭上,近視末介。老旦)不好了!滿頭鮮血,被賊砍死了!(哭介)阿嚇!老老,你如何這等鹵莽,那裏是强盗的對手,白送了這老命,苦也!(旦哭介)這是那裏説起!憑空來個强盗,送了我爹爹性命。(老旦)如何是好?我和你均是女流,須得報官拿賊償命,怎麽想個方法?(旦)衹有我母女同到縣中喊冤,縣官必來相驗。爹爹的尸骸未便移動,衹好拿床被來遮蓋。我二人守到天明,再作計較。(老旦)衹好如此。(作拿被掩蓋,暗抬下。老旦)你且守着,待我拿着亮照照看,有什麽形迹。(拾刀介)這刀是你爹爹牛身上剜瘡用的,倒不是賊携來的凶器。(又見鞋,拾起介)阿嚇!奇了!怎麽掉下一隻綉鞋。(細視介)這鞋分明是你的。難道你做出醜事,約他來的麽?(旦接鞋看畢,跪介)母親,實是孩兒不肖了!事到如今,不敢隱瞞。前月對門王大姊來與孩兒閑話。孩兒送他出門,忽見一白衣秀士走過，孩兒看了他一眼。王大姊取笑，便説："娘子認得此人否？"孩兒答言不識，王大姊説："這是南巷鄂秀才，是我舊鄰，新遇妻喪。若娘子得配此人，真是嘉耦。"後來孩兒卧病，王大姊來看，又提前事，説托人致意委冰，孩兒亦不在意。前晚忽聞後院聲響，孩兒便問何人？他説是鄂秋隼，王大姊教他來的。孩兒便道："君果愛妾，速倩冰人。若言私合，斷不從命。"他説："既承相愛，但求握手爲信，别無他意。"這便是孩兒没主意，勉强起來，開了門。他進來，便猝然擁抱。孩兒病體難支，跌倒在地。他將兒鞋子强行褪去，實無苟且之事，不想他今日復來。母親阿！孩兒看他温文爾雅，不料他强盗居心，今日更是不共戴天之仇。母親在家守着，孩兒拿這鞋子爲證，獨自前去喊冤。定將鄂秋隼拿到，千刀萬剮，以報父仇，以雪我恨。(痛哭介。老旦)呵嚇！我全然不知道。(旦)不想他人面獸心，一至於此！

【攪箏琶】同鷹鷙，誤認鳳鸞飛。這怨恨誰知？恁羞慚莫洗，羞和怨一身罹，骨肉流離。遇凶殘恍如遭魅魑，(切齒介)頓教人恨切心脾。

(老旦)咳！可憐他爲了擇婿一事，終日愁煩。今日以此殞命，還遭如此慘毒！

【本調煞】東床難覓連城璧，反拚得肝腦塗地。好教我創深痛劇。

這是那裏説起！(同哭下)

第十齣　誣承

(丑冠帶上)臨民未必皆循吏，竊禄何妨作備員。下官聊城縣知縣胡圖是也。籍隸宛平亡有鄉,自幼父母雙亡,留下我弟兄兩個。家兄胡理,現充户部經承。區區在家時,并不曾外受傅訓,入奉母儀。終日浪蕩,知識漸開,偏遇著毛施淑姿,工嚬妍笑。我與他弦歌酒宴,接杯舉觴。他與我晝眠夕寐,藍笋象床。弄得來節義廉退,顛沛匪虧。想著家兄,定然是矩步引領,俯仰廊廟。我就做個游鵾獨運,凌摩絳霄。到了京都,果然見宫殿盤鬱,樓觀飛驚。見了家兄,原是孔懷兄弟,同氣連枝。他説:"聞你在家,不能够年矢每催,曦暉朗曜,倒做了璇璣懸斡,晦魄環照。"嚇得我稽顙再拜,悚懼恐惶。我説:"哥哥,我以後知過必改,得能莫忘。你切莫妄談彼短,靡恃己長。"哥哥説:"却好部中要一貼寫,你去當了。要始制文字,乃服衣裳。"我果然牋牒簡要,顧答審詳。當了幾年,報滿考職,居然的堅持雅操,好爵是縻。那部堂説:"此人貽厥嘉猷,須勉其祗植。看起來篤初誠美,慎終宜令。"我便以知縣投供納選,運氣大佳。吏部説:"奄宅曲阜,微旦孰營。正所謂學優登仕,攝職從政。"我就世禄侈富,車駕肥輕,到了任。坐朝問道,垂拱平章。人人頌揚我化被草木,賴及萬方。上司保薦,説得我雲騰致雨,露結爲霜。把我調繁,補授聊城。正有如驢騾犢特,駭躍超驤。我如今德建名立,形端表正。上司分外喜歡,説我:"釋紛利俗,并皆佳妙。"(笑介)樂得我矯手頓足,悦豫且康。今日是放告日期,故此束帶矜莊,(踱介)徘徊瞻眺。

〔黄鐘過曲〕【畫眉序】百里領提封,七品官兒最威重。掌刑名錢穀,坐鎮從容。那知他禮樂兵農,一味價含糊懵懂。趨承上憲雙肩聳,聲名做得飛紅。

(衆役上)今日告期,請老爺升堂。(丑)傳點升堂。(發梆,丑坐堂。旦上)爺爺伸冤!(役出介)可有狀紙?(旦)無狀口訴。(役進介)稟老爺:外面有女子喊冤,説無狀口訴。(丑)著他進來。(役)傳你進去。(旦進跪介)爺爺,冤枉阿!(丑)你姓什麽?何處人氏?有什麽冤枉?一一訴來。(旦)小女子姓卞,就住在東城。昨夜二更時分,突有一賊逾墻而進,將小女子父親殺死。家中僅有一母,看守尸骸。小女子特來案下訴冤。(丑)阿唷!是一樁命案。你父親作何生理?(旦)以牛醫爲業。(丑)向來可有仇家?(旦)父親極爲仁厚,一無仇怨。(丑)郡城之内,豈有大盗猖狂!可遺失什麽物件?(旦)一無遺失。(丑)這就奇了!我且問你,那賊人可有些踪影?(旦)求爺爺驗尸獲犯,爲父親伸冤。若言賊人踪影,小女子遭此不共戴天之仇,不得不實説了。(丑)吠,怎麽?(旦)前晚小女子卧病在床,忽聞院中聲響。隔窗問是何人,便有一人回答,説是鄂秋隼。意在圖奸,小女子不允。他進屋内擁抱,小女子跌倒在地。他將小女子綉鞋褪去,惟恐聲張,匆匆遁去。(出鞋介)昨夜父親被砍後,墻下拾得此鞋。小女子帶來存案。(丑拍手介)妙極,妙極!虧你這女子如此細心。這纔是仁慈隱惻,造次弗離,既有贓證,又有姓名。我便好誅斬賊盗,捕獲叛亡。有了把握,就好辦了。(對役介)你們帶著這女子,傳齊仵作,老爺立刻前往相驗。(抽簽標介)立派健役,簽拿鄂秋隼到案。不可漏泄放縱,自干罪戾。(役接簽介。丑升輿,同下。生上)【减字木蘭花】闌珊心緒,葉底暮蟬鳴不住。一味蕭條,好似南冠客思撩。小生鄂秋隼,自與宿兄講書回來,悶悶不樂,終日杜門。日來更覺心神不定,不知爲了何事,煞是可怪。(二役上)兄阿!那鄂秋隼,是個文質彬彬的秀才,怎會做出這樣事來?(役)不要管他,拿到官去,自有分辨。這裏是了。(進介)相公,你可是叫鄂秋隼？（生）小生正是。二位何來？（役鎖生介）如此跟了我們去。（生驚介）爲了何事，鎖起我來？（役）我們也不知道，奉聊城縣太爺的簽，教我們鎖拿你的。（生）這是那裏説起！（役牽生下。丑儀從上，升堂坐介。役鎖生上）稟老爺，鄂秋隼拿到。（丑）帶上來！（生跪介。吏唱）鄂秋隼！（生）有。（丑）你是何處人？向幹什麽營生？（生）是聊城學生員，家居讀書，足不出户。（丑拍案介）好個秀才！你足不出户，專會逾墻。如何向卞氏調奸？如何砍死他父親？從實招來，本縣尚可法外施恩，如有半點虚誣，看大刑伺候！（役吆喝。生股栗不語。丑）這狗頭非刑不招，先責四十大板！（生）爲了何事，生員全然不知。（丑）尚稱生員，掌嘴！（役）要稱小人。（生）是是！小人實在不知，還求明示。（丑）可惡已極！帶卞氏上來對質。（役帶旦上跪介。丑）卞氏，鄂秋隼拿到，他逞刁不認，你與他對證。（旦）鄂秋隼，你前日進我院來，突然擁抱。我跌倒在地，你將我綉鞋褪去。昨日怎麽又進前院，將我父親砍死？現有綉鞋爲證，從何抵賴？你這人面獸心的賊，恨不能寢皮食肉，以泄我忿！（痛哭介。生呆介。丑）此等形狀，顯係情虚，用夾棍夾起來！（役上夾棍。生昏暈，緩緩醒介）咳！

【前腔】禍事潑天凶，影響毫無儘愚弄。把無情桎梏，任意磨礲。逞威權電掣雷轟，嘆弱質魂飛色迸，便生成百口也全無用。咳！這是前世事了，除非死質蒼穹。

小人一一承認便了。（丑）真贓實據現在，也不怕你不認。該房寫上供招，教他畫押，一面咨革收禁，一面定罪通詳。禁子過來！（雜）有。（丑）將這一干人犯分別收監。退堂！（各下）

第十一齣　覆勘

（末紗帽上）

〔南仙吕引子〕【胡搗練】膺赤緊，領黄堂，繁區深愧菲材當。束縛衣冠勤典謁，紛糅庶獄費平章。

自嘆勞勞役簿書，十年馳騁短轅車。丹忱未必人知道，趵突泉清定鑒余。下官吴南岱，調任濟南知府。家傳詩禮，忝叨甲乙榜之名；位紹龔黄，勉守清白吏之志。自笑才非肆應，出納偏握微權；深知政拙撫循，訟獄尤多發審。昨日柏署發下聊城縣一案，圖奸未成，拒殺事主。凶犯雖已弋獲，案情頗覺含糊。匆匆過堂，未及細訊。看那凶犯，是一瘦怯書生，絶不類殺人者，因此遲疑。今早遣一親信家丁，潛往獄中察訪，待他轉來，或可略知端緒。（副末家丁上）殷勤承主命，宛轉訪囚情。老爺，小人獄中回來了。（末）怎麽講？（副末）小人衹做點驗犯人，到了鄂秋隼。小人説："你年紀輕輕，犯了什麽罪？"他對小人道："【西江月】平素束身圭璧，向來守分黌宫。妻喪掃墓出城東，路過卞家小弄。　遇見閨娃是實，圖奸進院全空。無端拷打當真凶，衹得承招忍痛。"小人不敢多問，便説："堂上大老爺是青天，你有冤不妨實訴。"（末）好！你即傳諭外厢，我即刻升堂。（副末）是。（下。末）看這情形，其中必有冤枉了。

〔仙吕入雙調〕【柳摇金】情多凄愴，辭多渺茫，牢補早亡羊。珠失空羅蚌，樞機全隱藏，擘空風浪，賊膽忒猖狂。豈瘦怯書生，如斯膽壯？凶鋒莫當，詭狀難詳，詭狀難詳，禍根孰釀？

（下。各役照常上立。末更衣出介）未必温犀能照耀，但將秦鏡自摩挲。(坐介)帶聊城縣案犯聽審。(役帶生、旦上,跪介。吏唱)卞氏胭脂。(旦)有。(吏)鄂秋隼。(生)有。(末)將鄂秋隼帶過一旁。(生下,旁坐地介。末)胭脂。(旦)有。(末)那鄂生與你訂約後,可有人知道?(旦)無人知道。(末)你與鄂生相遇時,可有别人?(旦)并無别人。(末)帶鄂秋隼。(生上。末)鄂秋隼。(生)有。(末)我看你是個瘦弱書生,你將始末根由緩緩訴來。我這裏不輕易用刑,你無須害怕。(生)青天大老爺在上,小人那日掃墓回來,路過北巷,見舊鄰王氏,與一少女站在門前。小人瞥見,即趨步而過,并未交接一言。以後在家,憑空縣役到來,拿去拷問。小人受刑不過,祇得承招。實不知道此中情節,求大老爺作主。(末對旦介)胭脂,你方纔説,遇鄂生時,并無别人。他怎麽招出舊鄰王氏?(旦)雖有王氏,與他實無干涉。(末)那王氏現住那裏?(旦)在小女子對門。(末)將二人帶下去。(生、旦下。末抽簽標付役介)立傳王氏聽審。限三日到案,不准與胭脂見面。(雜應下。末)王氏不知何等樣人,看起來必是知情的了。

【淘金令】蜂兒浪飛,蜜語招冤障。鶯兒善鳴,巧舌成虚誑。暗地雌黄,胡言談講,把個關天性命,戲侮荒唐,反做了無事人兒觀一傍。良心儘喪,天道終彰,一任顛狂,難逃羅網。

(暫下。雜帶貼上)連去帶來五百里,有餐無宿一雙人。好差使,三日工夫,足不停趾。堂上大老爺性急,祇得日夜奔波。好了,已到衙門口了!那位伙計在?(雜上)什麽事?(雜)托你看好犯人,我進去稟明。(下。内傳介)伺候升堂。(衆役上,末上,坐介。雜)稟大老爺,王氏帶到。(末)帶上來。(貼跪介。末)王氏。(貼)有。(末)那卞家殺人,凶手是誰?(貼)小婦人不知道。(末)胭脂供説,殺他父親之事,汝悉知之,何得隱匿?

(貼)冤哉！淫婢自思男子，小婦人雖有媒合之言，不過一時游戲。他自引奸夫入院，小婦人何從知道？(末)你如何與他戲言？一一講來。(貼)那日胭脂送小婦人出門，適鄂生路過。胭脂頗爲留情，小婦人說："此人是我舊鄰，新有妻喪，當寄語委冰。"後來胭脂患病，小婦人戲之，說："何不招來一叙？"這話是有的，以後情節，小婦人實不知道。(末)帶胭脂。(役帶旦上，跪。末)你説王氏無相干涉，何以他倒招出撮合之辭？看大刑來！(旦哭叩介)話誠有之。小女子自己不肖，致父慘死。訟結不知何年，何忍再累他人。求大老爺開恩。(末點首介)唔！且帶下去。(旦下。末)王氏，你與胭脂戲言，曾向何人説來？(貼)并未告人。(末拍案介)夫妻在床，應無不言者。看桚！(貼)丈夫久客未歸。(末)雖然，戲人者，笑人之愚，以炫己之慧，更不向一人言？將誰欺？械其十指。(役桚介。貼呼痛介)求大老爺開恩，小婦人願招。(末)鬆桚。講！(貼)曾向舊鄰宿介言之。(末)宿介何人？(貼)亦是秀才。(末)舊鄰何得言隱事？其爲通奸無疑。(貼俯首小語)有奸。(末)帶去管押。(貼下。末抽簽標付役介)立拿宿介到案。仍限三日，毋得遲延！(雜應下。末)好了，鄂生有命矣！

【四塊金】登徒戀奸，意外添魔障。王魁負義，法外偏無恙。掀成平地浪，惹來罹殃殃。他自履康莊，人遭羅網，教我費推詳，險些兒把一個桀鴞輕放。

(暫下。雜帶中净上)飛風持一票，帶露走三天。到了！伙計有麽？(雜上。雜)又是一個。你看好了，我進去銷差。(下。内傳介)衆役伺候！(衆役上，末上，坐介。雜)禀大老爺，宿介拿到。(末)帶上來。(中净跪。末)宿介，那王氏招得與你通奸。(中净)大公祖，《摽梅》云："求我庶士，迨其吉兮。"他既來求，何可相負？(末)胡説！王氏又招得，卞家命案，你盡知之，從實説來！(中净)大公祖，那王氏與生員總角慣兮，(挺胸介)突而便兮。那卞氏與生員，素未謀面。(攤手介)誰知烏之雌雄？(末拍案介)誰與你掉文！宿娼者必無良士，將他衣衿褫去，重責四十板！(役去衣巾，打介。中净)上帝板板，要下民卒癉了，其實難受。(跪介)小人招了！(末)講。(中)那日王氏説起胭脂有情於鄂生，小人一時興發，便冒充鄂生，逾墻進院。那知胭脂病重，不能成歡。小人賺了他綉鞋，且圖後會。誰知轉來，便將綉鞋遺失。失鞋而後，未敢再往。殺人之事，實不知道。(末)逾墻者無所不爲，還敢抵賴！與我用夾棍夾起來！(役上夾棍，中净作暈，漸甦介)小人承認便了。(末)供。(中净)二次進院，遇他父親攔擋，小人將他一刀砍死。(末)令他畫供。(中净畫介。末)帶鄂生、卞氏上來。(生、旦上。末)鄂秋隼，你冤枉了。殺人正凶在此，你可認識？(生顧中净)這是同學宿兄。(末)便是他冒你名兒，做得好事。如今你且回去，我移文學中，復你衣衿。(生叩頭介)謝青天大老爺，恩深再造。(旦愕介)原來不是他！(向生痛哭。生回顧下。末)胭脂，你黑夜認不明白，我與你宛曲審問，方得其實。有了正凶，便可結案矣！(旦)多謝青天大老爺。(末)下去。(旦下。末)將這要犯押在死囚監裏，不可疏脱。(役應，帶中净下。末)

【攤破金字令】奸情叵測，巧詐難名狀。民岩可畏，曲折須裁量。正直無私，鬼神來餉。那堪深文鍛鍊，威權標榜，生靈荼毒膺鉅創，冤魂泣那厢，爰書定這厢。不是矜張，便涉荒唐，草菅人命相和唱。

(衆役跪介)小人們伺候多任，不曾見大老爺這樣青天。今日審明此案，衙前老幼，歡欣鼓舞，俱頌揚大老爺神明。(末)

這也難得。大凡人生精力有限,愛惜者多。果能悉心體察,定得真情。本府亦期於無枉無縱,何嘗以察察爲明。

【金風曲】聽言觀色,真僞宜評量。揆情度理,方寸須凝想。偶爾誠求當,敢説是得民情。折獄無虧,心鏡懸明朗。嚴條赦善良,諛詞謝頌揚,還愧我莫弛成湯網。

退堂!(末下。衆役同下)

第十二齣　訴冤

(中净鎖鋳上)西陸蟬聲唱,南冠客思侵。區區宿介,祇因漁色心濃,要想胭脂到手,畫虎不成,反弄出人命大案,不知那個天殺的做出這樣事來害我。别的尚可隱忍,(拍頸介)這吃飯家貨,那裏是耍得的?咳!不想竟鬧到這步田地呵!

〔北雙調〕【新水令】堪憐磨蝎命宫排,是前生惹來孽債。桃花空照命,棘木實罹灾。運蹇時乖,犯天牢,立遭敗。

我與王氏自幼纏綿,他雖出嫁,時聚舊歡。那晚他偏生説起胭脂,我垂涎已久,未免心動,便有得隴望蜀之想。祇此一着,便是我錯了!

【駐馬聽】珠采層崖,少小已經精衛海。香貪靈薤,風流更想楚陽臺。如今鸞鳳兩分開,終朝犴狴相親愛。悔當初萬不該,無端闖入閻浮界。

細想起來,原是我錯。但揆厥初心,不過是青衿佻達之風,何嘗有白刃可蹈之念?蒼天哪,蒼天!我這一腔怨憤,難道你竟不能下鑒乎?

【沈醉東風】蒼昊遠天眼怎開,愁緒積吾腹自哀。直到了鬼門關,何處覓還陽策?黑模糊冤魂去來,祇怕要繦褓從新作小孩。

(哭介)忍不住無窮泪灑。

(坐地介)想我宿介,半生攻苦,頗有文名。縱不能置身青雲,亦何至枉罹法網!咳,平日恃才傲物,那班學中朋友都不在我眼目之中。未免睚眦,難逃怨恨。事到今日,没一個替我代伸冤枉。這也自怨自艾,難怪别人。(垂頭半晌介)我聞得學使施愚山先生,博學多能,愛才如命。我何不做一訴狀,待他到來,挽人投進,或者生死人而肉白骨。舍此公尚何他望?有理阿,有理!

【甜水令】落拓平生,風流半世,危亡頃刻。説甚麽人世等優俳,還靠著犀管生輝,蠻箋吐霧,鴻文耀采。也祇算將死鳥鳴哀。

待我構起思來。還是散文好呢?還是駢文好呢?嗳!祇要説得懇摯,散整兼行,無乎不可。

【折桂令】劣書生上叩崇階,仰德曜遐臨,智府宏開,虔肅心齋。謹濡毫素,泣訴衷懷。恕狂愚,性佻達,淪身孽海。逾閑檢,戀風情,失足懸崖。憶當佩韘之年,偶蹈窺墻之失,與王氏呵,兩小無猜,幾載相諧,不想道城火殃魚,天外飛來。

【錦上花】偶因他戲説嬌娃,毛施異采,打動我繫念春風,劉阮殷懷,因此上李戴張冠,逾墻去來。怎奈他病態愁容,歡娱路乖,片時萬慮縈,一刻千金買。事既未成,心殊不死,想瑶島重游,親簪寶釵。將玉山推倒,偷擎綉鞋,握别匆匆,歸途遽邁。

【清江引】釀蜜好花難恣采,舊徑思尋再。袖底失飛鳧,胸次遭芒蠆,頓教人書空咄咄怪。

【對玉環】從此後翹首蓬萊,何嘗惹點埃。絶迹天台,生防召禍胎。那知道殺氣擘空來,凶星迎面届,三木頻挨,心驚還肉駭。大辟難挨,魂亡先氣呃。

【雁兒落帶得勝令】榮枯水上燈,冤孽前生債。明知禍自招,悲苦難寧耐。幸相逢朗鏡照無涯,殘魄敢鳴哀。惟望取高舉青雲手,或可令重瞻紅日臺。鴛鮐,生與死求青睞;陰霾,開與合仗鈞裁。

腹稿已成,自問無一虛言,或可動聽。幸虧我來時帶得些散碎銀兩,不至十分吃苦。明日將錢挽禁卒哥買個稟柬,借副筆硯來謄真了,俟學使到時,托人投遞。或者他愛才心切,尚有生望。咳!不過僥倖萬一耳!

【歇拍煞】囹圄黑處拘囚態,妄思量超升冤海。仗文章變化推移,盼德澤奇巧安排。蒼天阿!你仁心雨露偏,我負質恩光戴。到今日捫心兒自揣,雖不能忠孝兩無虧,亦何至身家一齊敗。(垂首摇擺下)

第十三齣　繹供

(外紗帽便衣黑鬚上)

〔中吕引子〕【菊花新】新銜恩命莅名都,玉尺平持細撫摹。倖見聖門徒,洵文化肇於鄒魯。

尼山遺澤至今長,蔚起材多教有方。博采輶軒無異術,貞淫正變自裁量。下官施閏章,表字愚山,皖之宣城人也。登順治丙戌賢書,戌己丑進士。奉職刑曹,出使西粤,得游嶺海諸山,頗快心目。前以大母弃養,持服里居,服闋還京,補授員外郎。幸逢今上右文,特旨御試,名列第一,擢山東提學僉事。到任數月,歷試兖沂。喜得文章爾雅,士行端方。昨日按臨濟南首郡,行香歸來,例應放告。忽見訴狀一紙,詞意凄惋。細觀情節,似非誣捏;反覆推求,殊覺可憫。因此移文院司,索取全卷,且待送來,尋繹一番。總期生死兩無所憾,方爲平允耳！

【石榴花】皋謨細詁，出入不容誣。膺重典，釋無辜。刑章輕重待編摩，最堪虞情節模糊，虛實有無。笑亡羊枉自牢空補，尤可恨者，逞機謀專務刑求，昧天良玩視民瘼。

（末典吏持卷上）案頭三尺法，階下五刑人。門上那位在？（副末家丁上）那裏來的？（末）有司衙門，奉文提卷，差小吏送來的，敢煩通報。（副末）候着。（進介）禀老爺：有司衙門，着典吏送卷前來，請老爺鈞示。（外）問他：倘是聊城縣奸殺一案卷宗，着他留下，且自回去。（副末）是。（出介）家爺問你，可是聊城縣奸殺案卷？（末）正是。全卷在此。（副末接介）家爺傳諭：案卷留下，你且回去。（末）有勞了。（下。副末進介）是聊城縣全卷。已分付來人回去了。（外）放在桌兒上，你自迴避。（副末下。外就案看介）此是縣中驗尸獲犯，落膝初供，最關緊要，待我細細看來。

【前腔】尸傷按部，致命立時殂。憑贓證，緝凶徒。根株細究敢含糊，立時拿獲鄂秋隼，便應問出實情，從容定案。怎麼一無供詞，問成大辟？咳，三木之下，何求不得？忒荒唐，猛比洪爐，騰焰焦枯。名爲信讞無單詞訴，但憑他桎梏威風，不思量情節牴牾。

自來不肖州縣，大抵如斯。祇顧自己身家，不管他人性命，胡亂定案，實屬可恨。既以鄂生抵罪，何以又有宿介？（翻閱介）這是解郡發審的卷宗，待我看來。

【泣顔回】善類力相扶，細推詳大異粗疏。把根株究出，友求鶯，旁及提壺。真情盡吐，别有個劉郎闖入天台路。脱韝緤放出溟鵬，固樊籠繫住沙凫。

原來從王氏究出宿介，業已供認圖奸，這就罪無可逭了。

【前腔】品行忒卑污，敢逾墻迹類萑苻。從來奸盗罪相聯，異罰同符。前供縱誤,到今朝召父來何暮?育英材化繼文翁,雪冤情治邁龍圖。

這吴太守悉心研鞫,審出宿介,釋放鄂生,鐵案如山矣!怎麽宿介還敢訴冤?殊難憑信。(細閲介)呀!我觀卷内前後供詞,宿介兩次逾墻進院。先在王氏家,聞得胭脂有情於鄂生,遽動漁色之想,猶恐王氏妒忌,假無心之詞,向王氏探明卞家門徑。初次入内,直達女所,接談多語,褪去綉鞋,并無他人知覺。怎麽二次進院,忽爾昏眊,誤詣翁舍,致遭敗露?這情節有些參差。(閲狀介)宿介訴説:失鞋後未敢復往。鞋既失去,何得復在宿介手中?又未究其何處檢回?這持鞋復往者,恐非宿介。(搔首仰思介,拍案介)前後顯係兩人!必罪此生,此生冤也!

【急板令】弄聰明周密無疏,敗機關行藏忒粗。爰書未孚,把個奇巧新鶯,跳躍靈狙,看做孟浪飛蛾,惡劣庸駑。殆未將節目爬梳,縱明察、尚偏枯。

我看此案,未可據爲定讞,尚須研鞫細情。明日將一干人犯,提至本院署中聽審。究彼真凶,釋我疑竇,方始無憾耳!

【前腔】幻樓臺空中吸呼,蠢生靈庭前匍匐。須得要善植奸鋤,休得把良木摧殘,惡種稽逋。垂首神駒,得志城狐,否也然乎?又豈在歌子惠、頌來蘇。

(副末上立介。外)來!(副末)有。(外)將這卷宗集齊收好,傳諭外廂,明日著典吏,將聊城縣一干人犯,提集轅門,候我親自審訊。(副末)是。(外)咳,非是我不憚煩勞,奈人命關天,豈同兒戲!總期水落石出,乃成信讞。

【尾聲】清風願掃冥冥霧,怕聚鐵難成一錯,還仗神明默助吾。

（下。副末捧卷隨下）

第十四齣　提鞫

（末典吏上）恤刑舊典屬星麾，月斧修餘刀筆持。政事端由文學見，出身況在白雲司。我，有司衙門典吏是也。學憲施大人考畢濟南後，忽來提取聊城縣奸殺一案。我將案卷送進，今日要提一干人犯面鞫。此案已經濟南府吴大老爺訊明，將正犯宿介獲到定罪，難道還有冤枉，又要提審？聞得這位施大人在刑曹供職，鑒察如神，昭雪之案不少，想必看出破綻，别有會心。倒要觀看觀看，也好長長見識。時候尚早，且到茶館中坐待片時。（暫下。内傳點擊鼓，劊子、皂隸等陸續上，分立介。副末家人捧印、外冠帶上）

〔南黄鐘宫引〕【西地錦】聽訟難求民隱，爽鳩舊職重循。焚香選士吾應分，推誠願及冤民。

（升坐，衆吆喝介。外）下官施閏章，奉旨提學山東，已將濟南首郡考畢。昨因宿介一紙訴詞，調取全卷，細加尋繹，其中不無疑竇。今日提犯面鞫，想已到齊。唤典吏上來。（末上，叩頭介）典吏參見大人。（外）你是承值典吏麽？（末）正是。（外）這聊城奸殺一案，已經濟南知府訊明定罪，似無疑議。本院提集卷宗，復加尋繹，尚有可疑者數端，因此要當堂面鞫，庶期無枉無縱。你爲我代陳院司，要鑒察本院一點至誠，方不疑爲多事。（末）大人明察素著，聽斷如神，遠近共仰，本省院司未敢請命。今蒙提鞫，不特院司感仰，即合省黎民，亦共沐恩德。（外點頭介）先提宿介聽審。（末傳介，役帶中净赭衣鎖鋳上，跪介）青天大人在上，小人自知不肖，身膺大辟，若非大人超升，一入阿鼻，永遠不見天日矣！(泣介。外)孽由自作，尚怨何人？本院細閱供詞，尚有待訊者一二事。我且問你：那日從胭脂處出來，又往何處？(中净)仍至王氏家中。(外)這鞋子遺失何處？(中净)實已忘之，似入門時，猶在袖中。(外)可記得清楚？(中净)記得清楚。(外)可有虚假？(中净)阿嚇，青天大人！事到今日，還敢有半字虚假麼？(外)這就是了，下去！(中净下。外自念介)入門時猶在袖中。帶王氏！(役應，傳鎖貼上，跪介。外)王氏！(貼)有。(外)你與宿介通奸外還有幾人？從實招來！(貼)此外并無一人。(外)淫亂者豈得專私一人，與我椤！(貼)小婦人與宿介稚齒交合，故未能謝絶。此外非無見挑者，身實未敢相從。求大人寬恩！(外)見挑者何人？從實説來。(貼)同里毛大，屢挑而屢拒之。(外)何忽貞白如此？與我重責！(役吆喝，貼連叩頭介)實在并無他人，教小婦人從何處招來？(外)汝夫遠出，可有親友往來？(貼)丈夫親故絶少，祇有好友兩三人，因借貸饋遺，來過一二次。(外)是何等樣人？(貼)皆無業游蕩。(外)可記得姓名？(貼)一名趙二，一名王三，皆曾來過。(外顧吏介)記清供招。(吏應介。外)帶下去。(貼下。外)看來殺人凶犯，不出此數人中。(搔首介)怎樣設法誘出實供纔好？

【畫眉海棠】【畫眉序】太無因，怎得清源辨真本？怕刁徒辯言利口津津，逞强詞一味持蠻，求折證萬分無準。【月上海棠】重思忖，要奇想凌空，詭情難遁。

衆役且退，本院自有道理。(典吏率衆役下。家人捧印，外起，作入内堂更衣介。坐介)這案情證據全在綉鞋，設綉鞋失去，尚可訪查踪迹；贜證既獲，凶手自無逃遁。無奈凶殺之際，綉鞋已落墻下，凶犯脱然而去，一無把握，却從何處根究？好難擺布也！

【畫眉姐姐】【畫眉序】究來因，一瓣蓮花兆成釁。想當日智珠在握，著手成春。便到今日，問官亦可從此根究？奈執刃者翻似鳧飛，使竊屨者居然兔遁。【好姐姐】無憑準，除非是別施巧計通神座，纔得奇冤雪覆盆。

我想此案，非托神道設教，難得真情。來！（副末）有。（外）你今晚與我潛至城隍廟，檢一黑暗之屋，用石灰滿塗壁上，更以煤水一盆，置之暗陬，我自有用處。（副末）是。（欲下介，外）轉來！（副末）有。（外）你獨自前去，不可使一人知道。倘有漏泄，吃罪不輕！（副末）不敢。（下。外）我也算苦心孤詣，若此番不得實情，宿介死矣！

【啄木鸝】【啄木兒】頑愚質，不易馴，要巧妙神機先暗運。想來却也好笑。此等愚民，非鬼神之說，不足聳其聽聞。狄青容銅面重施，盧杞臉靛藍再暈，把森羅鬼卒排成陣，衹怕强項見時也難安穩。【黃鶯兒尾】樣翻新，幽明交治，立辨假和真。

明日晚堂，在城隍廟再審。且待拘到這一班人，看他光景，便知分曉矣。

【尾聲】奸徒揜著終難隱，衹在聰强鑒察神，直教他魑魅相逢也喪魂。（下）

第十五齣　廟訊

（副末家人上）頂度星臨奴僕宫，偏才近貴運亨通。日躔忽與天魔遇，要顯神差鬼使功。區區施大人一名親隨家丁。昨日我家爺問案退堂，教我晚間到城隍廟，檢一黑暗之屋，用石灰塗滿墻壁，又以氈褥遮瞞鐵桶，更將煤水一盆，置之暗陬，不知是何作用？我家爺在刑部問案，離奇光怪，昭雪許多冤獄，實在佩服他聰明正直。今日這番作爲，又不知若何擺布？昨已安排妥當，今日晚堂，要往城隍廟審問，衹得小心伺候。(下。末典吏上)我作經承三十年，官場奇事閱盈千。貪廉明暗般般有，今日行爲又不然。却是爲何？這學院施大人，昨日將聊城命案覆審一堂，但將宿介、王氏二名提鞫，也衹問了幾句要緊説話。末後問出毛大等一班人，俱是案外無涉的。今日命將毛大等三人帶至城隍廟，晚堂候審，豈不是奇怪？(仰望介)已到黄昏時候，趕赴城隍廟承應纔是。(下。内鳴攞，皂隸、劊子執燈，家人捧印，外風帽冠帶乘輿上)

〔南中吕〕【尾犯序】誠意達蒼穹，一瓣心香，頂禮遥貢。人命關天，可輕攖凶鋒。(作到，下輿介)惶悚，看殿下閻羅森列，望殿上香烟護擁。靈旗颭，猙獰神鬼，颯颯起陰風。

(雜老道上)迎接大人，請大人殿上拈香。(外照常行禮畢，雜進茶介。外)道人退下，侍從擺列公案。(衆應，設公座。外升坐，照儀吶喊。末上)典吏參見大人。(外)典吏，本院關傳一班人犯可已齊集？(末)俱在堂下伺候。(外)一齊與我帶上來！(末)帶毛大等一干人犯進！(役鎖净、副净、丑同上)報！毛大、趙二、王三進。(衆喝介，各跪。末唱名介)毛大。(净)有。(末)趙二。(副净)有。(末)王三。(丑)有。(外)你們一干人向來作何生理？(衆)小人等皆無恒業，做些小買賣營生。(外)可認得王氏之夫？(衆)同里居住，時常會面。(外)那王氏之夫出外貿易，你們可曾到他家去？(衆)不敢欺瞞大人，去是去過，連茶也没吃過一口。(外)放屁！誰問你吃茶來！你們到他家去爲了何事？從實説來，免得受刑。(衆)大人明鑒，小人們家道貧寒，向時王氏之夫在家，承他周濟。他出門後，也想向王氏借貸幾文,奈他一毛不拔。(外)混説!本院看王氏,原非守分之人,你們這班無賴之徒,常到他家,無非爲圖奸之意。從實招來,本院猶可法外施仁,若有半字支吾,看大刑伺候!(衆役喝介,净等)實在并無奸情。(丑)大人,小人那日到王氏家去,一番美意,説嫂子一人在家,未免冷静,我幫你在厨下洗洗菜,剥剥葱,他倒打了小人一巴掌。大人想:若與他有奸,他怎生捨得打我?(外拍案介)一派胡言!與我剥去衣服,用荆條痛打。(衆役應,剥衣亂打介。外)

【前腔换頭】愚蒙,理喻莫能通。鼠腦獐頭,鷙性凶猛,三木憑施,肯稍加寬容?著實打!休縱,准備要驅除稗種,准備要嚴懲暴横。無情棒,諒邀神鑒,魂魄攝遥空。

(净、副净、丑)阿唷!冤枉嘎!今日大人便打死我們也招認不出什麽來。(外)放他們起來。本院實對你們説:夜夢神人告我,説殺胭脂之父,不出爾等數人。本院是以今日來廟中審問。爾等招出實情,本院尚可設法拯救,如若不招,還有大刑受用。(净、副净、丑)便用大刑,也説不出什麽來。(外)既如此説,也不用大刑。來!(副末)有。(外)神人對我説:殿旁有一黑暗之屋。你與我看來,可是有的?(副末)是。(下,即上)殿東一屋,果是黑暗。(外)這就是了。(對衆介)本院夜夢神人説:"他們不招,可帶進黑暗屋内,皆令袒背面壁,旁有净水,令他們各自盥洗,吾神自能書其背上。"來!(副末)有。(外)你先帶路,令皂役押付此屋,頃刻便見分曉。(副末)是。(前走,帶衆皂役押下。外)

【前腔】幽渺路潛通,咫尺神威,多有施用。擲筆空虚,勝硃紅題封。堪慟,肆欺詐懵騰入夢,弄奸殺身家頓送,時來到,冤魂索命,若個脱樊籠?

帶他們出來！(副末引衆上。净落後，背上石灰加黑煤，作觳觫狀。外拍案介)殺人賊在此，還有何説？(净跪介。外)從實招來！(净俯首不語介。外)此等凶賊，非刑不招，與我夾起來！(衆應上，夾棍介。净)小人願招。(外)講。(净)小人原是看想王氏，屢次調戲，他祇是不允。後來知他與宿介有奸，小人想執住宿介，王氏便可到手。那夜看見宿介進王氏門内，小人跟踪而往。纔進門，踹著一物，當即拾起，揣在懷中。掩至王氏窗下竊聽，聽得宿介説，冒了鄂秋隼名兒，到胭脂家，因他病重，未得成奸，脱了他綉鞋轉來。即向袖中摸索，方知不見了，要點燈出來找尋。小人恐被他看見，一溜烟走了。回家看著鞋子心動，往常過胭脂門前，看見他美貌。過了一夜，也想冒鄂秋隼名兒前去圖奸。逾墻進内，不料誤走到他父親窗下。他父親知覺，順手拿了一把藥刀趕出。小人見他勢頭不好，轉身就逃。正要爬墻，他已趕近。情急轉身，奪刀砍去。黑暗中也不知砍著何處，他便聲喊倒地。小人手中綉鞋，也丢掉了，方纔得脱。求大人開恩。(衆役相顧作詫異狀。外)既已實招，帶去收監。事與王氏無涉，并趙二、王三一齊省釋，帶下去。(衆押三人下。末)典吏愚昧，不知大人如何看出？敢求明示。(外笑介)此等愚蠢之徒，非用術不能誘出真情。本院先令家丁布置，以石灰塗於墻壁。令其袒背向外，自有神來書寫。他當是真有神明來寫，故以背靠壁，而有灰迹。盆中係煤水。渠恐果有神書在背，出來時以兩手掩之，而有煤迹。我看毛大凶惡之狀，已料到必是此人。今惟他一人背上情迹顯然，故一夾便招矣。(末叩頭介)大人如此明察，何勞神助？小吏當了三十年經承，從未見此青天，真造福無量也！(外)也未見得。

【前腔】陳力盡愚悰，巧術聊施，先令神悚。獷悍情形，早知爲真凶。微中，還仗著神靈默佑，還仗著鞫訊虛衷，方得個奇冤伸雪，鳴雁唱噰噰。

打道回衙。(衆應介。外)巧把機關誘實情，蚩蚩莫漫笑愚氓。鶯簧蝶板徒多事，玉柱看調素女箏。(衆喝道，外乘輿下)

第十六齣　判圓

(小生冠帶上)

〔南中吕〕【青玉案】琴堂日暖爐香噴，聽鵲語，喧聲近。滿縣花成連理本，久諧鸞鳳，待賦衾裯，究竟無憑準。

種遍河陽一縣花，花開雙笑屬誰家？才疏敢説牛刀試，也聽弦歌到耳奢。下官聊城縣知縣梅其吉，宦寄東昌，家居南服。乙科忝附，幸叨百里提封；甲令新頒，喜得四民帖服。今早學院施大人發下公文一件，驛使傳來，急如星火，不知爲了何事？待我看來。(就案拆看介)“爲審明巨惡典刑，判令兩美合璧事。”嚇！這事由倒也新穎。且看他判詞。(念介)“宿介：蹈盆成括殺身之道，成登徒子好色之名。衹緣兩小無猜，遂野鶩如家鷄之戀；爲因一言有漏，致得隴興望蜀之心。將仲子而逾墻，便如鳥墮；冒劉郎而入洞，竟賺門開。感帨驚厖，鼠有皮胡若此？扳花折樹，士無行其謂何！幸而聽病燕之嬌啼，猶爲玉惜；憐弱柳之憔悴，未似鶯狂。而釋么鳳於羅中，尚有文人之意；乃劫香盟於襪底，寧非無賴之尤！蝴蝶過墻，隔窗有耳；蓮花卸瓣，墮地無踪。假中之假以生，冤外之冤誰信？天降禍起，梏械至於垂亡；自作孽盈，斷頭幾於不續。彼逾墻鑽隙，固有玷夫儒冠；而僵李代桃，誠難消其冤氣。是宜稍寬笞撲,折其已受之刑;姑降青衣,開彼自新之路。"喔,宿介還是冤枉的。

【泣顔回】銀手斷如神,共仰皋陶明允。幾微悉辨,毫無疑義中存。吴太尊訊出宿介,開釋鄂生,一時傳爲美談,服其明察。怎麽又不是他?假中又假,幻乾坤誰把廬山認?喜開籠纔放飛鴻,笑張羅又誤游鱗。

(又念介)"若毛大者:刁猾無籍,市井凶徒。被鄰女之投梭,淫心不死;伺狂童之入巷,賊智忽生。開户迎風,喜得履張生之迹;求漿值酒,妄思偷韓掾之香。何意魄奪自天,魂攝於鬼。浪乘槎木,直入廣寒之宫;逕泛漁舟,錯認桃源之路。遂使情火息焰,欲海生波。刀横直前,投鼠無他顧之意;寇窮安往,急兔起反噬之心。穴壁入人家,止期張有冠而李借;奪兵遺綉履,遂教魚脱網而鴻離。風流道乃生此惡魔,温柔鄉何有此鬼蜮哉!即斷首領,以快人心。"原來毛大纔是正凶,非施大人明察,如何得有實供!

【前腔換頭】奇文異事盡翻新,白項鑽來蚯蚓。移花接木,空中做得無痕。毛大之冒鄂生而去,不特王氏不能知,便宿介亦無從曉得,何况胭脂?奸原近殺,毒心腸竟比豺狼狠。大凡讀書之人,縱有邪思,未必具此毒手。賦風懷或涉情牽,掣霜鋒誰甘身殉?

(又念介)"胭脂:身猶未字,歲已及笄。以月殿之仙人,自應有郎似玉;原霓裳之舊隊,何愁貯屋無金?而乃感關雎而念好逑,竟繞春婆之夢;怨摽梅而思吉士,遂離倩女之魂。爲因一綫纏縈,致使群魔交至。争婦女之顔色,恐失胭脂;惹鷙鳥之紛飛,并名秋隼。蓮鉤摘去,難保一瓣之香;鐵限敲來,幾破連城之玉。嵌紅豆於骰子,相思骨竟作厲階;喪喬木於斧斤,可憎才直成禍水。葳蕤自守,幸白璧之無瑕;縲絏苦争，喜錦衾之可覆。嘉其入門之拒，猶潔白之情人；遂其擲果之心，亦風流之雅事。仰彼邑令，作爾冰人。”哈哈！愚山先生夙稱道學，也有此風流儒雅之文！教下官作成雙美，何樂不爲？倒也有趣。

【榴花泣】鴛鴦譜牒覷真真，一綫紅絲了夙因。應頒新號署氤氳，公堂花燭照新人。良時吉辰，算今朝結訟真風韵。判貞淫案比南山，賜婚姻榮逾華衮。

來！（末家人上）有。（小生）傳諭外厢，即刻升坐大堂。分付吏役，聽閑人進觀，不准攔阻。再傳鼓吹彩輿，衙前伺候。（末）是。（照傳介，各役上。小生升坐介）帶宿介。（役應，帶中净上跪介。小生）宿介，你的冤枉，施大人已問明，另有凶手抵償，將你開釋，降爲青衣。以後須要安分，不可再犯。（中净叩介）蒙施大人恩深再造，謝大老爺洪恩。（小生）下去。（中净下。小生）監中帶出毛大。（役應，帶净上跪介。小生）施大人已勘明定擬，奏聞處斬，將他綁了。（役綁介。小生）原差持我名帖，會同營官，押赴市曹，斬訖報來。（役應，帶净下。小生）再持我名刺，向學中請鄂秋隼秀才到來，一面遣人至卞家，令胭脂更换新衣，上堂諭話。（役應下，帶生、旦新衣上。生）幾番遭挫冤纔雪。（旦）一旦聞傳心又驚。（上堂立介。小生）施大人爲該生冤獄，煞費苦心，今已審明定案。須有判詞在此，親自看來。（付生介，生看畢呈上介）施大人深恩厚德，何以圖報，敢不惟命是從。（小生）既如此，點起花燭，公堂交拜，下官忝作冰人。（生）多謝老父師。（鼓吹，生、旦對小生拜，小生回揖介。衆合）

【駐馬泣】喜氣盈門，頒到河陽滿縣春。洵是文章魁首，仕女班頭，合結朱陳。看幾番磨鍊顯松筠，一朝歡合調琴軫。種深情荼薺能甘，笑荒淫薪櫕同焚。

(小生)命彩輿上堂,鄂生前導,以鼓吹送胭脂到鄂家成婚。(衆擁生、旦下。小生)今日之事,極有風趣。

【尾聲】瓣蓮巧合諧秦晋,作成我風流令尹,還仗他判筆生花簇斬新。(下。衆役隨下)

訟獄根由考究詳,　　聊齋筆豈盡荒唐?
假中冒假多機械,　　冤外伸冤藉智囊。
抱璞家風詒卞氏,　　續膠苦况笑秋郎。
奇文奇事堪千古,　　更演奇情入戲場。

附　録

胭脂獄傳奇自叙

余既成《神山引》八齣，觀者謬加許可。或曰：子以隨園詩注云“康熙十五年事”，信以爲真，因有是製。然神仙之説，究屬渺茫。《聊齋》内《胭脂》一則，層折頗多，奇冤超雪，且有施愚山先生一判，膾炙人口，事更徵實，何不譜之？余唯唯。歸取蒲志，細加尋繹，讀至公討其招供，反覆凝思，拍案曰：“此生冤也！”其冤在何處，并未明言。掩卷代思，恍然有得：宿介假無心之詞，問女家闔闥甚悉，初次逾垣，直達女所，何至二次誤詣翁舍？迷妄如此，前後顯係兩人，以是知其冤也。若毛大者，凶殺之際，已遺綉履於墻下，脱然而去，毫無臟證。非若《釵釧記》之釵釧，在韓時中家，可以計賺；《十五貫》之釵得於鼠穴，可以智求。設非愚山先生托以神明，加以愚弄，直不能指其實以罪之。甚矣，聽訟之難也！吴公訊出宿介，釋鄂拘宿，遂成鐵案，共稱神明。其誤在得情則喜，遽曰“宿娼者無良士”“逾墻者無所不爲”二語，非莫須有乎！果再詳思而細審之，當亦有所得。異史氏曰“棋局消日，綢被放衙”，“嘵嘵者以桎梏静之”，此輩何足論！如吴公者，尚不能無議，何況其他！因爲《胭脂獄》院本十六首，於"繹供""提鞫"二齣，特申明蒲志未詳之意旨云。

光緒甲申春日，玉泉樵子自叙

梅喜緣

〔清〕陽湖陳烺潛翁填詞

梅喜緣傳奇卷上

第一齣　娱親

（生儒巾上）

〔仙吕〕【八聲甘州】兀兀的磨穿鐵硯，營營的故紙鑽研。盼萬里鵬騫，九霄程遠，何時得著先鞭？枉説顯親衣錦旋，逝水流光空計年。勛業勒燕然，慚愧鳶肩。

【鷓鴣天】不羡人間萬户侯，男兒壯志迥無儔。校讎自有名山業，何必簪纓願始酬。忠與孝，事相侔，萱庭日永寫忘憂。莫教長抱終天憾，風木含悲泪暗流。小生張介受，表字石侯，下相人也。胸羅萬卷，學富三冬。等富貴於浮雲，視青紫如拾芥。父親爲吴郡丞，身故後無力旋里。流寓此間，奉母親賃居王員外家旁宅。小生既無伯叔，終鮮兄弟，年逾弱冠，尚未成婚。所幸慈幃康健，子職聊供。家無儋石之儲，案有鷄豚之奉，惟此差堪自慰。早膳已具，不免請母親出來。（虚下。老旦上）

【大安樂】蕭條宦况囊羞阮，向平婚嫁事遷延，因此上蘋蘩婦職任兒肩。還虧他孝與賢，萊彩慰高年。

（生上見介）請母親用膳。（老旦）咳！景况清貧，還要你日供甘旨，叫我如何生受！（生）母親説那裏話來。孩兒不能厚奉，心滋多愧。（老旦）即此已足，何必求豐。

【元和令】自樂貧且安，不羨富與顯。三牲五鼎列几筵，那有容色婉。曾參養志古稱賢，孝心自克展。

（生）孩兒敢不謹遵慈訓。（老旦）我們進去罷。（下）

【煞尾】（生）椒馨獻，《蓼莪》篇，人生行孝力宜堅。惟願風和日暖，北堂萱草春常健。（下）

第二齣　托女

（外長鬚布服上）

〔雙調〕【喬牌兒】未吐凌雲氣，萬事不如意。紙窗寒與梅花睡，醒來月轉西。

老夫程無垢，金陵人氏，性情磊落，不爲畛畦。早歲貧未完娶，後遇狐妻，僅生一女，小字青梅，聰慧過人。自前歲狐妻亡後，鰥居獨處，孤苦無依。有故人姚景仲節度西川，移書邀我入幕。第道路窵遠，弱女無從携帶；意欲不去，又無以謀生。反覆思量，竟無長策。（作籌思介）哦，有了！我有個堂弟在姑蘇貿易，何不將幼女權寄彼處，到蜀再來接取，有何不可。不免唤女兒出來，説與他知道。孩兒那裏？（小旦扮幼女上）爹爹呼唤，有何吩咐？（外）我要遠赴蜀中，留汝在家，無人照管，欲送汝到蘇州叔叔家中暫住，我到彼時，就來接汝。（小旦）阿喲！孩兒侍奉爹爹，不願前去。（外）咳，你那裏知道！

【夜行船】隔宿糧空貧似洗，且莫問桂薪珠米。泣對牛衣，嗚同蟬蜕，更何堪猪肝還累！

兒呀！還是去的好。作速收拾行李，明日即便起程。正

是：人到饑寒方作客，天無冰雪不成春。(携小旦同下。丑上)

【慶宣和】吃著威風老面皮，不算稀奇。一味甜言口如蜜，得計得計。

區區學生程無量，從小跟仔我裏老爹，到蘇州城裏做點買賣。囉哩曉得前年頭，阿爹一場大病，嗚呼哀哉。我哩個房下，眼睛是瞎個，耳朵又聾個，要我一趕仔撑起人家來，唔説阿容易。論起祖浪個家私，無不一萬，嚒有八千。不我嫖賭吃著，弄得個滑蹋精光。個兩日袋裏一個鉛黄邊阿無得，忒忒能介好弗難過。前日子有個相面先生，説我面浪財星透露，要發一注大財香。我想財香天浪漏弗下，地浪長弗出，從囉哩得來！無趣得勢，且到酒店浪買碗老酒吃呷。奔居去看看再説。(下。外携小旦上)

【錦上花】落得個冷冷凄凄，拋離故里。走遍長途，伶仃莫寄。好似絶域窮荒，倦鳥分飛。試看那去燕來鴻，人生老矣。

老夫挈同幼女來至金閶，打聽兄弟住居桃花塢，不免前去一探。(行介)不知是那一家，待我聞訊則個。喂！兄弟，此間有個姓程的麽？(雜上)唔，嚒是要問程無量介個小賊種。一直走，碰鼻頭轉彎，單門頭門裏向就是哉！(下。行介，外)來此已是。(作敲門介)兄弟在家麽？(丑上，開門，見介)我説囉個，原來是阿哥，要唱介個喏哉。阿哥幾時到拉里？(外)方纔到此。(丑)裏向請坐。蓋個囡兒生得好標致，嚒是侄囡兒？(外)正是。過來見了叔叔。弟婦可好？請出來相見。(丑)耳聾眼瞎，弗能動彈個哉！(外)如此孩兒進去拜見嬸母。(小旦下。丑)阿哥，唔搭侄男囡到間哼，做啥事務？(外)因家計艱難，有蜀中之行，侄女在家，乏人照管，特地送來托兄弟撫養。一年半載，就來接他的。(丑)啥説話，自家兄弟，就是十年廿年勿居來，囉還養得起個。（外）這便感激你了。

【清江引】雖非同胞亦一體，弱息堪相倚。饑來且與食，莫使寒無蔽。教誨提携還仗你。

（丑）介没自然，勿消囑咐個。（小旦暗上。外）如此我就要下船了。呀！女兒，你在此呵！

【碧玉簫】守著深閨，莫管是和非。孀母相依，終日賴扶持。閑來針黹爲，順從婦道宜。習幼儀，戒游嬉，休辱没了平生氣。

（小旦牽衣哭介）阿唷！爹爹呀！孩兒是要跟從爹爹去的噓！（外）數千里程途，如何去得？但是這般光景，叫我怎樣捨得呵！

【歇指煞】黄連結就苦根蒂，沾襟濕透臨岐泪。家山萬里，裂肝腸，離骨肉，也祇爲蠅頭利。縱博得高車駟馬回，也莫慰題橋意，注就了前生命裏。我若不去呵，颺却那甜桃，來尋這苦李。

我也顧不得了。（拂衣掩泪下。小旦號哭，昏倒介。丑扶起介）阿爹去哉，弗要哭，同唔進去，不東西唔吃？（扶下，轉介）怪勿道相面先生説我要發財，阿哥去革時候，不仔我十兩雪花銀，介嘿腰裏硬哉！且到賭場浪去步步。真是閉門家裏坐，財從天上來。（諢下）

第三齣　鬻婢

（副净扮員外上）

〔中吕〕【粉蝶兒】天氣陽和，鎖晴烟柳絲揚簸，聽啼鳥竹院花坡。泛霞觴，斟玉液，賓朋盈座。澹蕩春光，儘優閑歲華虚過。

下官王士麗，忝居甲榜，寄籍吴都，富有家財，納官候詮，人皆稱我爲員外。繼娶賴氏，所生一女，小字阿喜，年方幼稚，秀慧絶倫。衹以膝下無兒，過於鍾愛。意欲覓一聰慧婢子，伴作女紅。不免請夫人與女兒出來，同他商議。院子，請夫人小姐者。（净扮夫人、旦扮小姐同上）

【叫聲】（净）日日醉顔酡，起來起來心情惰。（旦）聽隔院鶯聲唤若何？

（相見介。净）員外請我同囡兒出來有啥説話？（副净）不是别的，女兒年已長成，女工一切，你又不會教調他。將來到人家去，恐被人談論。我欲購一聰明使女，與女兒作伴，學些針黹，你意下何如？（净）囡兒是我養個，啥拉我勿會教調，倒要别人替我教調！（副净）不是這般説，恐你不耐煩。（净）介嘿還説得去。人拉囉哩？（副净）尚未説成，送到當著他來見夫人。（净）啥大事務，要介乱大驚小怪。囡兒同子我進去。（同旦下。副净）好意告訴他一聲，倒討得一場没趣。罷了，罷了！（作愧狀，下。丑上）倒灶倒灶，真真好笑。旺財不富命窮人，把十兩銀子一夜都輸掉。我程無量，從阿哥拿侄囡兒寄養拉哩，送我十兩銀子。囉曉得走到賭場浪，輕輕巧巧，一搭括子多送脱哉！介幾日走頭無路，好像螞蟻拉乱熱鍋子浪，坐囉弗好，立囉弗好，那哼想個方法？（思介）有哉！昨頭聽見説間哼王員外家，要買一個伶俐丫頭。我想侄囡兒拉乱，囉要衣穿吃著，勿如拿唔賣脱子，落得乾净。已向來頭人去説成，人到即付銀子。慢點！阿哥居來要人嘿那哼？勿怕個，衹説唔死脱子嘿是哉。慢點！唔拉家裏啥法子騙唔出來？有法個！衹説阿哥走到半路浪病仔居來，要唔到船浪去看看。唔孝順得勢個，有啥勿相信。快星去僱轎子，快星去僱轎子！（行介）

【醉春風】巧計安排妥，陳平還讓我。不信瞎馬把人馱，躲躲躲，這也麽哥，忒也啘囉，被咱瞞些。

（急敲門介。小旦上，開門介）叔叔回來了。（丑）阿喲！侄囡兒弗好哉！唔哩阿爹病子居來，爿勿上岸，要接唔到船浪去看看。快點去梳洗梳洗，轎子就來哉！（小旦）叔叔可同去麼？（丑）介嘿自然。（雜抬轎上。丑扶小旦上，行介）快點走，快點走！（急下。旦常服上）

【紅綉鞋】睡不醒綉幃閑卧，猛聽得燕語鶯歌，荏苒流光逐隙過。春欲去，意如何？眉尖上愁暗鎖。

春泥銜帶落花香，新燕歸來認畫堂。歌舞昔年人去後，空梁無語對斜陽。奴家王氏阿喜，豆蔻韶年，芙蓉美貌。珠真擎掌，愛深堂上椿萱，玉未投懷，盼斷庭前荆樹。雖生長綺羅之族，却深嫻詩禮之箴。昨日聞爹爹説，有個聰明婢子，買來與我作伴，爲何還不見來？（院同小旦上）老爺命我將這婢子送來伏侍小姐。（下。小旦哭介）我的爹爹在那里？（旦）什麼爹爹！你是賣到此間的。（小旦）阿喲！那有這事？（旦）你是何等人家？爹爹往那里去了？將始末情由細細講來。（小旦）呀，小姐聽禀：

【快活三】書香鐵硯磨，家世舊名學。也祇爲饑寒兩字把人魔，我爹爹因此上遠就蓮花幕。

（旦）爲何留汝在家？又是誰人將你騙賣？（小旦）小姐呀！

【鮑老兒】當初指望將家做，誰想秋風破。當初指望無離播，誰想花飛墮。拋得我凄凄慘慘，哀哀切切，涕涕沱沱。更有那狼心的叔子，行爲鬼蜮，機謀蠆毒，火焰燈蛾。

（旦）如今既到此間，你意下要怎麼呢？（小旦）咳！小姐，

【古鮑老】這是我命途坎坷，没福的人兒受折磨。但是世情上測叵，一霎鳥飛遭網羅。自思忖，自慘凄，怨誰個？祇是我爹爹呵，任高低，不揣度，怎知道兒遭摧挫，撇下這賠錢貨。

(旦)這也難怪你。但你的叔子如此行爲,送你回去,再賣到别處,又怎樣呢?據我看來,不如且在此與我作伴,寄書與你爹爹,囑他早來接汝。你意下何如?

【蔓青菜】我與你閑清課,任吟哦。兩情調和,笑倚闌干指玉河,待月深宵卧。

(小旦)蒙小姐如此青睞,婢子便感恩不盡了。

【啄木兒煞】(合)展芳情,花貼妥,從今且把愁顏破。緑窗青瑣,同心結綰證姮娥。(同下)

第四齣　感孝

(老旦愁容,生扶上)

〔商調〕【二郎神】景蕭索,兩鬢霜華漸老。塵事紛來如霧掃,家山隔烟水迢迢。兩地黄花開雨後,敗葉兒任風亂飄。無聊,衰年蒲柳,怎禁得侵寒秋早。

老身裘氏,自從先夫見背,與兒子介受,僑寓吴門。一貧如洗,更兼近年老病日增,動作需人服侍。兒子雖然孝順,而瑣褻之事,勢不能爲,又無力爲他完娶。睹此情形,那得不令人酸楚!

【梧葉兒】甘澹泊,簞與瓢,饘粥度昏朝。温床席,賴抑搔,藥親調。願身代祈天佑保。

(老旦伏案介。生暫下。小旦上)特奉主人命,來傳兩地言。我青梅,自到王宅,蒙小姐另眼看待,員外夫人亦相憐愛,也算得所的了。今日夫人著我到張安人家去問病。來此已是,不免徑進。(見介)老安人萬福。(老旦)姐姐請坐。(小旦)安人在上,婢子怎敢坐。(老旦)那有不坐之理?(小旦)如此告坐了。(老旦)姐姐到此何幹?(小旦)員外夫人聞安人患病,特遣婢子來問安。(老旦)多謝員外夫人。(小旦)安人病體不好勞動,誰人在此伏侍?(老旦)全賴小兒。(小旦)相公如何使得?(老旦)也是無可如何,我心上頗不過意。(小旦背介)我前日來時,見張相公自啖糠粥,而以肥甘奉母。如今患疾,又能竭盡心力。似此孝行,深爲可嘉。我想小姐擇配,莫過此人。何不將言打動安人,令其央媒去求親。我從中撮合,可冀成就。(轉介)安人膝下乏人侍奉,何不爲相公娶一頭親事,免得自己操勞。(老旦)咳,姐姐,我豈不願如此,但是呵,

【二郎神換頭】未謀一飽,閃得人憂心似搗。誰承望爛熳盈門百兩耀,有婦賢,不厭糠糟。這心事向誰訴,平子願何時得了?

(小旦)我家小姐賢德無比,安人若倩媒前去求親,當無不允。(老旦)姐姐美意,但貧富相形,難於啓齒。倘不見許,何以爲情?

【金菊香】常言富貴把人驕,世態炎涼反見嘲。古來幾人貧賤交,慨贈綈袍,一諾表情高?

(小旦)員外夫人當不如是,衹要小姐情願就是了。且事諧固好,不諧亦無所辱。安人姑試爲之。(老旦)既是如此,當央人去説,還望姐姐玉成。(小旦)這個自然。就此告辭。(下。生上)員外夫人著人來説什麽?(老旦)問我的病。據這婢子説,他家小姐極賢,勸我央媒去説親。似不宜却其美意。(生)員外爲人頗形勢利,還是不去説罷!(老旦)我亦慮及此。但聽他的言語樸實,去亦無妨。此間有熟識賣花的,托他前去一行,有何不可?(下)

【尾聲】(生)人事虚囂,李桃豈有瓊琚報。耐清貧甘守蓬茅,休想把歷過的凄凉都告繳。(慢下)

第五齣　情訴

（旦常服上）

〔正宮〕【端正好】小庭幽，重門静，東風軟微雨初晴。起來人懶慵窺鏡，最怕傷春病。

奴家王阿喜，自從青梅到此，閨中頗不寂寞。且這婢子善解人意，人亦最愛憐之。今早夫人唤他到張家去問病，許久還不回來。你看庭花正落，春色闌珊，恰是惱人天氣也！

【叨叨令】惜衣粉蝶迷花徑，侵階細草鋪苔磴。流鶯隔院聲聲應，爐烟篆裊沈沈静。香夢幾時醒，香夢幾時醒？隨風舞絮飄難定。

（小旦上，見介）小姐待久了。（旦）何故許久纔來？（小旦）與安人閑話。（旦）他家還有何人？（小旦）母子僑居，并無僮婢。（旦）似此作何生計呢？（小旦）家况清寒，而張生秉性純孝，制行不苟。（旦）你何以知之？（小旦）婢子那日前去，但見他呵，

【倘秀才】供母膳分携遺羹，視親疾晨昏定省，泣比皋魚感至誠。他自己呵，勤雪案，苦囊螢，饘粥怡情。

（旦）這也難爲他了。（小旦）婢子尚有下情，不敢對小姐説。（旦）我與你二人情誼相投，有話何不可言？（小旦）據婢子看來，此生必非久居人下者。娘子不欲得良匹則已，欲得良匹，張生其人也。婢子已囑安人令其央媒來説。小姐意下如何？（旦羞澀躊躇介）恐員外夫人嫌其貧乏，被人恥笑。（小旦）是亦何妨。祇要小姐呵，

【脱布衫】甘守著裙布釵荆，甘受盡魚釜塵甑。不慚愧牛衣對影，也惟願鹿車挽并。

(旦)固是如此,但恐不成,終遺笑柄。(小旦)這可無慮。

【小梁州】結就三生誓海盟,那怕人評。惺惺本是惜惺惺,良緣證,求友叶鶯鳴。

(旦)但憑父母便了。(遽下。小旦)

【尾聲】花開秋月圓,水流塵夢醒。人生萬事皆由命,苦辣誰知薑桂性?(下)

第六齣　婚阻

(丑扮媒婆上)全憑三寸舌,來作女蘇秦。我乃侯氏,賣珠花個便是。間哼蘇州城裹,大街小巷,官府紳衿,無一處勿熟識。還有一樣本事,慣做媒人。别人去説弗成個,不我一頓子天花亂墜,就説成哉。謝媒銅錢,嚩有綾羅綢匹,嚩有喜酒牛腿,真真吃勿盡,著勿盡。好弗快活得勢!昨頭南街浪張家,叫人來請我,托我到王員外家去説親。我想一邊富得勢,一邊窮得勢,那哼説得成?有數説"一家囡兒百家求",且碰我個局運去走走。(下。副净上)

〔商角調〕【黄鶯兒】那裹那裹,關心忽聽,簷前鵲起。大都來好事臨門,與人報喜。

連日鵲噪燈花,難道有什麽升遷之喜麽?(院禀介)侯氏賣花的在外,要見員外。(副净)唤他進來。(丑見介)員外請上,侯氏磕頭。(副净)罷了。你來此何幹?(丑)一來請員外個安,二來有一頭親事,替小姐做媒。(副净)不知是那一家?(丑)幾哩間壁張安人家。唔丟家裹是窮個,難得張相公苦志攻書,後來必定發達。員外弗要錯過子。(副净大笑介)此事我不能作主,請夫人出來,與他商議。請夫人者!(净扮夫人上)

【么篇】皺面粗皮,會調脂弄粉。争妍鬥奇,真不愧東施畫裏,東施畫裏。

(見介)員外請我出來,有啥説話?(副净)不是别的,今有媒婆在此,要與女兒作伐。(净)放唔娘革狗臭屁!囡兒勿做尼姑,爲啥要替唔落髮!(副净)不是落髮,替他做媒呵!(净)是啥官府?(副净)是我們的房客張家。(净)嚛是無飯吃個窮秀才家裏!(副净)正是他。(净仰天大笑介)呼!饞猫子想天鵝肉吃哉!勿關我事,聽唔做主。(副净)這便怎麽?(背介)料想女兒未必情願,何不唤他出來,大家説説笑笑。請小姐者!(旦、小旦隨上)

【垂絲釣】(旦)紗窗睡起,正一片殘紅滿地。嘆歲歲看花,衹恐花開花易悴。(小旦)懊惱春光,不如人意。

(見介)爹爹、母親唤孩兒,有何吩咐?(副净)間壁張家央媒來説親。汝甘作貧家婦,我便應允。(旦不應介。小旦)此生能自刻苦,立行端方。現雖寒微,終非久困。員外勿以貧賤易之。(净目旦介)介個是唔終身大事,肯弗肯嘿説是哉,勿要怕羞個。(旦面壁介)貧富,命也。倘命之厚,則貧無幾時,而不貧者無窮期矣;或命之薄,彼錦綉王孫,其無立錐者豈少哉!是在父母。(副净、净變色怒介)

【應天長】(副净)乞食兒,痴愚婢,没福承當,毫無志氣。(净)全不念豪華裔,怎向蓬門去,啖甘糠秕。

(旦哭泣。小旦扶下。丑轉介)個頭親事,看來做勿成革哉!三十六著,走爲上著。弗要不唔打子一頓,無處伸冤個。(急下)

【尾聲】(副净)薰蕕氣不同,玉石何能比。趨炎當世情,窮賤他人耻。(净)養女不成人,終爲老娘累。(同下)

第七齣　自媒

(小旦愁容上)

〔雙調〕【新水令】一番寒雨落花中，惜花心又還無用。唤杜宇，怨東風，意懶情慵，無語倚簾櫳。

望斷雲山客路漫，殘燈耐盡五更寒。可憐一掬思親泪，流到天明不肯乾。奴家程氏青梅，幼年失恃，賴爹爹撫養成人。爹爹遠游西蜀，將我寄居叔叔家中。豈料叔叔畜我不卒，將我賣至王員外家作婢。幸得小姐青垂，不以奴婢相待，也算萬分僥倖的了。屢次到張家去，見張生品行端方。欲與小姐作合，争奈員外、夫人勢利凌人，幾遭挫辱。這親事是不成的了。想我生不逢辰，流離失所，不知此身將來作何歸結？論起婚姻大事，原該父母主持，但我目下孤苦伶仃，倘或配非其耦，貽悔終身。欲將此情告人，又難於啓齒，祇索由他罷了。

【小陽關】空没亂，愁萬種。無發付，恨填胸。小姐呵，你欲訴難容，我有願難從，兩下兒情莫控。

方纔夫人命我去討刀尺，就此一行。(下。生上)

【清江引】紅塵是非日猬冗，世事如優孟。泥塗困蟄蟲，霄漢翔丹鳳，輸與我黄卷雪窗勤夜永。

(作倚案觀書介。小旦上竊聽介)呀！張相公在此讀書，不免徑進，直訴其情，或蒙憐憫。(進見介)相公，婢子萬福。(生驚立介)你是員外家姐姐，到此何幹？(小旦)婢子來向安人討刀尺，聽得相公在此夜讀，心竊慕之。(生)卿愛我，謂我賢也。昏夜之行，賢者不爲，宜速退。瓜李之嫌可畏也！(小旦)妾良家子，頗嫻禮訓。今冒耻而來見者，欲有所陳，可容一訴否？

【碧玉簫】首似飛蓬，膏沐不爲容。身似飄篷，萍梗任秋風。天涯地書未通，驛梅使人未逢。閱我躬，增悲慟，這冤孽是前生種。

(生)境遇若此，誠爲可憐。你意欲怎樣呢？(小旦)咳，相公呀！

【沽美酒】惟願箜篌備執充，豈望鴻案接梁孟，祇恐怕無意蕭郎陌路逢。天憐苦衷，莫被那厮和哄。

(生)雖是如此，但恐卿不能自主，或我的母親不願，又怎麽呢？(小旦)

【雁兒落】這是茫茫天意蒙，枉自人心用。注成前世因，方得今生共。

(生)蒙卿過愛，容當稟明母親，央人來説便了。(小旦)如此感激相公了。(下)

【得勝令】凄凄隔院風，切切訴寒蛩。一點痴情貢，三生夙願從。憂冲，閃得人偬倥；和融，琴心已暗通。(下)

第八齣　遣嫁

(副净冠帶上)

〔大石調〕【青杏子】紫陌騁驊騮，趁風光衣錦鳴騶。歸來炫耀堂開晝，買田置地，嬌妻美妾，任我優游。

下官王士麗，十載爲郎，一官出守。昨接京報，選官曲沃，不日即當走馬赴任。書箱行李，不免唤家僮收拾起來。小二那裏？(丑扮家僮上)有福之人人服侍，無福之人服侍人。來哉，來哉！老爺叫阿二做啥？(副净)你老爺已選官，即須到任，快將書籍物件收拾停當。(丑)吠！老爺選子官，直脚要發財哉！阿二跟子老爺哆哈年，辛辛苦苦，勞神碌氣，個歇囉想發點小財香。到子衙門派阿二啥職事？（副净）仍舊派值書房。（丑）書房清閑得勢，阿二弗要！（副净）派你做跟班。（丑）跟班挺子腰，壁立直介立乱，好弗難過，囉弗要！（副净）如此你要做什麽呢？（丑）派子阿二一個門稿罷哉！（副净）門稿有何好處？（丑）喏，個星打官司個，送子老爺一萬八千，隨封加二。積蓄多哈年，阿二討老媽，買田地，纔够哉！（副净）要了錢，被人告發，便怎麽呢？（丑）弗番道個個！星做官個，囉個弗要銀子！祇要孝敬孝敬嘿是哉。（副净）呀，有趣阿，有趣！（丑）自然有趣個，弗有趣個星捐官個，化脱子哆哈銀子做啥？（副净）閑話少説。早間張安人央媒來説，其子要娶青梅，這却相當，前此何妄！你去對他説，繳還原價，飯錢看他面上不算便了。呵呵！無心求富貴，富貴逼人來。（踱下。丑）好快活乱！介嘿要置幾件行頭，學介點官派，做一個闊二太爺哉！（摇擺下。旦上）

【歸塞鴻】愁萬種，無計可消愁。一夜梨花風捲盡，半灣桃葉水空流，簾外雨颼颼。

奴家自與青梅相處，已閲數年。今因爹爹選官遠行，適張宅央人來説，允其原價贖取。奈伊貧無所措，我又將金釵贈之，方得玉成其事。别在須臾，叫我如何捨得！

【么篇】氣合情投，可意的人兒罕覯。弱不勝衣丰韵穩，矯還帶媚性情柔，鸚鵡唤前頭。

（小旦上）小姐何故獨自在此納悶？（旦）將與汝别，因此愁煩。（小旦）婢子蒙小姐厚待，如今又贈釵環，此德此恩，没身難報。

【蒙童兒】機緣天注就，遇合命誰尤。敢把重生德，付東流。

(旦)咳,子得所矣!我固不如。從此一别,恐無再見之日了。

【還京樂】也算天緣巧湊,怎知道美景難留。好天良夜,辜負了玩月登樓。看時節上心,愁悶怎禁受。要指望天長地久,月缺重圓,花開并耦,兩下裏美滿心頭。祇除天與人方便,此願能酬。一個兒紅顔僝僽,一個兒青衣即溜。羡前生福慧雙修,思量遍,頓教世緣罷休。好一似離群孤雁,逐水浮鷗。

(旦掩泣介。小旦)咳!小姐不必傷悲,離合無常,安知後來不再相會?

【净瓶兒】莫學章臺柳,攀折他人手。暫時分别,願結綢繆。悲秋,難消受,博得個天涯重聚首。從今後,莫教恩愛等閑休。

(旦)咳,這就説不定的了!

【好觀音】花謝花開還依舊,恐春光不爲人留。世事由來水上鷗,君知否,但願人長久。

(小旦)婢子就此告别。後會有期,尚祈珍重!(泣下。旦)咳,你看他竟是去了!

【好觀音煞】懊惱千般眉痕皺,掩空帷緑慘紅愁。注定前生命不由,把來日歡娱一筆勾。這是我閏厄黄楊運逢九,否塞時光卦占姤。(掩泪下)

梅喜緣傳奇卷下

第九齣　尋女

（外衣包雨傘上）

〔黄鐘〕【醉花陰】屈指程途幾千里，歷遍了吴頭楚尾。倦鳥逐雲飛，故國迢遥，遠樹寒烟起。

老夫程無垢，自從將幼女寄居吴郡，來至蜀中，承姚公相待極厚。屢次專人回南接取，因金川滋擾，道途梗塞，忽忽又是五年。如今道路已通，力辭姚公，親自回蘇一看，行來將近吴門。撫今思昔，好不令人傷感！

【喜遷鶯】吴宫佳麗，舞千條柳掩長堤。依稀，昔年别後，衹聽得聲聲杜宇啼。思量起，新愁易積，舊夢全非。

船已到岸，兄弟當仍住舊處，就此一行。

【出隊子】風光依舊，桃花紅半溪。板橋低映夕陽西，反哺慈烏空自啼。女兒呀！回憶你臨别牽衣泪暗垂。

來此已是，爲何雙扉扃固？待我想來：

【山坡羊】莫不是賦離仳家亡人弃？莫不是咏彼都鄉離井背？莫不是怨啼鵑訴不盡的衷腸？莫不是逐征鴻灑不斷的思親泪？巷烏衣，雕梁舊日非。落花流水渾無意，芳草斜陽匝徑迷。徘徊，柴門月掩扉；遲疑，窺簾燕子飛。

這便怎麽？不免向鄰居問訊一聲。（丑扮鄰居上）呀，老哥此間有個姓程的，搬到那裏去了？（丑）天浪去哉！（外）天上如何去得？（丑）玉皇修造月宫，要選十萬八千個匠人，不唔選仔去哉！（外）那有此理？（丑）勿是上天，就是入地哉！（外）地下怎樣能去？（丑）地府裏陶糞窖，世浪個班賭煞鬼，一搭括仔拿去充當苦差哉！（外）休得取笑。（丑）介没老實對唔説，早已死脱哉！（外）那有這事，竟是死了麽！（丑）直頭死脱哉！（外大哭介）阿喲！我的兄弟呵！你如何就死了？（丑）勿要哭，勿要哭！個樣無良心個兄弟，要唔做啥！（外）還要請問：他有個侄女往那里去了？（丑）不唔賣脱哉！（外）呀！呀！呀！賣去了麽？但不知賣往何處？（丑）聽説南街浪王員外家。（外頓足介）該死！該死！（丑）咿？爲啥起初聽見唔死，就大哭起來，間歇又要唔死哉！孔聖人説："既欲其生，又欲其死。"一點嘸勿錯！（諢下。外）且到王員外家詢問，當知端的。（行介）

【刮地風】相鼠由來尚有皮，人可無儀！圈羊愛子尚留羝，怎觸藩籬？全不念親親之誼，荆枝同氣。婉孌之女，斯飢號季，相逢在那裏？還鄉路遠違，怎得不對景歔欷。

前面大宅當是，待我問訊則個：門上有人麽？（雜扮門公上）是那個？（外）請問此間是王員外住宅麽？（雜）你要問他則甚？（外）我有個女兒，被人騙賣到此，特來探問。（雜）員外選官晋陽，早已挈眷赴任，不知什麽女兒。（徑下。外）這等説來，無從探聽實在消息，不免又要赴晋省一行。咳！我好苦呀！

【古水仙子】歷征途，苦雨凄，滿眼蕭條景物非。古驛霜寒，荒村雲暗，海角天涯何處歸？念嬌兒誰與提携？月圓月缺時有幾，花落花開隨波逝，後會恐難期。

囊中川資已罄，祇得將幾件衣衫典質，明日早行。

【尾聲】有酒難澆胸中壘，宿旅館倍覺孤凄，恐無限悲凉今夜起。（揮泪下）

第十齣　閨憶

（小旦盛妝上）

〔中吕〕【好事近】兜的上心來，教人難想難猜。同巢乳燕，平白的兩地分開。傷懷，萬里慈雲何在？思親泪灑遍天涯。已誤歸期幾載，盼程途遼遠，音信全乖。

奴家青梅，憶自于歸，已經數載。奉姑盡孝，勤儉持家。張郎得以奮志攻書，連登甲榜。將安人與我接至都中，也算萬分如願的了。但念我爹爹遠赴蜀都，數載未通音耗，不知身體可康健否？每念及此，未免縈懷。王家小姐少小相依，情同骨肉，别後未知景况若何？曾否擇配？回憶臨别數言，那得不令人酸楚！

【錦纏道】托香腮，懶梳妝慵臨鏡臺。無語泪頻揩，怨芳春暗地裏色减容衰。那員外夫人呵！一味的私心度揣，全没有半星兒憐愛，頓使兩情乖。難道是紅鸞觸犯，時該命又該？不索長吁氣，到頭來天自有安排。

（生上）呀！娘子滿面愁容，莫非思親念切麽？卑人已致書蜀中，不久當知消息。（小旦）如此極好。但妾還有心事，相公未必知道。（生）這是怎麽説呢？（小旦）咳，祇爲那王家小姐呵。

【普天樂】意綿綿，情脉脉，别離緒，真無奈。恨悠悠病害無頭，悶沉沉泪滴盈腮。時光不再，把一腔心事，都付與飛絮塵埃。

(拭泪介。生)娘子如此鍾情,天或鑒憐,當有重逢之日。(小旦)咳,這就難説的了!

【古輪臺】願和諧,紅閨生小兩無猜。回思待月中秋夜,深深同拜,豈意如今,翻成破鏡分釵。料想别來,腰寬羅帶,比黄花消瘦骨如柴。中懷難恝,把當初密意柔情,冰消瓦解。忘飱廢寢,魂勞夢斷,珊影幾曾來?無聊賴,花月也總沉埋。

(生)娘子不必感傷,待卑人替你寄一書去,詢問行踪,便知端的。(小旦)如此多謝相公了!

【尾聲】寥天雁影將書帶,看一片愁雲靉靆。盼何日人月團圞笑口開。(綰手同下)

第十一齣　神顯

(净扮判官,鬼卒引上)

【點絳唇】陽世勾查,陰司宣化。閻羅簿善惡無差,瞞不過的人心假。

神明鑒察自能知,莫道無神遂可欺。善惡到頭終有報,祇争來早與來遲。俺乃十殿閻羅殿下一個判官是也。位列陰曹,靈彰下界。舉頭三尺,覺天鑒之昭昭;造孽千般,嘆人心之懵懵。萬惡淫爲首,到頭來與他算帳,妻女償還;百善孝爲先,冥漠中自有報施,兒孫受享。笑他機謀用盡,方積得萬貫家私,待到威焰全消,空做了一場春夢。爲何道這幾句?祇因殿前有件公案,無數冤鬼,告發曲沃宰官王士麗,貪酷殃民。閻君查其陽壽已終,特遣鬼卒拘拿質審。其女王氏,孝行可嘉,并有未了前緣,難滿時復能完聚。目今有厄,著俺前往救護,提醒一番。我想世人憒憒,那能遍諭此意,以醒迷途。

【混江龍】争强逞霸，紛紛擾擾亂如麻。閲遍了九州八極，積石流沙。世路崎嶇多險仄，人情反覆競齟齬。試念那廊迴步屧館貯嬌娃，銅山門富金谷豪華。有財的錙銖必較，有勢的恩怨無差。豈知道千般伎倆行奸詐，十殿閻羅有帳查。衹見那滴溜溜油鍋炙榨，血淋淋刀山剜剮，男的女的過奈河橋浮沉踐踏，老的少的向鬼門關帶鎖披枷。這都是孽作由他，怎能怨恕不容咱？

叫鬼卒！（衆）有。（净）你們去將孝女王氏解救，陰魂引來，不得有誤。（衆應同下。旦素服哭上）阿喲！我好苦也！自從爹爹抵任，未及三載，賄賂私行，怨聲交作。我幾番勸阻不從，因贓發爲上官參劾去任。中途遇盗，刼掠一空。雙親痛財受驚，相繼而歿。煢煢獨立，舉目無親，這般光景，還活他則甚！

【油葫蘆】苦命的人兒真害煞，少遲回，無兜搭。烟雲過眼總虚花，親恩再世圖報答，榮華此後都休罷。雨凄凄，風颯颯，傷心三尺紅羅帕，性命等泥沙。

不免拜别父母，尋個自盡罷！（作解帶自縊介。鬼卒上解帶，引下。神暗上，鬼卒引旦上，跪介。）孝女王氏當面！（净）你就是王氏麽？聽我道來：

【天下樂】衹爲心頭一念差，莽天公，昭顯罰，不是無憑錯亂拿。要知道世路上死和生，須摸著心坎内真與假，俺這裏能鑒察。

過去之事，無可挽回；未來之緣，尚能復合。聽我道來：

【那吒令】莫説事無因，痴聾喑啞，莫説理難憑，怒號誂詐。你看那擾攘間，無非是來牛去馬，怎及得陰騭多，忠孝大，報應無差。

上天憐汝孝，放你還陽，夙願尚可償也。叫鬼卒速引去，無違！（神下。衆引旦掃台，揮旦跌醒介）阿喲！我好苦也！方纔死去，恍惚中有人引到一處，神人指示明白，放我回陽。難道日後還有什麽好處麽？但是目前如何過得下去！

【寄生草】衹恐那虚空願，無憑把，思量往事擔驚嚇。光陰廿載都過怕，飄零異域誰提挈？凄凉旅櫬幾時歸，寒燈獨訴傷心話。

【賺煞】意遲疑，心嗟訝，禁不住中情怒吒。小命琉璃薄似瓦，便是鐵石人也怎能挣扎！試問這黑悠悠誰的官衙？强把人放回生受折罰。怎知我身世似虚花，心事無牽挂，恨不得早委黄沙。（哭下）

第十二齣　賣身

（副净扮公子上）

【字字雙】毫華公子貌兒揚，肥胖。花街日日走平康，白相。麻臉嬌妻愛艷妝，怪狀。思量娶個美偏房，瞎想。

區區學生富有才，家父曾居黄閣，小子猶是白丁。詩書是我的仇讎，酒色是我的性命。妻房强氏，論他的容貌，真不愧鳩盤荼；説他的性情，直是個胭脂虎。幾次要娶一美妾，被他阻撓而止。我想世間貴家公子，那個没有三妻四妾，榮華受享！獨我富有才就這般命苦，要娶一個也不能，實爲可惱。昨日媒婆來説，此間有個流落女子，情願賣身葬親。已去看過，頗爲合意。業將銀子交去，爲其安葬，説明今日進門。若被老婆知道，怎肯干休！已著家人吴賴，將西院收拾洞房，到來一徑抬入。真是神不知鬼不覺的了！呵呵！兔窟安排藏美麗，嫖經收拾賦桃夭。（擺踱下。丑扮夫人，婢隨上）

【前腔】淺淺烏雲秃且光，不長。金蓮三寸側邊量，放樣。男子貪心愛宿娼，技癢。渾身鑽進陷人坑，活葬。

奴家强氏，生是富家之女，嫁爲浪子之妻。終朝宿柳眠花,無異蜂狂蝶醉。幾番要納妾,被我吵鬧而罷。但是男子心腸,不可測度。連日與僕人鬼頭鬼腦,難道瞞我做什麽歹事?若問他,斷不肯直説。家人中有個姓吴的,最爲信任,不免唤他來一問。丫鬟!唤吴賴進來,我有話説。(婢下。同僕上)欲知心腹事,但聽口中言。我吴賴,富府中一個寵任管家。因公子要瞞著夫人娶妾,叫我打掃西院,都已安排停當。夫人忽然傳唤,難道有人走漏風聲麽?祇得硬著頭皮,上去一見。夫人在上,小的吴賴叩頭。(丑)你就是吴賴麽?(僕)小的正是。(丑)你與公子幹得好事!從直説來,免你責罰。(僕)小的不曾與公子做什麽事。(丑)我已盡知,你還要抵賴麽?取皮鞭過來,打你這狗頭。(僕)小、小、小的願説。此處有一流落女子,公子看中了,約明今晚送來,就在西院成親,别的不知。(丑)這還可恕,但要依我行事。女子到來,不許告知公子,先來通報,我自有道理。若被公子知道,你就該死了。(僕)小的曉得。(下。丑)這等看來,情實可惡,待我慢慢的擺布他便了。(恨下。旦素服上)

【孝南枝】呼天訴,真屈枉,明珠隱晦暗裏藏。也祇爲流落在他鄉,雙櫬誰爲葬?因此上將身抵償,願作偏房,報答親恩撫養。忍辱含羞,那怕千魔障。生成命,該受殃,福薄人,難相强。

奴家自夢神人指示,勉强偷生。怎奈孑身無靠,衣食難資,親柩未能安葬,日夕懸心。意欲賣身以葬父母,而貧者無力措辦,富者又嫌我爲陵夷族,高低不就。今有貴公子欲納側室,許爲安葬。第思我是宦家女,如何爲人作妾?但捨此别無計策,不得已權爲允許。且到其間,如不相容,祇索尋個自盡罷了!

【前腔】虚空夢,原誕妄,黄連苦到十分嘗。縱夙願後來償,奈潦倒今時況。天心渺茫，人事彷徨，世途骯髒。豈是冤孽千般，欠下前生帳？情切切，無可商，恨綿綿，何須講！

(媒引轎上，扶旦上，同下。丑艷妝上)痴心多自負心漢，做醋原非吃醋人。今日公子瞞我納妾，我已安排，待轎子到來，依計行事便了。(僕上)禀夫人：轎子已到。(丑)著他進來！(媒同轎上。丑)叫左右替我將這婦人趕出去。(衆拉旦打下。丑)你就是媒婆麽？(媒)小婦人正是。(丑)你知罪麽？(媒)小婦人知罪，還求夫人寬恕。(丑)我不責你，但要依我如此如此。(媒)聽憑夫人發付。(丑紅帕兜頭，媒扶立介。副净華服上)且嘗新淡菜，撇却舊鯉條。方纔吴賴來説，姬人已到，不免出去同他進來。(副净揖介)請小姐進去。(丑同行，分坐。媒衆急下。副净)自從那日獲睹芳容，令人寢食俱廢，何幸今日纔得完聚。(丑不應。副净)待我替小姐除去帕子，同飲一杯，再入洞房。(作持燭去帕，見丑驚駭狀介。丑)你可認得老娘麽？(副净背介)這是從何説起？不知他怎樣曉得，叫我從何致辯？看來不得不屈膝了。(跪介)還求娘子恕罪。(丑)你要娶妾，也該告訴我，如何瞞我做事？你如今知罪了麽？

【前腔】男兒漢，心盡喪，迷花醉蝶著意狂。終日的待月到西厢，眠香宿花巷。還要説短論長，作勢裝腔，做出那端方模樣。那不知道的，還説我獅吼河東慣吃油鹽醬。這惡名，怎可當！試看咱，無情棒。

(作舉杖介。副净)娘子不要閃了手。這原是卑人不是，還念初次犯法，以後再不敢的了。(丑)你要我恕你麽！

【鎖南枝】空頭帳，還可讓，衹這罪過風流法令彰。從今呵，閨閣密關防，花箋寫供狀，再不許游蜂逞戀醉鄉，這是我女官箴規獨創。

如此恕你起來。(副净)多謝娘子。(丑起介)無情男子漢,最善婦人心。(下。副净)罷了,罷了!化去多少銀子,空做一場春夢。晦氣呵,晦氣!(欲下,轉介)勸君莫要笑呵呵,世上人人怕老婆。不是區區甘屈膝,(指場下介)你看怕老婆的人有這許多。(作愧狀下)

第十三齣　認父

(旦敝衣慘容上)

〔越調〕【鬥鵪鶉】冷淒淒隔院啼烏,静寂寂寒燈夜雨,韵悠悠遠寺疏鐘,響沉沉經樓暮鼓。萬念全灰,孑身羈旅。恁慘戚,恁淒楚,回首家山,頓成間阻。

奴家自到富宅,爲悍婦不容,遽遭斥逐。雖是萬幸,然煢煢獨立,悵惘無歸。適遇老尼憐我無依,留至庵中居住。還恐買主不肯干休,如何是好?

【小桃紅】窗敲竹梧,聲聲滴斷泪痕枯。縱欲言誰訴?幾嘆人生似朝露。怨天公,慈航不許人輕度。風萍浪絮,飄零如許,願不遂當初。

難得老尼相待甚厚,且暫住幾時,再作區處便了。(下。外衣包雨傘上)

【醉中天】盼斷雲中雁,愁聽澤邊烏。走遍天涯萬里途,莫唱公無渡。痛泣羊亡歧路,夕陽西去,那禁老泪沾襦。

老夫程無垢,備歷艱苦,來至晋陽。探知王宰被議去任,夫婦相繼而亡,小姐流落此間庵内。一路問來,前面已是,不免徑到庵中一詢消息。(作敲門介。老旦扮尼上)空聞"鳥宿池邊樹",未許"僧敲月下門"。誰人到此?待我看來。(開門見介)老人家到此何幹?(外)我是尋人的。此間有個王小姐在此麽?(尼)你要問他則甚?(外)我有個女兒在他處,特來尋訪。(尼)老人家請坐,待我替你去問來。小姐那里?(旦驚上)師父唤我做什麽?(尼)外面有個老者要見小姐,説是尋女兒的。小姐可知道?(旦想介)没有什麽女兒,你去回覆他罷。(尼)他是老實人,小姐不妨一見。(旦)如此同去。(各見介)請問老丈何來?要尋什麽人?乞道其詳。(外)咳,小姐聽禀:

【天净沙】謀生遠涉長途,浮家權托遺孤。誰知那昧心的竟把前言辜負,害得我行踪無住,飄零斷梗荒蕪。

(旦背介)原來就是青梅的父親。他還不知青梅已嫁,尋到此間,也算難爲他了。(轉介)老丈,令愛自到我家,與我作伴數年。旋因赴任,將他嫁歸張生,頗爲得所。但如今不知往那里去了?(外嘆介)咳!千里程途,半年辛苦,滿望到此可以會面,誰知又涉徒勞,叫我再到何處去尋呵?

【金蕉葉】歷遍了西蜀東吴,尋竟了南齊北楚,禁過了凄風冷雨,受盡了千辛萬苦。

(揮泪介。旦背介)睹此光景,倍覺心酸。他的父親遭難至此,與我境地相同。何不認爲義父,彼此相依,庶有名分,不免將此意告知。(轉介)令愛未知定所,老丈從何處找尋?不如權留此間,探聽確耗,再行尋訪。我與老丈同在患難之中,老丈無女可尋,我又無親可靠,意欲認爲義父,未識尊意若何?(外)蒙小姐不弃,極好,但小姐是千金之軀,老朽何敢認以爲女?(旦)説那裏話來!爹爹在上,受孩兒一拜。(外)阿唷!不敢,不敢!

【眉兒彎煞】難由緒,隨去住,怎禁得一萬遍短嘆長吁。白髮蕭蕭痛遲暮,又那堪多阻,多阻,何日重逢返故土?(同下)

第十四齣　祝髮

(老旦扮尼上)慈悲勝念千聲佛,作惡空燒萬炷香。老尼自住庵中,頗覺清静。自從收留了一個難女,惡少頻來窺擾,好容易設法禁止。而富家公子探知這女子在此,屢次著人來索取,俱以緩言回覆。我看這女子暫時流落,後日必有好處;幾番要我替他落髮,勸之而止。但恐富家再來討取,如何是好?正是:善門開不易,福地種偏難。(暫下。僕衆上,敲門介)師父在家麽?(尼開門見介)管家做什麽?(衆)公子在家立等,速將這女子交出,免得我們動手。(尼)本該即刻送去,因這女子病尚未愈,遲三日一定送來。(僕)到三日不送來,便怎樣呢?(尼)聽憑責罰。(僕)如此我們且去回覆公子,後日再來,不怕他逃上天去。(同下。尼)雖是如此,總要想個法兒纔好。且去告知小姐,再作商量。(下。旦愁容上)

【青玉案】飄蕭敗葉容顔褪,人漸老,愁蒼鬢。怪煞天公心太忍,千般磨折,一番籌度,竟作何安頓?

奴家寄住庵中,倏經數月。傷心滿目,欲死無由。近日爲富宅偵知,前來喧攘,幸得老尼多方回護,方得保全。似此情形,禍終難免。幾次求老尼祝髮,未見允從,衹得向佛前叩禱一番,自己把頭髮剪下。從今呵,

【榴花泣】【石榴花】鉛華洗盡,披緇入空門。甘澹泊,厭紅塵,長齋綉佛度晨昏。恨衹恨烏私未遂,廿載負芳春。【泣顔回】剩伶仃孑身,把塵緣割斷都空盡。更何來眼底浮雲,除却了心頭煩悶。

拜禱已畢,不免就此剪下。阿喲,髮呀!

【前腔】説什麽螺鬟髻擁,仿佛鬢如雲,説什麽掃翠黛,鬥眉顰,

說什麼髮膚無毁報親恩，說什麼夫妻結髮，到老守清貧，斬除六根，榮枯此後都休問。幻空花萬事如塵，比落葉其黄而隕。

(作欲剪勢，尼急上奪剪介)呀！小姐你在此做什麼？(旦)咳！我恐累及師父，故將頭髮剪下。(尼)小姐不必如此，我看小姐面上晦痕盡斷，决無意外之慮。倘有不測，老身當之，無累小姐也。(旦)蒙師父愛憐，但恐那人不能容我。

【喜魚燈】狂風蹙損柔條嫩，裂肝腸寸寸。清修地，净業證前因。還祇怕遇他，遇他，恃著强奴很。頓教我有口難分，休論，青絲割忍，眼見得珠埋玉焚。

(尼)固是如此。或者佛力保祐，轉危爲安，亦未可定，還祈小姐忍耐須臾。天色已暮，同我進去拜佛罷。(同下)

第十五齣　庵會

(小旦艷妝坐車，婢僕隨上)

【謁金門】夫榮顯，已遂平生心願。祇有親舍慈雲常眷戀，頓覺中情偏。

奴家青梅，自從夫君顯達，得授官職，奉板輿早經赴任。兹著人回來接取眷口，起程數日，不知幾時方能到得。我想終身之事，也算得所。惟爹爹去後，杳無消息，令我日夕懸心。

【哭相思】荏苒光陰忙似箭，違色笑，時光遠。一日思量腸九轉，音問隔，雲山偃。

就是那王家小姐，如今不知又在何處。每一念及，令人怎不縈懷！

【五供養】别來想見，記分離相對無言。春花容易悴，秋月幾回圓？怕玉鈎未捲，一天愁著誰消遣？訴一晌心間事，寫一幅斷腸篇，等一個歸燕南旋。

一路行來，天氣鬱熱，我心中好不耐煩呵！

【園林好】悶悠悠愁城似天，遠迢迢長日勝年。記得我那小姐呵，應仿佛桃花人面，燈影下、鬢雲偏，月兒下、笑語妍。

丫鬟，你看濃雲四匝，防有驟雨，命他們作速趲程者！（掃臺齊下。旦、尼同上）

【嘉慶子】（旦）轆轤曲曲心似碾，那禁得朝朝夜未眠。我何日把眉頭展？思往事，泪潸然，恍隔世，意茫然。

呀，師父！明日限期已滿，恐遭毒手，還求師父見憐，替我落去頭髮罷！（尼）小姐請免愁煩，屆時决不放小姐去的。呀！爲什麽忽然大雨起來？（僕衆上，撾門介）快開門！快開門！（旦變色介）不好了，還是尋個自盡罷！（尼）小姐請進去，待老身看來。（開門介。僕衆擁車上）請夫人暫進禪堂避雨。（小旦下車，婢隨進，問尼介）你這庵内有多少房屋？（尼）後邊還有一進。（婢向小旦耳語介。問介）此間可有人家眷口？（尼）并無眷口，衹有一流落女子寓此。（小旦）如此可同去一窺禪舍。（旦暗上，各見，驚疑介。小旦背介）呀！這女子酷似王家小姐，但不知何故在此？待我問來。（轉介）你可是王小姐麽？（旦）我正是。（各相見，抱哭介）阿喲！小姐，你爲何流落在此？再不曉得今生還有相見之日。乞將别後行踪，細説一番。（旦）咳！我如今是落難人，夫人還要問他則甚？（小旦）説那裏話來！（旦）咳，夫人呀！

【豆葉黄】自分離去後，兩地隔雲天。痛雙親一病身亡，痛雙親一病身亡，拋得我流離偃蹇。（小旦）後來便怎麽呢？（旦）衹爲蕭條旅櫬，心摇意懸，也情願把身來償抵，也情願把身來償抵，佳地卜牛眠。(小旦泣介)這也可憐。安葬後可曾去麽?(旦)還虧得遭妒婦立時逐遣。

(小旦)謝天謝地!以後又在何處安身?(旦)

【月上海棠】最可憐,蓬飄梗斷飛花片。悵水流東去,何日回旋?遇慈悲救苦菩提,分脱粟施行方便。重發願,願皈依經卷,度此餘年。

咳!我如今是萬緣俱絶的了。你是富貴中人,相懸霄壤,可將别後情形,告訴苦人知道。(小旦)呀!小姐,

【玉交枝】鶚膺秋薦,幸兒夫雲程著鞭。科名柳汁將衣濺,也無慚錦瑟華年。衹有那思親幾勞魂夢牽,眷懷舊侣情非淺。數更籌落月未眠,對寒燈迴腸百轉。

(旦)説起爹爹,你爹爹現在此處。爹爹快來!(外上,見小旦,抱泣介)阿喲!我的兒阿!我那一處不找尋,誰知今日纔得相見。(小旦跪介)孩兒罪該萬死,有累爹爹,還求寬恕。

【江兒水】陟岵憂難展,瞻雲眼欲穿,天涯暌隔春暉遠。劬勞未報烏私願,泪痕滴盡蕉心卷。怕睹社前歸燕,何日重來,飛向舊時庭院?

(旦)父女重逢,正宜相慶,爲何苦語不休?我既認爹爹爲父,你就是我的妹子了。請爹爹休息片時,我與你各叙離懷。(外下。小旦)呀!小姐此處難以安身,意欲與小姐同赴任所,小姐意下何如?(旦)咳!我的心事,已與你説過。情願終老空門,别無他念。(小旦)小姐説那裏話來!數年暌隔,幸尚挫折無偶,天正欲我兩人完聚耳!倘非阻雨,何以有此邂逅?此中具有鬼神,非人力也!

【川撥棹】苦熬煎,惡風波,涉萬千,打鴛鴦藕斷絲連,打鴛鴦藕斷絲連。好容易珠還鏡圓,辦虔誠叩上天,證三生了夙緣。

(旦俯首躊躇介)妹子言固如此,但我去無顔見母,名亦不順。(小旦)此更可無慮,試思張郎豈負義者! 我與小姐早有定分,敢忘大德。

【前腔】誼感重生忍弃捐,况誓海盟山證佛前,怎今日頓背前言,怎今日頓背前言? 名分尊卑定昔年,喜同調錦瑟弦,好同開并蒂蓮。

小姐不必遲疑,快些同我去更换衣服,拜别老尼,即便起行。

【尾聲】萍踪遇合緣非淺,骨肉重逢慰暮年。這是我得意文章第一篇。(縮手同下)

第十六齣　雙圓

(生冠帶上)

【臨江仙】撇却閑愁千萬種,花光映到簾櫳。庭前萱草正敷榮,霞觴斟玉液,笑語醉春風。

下官張介受,連捷甲科,授官司理。奉母親早經抵任,藉申迎養之忱。這全賴内助得賢,方有今日,也算萬分如願的了。前著人回去接取夫人,爲何還不見來?

【前腔】花壓闌干春晝永,迷離蝶夢芳叢。香車何處滯行踪? 竹風摇戛玉,環佩想音容。

(院禀介)夫人車輛已到。(生)請進來。(小旦下車,見介)有勞相公盼望。(生)自隔芳顔,時深繫念。夫人一路勞頓了! (小旦)我倒不勞苦,你的意中人困苦極了。(生)娘子説那裏話來? 卑人全然不解。(小旦)説來還恐相公要喜出望外呢! (生)到底什麽事? 娘子可直説。(小旦)中途遇雨,偶避尼庵。

誰知我的爹爹,與那王家小姐,都在庵内。(生)這又奇了,是何緣故?(小旦)他的苦情,一言難盡,慢慢的與相公細説。(生)如此你同王小姐到後堂拜見母親,卑人出去迎接岳父。(小旦下。生整冠出迎外,進見介)岳父請上,受小婿一拜。(外)賢婿罷了。(坐介。生)請問岳父幾時回來?何故又到晋地?乞道其詳。(外)呀,賢婿!我自到姚景仲節度處,留滯五年,回至姑蘇。探知小女被惡弟騙賣王宅,到王宅去詢問,衹説已赴任晋陽。不得已連夜起程,備歷艱辛,來至晋省。

【道和】閲塵囂傯倥,走遍了雲山幾萬重,走遍了雲山幾萬重。怎知道海底撈針枉費功。(生)後來便怎樣呢?(外)王宰被議去任,夫妻相繼而亡。那小姐不知流落何所。俺衹得歷風霜,勞跋涉,擔驚恐,似脚跟無綫轉飛蓬。

(生)王家小姐又在何處見到的呢?(外)咳,説也可憐!他賣身安葬父母,被妒婦不容驅逐,幸得老尼收留。

【元和令】閃得人憂心懵懂。最憐他斷梗飄蓬,蘭若無心睹玉容。認義父,比親生,侍奉相同。

(生)情實可憫。姚景仲現已升任吏部天官,待小婿致書,將這始末情由告知,托其代爲申奏,以卜榮封而彰孝行便了。(小旦上)爹爹與相公且慢叙離情,孩兒已備酒後堂,一來與爹爹洗塵,二來趁今夕良辰,爲王小姐完却姻事。(外)這是極好的了。(同行。老旦上,各見禮畢,分席坐介)

【擔子令】(外)佳婿乘龍沐帝寵,拜恩濃。膝下嬌兒舊時容,艷桃穠。(合)看華堂酒沸人聲哄,團圞骨肉巧相逢,恰一般好事兩家同。

【前腔】(老旦)一朵紅雲天上捧,麗芙蓉。雨露新恩荷殊榮,誥雙封。(合同前)

【前腔】(生)春暖萱堂綿日永,樂融融。天合良緣素心從,喜重重。(合同前)

【前腔】(小旦)翠繞珠圍花簇擁,滿庭紅。夙願當年兩情通,笑春風。(合同前)

(婢、僕、儐相上,請介)良時已到,請新郎新人更衣行禮。(外、老旦先下。媒扶旦上,紅帕兜頭,交拜。衆唱介)

【梅花酒】才子雕龍,玉人跨鳳,笙歌嘹喨天風送,爐烟繞燭花紅。(合)舊和新,恩與寵,雍容。願雙雙共享華榮,這一對好夫妻,本是神仙種。

(小旦)丫鬟們各捧寶炬,送入洞房。(向旦私語介)虛此位以待君久矣!(旦曳裾介。小旦笑介)弗留我,此不能相代也。(解指,笑下。婢捧燭導行。合唱介)

【前腔】帳暖芙蓉,案齊梁孟,他年預卜《螽斯》咏。天緣湊,樂情濃。(合同前)

【尾聲】人生萬事倫常重,離合悲歡總是空,祇有這磨不滅的名兒交口頌。(齊下)

最是家貧孝養難,　　梅花耐盡雪霜寒。
人生聚散浮雲幻,　　世態炎涼冷眼看。
闤闠漫邀真知己,　　江河誰挽急流湍?
莫將兒女因緣事,　　泛作尋常筆墨觀。

附 録

梅喜緣傳奇序

從來才子,必生孝笋之鄉;非有傾城,誰唱芙蓉之曲?是故孟郊寸草,白社長貧;卒令韓起雙環,紅絲并締。就茅檐而先辭華屋,寧維月老持柯;歷萍踪而同證蘭因,信矣天公旌善。章皇風世,新聲合按紅牙;粉墨登場,明發常懷白首。今之作者意在斯乎!且夫俗薄雲羅,塵昏月旦。嬌藏么鳳,唯求一斛明珠;士笑寒蟲,敢問連城白璧?縱或厠牏宵滌,訝萬石爲完人;雞黍晨供,知茅容是孝子。方且銅山障目,紗帽薰心。陸厥懷鉛,焉信此郎似玉;殷芸吮墨,但愁貯屋無金。雉豈敢於爲媒,龙且肆其狂吠。是誠昭昭巨眼,鬚眉愧此青琴;落落知心,巾幗推兹紅拂也已。雖然,藥號寄奴,胡緣向日?花開近侍,祇好隨風。心非石而能堅,緣如璧其奚合?不道梅香一曲,鸞簫先奏秦臺;居然蔬食平生,鴻案甘承梁廡。羊叔子不如銅雀妓,是誠何言?小家女得嫁汝南王,乃有今日。然而種花得果,酌水知源。貽青案於中郎,文姬誰贖?擲朱提於瀨水,漂女難酬。牒買鴛鴦,曾撤閨中之翠珥;踪分鶼鰈,空尋舊主於烏衣。何期藺竟同功,珠能如意。曹娥虀臼,遭挫折於酸風；大士蓮臺，導因緣於法雨。諷殘貝葉，忽聯紅葉之緣；散罷天花，同受金花之誥。斯則畀雙珠於京兆，碧翁早有安排；留全璧於緹縈，彤管所當表式者也。嗟乎！鵝笙象版，户習倚聲；苔網花箋，家精點拍。度銀箏之曲，徒詡風流；傳紅蠟之歌，不根天性。十年艷製，坐收輕薄之名；一卷新詞，横受俳優之目。玆則筆删綺語，義取白華。陶令清高，托言夫翠篁鴛幬之事；屈原忠孝，寄興於虙妃玉女之間。《廣陵散》不入塵寰，此曲祇應天上；有情人都成眷屬，幾生修到梅花？

龍山查亮采怡軒序

梅喜緣傳奇題詞

詩婢何勞説鄭家，新辭譜就按紅牙。移將梵宇菩提樹，開作深閨并蒂花。

水有源頭木有根，出身何敢忘朱門？黄花飼雀銜環外，尚有青衣解報恩。

焚香薦士競相高，沙裏黄金子細淘。多少英才誤皮相，裙釵真是九方皋。

虬髯高唱海山秋，石硃勳名記蜀州。寫遍英雄寫兒女，哀絲豪竹一般愁。

江寧　鄧嘉純　笏臣

燒尾遲遲且食貧，儒冠容易誤風塵。居然識得青雲士，慧眼如卿有幾人？

賦罷青衣賦感婚，驪歌一曲最銷魂。他年風雨重相見，天意分明爲報恩。

畫堂合巹喜團圞，猶作當年主婢看。唤到芳名儂欲笑，怕他還帶一分酸。

才似留仙久擅名，而今製譜有先生。登場我欲稱三絶，贏得吴兒口齒清。

平江　俞廷瑛　筱甫

寥落青衣感命宫，飄零人海幾英雄。風塵獨具知人鑒，紅拂終歸李衛公。

浮萍斷梗嘆無家，墮溷飄茵悵落花。不有蘭閨佳女伴，險教彩鳳也隨鴉。

一笑重逢玉鏡臺，王孫末路幾人哀。當年莫訝張延賞，誰識韋郎是異才！

玉茗風流四百年，玉獅詞譜壓前賢。不須粉白登場奏，也觸雄心　惘然。

南城　劉　鼎　履塵

一曲求凰譜管弦，儒酸何幸得閨賢。不知别具人倫鑒，純孝端推百行先。

終風陰雨古今嗟，補恨無從乞女媧。若使人如卿巨眼，何愁彩鳳誤隨鴉。

貴交富娶俗情多，况復攀援托女蘿。不信聘錢無十萬，雙星終古隔銀河。

纔出侯門入佛門，無端認父暗移根。天教異姓英皇合，如願何嫌舊分存。

錫山　王　綜　勖丹

誰是知音者？古今來、孝子賢媛，鍾情非假。貧賤識人垂青眼，如此裙釵更寡。真愧殺、鬚眉流亞。料得聘錢無十萬，盼星期偏阻天孫駕。庸俗見，大都也。　　良謀先遣雲英嫁，賴天公牢繫紅絲，别離休訝。挫折更番成嘉耦，兩美同心忍捨。借妙筆、流傳佳話。不墮尋常兒女泪，讀新詞熱泪無端瀉。忙掩卷，燭將灺。（調寄金縷曲）

受業劉炳照　光珊

負薪記

〔清〕陽湖陳烺潛翁填詞

負薪記傳奇

【西江月】掌上明珠拋失，臺前玉鏡分開。悲歡離合早安排，世事有成有敗。　　樵采自甘作苦，網羅那怕罹灾。一般至性出童孩，終始能全友愛。

第一齣　懷餅

（外布衣上）

【夜行船】往事思量曾記否？悵天涯故劍難求。泣對牛衣，慚增馬齒，白髮數莖異舊。

秋圃黄花色尚嬌，那堪雙鬢漸蕭騷。西風古道斜陽裏，回首家山夢影遥。老夫張民軼，齊州人氏。父諱炳之，母曹氏，均已亡故。因燕兵靖難，擾及齊州，原配被兵散失。老夫逃至豫中，娶生子名訥。未幾妻亡，復娶牛氏，性情悍妒。所生子誠，十分鍾愛，却叫前妻之子，每日上山采樵，薪少便加鞭撻。老夫心甚不忍，幸次子天性友愛，時常規勸其母，殊屬難得。咳！我想黑心符出，蘆花變生，古今一轍，這也是家門不幸了。（下。貼扮牛氏上）

【駐馬聽】怨耦爲仇，不是寃家不聚頭。我思前顧後，計有籌無，受苦擔憂。説什麽前人種樹後人收，還衹怕猪肝累及他人手。

（嘆介）顧不得同室操矛，任蘆衣竊被旁人訴。

奴家牛氏，自從嫁到張家，衣無好的穿，食無好的吃，也就罷了。争奈那前妻之子，年已喏大，一文錢也弄不來。你想我們這等人家，可能容得個吃死飯的人麽？我叫他上山砍柴，老糊塗還要埋怨我，你説好笑不好笑。他兄弟時常照顧，我已駡過，以後不要睬他，看他如何住得安穩。今日砍柴未回，不免將菜飯收起，餓他幾天，纔曉得老娘的利害呢！（坐介。生敝衣餓容上）漫天風雪山無影，遍地河流玉有聲。（進見介）母親，可曾吃飯麽？孩兒凍餓極了。（貼）你要飯吃，須將柴來。（生）雪大難樵，明日天晴，去多樵些罷！（貼）老娘心最慈善，不趕你出去也罷了，還想飯吃！南無阿彌陀佛，南無阿彌陀佛！（遽下。小生總角懷書包上）飽讀聖賢書，深明孝友義。呀！兄長爲何在此垂泪，不去吃飯？（生）母親責我無柴，不與飯我吃。（小生）如此腹中饑了，做兄弟的懷得麵餅數枚，請兄長用以充饑。（作探懷取介。生接介）這餅從那裏得來？（小生）母親與我，我留分與兄長吃的。（生）呀！日啖一餐，饑當不死，弟可勿念。

【不是路】枵腹無憂，季子歸來忍不羞。逆來受，命中注定又誰尤？倘若被母親知道，怎甘休？你無慚懷橘遺親意，我竊恐分梨釀弟憂。真情剖，儒餐本是甘虀粥，家風素守，家風素守。

（小生）兄無過慮，明日弟當入山助兄樵采，以分勞苦。（生）阿喲！這個斷斷不可！

【解三醒】雨下處正當屋漏，半江中怎把船修。懸崖失足誰之咎？况且呵，曠歲月，把閑偷，螢窗懶去攻儒業，鶉結偏同學楚囚。情雖厚，也須念羊腸可畏，虎穴難投。

弟快些進去罷！恐母親見責。（小生下）咳！弟年雖幼，

至性誠篤，真是難爲他了。（下）

第二齣　刈薪

（小生上）

【菊花新】枝柯雖異本同根，肥瘠何堪等越秦！少小共相親，受凍餒問心奚忍？

一樹荆花爛熳開，莫教風雨暗相摧。人生至愛惟昆季，友誼如何比得來？小生張誠，年纔十二，夙有穎悟，不事嬉游。父母俱存，弟昆如故。祇因家貧無力延師，在塾誦讀。兄長幼年失學，母親令其日事樵蘇。我想兄長身體怯弱，怎能受此勞苦？不免瞞著先生，私自前往山中，助他樵采便了。（行介）

【榴花泣】【石榴花】他年憂樂願同均，此時甘苦也宜分。管什麽棘心刺手起鱗皴，衣穿履破受邅迍。呀！那山頭上的不是兄長麽？不要被他看見了，且在此多砍些。（作砍柴介）【泣顔回】攀來棘榛，吞聲忍痛把牙根齜。不虞他伏莽搜林，又何憂路遥峰峻。

柴多了，前去喚兄長來取。（行介。生上驚見介）呀！兄弟，我叫你不可前來，如何不聽？看你身上衣服都破，手指迸裂，叫我好不痛心呵！

【駐馬泣】【駐馬聽】痛苦何因？幼小能知古道敦。如今世上呵，有幾個綈袍持贈，鮑叔分金，原憲甘貧？似你這般死生患難不辭辛，教我肝腸欲斷無方寸。（小生）兄長説那裏話來！"有事弟子服其勞"，弟方纔讀過，難道就忘記了？（生）固是如此。但事有難易，境有異同，不能一概説的呵！【泣顔回】須知道未陰雨，當思慮患憂危，處家國，自有孽子孤臣。

况且母親愛弟甚切，倘有不測，兄一身之罪，百死莫贖了！

【古輪臺】念慈親，倚閭懸盼未歸人，望眼依稀認。常念著迷途涉險，月暗燈昏，須體驗親心靡盡。那讀書的時節，指望你顯揚，飲食的時節，又預防疾疢。北堂日暖護萱椿，歌興陟屺，望切思雲。倘或有意外之慮呵，口難分。還道我危崖下石，臨淵覆轍，暗中侵損，冤苦向誰論？縱然是甘同殉，也恐傷親之意負親恩。

天晚了，我同你回去罷。（擔柴同行介）

【餘文】（合）歸途遠，樂意真，最難得的是家庭聚順。我與你，姜被今宵喜共温。（同下）

第三齣　斧虎

（生扮樵夫上）

〔小石調〕【惱殺人】又是紅輪西墜，群峰萬疊嵯峨。怒號落木蕭蕭，淡烟昏欹徑仄，一片雲封林鎖。

我張訥，年方弱冠，志篤友于。因母親鍾愛於弟，故凡事曲體親心，恐有違拂。前日他來助樵，我已諄諄戒諭，今日應該不來了。（行介）

【么篇】曠野山容慘澹，疏林晚景落寞。人事豈無憂與樂，這艱危情境，世界裏衹有俺一個。

你看衆樵侶都已入山，不免也去一走。（下。小生持斧上）朔風寒刺骨，落日晚銜山。我今日背了兄長，獨自上山。你看衆樵夫在前面，不免問訊一聲。（雜扮衆樵夫上。小生）呀，列位！可曾看見我的兄長麽？（衆）他同伴到裏山去了。（小生）待我去找尋他。（行介。生上驚見介）我前日囑咐你不要再來。

此地荒僻，虎狼甚惡，弟宜速返。(小生)有衆人在此，當可無慮。(内作風聲。衆驚介)嗳喲！不好了！山頭上一隻大虎下來了，快些躲避。(衆驚走介。虎上撲生，小生砍虎，虎銜小生逸。生追及，刀砍中胯。虎負痛狂奔介。生號哭介)

【伊州遍】霎然間嶺木動摇，令人膽破。咆哮猛然如此惡，直恁居心叵。風霾日暗，這般光景蕭索。喲唷！虎呀，虎呀！你和他幾生孽障，有甚寃仇，忍心竟把人害禍？爲甚不仇我，欺弱懦？難道是命中合招，飛禍難躲。

(衆勸介)事已如此，哭亦無益。(生)咳！你們那裏知道，吾弟不比他人。况由我死，我何生爲？

【前腔】受盡折磨，牽腸割肚，淒惶悄然無底末。歷盡今生苦，天長地久，不知何處歸著？咳，可憐弟呀！了殘生這般結果，特恁倉皇，蒼天不管人折挫。如今叫我怎樣回去見父母呵！一死莫耽閣，挨不過。還不知黄泉路上，得見他麽？

(作以斧刎頸介。衆驚喊介)嗳唷唷！不好了！張兄自盡了！快拿衣服替他包好，送他回去。(同扶下。外、貼上。外)老去愁無地。(貼)貧來哭訴天。孩兒這時候還不見回來？(外)便是。爲什麽大兒也不回來？(貼)你衹記得那砍柴的。這樣没用東西，要他則甚！(衆扶生上)阿喲！老人家不好了。我衆人同他兄弟在山采樵，忽然來了一隻猛虎，將他的兄弟銜去。他思量不能回家見父母，自家以斧砍頸，恐不濟事的了。(外號泣。貼搥胸哭罵介)你殺了我的兒子，還要尋死嚇我。我與你拚個死活！(作撞頭介。衆勸介。貼哭訴介)列位有所不知，這明明是他引誘兄弟上山，置之死地。

【前腔】世路傾欹，人情澆薄，虧他恁般凶與惡。肉食還欺弱，狼心狗行，天理全没須些。到如今求生覓死，嚇鬼瞞神，欺心一味喬做作。要想自開脱，全隔膜。終有日雷霆劫身，没處逃躲。

(生沈吟介)母親請勿煩惱，弟死我决不生。(貼)人已被虎銜去，那有生理。你若不還我一個活的，我决不與你干休！(恨下。衆)老人家不要哭了，扶他進去睡睡罷！(衆下。外扶生介)

【尾聲】無端惹出非常禍，空教老泪從何墮。平地起風波，傷心獨有我。(扶下)

第四齣　冥索

(生陰魂上)

【出隊滴溜子】【出隊子】知他那裏，地府尋來路欲迷，心頭有恨訴伊誰？【滴溜子】我還恐那閻羅瞶，無情一筆勾，不管别人拖累。怎知我，既到陰司，也不願歸。

我張訥，自從絶食而斃，游魂一縷，來至冥間，正好去尋兄弟。但不知他在那裏，又無引路之人，如何是好？(行介)呀！前面來的不是那走無常的李巫麽？待我唤他則個。(末扮巫上。生)李大哥！你往那裏去？煩你引我一程。(巫)呀！你爲何到此？(生)我兄弟被虎銜去，諒必已死，特來找他。(巫)陰間地面寬闊，從何處找尋？我同你去問一人，當知所在。(同行介。净扮皂上)閻羅注定三更死，斷不留人到五更。我乃冥間皂隸，因事進城，快些趕路。(作相撞介。皂)你這冒失鬼，怎麽亂撞？(巫)原來是皂隸哥，正要來尋你。此人有個兄弟已死，要托你同去一尋。(皂)叫什麽名字？(生)叫張誠。(皂檢票看介)此路屬我，并無張誠名姓，當是誤了。(生央求介)恐在他處，請你同到城中一找。(皂)我那有工夫！(巫)此人大好心，煩你携帶他去一走。我有事要去了。（下。皂）如此快走，快走！（行介。皂）呀！前面菩薩來了，快些跪避道旁。（作伏地介。老旦扮菩薩，童男女執楊枝捧瓶上）

【降黄龍】大發慈悲，憫地獄游魂，沉淪幽滯。怎得個慈航普渡，孽海回頭，狂瀾同濟。低眉，看恒河沙數，有幾多屈死冤罹？誰把楊枝灑遍，拔起泥犁？

消除衆生苦，大開方便門。俺乃慈悲救苦救難菩薩是也。上如來座，居忉利天。放頂上毫光，照徹三千世界；現鉢中蓮瓣，悟他十二因緣。廣植善根，群登福地。來此已是陰司地界，你看新鬼故鬼，男男女女，合誦牟尼；藉藉紛紛，莫除塵垢。聊運廣長之舌，同歸清净之天。大衆聽者！

【前腔】善惡行爲，你摸著心頭，前生能記。有幾個臣忠子孝，婦順夫良，兄恭弟悌。休欺，眼前報應，當思今是前非。莫待到沉埋獄底，後悔難追。

（作灑露隨行下。皂、生起介）大郎有福。菩薩千年一至地府，拔諸苦厄。今得遇見，汝弟的應不死，快送你回去吧。（皂同行，推生陰魂伏案介。皂即下。生呻吟介。外上）好了，好了！孩兒醒來了！（生）方纔孩兒在睡夢中，見菩薩以楊枝遍灑。孩兒頸上沾露，不復作痛了。（外合掌介）阿彌陀佛。這是你，

【黄龍衮】誠心感佛慈，誠心感佛慈，孝友毋輕弃。走入黄泉，生死甘從弟。喜沉疴頓起，幽魂不滯。法輪轉，甘露施，要使人心悔。

（生）孩兒在冥中尋弟，皆云不死。孩兒要往各處去找尋一番，或能找到，亦未可定。（外）不要胡思亂想，且去安睡片時罷。

【尾聲】海中撈月非容易，切莫要痴心希冀。倘再有不測呵，教我

老境凄凉欲靠誰?(同下)

第五齣　别親

(外愁容上)

【上林春】怪事驚人莫須講,迴腸轉愈增凄愴。既憂白璧沉埋,又慮明珠難網。

翻江忽起無風浪,銜石難填有恨天。老夫自從幼子横被虎噬,無日得展愁眉。更兼其母痛子,終朝詬詈,真是又可氣又可憐。長子傷痕漸愈,意欲往各處去找尋兄弟。我想他年紀尚幼,未歷風霜,道路迢遥,叫我怎樣放心得下!

【前腔】海角天涯路蒼莽,紛紛的馬馳車攘。要從海底撈針,衹恐今生休想。

他决意要去,我亦無可奈何。且唤他母親來告知,看他意見何如?(貼上)開口甜如蜜,居心毒似蛇。叫我做什麽?(外)孩兒要出外尋弟,你可容他去麽?(貼冷笑介)兒子是你的,如何問起我來?且人死多時,陰司裏尚尋不到,陽間那裏去尋?全是鬼話!不過要想脱身。這分家私,將來都是他的。吃著受用,你去靠他,我是没有分的。去不去關我甚事!(外背介)好意告訴他一聲,到惹出他多少閑言冷語,這便怎麽!(生背衣包上,見介)父親在上,孩兒出門尋弟,就此拜别。

【六犯清音】【梁州序】鷄鳴問寢,庭闈無恙,定省還虞時曠。那堪分别,耽心又累爹娘。(外)孩兒此去,幾時纔得回來?(生)咳!這就説不定的了。【桂枝香】陟岵情難已,瞻雲思不忘。【排歌】征途遠,歲月長,我雁行終斷不還鄉。(外)咳,你去了,叫我靠著誰來?【八聲甘州】(生)今生未把親恩報,來世還將養育償。阿喲,母親呀!【皂羅袍】念父親桑榆暮景，窺來已鬢蒼，西河痛子，思來又斷腸。【黄鶯兒】慰爹行，維持調護，權且免凄凉。

(外)你此去欲往何所，告我知道。

【前腔】(生)風凄雨慘，征人情况，一任蓬飄萍颺。關河迢隔，游踪未卜何方。(外)倘或途中缺乏，便怎樣呢？(生)跋涉休言苦，饑寒縱不妨。羈情切，驛路長，歧途何事泣亡羊？(外)咳，我好命苦啊！一個兒子也留不牢，教我如何過得？(生)父親呵！譬膝前少個親生子，眼底難容忤逆郎。(泣介)惟願忘憂萱草，人常健康，珠還合浦，早回故鄉。禱彼蒼，虔誠默佑，一瓣祝心香。

孩兒去了阿！(外牽衣介。生)請母親同父親進去罷，孩兒去了。(絶裾灑泪下。貼)死的死，去的去，還要哭他做甚！且去休息休息罷！(同下)

第六齣　尋弟

(生衣包雨傘上)

〔南吕〕【一枝花】紛飛落樹花，驚起離群鳥。花殘憑踐踏，鳥去任呼號。游子辭家，不顧雙親老，何時歸舊巢？白茫茫海闊天空，黑暗暗塵封路杳。

自别故鄉，沿途訪覓，行來半月，已至江都。不特足破難行，抑且貲囊罄盡，這便如何是好？

【梁州第七】河滿子一聲泪落，望家山萬里程遥，呼號哀把蒼天告。征鴻渺渺，遠驛迢迢。囊空如水，足繭成冰，猛思量苦透心苗，漫躊躇閑惹愁條。好教我饑寒迫末路誰憐，親舍隔瞻雲望切，雁行徂思弟神勞。魂摇，夢摇，驚心異域生秋草，身世怎能了？還衹怕手足摧殘父母抛，没個收梢。

咳！如今顧不得，祇好求乞而行的了。但是一件，聽説做叫化還要入什麼行。這也好笑，没法子祇得去央求央求他。(行下。副净扮丐頭，打揚州白上)富貴驕妻妾，貧窮害子孫。區區非别，江都縣裏一個丐頭便是。做了三年叫化，升得一個丐頭。吃著衣穿，件件受用；妻孥僮僕，色色俱全。看我這小小的衙門，倒有個大大的規矩。但凡新來入驛的，都要孝敬孝敬，方許他入我這行。昨日有個窮鬼，要來入夥，身邊半文錢也没有，怎能容他？但不知他的本領如何，且唤他來一問。小二那裏？(丑扮小丐上)頭兒唤我做甚？(副净)那新來的叫化，他會什麼？(丑)他會吃飯。(副净)没得本領，怎有飯吃？(丑)如今那些有飯吃的，那個都有本領！(副净)你且唤來，我細細盤問他。(丑)喂！新兄弟，頭兒唤你説話。(生上見介。副净)你要入行，怎麼不送規矩。(生)窮途無措，隨後補報罷。(副净)你曉得這個行當，要有本領，方能多討錢文。(生)要什麼本領？(副净)聽我道來，

【神仗兒】第一等流星貫索，刀吞火嚼；第二等赤臂蛇盤，絶頂碗落；還有那第三等，摇鈴啞子，裝瘋拐脚。一件件武藝精學，靠本事，有吃著。

(生)我一樣也不會。(副净)難道啞子也裝不來麼！我不信。小二，你在此與他操練操練，明日就要出場的。我要到東郭赴席去了。(摇擺下。丑)你這没用的東西，啞子還要我教你！如此你坐着，我裝與你看。(生坐介。丑裝啞子摇鈴托盤上)阿！阿！阿！(生)我會了，你坐着我來。(丑坐。生裝介)阿！阿！阿！(丑)你這啞子怎麽當門坐着，打他出去！(生)嗳唷！不要打，我是個啞巴子！(丑)你這戎囊的，啞子怎樣説起話來？(生)學習的時候不妨，到外邊去，我自然不説話了。(丑)

記得纔好。(諢下。生)咳！這般勾當,如何做得？此去金陵不遠,那裏人踪輻輳,或有所遇,亦未可知。

【神仗兒煞】煢煢在抱,荆花悴了。空教我旅夜魂牽,天涯夢繞。卜來杯珓,嘗來苦蓼。似這般梗斷蓬飄,茫茫逝波東去杳。(下)

第七齣　途遇

(小生巾服上)

【普賢歌】却從虎口剩餘生,又逐鴻飛滯遠程。還鄉夢不成,思親念轉縈,拋殘暗泪人誰省？

小生張誠,自從被虎銜去,置之道旁。適有張千户過此,憐我幼稚,救治得蘇,收養爲子,携至南中。千户齊州人,以蔭選官,奉母來此。我屢番要返豫中,訪尋父母,因我年幼,不令我行,祇好緩緩再作歸計。今日千户到城外游春,唤我同行,在此等候。(虚下。末扮千户,僕衆隨上)秦淮春水碧,鍾阜曉山青。家衆們,馬匹齊備没有？(衆應介)都已齊備了,請上馬。(末、小生上馬執鞭,家衆隨行介)

【前腔】六朝麗景最關情,樹樹桃紅柳放青。游人逐隊行,流鶯到處鳴,一鞭曉日堪馳騁。

前面人叢的所在做什麽？且去看來。(下。生敝衣垢面執鈴盤,丑扭打介。末、小生上)你們爲什麽在此打架？(丑)官人有所不知,這啞子當路討錢,把我的東西都撞壞了,要問他賠償。(末)原來如此。他做叫化的,那有錢文賠你？我給你一貫錢,放他去罷！(丑)多謝大官人,祇是便宜他了。(下。生行,小生目視生背介)呀！這人相貌,好似兄長,爲何流落至此？此間未便問詢，等他去遠，再去問他。請父親先行一步，孩兒去去就來。（末、衆暫下。小生趕上，喚介）汝可是我的兄長麽？（生回頭看介）呀！吾弟，你還在陽世麽？爲兄的那一處不找到，何圖在此相遇。（各痛哭介。末、衆上，驚介）這是誰人？爲何痛哭起來？（小生）這就是孩兒的兄長，因尋孩兒到此。（末）既是你的兄長，快將馬匹與他騎了，同回再叙。（各上馬，行介。小生）到了，請兄長去换了衣服，再來拜見。（生更衣，拜見介）千户在上，張訥拜叩。（末）嗳唷唷！不敢，不敢。請問幾時出來，何飄落一至於此？（生）千户聽稟：

【孝南歌】【孝順歌】念吾弟呵，遭危厄，心也疼，風波霎時平地興。此意誰與明？莫言數前定。拚一死猛然劙頸，歷千劫不願偷生，受萬苦也甘同命。（末）可憐呀，可憐！後來怎樣復生的呢？（生）查遍陰司，直把閻羅倩。幸遇菩薩，以甘露灑頸，方得不死。【鎖南枝】這是佛力慈，早援拯，再回陽，萬般幸。

（末、小生各掩泣介）實在難爲你了。以後又怎樣出外的呢？

【前腔】（生）寒蛩訴，怪鳥鳴，雙親痛兒魂夢驚。無奈鴻遠征，又憐雁孤影。撇却了晨昏定省，歷遍了水驛山程，受盡了饑寒貧病。没奈何吴市吹簫，乞食窮途蹬。（末）這般苦楚，虧你熬得過的了。（小生號哭介。生）這是我該折磨，甘受領，注來因，生成命。

（末）這是你誠心所感，方得今日兄弟重逢。請問貴族在豫，有幾傳了？（生）父少齊人，流寓豫中。（末）僕亦齊人。貴里何屬？（生）曾聞父言屬東昌轄。（末）這等説來，是我同鄉了。何故遷豫呢？（生）前母被兵失散，父遭兵燹，蕩無家産。從前賈於西道，往來熟悉，遂家於此。（末）君家尊何名？（生）諱民軼。（末作驚訝狀介，逕下。生）吾弟被虎銜去，如何得到此間？告兄知道。（小生）嗳喲，兄長呀！

【醉羅歌】【醉扶歸】一從檻柙遭危阱，拚將性命了殘生。方怪天公不容情，一生九死難僥倖。其時千户適自都中過此。【皂羅袍】虧得他多方援手，方能再生。自憐乏嗣，作爲螟蛉，風波到此中流定。我屢次要回來省視，【排歌】也袛爲故鄉遠，道路梗，歸鴻盼斷阻行程。

(生)這也算不幸中之幸了。(末上)太夫人出來相見。(旦上，共羅拜介。旦視訥介)汝是張炳之之孫麽？(生)我正是。(旦大哭介。生)太夫人爲何悲楚？(旦)我適汝父三年，流離北去，身屬衛指揮。半年生汝兄，又半年指揮病殁。汝兄以蔭還此官，今解任矣。每刻刻念鄉井，遂出籍歸宗。屢遣人至齊，迄無音耗，何圖汝父尚在。今日之遇，真是奇逢。(生、小生跪介)孩兒等年幼無知，乞母親恕罪。(旦目視末介)汝以弟爲子，折福死矣！(末跪介)當時問弟，弟幼稚不憶，致有此誤。望母親及弟原之。(生)孩兒出外多年，父親盼望甚切，請母親同孩兒等回豫，以慰父母懸盼。(旦)咳！你那裏知道，

【前腔】猛將舊事常思省，縱然隔世豈忘情。骨肉流離在伊行，一朝聚首邀天幸。袛是我呵，悲今思昔，愁煩轉縈，籌前顧後，彷徨愈增。人情變幻原無定，向誰訴，袛自明，眼前哀樂一齊并。

(末)母親不必過慮，請即收拾行裝，擇日起程便了。(旦下。末)兩弟同我來。

【尾聲】(末)雁行排列遥天影。(生)共征途休悲孤另。(小生)喜此夜聯床話别情。(携手同下)

第八齣　歸聚

(外敝衣愁容上)

【桃紅菊】盼征鴻羈來遠天，痛窮鰥人將暮年。叩穹蒼千般愁

怨，叩穹蒼千般愁怨，終默默無人見憐。

老夫自從幼子被厄，長子出外尋弟，倏經五載，信息杳然。伊母痛子，一病身亡，老夫影隻形單，煢煢獨處，兼以貧病交迫，境遇難堪。想到其間，那不令人悲楚。

【惜奴嬌】受盡熬煎，這凄涼情況，都被我一身嘗遍。待要把衷腸細訴，傷心更與誰言？還慮那長子呵，流連，風雪饑寒人不免。樹雲遮，關山遠，望眼穿，怎得歸鞭同整，慰此餘年。

咳！愁亦無益，且去睡罷。正是：不如意事常八九，可與人言祇二三。（下。生、小生四馬上）

【前腔】（生）走遍長天，盼鄉園重返，得睹舊時庭院。但願是風和日永，庭前蔭庇椿萱。（小生）加鞭，急切歸心忙似箭。意偏搖，情多戀。認故園，烏衣門巷，無異當年。

秋來每作思歸引，身上依然游子衣。我兄弟奉母親兄長，同回豫中，行來將近家門。我兄弟先走一程，報與父母知道。（行介）來此已是。（作敲門，外上開門介。生、小生進跪介）爹爹，孩兒回來了。（外呆介）呀，呀，呀！你回來了麽！（作擦眼介）我難道在睡夢中不成！（合）不是的，孩兒真個回來了。（外）你真個回來了麽？哈哈！我好喜呀！（小生）母親在那裏？（外）你母親早已去世了。（生、小生號淘痛哭，小生暈倒介。外）啊喲！孩兒醒來，孩兒醒來。（小生沈吟介）嗳唷！母親呀！孩兒不孝，遠離膝下，致母親憂鬱而死，我還要活他則甚！（復大哭介。生慰介）兄弟且勿悲痛，免致父親傷感。（生向外跪介）孩兒還有事禀知父親。（外）還有什麽事？（生）孩兒尋到金陵，得遇兄弟。知被虎銜去，爲一千户所救，携回撫養。及孩兒到彼後，詳詢顛末，方知從前母親失散時，被掠北去，歸一指揮。生千户，以官奉母來南，今已解任。聞父親尚在豫中，急欲回來一看。現與孩兒等同回，將到門外，孩兒出去迎接進來。（外呆介）有這等奇事，有這等奇事！（旦、末、衆齊上。生引入，見外抱頭痛哭介。末跪介）父親，孩兒拜見。（外）罷了。（末）請母親出來叩見。（外）早已物故。（末泣，小生重哭介。末）兄弟不必過傷，兄弟遭此大難，幸得生旋，母親應含笑於地下。且喜父親康健，骨肉重圓。這是呵，

【錦衣香】天意憐，孝心展，佛法宏，輪圜轉，回頭苦海無邊。到今日呵，天從人願，流離骨肉返家園。椿庭葉茂，棣鄂花聯，會合緣非淺，一時佳話流傳。歲歲人常健，萊彩光絢，一門慶賞團圞宴。

孩兒備酒後堂，請父親、母親、兩弟同把盞者。

【漿水令】喜今朝共看月圓，喜今朝纔能瓦全。祥烟瑞靄畫堂前，三株玉樹，柯别枝連。書香續，世澤綿，好把親揚名姓顯。人倫樂，人倫樂，庭花燦妍；金樽倒，金樽倒，嘏祝遐年。

【尾聲】針砭痛下把庸愚勸，好扶持參商白免。試看這一部奇文孝友傳。

花滿春江月滿庭，　　十年艷思夢初醒。
且將孝弟尋常事，　　説與人間仔細聽。

附　録

負薪記傳奇序

淄川蒲留仙先生著《聊齋志異》，凡四百餘則，漁洋山人獨於《張誠》一則評曰："一本絶妙傳奇。"豈非以其悲歡離合有足以譜諸詞曲、被諸管弦者耶？然漁洋雖有是語，而作爲傳奇者曾無其人，不意遲遲至今始得之叔明陳君也。君以才人官鹺尹，從公之暇，惟以著述自娱。先後作傳奇十種，其《負薪記》一種，既采《聊齋·張誠》事。以文章之波瀾爲戲劇之關目，翦裁有法，翰采爛然，以視《聊齋》，殆所謂異曲同工者。吾知此劇一出，梨園小部必且競相肄習。而一唱三嘆，使人友于之愛，油然而生。其於風俗人心所裨匪細，雖作孝友傳觀可也，傳奇云乎哉！

吴縣俞廷瑛序

負薪記傳奇題詞

手足相憐出至誠，從知友愛性天成。斧薪自欲同勞苦，誼篤無分異母生。

離合人難自主持，折磨歷盡鬼神知。譜成歌曲傳奇事，羨煞先生筆一枝。

冶城　司馬湘　晴江

脊令原上調翻新，黄九才名迥絶倫。海鹽黄韵珊大令譜《脊令原》傳奇，即《志異·曾友于》事。更譜負薪傳至性，當筵誰不泪沾巾。

姜被同温我獨無，新詞讀罷更欷歔。休言四海皆兄弟，一任庭前荆樹枯。

受業劉炳照　光珊

錯姻緣

〔清〕陽湖陳烺潛翁填詞

錯姻緣傳奇

【蝶戀花】世事由來多反覆，辨是論非，過後方知覺。莫要得隴還望蜀，痴人自有痴人福。　　穩步須防輕失足，轉念差池，已黜科名録。成敗何嘗無定局，邯鄲一夢黄粱熟。

第一齣　卜葬

（旦布服愁容上）

【鵲橋仙】蕭條四壁，孤孀焉寄？空有塵甑久廢，未寒骨肉任抛殘，要甚麽牛眠佳地？

砧杵敲殘夜色凉，半輪斜月一天霜。菀枯莫問人間事，獨對寒機空斷腸。妾身倪氏，自從先夫見背，同兒子孑然獨處，孤苦無依。先夫骸骨，權寄張氏穴中。意欲另尋墓地，争奈籌措無資。不得已擬偕兒子前往張宅懇求，或蒙憐恤。孩兒那裏？（小生敝衣上）傳家守饘粥，裹腹飽詩書。母親唤孩兒，有何吩咐？（旦）汝父親未曾安葬，旦夕懸心。如今同你到張家去，告知苦情，求他尺土，以葬汝父，於心方安。（小生）孩兒即同母親前去。（行介）

【小蓬萊】（旦）堪嘆家貧似水，恁凄凉泣對牛衣。（小生）鵬飛未展，看此日寒爐煨芋，撥盡殘灰。

(同下。外扮員外、蒼頭隨上)

【宜春令】花争放,鶯亂啼,好韶光斜陽轉西。把菱花羞對,數莖蒼鬢驚心異。但是膝前呵,兆蘭因姞夢難徵,咏柳絮謝庭多慧,衹落得桑榆暮景,也庶幾差慰。

老夫張學古,家財富有,宅第如雲。妻房于氏,衹生二女,未了向平之願,難期宅相之攸。所異東山新阡,自經葬後,家數不利。并頻得夢警云:"汝家墓地,本是毛公佳城,何得久假?"因此遷移讓去。詎料前日有個過路的,避雨壙中,竟爲積水湮没。不識姓名,無從探訪,難道這就是他的葬身之地麽?(坐介。旦攜小生上)來此已是,門上有人麽?(蒼頭出應介)你是何人?來此做什麽?(旦)我有事要見員外,煩管家通報一聲。(蒼頭)你在此少候。(進禀介)外邊有個婦人,同一小孩,要見員外。(外)請他進來。(旦、小生隨進,見介)員外萬福。(外起介)少禮,請坐。(旦)告坐了。(外)請問尊嫂有何事到舍?(旦)咳!員外聽禀:

【前腔】蓬門婦,家式微。痛兒夫謀生遠歸,因途中遇雨,權避空壙中。怎知道蛟龍作祟,衝波激浪淹然斃。(外驚介)呀!那湮没的就是尊夫麽?(旦)後來訪知此地爲府上先塋,欲求片壤,以葬先夫。愧無能報德銜環,自有個感恩流涕。似這樣陰功不淺,願你的兒孫科第。

(外指小生介)這位是何人呢?(旦)他呵,

【玉抱鶯】【玉抱肚】庭前趨鯉,冀他年傳經燕貽。(外)原來是令郎,可曾讀過書麽?(旦)雖未卜雁塔鵬程,也曾親螢案書帷。(外)説了半日,未曾詢及尊夫姓氏。【黄鶯兒】(旦)舊族陵夷,溯西河一脉,傳後裔,仰前徽。

(外作驚訝狀介)呀,呀,呀!尊夫就是毛公麽!(背介)這等説來,與夢語符合。且看他的兒子器宇不凡,將來必然顯達,

何不玉成其美。(轉介)

【解三醒】悟人事難圖希冀,賴神靈早露先機。不憑陰地憑心地,種玉樹,産佳兒。羡他鷹隼凌霄概,會有風雲變化期。應須記,看他日佳城鬱鬱,松柏巍巍。

(外)既是如此,即將墓地奉贈。葬畢,可令郎君來舍讀書。衣食一切,不煩尊嫂費心。(顧蒼頭介)你去取二十兩銀子,交與孺人以作安葬之費。(蒼頭下取銀付介。旦)如此感激不盡了,容我母子叩謝。(作拜謝介,同小生下)

【尾聲】(外)釋懷疑,全周濟,與人方便得便宜。須知道暗裏神明不可欺。(下)

第二齣　議婚

(外蒼頭隨上)

【菊花新】關心家計怎能拋,女嫁男婚百事操。甥館未開堯,有半子暮年依靠。

老夫前將墓地讓與毛宅,并留其子在家,延師課讀。數年來文思大進,可冀有成。我意欲以長女許配與他,未知夫人願否?且請來商議一番。蒼頭,請夫人者。(老旦上)相公有何見諭?(外)不是别的,兩個女兒年已長大,尚未許人。我欲將長女配與毛郎,夫人意下何如?(老旦)這是極好的了。我看毛郎呵,

【望吾鄉】年少英豪,胸襟抱負高。靈鰲未脱金鈎釣,赤魚掉尾龍門燒,自有神光罩。况且呵,靈鍾毓,氣含包,吉穴天生造。

(外)夫人既然情願,蒼頭,你去唤媒婆來,托他前去説合便了。(暫下。丑扮媒婆上)老老今年七十七,十個媒人九會説。

東家也要錢，西家也要吃。饒他狀元、宰相的夫人，全憑我兩片皮中來撮合。（蒼頭暗上）上兩片呢，還是下兩片？（丑回頭介）嗳唷唷！管家説得好笑，我這樣年紀，自然是上兩片，難道下兩片不成？管家到此何幹？（蒼頭）員外、夫人喚你去，有話説。（丑）等我關上了門跟你去。（作關門同行介）到了。你站著，我去禀知，再來喚你。（外、老旦暗上。蒼頭禀介）媒婆喚到。（外）著他進來。（丑上見介）員外、夫人在上，小婦人磕頭。（合）罷了！喚你非有别事，毛相公在我家讀書，年已長成，我欲將大女許配與他。你去對毛孺人説，一切禮物，都是我這裏預備，不要他費心。應允後，即擇吉行聘便了。（丑）如此説來，這頭親事，是一説就成的了。小婦人即去，再來回覆。（下。外）數載未酬平子願。（老旦）今朝始慰老人心。（同下。旦上）

【傾杯玉芙蓉】【傾杯序】老圃黄花暮景饒，剩有秋光好。聽窗前落葉，隨風無限蕭條。斷雁經霜，直恁悲號。【玉芙蓉】幾時纔把淒涼繳？何計能將擔負抛？愁難了，驚看白髮蕭。恁時光扶摇奮翮上青霄？

妾身自從安葬先夫，將兒子送至張宅讀書，也算萬分如願的了。衹是孩兒尚幼，未知何日方有個出頭日子？（坐介。丑上）門外冰人到，簷前鵲噪喧。（進見介）孺人萬福，恭喜孺人。（旦）老人家請坐。喜從何來？（丑）特來與相公作伐。（旦）不知是那一家？（丑）就是張員外家的小姐。

【玉芙蓉】春深鎖二喬，一樣如花貌。願同心結綰，好合琴調。（旦）原來員外有兩位小姐，所説的是那一位呢？（丑）是大小姐。文星自有紅鸞照，親迎何須百兩招。佳音報，這良緣湊巧，勝當年乘鸞跨鳳聘文簫。

（旦）蒙員外、夫人的美意極好，但是呵！

【朱奴兒犯】 一來爲鏡奩草草,二來爲金屋難邀,終不免愛富嫌貧市道交。雖然員外、夫人呵,决不肯自輕然諾,還恐過來的那位小姐,未必向蓬門,甘啖糠糟。悔到臨時保不牢,因此上未敢輕圖報,還倩你紅絲别繫賦夭桃。

(丑)孺人所見亦是,但員外、夫人决意與尊府聯姻,未便堅辭,還是應許了罷!(旦)既然如此,煩你去轉達員外、夫人,若不嫌貧門寒陋,祇得仰攀了。(丑)就此告辭。(下。旦吊場)

【尾聲】向平婚娶原宜早,愧白屋盈門未耀。從今呵,中饋蘋蘩暫息勞。(下)

第三齣 悔親

(貼旦艷妝上)

〔仙吕〕【二犯傍妝臺】【傍妝臺】起來獨坐綺窗前,曉妝纔罷,窺鏡貼花鈿,倚闌干。情脉脉,聞燕語,恨綿綿。【八聲甘州】停針倦綉文鴛枕,却軫慵調錦瑟弦。【皂羅袍】劇憐容減,空將泪咽。【傍妝臺】似這般兒愁悶,應自惜負華年。

奴家張大姑,生長綺羅之族,未嫻詩禮之箴。聽説爹爹將我許與毛家,心頗不懌。我想毛家這樣貧窮,到他家去,日子如何過得!但此意又不能向父母言,祇索怨我的命罷了!

【前腔】縱然注定命由天,家鷄野鶩,怎便匹鸞鵷?撥愁雲,通桂海,含怨雨,掩嬋娟。償還未了今生債,鑄錯翻成隔世緣。啼聞冤鳥,泣憐杜鵑。有幾多兒珠泪,空滴向海棠前。

咳!事已如此,夫復何言?但我死不從牧牛兒,且到其時,更作計較。(小旦淡妝,婢隨上)呀!姐姐,爲何在此納悶?(貼)各有心事,你那裏知道?(小旦)爲什麽妹子没有心事?

(貼)你到那時候,自然也有心事了。(小旦)姐姐不要愁煩,同你到花園内散步一回。(貼)我那有心情去看花!(小旦强携同行介)姐姐,你看春光明媚,正是艷陽天氣呵!

【長拍】(小旦)柳綫飄絲,柳綫飄絲,苔鋪痕軟,襯凌波步襪翩躚。花如解語,這丰姿彩筆難傳。百卉鬥芳妍,看畫橋流水,落紅千片。(貼)蝶舞蜂狂閑惹恨,春欲去,意空憐。衹有那畫梁雙燕,把一腔心事,訴與人言。

(小旦)姐姐,你説百花中,那樣最好?(貼)我愛的是牡丹,穠麗無比。(小旦)據妹子看來,牡丹雖好,但不能長久。

【短拍】閱盡繁華,閱盡繁華,奈韶光轉眼,被狂風妒雨減却鮮妍。(貼)這般説來,你愛的是什麼花呢?(小旦)惟梅花品最高。(貼)那光秃秃的有什麼好看!(小旦)咳!姐姐你有所不知,那梅花呵,生成骨格自能堅,歷盡了冰霜磨鍊,開向那百花頭上,陽和消息占春先。

(貼)據你説來,穠艷不如清淡的好麼?衹恐未必。(小旦)來已多時,我們回去罷。

【尾聲】(小旦)花開花謝時光轉。(貼)人生行樂在芳年。(小旦)聽隔院鶯聲空自喧。(同下)

第四齣　代嫁

(小生巾服上)

【一翦梅】十載芸窗苦守螢,願早成名,未得成名。關關匹鳥兩和鳴,若道無情,也自多情。

【憶秦娥】愁默默,魚龍變化無人識。無人識,昂頭天外,風雲莫測。　　七襄雲錦天孫織,畫眉好倩簪花筆。簪花筆,紅摇燭影,春宵一刻。小生毛紀,表字子維,掖縣人氏。

青年力學,不負詩書;白屋甘貧,聊供菽水。父親早故,賴母親撫養成人。後蒙張公收留讀書,不時周恤,如今又將長女許配與我,擇於今日完姻。我想呵!

【梁州新郎】【梁州序】這般高誼,令人欽敬。慨把綈袍持贈,孤寒依托,荷他眼獨垂青。如今呵!喜占鳴鳳,詩咏《關雎》,重許絲蘿訂。一雙玉潤與冰清,紅葉良媒證夙盟。(副净扮儐相、丑扮媒婆上)良時已到,請相公更衣起馬。(作更衣介)【賀新郎】衣冠肅,門楣慶,儀修雁奠看親迎。好風光,厮相稱。

(小生上馬,彩輿、鼓樂、儐相、媒婆隨行,齊下。外上)

【節節高】笙歌沸滿庭,彩烟騰,華堂紅燭交相映。今日長女出閣,好不熱鬧呵!遵的是嚴親命,順的是婦道成,好的是才郎整。催妝不藉新詩倩,結縭恍睹其儀盛。百歲良緣樂事多,遺罹無累親心寧。

你聽遠遠鼓樂之音,就要到門了,快去告知夫人,早爲預備。(下。小生、彩輿、人等齊上。小生下馬,外出迎見,禮畢。小生坐,外即下。儐相)等我打掃打掃喉嚨,好來贊禮。(贊介)伏以月燭雲軿,銀河有約;吴箋蜀錦,華屋增輝。愧無百兩之將,敢效三周之禮。初請新人!(儐向媒介)你進去幫襯幫襯,快請新人上轎,我們早些回去,好吃喜酒。(媒)你比新郎還要緊些麽?呸!吹打,吹打!(下。内吹打介。儐再贊介)伏以華燭交輝,明星有爛。鸞笙叠奏,欣看月鏡之圓;鵲渡遥横,早税星橋之駕。二請新人!(外復出作匆惶狀介)小女衣妝未竟,乞郎君少待。(急下。小生作驚疑狀介。儐三贊介)伏以叶吉先期占鳳,登堂久待乘龍。翦殘銀燭之花,頻傳滴漏;聽徹畫樓之鼓,行促催妝。三請新人!(丑暗上,儐埋怨介)叫你去幫襯幫襯,怎麽到這時候還不上轎?我做了一世的儐相,新人見了許多，都是一請就走了出來，没有看見這樣性慢的新人！（媒）你説得好容易！婦人家也要裹裹脚，撒撒尿，那有一請就上轎的道理？我做了一世的媒婆，没有看見你這樣性急的儐相！呸！吹打，吹打！（下。内吹打介。小生作起身介。外復出介）請郎君略坐片時，小女就梳妝完了。（急下。儐）你看他從戲房裏走出走進，忙不過。看這光景，不是賴婚，就是掉包。喜酒要吃不成了！（小旦紅帕兜頭，媒扶上。儐）好了，好了！不知那裏去找出一個替身來了！快些走罷！（小生上馬，外送出，彩輿、鼓樂隨行齊下。外吊場介）罷了！罷了！養了這樣執性的女兒，千般勸解，終是不肯上轎。老夫焦急欲死，虧得次女深明大義，力勸其姊，不見聽從。我看他言詞慨爽，竊與夫人計議，權將他易嫁過去。一時雖可掩飾，還恐後來敗露，便費調停。咳！虧得我生了兩個女兒，若單是一個，教我今日怎樣挨得過去！

【尾聲】姻緣注就皆前定，奈騃兒痴女欠分明，倒被那李代桃僵的巧作成。哈哈！哈哈！（笑下）

第五齣　窺妝

（場上設鏡臺，小旦艷服上）

【普賢歌】春風何意嫁東皇，桃李無言孰主張？尋芳蝶意忙，窺簾燕影雙，春山不減眉痕樣。

【憶秦娥】情默默，曉窗梳洗慵無力。慵無力，流鶯林外，柔絲暗織。　新妝妒却花顏色，莫教春去空追憶。空追憶，紅雲護處，鶼鶼比翼。妾身張氏，自嫁毛郎，情敦好合。事姑盡孝，待下寬和。毛郎專意攻書，奮圖進取，也算萬分如

願的了。(作開奩梳妝介。小生暗上介。背唱介)

【前腔】水晶簾下看梳妝,淡淡蛾眉巧樣長。花鈿翠貼芳,羅衣暗惹香,祇有那青絲半縷風難颺。

呀!娘子容顔美麗,髮何鬑鬑若此?聽説娘子代姊易嫁來此,也算他能甘貧的了。(上見介)娘子妝竟了,卑人今日就要起程赴試,特來與娘子作别。

【憶秦娥】驪駒唱,暫時小别愁千樣。愁千樣,怎能禁得,這般情況?

(小旦)相公無事縈懷,當以功名爲念。

【紅衲襖】你是個奮搏飛的鳳鳥翔,你是個躋班聯的鵷鷺行。莫要把昂藏氣概的男兒樣,做了個弱絮柔情的婦女腔。祇恐呵,步蟾宫,折桂香,背鴛盟,馳艶想。保不得白首同吟,貧賤無忘也,空教我怨東風攪悶腸。

(小生)娘子説那裏話來!卑人不是無情之輩,况且我與娘子呵,

【前腔】好姻緣,巧合當,效于飛,對舞雙。説什麽鴛鴦夢裏驚風浪,蜂蝶叢中覓艶香。暫與你共齊眉,案接光,傍妝臺,眉畫敞,做一個到老夫妻,地久天長也,又何必隔巫山,憶楚王?

(小旦)不是妾過慮,但凡讀書人未得志時,尚無他念,一到名成,就難説了。

【前腔】置金釵,列兩行,貯嬋娟,鬥艶妝。少甚麽翠翹蟬鬢的嬌模樣?少甚麽緑髻烏雲的窈窕娘?到那時節呵,便難説海山盟,久與長,糟糠妻,不下堂。縱然是永巷長門,耐盡凄凉也,嘆終風,空自傷。

(小生)娘子無須煩慮,卑人决不若是。就此暫别。(小旦)前途珍重。(分手下)

第六齣　前夢

(副净扮店家上)終日忙忙碌碌,客人往往來來。求名不外與求財,逃不出這利名世界。俺店家王姓,在這濟南城中,開個客寓。人家因我的房屋潔净,都來照顧我,以此比别家的生意,更覺興旺。今值大比之年,紛紛士子,齊來赴舉。昨晚夢神人對我説:"今日當有毛解元來此,後且脱汝於危。"我想夢語未必足憑,且在此察候察候,看有姓毛的没有。(暫下。小生執鞭,蒼頭擔行囊隨上)

【搗練子】槐黄了,漫淹留,奮志圖南夙願酬。記得叮嚀臨别語,悔教夫婿覓封侯。

小生自與娘子别後,行來已抵東省。你看紛紛攘攘,好不熱鬧。前面有個客寓,不知可有住屋否?且去問來。(副净暗上。小生見介)店家請了。(副净)相公要賃寓所的麽?(小生)正是。(副净)此間都已住滿,請相公到别處找尋罷。(小生)我行來困乏,難道一間空屋也没有麽?(副净)請問相公高姓?(小生)我姓毛。(副净驚介)呀呀呀!原來是毛相公,失迎了!房屋是有一間,小的騰出來與相公住便了。請進用茶。(小生、蒼頭隨進,坐介)你起先説没有屋子,爲什麽後來又肯將自己住房讓出呢?(副净)小的有個緣故,告知相公。前晚小的忽得一夢,説有毛解元到此。如今相公姓毛,恰應夢兆。今科解元,一定是相公了。(小生)真的麽?(副净)小的怎敢説謊。(小生)天晚了,你去掌燈取茶來,待我夜讀。(副净下。小生)聽他的言語,似非虚假。我好喜呵!

【皂角兒】浥天香高攀桂秋,换紫袍青衫非舊。漫遨翔穩步瀛洲,羡榮華終當享受。衹是細君髮短少,殊不雅觀。這便怎麼?又何妨接新花,移嫩蕚,换金釵,挪玉杵,别締良儔。呸!臨行時,娘子諄諄囑咐,何故忽生妄念?鏡中花影,波間泡漚,這心猿意馬,著甚來由?

身體已倦,不免且睡片時。(作倚枕入夢介。貼扮麗女上)相公在此夜讀麽?(小生驚視介)美人何來?(貼)聞相公欲覓佳偶,妾不揣冒昧,特來自薦。

【前腔】咏風詩君子好逑,匹良緣三生成就。盼雙星願抱衾裯,嫩花枝休嫌醜陋。撥鸞弦,調錦瑟,夢鴛幃,親玉案,永結綢繆。(小生喜摟介)聽鶯聲嬌婉,花姿媚柔,好教我尤雲殢雨,一發難收。

(雜扮魔上,將小生推跌,擁貼下。小生驚喊介)蒼頭快來,與我將美人奪下!(蒼頭上)相公爲何睡夢中叫喊?(小生醒介)嗳唷唷!好一場怪夢!這是我痴心妄想,召此魔障。以後切不可如此,以後切不可如此!(慢下)

第七齣　後夢

(净扮星官,儀從隨上)

【北粉蝶兒】莫怨天公,論行爲比文章還重。不是那瞎主司兩眼紗籠,又不是老朱衣,頭亂點,把人厮哄。你自己摸著心頭,盼巫雲這痴情何用?

俺乃文昌宫中一個專司文衡的星官便是。士子讀書,惟科名最重。帝君垂訓,以陰騭爲先。清奇濃淡,人間文字無憑;善惡貞淫,天上主司有眼。爲何道這幾句?祇因前科東省解元,爲隱萌易妻之念,黜下一科。今若不再加明示,恐疑妖夢之誣,致阻修爲之路。不免仍托夢與店家,提醒他一番便了。(下。副净扮店家上)又是槐花黄,紛紛舉子忙。解元科科有,知是誰家郎?我店家王姓。今歲又值科場,赴選的士人,陸續將到。不免唤小二去打掃打掃房間,我在此打個盹兒。(作睡介。净上作推醒介)店家聽者:

【石榴花】一毫關節不通風,全憑先德與陰功。十年勤苦把書攻,空負了劍光若虹,枉却了俠氣如龍。翻怪别人做了個南柯夢,怎知他置金屋艷思情濃,頓忘却舉案的梁和孟,險些兒富貴一場空。

毛生以易妻一念,黜落三年,及早悔悟,猶可挽回。汝其告之!(遽下。副净醒介)呀!好奇怪!方纔睡夢中神人明明指示,説毛解元以易妻被黜,今科仍當發解。竟有這等奇事?他若再來,當爲告知。(虚下。小生上)

【南泣顔回】頭顱依舊笑冬烘,辜負他黄卷無功,青燈何用?守寒氈耐盡秋風,孤飛斷鴻,盼扶摇萬里雲程迥。問何年身到蟾宫,躍天衢預兆登龍?

(副净暗上,小生見介)店家,數年不見了。(副净揩眼介)呀!毛相公,你又來了麽!我正在思念。請相公裏面坐,有話告知相公。(小生)什麽事告訴我?(副净)説來相公也不信。自從前番相公下第,以爲夢不足憑。那知昨晚仍夢神人告誡。(小生)他説什麽呢?(副净)他説呵!

【上小樓犯】負盟言,抹煞了鸞和鳳,戀芳叢,忙煞了蝶與蜂。落得個暮暮朝朝,悄悄冥冥,都成了色色空空。把錦片前程,榮華事業,登時抛送。不是我夢言虚哄。

相公果能悔悟,今科必定中解元的了。(下。小生作惶恐介)我此意未嘗告人,神明早已知道。片念之差,遽遭屈抑,真可畏也!

【撲燈蛾犯】没來由巫山憶幾重,怪無端意馬情絲控。冷凄凄等閑忍抛撇,怯生生孤單誰共？喜孜孜携雲握雨,情悄悄哀鶴與離鴻。虚渺渺迷離蝶夢,恨悠悠桃花依舊笑春風。

【尾聲】今宵纔醒春婆夢,旅館寒燈與共,反添我鄉思閨情千萬種。(下)

第八齣　榮歸

(小旦上)

【西地錦】夫婿看花得意,佳音捷報金泥。當年無杆將人替,欣看此日榮歸。

一舉名登龍虎榜,十年身到鳳凰池。毛郎自發解後,又捷春闈。聞報喜不自勝,我的終身也算得遂的了。第念我家姊姊,自適里中富家兒。不務正業專事蕩游,家業日漸陵夷。姊夫一病身故,也就傷心極了。後聞毛郎登第,自悔一生所爲顛倒,削髮空門。仔細思量,情殊可憫!

【前腔】勘破紅塵富貴,悟來今是前非。披衣甘入清修地,長齋綉佛皈依。

我前日回去,他不肯見我。這又何必呢!(呆坐介。婢禀介)相公回來了。(小生上,見介)娘子爲何在此納悶?(小旦)想我家姊姊,情景堪憐,令人酸楚。(小生)這是他命中合招,無可解説。

【畫眉序】月也有圓虧,榮落由來運難齊。看隆冬枯木,轉眼芬菲。那嫌貧賤的,終嫁了個輕薄兒郎;厭富貴的,反得了個風流佳婿。暗中摸索皆前定,笑愚人枉用心機。

真個萬般皆是命,半點不由人。即如卑人,不是兩番夢警,那得有今日呵!

【神仗兒】揚眉吐氣，揚眉吐氣，賴得神人指使。險些兒被人唾罵，説我忘恩負義。浮生若夢，流光如水。思補救，悔嫌遲，思補救，悔嫌遲。

娘子不用愁煩。令姊既能悟道，根行不淺。我們當時爲周濟，以助香火之資。(小旦)這便最好的了。

【滴溜子】(合)神明的，神明的，成全做美。成佳話，成佳話，從頭到尾。萬般終難趨避，那邊兒擔著憂，這邊兒背著喜。説不盡古今來悲歡合離。

【尾聲】演來一部新奇戲，比顛倒鴛鴦事更奇。總是那注錯的姻緣錯到底。

塵事紛紛似轉蓬，　　莫將困苦怨天公。
要知人世榮枯局，　　衹在臨時片念中。

附　録

錯姻緣傳奇序

蒲留仙《聊齋誌異·姊妹易嫁》一節，相傳實有其事。潛翁吏隱西湖，雅善度曲，乃取其事，譜成傳奇，名曰《錯姻緣》。余讀而嘆曰：此一事有可以警世者二。夫婦人女子初無巨眼，欲其於貧賤中識英雄，良非易易。買臣之妻，既嫁之後，尚以不耐貧賤，下堂求去，况張氏長女尚未於歸乎！然以一念之差，成終身之誤。鳳誥鸞章，讓之小妹，晨鐘暮鼓，了此餘生。清夜自思，能不凄然泪下？是可爲婦女鑒者一。至於男子，當食貧居賤，與其妻牛衣對泣，孰不曰“苟富貴，無相忘”，乃一朝得志，便有“貴易交，富易妻”之意。秋風紈扇，無故弃捐，讀“上山采蘼蕪，下山逢故夫”之句，能勿爲之酸鼻哉！若毛生者，偶萌此念，尚無此事，似亦無足深咎。然已黄榜勾消，青雲蹭蹬。使非神明示夢，有不潦倒一生乎？是可爲男子鑒者一。潛翁此作，不獨詞曲精工，用意亦復深厚。異日紅氍毹上，小作排當，聚而觀者，丈夫女子咸有所警醒。夫夫婦婦，家室和平，則於聖世雎麟雅化，或亦有小補也夫。

庚寅初夏，曲園居士俞樾序

錯姻緣傳奇題詞

瑤想瓊思運不窮，一經妙手翦裁工。幾多離合悲歡事，并入先生十卷中。

似此仙才有夙因，銅琶鐵板邁前人。梨園他日争相演，花様翻來分外新。

元和　祝　良　謙之

巧將鴛牒試庸奴，悔嫁無端泪暗枯。却笑痴人還説夢，大姨夫作小姨夫。

漫道無神却有神，姻緣顛倒爲何因？從今寄語痴兒女，莫羨當年富貴人。

受業劉炳照　光珊

丹青副

〔清〕東海劉清韵古香填詞

丹青副

提　綱

（末上）

【滿江紅】莽莽雲山，何處吊荆高故冢？看不盡銀黄金紫，當時眼孔。并世未能逢伯樂，驊騮那辨駑駘寵。想草茅埋没幾英雄，無人懂！　　機先兆，華胥夢；根預伏，頑兒弄。哭風波平起，驚心澒洞。賓客滿堂誇濟濟，此時肝膽知誰共？怎酬恩，乃出狗屠儕，堪悲慟。

第一齣　夢讖

（末道裝執拂上）盡是名徒與利徒，争誇人物出通都。豈知一隙邊隅地，竟有昂藏兩丈夫。俺北海孔文舉是也。寄籍三清，放情五岳。遼陽偶過，不同化鶴歸來；下土遥觀，恰似蜉蝣擾攘。能非一類，衹得二人：一個是宦家子武承休，襟懷豁達，好士輕財；一個是山野夫田七郎，真誠孝子，血性男兒。他二人過去因中有一段未了之果，必須指引。夢神何在？（丑扮夢神執鏡上）一片昏銅鏡，能教萬象形。衹因常看夢，贏得眼長醒。(見介)仙真呼喚,那邊使令?(末)煩你將武承休、田七郎二人未來之事,向武承休夢中現示一番,好待他降心結納。(丑)領法旨。(下。末)前日徐孝直遣童相招,不免往東海走遭。回頭塵世迥,長嘯海天孤。(下。生扮武承休帶童上)

【破齊陣】【破陣子】過眼繁華似夢,驚心歲月如流。【齊天樂】隋苑鶯花,秦淮烟雨,那興致消磨八九。幾何時已到中年候。【破陣子】覺百感紛來不自由,金樽聊散愁。

放眼乾坤小,何人是孔融?座上客常滿,樽中酒不空。小生武承休,關東人氏。叨生富貴之家,不染紛華之習;懶交當路,喜賦停雲。四方既聯袂以來,一例總傾襟相接。昨因日長人倦,約幾個好友共作春游,這時候也該來了。(向童介)酒盒可曾齊備?(童)齊備多時了。(生)元相公爲何不見?(童)他曉得公子今天要早出游,代小的們催客去了。(生)你到廳上伺候著。諸人一到,即來報知。(童)是。(下。生起步介)你看園内春光這般明艷,想那郊外更自不同。爲何諸友此刻還不見來,等得我好生煩悶!(坐介)

【搗練子】昨折簡,訂朋儔,今朝夙駕共春游。怎恁的教人延候久?

(呵欠介)一時困倦起來,不免隱几盹睡片時。(伏案睡介,作入夢起介。童上)有客來拜,請相公出迎。(生急行介)盍簪朋友誼,倒屣主人情。(丑上,見介)武兄請了!久仰大名,特來敬謁。(生)不敢。請問上姓尊台?光降敝廬,有何見教?(丑)子交游遍海内,惜無肝膽之士。有一人可共患難,特來相薦。(生)此人係何姓名居趾?(丑)東村田七郎是也。(生)念承休

【玉交枝】雖然鄙陋,論心源尚非下流。羡孟嘗好客名傳後,因此上致朋儕縞紵相投。今既然賢士在郊邱,願敬陪杖履相依就。

(丑)即此同往便了。(同行介)弄依微晴雲影浮,門蒙茸春芳色柔。

(生)遠遠望去,一片汪洋,更有一般惡焰騰起,是個甚麽所在?(丑)那是冤海,其中不知沉溺了多少世人。倘遇此厄,朱提能解,牢記!牢記!老夫足力欠佳,失陪了。(徑下。生)呀!老丈走了,無人指引,怎好?(遲疑介)東村田七郎,既有村名,徑去訪他便了。(繞場行介,四望介)怎麽一個行人也没有?不要管他,待我一直走去。(忽驚介)呀!眼前爲甚恁般昏暗起來?

【前腔】正朗天明晝,怎霎時間烟濃霧稠,黑漫漫不辨東西走?更添上冷颼颼刮面風遒,眼前現這般景象甚因由?好教人如真似幻難參究。哎!本相期同心是求,又何期迷津誤投。

(徘徊介)想是走入冤海了!進既不能,退又不可,將來作何歸著?(呆立,忽笑介)哎!我好糊塗!適纔老丈明明説

【摧拍】遇艱危難尋路頭,擲黄金斯能解憂。我且試一試看。(探懷取元寶投介)果然有些意思,較先時明亮許多了。待我再狠狠的擲他一擲。(兩手捧元寶雙擯介)妙呀!頓分明豁眸,頓分明豁眸。(外白鬚上。生)那邊來的好似叔父模樣。(外喊介)你將銀錢這等潑撒,待我取回。(低頭拾銀。内扮巨狼衝上,銜外下。生驚哭介)呵喲!叔父被狼銜去了,痛殺我也!(丑、末、小生上。生望喜介)好了!好了!諸兄快來,救俺叔父性命。(丑、末、小生不理,同下。生)你看他們頭也不回。(哭介)我那叔父呵!叔父喲!你慘禍身罹,怎能得抽?我痛泪腮横,怎能得收?(副净武裝乘馬佩弓箭上。生見喊介)快來救命喲!快來救命喲!再片時殘命難留,須急救,莫夷猶。

(副净)小弟雖然佩帶弓箭,祇好是個樣子,其實本領平常,此事不敢承教。(生)望將弓箭借我一用。(副净不應,逕策馬下。生望呆介)有這等事!這些人皆我平昔至交,受過好處,怎到

此刻莫説没一個挺身赴難之人，就連關切神情也一毫不見？咳！

【前腔】似今朝情休義休，枉平時恩侔德侔。我多般苦求，我多般苦求，他們竟陌路相逢，視等悠悠！俺衹合捨此微軀，虎口親投。(掖衣揎袖急行介)再片時殘命難留，須急救，莫夷猶。

(内净厲聲介)俺來也！(生立住，望介)好了！那惡物被一壯士趕去，眼見得叔父無事了。(狼上繞場跑。净追介。生)壯士留名。(净)俺田七郎是也。(追狼下。生望喜介)可喜那孽畜被壯士打死。(狼復上。净追上，狼撲净倒介。净暗下。生驚介)呵呀！(狼復撲生，坐原處介。狼下。生夢喊介)呵喲！唬殺我也！(醒介，作定神看介)好一場惡夢！待我想來。(想介)東村田七郎。(童上)諸客到齊，立等公子同行。(生)我一時身子不快，請元相公陪著逛逛罷！(童應下。生)我想此夢必非無因。正待將夢中景象凝想一番，被這蠢奴走來打斷。且不要管他是真是假，留心細訪便了。若果真有此人，七郎！七郎呵！俺

【尾聲】不特和你瀝膽披肝意氣投，還共你誓生儕、盟死儔，纔不負這夢寐中結神交、關休戚的友！(下)

第二齣　慈訓

(净紮巾短襖提鞭佩刀負虎上)

【錦纏道】莽踏著亂巉巉蒼岩翠峰，遥見那絶壑走虬龍，是長松紛拿旋舞西風。又見那黄滚滚白漫漫滃然滿空，是青山弄蹊蹺吐氣如虹。哎，想俺田七郎草野裏論英雄，豈輸他武二都頭勇。既爲人在宇宙中，縱不得奇才大用，也休教七尺負吾躬。

閉户奉慈親，與世無争競。繞屋白雲封，當窗青山映。

野味可承歡，村酒堪稱慶。慈孝兩相忘，自率天真性。俺田七郎是也。祖貫登州，祇因先人在遼左爲官，遂寄居這長白山下，打牲爲業。今早得了這隻大蟲，不免回家去罷！（下。老旦白髮布衣上）斷杼韶光短，含飴樂趣長。要離惟有母，好勇亦無妨。老身陳氏，夫主姓田，早年亡過。單遺一子，名唤七郎，待老身倒也孝敬。更兼媳婦賢能，孫兒伶俐，儘可享些安閑之福。祇是一件，孩兒性子不好，一見不平，便惹閑氣。也曾狠狠的教訓幾番，争奈遇事即忘，爲此放心不下。（仰視介）日頭過午，七郎也該來了。（旦領貼扮童子上）自屏鉛華存本質，不知城市有新妝。（旦）婆婆。（貼）奶奶。（旦）天色不早，收拾午飯，婆婆吃罷！（老旦）我還不餓，等等七郎。（貼）我剛纔在門外望過，還没影兒呢！（老旦向旦介）前日有一過路軍官，一見七郎，十分歡喜，説埋没了可惜，勸他投軍，巴個前程。若論孩兒本事，一個武官也還做得。祇是老身單有此子，捨不得叫他遠離；况做了官，這身子便是皇帝家的，就不能娘兒們天天聚在一處。外面瞧著好看，豈知心裏有多少説不出來的難受，所以老身於那些榮華富貴，再不羡慕他。

【普天樂】漫説是做高官，膺厚俸，五鼎列，重茵擁，媳婦，須知那烈烈轟轟，争如這泄泄融融。任春秋夏冬，俺一家兒團圞樂，仰靠蒼穹。

（旦）婆婆説的是，媳婦也是這等想。（貼）娘，你前天嫌搗衣石小，不中使。孩兒昨日到山脚下尋了半天，纔揀了一塊好的，搬在井邊，也不知合用不合用？（扯旦介）我同你看看去。（老旦）小小人兒不許説謊。（旦）婆婆，這孩子果然有些蠻力。我今早到井上汲水，看見老大一塊石頭，也不知他是怎麼弄來的？（貼）孫兒不説謊麼！（净上敲門介）豹兒！俺來了。

開門！開門！(貼開門介)爹爹來了，奶奶正等你吃飯呢！(净進門放虎見老旦介)娘親。(老旦)七郎，今日回來爲何恁遲？(净)不要説起！孩兒今早入山，打了這隻大蟲。正欲回來，忽見對山有個金錢花豹，射了一箭。那孽畜負箭而逃，俺空趕了一程回來，那大蟲被鄰村李三兒拖去。俺向他索取，那廝硬説是孩兒賴他的，俺因記挂娘親，就回來了；你道可惱不可惱？(老旦)東西已拿來了，惱甚麽？你吃飯罷！(旦捧飯、貼執壺上，斟酒團坐介。净)俺在路上想，那軍官之言不爲無理。孩兒意欲前去投他，好博份五花官誥，也教俺娘——(旦)婆婆不喜歡這些話，你不提罷！(老旦)咳！兒呵！你看做娘的(指鬢介)

【古輪臺】這鬢霜濃，精神衰邁體龍鍾，爲人子的，也當時時風木防悲慟。况你又無三兄四弟，獨立孤身，怎衹把功名事横亘胸中？從今後你養志承歡，膝前長侍，(指貼介)那門閭高大付兒童。(净)孩兒原不忍遠離，端爲娘親起見，既不喜歡，俺就不去了。(連飲介)争奈孩兒生來粗猛，遇不平眼内難容。(作怒容起介)俺前日入城見一事，回來足足氣了幾日。那時若不爲牽挂老母，恐貽憂患，俺便將那萬般隱忍，千般按納，衝天豪氣，(作勢介)一吐借鋼鋒。(老旦)哇！畜生！胡言亂語，説的是些甚麽？(净、旦、貼同跪介。净)兒知悔，望娘息怒恕愚蒙。

(老旦)媳婦、孫兒起來。(旦、貼同起介。老旦)畜生！你爹爹去世那時，你剛剛三歲。好容易撫你成人，娶了媳婦，生了孫兒，看目下光景也該我享幾年福了。誰知你憑仗血氣，惹事生非，屢次教訓，毫不知改，今日越發滿口胡柴！咳！(掩泪介)似此行爲，怎免横禍？(净叩介。老旦)你可曉得養親養志？爲你這種性子，做娘的不特日間刻刻懸挂，連夜間夢魂也不安，你還想去做官！俗語説的好：求忠臣於孝子之門。似你這等行爲，難道就算得個孝子麽？（净連叩介）娘親言語，孩兒再不敢違了！（大哭介）若再不改，任憑娘親處置，祇求娘親放懷。（老旦不語介。旦、貼同跪介。貼）求妳妳息怒，饒過爹爹罷！（老旦）你們總起來。（净、旦、貼同起介。老旦）孩兒、媳婦，可知我是六旬以外的人，不想甚麽榮華富貴，祇指望跟著你們過幾年安閑日子，就心滿意足了。（起向净介）兒呵！可曉得

【尾聲】飢能無餒寒無凍，淡飯粗衣也自供。（净、旦合）願百歲長在慈親覆蔭中。

（老旦）隨我進去。（同下）

第三齣　訪夢

（生上）

【玩仙燈】雖未睹容光，已一片精神先往。

小生武承休，祇爲田七郎三字横亘胸中，數月來多方訪問，并無知者。昨偶有個王山人，説他事母至孝，不單是個血性男兒；我即托其介紹。山人説他近因母訓，不肯與人交往。若要他來，自然不易；我去訪他，似難拒絶。不知今夜怎恁的睡不著？（仰視介）天尚未明，且再去打個盹兒。（下。丑巾服上）慣伴酒徒傾巨盞，也陪詩老上吟壇。雖然不是風騷客，（指巾介）妝點斯文賴此冠。區區元術通，現任武公子第一等門客的便是。俺自幼讀書，五經未完即開筆作文，把那些爛考卷東拉西扯撮凑成篇。祇説不過聊免父師督責，誰知連那文宗竟被俺也瞞過了，冒冒失失的進俺一個秀才。（笑介）你道有趣不有趣呢？俺想這頂頭巾已屬僥幸，尚講什麽中舉中進士，且他們巴結上進的爲官作宦，尚要操心勞力，何如俺這做門

客的安閑?人物雖不能出衆;本領雖不能濟事,那主人翁看俺孔老夫子面上,也不肯過於小看,比他人討便宜了許多。再加上俺臉是老的,腰是軟的,嘴是甜的,漫説是捨己從人,也算得個以身殉道。(内)你是極紅的了,遇著好差使,可挑挑我們窮朋友。(丑)今非昔比哩!(内)這是爲何?(丑)他近來心上另换一個稿子,我今日還要充當地軍呢!(内)所犯何罪?(丑)衹因他要訪一個人,不帶童僕,以表誠敬,少不得要陪他走走。(内)這等説,今日訪的必定是第一等豪門華胄了?(丑)不是。(内)青雲貴客?(丑)也不是。(内)難道是富商大賈麽?(丑)越發不是!(内)畢竟是何等人物?(丑)是個山中獵户。(内)這等差使討他做甚!(丑)你那裏曉得好其所好、惡其所惡是俺做門客的要訣。雖然吃點辛苦,兩邊皆要記俺第一頭功。閑話少説,天已大明,且到廳上打聽打聽。(欲下。生上。丑笑迎介)承翁出來了!(生)你今日起來恁早?(丑)知你單身出門,特來奉陪。(生)怎好重勞你,還是在家内安逸些。(丑笑介)我雖安逸,衹怕你就勞碌了。平日間坦途大道尚要奴僕相隨,何況走這幽僻山徑。第一牲口要人照應,二來路上也好談談。聽説這位朋友自處甚高,倘若不能款洽,也好就便從中凑泊凑泊。真是一舉三得,不必踟躕,趁早走罷!(同上馬行介。生)

【懶畫眉】 一鞭催動紫騮忙,入望雲山恁渺茫。(丑)承翁,你看朝霞甫上,曉霧猶濃,那邊一帶村莊,宛如在碧紗帳一般。我與你按轡徐行,一快游矚。(生)漫説是尋常郊野舊風光,就是那蓬壺仙景也無心賞!(丑)你看他那馬走得好快!竟像騰雲駕霧一般,再也趕不上。(喊介)承翁,緩行一步,等等老通。(生立馬介)你道這馬走得快呵!我尚恨他不及平時足力强。

(策馬行介。丑急追,墮馬介)呵喲!呵喲!跌殺人了!(生復回介)你怎這等不濟事?連馬也不能騎,快些回去罷!(丑扒起,上馬介)説那裏話!就拚著這一條命也要去的。前面皆是山路,可要緩緩的走,跌下來不是頑的。(生)好一個遼闊地方!

【前腔】杳無人迹恁荒凉,衹有那拔地參天黛影蒼,厮襯著飛泉落澗響琤琮,辨不出伊人門徑何方向?(丑鞭指介)那邊有個小小村落,想必是了。(生)峰缺處露出黄泥一帶墻。

(同下。生策馬急上)好了!被我一轡頭放到了。(下馬,拭汗回望,笑介)那老元落後,連影兒也没有了。且在樹根上坐著等他。(向場角拴馬,坐介。丑急上,自語介)那裏是訪朋友,分明是奔命!(朝前遠望介。生)你緊走一步,也好累我等這許多時。(丑下馬,坐地喘介)跑得我上氣不接下氣,你還嫌遲呢!(生起,緩步眺望,指介)你看那一帶有好幾家人家,不知那一家是的。(丑)那家有個小孩子出來,問他定然知道。(生)説得是。你在這裏等著,我會過七郎,再來與你同去。(丑)我知道。(貼上)呀!好大馬!(見生介)你們來這裏做甚麽?小心著撞見大蟲,拖去没人償命的。(生)小哥,借問一聲。(貼)你問誰?(生)此處有個田七郎?(貼)是我爹爹。(生指介)那家是的?(貼)那儘東邊的門便是。(生下。丑慌,四望介)他去了。俺一人在此,好不害怕!(貼)你怕甚麽?(丑)我怕老虎。(貼)不妨事,有俺在此,他敢來!(丑)小哥,你同我飲馬去,我明日帶花棒搥給你頑。(貼)俺不稀罕。(丑)你要甚麽?(貼)俺喜歡刀槍弓箭。(丑)這個我家裏多著哩,下回再來帶一大抱送你好嗎!(貼上下視丑介。丑)你儘著看我怎的?(貼)俺看你鬼頭鬼腦,不像個好人。這些話多半是哄俺的。(丑笑介)我若哄你便是你老子。(貼)哇！(打丑倒介。丑喊介)打死人了！(貼笑介)這樣東西，還要討人便宜，俺田豹是好惹的嗎！好好的叫俺一聲，俺便饒你。(丑)小兄弟。(貼)哇！(丑)小哥哥。(貼欲打介。丑)小爺爺，饒過兒子罷！(貼放手介。丑起身，向貼揖介)得罪，得罪！還求你同我飲馬去。(同下。生上)

【前腔】看疏籬緊接小橋傍，掩映那蘿壁茅簷一帶長。當門寂寂卧花尨，雙扉静掩無聲響。(舉手復止介)我欲待輕敲又住將。

(老旦上)因懷跨竈子，常作倚閭人。豹兒！你望望你爹爹來未？這孩子那裏去了？(開門介。生見介)田七郎在家麼？(老旦)客官是買虎皮的，還是買野味？(生)不是買貨物的。小子武承休，特來造訪，煩你老人家代説一聲。(老旦)小兒入山去了。(生)原來就是老母。(揖介)失敬了！俺承休

【前腔】竭誠特地造仙鄉，爲久慕茅容姓字芳。今朝拜母喜登堂，願慈雲普覆矜愚戇，許賤子得與賢郎列雁行。

(老旦)小兒入山，不定三五日或十餘日回來；茅簷草舍，不便款留，貴客請回罷！(閉門下。生立門外，徘徊介)

【前腔】無言默默自籌量，他拒絶來人爲那樁？噫！多應是奇珍蕴櫝謹收藏，等閑不許人欣賞。咳！老母！老母！豈不辜負我一片殷殷渴慕腸。

(丑上做鬼臉張笑介)撞了釘子了！俺説非俺老通不可！(見介)承翁爲何這般光景？待俺與你——(欲敲門，生止介)適纔見他令堂，説七郎入山去了，不定幾日回來。(丑)怕是托詞，問那小子便知。(生同立場角介。丑)小哥快來！(貼上。生)你爹爹入山幾時能回？(貼)俺爹爹每天五更入山，向午回來。(指介)那來的不是俺爹爹麽，待俺迎上去。(下。净上。貼負人熊、弓矢隨上。净)牧豎樵童爲伴侣，抑强扶弱是胸懷。(立望

介）呀！

【前腔】彪軀凛凛恁昂藏，如電雙瞳爛有光，頤方口闊劍眉剛。（净）豹兒，先家去罷！（生）聲音洪亮如鐘撞，縱懦夫一見能教意氣揚。

（迎上見介）小生武承休，久慕大名，特來敬謁。（丑趨前足恭介）壯士請了！幸會呵，幸會呵！（指生介）這位是四海馳名的小孟嘗武公子，慕兄英武，特地而來。（净）不敢。敝居不遠，即請光臨。（丑）待我牽了馬同去。（净）拴在那裏不妨。（同行，到介。净敲門介）開門！開門！（貼上開門介。净）燒壺茶來。（貼應下。净）貴客請坐。（同坐介。净）不知貴客來此荒村，有何見教？（生）敬仰英賢，專誠拜訪，如不見弃，願結斷金之好。（净）俺山中一莽夫，何敢當此錯愛。（丑）不必過謙，辜負公子美意。（内唤七郎介。净應下，取酒肴上）村酒山肴，不堪供客，勿嫌簡慢。（生、丑）打攪不當。（净送生、丑酒，同飲介。生）請問田兄，貴庚幾何？祖居何處？有何人口？現在作何生理？（净）俺今年二十五歲，祖貫登州，先父在日，始寄籍此地；一家四口，老母妻子外，别無眷屬。每日入山打幾個牲口，是俺營業。（生）細觀吾兄眉宇氣概，當折衝萬里，飛而食肉，决非久居人下者，打牲非長策也。今日俺與兄

【前腔】面雖初識早心降，宛似那久别的良朋會異鄉。（袖出銀介）這些些微意，權代做一餐甘旨奉高堂，願兄笑納無多讓。（起執净手介）飲德醉心，十分飽飫，日色矬西，小弟就要回去，明日呵枉顧還祈早賜光。

（丑作倦態介。净）貴客所賜本不敢辭，衹是某家不敢自專，待稟過老母，再來奉覆。（持金向鬼門唤介）娘親。（老旦内應介）外間言語，我已盡悉。適睹公子面有晦紋，必遭奇禍，今無故贈人重金，其心叵測。富者報人以財，貧者報人以義，恐將取

死報於子矣！你可將金送還，婉言回覆。（净）

孩兒理會得。（生聽介）

【前腔】贈金事本屬尋常，有甚麽叵測人心不可量？無端惹起説灾祥，恐將索報防奢望，故此原璧仍教返故囊。

（丑冷笑，向生介）偏生這老婆子有許多做作，不要理他，我們走罷！（生不應，自語介）賢哉母也！（净上，持金送生介）老母説多多拜上貴客，厚賜心領。茅簷草榻不敢屈留大駕，叫俺明日登門致謝。（丑催介）天色不早，快走罷！（生復執净手，留連介）田兄！明日務祈枉駕到舍談談。（净）承命。（丑連催介。净）果然不早了。（生向净拱介）不消遠送，就此别過罷！（净）恕不送了。（下。生回望介。丑）快些走，前面還有許多山路，黑了難行。（生）我正在這裏。（鞭指介）

【前腔】匆匆分手恨斜陽，（指丑介）爲甚你也杜宇催歸恁地忙？（背介）况我來時并未强伊行，（轉介）是你諄諄固要同相訪。看你適纔神氣，似大有不足之意。我此刻纔曉得你這副賞識英雄的俊眼，也似那一樣裁詩有别腸。

（丑）不要嘲笑了，快些趕路要緊。（生含笑策馬急下。丑隨下）

第四齣　驚耗

（生帶童上）

【傳言玉女】爲底忘言，衹覺意歡心忭，少須臾便把衷腸細展。

小生武承休，與田七郎訂交之後，雖彼此推誠，争奈他遵母訓，執意不肯在舍下久住；更兼性介，所有贈遺，一絲不受。也曾到他家去數次，又恐誤其生計，不便盤桓。今大雪封山，料他無事,正好邀來暢飲數日。(唤介)童兒,昨兒請的客那幾位?(童)楊沈二位相公、王山人、李神仙共四位;其餘都辭了不來。(生)今日雖是戲酒,與平日不同,不用撥菜、獻盞、謝賞那些儀注。可知我與田爺

【啄木兒】心期近,禮節寬,把那瑣碎繁文一概免。你去傳語厨夫:潔珍饈水陸俱陳,列佳蔬早晚同拈。你再把那鸞刀象箸相隨薦,深杯滿注休教欠。西齋榻上鋪陳另换好,待我與田爺醉後傾談抵足眠。

你再去傳語院子:撥個妥當人,備兩匹快馬。(視天介)天色不好,可將雨衣、風帽帶去。戲酒擺在園内三宜堂,便飯就在廳上罷!(童應下。生)前日王山人送來蒙頂茶,不曾嘗過,我且去品茶相候。(下。小生、副净巾服上。小生)

【西地錦】爲赴良朋佳宴,暫抛黄卷青氈。(副净)糟邱莫謂無韓范,看吾秉鉞登壇。(末、小净上。末)

【前腔】白眼懶爲顧盼,青松愛與盤桓。(小净)聊憑幻術矜奇變,反叨人唤神仙。

(見介。小生向末拱介)徵君久違了!(末)請了!楊兄何往?(小生)去赴武兄之約。(副净向小净介)老李,今日武公子招你變戲法,你可知他的條規麽?(小净)在下不知。(副净)演得好賞以有貝之才,演得不好罰以有才之丁。可説幾樣,給你大爺聽聽。(小净做身勢介)大爺放心,在下綽號李神仙,回來就演幾套神仙戲法何如?(副净)報來。(小净)頃刻花、逡巡酒、翦紙化蝶、吐飯成蜂。(副净)還有呢?(小净)畫上美人歌舞、席上壺盞自行,好嗎?(副净摇頭介)也不見得。(小生)武兄候久了,我們去罷!(同下。丑上)一時失計欠思量,高興同他訪七郎;咽得半盂藜藿飯,至今腹内尚腸荒。區區元術通。自

信工於逢迎,老於世故,誰知近來人心各别,花樣不同。去年陪公子去訪甚麽田七郎,那不過是圖他喜歡,那裏真個看那村夫在眼。誰知他一見面,便是見著他的七代先靈一般,也没有那等恭敬。就那日始,將我元老通漸漸疏遠起來,不知何故?再加那村夫倒會假清高,送銀不收,送物不受,請他不來,就該罷了!更可笑的,公子費了一片精神,端相了他的身材,工工緻緻做了一身梭布衣服。好容易將他請來,苦苦留他住了一宿,等他睡著了,暗暗换上。穿了家去,第二日依然原帖打回。隔了數日,又叫我將元寶兩隻送去;仍怕不收,衹説兑换虎皮。銀子雖是收了,不料那老婆子走了出來,竟正顔厲色的責讓起來,説甚麽勾引不懷好意,嘮嘮叨叨,瑣碎一個不了。嚇的區區一口氣跑回來,直言拜上。衹説這可惱準了,豈知這没氣性的倒不住口的"賢母,賢母"。先前還是村夫一個,近來連那老婆子也實心實意的敬重起來。今日又名班演戲,廣召賓朋,大開筵席,這也由他。且去假張羅張羅,回來落得享受。(喊介)人來!(二童上)元相公做甚麽?(丑)客快來了,天氣甚寒,爐裏多添些炭,鼎内焚上香。(童笑介)你老也看看再説;炭是纔添的,香是公子教不焚的,怕混了水仙、蠟梅的氣味。(丑)茶呢?(童)你聽風爐内翻滚滚的響呢!(丑)好辦事妥當。(童向丑作鬼臉介。末、小生、副净、小净同上。丑迎介)諸位台翁來了!(向童介)快報!(童下。生上,趨迎介)請了!小弟因大雪嚴寒,没甚消遣;有外省新到的名班,特約諸兄與田兄作個平原十日之飲。(衆)當得奉陪。(副净向生介)望兄將這位田七翁性情品格略述一二。(生)小弟與他

【啄木兒】交雖淺,信恰堅,論爲人不止同歡堪共難。衹是一件,他性剛方疾惡難容,氣粗豪不善周旋。也非關承休一己私心袒,

少刻來時，料諸兄也必恨相逢晚。田兄童年失怙，其太夫人大有斷機畫荻之風，那日一見，方曉得子令皆由母氏賢。

（丑轉身匿笑，對副凈低語介）粗豪有之，剛方則未之見也！

（衆）

【三段子】屢擾杯盤，今日樂新知又叨陪盛筵。得瞻斗山，對英雄難免中懷自慚。（末）斯人豈可凡情限，恰似那行空天馬辭羈絆。况從來出類拔萃之儔，那眉目間神氣另自有一種迥不猶人教人賞嘆。

（丑笑，對末拱介）聽徵君這番議論，晚生不特長了無窮學問，且與世事人情大有裨益。（生不悦介）此等人物，當如九方皋相馬，其空群處，在牝牡驪黄之外；若以常情論之，無非一村野漢子，何足取哉！（末）武君之見，正合鄙意。（向小生介）楊君素有知人鑒，待七郎來時，請以法眼辨之。（内）好大雪！好大雪！每天下的是鵝毛雪，今日下的竟是巴掌雪。若下到明早，至少也有兩丈深呢！（生起視介）果然好大雪！七郎正在路上怎好？（丑縮頸介）真個好大雪！不惟雪大，兼且風猛。想七翁還有一刻。何不放下氈簾，弄點小吃，再將班子裏小孩子叫兩個來，唱個小曲，先樂一樂，諸位台翁以爲何如？（生笑介）老通，我説你俗，你心裏還不服。衹有捲簾賞雪，從不見下簾避雪。你這見識，可不與那背山起樓一樣殺風景麽？（丑笑介）是、是。敬請主人示下，好待老通如式辦理。（生）可拿個果盒，燒個暖鍋，圍爐賞雪，豈不有趣！（丑笑介）真真高雅之極！（童取酒上。雜扮家丁上，抖顫介）好冷！好冷！（生）田爺來了麽？（雜）不曾來。（生）爲何不來？（雜）小的在半路上撞見田爺鄰人，説田爺爲争獵豹，打死人命，三日前自首入城去了。（生聽呆，忽倒介。衆喊救介。生醒，長嘆介）哎！七郎！（起作

態，唱介）我

【歸朝歌】正待你，正待你，冰花共看；怎曉得你身沉狴犴。嚇得我，嚇得我，四肢軟癱。（向雜介）一面傳語院子，速備黄金百兩、白銀五百；一面火速備馬，我要立刻進城。急友難，豈容怠緩。（衆）雲大風猛，如何去得？（生）莫説這連天風雪無須憚，就是那成林刀劍何妨按？（童）公子尚未用飯。（生）不消。（丑）既不吃飯，有現成熱酒在此，飲幾杯也好擋寒。（生）咳！術通，我此刻就有那玉液金漿也懶下咽！

（向丑介）你與我好好作東。（向衆介）諸兄且自消停，寬住幾日；等我與七郎回來，還要與諸兄暢飲哩！（拱介）小弟失陪了！（急下。末）義士！義士！（副净）痴人！痴人！（丑）天已午矬，請諸位台翁到三宜堂看梅花觀演戲罷！（副净）老通，你不要過於高興，衹怕你那東翁正在那裏"雪擁藍關"哩！（丑）且自由他。（向衆介）這正是合著那兩句：我有一言君應記，世間自取苦人多。此之謂也！（同下）

第五齣　探監

（生雨衣雨帽，末簑笠策馬同上）

【哭相思】超乘踏冰凌，趲程期，俺怎顧的這風狂雪勁。

院子，天該幾時了？離城尚有多遠？（末）天色傍晚，到城還有十多里。（指介）那前面不是十里店麽？看來衹好在那裏住一宿，明早乘凍走；也不用起五更，過早了城門未開，也是白站著。（生）今晚務趕進城去。（末）公子早晨未吃飯，且到店中喝鍾酒，隨意買點東西，吃了再行。（生）使得。（末）來此已是，店家有麽？（雜上）雪大行人少，天寒酒價增。客官請進來。（生、末下馬，進介。末與生撣雪，復自撣介）好冷！好冷！手都凍僵了。店主人，你去弄盆火來。（雜應下，取火盆上。生）快拿酒來，我們吃了好走。（内應介）來了！（雜執壺提燈上）客官要到那裏去？（末）城裏去。（雜搖頭伸舌介）這樣狂風大雪，一望白茫茫的，高低不分，白天尚且難走，何況黑夜！你們莫當頑意兒，離城還有十多里哩！（生沈吟介。末斟酒介。生執杯欲飲又停，長嘆介）咳！七郎！

【紅衲襖】俺與你訂金蘭儘意誠，你爲甚寄俺家將信吝？俺若早知這些兒小事何難靖，怎致你七尺拘攣落陷坑？俺道路上策金鞭馬不停，你監牢裏伴囚徒遭凌競。偏偏又值這等天氣！凛冽寒威你怎的支持也，俺衹覺暖帽輕裘尚冷不勝。

（掩泪向末介）俺也不飲酒，你吃飽了就走罷！（雜）天色晚了，路上不好走。俺勸你老人家胡亂住一宿，急也不濟於事。（向末介）你看這等净路雪。我這小店，每天挨擠不開的人，今日自早至晚，衹得你兩個，再也没有第三個。還是住的是。（末作看生神色向雜介）不妨事。此處離城不過十里路，趕定更天也到了。（向生介）衹是公子不曾受過風霜，恐怕凍傷貴體，田爺知道也是不安的，不如在此將就住一宿罷！（生）不妨！不妨！俺不冷。（上馬同下。雜立望，點頭介）這兩個人一準要跌在雪堆裏凍殺。正是：不聽好人言，凄惶在眼前。（嘆息下。丑扮禁子上）衹説朝廷大，誰知獄吏尊。白金剛入手，黑夜便追魂。在下遼陽縣一個牢頭的便是。今晚天寒雪大，四爺不來查監，俺也去喝鍾酒，早些睡他娘一覺。（欲行又止介）前日有個田七郎下在監中，看他像是一條好漢，不曾難爲他，誰知數日連鬼也不見來問一聲。若再幾天没動静，俺也就認不得甚麽英雄好漢了！（生策馬急上）可喜趕進城了！（末）來此已是牢門。禁子哥有麽？開門！開門！（雜）半夜三更，是甚麽人敢在此等所在大呼小叫？（末）有武公子來候朋友。（雜）胡説！你敢醉了？（末出銀介）這是足紋十兩，請你權且收下。（雜）此刻不是時候，明日來罷！（末）今晚務必要見，還有好話同你説哩！（復送銀介）求你開一開。（雜接銀，顛介）也罷！俺擔點干係，放你們進來；祇不許大驚小怪的，連累俺家。（末）知道。（雜放門。生、末進介。生）田七郎在那裏？（雜）俺去帶來。（下，帶净鎖肘上。生迎抱哭介。生拭泪向雜介）你與田爺開了肘鎖。（末取銀介）不要作難，這是二十兩頭，權作茶敬，將來還有厚贈。（雜）看公子分上，與他開便了。（開介，背語介）看他不出，倒有這樣好靠山；還是俺主意高，早頭不曾難爲他。（欲下。生）回來，還有話説。（雜）還有甚麽説？一莫非要帶他出去嗎？這可不能遵命了！（末）休得取笑。（生）你可收拾一間潔净房屋，與田爺暫住，再備桌酒飯來。（雜）不消公子費心，獄神堂裏有現成床鋪，酒飯俺去叫小牢子送來。（下。生執七郎手介）則被你痛殺愚兄也！（净）公子請自保重，事已至此，惟望公子憐恤老母，俺就死也瞑目了。此非公子久停之處，天冷夜深請回寓罷！（生）賢弟之言差矣！（雜捧壺盞上。末接斟。生、净對坐飲介。雜向末介）老哥，同俺喝一鍾兒去。（生）將壺放下，你們去罷！（末同雜下。生）賢弟！

【前腔】你縱把萬金軀自看輕，你也應念高堂當暮景。咳！賢弟，雖是你干人不屑硜硜性，須知俺視你如胞款款情。乍聽你入囹圄五内驚，今見你體安然心始定。賢弟，勸你耐性寬懷暫自禁持也，莫説這點小事，就是那事大如天也有俺一力承。

（净掩泪介）公子待俺如此，使俺殺身難報。夜已三鼓了，請公子回寓安歇；明日更望遣人安慰老母，以免牽挂。（生）俺進城一徑前來，不曾尋寓，就在此間與你同宿，不出去了。（末提燈上)床鋪收拾好了,請田爺、公子安歇。(生起,挽净手介)俺同你到那裏欹枕談心去。正是:炎凉看世態,生死見交情。(末提燈引下)

第六齣 慶壽

(生上)

【點絳唇】彌漫難降,豪情一往。元龍莽,未熟黄粱,且自消停相。

小生武承休,自代七郎完結官司之後,不覺冬去春來,瞬息半載。可喜他近時與我十分款洽。今日是賤降之辰,諸親友屏軸壽儀,數日前俱已送到;想他今日也必到來。祇他山野之人,不喜束縛衣冠,更兼我愛樸誠,人憎粗率。在我跟前面諛者固多,腹誹者應亦不少。因此所有賓客,一概老通代爲酬應,我祇在小齋中與他歡談縱飲,彼此灑脱。(坐介)童兒,你去外邊候著。田爺來時,可請如蘭室坐,不必到廳上去。(童應下。生)天下豈無周穆馬,世間祇好葉公龍。(下。净擔酒盒上)愧乏千金貺,全憑一味誠。俺田七郎,因今日是武家哥哥生辰,將著這鹿酒,前去拜祝;雖然禮物輕微,聊表俺家敬意。來此已是,不免逕入。(童上)田爺來了,公子候多時哩! 請這裏坐。(代挑酒盒前行介。生上,笑迎介)賢弟來了。(童放擔,稟介)這是田爺送來壽禮。(生)怎教賢弟破鈔? 童兒快將田爺的酒暖起來同飲。(净)你兄弟不曾備甚麽禮物,祇有老母手製鹿脯一盤,新篘家釀一瓶,聊以將意,望哥哥勿笑輕微。(生)多承賢弟,更兼伯母手製,承休何以剋當!(净)哥哥請上坐,待做兄弟的拜祝。(生笑介)不必! 不必! 我們竟飲酒罷！(净)哥哥説那裏話！今日是哥哥的千秋，没甚麽好物事孝敬，難道頭也不磕幾個嗎？(拜，生答拜介。净)哥哥請上坐，好待兄弟敬酒。(生坐介。净送酒介)

【清江引】捧金卮把家釀恭呈上，祝語高聲唱：願哥哥綿綿福壽長，願哥哥隆隆富貴昌，更願哥哥心志安娱體健朗。

(生立飲介)生受賢弟，請坐！(净坐介。生)童兒，取衹磁盎過來，待我回敬田爺。(童斟巨盞，生送净酒介)

【前腔】注金波淺色嬌浮盎，有福宜同享。願賢弟高堂慶體康，願賢弟佳兒立志强，更願賢弟早覓侯封及少壯。

(净立飲介)多謝哥哥。(同坐介。生)弟以盎飲，兄以盞陪。(二童斟酒。生、净連照乾介。生)二人啞飲，未免寂寞；愚兄新納二姬，頗嫻絲竹，賢弟不以爲嫌，唤來侑酒。(净)任憑哥哥。(生)傳語後堂，令花、柳二姬前來承值。(童傳介。二旦艷妝帶婢携樂器上。生)過來見了田爺。(二旦拜介。净起立拱介)不敢當，請起！請起！(生)賢弟坐了，好待他們送酒。(净坐介。二旦送净、生酒介。生)你二人可將"金雀内竹林"一套緩緩的唱來。(二婢合樂，二旦唱【六奏清音】介)斯文宗匠，放情游蕩，尋個偷閑適曠。浮生如寄，何須著意奔忙？笑殺紅塵客，行踪類觸羊。虚名網，薄利場，雁飛不到最堪傷。須知爲韓智士從松子，絶勝似雲夢將軍死未央。兩疏機見，鴟夷泛航，翻身跳出紅塵浪。問興亡，封侯拜相，今日在何方？(净)好一個"封侯拜相，今日在何方"！(與生照乾介。唱【長拍】)看種種花芳，種種花芳，重重酒釀；花情酒債堪償。當花酌酒，把花枝摘取，撲鼕鼕擊鼓催觴，花艷酒卮香。向百花深處，把酒樽開賞。今朝共飲中山酒，明日花飛又那厢？花酒可解愁腸，真個是酒浮花色，一團春盎。(生)好一個"花艷酒卮香"！(與净照乾介。

唱【短拍】)月上東墻,月上東墻,人游蓬厰,最可人星明月朗,人月兩相當。看今月團圓,曾經照古人觀賞。醉人兒扶歸象床,又喜得穿窗月色照人清爽。(生、净連照乾介。唱【尾聲】)意歡欣,情舒暢,携手同登不夜堂,且安排再整壺觴。(生、净同讚介)好!好!好一個"意歡欣,情舒暢"!(净作醉態,大笑介)好!好!好!好一個"意歡欣,情舒暢""封侯拜相,今日在何方"!(向二旦介)二位也乏了,去歇歇罷!俺們喝幾鍾,也就散了。(生)你們且進去。(二旦帶婢下。生舉盞介)。請!(净)俺吃不得了,哥哥請!(生自飲介)林兒,你們將新學的太祖長拳打一套,與田爺醒酒;有不是處,就求指點。(二童打對拳介。净起看介。佩刀忽出鞘鳴響介。净失色介)呀!(生驚介)是甚麽響?(净)是俺這刀嘯聲。(生)是何寶刀?願借一觀。(净拔刀,生接看介)果然是口寶刀。你看寒芒閃閃,冷氣森森,將人面色都照青了。祇不知這刀是家傳,是買來的?還是時常鳴嘯?還是偶一作響?響時主何休咎?(净)俺老祖公公曾爲邊將,購之異國。若有邊警,他就先期出匣鳴嘯,屢驗不爽。家傳數世,倒也不曾鳴過。(嘆介)今日忽然如此,當去殺人不遠矣!(不樂介。生大笑介)死生命也,灾祥數也,不必挂懷,且自飲酒。童兒,换熱酒來,我與田爺痛飲幾杯。(净納悶介)哥哥請,兄弟酒够了。(生笑介)我看你平時是個海闊天空的漢子,爲何今日這等不達起來?且請寬懷,不消遠慮。(照杯介)乾!(净勉强飲介。生復照杯介)乾!(净執盞長嘆介)咳!不是兄弟多言,阻哥哥興致,惟願哥哥親君子遠小人,或可無事。俺若不是哥哥拯救,早已身死多時,今日之身,雖老母亦不能代爲愛惜。(起,背掩泪介,轉介)哎!倘有不測,你兄弟

【前腔】也非關念慈親暮景無人養,也非關念微軀顧惜生惆

悵。願哥哥留神細察詳，怕身邊有奸人暗伏藏。若不呵，爲甚俺這鋼鋒出匣錚錚的響？

惟願哥哥一生順適，即老母與兄弟之福。（坐介。生）未來之事，亦難預測；權且丢開，仍須暢飲。（對飲介。浄醉伏案介。生）撤去筵席。（起挽浄手介）同你花前散步一回去。（同下）

第七齣　禍萌

（丑艷服醉態上）

【雙勸酒】體儇性佻，生來波俏。彌瑕宋朝，天然通竅，更仗心機靈妙。色衰時不愁追罪餘桃。

在下武公子寵童林兒的便是。蒙公子千般愛惜，萬種包容，所欲從心，有求必得，是府中第一等得時人物。莫説同輩的不敢向俺呵口氣，就是那些門客執事人等，也要不時的巴結巴結，這也不在話下。聽説大相公娶的新人十分美貌，一向不曾看見；適纔書童説獨自在園中看花，俺不免去書齋裏等著，乘便弄個巧宗兒，有何不可？（點頭笑下。旦倦態帶婢上）緑蘸窗痕春困早，紅鋪簾影夢回初。奴家何氏，小字婉卿。幼生華冑，長適名門；憐篤翁姑，愛鍾夫婿。當此蘭閨寂寂、桐院愔愔，不免操琴一曲，以消永晝。侍兒，取焦尾來。（作見瓶花介）這是那裏折來的？（婢）好叫大娘娘得知：東邊有個花園，還是太老爺手裏造下；先時也不怎樣，後經老爺改造亭臺，添栽花木，收拾的像天宫一般。大娘娘何不隨我去看看？（旦沈吟介）恐有人客來往不便。（婢）今日公子在廳上宴客，園内連個人影兒也没有，逛逛怕甚麽？（旦）是真麽？（婢）是真的。（旦起介）我們去去就來。（同行介。旦）果然好座花園。（忽

立介)手帕忘記放在妝臺上,你去拿來。(婢下。旦且行且唱介)

【上林春】緩步生香蓮印小,循幽徑曲欄迴繞。(内作鸚鵡聲)客來了!(旦望介)驀聞簾外傳呼,是雪衣娘故意將人懊惱。

你看依山接水,連宅背堂,真是静悄悄一個的清幽所在!(仰視介)"如蘭室",這裏想是公公静室。外面恁般精雅,裏面必更不同,且進去看看。(欲進介。丑急上迎揖介)不知娘子光降,有失遠迎,恕罪恕罪!(旦驚退介)侍兒,這裏有人,回去罷!(丑笑攔介)娘子難得到此,請寬坐,待小子獻茶。(旦怒介)你是何人?膽敢無禮!(丑)娘子息怒。俗語説的好,"既來之,則安之",那有空回之理?(欲拉旦,旦避介。婢上)我那處不尋到,原來在這裏!(遞手帕介。旦)快些回去!(欲行。丑遮介)那裏去!你好好兒的同俺去説句話。(婢)林兒!作死呵!你道是誰?這等放肆!(向旦介)大娘娘,不消氣得,待我去告知老爺,要他狗命。(丑)哇!賤丫頭!俺便不能打你麽!(拉打介。婢喊介。生緩步上)呀!何人在此大呼小叫?(立聽,作怒容介)人來!(二雜上)老爺有何吩咐?(生)速去書房,將林兒拿來,我在廳上立等。(下。丑失驚,放手跑下。旦、婢下。生上坐介)可惱!可惱!大膽逆奴,竟敢如此無禮:(二雜帶丑上)禀老爺:林兒拿到。(生)爲何恁遲?(雜)小的知他與吴家交好,必往那裏躲避;果於路上捉來,故此耽遲。(生)將他拖下去,一頓亂棍打死!(二雜拖丑,丑抱生膝,跪哭求介)小的一時酒後失心,罪該萬死,求老爺看平日情分饒命。(生)逆奴!可記得

【摧拍】那年時漫天雪飄,你凍倒路旁,戰兢兢衣單腹枵,慘慘呼號,慘慘呼號;我聞聲惻隱,你纔得這一條狗命重叨。賫發盤川,令你回去,你説不願還鄉願服勤勞。誰知你膽把身包,快與我拖下去,速捶死,莫輕饒。

(二雜拖丑下打介。生立看介)著實打!(末上)禀老爺:二太爺説,林兒罪雖該死,不可擅殺;特差奴才帶去,送官處置。(生)這等逆奴,祇消一頓亂棍罷了;既二老爺要如此辦,你就帶去,務要將他處死。(末帶丑下。生)取酒來。(童應下。净負鹿上。生)賢弟,爲何多時不來?(净)你兄弟這幾日結伴入山,獵些牲畜,爲此不曾來看哥哥。昨日射了一鹿,肥大異常,特地將來與哥哥下酒。(生)賢弟,你缺少使用,愚兄這裏儘有,勸你改了業罷!(净)你兄弟蒙哥哥深愛,近來手頭甚是寬綽。若白閑著把歲月虚度,豈不可惜!(生)賢弟雖是正言,愚兄意不在此。(童捧酒上。生)將壺放下,待我們自斟,你去叫人將鹿拿往厨下,命庖夫炖成脯子,留待晚間下酒。(童應下。生、净對坐飲介。末怒容介)忙將官事壞,報與主人知。(生)你回來了?(末)小的回來了。(生)林兒如何處置?(末)不要説起!小的將他鎖著進城,路過吴家門首。恰恰吴賴在那裏站著,林兒一見便哭喊求救。他將俺攔住,向林兒道:"我的乖乖,莫怕莫怕!有我哩!"便問小人:"他犯甚麽事?"小人祇説偷盗錢物,他説:"這點小事,你回去告訴主人,看我面上饒他罷!"小人尚未回答,那林兒搶着説出許多不堪入耳的言語,小人也不敢學。那吴賴登時拍手大笑道:"這頭緑帽既帶上,豈能取下?"又説幾句文話,小人祇記得甚麽"艾豭貗猪"。即叫小人將林兒留下;小人不肯,他就大怒起來,叫他家人拿名帖一同前去,説:"林兒,你不用害怕,可將方纔言語見官直説。那知縣不敢難爲你。"此及到堂,果然縣官偏向,説:"你主人不該勾引人家俊僕,辱由自取。"將林兒付他家人帶回。(生)知道了,你且退去!(末下。生)吴賴!吴賴!

【一撮棹】俺與你水米兩無交,因甚的隨口妄詠嘲?哎!他人便容你逞矜驕，俺武承休豈懼你輕薄少兒曹！也知縣官與你往來甚密，祇怕在公堂上便交情十分好，若你情屈理虧，那貧官也無計把荒包。

（净忽怒目直視，忽舉杯連飲，忽俯首沈吟，忽大笑拍案起介）哥哥不必著惱，此等惡人豈能久活？你兄弟即日便要出門，急切不得回來與哥哥聚首，俺與哥哥到園中去高談縱飲，作個竟夜之歡，以盡平生之興。（生）甚好。（同行介。生）一天憤借良朋解，（净）五内悲從老母來。（同下）

第八齣　赴義

（净佩刀持繩索扁擔提酒瓶急上）

【集賢賓】走關山蕩風兼冒雨，俺爲甚恁奔趨？祇因武家哥哥，平遭禍横，激得俺怒吽吽誓把奸除。待酬他義重情深，怎顧得俺母老兒孤。猛然間撫躬獨自語，呵呀！俺若將那貪官殺了，那搭兒安放雄軀？罷！罷！祇願此去刀頭能取辦，不争俺便死也兩眉舒。

俺田七郎，祇因武公子屈意納交，俺娘説他面有晦紋，必遭奇禍，教俺不要親近；故他雖近俺，俺不近他。不料後來俺打死人命，多虧他上下打點，方得無事，復與俺結爲兄弟，十分親厚。那時俺娘説："受人知者分人憂，受人恩者急人難。汝髮膚受之武公子，非我所得愛惜，但願公子終身平善，即汝之福。"豈知哥哥近來因逆奴林兒，大爲貪官惡紳所壓。林兒雖被俺殺了，武家叔父又被那貪官當堂板責，氣憤身死。俺要翦除這貪惡，爲哥哥報仇。登州總鎮是俺童年八拜之交，故此將老母幼子送去，托付於他。星夜回來，祇是俺娘呵！

【逍遥樂】想童年孤露，俺娘就濕推乾，含辛茹苦。及俺長成，幾曾有甘旨相娱？止不過野膳山蔬。豈知衰病餘年，更爲這不孝頑兒泪眼枯，畢世裏怎報慈烏？枉説那，（放聲大哭介）寒温須揣，飢飽須探，動止須扶！

（拭泪介）俺豹兒喲！

【上京馬】可憐你不知飢飽的七齡雛，怎當得去歲離娘今失父？况俺又單户獨門親屬無，孤伶伶地異人殊。兒呵！衹不過更爲命的祖母，長看作掌中珠。

一路行來，已到東村地面。

【么篇】俺抬頭猛一看愴然愈惻楚，那茅檐剛認舊時廬。急欲呼娘來叩户，一凝神老親何處？（掩泪介）俺這望雲的忱悃，衹合向夢中輸。

這是長白山了。你看半山裏這株大樹，輪囷攲側，頗礙行人來往，何不將他砍去？况俺正須山柴使用，就將他當仇人看，有何不可？（作砍介）

【金菊香】權把這杈枒老樹當做惡人的顱，利刃輕揮演習諸。（笑介）你看恁般大樹，衹一刀竟攔腰兩段，谷碌碌滚下澗中去了，好個彩頭！憑著俺膽雄氣雄力莽粗，刀閃處誰敢當吾？那時拿住賊子，渾不費些兒氣力，直易似那拉朽摧枯。

（束擔介）柴已有了，不免取過酒來，痛飲一回。（取瓶傾酒，飲介）

【柳葉兒】頻把那舊椰瓢燒春滿注，（醉介）挨著這冷山隈醉眼瞇覷，（忽起介）惡森森衝冠怒髮根根竪。（復連砍樹，大笑指介）你看這硬幫幫丹楓，須臾間，已放倒了幾株，何况那脆鬆鬆一個賊無徒！

（閑行，四望介）好個大瀑布！俺且去將刀磨一磨。

【浪裏來】遥望白茫茫飛泉似龍樣舞，巧凑著滑溜溜石梁横著處。（拔刀磨介，拂拭看介）呀！這精芒直似雪霜鋪，刀呵！刀呵！本待你斬千軍破萬馬助俺把威名遠布，怎教你作小試梟除賊蠹？祇是一件，怕奸貪濫物把你净光污。

想哥哥此時必定笑俺是貪生怕死之人，負義忘恩之輩。哎！哥哥！你豈不知俺田七郎的爲人？

【高過隨調煞】俺本是山野夫少儔侶，自從蒙你拯拔，俺便視你如同氣重友于。你家有種種横禍，俺怎肯旁觀袖手不關渠？將林兒殺了，怕連累著你，故此情形如陌路。你不知就裏，定悔當初，枉結識俺這無義徒。哥哥呵！哥哥呵！少不得你明朝便悟，看俺一腔熱血兀的灑平蕪！

（立望介）殘霞隱樹，暮靄籠山，且到那岩洞中權宿一宵，免得招摇耳目。正是：黄泉無客店，明夜宿誰家？（下）

第九齣　泄憤

（净扮樵夫擔柴上）俺田七郎，要替哥哥報仇，故挑這擔柴，乘著進水草空兒，方好混入衙中；一逕前去便了。（下。副净扮吴賴上）

【字字雙】生來小子肉多麻，自大；况又胞兄做四衙，得架；招摇撞騙任胡拿，不怕；欺人每每弄波查，一霸。

俺吴二老爺吴賴的便是，大老爺吴良是俺哥哥。一向與武家林兒交好，甚是親熱，可恨不能到手；幸他犯事逃來，算生平第一快心了。叵耐武承休那厮，暗中買人將林兒殺害，俺隨即叫人告狀。縣上將老武當堂責打，杖下身亡。俺想老武的命豈能抵得林兒，必須小武同抵方可泄恨。昨晚進署與縣上當面關説，他因俺平昔與他招攬些買賣，他祇得以情答情，就滿口應允，又留俺吃了一夜酒。此刻俺要回去，等他送

俺時再叮囑一番,催他趕辦便了。(丑扮縣官上)

【前腔】無才動說印難抓,假話;坐堂便把面來花,嚇詐;窮民告狀没錢搭,滚下;口碑一任鬧喧譁,笑罵! 笑罵!

(見介,對坐介。净挑柴上,放擔拔刀直前介。衆驚散下,丑跑,跌場角,抖顫介。净拿住副净介)賊子! 你今日

【搗練子】行狹路遇冤家。(舉刀介)俺太山壓頂你怎攔遮,(殺介)早一顆驢頭滚下也!

(衆持械上攢鬥介。净自刎,倒地握刀仰卧介。衆)凶手已死,快尋老爺!(衆滿場喊找介。一人忽見丑,喊介)老爺有了!(衆)在那裏?(雜)在毛厠坑裏哩,快救! 快救!(衆拉介。丑)饒命,饒命!(衆)凶手死了,請老爺前去驗看。(丑)可是天打殺的? 可知我老爺福大。(丑遠看,怕,倒退介。衆)這是死人,老爺怕甚麽呢?(丑)嘿! 是死的嗎?(復前看。净崛然躍起,殺丑,提人頭跑下。衆驚,亂跑介)快跑! 快跑! 不要也被殺了!(一人忽立住介)莫跑! 莫跑! 那人提著老爺的頭,(望介)原來又倒在街上了。(衆)死人殺活官,奇事! 奇事! 且將尸身抬過一邊,再作道理。(抬尸同諢下)

第十齣　感慟

(生素服戚容上)

【鳳凰閣】事堪奇詫,無妄從空掉下。剛逆奴身殞恨平些,又官府貪贓枉法。叔父這樣冤死,俺一腔悲憤,無泄處怎生甘罷?

小生武承休,原要將逆奴亂棍打死,争奈叔父怕打擅殺人命官司,致弄出許多懊惱,依舊人亡財散。(末持帳簿上)禀公子。(呈帳介)這是出用銀錢總帳,這是二老爺事上收戚友

的禮簿，請公子過目。（側立介。生先看帳，後看禮簿畢，低頭沈吟，復從頭再展簿，細看，向末介）這簿上人名有漏上的嗎？（末）不曾。（生）爲何不見田爺名字？（末）田爺自林兒犯事後就不曾來。數日前曾差人請他與公子解悶，回來説門户封鎖，鄰人亦不知去向。連日因公子有事，不曾上稟。（生掩簿介）我此刻心緒不安，你且拿去。（末應，持帳册下。丑暗上，聽介。生嘆介）想我一生好客，知交遍海内。前次兒子娶親，送禮的不算，親到的尚有三千餘人，怎叔父這件大事，適纔看那簿上，送禮的固是寥寥，親吊的竟不滿千數！世態炎凉，不料竟到這般地位！咳！別人罷了，難道田家賢弟也是這等不成？（丑做鬼臉介。生）我想他决不如此！那林兒或者是他殺的，怕連累著我，他故絶迹不至。然那林兒縱是他殺的，亦無人指名告他，他與我往來，有何妨礙？多半是怕牽累，故爾移家遠避。哎！七郎！七郎！俺不料，

【鶯足一封書】【黄鶯兒】世事有爭差，熱腸兒，枉自賒，真誠一片終虚話。武承休，武承休！你好痴也！何須怨他，是俺目花，衹應抉出雙睛也！這等看來，林兒决不是他殺的了。漫胡拿，漫周遮，笑殺人怎把夢影迷離苦認煞！

（丑點頭笑介）好了，明白過來了！（生悶坐，忽失聲介）武承休，你錯怨了人也！（起介）

【前腔】他義氣薄雲霞，路見不平，尚爭閑氣，何况是我的事，肯旁觀袖手耶！林兒一定是他殺的無疑了。衹他携家遠避，匆匆得庇何人厦？倒教我愁添悶加，心如亂麻。你既要行此事，爲何不對我説明？想是怕我攔阻，以致我三番兩次生疑訝。呵呀！（掩泪介，頓足介）任批拉，任搔爬，一般是無影無形没處抓！

（丑拍手介）完了，又糊塗了！（生）院子速來！（末上）公子有

何吩咐?(生)你多差幾個妥當人,四處察訪田爺消息;一有的信,速來報我。(末)是。(生下。丑向末招手介)管家你來,你來!(末)元相公做甚麽?(丑)公子喚你何事?(末)叫差人尋訪田爺下落。(丑)你差人不差?(末)公子吩咐,如何不差?(丑)據俺主意,將盤川縮上腰,隔幾日回不知下落,就完了事,(拍末肩介)豈不好嗎?(末)休得取笑。(下。丑指罵介)退財鬼!退財鬼!這樣現成錢,總不會使。(向臺下介)列位聽者:俺元老通做門客本領是數一數二的,誰知年來被個田七郎,將俺鬧得頭昏腦悶,險些兒這個飯碗都被他聳脱了。俺近來心裏又是恨他,又是感他:恨是奪俺的紅,感是虧他打死人,俺去幫著調處,整整的落了大銀五錠,公子還誇俺能辦事。近來那村夫不知怎麽溜了,若爲武家勢敗起見,(笑介)那見識可就不及俺元老通多了;此時正是發迹之秋,豈可走得!明是有情義,暗是渾水好拿魚。這也怪那村夫不得,他那能見得到此。閑話少説,老武事上俺狠狠的撈了一把。連日匆忙,不曾録得數目,且將帳取出來,計算計算。(摸袖驚介)不好了!(哭介)俺的命没有了!(滿場尋介,拾帳起看,大笑,打跌介)好了!好了!有命了!(向臺下團拱介)丢人!丢人!這是俺做門客的真情實景,少笑!少笑!(下。末急上)公子有請。(生上)你爲甚慌張?(末)昨日聽人傳説,縣官同吴賴被人殺死。今日小的兒子從城裏回來説,那吴賴正與縣官關説林兒事件,忽一樵夫挑柴入署,抽刀欲殺縣官,縣官躲開,竟將吴賴殺了,亦自刎而死。這還不奇,及至縣官出來看驗,那死尸崛然躍起,拿住縣官,一刀砍下頭來,提在手裏,跑到街上,這纔倒地真死了。公子,你道奇不奇?(生)果然奇事!你可知那刺客是誰?(末)公子試猜是誰?(生)這從何猜起?(末)那時小的兒子正在城中，隨衆人去看熱鬧，一眼望見那樵夫竟是田爺！一手握刀，一手提著人頭，二日圓睜，惡狠狠的竟與活人一般。(生直視不語，忽失聲大哭倒地。末驚喊介)元相公快來！(内)元相公出去了。(末扶生起介。生)早知今日，哎！賢弟呵！賢弟呵！我正

【山坡羊】望君來機宜同劃，莽無端凶音飛乍。你血淋淋肝膽相酬，渺茫茫魂魄何方化？多應是作殘霞，散海角與天涯，引得俺泪向西風常灑。堪嗟，卜宅同居願枉奢；非誇，埋骨青山好伴他。

你速去尋著元相公，一同進城，多帶金銀，廣尋門路，務將田爺尸身領回收殮，再叫你兒子領著堪輿，到長白山選一塊兩穴吉地。(末)公子要兩穴地何用？(生)不必多言，速去辦理。(末下。生)他那日臨行，與我十分留戀，眉目間頗有慘色；我祇道他醉了，豈知竟爲此事！七郎呵！七郎呵！從今後好教我

【二犯五更轉】傫然儔寡，縱有那雷陳在前也難款洽。我本當追君共税黄泉駕，因你孤兒年幼小，慈親鬢已華，煢煢老弱那個是哀矜者？必須尋著下落，一念懸懸何時丢下？祇覺得雲天渺，信息無，空悲咤，俺又幾回自厭餘生也！咳！天嚇！俺若死了，願把金蘭、他生再假。(痛哭介)呵喲！今生已矣！更説甚他生話！(掩泪下)

第十一齣　尋親

(隊子引小生錦袍半甲上)

【夜行船】　一戰欃槍凶焰埽，威凛凛年少英豪。錦帶吴鉤，朱顔玉貌，恰稱凌烟寫照。

(坐介。隊子下)幼爲田舍郎，壯登天子堂。將相本無種，男兒當自强。俺家田豹，爹爹田七郎，爲赴武承休伯父之難，將

俺同祖母送來登州，付托盟伯佟友仁，寄他膝下，改名佟豹。蒙他不啻親生，傳授俺刀槍弓馬，十六歲以武狀元授職御前侍衛。那時俺與祖母商議，欲去尋訪爹爹踪迹，祖母説："你爹爹想已不在世，去亦無益。等你有些功勞，那時奏明聖上，再去不遲。"適值流寇蜂起，聖上差俺剿賊，俺將山東全省肅清。聖心喜悦，進俺靖逆大將軍，榮封三代，鎮守登州。俺即上表陳情，聖心憫惻，特準尋親，給假三月，真個是聖恩高厚。俺不免拜辭祖母，就此前去。家將田忠何在？(副净上見介)呼喚小將那邊使用？(小生)俺欲往遼陽訪尋老將軍消息，你可同去。(副净應下。小生)取俺的行裝過來。(副净改扮家丁上，代小生换武裝。小生)一路去，衹叫俺相公。(副净)理會得。(同上馬下。老旦、小旦冠帔上。老旦)

【前腔】一旦家聲重振好，改門閭孫枝榮叨。(小旦)錦帔霞裾，金花紫誥，暢好鸞嬌鳳小。

(見介。老旦)坐了。(小旦告坐介。老旦)可喜孫兒少年英勇，能繼祖業，也不枉老身一番撫育。今往遼陽，不知可能訪著你公公消息？衹是那時何曾想有今日也！(泪介。小旦)望祖婆婆將公公當日情事，明説一遍。(老旦)兒呵！你公公因争獵豹打死人，陷在牢裏。那武公子一聞此信，便衝風冒雪的

【鎖南枝】親身往不憚勞，更把黄金廣輸將罪消。後來公子爲一個逆奴，惹起禍根苗，官貪助紳暴。致他的叔父，年衰邁憤辱交，在公堂竟亡了。

爲此你公公前去代他報仇，至今杳無音信，定是死了。(同泪介。二婢上)請太老夫人、夫人後堂早膳。(同下。小生、副净策馬上。小生)此地已到遼陽境界，不知嚴親何在？(拭泪介)

【前腔】聽寒砧四野敲，長途有人魂黯銷。看遠岫插雲高，疏林裏烟飽。（指介）那茅檐上仿佛有酒旗飄，話言間早來到。

（副净）店家那裏？接了馬去。（丑上）來了！來了！客官請進！（小生坐介。丑送酒上，欲下。小生）店家你來，有話問你。（丑）客官問甚麽？憑他天上飛的、地下走的，俺都知道，説來説來。（小生）長白山離此多遠？（丑指介）那不是麽？（小生）那裏有個人你可曉得？（丑）不止曉得，而且曉得之至。（小生）甚好。（丑）問的是“申好”嗎？前年死過了。（小生笑介）不是。（丑）原來問的是他春間纔搬進城住。（小生惱介）哇！胡説！俺問的是十五年前的田七郎，他現在何處？（丑）這個人俺不曉得；相公明早進城，到城隍爺爺那裏，包你一問一個著。（小生拍案介）討打！（外白鬚扮老店主上）小客官不要生氣，是老漢的兒子不是。這件事老漢曉得最真，請一面飲酒，待老漢細説。這位爺爺是個獵户，有一個世家公子與他十分相好。（小生）可是姓武？（外）正是。後來打死人，多虧武公子代爲解脱。武公子進城，那天大雪紛紛，天晚纔到小店，老漢勸他住一宿，執意不肯，老漢説這是净路雪。（小生）怎麽説？（外）咳！客官年輕，不曾在江湖上走過，那裏曉得。净路雪就如净江風一般，衹是不能行走的意思。好個武公子，到底冒雪走了。（小生）你衹説此人現在那裏？（外）後來他又爲武公子報仇，殺了縣官。武公子買下托上，花了許多銀子，纔得將尸領回，葬在長白山下。近來在那裏爲神了。（小生呆介）咳！（掩泪介）何以見得？（外）自從他老人家死後，凡有官紳欺壓平民，以及一切不平之事，必在暗中示儆，若不改悔，即有顯報。爲此合縣人等捐錢，在東村舊宅蓋了座絶體面廟宇，供奉香火，十分靈應。（副净）原來俺們老——（小生）老甚麽？（副净）老早歇歇。

(小生)武公子離此地多遠?(外)約莫三十來里,如今也叫老爺了。(小生)俺要歇息,你也去歇歇罷。(外下。小生、副净睡介。小生驚起四望哭介。副净醒介)相公爲何悲痛?(小生)適纔似夢非夢,見老將軍在此,還説了好些言語。(副净)夢中是何光景?(小生)見俺爹爹,

【孝順歌】披金甲挂錦袍,有神光赫然繞四遭。説與武家伯父,昔日許同歸,今朝豈忘約。尸骨不可搬遷,衹收回佩刀。更囑俺祖母年高,須體察寒温飢飽。還説臨終時,接引親來迓靈輿,共上青霄。

(副净起介)這等看來,老將軍真個爲神了。(小生)便是。天色大明,先到長白山墓上去,然後再拜謁武家伯父。(同上馬下)

第十二齣　奠墓

(生白鬚上)老夫武承休,自七郎亡後,看透世情,杜門謝客,衹遠近察訪他老母幼子。十餘年來,杳無音信,想來不是流落不堪,就是飢寒而死。(跌足長嘆介)好端端一個人家,被俺坑害了也!(掩泪介)

【點絳唇】往事回思,愴然欲涕,情空寄。賢弟,要見英姿,除夢應無地。

老夫年已衰邁,所有慶吊諸事,皆兒子酬應。衹七郎忌日,老夫必親到他墓上酬奠。昨已吩咐,整治祭筵紙錁冥服。(二雜執瓜引净幞頭金甲暗上,以袖拂生,生伏案睡介。净)哥哥醒來,兄弟特來看你。(生驚起看介)原來是賢弟,則被你想殺愚兄也!(復看,驚喜狂笑介)你果然貴了,真個喜殺愚兄也!賢

弟,可記得初見時,我

【混江龍】曾決你折衝萬里,風雲際會盛明時?且喜前言驗矣!何幸便道來斯?嘆我竟成新面目,羨君仍是舊丰姿。先問你堂前老母,再問你膝下佳兒,并問你曾續鸞膠未?是愚兄殷殷念者,望賢弟一一言之。

(對坐介。净)多承哥哥垂問,老母幸復康强,豹兒現亦顯貴,俺仍居長白山内。(生大笑介)原來豹侄也出仕皇家了,可喜!可喜!(净)俺一來看哥哥,二來有幾句要言相囑。(生)賢弟所説何事?(净)豹兒欲迎俺到登州同住,俺與哥哥豈忍遠離?等他來時,哥哥可將佩刀付他拿去,迎俺念頭叫他快快息了;果能孝敬祖母,赤心報國,便是俺田七郎的肖子。(起介)哥哥保重,相聚不遠。(以袖拂生,仍伏案。二雜引下。生)賢弟轉來!還有許多言語要同你説,怎麽就走了?快些回來!(雜挑盒,末捧紙錁冥服,童捧香燭,二雜推車同上。童)祭品齊備,請老爺前往。(生)賢弟,你怎恁般薄情?(童又請介。生醒,迷離介)你們見田爺出去麽?快與我請轉來!(衆)不曾見。(生)分明在此,難道是夢麽?(末)祇因老爺時常想念,故有此夢。(生)祭物齊備不曾?(末)齊備了,請老爺前往。(生上車,繞場行介。童)走錯了,這是上東村的路。(末)不錯,這條路平正;斜抄著走,也是一樣。(生)聽他們提起"東村"二字,賢弟,

【油葫蘆】想俺那頭回訪你時,整一片意仰止;到門前不曾輕叩自陳詞,怕唐突熱眼將人伺。及至令堂出來,又懶兜答冷語將人刺。我獨立門外,自徘徊自忖量,難進退待轉移。真消息深幸賢郎示,那時纔得見英姿。

(童)你看那些紅葉,被日光一射,將山色都映得紫翠了,好不有趣。(生泫然介)

【天下樂】望蒼山崒嵂崔巍也，那是昔時清也波奇。祇爲有良朋俠骨埋葬此，故不免觸目荒寒，便覺得中懷慘淒，以致泪灑宿草幾年成舊例。

（到介。雜排祭介。生）

【青歌兒】先列上三牲三牲馨旨，後擺下八珍八珍殊異，水果冰蔬盛備錯雜陳華筵如綺，炷了名香點了畫燭斟蘭湯桂醴，襯了冥鏹叠了厭服開了祝詞，這激切這真誠，望賢弟云其格斯。

（拜介）賢弟，俺本與你

【元和令】金蘭白首期，不止偶然作依倚。準備著花辰月夕酒盈卮，好風光伴我宴嬉。那曉得逆奴生釁殃禍横罹，致風波陡地起。

（痛哭介）賢弟！

【上馬嬌】想那日殺惡紳，跑貪吏。倉猝時那班差役鬧雜雜衆犬競相欺，致你一身難展蛟龍勢。賢弟，你雖死了，又崛然而起，將那知縣梟首，亘萬古，擅靈奇。

（末焚紙介）紙已化過，請老爺奠酒。（生執盞介）

【勝葫蘆】手捧著灩灩溶溶酒一卮，俺又猛想起與你照乾時。曾説他日我死，你可歲歲上墳澆奠，豈知你竟先我這般結果？今雖是義俠名留浮世裏，對這寒烟古樹，悲風冷月，祇是一片夢迷離！

（掩泪介。末）澆奠已畢，請老爺上車。（生）賢弟，愚兄欲在此與你盤桓盤桓，

【么篇】争奈那白日沈沈西墜矣！且回轉暫分離。我已久悟浮生如旅寄，况又精衰神邁，眠食都减，想與你小别也不多時。

（復向墳揖介）賢弟，愚兄别你去了！（上車回望拭泪下。小生、副净策馬上。副净）路徑叢雜，又没個行人來往，不知那條路是的？（小生望介）前面有隊行人來了。（下馬介）問他一聲。（生、

衆上。小生迎拱介)借問一聲:此處往長白山走那一條路?(末)走西落北再轉東就到了。(生熟視小生,掩泪介。小生)請問老丈,爲何見俺落泪?(生)老夫偶憶亡友,故此垂泪。(小生)貴友何人?敢問名姓。(生)田七郎是也。(小生大哭介。衆驚介。小生拭泪介)老丈莫非是武承休伯父麽?(生)尊兄何以相識?(小生)小侄田豹,特來拜謁,恰好於此相遇。(生)你是豹兒賢侄麽?可不喜殺老夫也!

【煞尾】從今後解憶念息盼望完心事。咳!賢侄,自令尊亡後,老夫十數載何曾笑口一啓。今見賢侄,驀忽地心暢神怡。(掩泪介)又不禁老泪紛墜。七郎賢弟!可曉得俺此刻與你佳兒相對倍思伊!時已過午,賢侄既到此地,令尊墳上定是要去的了;去過轉來,可即至舍間。老夫先回家等候。這正是:青眼果能舒不錯,丹心自得報非常。(分下)

咸陽以後又遼陽,　　南望幽燕是接疆。
千古傷心同擊筑,　　一朝雪憤過提囊。
雄風既已揚難泯,　　俠骨應知朽更香。
儂亦有懷追國士,　　幾行墨瀋當椒漿。

附　録

小蓬萊閣傳奇序

丁酉之春，余在西湖。海州張西渠大令以其同鄉劉古香女史詩詞見示，余爲序而歸之。聞女史尚有傳奇廿四種，余請觀焉，則以十種來。問其餘，曰在家中。女史海州人，而所適錢君梅坡，沭陽人，距吾浙絶遠，致之固非易也。是年秋，天大霖雨，洪澤湖溢。女史所居圮於水，於是傳奇稿本皆沈霾於泥淖瓦礫中，不可復得，其存者止此十種矣！余就此十種觀之，雖傳述舊事，而時出新意，關目節拍，皆極靈動，至其詞，則不以塗澤爲工，而以自然爲美，頗得元人三昧，視李笠翁十種曲，才氣不及而雅潔轉似過之。此外十四種既不可見，則此十種之幸存者可不爲之傳播乎？杭州吴君季英，風雅好事，新得石印機器，願摹印以廣其傳；婁縣楊古醖大令，又願任校讎之役。時古醖方權知龍游，簿書旁午，丹鉛不輟，亦可知其游刃之有餘。惜西渠已作古人，不及觀其成矣！女史胸中如有記事珠，能將湮没之十四種重寫清本，以成全璧，尤余與吴、楊兩君所欣望也！

光緒庚子仲春曲園俞樾時年八十

跋

傳奇例有下場詩，兹則缺焉。古醞欲爲補之，而余有趙孟視蔭之意，意在速成，援清容居士九種曲例，謂可不作，乃止。摹印既成，又書數語於後，勿使古醞之負諸責也。

曲園居士又書

天風引

〔清〕東海劉清韵古香填詞

天風引

提　綱

（末上）

【離亭燕】泡影同歸遷化，分甚妍媸真假。混混茫茫今古事，一派雲烟虚架。冠玉好丰標，何反見憎羅刹？　　一笑翩然冠挂，從此奇緑天假。不向龍宫將腹坦，誰識文章司馬？父母共登仙，始信才人無價。

第一齣　賈訓

【半翦梅】舉世誰儔顧影雙，情似荀郎，貌似潘郎。怪他海宇恁茫茫，何處仙鄉？甚處柔鄉？小生馬俊，表字龍媒，福建莆田人氏。風神俊爽，才調縱横。文壇奪幟，曾叨綉虎之名；錦帕纏頭，復有俊人之號。今早被幾個朋友約往郊外聽鶯，日已向暮，不免回家去罷。

【遶池游】青雲有路，待獻金門賦，望長安帝鄉何處？流光似羽，最易抛人去。願高堂椿萱永茂。

（下。末、老旦上。末）

【玉山供】半生服賈，狎波濤河海江湖。嘆逴逴足迹已陳，怪青青鬢絲非故。(老旦)可安居静處，將舊業把兒曹付，令早學拄撑門户。也待俺與你，樂桑榆，心閑體適守著這穩鄉閭。

(末)不堪回首處，歲月去駸駸。(老旦)幸有兒如玉，能歡父母心。(末)卑人馬忠，年過四旬，衹生一子，名唤俊兒，倒也聰明伶俐，頗可讀書上進，衹是不知作家。(嘆，向老旦介)娘子，若他生在富貴人家，怕不是個狀元宰相？可惜生在你我家裏，衹好學些生理了。(老旦)便是這等説。讀書雖是好事，究竟當不得衣穿飯吃，還是做些生理，找點利息，纔能穩靠。你可著實的開導他一番。(生上見介)爹爹、母親。(老旦)兒呵！你自清晨出去，這纔回來，可曾吃些東西？(生)孩兒被朋友拉往郊外踏青，不覺耽擱晚了，累母親懸挂。已在問柳園吃過飯了。(老旦)哎！看你這孩子，又不痴又不呆，終年終日游手好閑，將來怎麽好喲？(生俯首侍立不語介。末)孩兒坐了。(生告坐介。末)想你從小至今，衹管穿衣吃飯，那知爲父的

【前腔】櫛風沐雨，覓蠅頭養活妻孥。近年來精力衰頽，已不耐奔馳勞苦。(老旦)兒年非孺，須探討生財道路，休把那青春誤。也待俺與你爹爹，樂桑榆，心閑體適守著這穩鄉閭。

(生)爹媽聽稟：念孩兒

【玉包肚】雖然愚魯，待勤探古聖詩書，果能得鐘鼎大名藉，可沾斗升微禄。倘若孩兒去經營什一較錙銖，免不得中夜捫心負却初。

(末)兒呵！讀書上進固是好事，倘文運難齊，白白地把歲月蹉跎，飢寒交迫，那時追悔就晚了！(嘆介)咳！不是爲父的

【前腔】苦將兒阻，也衹爲見當前幾許通儒，就如張相公、李相公、王先生、趙先生他們，擁著那莽鉛黄晝夜無眠，何曾與潑飢寒絲毫有

補？莫説没得官做，就是做了官，也形勞體瘁意難舒，争及俺爲商作賈的，雖是受些風霜倒得自如。

(老旦)你爹爹説的句句是好話呢！從今以後再莫想爲官作宦，把那幾本書丢開了罷！兒喲！

【前腔】非娘聒絮，你少年人要有乘除。試看這爲商賈的利與息歷歷有徵，何如那讀死書的功與名茫茫無據。不願你聲華赫奕振天都，祗願你父業能承便樂有餘。

(生)孩兒謹遵爹媽慈訓。(末)兒呵！你未出過門，單身不便前往。有爲父向來合夥的人，囑他帶你同行，方可放心。祗是貨無定價，須審天時，人弃我取，方可居奇。兒呵！

【尾聲】好記取，這是爲商賈的竅要無多語。(老旦)客途中寒煖須調護，更囑你早早歸來，免得我日倚閭。(同下)

第二齣　容炫

(外、丑、副净、雜扮羅刹國貧民上)

【賀聖朝】自是前身孽大，纔教現世遭磨。尋衣覓食苦奔波，依舊挨饑受餓。

嘴臉不如人，一生無發達。落地怨爹娘，如何不弄殺！我們大羅刹國沿海貧民，結伴進城，賣些海味。恰好今日新狀元游街，等著看個熱鬧。(共蹲場角介。内)這回三鼎甲生的好不齊正，快請太太小姐上樓去看喲！(扮老少奇形怪狀婦女上，立高處介。丑指介)噲！天仙下凡了！呵喲喲！怎麽樣美的也比不上來，待我狠狠的看幾眼，也不枉人生一世。你們也見識見識，不特是灾消福長，祗怕來生也得個好人身哩！(外)少要亂説，留點福罷！(丑扭頭介)出你娘的鬼，偏這會妝老實

哩！(内鼓吹，執事引末、净、老旦帶紅黑白奇形面具騎馬繞場緩行介)

【豹子令】紗帽錦袍騎俊馬，騎俊馬。(内贊"好相貌、好標致"介)堂堂福相萬人誇，萬人誇。文章自古稱無價，偏偏我國不須他，高科一樣手能抓。

(下。外目送點頭嘆介)老天爺，老天爺！他也是個人，我也是個人，他就該那樣尊榮，我就該這樣卑賤，未免你老人家也過於不公道了？(末笑介)不是這等説，又安知我每前生不是貴人，他每前生不是賤人，羨慕他怎的？(衆)説便説得是，到底有些氣他不過。(合)

【前腔】同是人兒有甚差，有甚差？無非相貌不如他，不如他，致分出貧窮富貴高和下。(丑)不要瞎嘈，我有法子，包你發達。(衆)甚麼法子？快些賜教。(丑)各人歸去焚香頂禮拜渾家，求他也養個俊娃娃。

(衆)少得嚼蛆，回去罷！(諢下)

第三齣　颶變

(小生扎巾箭衣執令旗上)漫言海上風濤險，若比人心似掌平。須知險境由心召，人若心平浪亦平。小生龍王駕下水將是也。爲何説這幾句？祇因今日海面小有劫數，適奉天妃娘娘法旨，内中有個馬龍媒，不在數内。令小神率領水卒護送他到大羅刹國，另有處置。水卒何在？(扮蝦魚蟹鱉四卒執大旗上見介)呼喚水卒每那邊使用？(小生)奉天妃娘娘法旨，護送馬龍媒到大羅刹國去，不得有誤。(衆)得令！(擁小生繞場走陣吶喊下。生行裝上)不圖珠玉揮毫客，也作錐刀逐末人。小生馬龍媒，自遵父命，弃儒習賈，來往江浙閩廣，流覽些名山大川，不特資生有道，兼可充擴胸懷，進益學問。這也不在話下。因有幾個夥伴近做外洋生理，我想內地山川尚且如此，那海外更是不同。前日托他們代我買些貨物，約定今日上船。一路行來，前面已是泊船的港口。（望介）好一派茫茫大水也！（且望且行介）但見那

【菊花新】瀰漫漭瀁接天長，蜃室蛟宫在恁處藏？（指介）遥見那群島似鷗翔，掩映著霧濤烟浪。

（徘徊介。內）馬客人，快些上來，就要開洋了。行船過順風，好個彩頭兒，包管諸位客人一本萬利。（生上船佇立四望介。內）這是洋面，不同裏河，艙裏去坐罷！（生）諸位請便，我且在此看看海上風光。（內）馬客人留點神，不要大意。（生）不妨。（雜上，燒神福扯篷開船介。生）這船走得好快呵！

【不是路】不由人意氣飛揚，一任他澎湃聲來震耳厢。（內放烟介）亭亭上，訝炊烟怎突出海中央？（烟消現蜃樓介）斂烟光，又層樓矗起連雲壯。你看那樓，一處處瑣檻瓊窗倚倩妝。（復放烟收蜃樓。扮魚龍上舞介）紛奇狀，魚龍曼衍鬚髯颺，引逗得長風鼓蕩，長風鼓蕩。

（內作風聲。生）你看激電奔雷飛花滚雪，（笑介）真是乘長風破萬里浪了，快哉，快哉！（鼓掌大笑介。內）颶風起了，快收港呵！快些收港呵！（生）好大浪頭，連日影天光都遮住了！

【羅袍歌】湧起洪濤萬丈，更風添浪猛，浪助風狂。（遠望驚介）呀！前面那些船隻，先前還隨波起落，此刻竟被浪打的影兒也没有了！長舸大舶已殘傷，（嘆介）俺這布帆怎必安無恙？（內齊聲念佛，喊天妃娘娘救命。生跌介）身憑舟寄，自難主張。舟如梗泛，任他簸揚些兒，望吉人或者邀天相。（舟覆，扮客商舟子上，呼號浮泛下。小生領水卒擁生繞場同下）

第四齣　歌酬

（外帶奇形花面具、白鬚過膝、帶二醜婢上）

【馬蹄花】何幸雨來新？難得天風相引。

老夫大羅刹國執戟郎是也。壯歲曾爲先王出使四方，遍歷瀛海諸部，衹有中華不曾到過，每以未見大邦人物爲憾。及至老歸林下，這些念頭早已丢開。（笑介）而今多大年紀了？屈指算來，整整一百個春秋。乃祖乃孫從頭數起，恰恰也是曾元五代。這也罷了！可喜瀕海地方飄來一客，説是中華人。既善清言，復工雅樂，衹面目瑰奇，不能諧俗。被老夫替他妝點一番，薦與主上，暫拜下大夫之職，將來還要高轉。昨晚遣童相招，今日過來飲酒聽歌，同消永晝。（向婢介）傳語下去小的每，安排酒筵家樂伺候。（婢）酒筵久已齊備。女樂們連夜製成一套新曲，叫“主賓同樂”，正在那裏演腔呢。（外）好，辦得周道！（笑介）主人知好客，奴僕解娱賓。（下。二雜執旗引生帶黑面具上，坐介）迴避了。（二雜下）小生馬龍媒，一向在閩廣生理，獲利頗豐。兼得同行夥伴，代爲照料，儘有餘暇温習經史。既可奉養高堂，又不誤己身功課，真是一舉兩得，也算極好的了。偏偏要玩甚麽海上風光，弄得羈身異地，假面向人。（掩泪長嘆介）

【香羅帶】浮萍一葉身，飄然無盡。望家山何處愴心魂，凄迷衹剩一沾巾也。况鎮日的衹與妖作侶，怪爲鄰。更可笑的那一班脚色，不知自醜翻醜人。哎！此身既墮鬼域，不得不勉投鬼好，也裝鬼頭鬼腦有精神，權當做扮演登場串戲文。

回憶初時，將著好好的一副面目，在山村小市，尚可博口淡飯充飢，一到通都大邑，便像老虎會吃人一般，躲的躲，藏的藏，連邊也不沾。幸有個告休的執戟郎，不隨流俗，延至家中，尊爲上客。又代裝出一副假面目，遍邀當道，極力揄揚，竟得名達王廷，大邀榮寵。從此人人親近，處處招延，反使我應接不暇，較先前那番落寞光景，竟是天淵之别了！（嘆介）人心不古，雖説是喜假厭真，也還有個分寸，不料竟至於此極。我想枳棘非鸞鳳所棲，胡爲在此與鬼打混！昨承執戟郎折柬相招，且索走遭，一則謝彼提携，二則與彼訣别。可兒那裏？（丑净面扮童上）老爺有何吩咐？（生）隨我去赴席。（童應隨行介。生微笑介）你看來往之人，不是奇形，就是怪狀，絶無一個平頭正臉。遠遠看去，宛然一幅鬼趣圖，真不愧國名羅刹。（作到，丑報門，外上迎介。外）馬君來了。今日天氣頗佳，老夫特治一樽，邀君小飲。（生）既荷厚情，復蒙盛設，真令龍媒感愧無地。（外）看酒過來，傳家樂侍承值。（醜童引四醜女白錦纏頭朱衣拖地執樂器上，立兩旁，奏樂。外、生互送酒，對坐飲介。四女歌舞介）

【漁陽小令】少年轍迹遍寰區，呀一個低都呀一個低都，風土人情，低打都打低都，處處殊，呀一個低都呀一個低都。老遂初衣多樂事，呀一個低都呀一個低都，高歌花下，低打都打低都，飲醍醐，呀一個低都呀一個低都。

【前腔】檣摧柁折没騰挪，呀一個波查呀一個波查，貴逼身來，波打查打波查，恰借他，呀一個波查呀一個波查。昔日投磚今擲果，呀一個波查呀一個波查，人人争羡，波打查打波查，貌如花，呀一個波查呀一個波查。

（一女前稟介）這是“主賓同樂”。（外）好一個“主賓同樂”，有賞。（送生、外酒，退立兩旁，奏樂下。外顧盼大笑舉杯介）請。（生舉杯介）請。（照乾介。生）既飲旨酒，更聆妙音，不覺心神俱醉，敢獻下里之歌，敬以侑觴。(外)既有清歌，合當洗耳。(生起送外酒，復坐，以箸敲桌，唱【古輪臺】曲介)醉流霞，淺斟低唱按紅牙，纖纖素指輕輕下。歌翻子夜，琯弄朝華，一派餘音虛架。赤鳳堪乘，彩雲欲化，今宵清夢遶天涯。風情瀟灑，都付他流水浮花。美人綠鬢，英雄白髮，同歸狼藉，想起泪如麻。須酩酊，莫教月落漫嗟呀！(外)妙哉聲也！直是鳳鳴龍嘯。(嘆介)如此人才，若非遇著老夫，豈不沈淪可惜！(送生酒介)昨晤國相，言君不日還要高轉，可爲預賀。(生)龍媒承老先生厚愛，本應日侍左右，敬領教言。祇是龍媒呵，

【香羅帶】望雲憶二親，桑榆已近，料應噩耗久傳聞。況父母止龍媒一人，更無弟妹伴晨昏也。想二老人，(背掩泪介)必定將兒痛，內如焚，朝朝暮暮聲暗吞。(轉介)龍媒在此，歸心攪擾已難論，還怕這假面目終須要露本真。

明日即乞假還鄉，今日一來赴召，二來告别。(外)馬君聽者，假面目三字倒不消慮得，祇是上國離此二萬餘里，莫説急切難歸，就要寄封書信，也無便鴻可托。(躊躇介)有了！海市不遠，此中賈人年年總要去采辦珍異，那裏爲天下各國凑集之所，作封家報付他們帶往，覓個便人寄到上國，甚爲妥當。(生喜，向外揖介)多謝指引。(背介)既有這個所在，祇消自家前去，何必托人？(外)馬君請坐，看熱酒來。(生揖介)龍媒已不勝酒力，就此告别。(互拱介)請了。(分下)

第五齣　具擲

(末、净、老旦如前裝束瓜旗引上。净)二位老年兄，可曉得小馬面貌是做出來的麽？(老旦)這倒不知。(末)面貌是天生成

的，如何可以做得出來？况他爲人甚好，老年兄何必多疑。（净）小弟實有所見，并非無中生有，造他的謡言。（老旦）依你説來，小馬竟是個大奸臣了？（摇頭介）這等人，如何容得他在此做官！（净）小弟還有一分疑惑，等下朝回來察實了，再約二位公同舉發，以正國體。（合）

【紅綉鞋】舉朝盡被欺蒙，欺蒙，今朝識破難容，難容。須奏上，主人公，從重處，此個儂。莫教民間傳染刁風，刁風。

（下。二雜執旗引生如前裝笑上）小生馬龍媒，偶因醉後戲圖花面，竟得官爲下大夫。那些同朝之人，從風而靡，争納交恐後。近來漸形疏遠，大有腹非之意。此去早朝，决意繳還冠帶，也免得被鬼奚落。（下。末、净、老旦上。末）看不出這個小馬真真奸滑，我每正欲公舉，他竟先自辭官不做。（老旦）這也罷了，免得多此一番口舌。（净）祇是太便宜他。（下。生便服提面具帶丑上）

【繞池游】地殊俗異，無那相依倚。甚情懷曳朱拖紫？偶然濫厠，無非游戲。笑他莽村沙何用微言相擠！

（坐介。丑送茶介。生執面具看，笑介）想我馬龍媒，生在世上，好端端的一種丰神，被你裝點做九幽變相。（復看，嘆介）花面逢迎，世情如鬼，舉世皆然，又豈特一羅刹國乎！（執面具起介）哎！

【金井水紅花】試看名場客，無非假面皮，上下互相欺，概如斯滔滔一例。直是司空見慣，習久自安之，有誰個説非宜也囉？若没這副臉兒，不獨文成綉虎，不足爲奇；縱使技擅屠龍，也歸無濟。但得形同魑魅，榜頭便題；迹鄰魍魎，官班便躋。此處也有一件及不來的好處，論選政倒光明正大，不用些兒賄。

想我生於文明之世，禮義之邦，視掇巍科如拾芥，躐高位

如探囊。那知一經飄泊殊方，不特才華没用，連面目亦不得守其常。（嘆介）漫説甚，

【前腔】擲果潘郎貌，悠悠轉見嗤，甘受亦何辭。漫尋思殊難處置，因此改頭换面，衹好偶爲之，恰一派弄虚脾也羅。（復取面具看而又看介）面呵，面呵！若要呈顔伺色，自合偕伊，今將適性陶情，勢難用你。况我目空一世，英豪自期，胸羅萬古，汪洋自怡，肯久逐高低，人面泥塗裏！

（擲面具拂袖徑下。丑拾帶，立場面喊介）都來看官人喲！都來看官人喲！（摇擺下）

第六齣　儲遇

（生乘海船四人摇櫓上）

【金瓏璁】大地盡包藏，鎮相連雲水蒼茫。回憶墮鯨洋，那有生存想？又誰知身落遐荒，渾不覺易星霜。

辭家三萬里，踪迹類飄蓬。欲寄平安字，天邊少斷鴻。小生馬龍媒，自離中土，面目都非。可笑此邦人士，不諒余懷，竟作鴟梟之嚇，所以决意將那牢什子抛去，早晚就覓便還鄉。今士人有海市之行，相隨同往。（登高望介）你看水雲滉漾，淼淼茫茫，好不惝恍人也！

【一江風】漫徜徉，徙倚飛廬上，聊把羈懷暢。咳！一般兒，駭浪驚濤，迥異前番樣。想那時呵，烟迷霧慘，黄烟迷霧慘黄，暗沈沈白日藏，莽鯨波險把這身兒葬。

【前腔】指扶桑，旭日剛初上，顯豁得大地光明相。看長空，霧捲烟霏，動我憑虚想。怪蓬山路渺茫，怪蓬山路渺茫，更方壺在那厢？等閑間盼不到青鸞降。

(四望介)

【前腔】點青蒼，島嶼星星漾，時出没銀濤上。浩無邊，水與天齊，天水相磨蕩。(凄然介)家山在那厢？家山在那厢？對春暉意慘傷，(掩泪介)念雙親可曉得兒無恙？

想俺初心本欲

【前腔】守寒窗，經史勤研講，静待春雷響。展謨猷，濟世安民，厚禄將親養。豈知爹娘意不在此，説成家别有方，説成家别有方，弃芸編遠作商，雖是己身勞喜博得親心暢。

(頓足恨介)偏偏的要玩那海外風光，哎！

【前腔】真胡撞，有甚胸懷曠，涉險將親颺。(遥望介)莽天涯，一片模糊，翹首雲難望。(掩泣介)爹媽在那厢？爹媽在那厢？(哭介)隔音容一載强，縱清宵有夢也成虚誑。

(痛哭介)呵喲！我那爹娘喲！

【前腔】想剛剛，乍聽凶音降，定嚇得膽裂魂飛颺。他還要，想後思前，輾轉心凄愴。况斜陽寸景光，况斜陽寸景光，又平添兩鬢霜，怕晨昏耐不過這凄凉况。

俺那爹娘喲！

【前腔】不提防，愛子波心喪，菽水將誰仗？想他泪盡腸枯，也不知這的衰頽樣。(跪叩介)哀哀告上蒼，哀哀告上蒼，佑椿萱體健康，爇沈檀好滿斗酬天貺。

(内)好熱鬧！各路的船隻已住滿了，俺們也靠著他們住下罷！(生徐徐起看介)

【前腔】燦琳琅，眩目光摇漾，頃刻難名狀。你看岸上各處的人，鬧挨挨，服異言殊，絡繹紛來往。俺不免也上去逛逛。(上岸緩行介。内)閑人閃開，世子來游海市了。(生立一邊望介)翩翩馬上郎，翩翩馬上郎，雪裁肌玉琢龐，氣軒然宛鶴立鷄群上。

(小生金冠綉服帶二雜乘馬上)

【東甌令】藏頭角,斂威光,緩轡垂鞭態度長,特來遣興閑評賞,風景好須觀望。(下馬緩步見生介)怪斯人何事至遐方?待仔細問行藏。

(顧雜指生介)去將那人引來,有話相問。(雜見生介)主人奉邀,請即隨往。(生)貴主人是何邦族?且素不相識,緣何見招?(雜)主人東陽世子是也。偶游海市,見客官非此處人,故特遣相招。(雜引生見小生,生揖介)羈人馬俊敬謁。(小生喜介)既蒙寵臨,緣分不淺。(前握生手介)即請移玉,俯降敝居。帶馬過來!(雜遞鞭。小生、生并轡繞場介。小生)

【劉潑帽】紫騮并騁鞭同颺,得大賢水國增光。(生)羈人何幸邀青賞,怕歷顛危禮節全荒,還乞你矜疏放。(同下)

第七齣　宫贅

(末扮龍王,二侍臣隨上)

【蠟梅花】屏翰藩封海國偏安,瀾普慶爲專管延,企待高賢,看遲遲日影已過簾。

寡人東陽君是也。王稱萬歲,澤沛群生。雲行雨施,不崇朝而遍天下;名聞德仰,甫乘時即滿寰中。這也不在話下。寡人有一愛女,聰明淑慎,擬於人世覓一快婿,争奈急切難得其選。昨日兒子偶游海市,遇一中華人,載與俱歸。已遣員引其來見,因何尚不見到?(雜引生上)

【窣地錦襠】擬從海市返鄉闕,又落瑶宫貝闕間。幾番翹首望雲難,但見茫茫烟水涵。

(生趨前拜舞。末起揖介)先生請坐。(生告坐介。末)文旆寵臨，實深欣羡，願聞邦族？（生）大王聽啓：

【掉角兒】念羈臣生長中原，守寒窗史籒經研。習經營爲代親勞，運邅迍遭逢颶變。猛可的水如山，天似墨，任飄揺，無把握神識茫然，同舟共難，都隨浪顛。得天憐，衹留下俺這蓬梗餘生，來參玉殿。

（末）先生既是文學之士，必能衙官屈宋。欲煩椽筆爲海市一光，幸無吝珠玉。（生）既蒙殊遇，敢不藉獻微長？（旁列書几筆硯，生拂紙拈毫，略一構思，執筆疾書介。末視生介）呀！你們看他，

【瑞鶴仙】緩拂彩雲牋，向墨池輕把麟毫飽蘸。淋漓疾揮灑，（笑介）信海岳鍾靈，天才宿擅。更風度端凝，果不愧中華名彦。（生擱筆起，執文稿送末。末看介）先生雄才，有光水國多矣！抵多少韓潮蘇海、孟珠潘璧。（背介）此生可謂兼而有之矣！（轉身復注視生介）恰允稱東床之選。

排宴過來。（侍臣捧酒盞上。末送生酒，對坐飲介。末）寡人有

【寶鼎現】璇閨嬌女，解咏詩篇，猶虚甥館。倘雅懷葑菲不遺，則鄙衷蔦蘿是願。（生起謝介）自愧草茅凡賤士，怕無福消承恩眷。（末微笑介）不必過謙了，這是緣結三生絲牽，萬里皆由天贊。

請先生便殿更衣。（雜引生下）傳語後宫，嚴妝宫主，安排卺宴。（下。净、丑捧珠冠綉服上）良姻何日訂，好事一朝成。還怕嬌羞客，當筵怯面生。我等龍宫侍婢是也。衹爲俺大王爺十分憐愛宫主，要向人世選個才貌雙全的駙馬，争奈近海諸國率皆形質卑陋，性情鹵莽。每想中華人才出衆，奈相去兩三萬里，不獨水陸途殊，更兼人神分隔也，衹好説説罷了。豈知果有一中華人到來，偏偏又是個少年美貌才子，你説巧不巧，奇不奇！（丑揺頭介）也不是巧，也不是奇，這叫做苦心人天

不負,有志者事竟成。(净)閑話少説,來此已是。你看綉幔沈沈,蘭閨寂寂,想是宫主朝眠還未醒呢。(丑)難道明瑺、翠羽,此刻也還挺尸不成?好一對懶丫頭。(内)少胡説!低聲些,不要驚了宫主香夢,討個没趣回去。(净、丑)奉王后懿旨,説大王爺選了一位才貌雙全的駙馬爺,差我等送來冠帔,將宫主嚴妝。先在錦雲宫成禮,再到廣德殿赴宴,快請宫主起來梳洗,不要錯過良時。(貼、小旦扶旦倦態上,坐介)

【錦堂月】誰攪幽眠,驚回短夢,簾外彩禽喧唤。(欠伸介)春困難勝,脉脉慵抬嬌眼。(貼代理髮介)對菱花,款掠香鬟。(小旦代上冠,簪花介)襯珠冠,斜簪翠鈿。(净、丑代更衣介)雲霞閃,(扶旦立介)微漾湘裙佩聲低翦。

(净)排輦伺候。(二雜推輦,二宫女執扇同上。小旦、貼扶旦升輦,擁下。内奏樂,四侍臣提宫燈引生金冠錦袍,二宫女執扇遮旦,貼、小旦,净、丑隨上。净、丑扶生、旦對坐,貼、小旦送酒介。四舞女上兩旁作樂介。生)

【前腔】恍然身到瑶天,神游閬苑,眩目容光映現。鳳綺鸞綃,愈增體態翩蹮。疑織女未阻銀河,恍嫦娥曾探桂殿。(合)酬良願,羡仙女、仙郎共偕仙眷。

(旦)

【前腔】因緣幔引絲牽,堂開巹宴。底事教人靦腆?隔座窺郎,暗把星眸微展。皎翩翩風格晶瑩,潤生生情致温婉。(合)酬良願,羡仙女、仙郎共偕仙眷。

(生、旦合)

【前腔】當前寶鼎凝烟,祥雲繞練,縹緲鎔成一片。看玉樹瓊枝,雙雙朗照華筵。是何時引鳳吹簫,到此間乘鸞却扇?(合)酬良願,羡仙女、仙郎共偕仙眷。

（四舞女跪獻酒介。衆）

【前腔】芳妍樂既和宣，歌還緩遣，妙舞輕盈宛轉。玉盞瓊漿，滿泛高擎恭獻。金蓮燭天上恩濃，玉蕊花禁中春暖。酬良願，羨仙女、仙郎共偕仙眷。

（净）排輦過來，送宫主駙馬爺回宫。（二雜推輦上，净扶生、旦并坐。四舞女奏樂前引。生、旦合）

【尾聲】翠輦徐徐碾暮烟，并香肩纖纖共挽。（合）神仙眷，地久天長不計年。（引下）

第八齣　榮騁

（小生扎巾鬼臉騎海馬執令旗上）衆鮫人聽者：大王有令，今日駙馬爺來游海市，爾等廣列奇珍，大呈異寶，兼設蜃樓，不得違慢取究。（内嗷應介。小生下。丑扮鮫人頭領引衆鮫人推車載寶上。衆）哥，俺們這海市每年一次，亘古如斯。不問九州萬國人士，五湖四海龍王，自去自來，各隨其便，從無干涉。爲何今日先期傳令，莫非要來抽税麽？（丑）不是，不是。俺昨日進城候朋友，適值駙馬在南海赴宴回來，説不盡馬上彈箏，車中奏玉，那様尊榮顯貴。隨溜過去一張，原來就是那日三世子在這裏帶去的那個貧子。俺私問人道："好好的一個玉葉金枝，放著許多龍子龍孫不給，將來配他，豈不委曲？"那人伸伸舌頭，説："你不要看輕了這位駙馬爺，祇因作了一篇《海市賦》，不獨俺們王爺十分愛重，就連四海龍君也一般景仰。祇三日光景，把絶大才名四海都傳遍了。王爺還要大開海市給他散心呢！"（衆）既如此，俺們就將寶擺列起來罷。（丑）慢些，慢些！蜃哥快來！（净扮蜃精上）雲霧隨時吐，樓臺頃刻成。鮫哥,俺老蜃又没奇珍異寶,衹有一口假氣,你們要他何用?難道有人買假氣不成?(丑)少説閑話。大王有令,令你工工緻緻結一座大城,將俺這海市圍住城内。還要六街三市,萬户千門,種種精奇,不得違誤。(净屈指數介)一、二、三、四、五、六、七,海市衹得今兒一天了。呸!那裏是他傳令,分明你拿我開心!(欲走,丑扯住介)誰來哄你!委實是大王令旨,命你點綴好,待駙馬爺游玩的。(净)列位,俺那口假氣衹可搪塞一時,豈能拿他靠實嗎?(丑)不錯呵!這怎麼處,這怎麼處?(净)你們衹管將寶排列齊整,俺吐些霧氣罩住,等駙馬爺將近的時候,再照你式樣辦理,又變幻,又新奇。(衆拍手狂笑介)好想頭,好想頭!真個有趣。兄弟們,快來動手呵!(場後列高臺三層。衆取寶排列。净放烟,出黑紗幔將臺遮住介。丑遠看介)妙,妙,妙!俺們且去歇息歇息。(引衆同下。小丑、末、雜、外、老旦扮各路客人上)海市要完,俺們再去買幾樣,也好收拾回去了。(抬頭驚介)海市收了嗎?(外)記得還有一天,待俺問來。(向内介)鮫哥,鮫哥,俺們來收買珍寶的。(内應介)來了,來了。(丑上,向外細看介)你們可是羅剎國來的?(外、小丑、末)正是。(丑)你那貴友招了宫主,做了駙馬,少刻來游。他到了纔開市呢,諸位略等一等。(外向小丑、末介)且船上去等,來時好細問問龍宫景致。(小丑)少要做夢,他此刻還有工夫理你哩!(外)馬大夫不是那樣人。(丑)咳!此一時彼一時,你又那能拿得穩?(外嘆介)説的也是,待臨時看光景就曉得了。(丑)我們昔日與他是"貧賤他人合",衹怕他今日待我們就要"富貴故交疏"了。(同諢下。生上)【謁金門】紅偎翠倚,一枕春魂鶯唤起。惝恍迷離,衹覺春風溢。兩眉綉幃香暖,軟軟濃濃情意款。真個消魂,不是朝朝暮暮雲。小生馬龍媒,蒙東陽君十分寵待,配以愛女。今復大開海市，令俺游覽遣懷。（嘆介）雖是他宫禁恩深，争奈俺鄉園念切。昨晚於燈下作一平安家稟，帶往海市，好覓便寄歸，以慰父母。（貼、小旦艷妝上，跪啓介）請駙馬爺後宫早膳。（引生下。末、小生二侍臣引生乘馬上）

【懶畫眉】論文敢説馬卿工，姓字風傳四海中，水雲影裏騁花驄。（内喧譁讚嘆介）馬頭到處人争擁，抵多少得意花看上苑紅。

（二武士上跪介）守城員役迎接駙馬爺。（末）起去。（二武士下。生抬頭看介）

【前腔】曈曨佳氣郁葱葱，樓櫓森嚴雉堞雄，更有那黄旗摇曳漾和風。招引我無端豪氣連雲聳，幾忘身居碧海中。

（生鞭指介）前面一帶，紅光閃閃，紫氣騰騰，是個甚麽所在？（末）是珊瑚林。（生）内府尚以七尺珊瑚爲希世之寶，豈知此處竟有如許之多，如許之大，真奇觀也！（末）世人用盡心機，將鐵網沉入海中，不過取些頂上嫩枝兒，這大的怎能到手？（生）

【前腔】遥觀如火似霞烘，原來是萬樹珊瑚列道中。不特多，而且大，更且長得扶疏偃仰，各各不同。有迴校曲榦偃虬龍，也有亭亭婉約疏而聳。想那王愷、石崇當時光景，真不值一粲，恰似擁著那敝帚千金意自雄。

（二雜上跪介）守珊瑚林員役迎接駙馬爺。（小生）起去。（二雜下。生徘徊撫玩介。小））這個没趣。（指介）那靈珠圃纔好耍子哩！（丑、净）守靈珠圃員役迎接駙馬爺。（小生）起去伺候。（净、丑起，立鬼門邊吹畫角，下。生指介）那一帶水晶短垣，想就是了。（策馬欲前。小生）駙馬爺不要前進，珊瑚林宜近觀，靈珠圃宜遠玩；一到跟前，反没情趣了。（生立馬遥望介）你聽那，

【前腔】悠悠畫角數聲終，仔見那瑞靄霏霏起囿中。猛可的明

珠萬粒蕩靈風,高低錯落如丸弄,陡一閃散作繁星麗碧空。

(生且行且看,讚介)妙呵！真個靈奇有趣,眼界一新。(向末介)那座小山,爲何皆是砂礫所成？(末笑介)那是精衛鳥兒思量填海銜的西山木石,日積月累,竟成一個小小山兒。(生嘆介)咳！

【前腔】零砂碎礫積成峰,恰費冤禽幾許功。嘆西山木石豈能窮,何須苦把精神用！可曉得滄海桑田少定踪。

(策馬行介。末指介)那邊有真正道地古董,駙馬爺不可不賞鑒賞鑒。(生立馬介)在那裏？(小生)不要理他。(指介)就是那個枯樹與那個破船,没有看頭的,還是到海市去瞧熱鬧罷。(末以鞭拂小生介)你懂得甚麽？這是當年徐福載著五百童男女求仙的船,這是張騫乘著探河源的槎,怎麽還説不是古董！(生鞭指介)咳！始皇呵始皇！

【前腔】你翦除六國逞殘凶,逞到坑儒事未窮。長城一築血膏空,逼得那民愁神怒天心痛,平白又仙藥思求碧海東。

(策馬轉身,徘徊細看介)

【前腔】這楂枒老柟偃泥中,古色斑斕碧蘚封。每想那河源那得與天通,今見此槎信不誣矣！槎呵！當年情事君曾共,我待細問支機舊日踪。

(忽抬頭念介)"琵琶亭",呀！(沈吟介)記得琵琶亭在江州呵！(末)這是王昭君的琵琶亭,不是江州故事。昭君亡後,琵琶淪入滄海,俺王爺特地爲他建亭,以昭珍重。(生)原來明妃手澤尚存,倒要領略領略。(下馬撫玩,掩泪介)咳！明妃,明妃！想你生前雖然出塞,這也是

【前腔】佳人薄命古今同,莫把圖形怨畫工。倘若是當年寵冠六宫中,怎及這千秋青冢人知重！琵琶呵,琵琶！雖是你物因人重,想

明妃那時,不知怎地悲愴凄凉?恰也虧你在馬上替他切切凄凄訴曲衷。

(徘徊雪涕介)明妃不肯賂毛延壽,以假容貌見斥漢宫;俺馬龍媒因遭颶風,以真面目見擯鬼國。雖是兩般情概,恰一樣悲凉也!(忽失聲大慟介。末、小生勸介)明妃身死名留,足可無憾,請爺啓行。(生上馬回顧拭泪策馬行介,忽立馬四顧介)呀,碧水潾潾,繁花裊裊,古樹森排,小橋斜跨,是好個所在也!呵,你看那

【前腔】數椽茅屋翠陰中,青粉圍墻碧蘚封。(聽介)若不是隱居避世有儒宗,怎得這書聲朗朗隨風送,頓使我受教殷殷禮意崇。

此地何名?(指介)那是何人居址?(末)此是清水洋。蘇老泉相公愛其幽静,卜居於此已數百年了。(生)老泉先生還在?今日便道不恭,明日再來拜謁罷!(行介)那邊一座白玉牌樓,祥雲繚繞,瑞靄繽紛,又是甚麽奇異?(小生)那是通天河。過了牌樓,便是天界。(末前望驚介)記得過了清水洋不遠的就是海市,怎今日祇見茫茫烟霧,恰是爲何?(小生)難道走錯了路不成?(末)胡説。(同立馬遲疑介。净立鬼門放烟上,取幔下。丑率衆鮫人跪生馬前介)鮫人迎接駙馬爺。(末)起去。(小生)快些開市,好待俺爺游覽。(生)妙呵!果然是海市蜃樓,一轉眼間就有

【前腔】層軒廣厦互相通,異寶奇珍列滿中,祇覺晶瑩璀燦影浮空。那些明珠美玉倒也不足爲奇,最奇的是天成百物皆生動,不借些兒斫削功。

(丑、末、外、四雜上,跪介)海外諸路客商迎接駙馬爺。(末)起去,照常交易。(衆)是。(生見丑、末、外,下馬執手介)諸位與龍媒是貧賤之交,怎麽也行此禮?不敢當,請起,請起。想龍媒那時,

【前腔】棲棲海畔泣途窮，深荷提携涸轍中，報瓊有志久蟠胸，今日呵，酬恩愧乏千金奉。(袖出錦匣送介)這是夜光珠十粒、龍腦香十帖、通天分水犀各四枝，望諸君笑納還祈恕不恭。

(丑、末、外)吾儕小人，日受大夫之賜，正欲在海市購些珍玩相奉，怎敢復承厚惠。(生)聊以將意，幸勿過辭。(衆叩介)多謝大夫。(生復出匣介)這是送與執戟郎的，煩諸君代爲寄上。説龍媒呵，

【前腔】雖然身隔水雲重，把厚德深銘五内中。每向那屋梁落月憶音容，(指匣介)這戔戔菲薄交情重。還望諸君與龍媒，代把愚衷宛曲通。

(衆)小人們理會得。前日大夫欲寄家報，現有往貴國船隻，可將書付小人，交他帶去。(生)竟有便船，俺好喜也！

【前腔】家山久付夢魂中，天外何期得便鴻？凝然喜色上眉峰。(掩泪介)悄然雙泪如泉湧，天嚇，天嚇！求你賜一陣飽送蒲帆百尺風。

這封家報，必須面交，船在那裏？(衆指介)就在那邊。(生)鄉書纔待發，旅夢已先歸。(同下)

第九齣　慈祭

(老旦病容拄杖上)老身吴氏，幼適馬門，世業爲商。單生一子，被他爹爹朝夕敦逼，小小年紀出去生理，利息倒也找了些。(哽咽介)祇不知那個天殺的，哄去外洋游蕩，傳説遭風，弄的人船不歸。我同他爹爹一聽此信，嚇得死去活來。今已一年有餘，杳無消息，多半是没指望的了。今兒一清早，他爹爹又到港口去打聽。兒呵！做娘的鎮日裏，

【勝如花】行常記，坐不忘，想後思前悲愴。早曉涉鯨波將命殘傷，怎肯放嬌兒爲商遠往，這暮年有何憑仗？晚來呵，對昏燈迷離慘芒，曉來呵，透疏櫺熹微曙光，朦朧際恍聽兒郎書聲清朗。（哭介）恰都是征鴻嘹喨，慘凄凄寸斷柔腸，慘凄凄寸斷柔腸。

俺那兒喲！想你自小算命打卦，都説是個大富大貴之命，更兼生你那日，夢見神人從天而下，懷中抱個粉妝玉琢的孩子給俺，説好好看承他，能挈帶父母同歸靈境，驀然驚醒，就生下你也。祇説縱不能大貴，富家郎是穩穩要做的，豈知恁般結果！兒呵，祇被你痛煞爲娘也！（掩泣介）呀！且住。今日正是短命的生辰，昨日晚間還想起，今早做下羹飯，怎麽一霎時就忘了？（揾泪起介）且去收拾收拾，望空遥祭一番。兒呵！則被你苦煞爲娘也！（哭下，捧香燭紙錢上。炷香點燭斟酒，坐地大哭叫介）俺那聰明伶俐的兒喲！俺那狠心短命的兒喲！可曉得爲娘的在這裏祭你喲？（起焚紙錢介）

【前腔】焚冥鏹，瀽涼漿，你可早早前來受享。（起旋風介）你既滴溜溜旋繞娘旁，兒呵，何不早些些携娘同往，怎捨得將娘拋漾？但離這愁鄉恨鄉，也免俺心傷意傷，似這活在凄惶，倒不如身歸泉壤，翻贏得團圞歡暢。俺那聰明伶俐的兒喲！俺那狠心短命的兒喲！你怎不答應一聲喲！對靈筵老泪雙雙，對靈筵老泪雙雙。

（末笑容持書急上）忙將天外佳兒信，急報床頭老婦知。娘子，快不要哭！（老旦不理介。末）俊兒有書來了！（老旦）孩兒來了？在那裏？（末）孩兒不曾來，有親筆家信在此。（老旦）信上説些甚麽？他現在何處？（末）你且將香燭收了，一同進去念給你聽。俊兒現在龍宫做駙馬，不久就來接俺們前去，一同享受哩！（老旦）果真嗎？（末）怎麽不真！（老旦喜笑合掌介）謝天謝地！南無阿彌陀佛。（同下）

第十齣　養圓

(生上)【搗練子】迷艷冶,醉温柔,衹解歡娱不解愁。無那思親愁一縷,時時飛上兩眉頭。小生馬龍媒,自入贅以來,説不盡花天月地,翠繞珠圍。衹是二親年老,遠隔天涯,每一回思,衷懷愴惻。前曾草一短章,擬欲陳情歸省,因此宫主便進迎養之策,既得奉侍舅姑,又好承歡父母。岳父稱善,已立刻遣使往迎去了。不知何日,方可到此?想那出門時,俺娘親呵,

【窣地錦襠】囑兒早早整歸裝,莫久戀他鄉忘故鄉。豈知一别竟茫茫,兩地離懷一樣長。

(欠伸介)一時困倦起來,且去假寐片時則個。(下。旦帶貼、小旦上)

【哭岐婆】和風淡蕩,晶簾微漾。看檻内輕黄淺絳,名花争放。覺遲遲花外日初長,待仙郎共把春光賞。

奴家東陽宫主,生長晶宫,深居璇室,良緣天賜,好事克諧。可喜馬郎倜儻風流,温文儒雅,既聯琴瑟之古歡,不愧神仙之佳偶。衹是他思親甚切,每每寡歡。前已奉迎舅姑,計程今日當到。(唤介)明璫。(貼應介。旦)洗塵筵宴,可曾安排齊備?(貼)齊備了。(旦)排小宴過來。翠羽,請駙馬來,一同賞花小飲。(小旦向鬼門請介)駙馬爺有請。(生上見介。旦)今日翁姑俯降,重叙天倫,奴家特治一樽爲賀,兼玩春光。(生)多承宫主。(旦)馬郎,你看檻内花開,争妍鬥艷,如此春光,豈可辜負。(生笑携旦手介)心傾妙論,目眩仙姿,真令小生真個消魂也!(緩行玩賞介。生、旦合)

【五供養】同心歡暢，難得這景美辰良。花前携素手，共相將。花容旖旎整，一片紅濤翠浪。（貼捧臺盞引四舞女同上）請宫主駙馬上宴。笙歌列，綺筵張，喜温柔鄉并白雲鄉。

（内奏樂。旦、生互送酒，對坐飲介。四女舞介。合）

【山花子】雲裾霞袂凌風颺，翩翩應節低昂。弄輕盈環鏗佩鏘，裊蹁蹮鳳翥鸞翔。照人離離花影芳，襲人馥馥花氣香。淺斟低唱樂未央，暢好瑶宫日永春長。

（内奏樂介。生、旦合）

【太和佛】爲向花前一舉觴，閑宴賞。重重錦幔綉幃張，恁輝煌。啼鶯囀燕歌瓊樹，流風迴雪舞霓裳。對這歌嬌舞艷把歡情釀，拂座香風溶漾，整一片，鬢影迷離接釵光。

（内奏樂。四女急舞介。合）

【舞霓裳】迴旋夭矯似龍翔，似龍翔。笙簧競奏韵鏗鏘，韵鏗鏘。霓旌縹緲流雲漾，仙音法曲兩悠揚。歇拍處聲繁調響，迴裊裊餘音自空降。

（住舞，内奏樂介。侍臣上跪介）啓宫主駙馬爺，太翁、太母車已近城。（生、旦）排輦伺候。（四内臣提爐執扇上，引雜推輦上。生、旦上輦并坐，繞場行介。合）

【紅綉鞋】龍旗羽袡翱翔，翱翔。鸞笙象管琳琅，琳琅。排小隊，接高堂，來福地，就歡場，把萊衣同舞稱觴，稱觴。

（下。旗仗鼓吹引末、老旦坐虬車上）

【前腔】雲車風馬飛揚，飛揚。故鄉回首微茫，微茫。渾不覺道路長。頃刻裏，見兒郎。向龍宫，同住風光，風光。

（四侍臣提爐執扇引生、旦坐輦上。雜趨向末車前，跪介）宫主駙馬爺迎接太翁太母。（住輦，生下跪伏介）不孝兒迎接爹爹母親。（貼、小旦扶旦欲下，末、老旦同止介。生）就此進城。（生上輦，同行

介。末)這

【尾聲】重逢真出非夷想,(老旦)都是那蒼蒼默相。(生、旦合)願高堂同享,龍宫日月長。(同下)

炯炯雙眸少寸光, 看人得失亦何常。
朝爲鬼國希顔客, 暮作龍宫坦腹郎。
斯世不教容面目, 他鄉翻得借文章。
是非真僞憑誰問, 獨對春風一舉觴。

飛虹嘯

〔清〕東海劉清韵古香填詞

飛虹嘯

提　綱

（末上）

【踏莎行】纔避豺狼，又逢虎豹，無端誤落奸人套。全家性命霎時休，祇留裊娜裙釵小。　　手試青萍，身沈清沼，返魂不借名香好。烈腸貞骨俠精神，挑燈一一爲之表。

第一齣　家宴

（外、老旦上）

【瑞雲濃】鬢絲如許，把往事回頭暗數，壯歲曾經登顯膴。遂初衣早，有膝下佳兒，堪娛遲暮。（老旦）更佳婦允稱賢助。

（外）深慚無術濟明時，許賦歸田聖主慈。尚有園林饒水竹，不須人寄草堂資。老夫姓金，名誠，中州籍貫。叨登萬曆某科甲榜，官至光禄少卿。因見朝政日非，以病乞歸林下。春去秋來，流光迅速，不覺又是五旬以外人也。（坐介）可喜孩兒大用髫齡入泮，媳婦尤氏亦復秀外慧中。（向老旦介）待過一二年，將家政交與他小夫妻管領。（笑介）俺們老兩口便是陸地神仙了！（嘆介）流寇信息日緊一日，未免可慮。（老旦）正是。老身爲此日夜盤算，倘一旦賊兵到來，俺們老兩口兒便死也死得著。祇是孩兒年輕，媳婦生的過於嬌艷，亂離時候，路上難行，官人早些打點打點纔好。（小生、旦帶婢捧臺盞上。小生）

【傳言玉女】學富三餘，拾芥紫青非詡，爲時艱權停進取。（旦）鉛華不御，提甕汲家風儒素。（合）向花前介親眉壽，白華同賦。

（小生）深思何以報，積念未曾消。（旦）食性諳應久，羹湯手自調。（小生）爹爹、母親。（旦）公公、婆婆。節届新秋，幽蘭早放。潔治酒筵，爲二老壽。（外、老旦）生受你們。（并坐介。婢斟酒，小生送外、旦送老旦介。小生、旦合）

【啄木兒】傾金液，貯玉壺，斟向高堂增福祜。祝吾親健朗康娱，到百年共衍居諸。（内奏樂介）聽檀板玉簫聲緩度，更雙雙争獻萊衣舞。問蓬壺，可有人間此樂無？

（老旦）孩兒媳婦坐了。（小生、旦告坐介。外、老旦合）

【三段子】瓊筵廣鋪，馥芬芬珍肴異蔬。金樽共濡，樂融融意愉色舒。看喬柯蔭草相交護，更瓊枝玉樹相依附。（婢）這蘭花開得恁樣好香！（同起散步看花介）願階下毓秀芳蘭芽更吐。

（老旦向旦介）果然今年秋蘭開得茂盛。（旦）今早小鬟説，園中開的比這裏還盛呢！（外向小生介）兒呵，不是爲父阻你，

【尾聲】遲遲展放青雲步，也祇爲虎狼盈路。（合）似這等富貴神仙，兀的不樂有餘。

（末急上）不好了！流寇離此祇有百里之遥。沿途鷄犬，所過一空。城外居民紛紛逃竄，特來報知老爺。（老旦、旦呆介。小生）那些官兵怎不攔阻？（末）不要説起。好的預先迴避，還有一班正好趁勢搶掠。（小生）有這等事？（外）孩兒媳婦，不必

驚惶。(向末介)速去安排車騎。(末應下。外向老旦介)你同媳婦進去收拾些金珠,各人隨身携帶,換件粗布衣服,免得路上打劫。火速出城,往南方暫避幾時,再爲定奪。(老旦、旦掩泪介。外長嘆向小生介)咳!兒呵!今朝安富尊榮客,明日離鄉背井人。(同下)

第二齣　遇賊

(丑帶貼倩妝上)做官莫做小,做賊莫做人。官小權柄小,賊大聲名大。若不聲名大,任憑罪惡彌天,俺也不怕。區區王十八的便是。生來不讀不耕,無營無業,祇在水面上結交些朋友,做一個坑財殺命的勾當。倒也廣積金銀,大收珠寶。近因闖王兵到,商旅斷絶,連單身人也不便行走。祇得將渾家帶了出來,方好沿途嗜碰,或者碰著一注人財,也未可知。(笑介)若要財神到,全憑美婦招。(内)這等時光,帶著婦女,豈不累贅?(丑)兄弟,你也是老行家,這句話就不通竅了!此時正要他做個護身符兒,撞見自己朋友是一家人,不消説了。撞著官兵,見有家小,不來盤詰。即使撞著賊兵,一經報名,諒無妨礙。倘能撞見殷富客商,那就有些意思了。(内)這等説不是你的渾家,竟是個招財進寶的幌子了!(丑)著、著、著!(作勢介)

【撼動山】探囊胠篋走江河,做强徒做得麽?不是海龍王,一樣兒金寶多。遇肥商、逢財主、見嬌娥,莫想放他。(拍手笑介)也是那一班倒運的人兒纔撞著我。

(内作金鼓喊殺聲。貼)賊兵來了,怎麽好?(丑)怕甚麽!隨我來。(携貼立場角望介。衆難民老少男婦携兒抱女擁擠撲跌哭喊上)大隊賊兵殺來了,快些一逃命喲!(外、小生、老旦、旦敞衣散髮隨衆繞場下。丑注目直視出神,忽軟癱倒地,勉强挣起坐地,大聲問貼介)你看見我的魂靈兒可跟那人去了麽?(貼不應。丑笑介)若不是失魂,爲甚俺這身子比棉花還軟呢?(貼)少要胡説,有話問你。(丑)請説,請説,小子恭聽。(貼)你説出來做買賣,必由揚州經過,順便送奴家去走走。既有賊兵,想是不能去了,不如早些回去罷,免得耽驚受怕的。(丑拍貼肩介)我的心肝兒,慌甚麽?還有一件大事要借重你哩。你且在此歇歇,小子去去就來。(貼)呀!丢奴一人,倘遇賊兵怎好?(丑)不怕,不怕!有人囉唣,衹説是王十八的家小,包他碰也不敢碰你。(急下。貼目送掩泪介)咳!看他行徑,那裏是個客商,分明是個江湖大盗!唐柔娘,唐柔娘!錯嫁了人也!天嚇!(小生扶外、旦扶老旦復上)

【錦纏頭】迫兵戈,這流離教人奈何?(内作哭聲介)四野哭聲多,恁紛紛知他甚處藏躲?俺潑殘生也權時過活,勉支持隨衆奔波,萬苦向誰説?猛一看魂飛魄落。(繞場急行介)沿途上纍纍亂尸拖,更叠叠填溝塞壑,這分明是上天特把下民虐。

(啼哭下。貼看旦介)好個人兒,看他恁般狼狽,真令人一見生憐。(丑引外、老旦、小生、旦上,向貼介)這也是避亂朋友,娘子過來。(指老旦、旦介)與這二位見個禮兒,好一處逃走,彼此互相照應。(老旦、旦向貼福介。丑)大家坐下歇歇,再定主意。(同坐地介。貼携旦手向老旦介)大娘、姐姐,這邊來坐。(同坐介。丑)請問老丈上姓尊名,何方人氏?(外)老夫金誠,中州人氏。(丑)作何生理?(外)老夫微有薄田,足供衣食。(丑)原來是位富翁,失敬了。爲何不帶幾個下人?(外長嘆介)隨行婢僕,俱被亂兵衝散。(丑)這三位想是老丈的親屬了,還得聚在一處,

是天大幸事呀！祇是也要拿個主意，没頭亂跑，不是善策嚇！(外)咳！君子，念老夫呵，

【朱奴兒】訴不盡摧殘折磨，没處討居停棲托。(掩泪介)適纔君子説，老夫是個富翁。咳！便有那萬貫家財待怎麽？祇剩這老與少四口存活。思遠避商量渡河，奈没個乘風舸。

(丑背向旦點頭微笑，復轉身向外介)可憐，可憐！老丈想必餓了？(向貼介)快將乾糧取出來。(指旦介)給那位娘子吃，再拿些這裏來。(旦變色俯首介。貼取送老旦、旦介)大娘、姐姐，請吃些兒。(丑讓外、小生同吃。外嘆向丑介)老夫已三日未嘗得食，萍水相逢，過蒙厚愛。敢問君子姓名，待愚父子好申銜結之報。(丑)不敢，四海皆兄弟，何分彼此。小子王十八，揚州人氏，家無田産，祇靠小子經紀爲生。因帶房下探親，不意遭此大亂，正待覓船回去。適纔老丈説要渡河，何不與小子結個伴兒過得江去，再尋頭路？不然就在舍下暫住幾天也不妨。(外、小生)怎好相累。(丑)老丈、相公，説那裏話來！

【朱奴插芙蓉】論小子爲人最和，又恰好同遭坎坷。一樣逃難，多幾個人便緩急之時也有商酌。帶著年輕婦女，最易招摇耳目，最難行走。須得尋一艇兩家同坐，輕帆挂把長江送過，再從容向那康莊穩步没差訛。

老丈穩便，小子覓船去來。(下。旦招小生立一邊，低説介)適纔少年切不可與同路！彼屢顧我，目動色變，心不可測。(小生笑介)

【朱奴剔銀燈】笑卿卿芳心恁多，你不見他也有個人如花朵，爲此疑人真太過，况祇片時間同夥。無惡，請舒開翠蛾，幸勿將他一片的殷殷負却。

(旦不悦介)咳！官人，你不聽妾言，必貽後悔。(小生)娘子

且自寬懷。(丑引雜扮舟子摇櫓上。雜)往鎮江是那幾位客人?快些上船,好連夜過江。兵慌馬亂,不是時候,快些!快些!(小生)來了。(丑扶外,小生扶老旦。丑)船靠穩了再打個扶手,好待娘子們上船。(回顧旦介)快好好的來罷!(同上介。丑)老丈一家兒在中艙坐,我同房下去梢艙裏蹲蹲罷。(外、小生)王兄同尊嫂也到這裏坐罷!(丑)不便,不便。(外笑介)這真是搭船的坐官艙了。(雜)喂!王大爺,怕没油水哇!(丑背指旦向雜遞眼色,雜點頭介。外)

【尾聲】向他方好覓個鄉安樂,(老旦)還衹怕家園損破。(丑作得意狀介)你縱有能凌雲的健翅,也難出俺這網天羅。(雜摇船同下)

第三齣　墮阱

(雜摇櫓唱山歌上)月子彎彎照九州,幾家歡喜幾家愁?幾家高樓飲美酒?幾家離鄉在外頭?(泊船介。丑上向雜做手勢介。雜)你招呼他出來,好下手。(丑點頭向内介)金相公,請出來談談。(小生上)好幽渺景象也!

【懶畫眉】一鉤新月破雲來,則見那蘆葦蕭蕭夾岸排,迷茫烟水浩無涯。動摇閃爍星光大,何日去破浪乘風展壯懷?

王兄,你看水闊天低,四無村舍,不知是何處所?(雜)客人,這是有名的黄蘆蕩。莫説商民不敢傍,就是官兵大隊來,衹好遠遠的將咱老子望一望。(小生驚介。丑視小生狂笑介。雜下取酒上)客人,過來喝鍾長别酒兒。(小生呆介,轉身低語介)聽這聲息不好了!(丑扯小生轉介)他這長白酒是遠近馳名的,快來吃一杯兒,好上路。(小生勉坐同飲介。雜)客人,王大哥待你如此,你將甚麽報他?(小生)王兄高義,小生没齒不忘,等亂平後，願分田宅之半爲謝。（丑）誰希罕你那田宅，好輕巧話兒！你若曉得好歹，將老婆送我，我還佛眼相看。若説半個不字，看刀！（小生）待我商量。（丑）快些！不要耽擱時刻。（小生起，背介）

【朝天子】剛躲過兵戈大劫來，又遭逢此變，怎差排？他勢凶凶一味逞狂乖？明欺俺嫩書獃，空拳無策制狼豺。咳！也袛好權詞脱灾，權詞脱灾。

（丑）朋友，你想延挨時刻，等個人來救你嗎？可真是買乾魚放生，不知死活了。（小生轉介）王兄，請聽小弟一言：

【普天樂】既多承殷殷厚意相携帶，得免那刀林劍樹分尸塊。論酬恩犬馬應該，俺方思圖報將來。王兄，你合受全家感戴，甚因由頓把初心改？小生死不足惜，二老親殘年，望你矜哀。如能相捨，便贈你妻房也快。（背介）金大用，金大用！你枉抱負衝天大志濟世奇才。

（外、老旦慌上）求好漢饒過我兒，將我老兩口殺了罷！（雜）老厭物多講！（一篙打落水下，向小生介）你不下去，等咱老子動手，你就莫想全尸了。（小生轉介）罷了，罷了！

【尾聲】他暗地裏先將羅網排，也是俺一時執己見，送爹媽水底埋。（指丑駡介）惡賊，惡賊！俺死了，到閻王前告準，將你魂追油鍋裏，也把賊尸醢！

（雜舉篙介）不必嘮叨，下去罷！（打小生下。旦哭上）一家皆死，此身誰托？（丑）娘子省煩惱，小子不特庫積金銀，箱堆錦綉，而且最是多情多義的。你跟俺去過活，一樣知心著意，比那書獃子，袛怕還快活些。（旦拭泪不語。貼緩行上視旦，向丑冷笑介。丑）潑賤人，你笑誰？（貼）笑你死在眼前，還不知道。（丑怒介）好討打！賤人，你莫非看上那書獃麽？就叫你跟他去。

(打介。貼指丑介)你殺人没天理,俺不願爲賊子妻。(投水下。丑)死得好!死得好!(向旦做鬼臉介)娘子莫多心,莫害怕。兄弟快煖酒來,與你一來壓驚,二來賀喜。(雜應,同下)

第四齣　蒙救

(外白鬚幅巾深衣携杖上)

【夜行船】翛然自得閑中趣,日償些酒債詩逋。有時去叩禪關,來尋道侶,向丈室同揮玉麈。

雲水烟霞自有真,每將行樂惜佳辰。平生不走邯鄲道,贏得華胥夢裏身。老夫尹仁,少厭紛華,長辭仕進。一吟一咏,自耽泉石風清;半士半農,敢説丘園道貴。今當衰暮之年,愈益優游之興。(緩步視介)是好一派静冶風光也!

【似娘兒】爽氣沁心蘇,(指介)看門前蓼紅蘋白,秋來多少游行處。想那世人,軒冕縈心,泥塗沾體,(笑介)争及老夫這懶散江湖。

無事散神仙,正老夫今日之謂也。且去作一首即景詩,以娱清晝。(轉行坐介)童兒,將筆硯擺好,再去煎茶伺候。(内應介,外大笑介)有趣,有趣。(下。丑急上)有生憑我救,無力把尸埋。(内)你不在船上,來此何幹?(丑)有件奇事報知主人。(内)主人正在吟詩,没工夫管閑事,停刻來罷。(丑)從古説人命關天,豈有不報之理!(内)嘿!你的老婆被人打死了嗎?(丑)呸!你的老婆纔被人打死呢!(内)不必取笑,到底是件甚麽事?(丑)昨日刮了一天風,我想必定要刮幾個大魚來。起個大五更,把船放到中流,扳幾罾,誰知一個魚也没有。隱隱聽得人喊,是被賊打劫落水的少年漢子,將他救起。(内)這也不算奇事。(丑)再去起罾,費盡力也起不來,衹得叫那少年幫著。(内)想是打著大魚了?(丑)俺一看,剛叫得呵呀字尚未出口,那少年大哭起來。(内)對著魚哭甚麽?(丑)那裹是魚,竟是那少年的老子娘,你説奇不奇!俺衹得幫他抬到岸上,他在那裹守著,俺就來了。(内)有這樣奇事?我代你請個示下罷。(丑)好極,好極!(内)主人叫你將那人帶來親自問他呢。(丑欲下,復回介)俺還忘了,他自己説是個秀才哩。(下,引小生上。丑)你且在這裹站著。(向内稟介)小的將那人帶到了。(外醉容帶童上)短髮霜添白,衰顔酒借紅。(小生拜介)長者請坐,難人叩頭。(外挽介)秀才少禮,請坐。(小生)不敢,晚生禮宜立陳顛末。(外)坐了好講話。(小生告坐,坐地介。外)足下何方人氏?尊姓貴表?因何遇盜?令尊人在何處被害?(小生)長者聽稟:晚生姓金名大用,中州人氏,衹因闖兵猝至,聽説他

【長拍】所過丘墟,所過丘墟,怕孤城難禦,衹得與父母妻室,避寇亂暫離鄉土。(掩泪介)行剛半日,見漫郊遍野逃難的和那敗兵,亂紛紛螘似蜂如,被他一衝奴僕散騎車無。衹得自相扶掖,步伶仃挨道路。撞見一個少年,自稱王十八,也携著幼婦避亂,約俺與他偕行。因在惶急之際,故未嘗深慮,遂錯認惡人爲善侶。隨彼覓船渡江,一日晚間行到那一望茫茫烟水處,他便逞凶威,硬奪俺荆釵婦。晚生衹得婉語相求,以希脱禍。豈知舟子,從旁相助,一篙將俺及父母打下。嗚呼!

(哭介)晚生落水之後,不知荆人作何歸著?更且父母雙亡,俺雖得苟全,隻身空手,將何殯殮?(痛哭介。外)有這等事!可憐,可憐!足下且自節哀保重,令尊之事,老夫自當稍效綿薄。(小生哭叩介)承長者高義,大用當效犬馬之報。(外)些須小惠,何足挂齒。(丑笑上)笑話,笑話!笑話年年有,没得今日長,死的既會配成對,活的也要凑成雙。(童)你瘋顛了嗎?説的甚麽?(丑指小生介)他的老婆也從水裹找來了,特來

説一聲。(小生驚起介)管家,小生妻子現在何處?怎樣來的?(丑)是龍王爺差龜將軍、鱉元帥從水裏送來的。(外)胡説!你去説金相公在此,請他相見。(丑應下,引貼上。小生起迎,忽退立,揉眼復視,呆介)呀!你、你是强人妻子,怎得到此?(外)難道不是令正麽?(貼向外跪介)賤妾果是王十八之妻,内中有段苦情,望老爺詳察。(外)起來講。(貼)念賤妾,

【惜花賺】係出寒儒,父女相依母氏殂。也是爹爹,一時誤聽媒語,致將嬌女配强徒。可憐賤妾結縭初,衹留光勉向愁中度。昨夜裏,他又見色欺心,把人性命圖。尋思數,鳳凰怎伴鴟鴞翥,因此上碧波甘赴,碧波甘赴。

(外)小娘子請坐。(貼坐介)賤妾唐氏,誤適匪類,本擬畢命清流,以消宿孽。奈一息猶存,不得不擇人而事。(目視小生掩泪介。外)這件好事,老夫自合玉成。(向小生介)願足下俯從其請。(小生)大用此時,

【短拍】正五内摧崩,五内摧崩,又何心納婦?況荆妻性比羅敷,争肯事强徒。料芳魂已在泉路,衹不可於他有負,非是我十載薄相如。

俺子然一身,葬親之後,即前往鎮江,密訪仇賊,豈宜細弱爲累?(貼)若以細弱爲嫌,娘子如在,亦將以復仇弃之耶?(外)足下不可固執。(小生背立躊躇介。外)老夫籌之熟矣,若不以萍水爲嫌,區區敝舍,暫代足下金屋之藏。且隻身訪賊,亦非善計。老夫有一舊交好友,現握重兵。若肯隨營參贊,非止成就功名,亦且報仇甚易,未知足下以爲可否?(小生)長者,

【尾聲】念鯫生荷厚德,敢支吾,也衹怕學淺才難副。(外)足下不必過謙,把你濟世宏謀,先向那細柳營中去小試諸。

童兒送唐娘子到内裏去。(童引貼下。外向小生拱介)請!(同下)

第五齣　快刺

(貼羽衣雙髻扮仙童執幡上)人心自刁狡,天眼不模糊。俺乃南岳夫人座下旌善童子是也。奉夫人法旨,接引烈婦尤庚娘魂魄,且索往金陵走遭。(繞場下。雜、丑撑船上。旦佩匕首隨上)

【端正好】假從容隨强暴,懔冰心白日光昭。俺要把殺全家海樣深仇報,特地改悲爲笑。

(丑)已到水西門了,就在此靠下罷。(雜泊船下。丑)娘子,今日是新人進門,必須穿套鮮整衣服,戴些頭面纔成體統。(旦含笑介)遵命。(丑背介)嚜,他説挣命,大約是笑我窮的意思。(掀衣解鑰匙轉介)娘子,方纔不是笑小子窮嗎?(指介)哪!那幾個大皮箱子裹,錦綉珠翠多著哩!(遞鑰匙介)任憑娘子揀著穿戴,小子先家去好著轎來接。(旦)你去罷,消停些兒,待奴家慢慢的梳洗。(丑連揖連應介)是、是、是。(下。旦)嗳!

【滚綉毬】念翁姑在那厢,共兒夫葬碧濤。衹剩奴孑然身,强挨昏曉,這絲兒命儼風花抱蒂難牢。(掩泪介)俺强忍著血條條的泪痕,佯展放喜孜孜的翠梢。既仗虚言將這貞姬身保,再憑急智把那仇寇頭梟。料賊子今日晚間必定要百般賣弄逞虚喬,哎,賊子。你那可妄想了!究竟害俺全家,你落個甚的來哟?止博俺玉手親抬試寶刀,賊子,賊子!你可還敢輕覷俺這女苗條。

趁無人在此,待奴將公婆丈夫拜禱一番,没有香燭祭品怎好?(沈吟,忽大聲説介)尤庚娘,你好糊塗!莫説没有,就有也是賊人之物,陰靈豈肯享受?倒是舀碗净水祭祭罷。(舀水

供介。哭拜介)

【叨叨令】酌清泉一盞當椒漿,這精誠望冤魂共享來相告。俺那公公喲,俺那婆婆喲,俺那郎君喲!想當初警烽烟性命合家逃,豈知爲一人翻將三命齊丟掉。(痛哭倒地介)俺豈肯苟活偷生委靡甘入他人套?也祇念沈冤須痛銷,恁孤身仗你陰靈保。(起介)果能如願,兀的不快殺人也麽哥,兀的不快殺人也麽哥,那時節含笑從容,向地下尋著一家兒,可團團圞圞的好。

(坐介)奴因身無寸鐵,一時急計,祇説合眼便見公婆丈夫索命,賊子即取此劍,説挂在床前,鬼就不敢來了。奴説夜間果然不見,又在日裏時時刻刻站在面前,好不怕人。賊子信以爲真,就叫俺佩在身上,日夜不離。想奴家泄憤全身皆憑此劍,待我拜他一拜,托付一番。(解劍放桌上拜介,起拔劍介)

【脱布衫】是龍泉氣自衝霄,(拂拭看介)是魚腸鋒可吹毛。劍呵,劍呵!憑仗你殺人材將人膽照,成就我小裙釵報仇名號。

劍呵,劍呵!是必好生幫俺了當也。(入鞘復佩介)日已過午,且去梳洗罷。(對鏡理妝畢,起身開箱,翻看介)呀!這一包是甚麽東西?(捏介)如此結實,紙上有字,待俺看來。(看,喜介)竟是一包蒙汗藥,這是天賜俺成功也!分些放在身邊,晚間好用。(包藥藏懷内,取艷色裙衫穿。穿畢,對鏡簪花。簪完,對鏡自看介)

【小梁州】注横波把鏡裏人兒仔細瞧,裊亭亭絶世丰標。(嘆介)真個我見猶憐,管賊子眼迷心蕩更魂摇,瘋麻了魆魆的命難逃。

收拾齊備,且去歇息歇息,養養精神。(下。副净歪嘴獨目蹺脚拄拐上)老身王十八的母親便是。剛纔他來家,説又娶個媳婦,天仙一般。今日不宜拜家堂,也不給我磕頭,祇見個面兒,且自由他。(雜扮王十九上,指副净駡介)我把你這老不死的乞丐婆,恁的偏心偏肺的,哥哥就該左一個右一個的娶老婆,難道我王十九就該永遠打光棍嗎!好個偏心偏肺的老賤貨!(副净笑,摟雜介)我的乖乖肉,看你哥哥娶花眼了。好乖乖兒子,不要生氣,明兒叫哥哥揀好的也娶一個給你就是了。(雜)我的老婆要同他的一樣,差一絲兒我是不依的。(丑引旦上)娘子,這是婆婆,這是兄弟,見個面兒,明日再行大禮。(旦向副净福介。雜呆看,忽倒地打滾狂笑介。丑)娘子,到房内歇息歇息去。(引旦下。雜)呵喲喲!我可真個開了眼界了!(爬起不見旦,亂望喊介)呵喲喲!我那玉天仙的嫂子到那裏去了?(副净)到你哥哥房裏去了。(雜)我也跟去。(副净扯雜諢下。場上列燭臺,丑引旦上對坐。小婢捧酒上。丑斟送旦介)娘子不要害羞,請歡歡喜喜的喝個雙杯兒。願天天偕老,日日成雙。(旦接酒含笑回送丑介)

【么篇】把朱唇輕啓柔聲告,怕奴的陋顔色難配英豪。(丑)好説,好説!娘子容貌比西施還俊哩(旦)俺怎及冠吴宫西施貌,衹可追踪龐謝,英風俠氣不多饒。

(丑跪接飲介)謝娘子厚愛。(旦)快些起來,被人看見笑話。(丑起背介)這幾天見他不言不語的,衹説是個泥美人兒,中看不中吃,豈知竟這等有趣!(大笑介)樂煞哉,樂煞哉!(旦取藥,背放壺内,轉向丑介)酒寒了,快吃罷!(丑帶笑連應介)是、是、是。(旦連斟,丑連飲,醉伏介。旦)再吃個雙杯兒好安歇。(丑不應。旦轉問婢介)二爺呢?(婢)站在窗外。(旦取壺介)你將這酒拿去,説我送他吃的。(婢提壺欲下。雜突前搶壺喝乾,倒地不動介。旦問介)二爺吃未?(婢)二爺聽是新人送的,接過去咕嚕嚕一氣喝乾,晃了幾晃,倒在地下動也不動呢。(旦怒介)哇!胡説,與我跪下!(婢向場角跪介。旦怒容起身拔釵環脱衫裙亂撒,在衣底抽

劍，雙手舉起，向丑砍介）

【快活三】把青鋒衹一標。（丑倒，暗下。旦驚介）呀！難道不曾砍著麼？（彎腰俯首看，退立介）原來這賊恁般不結實，衹輕輕一劍，已身首兩處拋。（婢喊介）了不得了！新娘子瘋了，殺人了，快來喲！（旦將劍架婢頸，婢驚倒。旦轉身向外殺雜介）也送伊一并去赴陰曹。（副净拄拐上）半夜三更的，兒子房内爲何喧嚷？多半是那小孽障跑去胡鬧。（且行且喊介）十九兒，十九兒，快出來！有話同你説喲，十九兒來喲！（旦立聽介）這是賊老婆子聲音。呀！待俺閃身門後，等他進來，好劈頭給他一劍。（副净伸頭張介）十八兒還未睡嗎？（旦衝出，一劍劈倒，副净喊，旦連砍，死介，暗下。旦點頭嘆介）哎！賊婆子，這也是你教子無方招來的惡報。

（倚劍坐喘介，緩緩立起，聽介）更傳四鼓，鷄聲亂唱，不免將仇賊頭顱取來，祭告公婆丈夫一番，奴也相隨一處去罷。（執燭照介，放燭，兩手各提人頭放桌上排列，哭拜介）俺那慘死的公婆丈夫前來受享喲！

【朝天子】你避兵氛寇囂，遇凶殘劫盜，莽黄泉一去無音耗。奴今手刃仇讎，奴身事了，（起拔劍介）少不得也借龍泉尋歸著。（欲自刎，停劍想介）呀！尤庚娘，你是獨來獨往女中豪杰，若模糊而死，這海樣深仇，何人得曉？況又殺死多人，官府看驗，豈不累及鄰近？（視婢，欲言又止，沈吟介）也罷！將這件事明明白自寫封字放在桌上，人一看就知道了。（執燭遍照介）没得筆硯怎處？（想介）有了，何不割塊衣襟，蘸血寫在墻上呢。（割衣蘸寫介）把根由一一的分明表。（寫完看介）大事已成，快些走罷！（問婢介）此處離河多遠？（婢）門、門、門外就是、是河。（旦且行且望介）看冰輪正高，聽人聲静悄。（到河邊立看介）金郎呵，金郎呵！快來領你妻子同去喲！俺也算夫唱婦隨，早向那中流跳。

（投河介，隨波翻滚至場角，躍起閉目直立介。婢爬出偷望，見旦投河，亂喊介）救命呵！新娘子殺人喲！快些救人喲！新娘子投河了！救人喲！救人喲！（外、生、净、丑扮鄰人上，見婢介）天尚未明，你這孩子喊甚麽？（婢一把抱住丑介）救命！救命！（指門内復指河介。衆）到底怎麽了，你説呵？（婢亂指説不出，扯净走，衆隨行。丑入門見人頭駕倒介）呵喲喲！有鬼，有鬼！（衆問婢。婢）是新娘子殺的！（衆）新娘子呢？（婢）投河了。（衆）有這等事？（抬頭望介，外向生介）墻上有字，李相公，念給我們聽聽。（生念介）"難婦尤庚娘，中州人氏。因避闖亂，全家南往，途遇劫盗王十八，誘與同舟；公婆、丈夫被擠落水，留妾一人屢欲相犯。妾誘以婉言，醉以毒酒，亦刃賊之全家，以泄冤憤。家人盡死，豈忍獨生？行赴清流，以成吾志，謹白。"（丑）快、快跑開，不要被官差來撞見，拿去償命喲！（生）不必慌張，一點事也没有。（外）且去打撈尸首。（衆）是極，是極。同到河邊看看去。（丑）還站在那裏，待俺扶他上來。（丑下水欲扶，旦左右閃避，丑細看介）呸，死了！（向衆介）快取扇門來，抬上去。（净取門放水邊，旦自到門上介。衆）阿彌陀佛！（同抬介。貼引旦上，繞場下）

第六齣　追悼

（場上列燭臺，小生緩步上）

【遶池游】藐兹身世，泛泛如萍寄。慘磕磕雙親喪矣，又傳來惡耗，絶代佳人逝，念貞魂紅絲忍再繫！

（坐介）避亂離家客，飄然何處身？相隨惟有影，一顧一傷神。小生金大用，蒙尹翁十分看待，高誼厚情，真是糜身莫報。争奈親亡妻喪，四海無家，究竟此身，不知作何歸著？尹翁又訪友去了，空齋默坐，好生傷慘人呵！（内作風雨聲介）聽那窗外雨聲越發大了。（起身徘徊介）

【五更轉】寂寞宵,孤燈對,秋霖淅瀝吹。聽簷溜將人滴得、滴得心兒碎,百緒千端,交縈五内。痛亡親、悼亡室、雙垂泪。妻呵,怎生得你、得你魂兒會,共話酸辛,永懷不寐。

想大用生平每不以尋常自命,然富貴功名皆所固有,難必者佳偶耳!

【前腔】拾芥般、視青紫,最難求真佳麗。(掩泪介)記雙雙花燭時,見容華絶代、絶代天然致。似玉如花,玉温花媚。那時我身酥軟,眼迷離,魂銷矣。巹卮未飲、未飲心先醉,待傍仙肌,自慚形穢。

【前腔】説甚麽筆聖才、針神技,你靈心殆過之。非關殢雨、殢雨尤雲意,淺笑輕顰,也饒情味。素手携,香肩并,含歡對。白雲不羡、不羡那仙鄉矣,願效琅琊,甘爲情死。

(内鷄鳴介)

【前腔】想你每戒旦、鷄鳴起,向堂前怡色。更柔聲問親所欲、所欲調甘旨。爲你孝謹温和,二親心喜。每説是、堪慰我、桑榆矣。怎知一旦、一旦兵戈擠,(哭介)好好人家,流離瑣尾。

惡賊,惡賊!你害得俺好苦也!

【前腔】恰值那、愴惶際,見他也携將紅粉姿。故坦然不去、不去相疑忌。(頓足介)若聽卿言,將他迴避,待得那、天兵到、妖氛洗,一家照舊、照舊團圞矣。(捶胸介)鑄錯無成,悔將何及!

(痛哭介)俺那智烈妻呵!

【前腔】你眼看著、翁姑喪,兒夫一并隨。竟悠悠當做、當做途人視。智賺强梁,假歡佯喜,殘燈下、劍光飛、血花漬,手誅賊子、賊子全家死。(哭倒介)呵喲妻喲!細弱孤身,争能如此?

(起介)

【鎖南枝】芳容杳,鄙念痴,綿綿恨長無盡時。仙客少洪都,怎寄青鸞字。衹有形呆立,骨瘦支,算雖生,仍是不如死。

哎,偏生又添出唐氏這段枝葉!衹爲尹翁,

【前腔】憐孤梗,借一枝,如雲誼高難遽辭。唐氏又説,若許侍夫人,願作青衣婢。是以含糊答應,滿擬有珠還劍合之時,今既無望,莫説唐氏不過一姣好女子,縱然能、貌美勝西施,也難消、俺的痛心事。

(掩面大哭介)俺那妻呵!總是俺不聽良言,弄到這般地步!(内鷄亂鳴介)呀,鷄亂叫了,且勉强去胡亂睡些個。正是:愁多那厭浮生短,痛極渾忘秋夜長。(下)

第七齣　開墳

(雜扮樵夫携斧提酒瓶上)賣將柴一擔,换得酒三斤。俺張三。(净扮漁翁撑船上)鍋中魚正熟,共酌好談心。俺李四。(招手介)老三這裏來。(雜上船,對坐飲介。净)三哥,俺兩個辛苦大半輩子,也不曾攢積下一文錢半文鈔,衹説是生來命窮的。誰知老天爺憐念,昨夜夢中有神人指點,教去開尤烈婦墳,許俺們發注大財,你看這件事到底做得做不得?(雜)這是他老人家叫的,有甚麽做不得!等喝完酒再説。(謔拳痛飲,净醉態視天,向雜介)天色晚了,走罷,趕到那裏好動手。(雜)説得是。(同划船下。貼照前妝束執幡引旦上,繞場下。净荷鍤、雜執斧同上,繞場行介)

【番卜算】平野蕩層烟,灼灼星初爛。遠阡近陌遞相連,踏得芒鞋綻。

(净)到了,快些動手。(掘介。貼引旦上,推旦倒地,説介)尤氏聽者:你與金大用,皆陽壽未終,合得夫妻重聚,安心等侯,切記切記!(下。雜)不用刨,到棺了。(净)到官就不得乾净了。

(雜)少要閑話。(取斧劈棺,旦呻介,雜擲斧遠立抖介。净拾斧笑駡介)好没用的忘八蛋,快滚開!看咱老子動手。(啓棺蓋。旦長吁。净驚倒喊介)不干我事,俱是張三的主意,求你老人家單單拿他,饒過我罷!(旦低唱介)

【瑣窗塞】迷離惝恍幾何年,恰似初醒一枕眠。回頭尋夢,艱危萬千。已拚白水同歸,那得赤繩重牽?若不呵,怎分明更向因中現,堪憐,一抔黄土已安然,何由再睹青天?

(緩緩起坐介。雜前跪磕頭介)小人張三,本不敢來,都是李四總成的,(連磕介)求放過我,(指净介)衹拿他一個罷!(旦)不用害怕,俺不怪你。(拔首飾起介)

【前腔】累伊們救我生還,没甚相謝,(遞首飾介)權送些玉鈿金釵代酒錢。(雜、净跪辭不敢受介)娘子厚賜,實不敢領,衹求説明家鄉,小人們情願送去。(旦)咳!俺衹願皈依尼院,焚修佛前,晨鐘暮鼓,懺悔尤愆。(掩泪介)則俺生生死死可也無留戀,空鎸,天涯海角總茫然,兒夫知在誰邊?

你們若肯行此方便,也可得幾文錢鈔。(雜、净)小人們從不爲非作歹,因夢中神示,方纔做此勾當。娘子若無家可歸,現有鎮江耿夫人寡居無子,且又巨富,若去投靠,定然收留,不强似做尼姑嗎?(旦)且到那邊再看。(净)老三,快放船,好連夜送去。(雜下,划船上)李哥,好生扶著。(旦)不消扶得,待俺自走上去。(上船介。雜、净同撑船。旦)珠還憐此日,劍合是何年?(同下)

第八齣　薦幕

(隊子引净戎裝上)軍書紛火速,緩帶自風流。(坐介,隊子下)

俺袁大勳奉旨剿賊,便道訪一故人,兼欲咨以軍事。中軍何在?(末上,净付令旗,末接跪介。净)傳令大小三軍,暫扎行營,不許喧譁妄動,違令者斬。(末)得令。(下即上,繳旗下。净)帶馬過來,隨俺到桑苧村走遭。(生扮家將帶馬上,同上馬,行介。净)俺與那,

【雙勸酒】宗爺岳爺,威名同詫。(回望介)風捲雙旌,雲屯萬馬。喜軍容閑整静無譁,翦强寇安奠皇家。

(生)來此已是,請爺下馬。(净下馬介。生)門上那一位爺在?(童揉眼上)何人驚乍夢,值我未晨餐。(看介)你們是甚麽人?(生)有奉旨剿寇靖逆大將軍袁大人拜訪。(童發怔。净向童笑介)你去告訴主人説,故人袁大勳相看。(童)你這話記得。(指生介)他那一串兒連一句也不懂。(下。净目送,長嘆介)乍聽童語樸,愈見主人高。(外出迎,净前握手介)一别十年,可喜道容如故。(外)雲泥分隔,何幸旌節寵臨。(見禮對坐。童獻茶。外)傳語厨上,殺鷄砍魚采芹翦韭,安排小酌伺候。(童應下。外)君侯身膺寵命,手拯民艱,不識下顧荒村,有何見教?(净)大勳久違顔色,便道造訪,一慰渴懷。更有所求,千祈勿却!(外)君侯有何教言,不妨明示。(净)大勳才凉任重,恐失機宜,特來敬請吾兄隨營參贊,伏望俯允。(外大笑介)君侯爲國儲才,必求龍蟠鳳逸之士,俺尹仁何足道哉!且

【雙金園】年衰邁,鬢已皤,强干軍國事,定差訛。有金生其人者,不特甲兵森武庫,胸有包羅,更倚馬才多。是天教助牧頗,天教助牧頗。

(净)其人現在何處?(外)適在舍間。(净)願求一見,乞兄代達微忱。(外)童兒,將金相公請來。(小生上)意氣思投筆,情懷暫倚樓。(外)這位便是敝友袁君。(小生、净同揖,净執小生

手介)久仰洪才,曷勝欣慕。(小生)惶愧。(净)金先生,大勳要借重你,

【尾聲】運奇謀,相輔佐,靖烽烟,奏凱歌。(小生)晚生後學庸才,過蒙推奬,敢不敬輸管見,以備芻蕘。(净)金先生不必過謙。(合)看指日畫上凌烟,管領取幕中人名遠播。

(童上)啓爺,酒已齊備。(外起,向净、小生拱介)請到敝齋小飲談心去。(同下)

第九齣　凝盼

(老旦扮耿夫人帶婢上)【憶秦娥前】真非望,暮齡何幸承天貺。承天貺,瑶池玉蕊,儘教培養。老身耿氏,先夫見背,膝下無兒。每年向金山寺進香,於大士前默禱,或子或女乞賜螟蛉,以慰衰暮。果然前月神風送來一女,不特百媚千嬌,亦且心靈手敏。老身命他敬綉長幡一對,乘大士誕辰好去還願,不知可能趕上?(婢)剛纔花童説,園中蘭花盛開,請夫人賞玩。院子也來回過,女班子到了,在外邊伺候。(老旦)等姑娘們到了再傳。翠荷,請小姐去,説我先在園中等著看花呢。(下,旦帶婢上)【憶秦娥後】菱花雖有重圓望,朝朝暮暮勞神颺。勞神颺,因何恁地,將人魔障?奴家尤氏,小字庚娘,轉生後往事回思,恍惚如夢。(想介)記投水時,被童子引入一所宫殿,住了些時,又引俺出來,説與金郎尚有姻緣之分,教俺相候。剛欲細問,被他一推,恰值有人開棺,隨即甦醒。今蒙耿夫人寄養膝下,十分憐愛,儘可安身。衹是金郎毫無消息,又没處察訪,也衹好聽天由命罷了。前月母親命綉花幡,昨已完備,不免送去過目。(唤介)菱花,將幡取來。荷錢,將茶煎

好,一同隨我到堂前去。(二婢一捧幡、一捧茶盞隨旦行介。婢上迎笑介)小姐來了,婢子正要去請,夫人在園裏等著呢!(同下。老旦同婢上。婢)已到毓秀亭了。(進亭坐介。婢折并蒂蘭送老旦介)今年蘭花有許多開著雙朵兒,婢子先折一枝給夫人看看。(老旦接花向婢介)你且去瞧瞧小姐來未?(婢指介)那不是小姐來了?(旦引婢上見)母親。(老旦)女兒。(旦)這花果然香得濃郁。(老旦)我兒走近前來,待爲娘將這枝并蒂蘭替你簪上。(旦近老旦立,老旦上下端相,笑介)兒呵!看你的身段兒、模樣兒,分明

【懶畫眉】生香一片玉無瑕,覺蓮步梅妝未足誇,(旦俯首,老旦簪花介)偏宜這芳蘭斜壓鬢邊鴉。(簪畢看介)若共那蟾宮仙子争高下,衹恐塞簧較遜些。

(旦向盤内取茶送老旦介)

【前腔】玉甌親捧勸嘗些,這是活火新煎顧渚芽,幽閑風味恰宜他。況對這春光明媚人瀟灑,抵多少圓嶠方壺樂事賒。

(老旦)蔆花捧的是何物件?(旦)是孩兒綉的長幡,拿來與母親過目。(旦同婢展開,老旦看介)呵喲喲!綉的好鮮明花草,愛煞老身也。兒呵!快好好的捲起來,供在佛前,等大士誕辰,好去懸挂。(旦捲付婢捧下。旦倚欄望介)好個園子,花木亭臺,位置的頗有畫意。(老旦)這是你爹爹費了許多心力,左改右改,方纔造成。又嫌過於遼闊,一時不能遍覽,特起一座聚景閣,極其高峻,不特園中景致盡在眼前,連大江内風帆沙鳥,也歷歷可數。翠荷,你送小姐到那裏逛逛去。(旦)母親不去麽?(老旦)兒呵,做娘的因你不曾會過親眷,今日訂了班女戲,將近房遠族姑表姊妹邀來,同你會會。我要去張羅張羅。(下。婢)小姐隨我來。(引旦繞場行介)

【遶池游】苔階綉結,小步凌波怯,遶亭臺曲廊迴折。猛見那穿花戲蝶雙飛雙歇,不由人芳心警也。

(到介。婢)胡梯甚高,小姐緩緩的走。(旦登梯介)

【二郎神】瓊琚曳,漾湘裙層梯緩躡。(進閣介)看畫棟雕梁光照澈,芸窗静掩,有桐陰竹影遥接。萬軸牙籤高下叠,燦琳琅文房排列。(旦徘徊顧盼介)咳!看這景象,倒鉤起俺的悶懷賒,没理亂低鬟暗暗咨嗟。

(俯首默坐。婢開窗捲簾介)小姐,這邊來看喲!(旦起倚檻。婢指介)這是金山,那是焦山,你看江裹船隻來來往往,好不熱鬧。(旦遠望介)

【前腔】遥瞥,長天大地,烟雲明滅。(顰眉介)兩點金焦相帶掣,鎮江流一綫,千秋萬歲難歇。來往帆檣紛錯揭,知恁是何人旌節?(掩泪介)莽無涯,問茫茫底處儂家?

(婢)小姐不喜看遠景,還是到窗前坐下,觀玩花草罷!(旦憑窗坐介)哎,翠荷,你説

【囀林鶯】觀花玩草添喜悦,怎知俺百頭千緒撩撥。看那芭蕉不展丁香結,又枝頭杜鵑紅綴,似殷凝恨血,想這種種是專爲愁人添設。渾難割,兒夫遠在天末。

撫今追昔,好生傷感也呵!

【前腔】回思未遇兵戈劫,一般恁地時節,也金樽綺席笙歌列,侍高堂聽繞梁音叶。又纖腰轉折,越顯得春光明澈。興偏奢,共檀郎雕欄笑倚同閲。

咳!金郎,金郎!你那俊爽丰神,和平性格,何曾有一刻不在奴家心頭眼底喲!况俺二人,本是

【啄木鸝】連枝樹,并蒂花,并蒂連枝情意愜。實指望百歲長開,争曉得片時被掐。枯根幸喜今再發,幾時纔得相撑達?莽情

芽,心頭窨約、兀地自胡拿。

(哭介)呵喲! 金郎喲,想你與俺,

【前腔】情千縷,愛萬叠,百順千隨將奴體貼。記得你恁地温存,記得你恁地親熱,記得你曉妝代將鈿翠貼,記得你晚妝代解湘裙結。還有幾多些,輕憐痛惜,待説口難説。

【黄鶯兒】往事一凄咽,問捐生,爲那些,到陰途又逐俺回陽轍? 今日呵,柔腸斷耶,芳心碎耶,甚因由恁地未磨滅? 漫攔遮,縹縹渺渺,空賺得俺的泪痕賒。

(痛哭介)金郎,金郎! 想你在那裏,也與俺一樣的

【前腔】目斷碧雲斜,見花愁,對月嗟,兩邊厢一樣心牽挂。天耶命耶,真耶夢耶,更何年始共你相逢也? 幸得神言相告,衹好耐煩些,寧心静候,料想没争差。

(拭泪介)咳,天嚇! 既許俺破鏡重圓,怎又不明示以何年、何月、何地、何方? 衹一味糊糊塗塗的憋殺人喲! (婢上)諸家小姐到齊了,夫人叫婢子伏侍小姐净面更衣,前去相見。(旦點頭。婢下。旦)撑持見慈母,慘淡展愁眉。(帶婢下)

第十齣　重圓

(小生巾服、貼艷妝乘船上)

【憶秦娥】風帆緊,江山勝處遥相引。(貼)遥相引,人行畫裏,感懷無盡。

(小生)患難程途舊,功名歲月新。(貼)芳魂招不得,同此一沾巾。(小生)小生金大用辭幕歸來,隨即買舟南下,先行改葬二親,然後再展庚娘之墓。你看水碧山青,依然如故,時移世異,愈增悲感矣! (長嘆介,向貼介)柔娘,俺與你一旦萍逢,

遂成眷屬，或亦三生石上曾締前緣，祇是我那庚娘——（掩泪介）妻呵，想你死得好苦也！

【山坡羊】亂叢叢剛躲過賊兵鋒刃，又昧蚩蚩落賊船的窩頓。孤伶伶止存你一人，烈轟轟竟泄俺全家恨。志已伸，怡然赴碧淪，不崇朝南北芳名震。妻呵，你萬古留芳，俺畢生抱悶。傷神，減盡腰圍奉倩身；消魂，携得椒漿奠墓門。

（下。老旦盛妝、旦倩妝乘船上）

【玩仙燈】南海共西天，佛菩薩齊看，娘兒還願。兒呵，做娘的今日起得早些，要去歇歇，你坐到窗子邊，看看江景兒。（旦）母親穩便。（老旦下。旦嘆介）咳！俺有甚心情觀玩江景來哟！想俺與金郎，

【山桃紅】一自鳳鸞分散，屈指三年。似翦斷風鳶綫，鎮搖曳心旌自懸。音和信無有絲兒，祇剩俺繫柔腸，盤迴萬千。争得陣做美風吹至前，始把俺心苗展也。若不呵，似俺這失水的魚兒命怎延？這就裏難参辨。天嚇，天嚇！聽奴告言，你既不許鴛頸重聯，因甚又叫俺蝶魂再旋？

（掩泪顰眉俯首默坐介。内）翠荷，夫人説怕小姐餓了，叫你煎茶取點心，給小姐吃呢！（旦）哎，母親，母親！你待俺，

【隔尾】萬般慈愛口難言，俺也無他報答，祇願俺兒夫早轉，好與你博個半子承歡慰暮年。

（下。小生、貼上）

【不是路】指點金山，梵宇琳宫在咫尺間。和風散，一江春水漾微瀾。幾多般、牙檣錦纜香船返，逗得個花枝劈面看。連聲唤，（向貼招手介）柔娘，柔娘！快來同把疑團按。（貼靠小生并立，小生指介）你看那隻船上的人兒，丰神態度，與庚娘一些不差，竟難分判！

（貼）果然十分相像，祇是離的遠，看不真切。（旦上）

【前腔】一死心甘，豈料小魂靈得再還。增悲嘆，縈縈影隻又形單。望夫山、分明險比連雲棧，壹似我舉步曾經蜀道難。空凝盼，朝朝暮暮無些間，何時在眼！

(小生與旦打照面介)呀！

【前腔】仔細重看，省識春風舊玉顔。心私忖，若説是呵，有幾人死去再生還？若説不是呵，猛然間、伊人爲底回嬌盼？似脉脉含愁把粉泪彈。(呆望介)心胡亂，一時怎斷這喬公案。(想介)呀，有了！何不將昔日閨中隱語説來一試，自然就立分真贋。

(高聲説介)看群鴨兒飛上天也！(旦聽，驚介)呀，莫非金郎見奴在此，不好竟認，故以此語相探麽？(倚窗且望且聽介)

【哭相思】一聲聲耳畔頻傳，料心上人兒不遠。

(徘徊遥望，掩泪介)衹見那，

【不是路】桂楫聯騈，來往紛馳似螘然。徒歡忭，(小生又朗説介)兒夫畢竟在誰邊？(回望介)怎無端聲音恁近人偏遠，平白的東風作惹牽。(見小生驚喜介)非懸念，果然得見伊人面。金郎喲，金郎！你爲何來緩，爲何來緩？

(掩面痛哭介，兩船相近。旦拭泪介)金郎，你果然來了！兀的不痛煞奴也！(小生急問介)你果是俺庚娘嗎？聞你投水身死，如何又在此間？(旦過船，小生迎抱，哭介)妻呵！則被你苦煞俺也！

【二郎神】重泉閉，衹説是今生没見期。今日呵，陡地相逢真不意。想那晚被惡賊生生的連枝翦斷，生生的比翼分飛。總是俺不聽卿良言纔墮賊計，誰知你借白刃替人吐氣。(合)重提起，轉泪痕似綫，喜極愈悲。

(旦)奴家那時見變起倉猝，故惟堅貞自守，也衹得逶迤相隨。及至賊家，被俺以迷藥入酒，將賊醉倒。念奴

【前腔】斯時,鋼鋒擎處手起賊死也。殺彼一家兒母共子,幸冤消仇報,侍翁姑急自赴清漪。(掩泪介)金郎,俺衹説向泉途伴你,幾曾想在人間見你。(合)重提起,轉泪痕似綫,喜極愈悲。

(拭泪坐介。貼趨前拜介)賤妾唐氏拜見。

【啄木兒】青衣整,素手垂,斂衽低鬟款致詞:念兒家未識閨儀,望娘子隨方指示。此身倘得房幃侍,知書願作康成婢,縱有時,辱在泥中不敢辭。

(旦扶介。小生愧容向旦揖介)此唐柔娘,孑身無依,望娘子憐而覆庇之。(旦笑執貼手介)同舟一話,心常不忘,不圖吴越一家矣。蒙代葬翁姑,所當首謝。(拜介)

【前腔】蘋蘩事,代主持,叩謝應當幸勿辭。謝伊家奉祀翁姑,謝伊家匡勷夫子。論禮兒奴該讓你中宫位,似這等謙謙轉倒教奴愧,再如斯,則是將人罪戾滋。

(貼答拜同起,坐介。小生)娘子幾時回生?現依何人?今欲何往?(旦)那些生死離合之事,且待緩講。妾蒙耿夫人收留膝下,親女相看。適同往金山還願,不想歸舟與郎相遇。覆庇之恩,願郎代爲補報。(小生)圖報之事,所不待言,且先過船一謝。(旦)待俺先去通知。(下,隨老旦上。小生、貼過船同向老旦拜介。小生)小婿金大用拜見岳母大人,兼謝撫養妻室之恩。承岳母

【啼鶯兒】殷殷樂善兼好施,展慈雲普蔭花枝。若不是岳母,怎免得風吹雨打離披?怎免得梗斷蓬飄顛墜?俺惟有寸草心報答春暉,庶幾岳母見承歡桑榆情慰。(合)喜孜孜,珠還劍合,依舊案眉齊。

(老旦笑挽介)賢婿請起,可聽老身一言。

【前腔】這是上蒼有意憐烈姬,倩世間代作扶持。况老身膝下

無兒，曾佛前螟蛉求子，今賢婿比親生差争半絲，(指旦介)你與他皆天所賜。(合)喜孜孜，珠還劍合，依舊案眉齊。

傳語院子，去安排筵席燈彩樂人儐相，再備彩輿，好接姑爺小姐與唐娘子家去。可速打轎來，我要先回。(旦)母親，爲甚麼要這等費事？(老旦)兒呵，一來你與女婿是再世夫妻，必須重拜花燭，方成個體統；二來也不枉與做娘的一番遇合。(小生揖介)岳母如此費心，真令小婿感激無地。(老旦)姑爺又來説客氣話了，這是老身應該事件。(婢上)點心有了，請夫人示下。(老旦起讓介)同到中艙吃茶談心去。(同下。内鼓吹。老旦吉服上)上蒼感應本無差，果賜璇閨一朵花。喜溢門楣籠瑞靄，承歡有婿也堪誇。(末院子上見介)恭喜夫人。(老。旦)一切齊備了麽？(末)齊備了，回過夫人，便去迎接。(老旦)小心辦理，諸事不可草率。(末)是。(下。内)洞房收拾齊整，請夫人過目。(老旦下。鼓樂儀仗引小生、旦、貼乘彩輿上，繞場下。儐相、院子披紅插花先上。婢執燈引小生、旦、貼上。儐相贊禮，小生、旦、貼排立同拜起，坐筵介。小生作迷離狀，或微笑、或皺眉、或凝想、或執盞、左顧右盼大笑介)

【玉鶯兒】看倚紅偎翠，恁風光分明昔時。記前番一朵嬌凝，訝今日兩枝香膩，好教俺乍歡然莫持。想俺那二親，又愀然莫持，莽心頭攪擾得紛難理。(合)喜孜孜，珠還劍合，依舊案眉齊。

【前腔】(旦)舊人重會，更新人傾城麗姿。金郎呵，你從今後，傍雕欄素手同携，俺與賢妹拂花箋彩毫雙試。(貼)奉盤匜敢辭，抱衾裯敢辭，月無芒星也識包容意。(合)喜孜孜，珠還劍合，依舊案眉齊。

(小生起，雙挽旦、貼，婢執燈前引繞場介。合)

【尾聲】想當年既陡地虹飛起，便缺月重圓事亦奇。到頭來聯

比目結同心，也似那天半餘霞散成綺。(引下)

等閑一樣女兒身，　　智勇偏教兩絶倫。
亂亂離離遭坎陷，　　生生死死見精神。
脱身蘇武終歸漢，　　憤志荆軻竟報秦。
虎穴龍潭都歷遍，　　洞房消受畫眉春。

點金丹

〔清〕西泠詞客（馴陽）填詞

點金丹卷上

先　聲

（末綉袍上）

【臨江仙】萬古長存惟此氣，試看太極陰陽。月宫兔隱日烏藏。中奇偏北位，内偶是南方。父母生兒須究竟，個中的的丹香。莫將紅白瞎推詳。最難擒恍惚，尤要慎飛揚。

【沁園春】辛女馮生，春風覿面，逗起排場。奈高堂不許，良媒締好；豪門濺血，冤獄移殃。作祟寬刑，輸身代救，智以成仁功德彰。飛香閣，兩番調遣，共沐餘光。　端詳，前路茫茫，何處是吾廬更故鄉？笑休妻辟穀，空山枉坐；吞污采戰，孽海胡撞。片刻温香，經年雌伏，曷試斯言果否良？點金丹，拈花微笑，千古兒郎。

修真體謫仙復位，　充假娼義狐得配。
鍊傲骨情種陪升，　拔靈苗巡員普濟。

廷　議

（正旦綉團袍黄縧扮小宫監上）

〔黄鐘引子〕【點絳唇】四海升平，萬民熙皞。深宫笑，餘暇偏多,帝子風流妙。

萬國嵩呼號帝居,九重深閟轉躕躇。嗤他文武威儀肅,不及輕肥意自如。咱家大明正德皇爺貼身隨堂一個小宫監是也。咱皇爺紹太祖、成祖戰伐之功,享孝宗、敬宗和平之福。我皇明歷百五十年,帝在位纔一十三載,文德光昭,武功赫奕;承平日久,高拱無憂。雖然燕喜多方,長恨娥眉未得。朱甍碧瓦,自言坐井觀天;密召微行,還道家園便飯。今早又向咱說:古語道得好,莫非王土,莫非王臣。朕既爲天下之主,自應遍游天下。當此雪霽春明,轉覺因悶成疾。久未御殿,特宣諸臣便殿奏事。爲此咱家出閣宣召。(場上照常儀設紅帘作便殿狀。老旦、花旦太監,小旦、貼旦宫女暗上,侍立介。正旦向外介)聖上有旨:宣公卿便殿奏事。(仍進立帘右介。内衆)領旨。(正生相國服色上)待漏欣聞拜冕旒。(副净文官上)一人有慶共無憂。(小生文官上)當關莫報侵晨客。(净武官上)新得佳人字莫愁。(正生)老夫太子少保禮部尚書文淵閣大學士李東陽是也。(副净)老夫通政使正卿楚銀臺是也。(小生)下官御史張欽是也。(净)下官都督僉事江彬是也。(四官)請了。(正生)聖上傳宣,就此進見。(衆)請。(進介)臣等恭請萬安,願吾皇萬歲萬歲。(舞蹈介。小旦)平身。(衆)萬萬歲!(起立介。正旦)聖旨道來:諸卿俱係朕之愛卿,朕有一事要與諸卿商酌,勿得推阻。(衆)臣等自當仰體聖懷。(正旦)聖旨道:朕久處深宫,實在煩悶。

〔過曲〕【玉抱肚】如傷在抱,坐京都怎生懷保。念偏灾旱潦頻仍,痛窮簷正耗征逃,更邊墻敵釁未曾消,朕目下呵,欲仿巡游敢憚勞?

(正生跪介)臣李東陽謹奏:帝王巡狩,原有舊章,固不可廢,亦不可瀆。

【前腔】閭閻苦惱,動天心真如典誥。衹是鑾輿所經,供億煩頓,爲民瘼轉益民瘼。這衹消降一道嚴旨,與撫按各臣,令其實心經理,務令降恩膏實被恩膏。若因防邊親狩,尤非國體,肅戎行自有霍票姚,何須親御征袍!

(起介。西南場角金光起介,各驚介。正旦)聖旨道:這金光是何地方?什麽休咎?(副净跪介)臣楚銀臺謹奏:陛下出游,原爲民隱或有壅於上聞。衹是北邊多事,不便往游;或者西南金光起處,駕臨鎮壓,順便淮揚巡覽,足慰聖懷。

〔引子〕【海棠春】鑾輿鎮壓瘡痍瘳,看國是民依俱好。順道下淮揚,聖意憑瞻眺。

(起介,小生跪介)臣張欽謹奏:北邊有事,西南有灾,正聖上宵旰之時,即臣等捐糜之際;金光之起,無關朝事。現在豹房充牣,足慰聖意,何必更效錦纜之游乎!

〔過曲〕【江兒水】邊事墻應築,民傷恩要邀。伏望陛下,蠲租恩詔頒須早,防邊糧餉輸毋少,守關將士功宜考。至於金光,自是神仙之事,何預灾祥?不足聖懷縈擾。廿四橋頭,恐被迷樓迷了。

(正旦)聖旨道:張欽遽以隋煬比朕嗎?(小生)臣情詞迫切,實出愚戇,伏乞采納。(正旦)聖旨道:朕也不來罪你。江愛卿何獨無言?(小生起介。净跪介)臣在這裏想:

【二犯五供養】天宫最高,少什麽獨擅霓裳,競捧蒲萄,更有那過錦團營擁,散步教坊邀。原不靠窄豹房,秘舒閑懷抱。况且聖意微妙,臣又邊廷武臣,臣雖要把愚忠效,怕亂議朝堂事,罪難逃。到那時節,仰負天恩,枉費臣勞。

(正旦)聖旨道:既朕顧問,不妨直講。可否施行,朕自做主。但有撥悶之方,衹管奏來。(净叩首介)聖諭剴切,敢不敷

陳。臣愚見呵，

【川撥棹】普荒要，盡奉皇朝詔。但北邊邊警如潮，但北邊邊警如潮，勵軍威須蒙聖教，望飛頒親征詔。臣情願擁前旄，愜天顔，在這遭。

(正生跪介)住了！你要陛下親征麽？邊警非常，土木之變你難道不曉得嗎？

【前腔换頭】你衹知肆意逢迎將國是摇，弃皇都坐野朝。倘長驅北騎雄驍，倘長驅北騎雄驍，慰天顔，天顔更焦。(净)既老丞相如此説，築長城，限終朝，竣欽工，速奏堯。

(俱起介。正旦)聖旨道來：諸臣所奏，俱見忠悃。即着御史張欽巡按内三關，駐札居庸，會同巡撫，調集沿邊各郡人夫，督修長城，限半年完竣奏報，候朕親臨驗收升賞。(小生)領旨。(正旦)李愛卿專理内閣事務，傳旨户部，速調修城錢糧赴工無缺；傳旨兵部，嚴飭守關將士緊固關門，毋得怠誤；傳旨被灾各省，速勘灾郡分别賑撫；并傳旨各省，迅速查明金光起處，是何地方，是何休咎，覆奏。(正生)領旨。(正旦)楚愛卿、江愛卿久在豹房供奉，一應陳設未爲妥協，承御美人尤爲荒陋，以致朕悶極病生，着即陸續采辦，聽候點驗。(净、副净)領旨。(正旦)諸卿呵！

【尾聲】自古道恩光溥靖獻勞。卿等各盡其職，共努力覆奏飛章早。(四官)臣等自當欽遵妥辦，博個天顔笑語豪。

(正旦)退班。(下。太監、宫女照常喝下。撤帳介。正生)僚寀漸非憑砥柱。(小生)君王有意築長城。(俱下。净)楚老先生，聖旨嚴切，學生一介武弁，向在塞外，内廷諸事不諳；豹房陳設，如何妥協？(副净)這個不難。豹房中，着工部添建洞房曲室、花卉古玩，傳旨各撫按、鹽關并欽差太監采貢。(净)美人呢？(副净)這個却難。若令外省采納，功歸於外了。據學生窺聖上之意，好動不好静，愛博不愛專。老都督方纔親征之策，却中聖意，就仿此意辦去便了。(净)領教，領教。賜第不遠，屈駕一叙如何？(副净)又要煩擾。(净)好説。正要請教。(相遜介)請！

(副净)自笑空言無補國，　　(净)那知奇妙在親征。(下)

郊　游

(小生扮馮生秀雅秀才衣巾上)

〔黄鐘引子〕【天仙子】意氣干霄空一世，歲月如流强自怡，雪光螢火映書闈。琴一曲，酒千杯，卧覷嫦娥廣寒裹。

開遍桃花野水生，峰圍黛色遠逾明。小樓獨坐春愁闊，何處一聲幽鳥鳴？小生姓馮名生，北直隸廣平人也。先君科甲出身，歷官四十餘載，先母敕封安人。小生早失怙恃，長未婚姻，雖拾泮水之芹，未掇月宫之桂。煢煢隻影，僅擁書城；寂寂衡門，并無知己。此間有個楚公子，乃現任通政之令郎，承他略分訂交，雖然臭味不投，却也文酒常會。昨日面約今日上巳郊外春游，須從我家經過。此時日色將中，敢待來也。蒼頭那裹？(末上)主人酷愛親書史，老僕殷勤辦酒餚。相公，呼唤老奴，有何吩咐？(小生)昨日楚公子訂約春游，各携酒榼，你可曾齊備了麽？(末)齊備多時，祇候楚公子一到，老奴便隨相公同往。(小生)如此門前伺候。(末)曉得。(小生下。丑扮書僮挑酒榼、外扮家人隨副净絢麗秀才服色扮楚公子騎馬上)

〔黄鐘正曲〕【絳都春序】風流自喜，仗鷟帷富豪，椿庭崇貴。裘馬翩翩，儘我逍遥敢誰誹？又看柳緑桃紅矣，怎做得埋頭門閉。

聊同佳友，且尋芳草，一樽清醴。

(半蘇白)小生楚符，原籍湖廣雲夢，寄籍北直廣平。家君現任通政使大堂，兼值豹房供奉，内而府部科道承風，外而撫按監司仰息。偶因遣興，私贅這裏阮氏，就便廣平進學。我家娘子富有妝奩，怎奈他素性嫉妒，小生略有沾花惹草，他便立刻剷除。除此之外，任我揮霍。此間親戚甚少，有個同案馮生，倒也灑脱可喜。雖他目空一世，意氣凌人，也祇是窮秀才的故態。昨日約他今日上巳同往春郊，因此携榼相過。正是：暫抛枕上親獅子，去訪城東野美人。來此已是他門首，不免徑入。蒼頭，把馬牽了回去。(下馬進介。外應牽馬下。末見介)公子到了，請廳上坐。相公有請。(小生上)楚公子到了麽？(末)到了，在廳上。(副净)馮兄，如此春光，怎麽没精没采？(各揖介)小弟昨晚徹夜無眠，起來轉覺困倦，有失倒屣。(副净)豈敢。我們就此慢慢踱出城罷。(小生)也待獻茶。(副净)不消了。(小生)如此請。(副净)請。(末鎖門挑榼同丑隨小生、副净行介。合)

【出隧子】最嫌闤闠，踵接肩摩礙履衣。(小生)出得城來，游人更多。(合)祇都是愛春共被好春迷，高下横斜信步移。(副净)馮兄，覺得炎熱否？(小生)正是。(合)旭日微暄，并將扇携。

(各袖出扇介。末、丑)這裏高爽。(副净)馮兄，就在此高處席地而坐罷。(小生)甚好。(末、丑鋪單分酒介。副净)馮兄，你看山横瘦黛，水漾嬌波，楊柳條條，烟村處處，好春光也！(小生)真可愛也！

【刮地風】花自芳菲雲自移。長堤上，人如蟻。來來往往真如醉，可知我危坐高原冷眼窺。(丑嬉介)那邊有幾架錦帳，這邊有幾片綉茵。(小生)咳！知他錦屏底，不過是翠繞珠圍。想雲英謫塵怎恁般容易，俺祇好逢場適興消酒杯，不望鳳簫吹。

（正、小、貼、花四旦各樣妝扮湔裙女上）

【黄龍衮】湔裙到水湄，湔裙到水湄。結束都隨意，引得少年郎，緊跟定前後難迴避。羅襪同塵，袷衣牽袂。姊姊、妹妹，（指生、丑介）看他們男子，怎及我姊妹們閨閣裏女兄弟。

（四旦下。丑）這個穿藕白衫子的小姐姐好。（副净）你也曉得好的。（丑）"食色，性也。吾未見好德如好色者也。"（副净）馮兄，請一杯。爲何今日悶悶不樂？（小生）楚兄請。（副净）馮兄，

【畫眉序】放開眉，百歲歡娱幾回醉。遇今朝上巳，緑暗紅肥。你看那垂楊下颾袖輕盈，更有這流水畔湔裙標緻。我想男子出游，十分有七八分爲看婦女；婦女出游，自必也要看男子。你何不臨風隨意遴嬌媚，書窗少寄相思？

（小生）楚兄，大凡美人自有一種異艷紅光，逼人眉宇。這些俗粉浮脂，何足寓目！（副净）説話引話，前日家君信來，説京城西南有什麽金光出現，奉旨行文查勘，不知主何應兆？（小生）我輩草野，祇管飲和食德，莫亂議灾祥。（内鳴鑼。花旦貼旦扮賣解女、净扮鳴鑼人肩繩架上。二旦）

【出隊子】千人堆裏，彩索娉婷儼步虚，錦鞍顛側快横飛。（雜扮男女擁上看介）這個畫長眉的是嫂嫂，那個帶金鐲的是姑娘；那個文雅，這個風騷。（二旦）博得郎君公子喜，雖賣風流，怎許調嬉？

（丑、末諢介）這一起賣解的，更風流標緻。（副净凝視點頭默贊介。净理索，雜衆幫支架繩，諢介。小生）蒼頭，與他二百青蚨，叫他過那邊去做。（副净）不錯的，遠些好看，近了擠的慌。（末付錢，花旦接介。二旦福介）多謝郎君。（副净）我們也賞他五錢銀子。（丑付銀包，花旦接介。丑）這是公子賞的。（二旦福介）多謝

公子。(副净)不消,不消。你們姓什麽?那裏人?現在那裏住?(花旦)我們揚州人氏,姓寧,現住這裏北門外袁媽媽家。(副净指净介)這是你什麽人?(貼旦)這是我哥哥,這是我嫂嫂。(副净向貼旦介)你的女婿呢?(貼羞介。花旦)尚未曾有。(副净)另日奉看罷。(净)我們遠遠撇開圍場做去。(同二旦下。雜衆諢下。外、正生便服便巾騎馬上)

【滴滴金】濃陰高矗青帘起,野蔌山肴村店味。濁酒聊償游倦意,一鞭歸去須酣睡。(下。正、小二旦艷妝坐車上)興將闌,添半臂。我們回去罷!盼歸人恚,老萱堂,并他夫婿。珠簾要垂,恐游人閑嗑冷批。

(小生)日已西沉,游人漸少,小弟酒鬱無聊,就在左近友人處借宿了。楚兄回城,小弟失陪了。(副净笑介)馮兄,方纔説俗粉浮脂,不堪邀選,此刻不肯回城,衹怕暗暗物色了什麽意中人了?馮兄呵,

【出隊滴漏子】人間佳麗,不過是脂粉羅紈襯貼宜,那裏真個有朝天素面可療饑?方纔這些成群逐隊的,一個個自矜妙年堪配,因此上盈盈約伴來,標新逞媚。兄呵,你既選中了,且讓你獨訪幽盟,似醉似痴。

(小生怫然介)呀!楚兄!你道小弟如此自賤嗎!

【前腔】似這般良緣易締,繞翠圍珠早有妻,又何待年逾弱冠,猶是魯男兒!衹這些衣香雲膩,他雖是紛紛約伴來,都衹好塵凡伉儷。小弟呵,除非是弄玉文簫,方許畫眉。

(副净)既如此,兄請自便。倘有好音,再當趨賀。(小生)取笑了。(合)

【啄木兒】同尋勝,各選奇,熬散了春原車共騎。笑一般盡日夷猶,(小生)偏是我當風憔悴。(合)晚烟罩城炊烟細,夕陽猶照人

分袂。(副净)請了！再會。我到家,且訪瓊花密倩媒。

(笑下。末)老奴同他們一路先回罷?(小生)極好。(末)明日早回喲!(小生)不消囑咐。(丑、末挑榼諢下。小生)我如今且到友人别業,借宿暢談去。

【尾聲】一腔心事無憑寄,怎能够頓逢知己。馮生那,馮生!難道你竟就終身賦索居?

畫幰輕風度暗芬, 倦游繢繢轉斜曛。
天涯知己空勞夢, 肯向如雲覓楚雲。(下)

識 仙

(净、末持器猙獰扮二鬼,外、副净人形插記色扮二狐,跳舞上。净)吾乃五都巡環使麾下纏縛鬼目伏渾是也。(末)吾乃火槍鬼目但徹是也。(外)吾乃廣平狐長辛翁是也。(副净)吾乃邯鄲狐長袁翁是也。請了!都爺出巡,吾等數百里内兄弟俱備扈從。今日都府慶誕,吾等理宜隨班叩祝,衹得伺候。(外)且到廊下少坐,聽候傳點。(衆)有理,請!(舞下。小生、丑家將引正生金盔紅抹額蟒玉上)

【引】玉帝傾培諮問,天符蝌蚪絲綸。巡環奏報分毫準,試看默著威仁。

(坐介)大地恩仇無了休,全憑撿點注春秋。一枝丹管從天握,不讓桓侯丈八矛。吾神上界敕封五都巡環使尚書薛某是也。生爲部長,不肯枉害生靈;死作天曹,怎敢濫施刑賞?目今大明氣數將衰,雖然海宇肅清,怎奈君臣怠傲。某奉上帝敕旨,撿點人間貞淫善惡,以彰昭報。今日上巳,届期出巡,適當郡君誕日,自應捧觴歡慶。家將!(小生、丑)有。(正生)傳

話後堂，請郡君出堂開宴。(小生、丑應介。向内傳介。正、貼二旦扮婢女引老旦冠帔神扮上)

【引】夫婿惟知忠懇，冥中已列都神。輪迴避却靈幽壼，壽筵開處天恩。

(見正生介)君侯。(正生)郡君今日誕辰，特備一觴，少伸祝嘏之敬。(拜介。老旦同拜介)君侯同慶。(各起介。正生)看酒。(家將捧酒、二婢送酒介。正生、老旦坐介。小生、丑跪介)請上酒。(叩介)家將叩賀。(正旦、貼旦叩介)婢女叩賀。(正生)家將過來，傳諭外廂，説我即刻出巡，無暇接見，一應神祇，另日展謝。(丑)領鈞旨。(下，即上)傳諭過了。有本府鹵簿要見。(正生)進來。(净、末、外、副净仍前扮上。進叩介)本府鹵簿叩賀。(小生、丑)起去。(净、末、外、副净應介。正生)外廂房領酒。(四衆叩起介)謝都爺郡君賞。(跳舞下。二旦斟酒，正生、老旦飲介。花旦扮袁六姑、小旦扮辛十四娘艷服頭插記色上)

〔南越調〕【水底魚】(小旦)謫别仙群，遥遥十七春。(花旦)現來窈窕，直是一佳人。

(花旦)姊姊，你今日早也！(小旦)

【喜鶯遷】椿庭嚴訓，道今宵府壽開樽。因此上黄昏，熏衣理鬢。(花旦)姊姊，我近來見你容華發越，却又意態銷凝，敢是你授得太陰鍊形秘法了？還是得了太一柬丹了？(小旦)妹子禁聲！笑煞我入世的鉛門尚自珍，有那個將心印。(背介)目下孽緣將近，固然是塵因要了，且喜他龍氣全真。

(净、末、外、副净上)我們領了酒，外廂伺候去罷。(花旦)已到府門了。(二旦)爹爹，祝過壽了麽？(外、副净)我們祝過壽，吃過酒了，就要扈從都爺出巡。你姊妹進去，要行全禮的，早回家呀！(二旦)是。(净、末)二位何人？(外)這是小女，那是袁翁令愛。(净、末諢介)好泰山喲!(外、副净)休得取笑。(四衆下。小旦、花旦)倩妝離古寺,飛舄拜長庚。(進見拜介)都爺郡君在上,麾下辛女、袁女叩賀千秋。(正生立起介)呀!

【出隊子】猛見了虎潛金鎮,艷晶晶一個規中兑氣純。但黄芽一點,便就侍天閽。嗄!我知道,你還須功行圓成銷孽因。(坐介)這是那家女子?(貼旦指花旦)這是袁六姑,名摇錢樹。(又指小旦)這是辛十四娘,名滚珠盤,都隸在狐部。(正生)原來如此,妙嗄!怪道輪迴剛姓辛。

辛女穎異非凡,前月金光忽現,莫非就是你慧光麽?(小旦俯首不語介。正生)我看辛女神腴骨傲,所欠在貧,但他必不損人益己。(向老旦介)郡君,可將我家金樸滿贈之。(老旦)曉得。(正生)你們後堂飲宴罷。(小旦、花旦福介)謝都爺、郡君。(花旦)偶現娉婷質,(小旦)終歸兜率天。(俱下、正生指貼旦介)郡君,此妮子亦當贈與辛女去。(老旦)却是爲何?(正生)郡君呵,

【刮地風】他雖是異類飄零一女身,黯淡釵裙,幽閨指使倫儕溷,一般的瀹茗安樽,捧盥持巾。一向見他丰姿冷俊,言語明敏,滴溜溜度今緣,藏宿慧,不覺的深深敬愍。衹因我碌碌無閑,不曾提及,今日忽見辛女,可知是兑卦尊,早有個製錦天孫。

(老旦)君侯既如此説,俟辛女需用之時,將這妮子贈他便了。(貼旦驚介)呀!

【四門子】聽言詞一縷柔魂震,怎無端將奴贈别人?既道我閬苑裹有翩聯分,應任我錬精華,把日月吞。却緣何拋本主另覓門,秘功夫方密穩。待奴哀求則個。(轉跪介)磬福荷蒙撫養,還望始終!(叩頭介)乞保全,久苦辛,成就了零陵女几因。

(正生笑介)這妮子錯會我意了。你的消息,全在辛女處,我衹裏豈是你出身之所?也罷!贈去之後,往來由你便了。

(貼旦叩介)叩謝恩慈。(正生)郡君,請到後堂,受兒女每拜賀;我就此出巡去也。(俱起介。老旦)君侯請。夫君恪奉天門詔,兒女歡開内閣樽。(下。正生)吩咐擺駕。(正、貼跪介)送都爺。(正生扶貼旦介)不消。(正、貼二旦起介,下。小生、丑喝介)喲!擺開鹵簿,都爺就此出巡、(衆内)得令、(二鬼繩槍、二狐令旗令箭上、家將劍印引正生遶場介。正生)

【古水仙子】最堪憐,五濁塵,辜負了多少佳期姹女親。羞煞他被譴嫩娃,隸麟卑種,竟有志修持拜紫宸。但看他魔障紛紜,若果能欲波孽海牢方寸,大倫懿德兼勤慎,我自當飛奏上天門。(下)

追　艶

(小生前扮馮生上)

〔仙吕過曲〕【皂羅袍】不寐春愁難遣,倩深杯散撥,轉益纏綿。你看一様桃紅柳絲纖,昨日何等熱鬧,可憐今日無人戀。想來是應酬上巳,紛紛陌阡,那裏有愛耽登眺,依依麗烜?今日裏獨餘俺殘醉青衫眷。

小生昨日酒悶無聊,就在友人别墅借宿。承主人諄勸,午飯時又飲了幾杯,乘輿回城;迤邐行來,早又是前日席地之處了。記得在此頗領略些衣香鬢影,衹是你雖艶麗自矜,我覺妝潢失實。(笑介)倒是今日清流幾曲,古樹成行,柳眼窺人,花容舞媚,這野趣倒撓着我幾分心癢了!

【前腔】昔日個溪面蕪菁流片,更藍橋液冷,漢水珠圓。想他們盡是人間好姻緣,怎我馮生孤幃久待成虚願?哦!敢是我鑒衡太峻,佳人被冤;心期過分,書生受愆。不然呵,怎憑我踽踽春郊甸?

(下。丑扮小奚奴背負斗大金樸滿嬉跳上。小旦前妝徐行上)

【羽調排歌】不枉了伏虎三年，不枉了守規如鍵。任他們携雲挈雨把青春炫，可知是先天妄漏金源淺，隱德潛傷殺氣旋。奴家滚珠盤是也。出身辛氏，行十四娘。一母所生一十九女，已適人者十有五人。十七妹以下，尚在幼稚。奴家芳年十七，尚隱深閨。衹因痛深根器，因此志越人天。昨蒙薛都爺略示前因，奴家言下醒悟。回想當年，一念墮落，遂致非人。即或自現人形，終非道體，好不痛也！（泪介）若不苦志精修，豈能消魔返道。（嘆介）咳！目下塵緣將到，且將孽障消除，再圖返本便了。蒙指示，鑒宿愆，敢從鶯燕鬧春妍。須索是防危險，受熬煎，洗磨一片性中天。

（下。丑隨跳下。小生徐徐上）

【前腔】滿眼裏拂拂原田，撇見處飛飛輕燕，催花做葉風如剪。你看荷鋤野老衰還健，饁餉村姑儉可憐。似這等的一般恩義篤，情愛專，三生石畔舞蹁躚。怎我馮生人落落，境懨懨，相思飛上散花天？

（下。丑、小旦徐徐上）

〔南吕正曲〕【香遍滿】庸姿雖倩，偏落在無人野寺荒草邊。教他訪遍天台，何自把胡麻羡。奴家雖係媚胎，怎甘心自荐，假含羞將雲雨遣。仔細想來，若非露嬋娟，可不訪壞了他劉阮。

（下。小生接上）

【懶針綫】【懶畫眉】冷裴航玉杵已拚捐，（遥望介）怎遠遠霞彩金光曜眼前？不免定睛細看。（舉扇遮陽看，驚喜介）呀！分明是個美嬋娟。【針綫箱】傍垂楊小步臨風顫，待我急急尾上，飽看一回，看果否天如人願？（撩衣急行介）恨我方纔思卿無路行殊蹇，望你此際憐我追塵步少延。好了！被我追、追着了。（丑隨小旦徐徐上。小生）人非遠。（近見小旦介。小生振衣介）石欄橋畔，剛落照并影齊肩。

（向小旦揖介）馮生謹參天仙。（不起介。小旦扇底窺小生微笑介。丑諢小生介。小旦）

【劉衮】儘俄延，儘俄延，故與郎君見。果見他俊雅超群，恁般欽忭。（去扇，福介。丑拍小生介）十四娘還禮，怎不看見？（小生起介）敢問天仙：是何洞府？（小旦背介）羞煞我住乾坤，也稱宮殿。（向小生介）多感你追影成雙。（丑）我們走罷！（拽小旦行介。小旦）怎奈我離魂是倩？

（以扇遮陽，回顧小生介，下。小生出神，忽驚介）呀！

【大勝高】【大勝樂】則見他忙蹴金蓮，又見他悄盈盈，回嬌面。這其間隱約何從辨？【節節高】他顏兒善，意兒憐，情兒免，若非有意把秋波轉，何須斂衽收紈扇？偏有隻小僮催促，不然呵，桃花如雨草如烟，霎時一座藍橋現。

我馮生好不僥倖也！

【東甌蓮】【東甌令】思瓊液，已年年，不想今日此地，驀忽的雲英降自天。小生纔一抬頭，他便驚鴻去似離弦箭，都管是謊桃源。待我再趕上去，問個明白。（急行介）須索要後塵急步把衣搴。【金蓮子】竟趕不上，你看他情脉脉，致翩翩，輕逸似飛仙。

（望介）奇了！轉過彎去，便不見了。天那！日已沉西，又饑又渴，怎麽好？不免前村沽飲三杯，再尋將去。

【尾聲】若耶棹，濟陰園，始信人間天上有良緣。今後呵，新愁萬斛倩誰憐？

顧影春風蕩羅葛，　　天姿何用鉛脂抹？
相逢未説十年思，　　漠漠芳魂去無迹。（下）

寺　逐

（小旦去記色，另艷妝上）

〔仙吕正曲〕【桂枝香】驪龍完壯，驪龍完壯，似這般頷下明珠，教人怎不要携來温養！况因緣分定，因緣分定，趁他苦追親訪，正好積功消障。但此事必須父母之命，媒妁之言，方爲倫理。細思量，月下人何處？堂前語怎商？

業境現前，不免門外散步則個。

【長拍】煞念瑶臺，那是瑶臺？野風殘照，空倚着蕭寺危墻惆悵。我本是羽班霓隧，是何罪過，直謫到深林奥土，與悠悠紫媚徜徉？幸得我覺路未銷亡，恐旁求博采，終歸骯髒。因此上月魄虎弦馴似息，專待一點昴魂光。（小生微醉上）醒來轉覺無情緒，醉去如何遣悶懷？方纔幾杯村釀，便爾微醺，早又是廢寺門首了。（小旦）你看他神清元旰，逗幾番隱現，意思飛揚。

（小旦作出門，見生凝視微笑，轉身徐進下。小生亦凝視驚喜欲狂介）這、這、這不是方纔的金光美人嗎？如何走進這廢寺中去了？

【短拍】古剎傾頽，古剎傾頽，祟垣雖繚，久無人鼓擊鐘撞。他到寺中，敢是敬焚香，默默把心期投狀。日光已淡，他來路甚遠，止有小僮跟著，如何回去？哦，是了，想是進城不及，暫宿寺中的。（拍手喜介）小生也進城不及，不免也暫宿寺中，就便訪個明白。説得有理，説、説得有理！望如來慈恩週庇，春宵永，成就鳳求凰。

四顧無人，待我闖將進去。（進介，作望介）原來裏面如此荒廢了！（外扮辛翁蒼髯上）老夫未斂隨車汗，少女偏舒困蝶香。來者何人？此係荒郊野寺，無可隨喜，請回步罷！（小生拱手介）老丈如何在此的？（外）老夫流寓，聊借古寺，安頓細小；郎君到此何幹？（小生）老丈，小生進城不及，酒後走的渴了，要求一杯香茗解渴；就在這梵王琳宇，暫宿一宵，明早進城去。（外）既如此，請裏面少坐待茶。（小生）多謝。（相遜介）請。（外）老夫引導了。（小生）豈敢，請。

【醉羅袍】【醉扶歸】祇見高低廊殿盤荆莽，飛飛蝙蝠去來忙。好一口大鐘！可惜莓苔遍蝕卧階旁，還好，尚未損燦燦金容像。老丈，後殿如何？（外）後殿少可。（小生）阿呀！妙阿！轉過佛座後面，别有洞天。【皂羅袍】見古槐陰裏，燈揺紙窗；西廊幕底，人垂綉裳，多應是避人凝覷將簾櫳傍。

（外）請西厢少坐待茶。（小生）有坐。（小旦仍前妝、貼旦、花旦扮幼妹亦艷妝潛上，窺介。小生、外揖介。坐介。外）待老夫去取茶來。（欲下介。小旦急送茶上，以目視生。外接茶遞小生介。小生見旦作出神介，不接茶介。外回見小旦，小旦避介。外撫小生肩介）郎君請茶！（小生驚羞介，接茶介）勞動不當。（外）適纔廝僕不在，有慢了。（小生坐介，吃茶介，放杯桌上介。桌上設文房四寶介。小生）請問老丈上姓，貴鄉何處？（外）老夫辛氏蒙叟，喬寓於此。（小生）聞有女公子，現在擇配，未知可容小生奉獻鏡臺否？（外驚介）此事賤荆爲主，老夫向不主張。（小生）待小生賦詩一首，請老丈面問夫人、令愛，便知明白。（看桌上介）有現成筆硯花箋在此。妙極！（外）如此甚好。（起背介）這是那裏説起？（搔首介。三旦潛下。小生）

【月雲高】【攤破月兒高】我這裏心頭泥顇，望玉人恕儂愚莽。端祇爲倫常事，親來奉訪，并不是浪蝶游蜂，空將翅兒閑蕩。玉人呵，幾番見，蒙青盼。【渡江雲】到此時，轉把珠帘障。我祇得信筆忙書九折腸，一首詩呈可意娘。

（放筆，念詩介）“紅映芳郊外，依依怯雨痕。香分瑶殿種，春憶武陵源。日落留鶯語，庭深瑣蝶魂。短箋無限意，泥首上天孫。”（笑揖外介）老丈，敬呈與令愛，説是今日春郊在橋上見者。（付外介。外）待與老荆商量回覆。請坐，少陪了。（下。小生得意介）

【天香滿羅袖】【皂羅袍】喜煞我天台可上，忍多年岑寂，意外成雙。【桂枝香】他悄秋波，明遞綢繆，轉蓮瓣，暗邀儷伉。他見了此詩，定嬌痴笑生，定嬌痴笑生，默然心賞。（外徐上，不語，自坐介。小生起介）老丈，令愛允了麼？（外呆坐不語介、小生）老丈，小生求親之事如何？（外看生，不理介。小生）奇了！【皂羅袍】難道是選成嬌婿，别安坦床？嗔生老母，辭來北堂？天那！既然如此，又何苦莽春郊，特挂出風流榜？

老丈不允，令愛自然允的，待小生親自叩問。（三旦暗上聽介。小旦一面持詩箋看介。小生掀帘介，揖介）小姐，卑人求婚，奉揖了！（花旦、貼旦驚避下。小旦藏詩袖中答福介，下介。小生大笑介）令愛已甘諧鳳侶，老翁何苦費狐疑？（外怒介）何處狂痴，擅入閨闥！家丁那裏？（净、副净鬼臉跳上）來也！（外）將此人推出寺外，亂石打去！（二鬼應介）嗄！（捉生介。小生呆介）

【尾聲】鴛帷白要知心傍，偏我志誠求冤遭欺妄！玉人那！想你今夜知心不偶，一定是攲枕支頤泪萬行。

（二鬼推生遶場下。外吊場）這是那裏説起？（向内介）媽媽，滚兒一向不肯出嫁，昨日出門，惹出這場閑氣，以後嚴禁孩兒們外邊行走。（内）曉得。（外氣介）可惱嗄！可惱！（作氣態下）

神　媒

（净、副净二鬼鬼叫、捽生遶場、擲生介。抛石打生、小生亂拂袖介。二鬼叫下）

〔南吕引子〕【薄媚】如何這等，薄訴忽逢梟獍？（起介）呸，呸，呸！見鬼了！見鬼了！我是不怕鬼的，一任游魂摧摒，難道意中人，竟被風飄霧梗？可不辜負了他多情心訂？

且住！方纔明明見我玉人袖詩還禮，想是喜歡的，爲何這老頭兒執意不允？他使用之人，又作鬼聲，好奇怪呀！（看介）祇是如今星斗滿天，夜色迷悶，怎好行走？（内狼嗥介）這是狼虎之聲。（急介）阿呀！不好了！（内鵂鳴介）這、這、這是鵂鳥呀，凶多吉少，快快逃避罷！（急行介）

〔南吕過曲〕【紅納襖】則聽得惡狼嗥，四野生。更有那怪鵂張，千聲競。這是什麽所在？似道般步崎嶇繞棘荆。一痕新月，又下去了，偏又是閃星辰如幽冥。遠遠望見那邊黑魆魆一片叢林，似有燈光閃爍，想是村莊，且到那裏躲過一宵罷。（行介）總是我泛銀槎意未誠，因此上擲機石人生悻。原來是一所大莊院，燈光自旁窗透出，不免敲門則個。（作雙拳亂敲門介、内問介）是那個敲門？如此緊急。（小生）是、是失路的，快快開門，救我則個！（内）待禀過主人着。（小生）快禀！快開！你聽四野風鳴，那邊倒像有人追趕來了。（又亂敲門介）方纔原是我太鹵莽了些，此後斷斷不可。望主人做週方，桃源得洞也，再不敢莽漁人重招眚。

（净扮鬼僕上）有意栽花花不發，無心插柳柳成陰。（作開鎖響介。小生聽介）好了，開門了。偏偏大門是上鎖的。（净作拔大閂介。小生推門、跌入門内介。净）爲何如此驚慌？（小生起介）快關上了門！（净關門，上閂介）請進去。（小生整巾拂衣進看介）好大門樓。（净領小生遶場行介。小生逐層細看介）這是二門、大廳了。有暖閣、宅門了。轉彎，有個花園。這是書房。（净）就在這裏少坐。（下介。貼旦扮艷雅婢提"尚書都府"燈籠上）五行惟土能通意，三索成爻最可人。（向小生介）奉郡君命，問你是何等樣人？（小生拱立介）小生姓馮名生，本處宦家後人。（貼旦）請少待。（下介、小生）這女子姿態横生，比寺中的更覺飛舞；但我馮生方得出禍，一之爲甚，其可再乎！方纔進來光景，倒像衙門一般，却又大門上鎖。燈籠上是"尚書都府"四字，這是什麽所在?(貼旦提燈籠、花旦亦婢妝扶老旦綉花廠衣扮薛郡君上)百年姻眷從頭詢,兩地相思到手圓。(貼旦)郡君出堂。(小生見介。揖介)郡君。(老旦)不必拜。(貼旦提起燈籠照小生,老旦細認介)你莫非是馮雲子之孫麽?(小生)正是。(老旦坐介)坐了。(小生)告坐。(揖介,老旦喜介)原來是我的重外甥哩!老身年邁龍鍾,鐘漏并歇,一切骨肉,音問久疏。(小生)重甥少失父母,凡在尊行,素缺拜省,望乞指示。(揖介。老旦)你自會曉得。且問你,如此昏夜,急遽叩門,却是爲何?(小生)舅祖母聽稟:

【懶畫眉】四壁相如感飄零,修禊春郊酒共傾,歸途獨遇一娉婷。(老旦)是誰家女子?(小生)可憐橋頭未語風吹影,甥兒急急追去,衹見他獨傍斜陽古寺迎。

(老旦)你便怎麽樣?(小生)甥兒見女子步進廢寺,也就進去探訪動静。那知走進寺門,女子不見,忽然殿後走出一老者,將甥喝阻,不容進去。甥兒説:走的渴了,求杯香茗解渴。承他邀進殿後待茶。舅祖母阿!大殿甚是荒凉,後面是

【前腔】如砥階墀甚光明,綉幕珠簾映幾層。問他説,辛家細小此居停。甥兒向他求親不允,衹得賦詩一首,向他女兒面求。他女兒袖詩答禮,盈盈一笑三生定。那老者忽然大怒,令家丁將甥兒推出寺外,亂石打倒而散。霎時間鴟狼并作,無處逃避。幸得舅祖母渭陽恩重,不然是瘦骨伶仃已赴冥。

(老旦)如此説來,你們兩人多情願了?(顧貼旦介)那個辛家女兒,怎樣美貌,你們知道麽?(貼旦)就是前日郡君壽誕,他也前來上壽,都爺説他有根器,郡君賜他金樸滿的。(小生立起介)不錯。昨日有個小奚奴,背了一個大金樸滿,跟隨着的。(老旦)唔、唔,就是頭上金花蓋頂、脚下蓮印生香的。好、

好！甥兒賞鑒不差，好眼力！他是誰的女兒？叫甚名字？（貼旦）他父親狐部辛翁，生有十九個女兒，方纔説的是第十四個，乳名滚珠盤的。因不肯輕嫁，所以耽擱到今的。（老旦）原來是他！甥兒，也是你的造化，老身與你主張。（向貼旦介）吩咐小奚奴，將滚珠盤立刻唤來見我。（貼旦）是。（下，即上）已着小奚奴去了。（老旦）甥兒坐了。你今年多少年紀了？（小生）甥兒呵，

【前腔】十八鷄窗守塞燈。（老旦）曾聘娶否？（小生）偶爾游庠拾小名，藍橋尚未會雲英。甥兒也曾想來，非祖宗積德，不可以邀顯爵；非己身累行，不可以得佳人。所以不敢造次，敢因願望圖僥倖，因此上帳掩梅花袖拂青。

（老旦）所見極是。真可謂少年卓識矣！（丑扮小奚奴亦提"尚書都府"燈籠引小旦艷妝頭帶小金花上）嚴親含怒香魂怯，懿旨遥傳綉衩忙。（進見拜介）辛女滚珠盤叩見郡君。（小生驚起作喜狀介。老旦）常禮罷。如今是我的甥婦了，不可再行此禮。（小旦福罷，立右邊介。丑將燈籠照小生介）咦！你是昨日在橋頭見十四娘打恭的朋友，你看這雙賊眼。（將燈籠付花旦跳下。小旦抬頭見小生介，低頭以袖障面背立介）呀！

【楚江情】【香羅帶】他是個人間一俊生，怎驀到幽門墓庭？更殷殷戚誼敦舅甥，連儂牽合做鴛盟也。敢是他飛魂石擊，荒郊命傾。（泪介）爹爹阿！你薄嗔不顧天譴增。【一江風】一顆明珠，是我朝元柄。此際蒼龍入九冥，蒼龍入九冥，純陽没一星，怎鑄得咱金鼎？

（老旦）滚兒，此是我家重外甥馮生，宦室苗裔，現在黌門秀士，指日飛騰。他立心高傲，不肯浪結鴛鴦；今見你容貌非凡，有意求婚，也不辱没你家門户。怎麽把他打逐荒郊，終宵迷路，是何道理？不是我排開院宇，啓鑰收來，倘遇虎狼，可

不喪了他性命！(小旦又背介)原來無恙,(喜介)謝天地！(轉身不語介。小生)舅祖母呀,他是允的,是他父親欺負甥兒,就是欺負舅祖母一般。(老旦怒介)這魑胎,他仗頭上戴得骷髏,足下帶得絳繒,妄自尊大,便這等欺負人嗎！待都爺回來整治他。(小旦跪介。小生急介。小旦)老父狂瀆,實出無心,尚求郡君息怒。(老旦)起來,你怎麼説?(小旦起立,低頭不語介。小生)尚求仙子見憐。(揖介。老旦、貼旦、花旦俱掩口笑介。小旦睨視小生微笑還禮介。老旦顧貼旦、花旦介)你們速去書院曲室,鋪設洞房花燭,就此成親、(小旦驚跪介。小生屢次作扶小旦狀,又止介,急介。貼旦、花旦潛笑介。小旦)郡君在上,滚兒雖非人種,頗慕人倫。竊聞室家大禮,必待父母之命,媒妁之言。滚兒方纔進府,止奉傳宣,未聞婚配。求放滚兒回去,將郡君台命,告過父母,當不敢違,以待涓吉成禮,方是倫常正道。若如此草草成婚,滚兒寧死不從。念滚兒呵！(老旦扶起小旦,立唱介)

【劉潑帽】也是乾坤正氣先天净,惹塵緣不愧雷霆。衹因墮落輪迴,遂依父母。既蒙郡君錯愛,拔置人倫,爲女子的,畢生大事須親命。待滚兒回去,將郎君姓氏門楣,仗法旨向庭闈請。

(老旦)女孩兒立志不苟,真吾甥婦也！前日贈你的金樸滿,并甥兒詩一首,即算吾甥聘物。(拔小旦頭上金花付小生介)這枝金花,非同小可;老身主意,將滚兒金花付你回聘,各自珍重,共相努力。甥兒速速歸家,擇吉成親。臨期自當遣人送新人過門。(小生拜介)多謝舅祖母。(老旦扶介)不消。(小生)

【東甌令】芙蓉鏡,照偏明。不枉了鶴子梅妻往日情。想他父親一聞此語,必然是戟髯怒竪餘威勁,却不道女生外向盟先證。(揖小旦介)謝仙子金允。(小旦還禮介。小生以目睞小旦,左手持金花,右手指小旦,又指金花介)你看仙子金花,容光奕奕骨稜稜,姿致却盈盈。

(收金花藏袖中介。老旦顧貼旦介)仍着小奚奴送辛娘回寺,静候吉期。(小旦拜介)叩謝郡君。(老旦扶介)不消。(貼旦提燈籠)辛娘這裏來。(引小旦轉介。向小旦福介)辛娘恭喜,請裏面少坐,還有話説。(小旦還禮介)磬姊,請! 金花已付深情種,少女還須着意培。(隨貼下。老旦)青衣那裏?(净上)在。(老旦)鷄聲三唱,速送馮生回去。(净)領法旨。(小生)甥兒再來問安。(老旦)去罷。神人原不隔,仙鬼最多情。(花旦提燈籠扶老旦下。净牽生遶場數轉,撇生下。小生吊場)呀! 霎時間青衣不見了,你看星斗漸稀,松楸頗盛,倒象墳院一般。(四望介)那不是一座大墳麽? 有通石碑,待我看來。(看碑介)"吏部尚書薛公神道碑",此吾祖母之弟也,怪道稱我甥孫。且住! 昨日寺中離城數里,此處到城轉有二十餘里,怎麽來到此處? 記得舅祖母把仙子金花付我,待我看來。(摸袖中介)呀! 果然有枝金花。妙呀! 這段奇緣,令人不解,且速速選定吉期,再去展墓告娶便了。

【尾聲】曉曦升,春鶯盛,焉得此時與我仙子班荆語,把相思潛罄。雖蒙舅祖母作主,畢竟是仙子俯憐,方能成就。仙子阿! 仙子! 感煞你一縷柔情暗中贈。

正是:良緣是要憑媒妁,獲實須從蹈險危。(捧金花喜下)

醋　園

(丑艷妝脂粉扮阮氏上,花旦婢、老旦乳母隨上)

【一江風】倒陪夫,嘗透了孤眠苦。無計把風流錮,綉衾辜,轉側無聊,貼不穩温柔股。三更尚擁壺,黎明便理梳,怪冤家特地把我的春宵誤。

奴家阮氏，小字抱雲。父稱員外，母號院君。單生奴家一人，并無兄弟姊妹。衹因父母富甲一郡，愛結縉紳，適有大宦楚公子遨游到此，遂將奴家許嫁楚郎，已今五載。父母亡故，就是奴家承受産業。奴家有財，楚郎有勢，宗族無人敢争；便是官員親戚，人人刻意奉承。每逢雪月風花，處處任情享受，真是朝朝寒食，夜夜元宵。奴家倒也罷了，可恨楚郎不守妻綱閫教，專愛竊玉偷香。惱他不過，凡被楚郎寵過者，不論有孕無孕，盡被逐去。想將起來，奴家好命苦也！

【不是路】雲雨荒蕪，則索向别岫他山另覓租。(老旦)小姐，不可説此話；丫頭們聽見，傳出外邊，可不是笑話！(丑)乳母，你可曉得公子昨夜又不曾進房？(老旦)自然公子愛静，又在西園飛香閣宿了。(丑)公子在我房裏，無夜無事，怎肯在外連宵獨宿？衹怕今日飛香，明日飛香，飛進别的香來了。待奴家前去看來。(老旦)小姐不去的爲妙。閣上想必有小厮們伴宿，小姐上閣，成何模樣？(丑)他既在園中過夜，奴家也該去伴他的。(老旦掩耳介)阿喲喲！怎了？又是一場。(丑)乳母看了房門，小鶯跟我前去。(花旦)是。(丑)檀郎不肯歸巫峽，美女偏能送楚雲。抬蓮步，似我這等標緻，又善承迎，應該日夜着肌膚。怎久逃逋，連宵忘却高唐賦？(場上預設"飛香閣"匾額介。花旦)奶奶，已到飛香閣下了。閣窗未啓，廊門尚閉，怎麽上得去？(丑)待我叫來：楚郎！公子！奴家有話和你説，快快開門！(副净披衣不帶巾、貼旦披衣未妝俱立桌上，作窗眼内望介，慌介。丑)公子開門！待奴家上閣者。(一面作態唱。副净、貼旦白介)纔得兩夜，他如何便曉得了？(貼)公子，這是何人？(副净)這、這就是奶奶。(貼旦)何不開門，請奶奶上閣？(副净)他見了，要打你殺你的，了不得！(貼)不妨，我去開門。(副净)開不得的！(貼整衣理髮兜鞋介。副净)這怎麽了？待我開門衝出去，躲了罷！(丑)你在房内，是窗上朝暾便撇奴，怎今日時將午，無聲兀自把孤衾護？阿唷！好肚疼也！楚郎，快快開門，速來温肚，速來温肚!

(副净作摳衣下閣逃跑介。丑迎抱副净介)在這裏了,你往那裏去?(副净)書房梳洗去。(丑)我肚疼得緊,要到你閣上温温肚皮去。(副净)閣上有小厮們在內,到你房中去何如?(丑)我等不得了,就在這欄杆上罷。(相扯介。貼上跪丑介)賤妾寧氏,叩見主母。(丑怒介)我說必有緣故!

【前腔】灌頂醍醐,是我今生妙口餬。你輕車路,不描錦帳舊鴛圖。狠持鋤,連宵别壑他園圃。我姓阮,他倒姓寧;我是軟的,他倒硬的。(向副净扭胸介)原來如此待我!(扭副净行介)小鸞,你拉了他同到我房中去,大家試試看,那個軟,那個硬!遣雨原來有二符。(同作到房介。老旦見貼驚介)原來真有一個妙人。(向花旦介)你拉他進來做什麼?(花旦)奶奶叫我拉來的。(老旦)你姓什麼?(貼旦)奴家姓寧。(老旦扯貼袖介)寧娘跟我來。(作出房介,下。丑向副净介)你說再不偷香竊玉了呀?(副净)娘子,這是卑人討的妾,并不是偷香竊玉呀。(丑)嗄!偷香竊玉尚且不許,倒許討妾!好大膽,取家法過來!(花旦)是。(取兩個棒槌上,丑接介,打副净介)狠心賊呀!將奴負,既是今朝另做夫,當年便不該把奴瓜破,把奴瓜破。

(打介。副净奪槌求饒諢介。老旦急上)猧兒口內甦鸚鵡,獅子場中撇綉毬。(抱副净介)公子請起,書房中梳洗去。(副净起揖丑介)謝過娘子。一霎時寧娘不知那裏去了?(下介。老旦)小姐,公子瞞着小姐娶妾,原怕小姐動氣,所以不告而娶。但既是公子娶的妾,并非婢女可比。大妻小妾原是家家有的。依乳母愚見,倒有個處斷在此。(丑)依你便怎麼?(老旦)將這廂房收拾兩間,叫這寧娘在內居住;公子在上房宿五宵,廂房宿五宵,何如?(丑急介)呸!你是我乳母,倒替别人說話。我老實對你說了罷,奴家一夜没有男子,就一夜睡不着的。(老旦笑介)四六何如?(丑摇手介。老旦)三七呢?(丑摇頭介)我總不要看見此等人。(老旦大笑介)這様又有個計較在此,就將寧娘住在花園内,我乳母在内夜夜伴宿,看守了他;止許公子日間到園内閑話,晚間夜夜進小姐房内,好不好?(丑)倘或公子日間在園内風流,怎防閑的許多呢?(老旦)小姐,不許公子日間在園内風流麽,則怕連小姐夜裏的風流也輪不着了。(丑)却是爲何?(老旦)難道公子不好另買房子,别娶妾的?再不撇下小姐,走到都中老太爺處,另娶一房。小姐呀!你捨不得片刻風流,却不誤了你終身風流了麽!(丑)他若去了,奴家另尋一個填房。(老旦笑介)小姐,莫説理上説不去,就是這些男子們,聽説楚府家眷,誰敢惹禍?(丑大哭介)我好恨也!都是爹娘害我的。咳,罷了!乳母,但憑你罷。祇是我夜夜要男子的;若没有,那怕半夜三更要鬧的。(老旦)小姐呀!這又不是茶飯,勸你將就些兒罷!(丑哭作勢下)

(老旦)如此酣鏖怎毓麟? 園中勢必一枝新。

床頭卧有胭脂虎, 祇怕難保桃源洞裏春。(下)

鬧帳

(末蒼頭上)哈哈哈!可笑我家主人,一月前同楚公子郊外春游,楚公子當日回家,就要討那賣解女子爲妾,我主人連日未歸。累得我老人家,家家探問,杳無信息。忽然三日後回來,痴了,叫我速速收拾洞房,自己選了日子,説道今日是做親吉期。挂燈結彩,一個人跳出跳進,忙的了不得。叫我在厨房料理花燭筵宴完備,就在大門探報。咳!忙是忙完了,究竟不曉得新娘姓什麽?在於何處?并無媒人往來,亦無妝奩鋪設；也不請親朋，也不叫鼓樂；這時候不早了，寂無影響。難道也像楚公子在郊外，中子什麽人了？咳！相公阿！雖是你痴心做處人人愛，祇怕是畫餅充饑白白忙。你看相公又踱出來了。（小生作出神視聽唱上，一面末語不聞介，小生）

〔正宫引子〕【破陣子】幾片輕雲飛去，一痕新月微開。銅漏依稀雙滴滴，仙子如何尚未來？愁依玉鏡臺。

（末）相公！老奴在此伺候，并無消息。（小生遠望介）相公，新娘子怎麽還不見到？（小生）便是呢。（末）喂，相公，到底新娘子姓甚麽？（小生）姓辛。（末）我們這裏没有這個姓那！什麽樣人家呢？（小生）是古刹。（末）嗄！怎麽是寺院裏的？（末慌介）這樣相公可有岳父母的？（小生）雙雙在堂。（末）媒人呢？（小生）是薛家舅祖母。（末大驚介）阿呀！相公，你、你則怕着了鬼了！（小生）爲何大驚小怪？（末）相、相公，你着了迷了！（小生）何所見得？（末）哪、哪、哪！那有女子住在古寺中的？古寺中又有父母的？况且薛尚書夫人死已多年，這、這是那裏説起？老奴要去關門。（行介，小生拉住介）蒼頭呀！

〔正宫正曲〕【錦纏道】妙裙釵，似此夕（指月介）嫦娥始荄，容光令人駭。（末）親眼看見過的？（小生）轉春郊，藍橋上笑顔回拜。（末）如此，怎麽就成了親呢？（小生放手介）求荒寺椿萱未諧，幸尚書府令威嚴大，頃刻裏仿天台鸞親鳳愛。（末）老奴祇是不信。（小生袖中出金花介）金花我自懷。（末）相公有聘物麽？（小生笑介）詩句他收在。（末）多分荒唐了，睡罷！（小生）不妨再把鶴驂待。

（内打三更介。末）相公，三更了，睡了罷！（内喧嘩，細樂介。小生、末作聽介。雜扮二長鬣奴扛前金樸滿上，遶場置場角介，下。末見介）阿呀！（驚下。内静介。細樂介。小旦艷妝坐轎、貼旦扮艷婢擁轎、二雜鬼扮提紗燈引上。小旦）嬰兒初動三更鼓，姹女珍携一顆珠。(下轎介。小生狂喜介。紗燈轎下。貼旦扶小旦曳小生照常儀行拜天、夫婦禮介。小生牽小旦,貼旦扶小旦同行入房,坐床介。床側安桌椅介。貼揭帳介。小生揭旦方巾介。小生、小旦相視笑介。小生揖介)多感娘子志誠。(小旦福介。末潜上張頭探腦望介。貼向小生叩介。小生扶起介)不敢,請起。怎麽你也來了?(貼福介)奉都爺郡君之命,隨送辛娘來的。(立帳前介。貼向小生介)門外有人。(小生出看介)那個?(末)相公。(小生)你張什麽?(末笑介)這是新人麽?(小生)那個哄你。(末)可以叩見得麽?(小生)自然該見的。(末)如此待老奴叩見主母。(小生進房坐桌邊椅上介。末帶疑進介,徐跪叩介)老奴叩見主母。(小旦不動介。末急起出房門介。貼出房向末介)伯伯見禮。(福介。末還禮介)丫環姐。(貼旦)伯伯,新人説,你有年紀的人,内裏諸事,今後你不必費心。此時夜深,你去關門睡罷。(末)我還要厨房去,安排合巹杯上來。(貼)有我哩,你去睡罷!(末)廳上有件東西,可是便桶麽?(貼笑介)不是。(末)這樣待我取了進來。(作出取介)阿嗄,好重!(兩手抱住慢行進介,貼接,一手提進介。末驚介)怎麽他一隻手輕輕的提過去了?有這等奇事!我且關門睡覺,明日再看動静。(欲下介。四雜扮家人:二人捧酒禮,二人提紗燈,引副净炫服騎馬上)山上胡麻應共進,洞中鷄黍敢先嘗。學生自與馮兄春郊别後,便知他定有物色。學生爲娶妾事忙,與馮兄會了一面,他竟不提起。方纔小厮回家説,馮兄今日娶親,一概親朋并不知會,想是郊外物色了妙人了。别人罷了,我楚公子也不知會,把我一視同仁,可惱得緊!他在郊外口口聲聲俗粉浮脂,不堪物色。看他今日所娶的,怎樣一個天仙?因此帶了現成酒餚,與他暖房,鬼混一回去。(下馬介)大門未關,一直進去。(末出見介,閃在後面跟進介。副净)中堂燈影尚明,一個人也没有，竟到内裹。（末後喊介）相公，楚公子進房了！（小生急出迎介。貼旦放下帳介、小生）楚兄，失迎了。（副净）馮兄，你還是個人？今夜乘龍大喜，怎麽親朋都不請的？（小生）小弟家寒，不過草草完婚，不敢驚動尊長。（副净進房介）且看新人。（挂一邊帳介）大阿嫂，見禮哉！（小旦起還禮介，即持扇遮面介。副净）果然異艷紅光，逼人眉宇。（向小生揖介）恭喜馮兄，好福氣，好眼力。男丢，拿賀禮來！（雜呈禮介。副净）這是賀禮表意，請收了。（小生）愧不敢當。（副净）小弟送與新人的，不必馮兄代辭。小厮，將餚饌擺上來，待我暖房。（貼旦收禮下帳，小旦坐帳内介。雜）曉得。（斟酒介。副净）馮兄請。（小生）多謝了。（雜又斟酒，副净接送帳前介）奉敬新娘。（貼旦接介）多謝公子。（副净見消魂介）馮兄，不要説新人，就是這位尊使女，風流綽約，已經選遍天下没有第二的了。馮兄好造化！小厮，取個大鍾來做官杯，我們兩人，今夜在新房每人輪流行他十遍，先讓馮兄起。（小生飲介。副净飲介。雜十斟，小生、副净各五飲介。小生）大杯急酒，來不得了！（副净）那説半中腰裏，就來不得哉！你來不得，待我來何如？（小旦躲入帳後介。小生）胡説！（起睡床上介，副净持杯到床上灌介，連灌介。小生醉語介）楚兄，我明日要告訴嫂、嫂子的嚧！（副净）告訴便怎麽？（小生）則怕嫂子又要棒槌興發了。（副净怒介）嗄！胡説，可惡！

【玉芙蓉】你不過茹齋一秀才，怎白眼將人怠！這婚姻大事，折柬應該。况我楚符，待你不薄，别人不請罷了，怎連我簪纓交契看同概？我一聞喜事，連夜備酒親賀，也是做朋友的一點敬心。你倒卧床誚人，混將口開。（末央四雜諢勸介。副净愈勸愈怒介）我家閨門之事，誰人曉？你揚人醜態。罷！也叫你鳳臺鸞閣煽飛灾！

（貼向副净福介）公子。（副净半揖諢介）大阿姐，不敢當。（貼旦)我家娘子説:初過門來,一切未備,得罪公子。

【薔薇花】親朋該報知,怎奈鮮怦介;況家徒四壁空齋,怎孔雀芙蓉宴開?我家官人酒量,自然不及公子豪爽的;酒醉的話,作不得準,明日酒醒,定教官人到府負荆。另日還要竭誠奉請,消停門酒笑朋儕,殷勤掃緑苔。

(副净喜笑介)我家官人,我家官人,纔來子更把天氣,就是這樣甜熱。大阿姐!你也叫我兩聲"我家官人",我就去哉!(貼旦)不敢。(副净涎臉介)要叫丢!你不叫,我叫新娘子叫。(小旦帳後語介)公子,天已明了,請回罷!明日一準登門謝罪。(副净驚喜介)阿嫂親口吩咐,小弟告辭哉!小厮回去罷!(貼旦)恕不送公子了。(四雜、副净作出房,末隨後跟聽介。副净)且住!這兩個女子郊外并不曾看見,是那裏娶來的?小厮,你們可曉得是誰家的女兒?(雜)日間小人打他門首過,見他蒼頭挂彩,問他,他説相公今夜做親,也不曉得是什麽人家的。小人們生長此地,後來不曾看見這樣標緻女子。(副净)有些詫異,一定來歷不明。待我設一妙計害他,不怕他不雙手奉獻。有理,有理!帶馬!(摇擺下。衆諢下。末驚介)阿呀!待我説與主人。(作關門回步進内介)相公,不好了!方纔公子出去,自言自語,要設計陷害相公,謀佔主母,怎麽好?(小生不應介。小旦)老人家,我知道了。我向相公説罷,你且去睡。(末)老奴去。咳!怎麽了?(下。小旦)

【朱奴兒】看他骨輕浮色中乞丐,容刑慘人内狼豺。況他赫赫椿庭侍帝階,分明是濟淫凶一個非材。怎我馮郎與他交契?否和泰,不必疑猜,衹索要學鷄鳴戒。

(掀帳唤小生介)馮郎醒來!馮郎醒來!楚公子去了。(小生作醉睡唱介)

【不是路】兩眼慵開，手足如癱怎强抬。（貼旦剪燭，小旦坐床邊介）馮郎，醒一醒！（小生）嬌聲再，耳邊嚦嚦如鸞喈。我好恨也！恨同儕，逢仙故故將人殆，良夜偏偏把夢乖。娘子，我醉的緊了，真無奈，你下帷暫解鴛鴦帶。一番恩愛，百年恩愛。

（小旦起介）既如此，馨姐，難爲你在對房安寢罷。（貼旦）曉得。新娘請安置罷。（帶關門介）冷眼觀人殊可笑，當場惟我是閑人。（下。小旦一面閂門卸妝移燈，一面唱介）

【尾聲】這的是要勾魔障魔偏大，第一夜破題寧耐。滚珠盤那！你何日驂鸞出九垓？（垂帳作睡勢，暗下介）

焚柬

（小旦辛十四娘素妝上）

〔商調引子〕【憶秦娥】鴛鴦夢，柔絲纏縛真堪慟。真堪慟，遥遥時節，怎生拋送？　拾來顆顆明珠汞，養成燦燦黄金迸。黄金迸，千珍萬惜，履危防勇。

（坐介）奴家滚珠盤。安心冤業，隨日消磨；光陰迅速，不覺半年光景，又早金風玉露，愴怛驚人。父母安康，倒也罷了；祗因我願嫁馮郎一節，不許歸寧，似覺過忍。薛府墓上，還是告婚一祭，所以重陽那日，潔備豐筵，同馮郎親往山頭，竭誠拜掃。昨日馮郎道考，回家得晚，此時尚未起身。且待他再睡片時。奴看馮郎爲人梗直，俊骨深情。奴得此人勾銷魔障，十分願足。但他縱酒濫交，奴家曉夜提防，苦苦規勸。奈他口雖諾諾，一時高興，早又意到語隨了。

【北端正好】讀書人括囊爻，終身誦，須知道尚口多窮。况楚公子尤非善類，猿睛鷹準天姿猛，怎生與紈袴團虚哄？

半載以來，勸他下帷苦讀，一切家事，外有蒼頭經紀，内有奴家主持，絶不向他煩擾。前蒙郡君厚意，贈一金樸滿，目下雖無用處，且到日後再作商量；又贈一婢，年已二八，名唤磬福，也是同部出身，倒也修持不苟。但他是郡君時刻不離的人，奴家意欲遣回，已向馮郎説過。磬姐那裏？（貼旦上）漫求舍利無生訣，自有嫦娥活子時。娘子，有何吩咐？（小旦起介）磬姐，我珠盤蒙郡君錯愛，謬結絲蘿，雖與郡君有長幼之分，却與磬姐無尊卑之分，况磬姐功夫深久，一朝變化，不可測量。都爺指示，固屬恩慈，但將你拘留在此，豈不耽擱了你了。倘我們後日有緣，未必不在一處。今請磬姐暫回郡君處，覷便修持何如？（貼旦）妾蒙娘子青目半年，無殊姊妹，今日開誠一語，如見肺肝。便將尊語轉達郡君便了。（袖中出香介）倘有呼唤，焚此信香爲號，妾當應念而至。（小旦接香藏袖中介）多謝了。如蒙見召，亦以此香爲號。磬姐在上，受奴一拜，今後你我就姊妹稱呼了。（貼旦）既蒙俯拾，敢不仰攀。姊姊在上，受妹子一拜。（同拜介）姊姊珍重，小妹去也。（小旦）請。（貼旦）妙用止存呼吸裹，苦功端在往來間。（下。小旦）奴看磬妹義氣深重，將來必成證果。且去厨房整理，好待馮郎早膳。（場上預設竈座。小旦繫竈衣作上竈狀，隨意整理介）

【北滚綉球】平日裏下湘簾，擁綉绷，幾曾慣入厨齋調飪烹？指甲兒秃盡了，親操井臼；鏡欄邊忘殺了，淡掃眉峰。我珠盤也明知磨與春，韭與葱，强料理絲毫不懂。衹緣俺有磨折，要處貧窮，因此上辭回恩贈聰明婢，甘受躬親樸素風，上格蒼穹。

（出竈介）但不知何日限滿？

【叨叨令】似這般羹兒饌兒每日價殷殷勤勤的奉，原不望冠兒帔兒到將來榮榮華華的寵。單則要衾兒枕兒醒透了恩恩愛愛的夢，早成就龍兒虎兒變化出飛飛騰騰的用。(泪介)阿呀！滚珠盤呀！兀的不痛煞人也麽哥，兀的不恨煞人也麽哥，(倚竈介)則落得風兒雨兒對着司命爺，嗚嗚咽咽的痛！

(仍整理竈上介。净扮家丁持柬上)文情欠妥書情妥，小子無能老子能。好笑我家公子，不肯讀書，被奶奶拘在身邊，弄得形銷骨化，减食忘餐。前日道考，竟交白卷。回家與奶奶商量，連夜倩人描仿老爺筆意，寫成書帖，并附黄物，黌夜送進學道。那曉得拆開回書一看，(大笑介)竟許批首。白卷見了黄物，自然大雅超群，居然元度了。因此公子定下酒筵，請下親朋，明日等報。諸客都請了，這有馮相公未請。此間已是，那個在？(末上)安分得來方是道，旁門求去總成魔。楚府大叔，做什麽？(净)我家公子有帖，請你相公明日吃酒等報。(末接進介，遶場介)主母，楚公子差人下帖，請相公明日飲酒等報。(小旦)老人家，回覆他：相公道考辛苦，回家有恙，不能赴席，辭謝了罷！(末出照説介。净)我公子挣了批首，尚不辛苦，你相公不過一等，倒辛苦了？煩你再傳，一定要去的。(末又進介)兩三進房子，叫我跑出跑進。主母，來人説，他家公子挣了批首，尚不辛苦，我家相公不過一等，怎倒辛苦了？要去的。(小旦)胡説！案尚未發，怎曉得批首、一等了？再辭去。(末出介)實不能去，多謝了。(净)去不去由你，留下帖子就是。明日陳府開吊，去不去？(末)自然到到就回。(净)這没再商量，請了。(下。末又進介)主母，他人去了，帖子不肯帶去。(小旦)咳！冤業喲！拿帖子過來。(接帖入竈點火焚帖介。末)可要告知相公。(小旦)不必。天那！

【脱布衫】怪乾坤窄窄難通，恨冤仇故故偏逢。剛半載下帷讀頌，恁無端禍機潛動？

老人家，我看相公面色幽晦，防有不祥。明日陳府請陪吊，你隨相公到到就回罷！（末）老奴曉得。（小旦）你且出去，關上大門嗄。（末）是。出出進進，把我老人家腰都累折了。（下、小旦）馮郎呵！

【小梁州】非是你索報前生障孽重，定是俺果緣因重。怪不得父親從前不允此事，到底老年人眼力不差。衹是奴家借凶成吉敢辭凶，因此上諧鸞鳳，竭人力博天功。

仔細想來，焚柬之事，索性與馮郎説明，也好教他自己堤備。

【么篇】但願得吉人天相多珍重，惡星辰絶不躔宫。便就是斷塊供，牛衣凍，把春迎秋送，其樂也融融。

早膳齊備，請馮郎起來梳洗罷。（解竈衣介，雙手捧面盆行介）

【煞尾】你看節近冬，一霎時日已中。喜良人英敏從規諷。怎怪俺求出世的佳人，把他似滚盤珠一様捧。

正是：波浪起時舟自穩，雨風過處月逾明。（下）

殺　姬

（丑濃妝扮阮氏上）

〔南吕正曲〕【懶畫眉】一自飛香奪歸男，暑夜凉宵暢殺饞。近來滋味漸難探，想是西園，雖然白晝偏雄啖，况且走索女子，飛舞場中易進讒。

奴家阮抱雲。自從楚郎納妾之後，雖然夜夜進我房來，到底不像從前恩愛。從前是長鎗舞動，亂點梨花；赤兔跑開，横衝玉壁。連宵見陣，日間還要争持；百戰不休，少歇又來挑撥。他弄武藝專愛長驅，奴逞精神一味短接。榻兒椅兒，盡是沙場；茶兒酒兒，都成説客。忽然興到，那顧他婢女們守壁諸侯；即或潮來，一任我燈影裏横尸流血。（嘆介）咳！時今是，朝朝點卯，僅來帳下該班；夜夜酣眠，懶向營前誘敵。未經上陣，早已頭垂；偶爾登壇，又將氣竭。弄得我空營更鼓，僅繫羊蹄；怪煞他武庫弓刀，不堪虎竊。思量别營頭拿幾個奸細充功，叵耐大帳裏有這個將軍卧側。天那！可憐我淹軍水勢，久已汪洋；怎得他鏖陣風威，依然雄杰？這多是西園那賤人，不知白日裏怎樣哄騙，將楚郎搏弄得力盡筋疲，自然晚間到奴房内，要挂免戰牌了。又聞得他有了三個月身孕。倘生下兒子，越發生根占寵了。不如逞早將他弄死，不怕楚郎不全付精神對我。説得有理！今早楚郎陳家吊紙去了，午間回來，在東廳請客等報；乳母已打發在厨房，檢點席面。西園止有那賤人一個，待我帶了花棒槌，先扭出私種來。他若死了便罷，他若不死，趁産後一發容易了。（向内介）小鸞，你們四個丫頭看好房門，我到東廳看看去。（内）曉得。（丑持花棒槌行介）懷胎小婦應芟草，奪食仇人怎戴天？（作狠狀下。貼旦月衫玄裙玄馬褂揚州妝，持針綫匾上）好僥倖也！

【楚江情】【香羅帶】麟苗月已三，裙拖漸參。西園寂寂如洞岩，主人閑步少停驂也。幸挑燈有伴，聯衾快談，抱眠有母何用男？（將針綫匾放桌上介。坐桌旁椅上介）奴家寧氏仙娘，年方二八，籍隸揚州。覓食齊趙鄉城，來到廣平，被此間公子見憐，用百金購奴爲妾。衹因奶奶情性蹺蹊，不容奴家見面，爲此就在園中耽擱。主人情密，朝朝晝寢妝樓；保母恩深，夜夜同眠錦帳。奴家因隻身在此，就拜保母爲兒，一切飲食寒暖，都是這保母主持。衣食雖充，究非長策，如何是好？【一江風】幾片黄花點綴秋容淡。籬邊蟋蟀謪，籬邊蟋蟀謪，花間蜂蝶憨，偏引逗凄凉習。

今日公子出門吊紙去了，午間又要請客。奴家早膳已罷，不免就在竹陰石上，將這雙鞋面綉完也好。（作抽綫配色穿針做鞋花介）

【大砑鼓】雲開見蔚藍，涼風吹竹，日影篩衫。你看這彩絲一縷朝朝減，怎教我蓮勾在手儘延耽。刺綫剛三，早又困酣。

（欠伸介）一時困倦，就此太湖石畔，少睡片時。（伏睡介、丑持棒槌潛上）一點殺機如虎跳，十分花貌要魂飛。來此園門，不免徑入。（四望介）他睡着在太湖石上，怎麽動手？嗄，有了！不如用石頭一下，豈不乾凈。有理，有理！（尋石介）竹籬邊這塊尖角石甚好。（撇棒槌兩手捧石介。試作下石勢，點頭介。自後潛走近貼身照貼太陽猛擊介。貼抱頭流血起喊介）阿喲！（作痛狀介，回頭見丑捧石介）原來是奶奶嗄！（丑抖介，落石打自己脚介。丑蹲地疼痛叫吟撫脚介。貼喊救人介，倒地滚介，滚至桌邊喊救人介，喊聲漸不清白介，兩手抱頭漸不動介，死桌脚邊介。丑一面呻吟作疼狀、一面望貼介）你做死詐人麽？（鬼魂流血散髮脹肚自桌底徐出介，捧頭作疼痛狀向丑介。丑見介）阿喲！你是鬼呀！（魂撲丑介。丑怕介，起跪介。魂追遶場，丑跌又起跑下。魂追下。場上設"飛香閣"匾床帳妝臺介。丑披髮跑上作上閣介。魂追上閣介。丑入帳掩帳喊救人介，魂掀帳不開。丑急喊救人饒命介。副凈艷服，小旦、花旦扮二俊僮隨上）駿馬出門充吊客，鮮衣入室認喪門。小厮，那裏喊救人嗄？（二旦）到像西園内。（副凈）西園裏？都跟我來。（聽介）這是奶奶聲音呀！在飛香閣裏。敢是與寧娘打架？來了！來了！你們都在閣下。（上閣介。鬼魂下。丑仍喊救人饒命介。副凈力掀帳介）奶奶！奶奶！我在這裏。（丑定睛介）阿呀！好怕人也！（副凈）奇了！這是什麽緣故？（向閣窗下介）你們看看寧娘、乳母呢？（二旦分叫介）不見那？想必他們不在園中。（副凈）快去尋來。(小旦)你到上邊尋,我在外面尋。(二旦)分路尋去。(各叫下。小旦内叫介)阿呀!不好了!寧娘死在這裏了。公子快下閣來!(副净)在那裏?(小旦内)在隻太湖石下。(副净作下閣介)怎、怎、怎麽死了?(急下介。哭上)寧娘嗄!可憐!可憐!是我楚符害了你了!(丑喊介)公子快來!(副净上閣介)來了!(丑出帳跪叩介)公子,是奴家不是了。看夫妻分上,饒我這一次罷!(副净)這是你做的事,還想第二次嗎?(丑)以後任憑公子多娶幾個便了。(副净)我且問你:爲什麽打死他?(丑)公子聽稟:

【前腔】衹爲你風流一健男,是奴家活寶,暮飫朝貪。自從有了寧氏呵,分恩割愛私心憾,因此上煮鶴燒琴下手甘。奴家原要將棒槌打他,誰知他手脚利害,拿起尖石,將奴金蓮打傷。奴家疼痛不過,就將原石打去。那知道他樂極悲生,性命俱劖。

(老旦急上),怎了?怎了?(上閣介)片時走動便做出來。小姐,你越做越狠了!如今怎麽樣呢?(净扮門公上,作仰面説介)稟公子:客到齊了。(副净)東廳待茶,説我就出來。(净)曉得。(下。副净)乳母,先將小姐扶進後堂去,再把寧娘收拾乾净,令蒼頭速備棺木,明日成斂罷。我要去陪客。(老旦扶丑起介)小姐回房去罷!(丑)你是乳母?(老旦)正是。(丑扶老旦肩作脚痛下閣介)阿喲!阿喲!(下。副净)可憐,一命兩命。咳!罷了!説不得了!小厮。(小旦、花旦)在。(副净下閣介)到的那幾位客?(小旦、花旦)張秀才、李秀才、王少爺、李監生,還有阮府管事二位。(副净)别位不到的罷了,馮相公方纔看見在陳府陪吊,你二人去硬拉了來就是。(二旦)曉得。(下。副净泪介)我的寧仙娘呀!

【尾聲】都是我風流累你風流慘,可惜了横雲竪雨貌非凡,但願我

他生再補此生慚。（下）

誣　友

（小旦、花旦扮俊僮同拉小生素雅服色扮馮生上。）

（小生）你們拉我做什麼？（二僮）奉公子之命，諸客已到，單等相公上席。（小生）我身子不快，不能赴席！（二僮）相公陪得吊，赴得席。（小生）你這兩個小厮，可惡得緊！既公子請我赴席，也等我好好行走。大街上這般拉扯，成何體面？（二僮）怕相公跑了，須連累我們。已到門首了，請相公東廳坐罷。（小生）那有這樣請客之理！（雜扮四客上）馮兄來了，我們候久了。（副净上）馮兄貴人，也光降了。（小生）實在身子不快，坐不住，并非矯情。（四客拱介）到了就是。（副净）小厮看酒。諸兄呵！與其各人在家等報，不如同在舍間熱鬧些。不過小飲賞菊，不敢送座，就請叙齒罷。（二桌并擺，四客揖遜并坐介。小生左横、副净右横坐介）竟用大杯，直吃到見了全録方散。（四客、小生）厚擾不當。（二僮斟酒各飲介。上菜介。連斟介。四客）如此美酒佳餚，主人可謂情重矣！（副净笑介）見笑。（向花旦介）你的小曲頗可，唱一個，大家吃一杯，衹當帽兒戲。（四客喜介）妙極。（花旦做身段唱小曲介。小旦斟酒衆飲介。内小鑼鳴自遠而近又遠介。衆各聽介。副净）過去了。請教這裏寫案，是順填的，還是倒填的？（四客）敝鄉這裏，自第六名順至末名，又倒轉自五名至批首。（副净笑介）這就是了。請！（衆飲介。副净）馮兄怎麼不吃酒？（小生）今日實吃不得。（副净向花旦介）你再唱一曲，單敬馮相公十杯。（花旦又唱“十奉酒”，小生飲介。副净喜介。小生醉介。内又小鑼鳴自遠而近介。衆各聽介。副净向二旦介）門首有人照應麽?(二僮)他們都在大門首。(内扮報子持報條一派鑼聲喊"接報"上。副净)是什麽名字?(報子)"楚符",拿喜錢來!(副净)什麽名次?(報子)批首、批首。(副净向僮介)請他們中廳酒飯,喜錢十兩。(小旦同衆報子諢下,小旦復上)交代他們了,這是報子送的全録。(副净看介,喜介)慚愧。小弟庸材碌碌,怎麽把我冠在諸公之上?(四客、小生)文宗賞鑒,定是不差,我們就此奉賀。(各揖復坐介。副净還禮又看介)張兄第五,李兄第十,王公子第三,李兄第十二,馮兄第四。别位罷了,怎馮兄也在我後?慚愧不當。(四客)這歲試還是小事,將來發解會狀,纔是大喜哩!(副净)小弟文字在場中不甚愜意,出場一看,也還罷了。最妙的在起講下數語,比諸公略高一籌耳。(四客)公子高才捷足,自是不凡。(小生醉態介)楚兄,今日批首,果然是文章上來的嗎?欺人乎?欺天乎?(大笑介,扶桌上睡介。副净羞介。四客驚介,起介)馮兄有酒了,我們謝過散罷。(揖介。副净)再奉一杯。(四客)容日再領,請了。(副净)請了。(四客)全交惟久敬,失語在深杯。(下。副净)可惱!馮家這小畜生,自恃名士,每每欺我。今日好意請他等報,他倒對衆羞我,十分可惱!前日見他妻婢二人,美艷非常,一定來歷不明,正要設計害他,以便圖謀二女。今日是他撩撥我,一發歇手不得。不免尋個計較,出我心頭惡氣。(踱介。内打四更介。净扮蒼頭上)禀公子:寧姨娘棺木已到,就今夜殯殮了罷?(副净)唔,有了!就把我愛妾的命,煩他代償了罷!蒼頭,將棺木收過一邊,且慢殯殮。你同小厮們,先把寧娘尸首抬到飛香閣床上,再把馮相公也攙扶到床上,兩頭睡下,將被蓋好。園内閣上一應門窗,全行關鎖。太湖石下血迹,即忙收拾乾净。待閣上喊叫,與我捆住,天明自有道理。(净、二旦應介。副净)馮生那，馮生！我看你一味逞能終有失，今宵履險怎逃生？（憤怒下。二僮扶生下介。場上設“飛香閣”奩、床、衾、鏡臺等物，被中蓋血頭人介。净提“通政使正堂楚府”燈籠上）死的安放了，活的怎還不來？（二僮扶小生沉醉上。净幫搬足上閣介，安放床上與尸各頭睡介，蓋衾下帳介，關窗介，關閣門鎖介。净繫鎖鑰在褲腰介，關園門鎖介，手提鑰匙俱下。内打五更介。貼旦扮寧娘鬼魂披髮流血脹肚紅衣自帳後出介，對鏡理髮痛介，兜鞋整衣介，掀帳驚避介，又掀又避介，徐徐兩邊鈎帳介，遠立細認介，泣介，指尸指自己介，指小生指自己介，又泣介，作鬼聲介，放帳轉入帳後下。内鷄鳴介，發擂介。小生在帳内咳嗽介，作欠伸聲介）好睡也！（在帳内唱介）

〔雙調〕【二犯江兒水】喉枯身憊，怎衹般喉枯身憊？呀！是一對金蓮，腮邊蓮瓣在。（坐起開帳介）天已明了，看窗呈曙靄，閣廠妝臺，是誰家雲雨界？（開窗望介）呀！分明一座楚陽臺，深秋更爽豈。記得昨日楚兄招飲，似在東廳，怎麽醒來却在此處？嗄！是了，想是楚兄見我醉得緊，不能回去，安我園中宿歇，也未可知。但衹是脂粉精良，帟帷綺麗，儼然閨闥一般，且方纔分明有兩瓣紅蓮，緊勾吾頸，不要管他。（拭眼介）我且醉眼頻揩，（挂帳介）綉帳雙開。覷鴛衾，是何人酣眠在？（指尸脚邊介）這不是一雙鳳舄麽？（又揭頭邊被角介，見血人介，輕聲驚介）阿呀！（揭被摸尸身介，大聲驚介）阿呀！冰肌血骸，是一個冰肌血骸！待我再看，夭年粉黛，是一個夭年粉黛！（叫介）小娘子！小娘子！竟是死的。爲甚的，碎花魂，折玉釵？

且住！聞得楚兄之妾，就是春郊所見的賣解女子，我也認得；是與不是，待我細認。（細認介）一些不差。爲何好端端睡在床上，頭破而死？

【前腔】嬌容可哀，慘切切嬌容可哀。想起春郊光景，把風流儘意賣，怎如今寒凝鳳睞，殭挺紅鞋，猛勾銷風月債？聞得他室中阮氏，淫凶妒悍，件件皆備，想必此女死於他手，楚兄尚不知道。可憐一樹牡丹荄，秋來遭挫敗。楚兄即或不知,却怎麽把我安在他愛妾妝樓,通宵歇宿,是何道理?(想介)這緣由好難猜度也!縱然是契友同懷,須知道少婦應猜,卧床邊,肯容人,安眠在?(猛驚介)阿呀!我曉得了!一定是昨夜楚兄也被酒回房,阮氏出來,暗將此女致死,怕丈夫查問根由,叫家人將我安置尸旁,以便移禍於我。飛來禍胎,分明是飛來禍胎!天色尚早,不免開門逃走,便與我無涉了。(開門不開介。慌介)怎、怎麽門是倒、倒鎖了的?這便怎處?安心遺害,分明是安心遺害!待我從窗間跳下去罷!(望介,作跳勢介)如此高閣,跌壞了,依然逃不去,轉像畏罪在逃一般的。天那,天!怎麽好?(立定介)有了,不如把楚兄唤起,説個明白,也脱我的干係。(叫介)楚兄快來!楚兄快來!少停楚兄見了此女,不知怎樣傷心哩!好教你,痛花魂,泣玉釵。

(極聲叫介)楚兄快來!管家快來!(净蒼頭持短棍匙鑰上。丑、末扮水火夫腰纏繩索狠容上。净)售色樓中拚性命,撿尸場上縛英雄。公子吩咐,今早飛香閣拿馮相公,主母又賞了二十兩足色紋銀,衹得走遭。你們水火夫隨我到園中拿人,不許多講。(丑、末應介)在行的,衹要老伯伯照應照應,就够了。(净開園門鎖介)是什麽人在園中叫喊?(小生叫介)管家快來!(丑、末)在閣上叫。(净、丑、末遶場作到閣門介。覓鑰匙不見介。小生)快快開門!怎麽把我鎖在閣上?(净在裩帶上解下鑰匙介,開門上閣介)你是馮相公嗄?(小生)你們爲何把我鎖在閣上?(净)這是我公子寧姨娘的卧房,你上來做什麽?(小生慌介)我在閣上,閣下的門是那個鎖的?(净)這個不知。(見尸介)這是寧姨娘,嗄!滿頭是血,不好了!寧姨娘被馮相公殺死了!你的衣服都有血痕。你們快拿住殺人賊,我去報與公子知道。(丑、末綁小生介。副净急上)園中爲何喧嚷?(净)公子來了,公子快上閣來,拿住殺人賊了!(小生)楚兄快上閣來,正要請教明白。(副净上閣一面說介)愛妾妝樓,誰人可到?(見小生介)咦!馮兄怎麽在此?(净禀介)寧姨娘被馮相公殺死了。(副净)有這等事?(見尸介)我的美人呀!(小生)楚兄,小弟昨日承招過飲,醉卧東廳,今早醒來,却在閣上。正要請教死者何人?因何把小弟鎖在尸旁過夜?(净怒介)胡說!你昨日席散回去的了,自然趁我家熱鬧,潜地入園,圖奸不從致死的。(小生驚介。副净指介)好朋友!好秀才!小厮們!將繩頭緊緊縛住,拿我名帖,先把殺人凶手送到縣監,道我即刻補呈,請撿殯殮。(净、丑、末應介。推小生下閣介)楚兄,怎冤我做殺人凶手?那有凶手自己鎖在閣上喊叫的?我就到官少不得也有申辨。(副净笑介)到官儘請申辨。(小生)咳!我馮生悔不聽娘子之言,致有今日。罷了!罷了!方信佳人原有信,那知毒計即相知。(衆擁小生下。副净吊場)且住!不免要用銀子。(摇頭介)啐!怕真凶不雙手獻出。我娘子許我多娶幾個美妾;於今害了馮生,將他主婢二人娶回。寧娘有人抵命,娘子免了出醜,我公子得了二美,他主婢享受榮華,一舉四得。馮生那!這樁美事,煩你周旋到底罷!正是:

寵妾骷髏憑爾戲,　　良朋性命任余追。
花樓錦幄藏消息,　　不是神仙總不知。(摇擺下)

探　夫

(末内喊介)不好了嗄!(在場内唱介)

〔商調過曲〕【山坡五更】【山坡羊】竟從天飛來奇禍,狠排衙滿堂胡做。痛書生命似燈蛾,黑魆魆一條鬼路無從摸。(末蒼頭焦容撩衣急行唱上)【五更轉】衣巾褫,桎梏加,皮膚破。聽得因奸致命,致命風聲大。前日主母原吩咐我，跟隨主人到陳宅陪吊，到到就回。不料我老人家，吃了他那攙水的菜，忽然發起痧來，先回到家，第二日就爬不起。今早主母吩咐，説主人一去三日，必有緣故，速去打聽，相請回家。那裏曉得阿呀呀！主人已問成死罪在獄了！（哭介）不免急急回覆主母，商量搭救則個。（恨介）咦！誰起奸謀，致遭擒縛？

（作到介，急急叩門介）開門！快快開門！（小旦月衫雅妝上）

〔北雙調〕【新水令】聽匆匆剥啄定凶多，俏魂兒半天飛墮。戰兢兢苔階忘滑場，急煎煎蓮步轉磨陀。（向門縫望介）老人家，相公回來了麽？（末哭介，又敲門介）快開了門再説。（小旦）見僕泪滂沱，馮郎嗄！（悲介）可知你有灾禍。

（開門急問介）相公呢？（末哭説介）相公已在牢獄中了。（小旦驚介）却是爲何？（末）老奴不知詳細，衹聽見街坊上人説：

〔南仙吕入雙調〕【步步嬌】楚府西園阿嬌鎖，不知怎麽我家相公竟夜同樓卧。第二日天明，又不知怎麽，他佳人死被窩。因此上公子鳴官，書生蒙禍。老奴聽見此信，急急跑到陳宅打聽，他説前日午後，楚僕强邀拖，（放聲大哭介）就此一去，可憐葬送在飛香閣。

（小旦悲介）馮郎嗄！奴家早知有今日的了，衹是你瘦怯怯的書生，怎生熬得刑起？（末哭介）便是呢，怎生救他纔好？（小旦）

【北折桂令】總奴奴功行生魔，累男兒身隸蕭曹，名玷凶污。我看馮郎，自己愛鼎，更勝女子守身，從没有亂落蜂鬚，輕翻蝶翅，浪擲鶯梭；况是個孱弱書生，怎飛藏樓頭枕角，平白的逞凶殘殞折嬌娥？（大慟介）好教奴慘凄凄刀絞心窩，意茫茫鎖緊山螺，魂飄飄想煞卿卿，泪漣漣痛煞哥哥！

（小旦坐哭介。末）主母，哭也無用，想個法兒救取主人纔好。（小旦收泪介）老人家，案情詳細，尚未探的，怎好冒昧？衹是相公身邊并無錢鈔，牢頭禁卒狼虎一般，今已兩日未曾送飯，你可前去問明此事緣由，奴家自然設法相救。可向禁卒説：相公家道貧寒，不能從厚，按日青蚨三貫相送，務要好好看待相公；昭雪之日，恩不敢忘。（末泣應介。小旦下，取飯籃錢袋上）籃内酒飯，袋内青蚨，你可速去速回。（末泣，將錢繫腰提籃應介）曉得。主母照應門罷！有往無回真可痛，耘人舍已怎呼冤？（泣下。小旦坐介）我想此事定是楚賊奸謀，一來楚賊心斜，久貪奴色；二來馮郎口直，或犯伊私，所以下此毒計。但不知死者何人？他在陰間必要移怨於我。奴家今日不免到監中探了丈夫，晚間親到楚園，查訪真情便了。（末急上）總爲平時無把握，可憐到死尚糊塗。（推門進介）阿呀！主母嗄！相公已經拷打的不成模樣了，連酒飯吃不下去。（小旦）嗄！相公怎麽説？（末）老奴盤問相公，相公説一些影響也無，怎麽了？（各哭介。小旦）老人家，今後你把大門緊閉，不許放進 人，要飯厨房内自做，要錢後房樸滿裏自取，每日監中不可有缺。我在房有事，一切不必來問我，奴家還你主人就是。（末急撲地叩頭痛哭介）感謝主母不盡。相公喲！（哭下。小旦）待我更衣則個。（在場戴珠笠繫暖裙介）馮郎嗄！我自笑無能成劍俠，不妨循分作飛仙。（作關房門介，御風遶場行介。内風聲介。下。副净扮獄卒上）笑提水火無情棍，怒接英雄滴泪錢。昨日堂上發下命犯一名馮生，進獄兩日，并無常例送來。方纔有個老兒送飯，見了三貫青銅。打水不渾的，濟不得事。他又説按日送來。牢獄不通風，都這樣像他，我倒應接不暇。不免叫他出來，難爲他一番，等他知道。呔！馮生出來。（小生鐐栲顛步上）

【南江兒水】少婦何人殺，沉冤要我馱。（望空拜介）望嬌魂速把這奇情破。（副净）呔！死囚，還是這樣慢騰騰的。（小生）大哥，喚我出來，又怎麼説？(副净)呔！馮生，你這樣人天生就要犯人命的。(小生)是，是，是，天生就要犯人命的。(副净怒介)呔！你敢頂嘴嗎？(小生)不敢，不敢。(副净)且問你，家中還有何人？(小生悲介)想閨中定驚煞我遭奇禍。(副净)爲何不來看你？(小生)他前來也救不得覆盆的我。(副净)你爲風流殺了人，倒是别人冤害了你！(小生)難道大哥看見是我馮生殺的？(副净)呔！我不該説，你該做的！(亂打生介。小生跪躲介)阿唷！阿唷！饒命嗄！(小旦御風上，繞場下。副净)且不打你，去收拾了柙床，來請你受用。(下。小生伏地，一面呻吟，一面唱介)總是我交朋差錯，倘見了賢妻，怎向他靦顔商略？

(卧桌脚邊呻吟介。小旦飛行上)

【北雁兒落帶得勝令】我借天風將鬧市過，那裏是負縲絏的書生座？你看碧鱗鱗署廨嚴，赫奕奕威風大。呀！不過假風波，作意媚么麽。衹管你阿堵千箱縛，那顧奴咨嗟兩手搓。哥哥，是你的星躔惡；哥哥，是我的障孽多？

(立椅上介)此處怨氣衝霄，想是獄中了。呀！那不是馮郎麽？待奴下去。(跳下介。外、末金幞頭罩紅羅扮獄神執笏拱立介。扮四小鬼暗舞暗驚俱下。小旦近小生附耳介)馮郎。(小生驚顧介)是那個？(小旦)是你妻子滚珠盤在此。(小生見介)阿呀！妻嗄！救我則個。(小旦扶小生起，不能立，復卧地介。小旦一面撫摩小生遍身，一面問。小生一面哭，一面唱介。小旦泪介)馮郎！此事因何而起？(小生)那日好端端的在陳家陪吊，送客出門；忽被楚賊家僮，蜂擁而去。賓客滿堂，

【南僥僥令】東廳歡等報，巨酒送清歌，醉欹殘席懵騰坐。到得醒來，却卧在弄玉的吹簫樓一座。

(小旦起介)

【北收江南】呀！聽緣由歷歷，分明是做的風波，那裏是逾墻深夜

摟嫦娥？衹看他强危力勸意兒和，定是個虚情假科。若不是假科，玉山頹倒，怎上得雨雲窩？（轉向小生介）馮郎，且問你：酒醒時節，那人兒倚枕見了你態如何？

（小生立起介）阿呀！妻嗄！若問官有此一問，便是我的生機了喲！（小旦）却怎麽？（小生行走如常介）

【南園林好】那日個酒初醒，覺纖纖蓮瓣雙勾頸窩。急急推窗細看，衹見悄横陳衣衾血和，就便是春郊外走繩婀娜。（小旦）那時馮郎何不走開？（小生）那時跳窗窗高，開門門鎖，跳不出是非窠，因此高聲喊叫，意欲剖白此事，那知倒唤出個降灾魔。

（小旦）馮郎，事已如此，不必性急。

【北沽美酒帶太平令】則要你耐心情待凶宿過，則要你耐心情待凶宿過，牢獄底不廢吟哦。（小生）怎麽我一霎時疼痛全無了？（小旦微笑介）是奴家方纔按摩好了的。（小生揖介）奇哉！怪哉！多謝賢妻。（小旦）馮郎，且莫謝，有話與你説：此事已經如此，决不輕放，就往上司控告，未免也是一般。一切罪名，不妨誣服，俯首含冤任彼科。你囹圄高枕卧，且免受碎刑苛。（小生）阿喲！娘子，一認罪名，終無伸冤之日了嚏！（哭介。小旦）馮郎放心，奴家必然設法救你。雖然是報答你半年恩寵，也不過完繳我萬丈情魔。我看楚符，必然放我不過，要來尋我。奴總教他不能見面便了。他探驪頷深機狠惡，我學倩女離魂活潑。獄中日用，已吩咐蒼頭每日送來。（小生）蒼頭龍鍾，怎能辦給？（小旦）不瞞你説，房後金樸滿，原是爲君而設。（小生）娘子奇人，小生不能測識，衹是何以救我？（小旦）我呵，泣秦闕訴他，浼他，監中既有使用，留得你青山一座，定指日金鷄劈鎖。

（小生）小生何福，得蒙娘子萬種垂情？倘得出獄，恩同再造，小生先要拜謝。（跪介。小旦跪扶介）還不到謝的時節。（副净持繩索潛上，覷小生介。指指點點疑心介）呔！馮生！你獨自一個，自言自語，做腔做勢，敢是你見鬼了？(將索子亂打介。小生躲介。小旦迎立用右手指副净介。副净繩索落地介。小旦迎視副净。小旦身邊起金光一陣。副净殭立望後倒介。小旦曳小生介，泪介)馮郎保重！奴家今日去了，不便再來，你静聽好音罷。(小生泣介)是。(小旦飛行下。小生四望呆介)咦！娘子去了。咳！我娘子是個奇人，他的言語，句句金石。(見副净倒地介)這是禁長哥嘎！(叫介)大哥！大哥！阿呀！不好了！列位快來。(衆牢卒上)獄中清净，叫唤何事？(小生)這位禁長哥在此打我，忽然跌倒了。(衆)待我們救他醒來。張大哥，張大哥！(副净醒介)唬殺我也！唬殺我也！(見小生跪介)阿呀！馮相公！(叩介)馮老爺！馮神仙！饒了我罷！再不敢了。(小生)大哥請起，怎麼説？(副净起介)方纔同你説話的是誰？(小生)敝房下。(副净吐舌介)他不是人。(衆)是什麼？(副净)他是神仙。(小生)何所見得？(副净)相公，你説他方纔怎樣打扮？(小生)斗笠。(副净)斗笠。(小生)暖裙。(副净)暖裙。一點也不錯。(衆四望尋介)在那裏？(小生)去了。(副净)你們不要胡説。方纔我拿索子要把相公送上柙床，出來聽見他自言自語，動手動脚，我把繩子空中亂打，那知那神仙，忽然現出金身，比觀音更加標緻。又見兩道金光，將我眼睛一閃，我就倒了。於今呢？(小生)真個去了。(副净抱住小生介)馮相公，你是去不得的。(小生)我是不會去的。(副净)衆兄弟，馮相公是冤枉的，我們以後好好服事他，等昭雪之日，我們也好叩見叩見神仙。馮相公，就進來吃飯罷！(衆)我們去鋪床燒水，伺候馮相公洗澡安寢。(俱下。小生吊場)難道我娘子果是神仙不成？看他

【南尾聲】言言深透真先覺，更舉動誰能猜破？(副净復上，恭

敬介)馮相公,請寬了刑具,進去用飯。(小生)衹是王法,怎好擅便?(副净)不妨的。相公是神仙伴侣,我們凡人,理當敬奉。(脱小生刑具介。小生大笑介)呵!呵!呵!衹便是我賢妻第一件功勞先贈我。(下。副净隨下)

點金丹卷下

遣　妹

(貼旦扮寧仙娘鬼魂，仍穿前衣，粉面血頭上)

〔正宫引子〕【梁州令】恩情萬種一黄粱，如夢醒鐘撞。奴家寧仙娘鬼魂是也。生爲艷質，死作冤魂。那日被殺，一靈竟赴枉死城中。蒙判爺吩咐，陽間案情未定，要奴昭雪；又道奴家陽數未終，還有夫榮子貴之日，待案昭雪，許奴借體還魂，以完因果。祇是奴家丈夫姓楚，昭雪此事，丈夫豈得無罪，怎麽還有榮貴之理？(嘆介)既蒙判爺吩咐，怎敢有違。目前柔魂飄蕩，不免仍到飛香閣静候機會便了。想起阮氏，你爲貪淫，輕戕人命。楚郎，你把愛妾，强捉人眠，好不殘忍也！祇這冷園凄閣月横窗，人不見，魂無主，枉飛香。

(下。小旦前扮飛行上)欲從孽海歸真寶，更向情園覓倩魂。奴家滚珠盤，自從獄底探了馮郎，日夜查訪起事緣由，商量救夫計策，茫無端緒。今夜月明霜潔，不免再到西園探訪一回者。

〔正宫集曲〕【雁魚錦】【雁過聲全】爲夫君敢云怯冷霜，(拜月介)籲嫦娥顯示我前途象。

(貼内介)遠遠兩點金光，想是神仙經過，待我上前哀求超度則個。(上跪介)神仙救苦喲!(小旦)此是西園,果有個負冤頻稽顙。(貼旦)鬼魂是楚妾仙娘,被妒慘死,望乞天仙超拔。(小旦)聽得一聲聲痛身亡,便就是楚佳人泣夢斷高唐。且問你:何人致死?何人抵罪?(扶貼起介)緣由訴得詳,我當代懺悔,破你冤冤障。(貼旦)請天仙閣中升座,待鬼魂細陳。(小旦行介)假閑踏畫樓,勝他官勘狀。(小旦坐介,貼叩首,小旦扶介)你且説來。(貼旦)事楚佳人姓寧,飛香小閣凝妝。妒妻擊石妾夭亡,命絶湖山石傍。(小旦)你既死在太湖石邊,怎麽尸眠閣上呢?(貼旦)醉後狂生面諷,懷慚公子心怏。死姬活友兩茫茫,齊入銷金鴛帳。(小旦)唔,後來呢?(貼旦)日午奴奴絶命,夜深兩兩登床。天明細認覺飛殃,意欲逃鈎脱網。(小旦)爲何走不脱?(貼旦)阿喲!天仙那!跳閣閣窗太險,推門門鎖難撞。忙呼好友説端詳。可憐呀!就把馮生骯髒。(掩面泣介)這就是飛香閣的實情了嘘!(小旦)如此説來,與馮生無涉了。倘然冤雪,你丈夫不要反坐嗎?(貼哭介)阿喲!天仙嗄!夫主恩情雖厚,衹是已把尸身付與馮生同衾過夜。自己作孽,叫鬼魂也無可如何了!(小旦)既如此,你生是楚人,死爲馮婦了嘘!你意中情願否?(貼旦)夫主之命,怎敢有違?(小旦)如此,你速去將阮氏祟擾一番,令他囑官緩詳,保全馮生,就是你的功勞了;自有人來超拔你。(貼旦叩介)多謝仙示。説明死法知生法,認取他家即我家。(閃袖下。小旦泣介)馮郎嗄!奴家怎樣勸你!

〔中吕〕【二犯漁家傲】【雁過聲换頭】括囊,到處康莊。幸而今夜再到西園,遇着寧氏鬼魂,【普天樂】把根因細詢。不然是遭無妄,一番骯髒,枉奴奴晝夜耽勞攘。楚賊嗄!笑你個錢神太狂,笑你個淫魔太猖,【雁過聲】笑你個忍心腸,還笑你把佳人硬送與他鸞凰。堪羞,這污名自揚。今日裏憑威勢,死生如你意;到後日判真假,刑誅要你當。且住!飛香閣起禍之故,已經明白,這解禍之法,實難擺布。哦!有了。不免焚起信香,與磬妹計議者。(起就案焚香介)磬福妹子速到。(福介。貼旦亦斗笠、暖裙扮磬兒飛上）脉脉閨情初遞息，溶溶夜色妙聞香。（見小旦，福介）姊姊喜也！得了姊夫真息了？（小旦福介）妹妹喜也！得了妹夫真息了。（貼旦羞介）那裏話來？（小旦）妹子説遞息聞香呢！（貼旦）姊姊遞息，妹子聞香喲！（小旦笑介）這不是睽卦麽？（貼亦笑介）妹子不懂。（小旦）紫陽真人五律一首，最爲諦當，何不就此園亭夜月，少坐一談。（貼旦）敬求姊姊指示。（并坐介。唱此後半闋，要有身段、手勢，神理緊細爲妥。小旦）妹子，天地絪緼，萬物化醇，這是一個氣字喲！所以凡具九竅者，俱可修仙。【二犯傾杯序】【雁過聲换頭】丹房不外陰陽。試就他男子而論，【漁家傲】覓得個温柔娟秀擎來掌。【傾杯序】秘閣深閑，綉茵廣廠，把玉貌精研，聲色飛揚。雨將注矣，審山頭轟激，出地奮雷飛上。【雁過聲】那時節閑閑無意提防穩，左左相承吸咽忙。（貼旦）倘男子等不及呢？（小旦笑介）你還説不懂哩！（貼羞介。小旦）【喜漁燈犯】【喜漁燈】静而待動，俯而番仰，鍊無漏龍降虎伏，方履險無恙。（貼旦笑偎小旦介）原來如此。聞説先天最妙，怎麽講？（小旦）妙哉問也！【朱奴兒】囑如花意留。【玉芙蓉】但一到月潮乍回忙唤郎。【漁家傲】這就是一陽初現光華嫩，號太一先天非妄，妹子，此時此際一霎裏汞引鉛藏。（貼旦）姊姊，男子丹法如此，女子又怎麽樣呢？（小旦）【雁過聲】在男子的順成人道逆仙道，在女子的精固胎房氣乳房。（貼旦）女子有月信可憑，男子先天呢？（小旦）【錦纏道犯】【錦纏道】雛兒莽，是初飛元陽最良，但浪斫怎輕嘗？（貼旦）其次呢？（小旦）訪英雄俊偉，孚洽雙雙。葆元神良宵夢長，復新陽七朝來旺。那時節（戲貼旦介）許你妙聞香。（共笑介。貼旦）妹子一味孤修，怎知有如此妙用？（小旦）妹子，孤修是得丹後太陰鍊形之事喲！（貼旦恍然介）聽姊姊一番妙論，不但長生得路，并可冲舉升天，妹子獲益無量。請問姊姊，唤妹子來，有何使令？（小旦）馮郎誣罪，如此這般，已知詳細。衹是援救無門，特請妹子一商。（貼旦）姊姊之意若何？（小旦）奴想旁觀袖手，上下總是一般，要救馮郎性命，除非御筆親頒。但這紙御書，如何到手？（貼旦）姊姊定了主意，待妹子前去購辦何如？（小旦立起介）

妹子,你真個代勞?(貼旦)真個代勞。(小旦)果然願去?(貼旦)果然願去。是是果然願去。(小旦跪介)做姊姊的就要五體投地了。(貼旦扶介)豈敢。衹是計將安出?(小旦)别無他計,如果妹子得近天顔,救得馮郎性命,你的功也成,丹也得了。(貼旦羞介。小旦)恭喜你十分行滿聞天闕,一顆珠圓拜玉皇。

(貼旦)承姊姊挈帶,敢不從命!今夜稟過都爺前去,相機而行便了。但恐早晚難必,姊夫處還要姊姊留心。(小旦)方纔死者冤魂在此,奴已囑他作祟阮氏,保全馮郎:專候賢妹捷音便了。(貼旦喜介)妙嗄!明月已落,妹子告别。(各福介。小旦)妹子,富貴場中,風流窟裏,不可誤了自己大事嗄!(貼旦)不消囑咐。誰料生門非死户,不妨售色當施仁。(飛行下。小旦望見喜介)妹子去得决絶,定能成功。我今回去,撿點樸滿,料理監中使用,完成仙娘因果便了。正是:

良宵細示拈丹路,　　小妹應傳得寶歌。
生死死生觀竅妙,　　特耽清睡會嫦娥。(下)

祟　妻

(貼旦扮寧娘鬼魂上)

〔南吕引子〕【臨江仙】業海波瀾平復起,舊恩新怨踟蹰,神仙吩咐敢揶揄?奴家寧仙娘,蒙判爺吩咐,静候機會;又蒙天仙指示,作耗阮氏,令他囑官緩詳,保救馮生。奴家不免前去走動者,既然吾寂寞,且看你歡娱。

(下。丑時樣艷妝上)

〔南吕正曲〕【三學士】整日凝妝絆老奴,剪鹙斯獨賦關睢。明道我一身寵愛專房美,暗喜他白日綢繆别徑無。衹是他口口聲聲要娶馮家主婢,怎麽好?倘然畫閣更教雙艷貯,奴孤掌,怎敵渠?

(坐介)奴家阮抱雲。自從打死寧氏之後,楚郎恩情復舊,晝夜爲歡。奴家感他全我顔面之恩,許他娶妾行樂,怎奈他必要馮家主婢。聞得馮家二女,美艷非常,若娶了來,可不把我依舊踹下去了。昨日又聽得説,他主婢俱不在家,想是丈夫問罪在獄,他又另尋主顧了。祇是公子悶悶不樂,不免逞此夜長人杳,聊備酒肴,一來與公子撥悶,二來添些酒興,好往銷金帳裏消此良夜。小鸞、小鳳,在那裏?(内應介)來了。(花旦、正旦扮小婢上)晨昏依綉閣,雲雨隔巫山。(丑)快下氈帘,多添獸炭,請公子進房飲酒。(二旦)是。(下帘添炭介。向内介)請公子飲酒。(場上鋪設床帳,床前放桌介。副净上)計策妙來偏信手,雨雲翻處未從心。(掀帘進介。丑起介)公子。爲何悶悶不樂?(副净不語介。丑扶副净肩介)公子,你探聽意中人消息怎樣了?(副净)想是也聞娘子盛名,竟逃避了。(丑)他既另尋主顧,你何必定要想他?今夜且與你圍爐暢飲,消此良夜何如?(向二旦介)送酒。(二旦送酒介。丑拉副净并坐床上,持杯送酒到副净口邊介。副净飲介,連送連飲介。丑)公子!馮家主婢也是個人,奴家也是個人;你祇想他,就不念我?(副净睡介)嗳!世上那有這樣標緻女子!(丑摟副净亦睡介)公子嗄!

【前腔】他雖是姿容與世殊,畢竟不及奴家風流占斷寰區。你試想花開庭後朝朝賞,簫咽唇邊夜夜娱。奴家有内美迎郎隨意取,待你尋着了迎馮婦,共抱裯。

(二旦下帳介,撤桌介,帳動介。二旦暗笑諢介。貼旦鬼魂上。二旦驚介)阿喲!(作掀帘出房跑下。丑)爲甚喊叫?(掀帳見魂驚介)阿喲!(下床,裙脱落介)阿唷!你是寧娘嗄?(拾裙繫裙回頭走介。副净亦出帳走介。貼旦逐丑介。丑跪叩頭介)寧姊姊!寧奶奶！寧夫人！寧恩人！饒了我罷！（副净亦跪介）仙娘！饒他命罷！（貼旦怒目視丑，手指丑，丑望後倒地介。貼用手按丑心頭亦坐地介。丑）我乃寧仙娘是也。（副净叩頭介）仙娘，有何吩咐，小生一一奉命。（貼泪介。丑）公子請起。（副净起介）求仙娘看我薄面罷！（丑）

【針綫箱】非是我索經求楮，非是我妨妻忤主。（副净）你要什麽？（丑哽咽介）慘戕生没個安身處。（副净屢揖介）無處存身，待我仍在飛香閣，奉安靈位何如？（丑）不必。奴家此身已蒙公子贈與馮生，明做了死生鴛侣。（副净驚介）怎麽，你做了馮家人了？（恨介）咳！我楚符先失便益了！仙娘嗄！妻毆殺妾，律不問抵。小生恐你久滯陰司，特尋馮生償命，好讓你早早升西。你何故又來索命嗄？（丑）公子禁聲！你衹顧枉人性命貪他女，我則要還我夫君放你軀。（副净揖介）但憑吩咐。（丑）公子，速去囑托官府，此事不必申報上司。料理囹圄，好生看待馮生，奴便饒他。無多語，但書生無恙，奴總苞苴。

（副净背介）馮生不死，二女怎來？（搓手介，向丑介）仙娘，你不要人償命了？（丑）時節到來，自有昭報。（副净）叫我怎樣救他？（丑）公子不肯放馮生麽？（自已打嘴介。副净）仙娘不必動怒，遵命就是。（丑）既公子允許，可速去料理，不可遲誤。倘有差錯，莫謂我寧仙娘無情無禮喲！（副净揖介）不敢，不敢。（貼起向副净閃袖，副净發噤介）阿唷！一陣冷風，好怕人也！（老旦急上）覰破人間鸞鳳迹，好述天上雨雲踪。聞得仙娘出現，待老身去看他一看。（貼旦福老旦介，泣下。老旦）寧娘在那裏？想煞老身了！（望空福介）望你看老身薄面，看破些罷！（丑醒介）阿唷！楚郎，快請僧道，追薦寧娘，救我則個。（副净）自然。（老旦）原該早料理。（副净）乳母，扶小姐床上將息着。（二旦潛上，同扶丑起介。老旦）小姐，寧娘怎麽説？（丑）阿唷！我不知

道。(副净)寧娘不要小姐償命,祇要保全馮生。(老旦驚介)嗄!寧娘不要小姐償命,祇要保全馮生?阿彌陀佛!寧娘呵,

【前腔】難得你冤仇捐除,難得你慈悲昭著。小姐呵,似這般方是多情女,再娶來的怎得玉人如許。(哭介)我的寧娘嗄!痛煞你,生前冷閣孤眠處,愛煞你,死後芳魂救苦餘。(跪拜介)衰年嫗,有痛腸紅泪,灑你衿裾。

(副净、二旦、丑俱大慟介。丑)乳母,奴家知罪,再不敢了。(老旦起介。二旦扶丑下。老旦)公子,追薦寧娘小事,保全馮生要緊。(泪下。副净)曉得。咳,罷了!

一着錯時全不是,十分歡處轉成愁。(下)

闖 闕

(貼前妝插記色飛行上)

〔商調引子〕【遶地游】天仙非假,密印交嬰姹。看成功一番閑話,飛來都下。莽娉婷,飛來都下,博一顆明珠無價。

奴家磬福。蒙辛姊不弃,代救馮生。祇因楚賊勢大,無從下手,必須面見至尊,方能濟事。纔飛過了琉璃水面,早又來到龍鳳樓邊。(内打三更介。貼旦聽介)三更時分了,祇是如何得見至尊哪?

〔商調過曲〕【字字錦】尊嚴帝主家,邃密君王駕,霜風簡出宫,怎把天顔迓?奴想此事,日間斷不可爲,不如逞此夜間,悄地入宫,隨機應變爲妙。凍嬌娃,怎敢赴闕陳情?陳情處,博得個喜威并加。呀呀!百千殿閣,知他携醉那家?思量那家?那家歡難亞。况且羅幃裏,鳳鸞佳,羅幃裏,鳳鸞正佳。儘如魚占寵,有人在那裏,人在那裏,呻衾褥枕,顛顛倒倒,飛飛跨跨。咱怎好羞羞濇濇,驚驚怕

怕,偷傍雨餘雲罅。

仔細一想,夜間又不可爲,怎麽好?奴家自己大事倒也可緩,那馮生性命,怎可緩得?罷!不免闖入宫闈,再作道理。(場上設"正陽門"樓介,扮二門神黑白臉暗上。貼旦)

【不是路】更彭越撾尸浸,天街静不譁。那裏琵琶響?想是失寵的霜風乍,冷幃難睡語琵琶。又是一陣異香,銷魂蕩魄,韵偏佳,想是承寵的,錦衾欲轉雙鴛夢,龍腦重添守夜娃。待奴由前門入去。(看介)休攔把,皇皇紫禁城樓下,不妨人跨,不妨奴跨。

(作飛行入門介。二門神攔介)喲!何處妖魔,擅入宫禁?(貼旦驚介)呀!敢告尊神,奴家是面聖伸冤的。(門神)胡説!伸冤理枉,自有人曹部院,何得妄瀆至尊?(貼旦)此冤非部院可伸,還求尊神方便。(門神)還不快走。(内烟火、金鼓,門神截追貼遶場下。場上撤"正陽門"匾,换"德勝門"匾介。貼旦急上)唬殺我也!

【滿園春】月光裏,逗神譁,且隱避,莫遭撾。難道我磐兒就此罷了不成!空馳千里耽驚嚇。姊姊嗄!你那裏懸懸望,懸懸望,俏眼兒巴巴,那知你妹子拚條微命走天涯!(内打四更介。貼旦)時已四鼓,怎麽好?哦!有了,前門有神守把,厚載門是無神守的,或可進去。戰兢兢嫩娃,痴顛顛猛娃,注意君王,意注君王,朝天有志,不信你隔斷官家。

(入介。二門神急上攔介)怎這妖魔又闖到厚載門來了?(貼旦驚退介)呀!(内烟火、金鼓,二門神截追貼旦下。場上撤去樓匾。雜扮諸天神漸漸圍立四角介。貼急上)呀!

【前腔换頭】他荼壘門門把,我柔魂寸寸如麻。天那!敢蒼蒼故教人世詐?衹是可惜馮生,詩書種,詩書種,更多情止愛深情嫁。况辛姊多嬌定策遣我嬌花。看來各門俱有神守,待奴自空而下罷。(内打五更介)顫摇摇凍娃,虚飄飄逸娃,望幸君王,幸望君王,青雲得路,不信你阻斷奴家。

(内鑼鈸輕輕遞鳴。貼旦面面穿到作驚疑狀介。諸天神漸漸移動合圍介。貼旦逃下。諸天神舞下。貼旦飛行急上)宫闈面面百靈呵護,斷斷不能入去,不必枉送性命。祇是既爲人謀,如何是好?(泪介)姊姊嗄!想是我磬兒根基淺薄,不能追隨賢姊入道了!(坐地慟哭介。内發擂介。内衆哄介)呀!呀!呀!皇帝旨意下來,要往宣府大同一帶巡幸,我們宣大軍士,即日都可扈駕回家了!(貼旦潜聽介,喜介,起介)妙阿!如果巡幸宣大,奴家有計了。聞得正德皇帝酷愛教坊,奴家不免先到宣府,竟自投入妓院,等候駕到,就中取事便了。妙阿!

【尾聲】水窮山盡,忽現出桃源罅。(羞介)轉怯我這窄桃源怎迎龍駕?也説不得了。奴家千里奔馳,一宵驚恐,所爲何來?倒是途路之中,復卦鷄竿兩易拿。(遶場飛行下)

巡　邊

(雜扮二將,一背印、一持令旗騎馬,引净金飾遮陽帽插三鵝翎綉黄軟甲紅廠衣帶劍騎馬,後扮凶形小軍持纛,纛上書"皇義子威武副將軍江"上)

〔仙吕套曲〕【點絳唇】固寵君旁,迎春塞上。軍容壯,副帥昂藏,更義子龍顔象。

貔貅百萬駐京華,消受君王唤帝家。堪笑豹房如坐井,那知塞上列琵琶。咱正德爺義子威武副將軍江彬是也。緣錢寧薦引,以大同游擊帶領邊兵留駐京師。驟升都督僉事,賜國姓爲義子,領團營爲統軍。我一個邊關武弁,與皇爺同寢大内，榮寵已極。叵耐錢寧這厮，自恃薦引微恩，每每欺壓於我，我乘便奏令董理皇店。錢寧既去，又有楚銀臺那厮并值豹房，道我邊兵在京騷擾，屢屢抑我，甚礙手脚，不得如意。前日奏了宣府樂工多美婦人，聖旨立意巡邊。昨日欽點扈駕大臣，我將楚銀臺奏令留守京師，徐圖機會害他便了。如今御前承旨，文武衹咱一人，（大笑介）好不灑落也！（場上預設居庸關座介）目下扈駕到宣府大同一帶迎春，前面已是居庸關了。（二將）禀副將軍：居庸關門緊閉。（净）這裏是御史張欽駐札，怎麽他不開關接駕，轉倒閉關阻駕？好生可惡！左右，傳話關上：請張御史答話。（二將傳介。小生冠帶扮張欽立關上介）江將軍請了。（净）聖上巡邊，即刻駕到，御史何故閉關阻駕？（小生）將軍差矣！關外游騎，出没不時，豈是巡幸之處？請問將軍：把聖上誘出九重，意欲何爲？（净怒介）哎！聖上巡邊，誰敢攔阻？你説你是御史，且看俺副將軍的威武着。左右，你們暫駐關前，待俺回見皇爺者。（二將）得令。（净揚鞭回馬跑下。小生）江彬此去，必在駕前讒害。（笑介）江彬那，江彬！你這班逢君長君之賊，我張欽實不願與你同朝。衹是李相國如何不諫阻呢？想是聖上悄地出都的。我且固守關門，以待諸臣追駕回朝便了。（老旦扮太監谷大用同净騎馬急上。老旦）强閉關門成底事？（净）闖開道路好迎春。（老旦）張老先請了。聖上離關不遠，咱家奉有口敕：巡按張欽，着回京候旨。内三關巡按，候朕簡員另放。現在居庸關乏人，着太監谷大用暫行駐守，毋得擅放朝臣出關。欽此。張先兒！今日聖駕偶爾違和，即欲到關安歇，你可速速開關，讓咱家到任，料理行宫者。（小生）既然老公公奉敕代任，左右，開關者。（小生下。關門開介。净）老公公先請到任，即出接駕。（老旦）自然。請！（先過關下。净)可笑張欽不識時務,他要做中流砥柱,那知是螂臂當車了。左右!關外野花滿地,皇爺隨意駐蹕。况聖體違和,乘御幄輦;爾等緩緩而行者。(二將)得令。(净)正是:寡人好色經書在,百姓迎師子女先。(出關下。不撤關仍開門候介。内箄篥徐徐三聲,花旦、丑扮蟒玉太監俱佩劍騎馬,又扮二衛士,一持曲柄黄傘在幄前,一捧大纛,纛上書"總督軍務威武大將軍太師鎮國公朱"在幄後,雜黄馬褂推黄幄安輿,正旦綉團袍黄絛扮小宫監騎馬緊貼黄幄行,上。正旦)

【混江龍】抛卿抛相,後宫瞞煞衆鴛鴦。看他們墜金鞭風威殭指,丢玉勒霜氣侵繮。説甚麽暖殿温宫齊望幸,單則爲野花閑草門新妝。可憐他冒寒處處聚胭脂,可喜他明眸歷歷争瞻仰,儼然是潘安擲果,更何待韓掾偷香。

(老旦迎上,跪介)奴婢谷大用迎接聖駕。(正旦)聖旨問:開關了麽?(老旦)奴婢已經接任開關了。(正旦)御前引導。(老旦起介)領旨。(導行介。小生冠帶迎上跪介)臣張欽見駕。(正旦)聖旨道:回京候旨。(小生起介)領旨。(遞職名片與丑從上場門下。老旦)請聖駕過關。(關内出武將一員領小將四員旗幟跪接介)居庸關將士迎接聖駕。(丑接職名介。内鼓樂、放炮三聲,老旦導衆出關下介。居庸關將士亦出關下介。關閉介。撤關介。二將旗纛擁净上)

【穿窗月】颺晴光暖日烘裝,最可愛雪全消,馬蹄兒輕似龍驤。(二將)過了軍都山,前面是土木驛了。(净)咱在京六載,今日重游舊地,這些山川似故友頻頻望。(二將)正德爺是大將軍,副將軍是皇義子。今番再到宣大,這些鎮巡大員,都是副將軍管下哩。(净大笑介)豈止於此,他把我做副天子,我也把他做太上皇。(二將)正德爺尚無太子,自然是義子繼統。(净)你試看煌煌義子誰爲長?

(内筆藥響介。二將)聖駕出了關,來的恁快。(净)既是聖駕趕來,吩咐暫且駐札,等候聖駕一同前進便了。(衆一邊立介。花旦、丑衛士擁正旦黄幄上。正旦)

【寄生草】輪轅緊,銜勒放,美人未見神先往。(净向黄幄介)聖駕來的快嗄!(正旦)聖旨道:怕有追駕者。副將軍,京師至宣府,不過三百餘里,我們逢驛换馬,隨意飽餐,直到宣府,纔許解鞍。(净)領旨。就此扈駕,星夜前進。(正旦)迴避了離宫瑣碎閑供帳,願共把神駒瞬息追風暢。聖旨道:宣府樂婦,不比良家,怎能令他都來見面呢?(净)臣出關後,已差心腹,前往徧諭:聖駕經臨,一概男民,俱在百步外瞻天仰聖;一概婦女,俱在門外或御馬左右迎接,以備省方問俗。這些樂工婦女,最是懂竅的。(正旦)聖旨道:婦女妙處,全在體態,若令跪接,這萬種風流如何得見?可速傳旨:凡係婦女不許跪接,任憑笑語行動,好待他溜鶯聲處黛痕飛,颭花風裏湘裙蕩。

(净)聖慮周詳,皇恩浩蕩。微臣遵旨再諭便了。(向持令旗將介)你可先馳前去,宣明上意:凡婦女接駕,不許跪道,任憑笑語行動,俱要瞻就天顔。(令旗將)得令。(揚鞭先下。衆徐徐穿行介。正旦黄幄居中。正旦)

【元和令】早知是塞草香,悔高拱在九重上。十餘年呆守敗花叢,好色真慚枉。於今呵,先從塞上聽琵琶,慢慢的再把東南花籍賞。

(内金鼓,外扮報子令箭飛馬上)報!此是行在宫門麽?(净)何處軍情?(外)報子奉宣府軍門令箭,准大同提督報到:北騎五萬南下應州,大將王勛等分頭迎敵去了,知會各關卡戒嚴。軍門聞得聖駕出關,特遣飛騎報報。(净)曉得了。聖駕明日準準駐蹕宣鎮,着該將軍一面戒嚴,一面接駕。(外)得令。捲地風雲真勁敵,驚天消息要嚴防。(遶場下。正旦向净介)聖旨道:這便怎麽處?(净)聖駕這顧駐蹕宣府行樂,但降旨各鎮:

大將軍御駕親征。既壯我軍之威,又奪敵人之膽。(正旦)聖旨道:正合朕意,就改行在爲軍門便了。(净)領旨。大將軍在令:改行在爲軍門,就此抬營。(内掌號三聲,衆行介。正旦向净介)聖旨道:朝臣聞得此信,都要服朕有先見之明了。

【上馬嬌煞】真做了觀邊釁,不枉了,出塞忙。到得宣府,且擁着細袖恣徜徉,那裏管南來鐵騎威風壯。(净笑向正旦介)祇怕大將軍應接不暇哩!(正旦)一朵朵芙蓉兒賽妝,一堆堆柳絮兒發狂。這都是副將軍善於調度,作成朕做一個風流帝子,嗅遍了萬花香。(簞築三聲,俱下)

妓 訴

(花旦綉團袍黄絲紅兜篷扮小宫監上)撇去宫中家錦綉,來尋塞外野胭脂。咱家正德皇爺隨堂小監是也。俺皇爺風流成性,灑落宜人。自出居庸,往來宣大,因劉娘娘等未曾隨帶,納了總兵馬昂孕妹愛妾、總兵戴欽幼女,雖俱名門秀質,皇爺道他畢竟有種閨閣之氣;李鳳等又年齒太幼,未愜帝懷。這六七日來,急得皇爺躁悶無聊,勉强乘馬腰弓,東西游獵,聊應親征之詔。却好陽和告捷,凑趣得緊。今日軍門無事,樂籍微行去了,諭咱隨後尋去。你看一天飛絮,萬籟無聲,不免一一訪去者。

〔仙吕正曲〕【步步嬌】要做個千秋的風流主,絶塞行雲雨,儘衝寒愛獨趨。你看滿路香燈,盈門婦女,想皇爺呵,逞着這碎玉亂瓊飛,自然把歷歷花枝覷。

(下。老旦扮鴇母上)栽培美玉憑吾手,采取明珠是阿誰?老身賈二媽,部領着十餘個美人,在這宣府擺一座風流綺陣,與這些流土士商蕩魄銷魂,傾囊倒篋。人人都説我這裏是勾欄第一，邊塞無雙。半月前驀然來了個絶色女子，據説流落無依，認我爲母。看他姿致横生，直把塵凡壓倒；這是要候大將軍梳櫳，不肯輕易見人。那知大將軍就是正德皇爺，目今果然駐蹕。奉副將軍江大老爺軍令：凡良賤婦女，年在三十以内者，俱在門首馬前，伺候大將軍親覽，違者軍法從事，不免催促他們早早出去伺候。女兒們！打扮完了，早到門前伺候大將軍去！（内衆應介）來了。（老旦）莫道娼門無净品，試看蓮子出污泥。（下。正旦、小旦、丑各艷妝上）

【前腔】做盡了鴛鴦有誰爲主？一味風吹絮。姊姊們，你看門外好大雪也！何來帝子車？（貼旦艷妝插記色扮磬兒上）半月勾留，一心承御。偏這般碎玉亂瓊飛，怎密密聞天語？

（四人并坐介。副净扮伻頭携茶酒壺杯上，揚州白）各位奶奶都在大門賞雪，今早寒冷，用杯酒罷！（正旦、小旦、丑各飲酒介。貼旦）我不用酒，吃杯茶罷。（副净送茶介。貼吃茶畢，作倚門看雪介。丑蘇州白）吾奴還要吃杯來。（副净）這燒刀利害，怕奶奶降得一來，禁不得兩來嗄！（丑）吾奴十杯纔降得來哩，則怕你壺裏倒要乾哉！（老旦急上介）女兒們！快到後門去，小厮説大將軍從後街來了。快去！快去！（下。正、小、貼旦俱下。丑仍與副净諢酒介。花旦上）盡是迷邦懷寶客，誰爲出世有緣人？（見丑、副净介）這人家男女在門前調笑，莫非就是行院中麽？待咱家問去。（進介。丑見花旦作態介。副净暗下。花旦）這女子，咱大將軍可在你家麽？（丑）在。（向花旦摟介）好標緻老爺，到吾奴房裏去。（花旦笑介）咱是没有那話兒的。（丑）吾奴弗信。（摸介）阿咦！那介無得够價。（花旦）我是太監。（丑笑介）還是做多子縮哉呢？還是天生無得够？（花旦）净了身的。（丑）賊格到裏勢會够茶東罷。（花旦）大將軍在那裏？（丑拉花旦手介）來吉。

（行介。丑）吉裏是外客座。（作張望介）内客座有客來丢，標緻老爺。你張張看，阿是大將軍吉？（花旦悄望介）原來皇爺在此。（丑）吾裏就來吉裏圍爐默飲何如？（花旦）使得。（烤火介。丑）吾奴去擔酒來。（下，即捧酒肴上。以下花旦與丑俱在場上悄悄科諢伺候，又作潛聽潛覷諸態。末、貼衆妓在内場問答曲白介。末内）你叫什麽名字？（正旦内）湧兒。（末）果然是地湧夫人。你呢？（小旦内）金兒。（末）祇怕能受不能與。你呢？（貼旦内）磬兒。（末笑介）有心人也！當戛擊以聽之。這様大雪，磬兒的手怎這般温潤？（貼笑介）想是就日之故。（末）妙嘎！吩咐擺宴。你們兩旁奏樂，磬兒侍坐捧杯，唱一小調朕聽。（正、小、貼旦）領旨。（内絲弦鼓板亮調介。貼旦唱介）

【馬頭寄生草】千山萬水將君盼，盼到了跟前委實的喜歡。奴祇怕風塵蒲柳難把君王絆，絆住了又怕真龍夭嬌奴禁不慣。（末）放心，朕斷不難爲你。（貼旦）既荷聖意輕憐，奴敢惜柳困花殘？看今宵春風一度暗把雛龍誕，誕龍雛，千秋萬歲，喜進長庚琖。

（末）詞意纏綿，歌喉清晰，比劉良女更勝一籌矣！把臂上羊脂玉跳脱賜你罷！你會昆調否？（貼旦）聊解一二。（末）一發妙了！你們用笙笛寫來。（衆）領旨。（内笙笛鼓板亮調介。内打一更介。貼旦唱介）

〔高大石調正曲〕【念奴嬌序】宣威奮武，大將軍布款，依然火靖烽安。一統山河綿鞏固，太師奏凱師還。宵旰，邊庭平坦，鐃歌歸去，胭脂滿路軍門燦。天顔喜，一枝傍輦，慶溢人寰。

（末大笑介）暢哉樂哉！你也曉得朕是大將軍麽？矢口成章，隨機入調，如此慧麗，真是絶世無雙；把懷中這顆明珠贈你罷！你們衆人賞金豆二十粒。（正、小、貼旦）謝大將軍恩賞。（末）你們外廂奏樂，朕與磬兒進房去。（正、小旦）領旨。（内打二更介。末)銷魂憑絶世。(貼旦)得寶自真龍。(末)這是你的卧房。精雅綺麗,色色可人,江彬真不欺朕。(貼旦)先請大將軍安置,賤妾更衣就來。(末)朕連日東西巡獵,獨宿已七日了。就來嗄!(貼旦)是。(换睡妝穿皮馬褂捧茶壺上)認得明珠珍一顆,捧將圓玉度良宵。(見花旦介。丑向花旦介)這位就是供奉大將軍的。(花旦立起介)快進房罷!(貼旦羞介)是。(作關門下。末)磬兒。(貼旦)來了。(内細細"十番"道至"入破"一闋方停。"十番"改用笙簧合曲。末)朕候久了。(貼)不知今日駕到,方纔熏沐,方敢侍寢。(末)慣説别的,就這半勾纖笋,竟體異香,已令人魂銷了也。(貼低聲介)求大將軍少緩,賤妾年雖二八,還是處子。(末)怎麽還是處子?妙嗄!(内打三更介。末、貼不語介。丑與花旦悄悄猜拳,花旦屢輸,丑灌酒介。花旦醉介。丑摟摸花旦做各態諢介。内打四更介。内末咳嗽介。貼)大將軍用茶不用?(末)正須茶吃。(貼)請大將軍用茶。(末)雪氣衝帷,快來同夢罷。(貼)是。(花旦、丑先後俱睡着椅上介。末)一甌艷茗,頗覺爽神,睡不着了。磬兒,朕且問你:如此芳年,既在教坊,因何還是處子?(貼)大將軍不問,賤妾怎敢瀆奏?(末)睡下説與朕聽。(貼)念磬兒呵,

〔越調正曲〕【入破】有冤仇,遭刑鍛。(末)細細説與朕聽。(貼)臣妾簪纓産,椿萱早亡同胞絶。童年養媳馮宦,及笄將婚,夫婿忽遭人算,陷入狴犴。湛湛青天,茫茫白簡,有誰人盆底詳刑平反?室破無人扞,幾次儇仇人來瞷,不禁的忿火難按,因此上千里孤征,竟赴登聞聲難。奈權奸阻壅民情,萬千扼腕。

(末)你既到京師,如何又在這裏?(貼)

【破第二】九重既高,仰籲如天漢。幸聞征塞,風流帝主親辦。飛馳宣府,悄投花院,恭迎御盼。誰料葑菲,竟邀欽簡?

(末)難爲你了。不是你婉轉承迎,朕又何從物色得你!"觀於海者難爲水,除却巫山不是雲",二語差堪持贈。(貼)謬承寵眷,實切悚惶。(末)你丈夫何等樣人?(貼)

【衮第三】占籍廣平,是一個富學黌門冠。老父甲科,中部曹,外刺判。久矣椿萱背了,四壁蕭然,未偶煢煢相伴。泪潸潸,他誤入樊籠,妾怎全羞赧?

(内打五更介。末)你丈夫姓甚名誰?被誰冤害?

【歇拍第四】書香舊裔,馮生弱冠,姓氏雷貫;心懷坦,耽游玩,比奸頑。貴介財雄,不避面規詞侃,被楚符,借酒迷魂,移尸鍊案。

(末)楚符是何等樣人,如此胡做?(貼)

【中衮第五】伊父銀臺,司襄贊,奏本先教看。相護同官,知民冤,有誰肯,秉公彈!怙惡驕兒,久涎臣妾劣顔。妾兒夫偏訐陰私,他就便借命稱奸。

(末)死者何人?(貼)

【煞尾】富女阮門,公子潛甥館。奇淫妒,戕孕妾霸專歡。那公子呵,便飛灾,把人關,持杯促醉,送入横陳香幔。妾夫呵,酒醒看,綉閣眠尸,把良朋急唤。

(末)唤了楚符來,想必轉説是你丈夫因奸致命了。(貼)聖明洞鑒。(末)以後呢?(貼)

【出破】便擒送官府,非刑逼認叠成案。海樣冤,若非特旨何從逭?今宵幸,瞻天仰聖,敢惜桃花紅綻?

(末)你既婉轉承迎,朕當降旨與你超雪便了。(貼)萬歲!萬萬歲!(末笑介)那有赤體山呼之禮?可見冤真情迫了。你且進帳穿衣,再起説話。(内鷄鳴發擂介。一面末、貼場内問答,一面净大紅兜紅廠衣、正生扮家將隨净騎馬悄地上,作輕輕敲門。副净、伻頭急上開門介。副净下。正生牽馬下。净作進見。花旦、丑拍醒介。

花旦讓坐，丑叩頭介，斟酒送介。净坐飲，隨意與花旦指場内做手勢介，作伺候狀介。末)磬兒，你還是情願入宫呢，還是要見丈夫呢？(貼)妾夫冤獄，已邀天鑒。賤妾入宫，恐外廷聞知，疑是大將軍因妾赦夫，轉非信讞天恩了；未免有累聖德。(末)好個聰明女子！朕實愛你慧麗，却不忍拆你鴛鴦。也罷！朕即爲你嚴行查辦便了。天色已明，你去看有馬伺候否？(貼)領旨。(作欹鬢痛步披皮廠衣上，開門見净介。花旦起問貼介)可是大將軍呼唤麽？這是江大老爺。(貼福净揖介。貼下)江大老爺在外伺候。(末)宣他進來。(貼)領旨。(復上介)大將軍宣江大老爺。(净向貼足恭介)有勞了。(隨貼下。净内)江彬敬請聖安。(末)愛卿免禮。這是廣平生員馮生之妻。被楚銀臺之媳妒殺孕妾，其子又借尸圖賴馮生，可傳旨平陽觀察，親詣廣平，速拿正凶阮氏、楚符嚴審，定擬具奏。馮生着即釋放寧家。此女賜金百兩，聽其回家完聚。(净)楚銀臺怙勢縱容，不能無罪，請旨定奪。(末)姑從寬典，革職回籍，再不叙用。所有楚符、阮氏廣平家産，并着查明賜與馮生領受。該省大員，俱令自陳候旨。愛卿，此女遇朕，外間不可泄漏。(净)領旨。微臣即刻傳旨飛遞便了。(末)把馬後門伺候者。(净)領旨。(正生牽馬暗上。净上匆匆拉花旦出門，令正生牽馬急下。丑)標緻老爺，開發呢？遢化呢？啥？白開心介！讓吾奴趕到後門頭討去。(作態下。貼内)磬兒叩送大將軍。(末内)嚴寒保重，回家完聚罷！朕當再有後旨。(貼)領旨。(上)不捨我桃源玉洞，怎能他到死重生。(净復上，出銀付貼介)這是大將軍欽賜的。楚銀臺是咱仇人，今被逐去，承愛了。(揺擺下。貼旦袖銀介)啐！那個替你報仇！如今事已完備，不免冒雪星夜回覆姊姊者。正是：求陽應向陽臺覓，救苦須拚苦肉先。(内輕鑼作風聲。貼仍换斗笠

暖裙作忍痛狀，遶場飛行下）

魂依

（老旦扮乳母騎馬、丑扮工人趕馬隨上）

〔正宮引子〕【喜鶯遷】奇聞夭矯，恁無端喚母，生死相邀。霽雪初晴，朔風餘峭，累我衰年抖斷鞭梢。老身黄氏，在阮宅做乳母二十餘年。止因夫亡無子，就在小姐身邊養老。雖然小姐心性不仁，待老身却還有禮。老身有個姨表妹兒，嫁與邯鄲錢家。他丈夫在鄉宦人家知數，家道頗豐。妹兒生有一子三女。十餘年來，不曾會面。昨日忽遣這小二哥來説：他第二個女兒愛英，生得聰明美麗，年方十五；前日晚間忽然跌倒，及至救醒，父母也不認，言語也不對，口口聲聲要見老身。老身爲此暫辭小姐前去一看。小二哥，到邯鄲還有多少路？（丑指介）姨奶奶，前面不是邯鄲縣城麽？快走罷！愛姑娘要見了你老人家纔吃飯哩！（老旦）笑煞我多年鵠寡，那裏覓一樹花嬌？且問你：愛姑娘有了親事麽？（丑）不要説起。衹因瑞雲大姑娘嫁與鄉宦爲三房，鄉宦没了，大姑娘也兩腿癱瘓了。鄉宦大兒子要這愛姑娘爲妾，他娘不肯，急忙許了趙家親事；趙家小厮又没了。前日愛姑娘死去醒來，他説原在廣平楚公子家，如今嫁與馮秀才了。衹問你老人家，便知明白。你老人家曉得什麽馮秀才麽？（老旦驚介）公子方與馮家構難，怎没來由讎仇婚媾，奇哉窕窈！

（丑背介）像有些影響。（趕馬行介。作到介。敲門介）黄姨奶奶來了，快開門！（老旦下馬、丑接鞭介。正旦楚楚妝扮錢母上）嬌兒忽地魂離殼，老姊應知事有根。（開門介。丑）黄姨奶奶到了。（下。正旦）姊姊來了，勞動不當。（老旦）好説。妹子久違，常懷思想。（正旦）姊姊在上，妹子有一拜。（老旦）愚姊也有一拜。（同拜介。老旦）妹夫好麽？（正旦）托庇粗安，半月前奉了主人之命，赴浙江收買玉器去了。（老旦）不知妹子接我有何話説？(正旦)小二告訴過没有？(老旦)曾説過。於今甥女呢？(正旦)愛英現在房中等候姊姊哩！(老旦)我們且到窗外，聽他説些甚麽？(正旦)如此姊姊請便，妹子去料理酒飯。(老旦)我不認得卧房，你引我去。(正旦)當得。(行介)這裏便是。(老旦聽介。正旦下。丑俊孩妝扮小弟憨態肩扶花旦淡妝唱上。以後丑一味憨諢。老旦窺聽驚泣介。花旦)

〔過曲〕【玉芙蓉】奴羪生花最嬌，再世緣尤巧。感神仙指點，獲福今朝。(坐介)奴家寧仙娘，果應判爺吩咐，得以借體還魂。但天仙面諭，道我死爲馮婦。今日再生，且喜更是處女，自然是馮家人了。奴家千哀萬懇，錢家母親必不肯放我廣平去。奴家衹得説出阮氏乳母，是我母親。更喜是他家親戚，昨日已遣人接去了，得他到來，奴家便有着落了。幸香含花蕊人年少，好償他爲奴負寃三月牢。(丑羞花旦諢介)姊夫在那裏？衹管他呀他的。(花旦)母親呵！願你恩終始，把前情細較，方信我寧仙未死又重嬌。

(老旦點頭拭泪作進房介。丑推介)你是那個，到我姊姊房中來？(花旦見起介)兀的不是我母親麽？(牽老旦衣跪哭介)母親呀！怎不來看看你女兒呀！(老旦)二甥女，我老身是没兒没女的。(花旦哭介)母親呵！

【前腔】你可記得西園夜寂寥？可記得畫閣人顛倒？可記得新凉互擁？可記得暗檠争挑？可記得太湖石畔飛紅血？可記得死尸醉人如鳳交？母親呵！願你恩終始，把前情細較，方信我寧仙已死又重嬌。

(老旦哭介)如此説來，你果是寧仙娘了。(花旦哭介)孩兒正是。(老旦抱花旦起介)寧娘坐了。你既還魂，還是到楚府去呢，還是就在這裏呢？(花旦坐介)我寧仙娘原是楚府之妾，被公子於九月廿四夜强贈與馮生了。既已同床竟夜，便是馮家人了。(泪介,起介)况馮郎爲奴坐獄三月,孩兒今日借體還魂,自然是到馮家去。

【朱奴插芙蓉】【朱奴兒】他那裏恩和愛匆匆浪抛,我這裏身和姓般般更了。非關我弃舊憐新情義澆,(指臉介)這龐兒原不是楚峰神貌。【玉芙蓉】母親,那飛香閣是金屋藏嬌,他情願當秦樓,捉蕭郎弄玉仿吹簫。

(老旦泪介)話雖如此,難道楚府就丢開手了!(花旦愠介)若説楚府,阮氏貪淫殺命,公子忘耻害人,孩兒理當報怨,但孩兒既蒙天鑒,前仇都便消釋了。(和色介)衹是孩兒前蒙母親保護,恩德難忘,因此特請前來,要求母親向馮家説明前後生死緣由,將奴接回,完此一樁因果。(跪介)望母親方便。(正旦暗上聽介。老旦扶介)我兒,不是老身推諉,此事有三件難處。(花旦起介)那三件?(老旦)第一件,你雖是寧娘的魂,却是錢女的身。你有這裏母親,老身如何做主?(花旦)錢女之身,亦要嫁婿;若嫁得馮郎這樣女婿,也就罷了。這裏母親,有何不允!

【傾杯賞芙蓉】【傾杯序】賦到摽梅最泬寥,母氏關懷抱。况孩兒自有花魂,不過偶借蜂腰。更兼那意外河洲,已做了醉裏鳩巢。(老旦)這也罷了。第二件,馮郎因你性命難保,你何苦做罪人妻孥?况他家現有正妻,你去益發無謂了。(花旦笑介)母親放心,不但馮郎無事,孩兒還要夫榮子貴哩!【玉芙蓉】先對着腰金倜儻齊眉客,再撫着跨竈寧馨繞膝嬌。(老旦喜起介)嗄!我兒嫁了馮郎,還要夫榮子貴哩!(花旦)正是。(老旦拜天介)阿彌陀佛,但願馮郎吉人天相。(花旦)請坐。第三呢?(老旦)第三却是老身難以啓口。(花旦)爲何?(老旦)馮家是楚府對頭,老身現在楚府養老,若去説了,公子小姐知道,叫老身再靠着誰?(花旦)母親,却不道此處不留人,自有留人處。難道恁女兒不該孝養麼?西園悄,問饑寒夢覺,是誰人曉風殘月護昏朝？

（老旦笑介）謊也！謊也！馮郎尚未昭雪，你就想孝養老身了。（花旦）馮郎已是孩兒昭雪了的。（老旦驚介）你、你、你怎樣昭雪的呢？（花旦）孩兒死後，竟到枉死城中，判爺不收，道："馮生冤獄，要你昭雪。"又道："你陽數未終，應該夫榮子貴。"昭雪之日，許孩兒借體還魂，完此公案，因此仍在西園棲泊。忽有天仙來到，訪問此事根由，孩兒據實稟告。天仙令孩兒驚祟阮氏，囑官緩詳，以待昭雪。（老旦）怪道那日小姐忽然倒地，口稱是你，囑公子保全馮郎性命，原來果然是你。（花旦）是奉天仙行的。前日晚間，忽有鬼使送孩兒到此，把此間妹子魂靈勾去，就把孩兒推合體中，即便還魂。諒來馮郎定已昭雪，以此急請母親前來稟告。（老旦）既如此，今日且與你此間母親說明了，明日老身親到馮家，見他大娘就是。（正旦拭泪進房介。老旦、花旦起立。正旦）姊姊，妹子一一聽得明白，我的女兒就是你的女兒。孩兒既可還魂，自必有些因果。祇管馮家說去，他若相信，即來迎取。廣平、邯鄲數十里，妹子可以常去看他的。（花旦急跪拜正旦介）多謝母親，如天再造。（正旦扶花旦起介）我是最敬忠良、最信因果的。（向丑介）你等姊姊梳妝了畢，同來我房中說話。（丑應介。正旦）請姊姊妹子房裏坐罷。（老旦）又要煩擾。（正旦）好說，請！（老旦欲下又上介）阿喲！我兒，還要問你：馮郎昭雪了，小姐可不妨麼？（花旦）母親，天道昭彰，孩兒那裏曉得？（老旦泪介）祇怕小姐難以瓦全了。（正旦）你們假母女，因果尚且不爽，何況真善惡，天道怎的有差？（老旦）小姐呵！喪却嬰兒真可惜，輸他姹女轉重春。（正旦）姊姊請免愁煩。（老旦下。正旦）我兒，如今是放心了，快梳妝了來，陪你母親用飯罷。（花旦笑介）是。（正旦）世因巧拙無

心種，天道循環足數償。（下。丑）你要做新人了，我去把大姊姊接了回來，同三姊姊與你打扮新人，好送親。（花旦）

【尾聲】前生恨，今世消，信神仙無謊機關妙。但不知馮郎可肯相信？大娘可肯相容？明日即催母親前去便了。（笑介）慚愧我一縷柔魂兩度含苞。

（丑向花旦做鬼臉介。花旦羞下。丑跳介）我要騎着馬，到廣平府城裏送親做舅子去了！快活！快活！（下）

正　讞

（末蒼頭憔悴容提飯籃上）

〔雙調引子〕【夜游湖前】怪内主踪奇迹秘，敢東君天佑人歸。

我主人在獄，將及三月，控救無門，（泪介）看來是不能保全了！可怪主母，平日何等恩愛，自從探獄回來，也還悲痛，隨後竟不見了，一月前忽然歡喜非常。更有一椿奇事：前日楚府乳母忽地到來，與主母不知商量了些什麽，拿了幾包金錢去了。我家那裏來的金錢？老漢正在疑惑，昨晚那乳母同了一個美貌女子，又使女一個，説是邯鄲來的，姓錢，我主母撫如親妹，説是與主人預先續娶的。天下那有預先續娶之理，豈非奇事？（嘆介）咳！難道我主人還有回家之日？連日送飯，叫我留心打聽主人喜信。嗄！又到衙門首了，怎麽今日這般熱閙？我且進去。（小旦、貼旦扮軍牢攔住介）呔！什麽人？這等亂闖。（末）列位，我老兒是監中送飯，日日來的。（軍牢）什麽送飯？大老爺今日奉旨審案，現在縣内拿人，即刻升堂，還不快走！討打！（作打介。末）阿嗄！不要打，就不進去，且在門外遠遠一看。（坐上場角地下介。内吹打。正旦、老旦扮皂

隸，小旦、貼旦軍牢，净雜扮劊子上。花旦門子捧印、外吏典捧卷，引正生扮觀察上）

【夜游湖後】聖旨飛頒，奇冤特雪，敢縱魍魎魑魅？

下官平陽觀察何正節是也。奉六百里特旨，嚴審寧氏身死一案。爲此親馳到縣，就近提訊，查閱卷宗。此件雖未申詳，馮生供招已定，又無別人參奏，因何旨意遽道阮氏妒殺寧氏，楚符移害馮生？實爲奇異。既經奉旨，且等楚符、阮氏到來，研訊自明。吩咐開門。（花旦）開門。（照常吆喝升座介。貼旦安印、外送卷介。末暗下，扮廣平府、副末扮廣平令上，照常報門庭參唱免介。正生）專着吏典伺候，貴府貴縣請回衙理事。（末、副净照常答應，打恭下。正生標監牌介）帶馮生。（外捧牌遞皂介。皂）嗄！（下。末仍蒼頭暗上坐地介。皂帶小生刑具上。末見驚介）阿呀！一定凶多吉少了！（驚慌介。以後時下時上探望介。皂）犯人進。（衆）進。（皂）犯人馮生當面。（小生跪哭介）爺爺。（净雜暗下。正生）你就是馮生麼？（小生）是。（正生）寧氏如何死的？（小生）小人不曉得。（正生）既不曉得，如何招認呢？（小生）小人愿認。（正生）這又奇了？你既未殺人，緣何愿認呢？（小生哭介）阿喲！爺爺嗄！那日楚符把小人拉了去呵，

〔仙吕入雙調過曲〕【園林好】醉瞢騰東廳酒迷，天明後却身眠閣裏。見枕畔横陳血體，變不出鎖開匙，倒唤出鬼同他。

（正生）怎麼？那時你醒來，閣門是外鎖的嗎？（小生）爺爺喲！閣門是外鎖的。小人情急喊叫，是他家人身邊解下鎖匙開的。（正生閱卷介）卷内并無此供。吏典過來，一定是你作弊删改了的。（外跪介）吏典怎敢？（小生叩頭介）不與吏典相干，是問官不容小人訴辨，非刑逼認的嘘。爺爺！（正生）唔！愛妾妝樓鎖鑰，令家奴早晚收掌，决無此情；况强奸不從致死婦

女，罪應斬决，又豈有喊叫本夫，坐待拘執之理？(點頭介)起過一邊。(外起介。小生亦起旁坐地介。内鬧介。净雜扮承差鎖帶副净扮楚符華服凶抗狀、丑扮阮氏艷服嬌容畏縮狀上)你們怎敢拿我？(末驚喜介)怎麽？楚公子也拿來了？(净雜)奉旨拿你的，快走！(到介。報介)犯人進。(衆)進。(净雜)楚符、阮氏當面。(副净、丑不跪介。正生)怎麽不跪？(副净)我父朝廷顯宦，怎麽跪起你來？(丑)奴家百萬富家，你想是要訛詐銀子麽？(正生笑介)請聖旨過來。(花旦捧旨送正生接捧中立介)聖旨下，跪聽宣讀。(副净跪介。衆捉丑跪介。正生)奉上諭：通政使楚銀臺，縱容子媳殺人賴人，威焰熏灼，着削職即日回籍。其子楚符、媳阮氏，妒殺圖賴一案，着平陽觀察星馳拿問查抄，定擬速奏。生員馮生，着即釋放寧家，所有楚符、阮氏廣平家産，查明給與馮生夫婦領受。欽此。請過聖旨。(花旦捧下，復上。正生坐介)把楚符、阮氏洗剥了。(衆應，剥副净、丑衣服手鐲等物介。丑與衆諢介。正生)阮氏，你把寧氏致死情由，據實供來。(丑)是馮生因奸致死的。(正生)左右，取拶指過來。(衆應拶丑介。丑痛叫介)招了。(副净慌介)招不得的，招了要問罪的嗐！(衆吆喝介。正生)把楚符掌嘴二十。(衆應掌副净嘴介。副净)我不説話就是。(正生)阮氏招來。(丑)爺爺聽禀：

【五枝供】【五供養頭】周公制禮，男女陰陽，一對雙棲，那堪桐上鳳，飛向别花啼。公子原不該娶寧氏，分我的快活嗄！【玉嬌枝】飛香閣上白晝嬉，可憐疲軟無人替。【五供養尾】因此上小試除根計，不過是爲風流，斬鋤閑草讓花枝。

(正生)是何凶器？怎樣致死的？(丑)

【玉抱肚】西園深閉，道明珠光摇蚌池。奴家氣他不過，原要握雙搥搗破胚胎，那知他傍秋山夢穩萎蕤。一時想起，逞他睡著，更無聲息了。急忙忙籬根石角鬢邊飛，早被我獨占行雲楚岫迷。

(副净)孽障！你先招了，叫我怎樣呢？(正生)阮氏，你打死孕妾，如何冤賴馮生呢？(丑)阿喲！爺爺嗄！奴家打死寧氏是實，這移尸圖賴馮生，不關我事的嘘！(正生)據實供來。(丑)我公子原籍雲夢，因贅我家，就在廣平做了秀才。祇因他

【前腔】風騷放恣，羡如仙馮門婢妻，獨相思魂夢牽纏，鎮晨昏百計難施。剛湊着湖山石畔血淋漓，就算他暮夜逾墻摟阿姬。

(正生)寧氏死在園中，馮生醉倒東廳，怎樣都在飛香閣上的呢？(丑)

【哭相思】艷尸醉骨總無知，一齊抬入鴛鴦被。

(正生)楚符，你聽見麽？(副净)小人妻子是畏刑游供，小人如何招得？(正生怒介)你説你不便加刑嗎？(喝介)把楚符夾起來！(衆應，夾副净痛叫介)愿招。(正生)招來。(副净)供詞與阮氏無異，實是移尸圖賴馮生的。(正生)既然招了，鬆刑畫供。(衆應鬆刑，副净、丑直聲叫唤，互相埋怨，諢介。外遞紙筆，副净、丑畫供介。正生)馮生。(衆傳介。小生跪上介)有。(正生)你家何人赴闕伸冤的？(小生)没有嗄，爺爺！(正生異介)這也奇了？聖上如何知得恁細？馮生，你已奉旨釋放，寧家去罷！仍候題請給還衣衿，發領楚阮家財便了。打開刑具。(衆應，開小生刑具介。小生叩介)謝大老爺超雪。(正生立起介)這是聖主仁明，與老夫無涉，你去罷！(正生復坐閲卷介。小生出介。末見喜介)這是相公呀！謝天地，放出來了！(小生呆走介。末拉住叫介)恭喜相公，超雪了！(小生恍惚介)你是蒼頭嗄？(末)正是。回家去罷！(小生)神氣無依，天日變色。(扶末肩，末笑下。正生)楚符、阮氏帶去收監，請旨發落。(衆應介。净雜上，副净、丑刑具呻吟帶下。正生起介)打轎回衙。(内鳴鑼鼓吹引導行介)

【尾聲】寃盆覆處誰能啓，服帝主偏知底裏。馮生那，馮生！恁怎地修來恁般福庇？（遶場下）

送　房

（老旦緑錦衣持念珠上）

〔雙調引子〕【夜行船】誰把榮枯輕掇轉，思量起痛煞衰年。（坐介，泪介）老身黄氏，原是阮府乳母。衹因小姐心性不仁，以致名敗身囚。那日查封家産，把一應男僕驅逐，一應婢女官賣。老身年邁，官賣不得，聽其自便。虧得此間大娘知此消息，將老身接來，與女兒仙娘爲伴；又稱我爲姨母，滿口珍饈，一身羅綺，任我念佛逍遥，與乳母光景，大不相同了。今日上元佳節，此間官人被官府傳去，交點楚、阮二家財産去了。（嘆介）咳！我員外安人掙了一世，却被女兒女婿輕輕送掉，思之可傷。聞説還有罪名，不知怎樣結果哩！慎獨虧心，神目如電，傾覆栽培操券。

（念佛介。小旦綉褶艷妝上）

〔仙吕入雙調過曲〕【園林見姐姐】【園林好】趁今宵上元月圓，續前因將他并肩，覷倩女芳魂重轉。【好姐姐】瓜豆根荄是西園，一夜眠，真如願。蒼天特與儂方便，了爾因緣放我仙。

（見老旦福介）姨母。（老旦還禮介）大娘，請坐。（小旦旁坐介）有坐。姨母，奴有一事奉告。（老旦）何事？（小旦）奴家身體有病，不能誕育。幸承妹子立志，姨母通詞，來歸馮室。但自馮郎回來，奴家幾次勸他與妹子圓房，奈他執意不從。今日上元佳節，奴家聊備春樽，一來與姨母慶賞元宵，二來要求姨母作主，勸導一番，就此良宵，完成大事。明日再到邯鄲報請會親，不小知姨母意下若何？（老旦）咳，天那！怎麼這裏大娘恁般賢惠嗄！呀！大娘，你家的事，老身怎好做主？你有别的親戚,請幾位來,大家參掇,老身暗中幫襯,料理洞房便了。(小旦)奴家雖有至親,不能驟到,止有一個結義妹兒,意氣相投,倒也使得。(老旦)如此快着人請來。(小旦)不消遣人去,焚起香來,他就會到的。(老旦異介)怎麽?請人要焚香的,莫非是請仙麽?(小旦起,近香案,焚香介)磬妹速到。(内風聲,貼旦綉褶艷妝飛行上)鼻觀通時金有信,意媒合處月初圓。(相見各福介)姊姊,妹妹。(貼)有何見諭?(老旦驚起,背介)怎轉眼就來了一位美人?奇事,奇事。(作退後張望介。小旦)愛英妹子根因,妹子是曉得的了。西園暗訪,北邊代救兩節,已與愛妹講明是奴、是你。愛妹甚喜,祇是馮郎不肯。我意今夜元宵,大家苦勸一番;若再不肯,祇得要用强了。(貼)姊夫不肯,足見至情。據妹子愚見,不若竟抄飛香閣舊稿,醉中成事便了。(小旦拍貼肩笑介)妙!直捷痛快。少頃同席,大家多勸幾杯何如?(貼旦)當得。(小旦拽貼袖介)且見了愛妹母親着。姨母,奴的磬福妹妹拜見。(貼旦福介)姨母。(老旦還禮介)又要折煞老身。(小旦向内介)愛妹快來。(花旦大紅褶雲肩艷妝上)透嘗死活關頭味,再試鴛鴦譜裏春。姊姊有何吩咐?(小旦拽花旦袖介)且來見了磬妹着。(花、貼各福介)姊姊。(小旦)磬妹年長,叙齒坐罷。(花旦福老旦介。老旦正中、小旦左、貼、花右坐介。小旦向花旦介)今日元宵佳節,欲與賢妹圓房,但恐馮郎推托,我們大家多勸馮郎幾杯,酒後進房;要賢妹從直些,不可誤了自己佳期。(花旦羞介)謹遵姊姊慈諭。(貼向花旦介)你既愛他英雄,被酒的人,竟要仙人指路,方纔可以飲馬投錢嘘。(花旦以袖遮面介。小旦笑介)磬妹放心,愛妹不知竅妙,就不攘臂下車了。(各相視笑介。老旦喜介)老身看你們義氣深重,不象人間閨閫,竟是天上神仙。老身不得陪坐,竟去料理洞房,伺候新人花燭罷。

(小旦、貼旦)姨母言之有理。三朝會親,補獻春筵便了。(老旦下。小旦)兩妹幫奴安排筵席者。(正中二座旁各一座介。貼)我們先議定坐位,不要臨時被姊夫看出光景。(小旦)今日愛妹喜筵,自然愛妹與馮郎上坐,奉屈磬妹在左,愚姊主席。(花旦)姊姊是大母,磬姊是客,妹子理當末坐。(貼旦)不是這般説。既不與姊夫説明,還是姊姊上坐,第二是新人,方妥。(小旦)奴家妄自尊大麽?(貼旦、花旦)這個自然。(小旦)左席呢?(花旦)自然是磬姊。(小旦笑介)不錯,他是貴人哩。(貼羞介)姊姊又來取笑了。(小旦向貼介)不是貴人,焉有今日?合家頂感不盡哩!(向花旦介)暫屈新娘末席,衹算是謝媒罷。快叫你使女搬出席面來,伺候新郎入席。(花旦)敬領姊姊台命。(向内介)慧嫣,把房中席面都搬出來。(内應介)曉得。(正旦扮婢捧盤碟杯箸上數次。三旦逐件擺列介。小生生員服色、末蒼頭捧一匣、雜脚夫挑二箱上。小生)入世飛灾如夢惡,自天降福轉心疑。(進門介。雜將箱交末接錢下。小旦見小生福介)恭喜馮郎,果然復了前程了。(貼旦福介)恭喜姊夫。(花旦福介)官人恭喜。(小生俱還揖介。末驚介)這是丫鬟姐,紅光滿面,怎也做了小姨了?(小生向小旦)娘子,今日到了衙門,官府先給還了冠服,果然把楚阮二家家産發我具領。我再四推辭,官府道我違背聖旨,轉有不便,衹得領回。那邊房屋什物,已經跟同公差點收封鎖,田産牛馬,明日再去點領。(指匣介)這是一切文契。(指箱介)這是金珠寶玩。娘子可一一收明。(小旦向花旦介)這原是妹子的舊物,請收在妹子房裏便了。(向末介)老人家,可同慧嫣搬了進去,交與黄老太婆就是。(末應介)是。(同正旦抬匣箱下。正旦即上。小生見席面介)你們在此做什麽?(小旦)我姊妹們聊備小酌,與馮郎一同慶賞元宵。(小生振衣向貼旦、花旦介)小生怎敢與二位同席？（小旦）自己家裏何妨？（小生摇手介）使不得，使不得。（貼旦）姊夫，又不是飛香閣，怕甚麼介？（小旦、花旦俱笑介。小生）既如此，二位是客，愚夫婦旁坐奉陪。（花旦以目視貼旦，貼旦以目視小旦介。各示意點頭介。小旦笑介）馮郎，我是姊姊，你是姊夫，自然要薦二位妹子的。不如從直，换了公服，叙齒就坐罷。（與生换飄巾大紅褶衣介。牽小生衣入座介。小旦、貼旦、花旦各坐介。小生）坐便坐了，倘有人來，觀之不雅。（小旦）如此燈節，各家歡叙，有那個來？（貼）有個離魂的倩女要來，也不可知？（小旦笑視花旦，花旦羞顔笑介）還有個出塞的貴人要來，亦未可定？（小旦笑視貼旦介。貼旦羞顔笑介。小生兩邊看介）你們笑説些什麽？我一句也不懂。（小旦）要懂麽，還早哩！我們飲酒。（花旦）慧嫣斟酒。（正旦斟酒。小旦起送小生介）祝郎君五世同堂，長生不老。（小生起接介）多謝娘子。（小旦送貼旦酒介）謝賢妹千里奔馳，一宵驚恐。（貼旦起接介）好説。承挈帶了。（小旦送花旦酒介）願賢妹五子登科，百年偕老。（花旦起接介）感承姊姊恩庇。（各飲介。小生）取酒壺來，待我回敬。（小旦）馮郎、磬妹都不消相奉，大家再領愛妹一杯，倒是要的。（花旦）是。（送酒小生介，福介。小生揖介。花旦送小旦、貼旦酒福介。小旦、貼旦笑視回禮介。各就坐介）請。（各飲介。末持燭一把笑上）黄老太婆叫我到中堂點起紅紗燈、水晶燈、建珠燈、玻璃燈，好待主人賞玩。（進見介）相公、主母賞燈罷！（作點燭介。喜笑介）好亮。（見坐吹介，驚介，背介）怎麽丫鬟姐坐了第二把交椅？邯鄲來的坐了第三把交椅了？相公，老奴也會吟詩。（小生）何不念來？（末）月照燈光燈照月，春邀酒釀酒邀春。相公嗄！你良宵享盡良人福。（笑介）這纔是種蔗熬糖自苦辛。（大笑下。小生）嗄！蒼頭説什麽種蔗熬糖自苦辛？（小旦）唔，想是馮郎恭喜回來，蒼頭歡喜，所以道此數語。（小生）正是。娘子，小生幾次問你超雪緣由，你不肯説，今夜兩妹在座，良宵聚樂，何不對衆宣明，也叫小生歡暢，兩妹多飲幾杯。（小旦笑介）馮郎飲了十大杯，奴家就説。（小生）但得肯説，就飲何妨。（花旦）慧嫣，取大杯來。（正旦斟大杯介。小旦）這第一杯，要煩磬妹奉的。（小生）怎敢勞客。（貼旦起送大杯，小生立接飲介，坐介。以後俱小旦令正旦陸續斟，小生飲介。小旦指貼旦介）馮郎，這位便是你的功臣。磬妹請講。（小生）怎麽是磬妹呢？（貼旦）去年冬月呵，

【姐姐插嬌枝】【好姐姐】暗香，心頭忽閃，知道是玉人思見。急忙忙赴召，把情由細細宣。（小生）是怎樣情由？（貼旦）【玉嬌枝】道是飛香閣上排假緣，妒妻殺妾良朋煽，已經他淫謀意堅，又逢君誅心的話尖。

（小生諤然介）什麽誅心的話尖？（小旦）可記得批首的話麽？（小生憮然介）有的，是、是，有的。如此怎樣相救呢？（貼旦指小旦介）

【嬌枝作供養】【玉嬌枝】傷心賢媛，怕權奸財雄兩兼。若非御旨何從辨？奴家呵，便慷慨捐軀情愿。那知九重無路傳，直待從軍塞上把庸姿獻。（小生驚介）怎樣獻法？（貼旦羞介）【五供養】悄入青樓裏，雨雲煎，甫能够痛陳冤獄怒回天。

（小生直立起出席介）如此説，磬福妹子是我再生的恩人了。（三旦俱出席介。小生跪介）恩人請上，受馮生一拜。（貼旦亦跪、扶小生起介）不敢。（小旦問正旦介）大杯幾杯了？（正旦）九杯。（小生）待小生立飲。（正旦送酒、小生飲介）乾。（貼旦）請坐。（小生微醉介）這首座應該磬妹坐。（小旦）該坐的。（拉貼旦坐小生位，小生左席坐介。小生）娘子，你又何從得此原委？（小旦）馮

郎,再飲十大杯奴家再説。(小生)就飲何妨。(小旦)這第一杯要煩愛妹奉的。(小生笑介)又勞愛妹。(花旦起送大杯,小生立接飲介,坐介。以後俱小旦令正旦陸續斟,小生飲介。小旦指花旦介)馮郎,這位也是你的功臣;愛妹請講。(小生)怎麼又是愛妹呢?(花旦)那日等報的時節呵,

【供養入江水】【五供養】正西園血濺,花貌凋零,香魂飛顫。那知黄昏抬入閣,教伴玉山眠。一雙兒醉男僵女,鎮長宵,瑣樓空綣。(小生)原來果是如此。(花旦睨視小生介)【江兒水】記否雙勾,已向郎肩飛獻?

(小生點頭醉態介)這是西園秘事,娘子那裏曉得,告知磬妹?(花旦)

【江水中撥棹】【江兒水】奴死無歸處,殷殷判老言,他道雪冤許我重開面。(指小旦介)那日姊姊到西園訪問,奴便一一從頭把前情展。姊姊吩咐奴家,須教獄底無刑憲,(小生醉態彈泪介。花旦)因此上現出冤魂驚阮。【川撥棹】今日裏果重生,更葆元;願相依,學并肩。

(小生又立起出席介)如此説,愛英妹子也是我再生的恩人了。(三旦俱出席介。小生醉跪介)恩人請上,受馮生一拜。(伏拜介。小旦)四拜纔是。(一面扶小生拜、一面以目視貼旦手指花旦介。貼旦忙扯花旦與小生同拜起介。小生)這、這第二座,應該愛妹坐。(小旦)該坐的。(向正旦介)第二次大杯幾杯了?(正旦)八杯。(小生大醉介)斟來。(小旦扶小生首坐。貼旦扶花旦與小生并坐介。小生醉仰椅背介)娘子奇人,會隱身法,自然能見鬼神了。(小生一面説,小旦、貼旦一面送合卺杯介。小旦曳貼旦介)這兩杯,磬妹與奴送他合卺去。(貼旦)是。(小旦持杯送小生口邊,貼旦持杯送花旦口邊,各飲半杯,換轉再送飲完介。小生醉扶桌上睡介。貼旦)姊夫醉了,請進房罷。(小旦指示花旦扶小生出席介。貼旦、小旦捧燭照

小生行介。小生一手扶花旦肩、一手攜花旦手介)娘子,兩妹之恩,總由娘子而至。小生今日醉了,明日展誠頂禮罷!(小旦、貼旦相視笑,又覷花旦各笑介。花旦羞介。正旦亦竊笑介。小生)共將香閣疑淫界,直到良宵悟愛緣。(將至下場門,老旦微笑迎上,接小旦燭,正旦接貼燭,照小生、花旦下。小旦一手攜貼旦手、一手另持燭)妹子,我們房中談心去。(貼旦)妹子正要請教温養功夫哩。(小旦)

【尾聲】從今完却塵凡願,還我本來真面。(貼旦)姊姊,看你温良微妙,莫怪男子愛你,就是妹子也覺魂銷心慕,真個是滴溜溜盤珠滚的圓。(携手共笑下)

解　阮

(净扮官媒婆上)

〔雙調正曲〕【字字雙】我做官媒不寂寥,靈巧;發來婦女愛風騷,傾倒;公門稱我做老鴇,酷肖;任他出進樂通宵,我要。

(揚州白)自家廣平監中一個官媒婆周大脚是也。獨行生意,大膽容留。去年臘月,官府發下阮氏一名,本是富女貴妻,做了女囚欽犯。到監兩日,就與管監内使王大爺凹上了。數日前向我説:一個王大爺不濟事。我没法,衹得替他勾了掌案鄭師父進去。我大脚落得賺錢:五錢一宿,講定現開。今日元宵,定有個把進來,且叫阮氏扎括等待者。正是:錦綉叢中能妒嫉,鈣鐐窟裏亦風流。(下。副净帶鍊匍匐行上)妻妾死生皆不見,雨雲舒卷有誰知?我楚符不合私贅了阮氏,以致故殺孕妾;又不合錯全了他顔面,以致同作刑人。咳!老親削職,獨子爲囚;宦室當刑,血財被籍。天那!我楚符也枉爲人世了！入獄以來，足傷沉重，總不曾到女監行走。今日上元佳節，且喜痛減，蕭王堂張挂燈彩，衆牢卒慶賞元宵。我將隨身赤金帶版一塊，買囑孫牢頭，到女監看看。定過更了，不免掙扎前去。

〔南吕正曲〕【節節高】滿城金鼓嘈，鬧元宵，料千門火樹家家巧。天那！偏我楚符，遭刑栲，坐囚牢，同樊鳥。倒是馮生，今夜美人并坐燈花笑，春樽暢引梅花覺。再想不出那裏綫索，忽然一紙降從天，電光照處雷轟了！

（匍匐下。丑月衫元馬褂紅巾絡手上）

【前腔】囚窗苦寂寥，枉良宵，孤燈似豆含愁照。（坐介。出手放桌上介）奴家阮抱雲，衹因錯嫁了丈夫，以致破家受罪。入獄一月，手指漸平，衹是孤枕難挨，多虧周媽知己，許奴少沾渴吻，聊解悶懷。今夜元宵，不知那一個與奴團圓也？天那！想我抱雲呵，芳年少，俊龐嬌，風情妙。偏偏不得在家，長街去賽芙蓉貌，熏衾酣擁風流寳。就有一二相知，草床一霎暫銷魂，（看手介）怎奈柔荑不許迴身抱。

（以痛手理鬢整衣介。末扮少年鄭書吏同净悄步上）淫焰已成猛火獄，美人猶颺落花風。（净）鄭大爺輕巧些，怕有查監的。（末點頭介。作進門介。丑起介）大爺怎這時候纔來？（末）今日孫牢頭不肯，我與趙李二牢子一貫錢，私下放我進來的。（净）你們到房裏坐去，我到監門上打壺酒來，少助元宵興趣。花陰妙趣盤桓出，獄底佳期慘淡尋。（下。末持燭，丑一手扶末肩介。丑）

【隔尾】遇着你敖曹妙，悔昔日招君不早。（末）不遲，官事清了，即便娶你回去。（末、丑合）把赤壁的雄兵夜夜鏖。

（下。外内鬧介）楚符是欽犯，怎不收在籠裏？（正生扮孫牢頭提燈籠照外扮王内使大鬍上。外）孫牢頭少打！（正生）二爺，明日叫他辦雙靴子奉送，今夜元宵，放他散散罷！（外）就是。我到女監看看,就出去的。(正生)是。(净持酒壺上遇見外、正生。净即回頭介。正生)周媽轉來,引了王大爺去。(净復上。外)你打酒那個吃?(净)阮奶奶過節的。阿喲!忘記帶了錢來,回去取錢去。(又回走介。外拉住介)孫牢頭去打酒,記在我賬上。(正生)是。(外)犯人都在蕭王堂吃酒,不許他們生事;你也不要走開了。(正生)曉得。周媽,你就來取酒嗄!(提燈籠執壺下。外扶净肩介)阮奶奶想我不想?(净)想是想,今夜却不便。(外)爲什麽?(净)占着身子。(外)敢是月事麽?(净)正是。(作到介。外)怎麽外間燈也不點一個?想在房裏睡覺。(作進房叫介)阮奶奶!(末一面整衣衝出介。外拿住介)是誰?(末掩面介。外扳末手細看介)你是鄭刑房嗄!怎在女犯床上?(末跪介)求二爺看阮氏分上罷!(净)我説占着身子,不差麽?(丑曳裙上)王大爺,看奴家分上,大家打個和同罷!(净)阮奶奶吩咐極是。元宵元宵,個個要交。(外放末介)罷!便益你!(净)如此好月,不可辜負,我去催酒來。(作出介。做手勢怕介)看不出阮氏實實是個老手,不然,怎了!(下。場上安桌介。外、末東西正坐,丑横坐介。外)當你月事占着。(丑笑指末介)這就是月事。(一面副净匍匐上)這裏女人笑聲,想是女監了。待我進去。(作到門張見介。悄行伏桌邊介。外、末與丑諢笑介。外撫丑手介)全愈了麽?(丑)放下去,還有些疼。(末)怪不得要叫唤哩。(外大笑介。丑亦笑介)啐!不叫唤你那裏曉得?(外探手摸丑胸前介)如此温柔,人間至寶,可惜被楚符狼藉了!叫我——(副净跪起大叫介)叫你便怎麽?奸淫犯婦,快來捉拿呀!(外、末慌起看介)阿唷!是楚符。不好!走罷!(跑下。副净遶場趕捉丑介)我把你絶了命罷!(丑避介)公子不消吃醋,原是你害到我如此的喲!(副净)怎麽倒是我害你的?(丑)

〔越調正曲〕【小桃紅】奴本是廣平富室一枝桃，那裏慣逢人笑也？似這壁縫風鑽，窗罅人瞧，早難道金屋可藏嬌？你想奴平日坐翡翠，卧鮫綃，婢追隨，奴圍繞也，今日裏影和形，影和形，怎耐岑寥？

(副净)難道就該留住男子在房調笑麽？(丑)公子差矣！

【前腔】這荆垣原不是我的舊窩巢，怎驀地撩人惱也？况他們是管獄親隨，掌案刑曹，怎禁他不許此間跑？公子，你還了我僕和婦，馬共牢，屋連雲，金藏窖也，悉聽我自逍遥，自逍遥，不敢攀高。

(副净)惡婦！我爲保全你廉耻，所以嫁禍於人，你倒變了心嗎？

【五般宜】則爲你妒旁枝，剿柔條，那裏管繫宗祧，毓麟胞。可憐我椿庭暮，衹我楚符一個存單綫，要長苗。今被你爲貪歡，輕輕一刀。惡婦嗄！殺孕妾，王章非小，刑求怎逃？爲全妻顔，嫁禍飛燒，這根由你自曉。

(丑冷笑介)妻子顔面，全在那裏介？(副净)惡婦嗄！

【前腔】雖是我害良朋，枉飛燒，也則爲戀同衾，殺同袍。到而今遭三木，牽金索，坐死牢。都是你爲專歡，仙娘命夭。惡婦，你殺孕妾，夫君饒了，陰誅怎逃？你兀是敗倫辜恩，另覓魂銷，更相逢惡語交。

(净、正生提燈引正旦、老旦扮小卒持鎗、外腰刀扮武官上)衆箭攢來應貫革，萬人敵去儘銷魂。那一個是阮氏？(正生、净)這就是阮氏。(外取燈照介)名下無虚，便益你。(净)恭喜奶奶，一點事也没得，不過軍門頑頑。(副净、丑俱驚介)什麽罪名？(外)聖旨道來：楚符借命殺人，着照已行未决例嶺表充軍，遇赦不赦。(副净)阮氏呢？(外)阮氏嗎？旨意道：阮氏殺命斃孕，問抵轉覺便捷，今改發給隨營一萬軍士爲奴，磨折而死。(丑)一萬够了。(正生向副净)這位就是提解阮氏的吴副爺，星夜提禁起解;管解你的老爺,明日纔到。(副净大哭介)天那! 怎知我楚符如此結局也?(丑笑介)公子,如今是當官的了,再不消吃醋了。(副净恨介)咦! 你這惡婦,將來不知怎樣死法哩!(丑)奴家麽! 好淫則有鐵床銅柱之報,喜殺則有劍樹刀山之報,與公子無涉。(外)這就是楚符麽? 夫妻永訣,這般光景! 阮氏,也可見你一斑了。將楚符帶進籠去。(正生曳副净鍊,副净大笑介)去得乾净,也免我一段痛腸。我楚符悟了也! 情到深時俱變孽,孽因種處現奇情。(匍匐隨正生下。外)上了刑具,帶出監去。(二旦與丑上鍊遶場行介。净)不送阮奶奶了。(丑回頭介)有勞媽媽。(净)此去勝殺勝剮。咳! 自作自受!(下。外上馬介)我在城外等候,你們過了點,速即出城上車前進者。(二旦應介)嗄!(外)久知塵世原無味,看到夫妻更吃驚。(下。正旦曳丑鍊,老旦隨後行介。丑)王道不外人情,這般處治奴家,纔是皇恩浩蕩哩!(正旦)夫婦一倫,不被你滅絶了麽!(丑搖頭介)

【尾聲】聚頭本是冤家報。(老旦)於今抵當萬人,不要死麽?(丑笑介)祇要歡樂,管甚的荒郊捲稾。(二旦)你爲何立志如此?(丑)咳! 那裏是我阮抱雲立志如此,不過現身説法,普告天下的佳人斷斷不可騷。(下)

哭 辛

(老旦扮黄太婆、花旦扮愛英扶小旦扮辛十四娘病容白髮上)

〔雙調引子〕【海棠春】謫緣已滿應回首,先打點花憔骨瘦。決計剪恩情,莫耽擱吾時候。

(坐介。花旦、老旦桌旁坐介。花旦)今日姊姊可好些?(小旦)日重一日,怎望起色? 妹子,你可將我的乾净衣服揀取一身,奴家少停要沐浴更衣哩。(老旦)大娘如此狼狽,另日沐浴罷!(小旦)定要今日的。妹子就去。(花旦)是。(作出門泪下。小旦)姨母,這外房風冷,我仍要到房裏去。煩姨母把奴床上被褥换副乾净的,奴家沐浴了要睡。(老旦)待妹子來陪了你,老身再去。(小旦)姨母,你去不妨。(老旦作出門泪下。小旦)奴家滚珠盤,蒙父母撫育深恩,刻思報答。奈因奴家嫁了馮郎,道奴傲族矯情,自甘荼毒,因此禁通絶問,不許往來。奴家既列人倫,也就不便顯露踪迹。父母嗄!你顧復之恩,祇好另行圖報的了!屈指算來,降謫十八年,夫妻剛一載。塵世難留,情緣可怕,况且心事已完,理應及早迴向。又慮馮郎戀我容顔,未免傷感,所以日就枯槁,好藉鶏皮鶴髮,杜他夢泣魂驚。目下天子南巡,行宫召試,馮郎獻賦,自必榮歸。待他到家一面,便可永訣了。(内鳴報子鑼,衆人鬧介。末内)什麼事?(内衆)這是召試的報條。恭報貴府老爺馮諱生,奉旨南巡召試,欽取第一等第一名内閣中書。(小旦點頭介。内衆)這是上諭的報條:奉旨内閣中書馮生,茂材敦行,朕所素悉;兹覽所獻詩賦,并召見奏對,寓經綸於長短句中,溢忠孝於蹈揚之表。着改授翰林院編修,巡按湖廣,以瞻實效。欽此。(小旦點頭介)這都是磬妹功勞。(末内)我家老爺呢?(内衆)馮老爺行在謝了恩,即刻榮歸了。(内末)這樣各位請坐,候老爺回,打發喜錢罷。(内衆)我們明日來領賞。(内喝道鳴鑼鼓樂。净外肩“代天巡狩”牌上下。副净、丑“統屬文武牌”上下。净、外旗上下。副净、丑皂隸上下。正生背劍、正旦捧印、雜把傘引小生冠帶騎馬上)一介無能邀特達,九重何自賞迂愚。(老旦暗上向小旦介)床上被褥换過了。(坐桌旁介。末蒼頭喜迎小生介)老爺回來了。(叩介。小生下馬介)迴避。(正生、正旦將劍印付末捧介。正生、正旦、雜下。末前小生後作進介。正旦婢隨花旦忙出迎福介)恭喜官人榮歸了!(小生答揖。正旦)老爺。(叩介。小生)姊姊呢?(花旦)自從官人去後,一病至今,現在內堂靜坐。(小生驚介)嗄!快去看來!(末將印劍付正旦捧,隨花旦、小生進介。末立門外介。正旦將印劍安桌上介。小旦)妹子收好了。(花旦捧劍印下即上。小生)娘子。(小旦强起介。老旦扶坐介)馮郎,恭喜榮歸了!(小生)不爲禮了。(坐花旦位介。花旦、老旦左右立介。老旦)老身叩賀。(作叩勢,小生急扶介)太婆安否?(揖介。老旦福介)恭喜老爺衣錦榮歸,衹是大娘欠安得緊。(小生)正是。娘子,下官去的時節,你好端端的,怎麽一月不見,竟就白髮鬖鬖,憔悴至此?敢有什麽拂意的事麽?(小旦)家門和順,況妹子弄璋有信,丈夫獻賦成名,奴家有甚拂意之處?榮枯修短,原無定準。(正旦送茶小生介。花旦、老旦坐介。小生接茶不飲放桌上泪介。背介)難道我馮生這樣緣慳福薄!一位絶世佳人消受不起。(小旦)馮郎嗄!

【金馬朝元令】【金字令】同諧萬載,這有個織女黄姑宿;浮生百年,不過是草露簷霜久。况奴家容顔已謝,不覺的心畏綢繆。(小生泪介)難道娘子就這樣撇了我麽?(小旦)你何須痛抱衾裯。【五馬江兒水】妹子你麟苗在腹,鳳翅臨頭,須珍重重生的鵲巢已孕鳩。(花旦泣介)【朝元令】(小旦指老旦介)這無靠的衰年務攀留。(老旦泪介。小旦指末介)那仗義的蒼頭不易求。(末哭介。小生)你偶爾違和,且莫胡思亂想。(小旦)我記起來了。馮郎、愛妹在此,我死之後,切不可用楚阮家財殯殮我。(小生、花旦)却是爲何?(小旦)他們是還愛妹仙娘的,并非少欠奴家的。非是我故傲琳球,非是我餘恨仇讎,總博個清凉無慚枕首邱。

(小生、花旦)遵命就是。(小旦)奴進房沐浴更衣去。(小生)不勞動罷!(小旦起介。老旦、花旦急扶介。小旦)馮郎、愛妹,共相珍重,勿違叮囑。正是:愛海無邊方到岸,寶珠一顆竟朝天。(下。小生泪介)這是那裏説起?蒼頭!(末哭應介)在。(小生)醫生是那個?(末)咳!主母肯吃藥,老早好了。二主母、老太婆何等苦勸,執意不從嘘!(内金光一陣起介。小生)那裏這麽一亮?(四邊望介)呀!一縷金光直上九霄雲裏去了。奇哉!怪哉!(内老旦哭介)我的有恩有義的大娘呀!(花旦哭上介)我的有仁有智的姊姊呀!官人,姊姊沐浴更衣了畢,剛上床,盤膝坐定,就氣絶了。(小生驚介)阿喲!我的恩妻呀!(同花旦哭下。末驚介,搥胸跌足大哭介)我的全始全終的主母呀!痛煞我蒼頭了!

【江頭金桂】【五馬江兒水】痛煞你親操井臼,經年未放眉頭;痛殺你良言不朽,終日裏勸慎交游。那知他還做了楚囚?【金字令】痛煞你嬌滴滴一個閨流,竟慷慨立志援救。今日裏鳳誥纔來天上,偏偏緊閉雙眸。主母呀!痛煞你存馮氏的大功何日酬?將來呵,【桂枝香】灰飛蝴蝶,筵羅登豆。痛煞你亨春秋,便算是伉儷恩情篤,兒孫報答優。

(正旦哭上)老伯伯,老爺吩咐你快辦香楮應用。(末)曉得。我叫小郎們買辦就是。(哭下。正旦下。貼道冠道服飛行上)真個因緣有時節,試看解脱顯神通。奴家方纔出定,忽見一道金光,直透雲霄,定是丹升之驗。近處没有嗄!必是我珠盤姊姊尸解了,且去看來。(作飛行到介。内哭叫大娘、娘子、姊姊介。貼旦聽介)一些不差。(作進介。小生、花旦哭上。貼旦)你們爲何這般情狀?(小生、花旦)你姊姊方纔歸天了。(貼旦)在那裏?(花旦)在房裏。(貼旦作進房,花旦、小生隨後介。場上預設錦帳,旁設妝臺等物件。老旦暗上坐床前介。花旦、老旦掀帳介。貼見小旦白髮童顔綉衣盤膝端坐床中介。貼稽首介)姊姊喜也!心事已完,自然該去,怎麽不與妹子一個信兒介?(向小生介)恭喜姊夫榮歸了。(稽首介)姊姊後事呢?(小生)小生方纔到家,僅得一面,尚未辦得。正有一事,方纔姊姊吩咐,不許將楚、阮之物殯殮他。我想朝廷命婦,自有章服。磬妹,你曉得小生一貧如洗,纔得一官,那得財帛?又捨不得草草殯他。(哭介。貼旦笑介)姊姊,你好精細也!姊夫,房後樸滿,難道忘了?你可速去檢點明白,着人料理,覓地安葬,方可赴任。(小生)一時忘了,多謝磬妹指點。(貼旦笑介)

【水金令】【五馬江兒水】姊姊嗄!羨煞你倫常正大,良媒更好逑;羨煞你齊眉綉虎,遁迹冠猴,覷富貴如同風馬牛;更羨你完節援夫,變相回頭。【金字令】姊姊呵!(指花旦介)祇就這蘭閨并影,更令我五體皈投。到而今殯殮分明,方信你滿船空載明月游。

(帳下介。撤帳介。貼旦)愛妹,你如今是一家主母了。姨母,快幫妹子料理姊姊衣衾者。姊夫,一切喪儀務照遺言,莫用楚、阮二家之物。奴家去也!吞藥仙姮虧后羿,補天妙手覓媧皇。(飛行下。衆驚介)怎一霎時便不見了?好生奇怪。(老旦)我們快去料理姊姊去。(小生、花旦泪介)是。

(花旦)既死重生真適願,　　方生忽死似甘心。

(老旦)香名贈與人間世,(小生)辜負年來共枕衾。(俱掩泣,各叫下)

證　天

(内大金鼓,仍前四人扮鬼狐跳舞上。老旦、丑扮家將引正生扮薛尚書騎馬行上)

〔黄鐘合套〕【北醉花陰】十卷楞嚴最深顯,道報盡還來輪轉。看這些淫共殺,詐和冤,鬼畜堪憐。就便是神仙面,六欲四禪天,也須要念念真空始一片。

（立定介）薛某職在陰曹，事繁部廣。惡則降禍，善則降祥，陰司注定，陽世施行。或漏網於生前，或冥追於身後，一絲不敢擅專，適如其人自取。所怕報滿，仍入輪迴，因此刑誅旌賞，一意持平。坐卧立行，悟通常住。目下神劫將完，巡方又畢。左右，打道回府。（衆鬼狐跳舞行介。内）玉旨下。（衆）稟爺，玉旨下。（正生）快卸鹵簿，就地接旨。（衆下。正生跪介。内細樂，花旦扮女天官、小生金童、正旦玉女執節、花旦捧敕上立高處介。雲二片擁足下介。花旦）薛都使，玉旨下。（正生伏地，花旦宣敕介）跪聽宣讀。玉帝敕曰：咨爾南瞻部洲宋、齊、陳、魯、衛冥界五都巡環使奏到：阮氏貪淫肆妒，殺命殞嗣，釀成冤獄，已擬罰充軍娼，半年後髓竭自燒而死；死後照例入無間獄，受魃鬼趣，業盡世世爲江豚報風。楚符縱婦殺妾，借尸害人，冤獄方興，色心又熾，已擬竄死無嗣；旋因囑官緩詳，在監悔罪，改擬軍籍存祧，轉生富裔。馮生真儒庸德，本由正路而三公；乃因尚口發私，改自旁途而六部。足見該都使時刻留心，賞懲中窾。其餘楚銀臺、寧氏人等，旌罰亦各平允，已照施行矣。至所奏滾珠盤，謫自散仙，誤投狐孕。今爾刻志精修，有功名教，功圓丹熟，尸解神冲，深可嘉悦，准升瑶臺上仙，住居兜率天宫，俟馮生麈福滿時，并授兜率上仙，與滾珠盤同掌三界夫婦敬惜之職。又狐部磬福，捐軀赴難，慧足功圓，准授太陰鍊形之術，召爲瑶臺散仙，住居兜率天宫。爾巡環使薛文正，克盡厥職，上合天心，已堪嘉尚。兹接落伽箋啓，稱該都使本係利根，直修禪定，福德圓明，色空寂滅，朕益欽仰。宜進位迴心大阿羅漢，仍授南瞻部洲都巡環使，隨緣度世。嗚呼！依七趣之因，善根漸絶；發四空之智，超界常新。欽哉。謝恩。（正生照常儀舞蹈介）聖壽無疆。（起介。花旦）薛都使恭喜，正果四空天了。

【南畫眉序】無色四空天，利鈍歧根證分現。那鈍根的，窮色歸空名空處，窮空歸識名識處。窮識歸無名無所有處，窮無歸盡名非想非非想處。這如存若盡，竪出維艱，便是個不迴心進路偏空，鈍羅漢識陰須剪。玉帝道你利根無漏，慧光圓通，因此上頓超横出成菩薩，寄南瞻都巡勸勉。

(付敕，正生接介。花旦)薛都使，速召二仙入班者，我繳玉旨去也。(内細樂雲散，花旦、小生、正旦下。正生)領法旨。鹵簿們何在？(衆跳躍上，叩首介)鹵簿們叩賀天喜。(行介。正生)

【北喜鶯遷】何曾宏願，何曾宏願，證菩提直不名天。禪也波禪，便這等横超飛變，更寄位都巡作使員。你看這神共仙，畜和人，輪迴相煽，都是些七趣牽纏，都是些七趣牽纏。

(作到府下馬介)卸下。(鹵簿下。正生)速宣磬福接旨。(老旦、丑傳介。下。貼旦如妙常妝道扮執拂上)風來花舞人皆見，水到渠成我自知。(正生)玉旨下，跪聽宣讀。(貼跪介。正)玉帝敕曰：咨爾狐部磬福，捐軀赴難，慧足功圓，准授太陰鍊形之術，召爲瑶臺散仙，住居兜率天宫。欽哉。謝恩。(貼旦照常舞蹈介)聖壽無疆。(正生供敕桌上，向貼旦介)恭喜你立證天仙了。(貼旦起介)

【南畫眉序】忽地做天仙，始信金丹可操券。念金丹何自？是姊姊恩援。想起來又是都爺培植，若非恩贈指良緣，埋土室何從濯洗？到於今玉音符籙來天外，敢忘却成全恩眷？

(向正生拜謝介)謹謝都爺超拔。(正生喜扶介)磬仙呵，

【北出隊子】雖是你芙蓉嬌面，自幼兒繞衿裾，滴溜圓。總覺你眼光神俊似飛仙，因此把覺路迷津特地宣，那知你果然一步飛超兜率天。

可曉得滾珠盤在何處？速速召來接旨。（貼旦）領法旨。不免焚香召請。（焚香介。小旦亦妙常道扮執拂飛行上，立高處介）

【南滴漏子】猛可的心潮，暗香似綫，悄尋風，來到廣平地面。（望下介）果是他多情嬌倩。奇了！磬妹焚香，怎麼都爺也拱立而待？堂開端肅容，手捧宣麻卷。且下去一看。（下地介）且落雲頭，敬詣墓泉。

（貼旦接介）姊姊快來，玉旨下了。（正生捧旨介）玉旨下，跪聽宣讀。（小旦跪介。正生）玉帝敕曰：咨爾滾珠盤，謫自散仙，誤投狐孕。今爾刻志精修，有功名教，功圓丹熟，尸解神冲，深可嘉悦。准升瑶臺上仙，住居兜率天宫，俟馮生塵福滿時，并授兜率上仙，與滾珠盤同掌三界夫婦敬恤之職。欽哉。謝恩。（小旦照常舞蹈介）聖壽無疆。（起介。正生）辛仙恭喜，復證天仙了。（小旦稽首介）有勞都爺宣旨。（正生供敕桌上介）辛仙呵！

【北刮地風】雖爲你往昔的根因全未捐，策純修功夫更圓，琉璃寶月心同現。更敬你了謫緣恪守人倫，甘茹荼勤相夫賢，救出了稾砧狴犴，成全了姊妹因緣。雖然是塞上哀，獄底寬，兩下裏分馳功建，畢竟是指揮奉你言，纔得個調陰陽生死如旋。

（小旦）都爺在上，雖然是我滾珠盤下學潛修，但不識此中委曲，究係那位尊神奏聞上帝，致有此證？（貼旦）是呀。（二旦合）

【南滴滴金】玉皇三十三天遠，怎照得大地微塵如眼見？縱有金蛇驚掣雲霄電，早難道電光神，司靖獻。（同叩介。正生扶介。二旦）願都爺明宣委婉，俾衆生咸知勸勉，也算是天道無私，有照膽鏡懸。

（正生笑介）此問不差。二仙呵！

【北四門子】雖則是前因後果離奇變，雖則是前因後果離奇變，盡含生自倒顛。這些衆生，轉道是生來命運無從免，終年價構沉淪，不自憐？那裏曉得，十習本於十惑，六交因乎六根，他撇却了六欲天，四禪天，遍紅塵，負莊嚴接引緣。直到了森羅殿前，阿鼻獄邊，方信是定爰書，適如其願。

(取敕付二旦捧介)二仙自去看來。(二旦敬看介，仍供桌上介)原來都爺正果了大阿羅漢了，弟子謹參。(稽首介)弟子們既荷成全，又蒙超拔，洪慈叠賜，曠劫難忘。(又稽首拜介。正生扶介。坐介。二旦泪介)

【南鮑老催】撫躬自憐，根前生惑習冤業牽，痛盈盈媚質今始湔。若不是立志堅，回頭早，誰人薦？(相叫稽首介)姊姊、妹妹恭喜。今日呵，霓班羽隊重新面，(潜指正生介)都是多情羅漢開方便，(相向笑介)好共你須彌頂閑消遣。

(正生)二仙且莫喜着。六欲天中，食報盡了，還入輪迴，有何歡喜？(二旦稽首介)望都爺開示迷悟。(正生起介)

【北古水仙子】他他他他六道迴輪轉的圓，你你你你失足的天仙墜的冤。你二仙未列四禪，纔居六欲，那那那那仙宫中男女餐眠，也也也也一般歡忭。再再再再休將心迹牽，好好好好頓超色界空天。(内用長竿懸小仙鶴二隻在場空中徐徐作飛鳴勢介。正生)你且看看看看我這撲簡卑神也把迷漏掀，願願願願二仙從今約悟無須漸，請請請請發願拜一部首楞嚴。

(内收懸鶴介。老旦、正旦、花旦、丑扮仙女各持幡旌暗上。雜扮二鶴飛鳴上，徐徐舞翔介。小旦、貼旦稽首介)弟子們事非頓除，理則頓悟；乘悟并銷，因次第盡。(正生)着。(二旦)

【南雙聲子】頓門便，頓門便，諒竪出真賒遠。(四仙女)天門等候，請二位天仙證位者。(二旦)從今去，從今去，因三欲横超勉。(正生)仙駕已候，速速證位去罷！(二旦稽首介)拜謝了，乘羽輦。(乘鶴背介。外扮城隍、净扮土地暗上遥拜介。下)好向這人天頓悟,頓出天仙。

(内細樂衆遶場介。貼旦)順成丹法誰能悟?(小旦)了得人緣且證仙。(俱下。正生吊場看笑介)難得喇難得!

【北隨煞】六道人身最堪羡,偏是他二仙呵,鍊媚骨直拔天仙。可憐這些林林總總的衣冠巾幗,兀自在淫殺盗中賭輪轉。(下)

圓　夢

(花旦内紅衫外月衫見孝意上)

〔中吕引子〕【青玉案】果然嫁得峥嶸婿,悵姊氏將奴弃。(泪介)人去恩留空灑泪,高原安睡,良辰虔祭,怎算酬慈懿。

奴家錢門愛女,實是寧氏仙魂。承姊姊恩禮,自謂得所。不料姊姊無端抱病,忽地歸天,真令人痛如罔極。(掩泪介)又遇馮郎衣錦還鄉,赴任期迫,所以停柩三日,即送歸山。連日料理殯葬,暖墓方畢,馮郎要挈眷赴任。今早一切行裝,俱已齊備,祇候馮郎辭行,回家起程,順道邯鄲前進。(欠伸介)連日辛苦未睡,不免打盹片時。(傍桌睡介。内細樂烟火三陣。正生扮財神捧金樸滿上,舞下。樂止,换金鼓麒麟上,舞一回下。副净扮魁星上,舞下。雜扮小兒騎麒麟上。魁星立高處授筆錠與小兒。財神立高處捧樸滿湧出金錢作飛灑介。共舞一回,魁星、財神下。小兒向花旦作禮介,舞一回,亦下。老旦藍衣急上)我兒快來!(見花旦睡介)怎麽晝眠在此?我兒醒來!(拍花旦醒介)母親什麽?(老旦)老身收拾已畢,偶然走到後面空房内一看,忽見耀眼争光,遍地都是金錢,大缸小甕,都是滿的。還有一個圓兜兜這樣大,倒像黄金鑄的,不知是件什麽東西?(花旦)前日磬姊向孩兒説,有個什麽樸滿,官人取出若干金錢,殯葬了姊姊了,如何又有金錢?(老旦拉花旦介)我們且去看來。(下。净、副净扮家丁引小生月袍冠帶騎馬雜張繖上)一載綢繆虛半載,綉衣夫主帶麻衣。(到介,下馬進介。净、副净牽馬同雜下。末蒼頭上)禀老爺:行裝齊備,專候老爺回府起程。(小生)齊備了麽?(末)齊備多時。(花旦、老旦急上。花旦)麟兒始兆鴛窗夢。(老旦)樸滿欣呈布地金。(花旦見生介)官人,奴家方纔困倦,偶得一夢,夢見一位尊神,手捧樸滿,又見麒麟負一小兒,向奴作禮,魁星將手中筆錠授他。正看得熱鬧,被母親唤醒,説後面空房内滿地金錢。奴家同去一看,正是夢中所見的樸滿獻瑞,豈非異事?(小生)麟兒已在娘子腹中了。(花旦羞介。小生)樸滿獻瑞,待下官看來。(作繞場看介,驚介)果然奇異!嗄!娘子,你可曉得這樸滿是那個的?(花旦)自然是官人的。(小生泪介)那裏是下官的!這是你姊姊的妝奩呀!

〔中吕正曲〕【馱環着】記仙輿下逮,記仙輿下逮,入我羅幃。人似花枝,袖誇柿蒂,絶少添妝綉翠。那夜呵,燈影參差,見一個渾團圞,是雙奴抬至。此後呵,衹見姊姊親井臼一身兼婢,耐荆布經年中饋,并不曾向下官説起,金鋪地,錢滿堆。(又泪介)到而今身後充盈,痛煞他生前空匱。

(末泪介)老爺,老奴想起來了。(小生)想起什麽?(末)老爺呵!

【山花子】自你飛香閣上遭冤繫,我蒼頭腰間每日囊携。主母吩咐,可向牢頭説明,每日青蚨三貫,按日相送,衹要相公不吃苦就是。(哭介)準青蚨三貫贈伊。我家老主并無所遺,老爺又無所蓄,這三個月的每日三貫,竟通神是何處挪移?(小生、花旦、老旦俱彈泪介。末)到今朝盈盈滿壘,方悟出爲夫預置恩若斯。老爺呵!主母新墳,尚須開拓,何不就將此項建造,也把他香名播揚遠近知,不過是一座危墳,少答恩闈。

(小生哭介)我的恩妻呀！這個怎算得報你！(老旦)老身也記起來了。(小生)記起什麽？(老旦)

【千秋歲】走邯鄲見一個還魂人麗，他道是馮氏的偏妻。老身回到廣平，來見大娘，那知大娘呵，喜動眉尖，喜動眉尖，急急走到後房，捧出了一部毛詩財禮。(指花旦介)這便是邯鄲女，麒麟喜，賢慈婦，妝奩置。(小生、花旦、末俱彈泪介。老旦)老爺嗄！可將此項，延請高僧多多追薦，也算他一世賢良意，把如來唪頌，歡喜生西。

(小生哭介)這也算不得報他！(花旦)官人，奴家想姊姊餘恩，自應博施濟衆。不若即留蒼頭在家，將此項金錢見數封貯，每年開看一次，即用姊姊名氏，多置義産，週濟窮困。凡義學義冢，有便民之事，不妨次第舉行。官人以爲何如？(末、老旦點頭介。小生)妙極！非娘子之言，不能普姊姊之德。蒼頭，你不必隨我赴任，即在家中管領各項賬目；即將此項金錢，每年見數一次，爲你前頭主母置買義産，週濟窮困，陸續將義學義冢次第舉行。務要實心實惠，每年報我知道。(末大笑介)老爺吩咐，老奴曉得。(小生)傳諭起馬。(末向外介)伺候起馬。(衆内應介。扮執事人役上。小生上馬，老旦、花旦各坐車介，行介。末叩介)老奴叩送。(小生)照應家務要緊。(末應下。内扮一人五彩衣執彩雲二片在高處作飛雲勢介，漸漸二人、三人、四人俱執雲堆立高處介。小生、花旦、老旦)

【大和佛】生死窮通變幻奇，妙無言默轉移。可知善惡要分歧，莫錯認是和非。(雲漸開處現出小旦、貼旦艷容俱五彩異式仙衣、仙扮上立雲罅介)馮郎、愛妹慢行。(衆驚介，停步介)那裏説話？(小旦、貼旦)馮郎、愛妹暫停車馬。(衆排立介。小生、花旦、老旦各仰見，各叫介)這不是我恩妻、磬妹麽！這不是兩位姊姊麽！這不是大娘、磬姊麽！原來你們都做了天仙了。(小生)撇得我傷心熱血無休歇。(花旦)撇得奴依魂孤影怎支持。(小生、花旦、老旦合)那意今朝再晤仙容麗,看兩兩雲間拂子真如意。(各稽首介)願早把袖底清風拂遍了劫塵灰。

(小旦)馮郎、愛妹不必悲傷。馮郎前程遠大,公正之中,也要慈悲;愛妹後福無窮,冠誥之榮,必然重疊。奴與磬妹,已蒙上帝證位天仙,住居兜率天宫。此處馮郎有分,務宜及早回頭。偈言二絶,早早留意者。(内細樂,飄帖下。衆拾箋送小生看介。花旦、老旦將車近小生看帖介。小生念帖介)"往滋塵世返天仙,新月初三似上弦。大地金丹狼藉甚,好憑一霎覓良緣"。"金閨恍惚致神仙,奮地春雷直上天。嗅得山頭花氣息,藍田種罷種丹田"。(藏詩介)原來是天仙丹法二偈。(衆抬頭介。念詩時雲漸合,小旦、貼旦下。雲漸漸散介。衆不見雲中人介)呀!怎麽一霎時就雲遮人隱了!(各泪介,行介。小生、花旦、老旦)

【尾聲】頌天仙偈毋兒戲,明點出人須人治,莫負了一顆金丹向耳提。

瑣闥藏嬌却爲何? 自然至寶秘求多。
二分春信迎風待, 一縷花香帶雨過。
原借瓊枝朝玉闕, 忍投金屋做燈蛾。
餘陽復處還丹種, 試玩仙音一霎那。

其二

寂焉不動感而通, 榮辱樞機獨坐中。
瞥爾生情功罪判, 湛然無着迹心融。
拈花微笑原無語, 小監開場却有風。
仁者謂仁知謂知, 譬如圓鏡挂當空。

附　録

點金丹傳奇叙

谷子雲云：明於天地之性，不可惑以神怪；知夫萬物之情，不可罔以非類。諸如奇怪鬼神，以及遐舉輕舉、黄冶變化之屬，聽其言，若將可遇，而求之蕩蕩，則如繫風捕影杳不可得，此聖人之所以絶而不語也。今觀《點金丹》二十四篇，若薛都使郡君輩，神怪極矣；辛十四娘磐福輩，非類極矣。艷而稱之，抑何其惑且罔也！顧彼雖神怪，而循分盡職，雖死猶生。其作狐媒，遣狐婢也，亦不過因物付物、以人治人，則猶是所謂天地之性也。彼雖非類而其所感者，仍屬人道之常，且適可而止。視世間溺於床笫，若山木膏火，自寇自焚卒歸澌滅者，相懸難以數計，則猶是所謂萬物之情也。余於化色五倉之術，素未究心，而神怪非類，又往往以尋常日用目之。今觀《點金丹》二十四篇，乃嘆惑者衆，而西泠獨明也；罔者衆，而西泠獨知也。明，可也；獨明，不可也。知，可也；獨知，不可也。瞭於心，又瞭於口，瞭於口，又瞭於筆。閲是書者，其受點化宜神且速矣！然則兩間之大，群生之廣，有何神怪？有何非類？苟能保其性情之德，喜怒哀樂發之各中其節。天地也，鬼神也；人也，物也，一理也。題此簡端，西泠得毋嗤余罔惑否？

京山孫謐月溪甫拜題

分袂十年，每深依企，朵雲遥墮，仰荷注存，藉稔二哥大人福祺亨吉爲慰。賜讀《點金丹》，得知二哥道行，深純悟真，篇無根樹；世人不解，君真獨得三昧也。至九宫大成，律嫻法熟，按宫立調，製譜名家魏良輔復生，當引爲知音矣。超於去秋北闈報罷，踉蹌南歸，曾拈《聊齋·青梅》故事，學譜傳奇，即名《青梅記》。纔填半册，捧到《金丹》，君已先得我心。大巫在前，小巫氣索，即焚其稿。今歲修兩邑志書，公舉超董其事。年伯大人應列傳志中，望將行略開寄。二哥風流仙吏，擺脱塵埃，而山水優游，還思故里否？超自傷淪落，少壯所讀之書，已爲魔母攫去。惟假毛錐子醮墨作蘭石，鴻便，當繫足寄政也。先此布復，并請邇安。不戩兒子董文禀筆請安。

世愚弟賈季超頓首

點金丹小引

西泠最愛蒔菊，故游踪所至，每到重陽，則堂房几壁處處是紅裳紫袖，金粉交輝，無不爲西泠含笑而吐英者；西泠誠顧盼自雄哉！然西泠之於菊，培本收苗、删歧并氣，以及點蕊過枝諸事，必經年保護，始得對秋風皓月而顧盼自雄。不禁恍然曰：收苗并氣，金丹旨也。何養小而失大也耶？輪蹄少暇，輒仿爲之，確有奇驗。一切丹書不肯直露天機，多方曲譬，轉令學者或睨視高遠，或歧路徘徊。所謂盡信書則不如無書矣。《周易》以剛反爲地，雷復柔上爲止，説咸如來，以堅固交遘，感應圓成，爲精行仙。噫嘻！未之思也。收苗并氣，以人治人改而止而已。或者曰：云何不仙男而仙女？不仙人而仙畜耶？西泠正襟危坐，爲之歌曰：九竅惟人道最尊，可憐盡是愛銷魂；升沉一切惟心造，脱却皮毛坐羽軒（一）。學仙須要學天仙，殺裹生恩事業堅，惆悵男兒都自誤，不妨拈出兩嬋娟（二）。曰：云何而兼因果説耶？曰：未有無德無功而能仙者。又歌曰：冲和恬淡守金丹，育德銷因苦自甘；了得脚根根下事，滚珠盤拜女天官（一）。偶然受得天仙訣，仗俠捐軀難變恩。衹道傾城更傾國，那知全未懂温存（二）。五百尊開羅漢堂，續添一座是巡方；落伽箋啓慈悲大，特把横超功德償（二）。書獃不解魂銷味，衹願天仙伴此生；有志竟成歸兜率，金花丹法手中擎（四）。縱惡滔淫報應奇，却因轉念續宗支。自新原是升天級，公子持編仔細思（五）。伶仃僕婦本庸材，偏抱天良老不衰。一例歸他返魂女，錦衣鼎食護蘭荄（六）。曰：云何而不自仙耶？又歌曰：未嗣何能步伯端？年來憶煞滚珠盤。挑燈偷點金丹譜，説破人天真鳳鸞。雖然，仙亦是六道中也。欲超三界，必須成佛。顧竪出甚難，横出亦不易。清夜思之，躐等飛超，差爲穩捷；若徒謂金蕊菊名可以延年，已非本旨。倘更對女華亦菊名恣其漁色，尤足傷生。人耶？菊耶？能外一點靈根而育孕也耶？我同人盍各各於“點”字下下一轉語？

西泠詞客偶書於芙蓉閣裏

點金丹凡例

一、傳奇所以闡幽光也。凡忠臣孝子、義夫節婦萬不得已之苦心孤詣,以及佳人才子之奇緣巧合,譜之宫商,以維風教,以葆天真,美不勝收矣,又何用更拾牙慧而妄續貂尾哉?余非有意傳奇,亦并不知絲竹,偶讀《聊齋·辛十四娘》一段,似可寄吾與知能行焉,遂借譜倚聲,成若干篇。顧既握筆,又不肯潦草了事,凡五易稿而成。意在顯露秘旨,毋俟臘月三十日驚悔耳!蓋傳奇之變調也。

一、有奇可傳,方不恤磨墨伸紙而爲之。馮生真碌碌哉!若滚兒之冲和,磬兒之豪俠,俱足令人歌泣,是可傳也。聊齋既草創,西泠敢不潤色耶!

一、引用事語俱有所本,除童而習之之外,若《楞嚴》《悟真》《參同》《明史》諸書,皆可參閲。

一、因果本乎至理,陰曹賞罰與陽世同,仁智善信之士,無有不皈依因果者。故吾夫子嘗曰:悖出悖入,悖入悖出。又曰:相在爾室。又曰:鬼神之爲德,其盛矣乎!

一、填詞家汗牛充棟,《邯鄲夢》仙矣,未嘗直指仙源。是編可與《歸元鏡》分道揚鑣。

一、譜齣過多,恐即繼燭,不能盡一日之歡。今將冗枝繁節烹鍊成二十四篇。是以篇幅稍長,蓋恐伶人率意删裁也。若"追艷"

“寺逐”“神媒”“殺姬”等篇，關目静細；“鬮鬮“妓訴”“送房”尤爲緊密，伶人之善於摹寫者，猶能體味而出之。至於“遣妹”一篇，係全本點睛處，“丹房不外陰陽”二語以下，句句有手法，字字有神理，須於莊重之中兼帶戲狎摹寫，方得二女月下談玄意思。若孟浪登毹，味同嚼蠟矣。

一、郡君在土，乳母姓黄，十四娘字滚珠盤，俱有所指，非泛然也。若馮生二字妙義，尤諦當可思。

一、填詞家最難者，格局奇中見正；次難者，介白繁中仍潔。至於敷華掞藻，刻徵引商，易易事耳。但述一事至再、至四，其間詳略，曲白總要處處清新，各肖口吻，方免重複。

一、譜中不免點綴處，然不點綴，則不足邀雅俗共賞矣。

一、下場詩，諸家多用集唐見工；上場詩，每用熟語易習。兹譜悉係新製，如龍在雲中，一鱗一爪俱見全神。

一、譜中牌名各有宫調，并正字、襯字不致混淆，悉本《九宫大成譜》。

一、脚色譜中，貼旦較爲辛苦，若各部子弟人多，不妨分任。

一、譜中密圈，有在文情者，有在本旨者，統在開編時各各解悟已爾。

一、刻友守催急迫，每脱一幅，即便開鎸。倘能示我瑕疵，致成全璧，甚賴他山。或有忌諱字眼，尤望代爲檢點，急示更易。